『경성일보』 문학·문화 총서 ❽

시대소설 요귀유혈록(妖鬼流血錄)

〈『경성일보』 수록 문학자료 DB 구축〉 사업 수행 구성원

연구책임자

　　　김효순(고려대학교 글로벌일본연구원 교수)

공동연구원

　　　정병호(고려대학교 일어일문학과 교수)

　　　유재진(고려대학교 일어일문학과 교수)

　　　엄인경(고려대학교 글로벌일본연구원 부교수)

　　　윤대석(서울대학교 국어교육과 교수)

　　　강태웅(광운대학교 동북아문화산업학부 교수)

전임연구원

　　　강원주(고려대학교 글로벌일본연구원 연구교수)

　　　이현진(고려대학교 글로벌일본연구원 연구교수)

　　　임다함(고려대학교 글로벌일본연구원 연구교수)

연구보조원

　　　간여운　이보윤　이수미　이훈성　한채민

주관연구기관

　　　고려대학교 글로벌일본연구원

京城日報

일본학 총서
52

『경성일보』
문학·문화 총서
08

시대소설

요귀유혈록

하세가와 신(長谷川伸)·기무라 데쓰지(木村哲二) 지음 | 임다함 옮김

역락

〈『경성일보』 문학·문화 총서〉 기획 간행에 즈음하며

　본 총서는 고려대학교 글로벌일본연구원에서 한국연구재단 토대 연구사업(2015.9.1~2020.8.31)의 지원을 받아 〈『경성일보』 수록 문학자료 DB 구축〉 사업을 수행하는 과정에서 발굴한 『경성일보』 문학·문화 기사를 선별하여 한국사회에 소개할 목적으로 기획한 것이다.

　조선총독부의 기관지로서 일제강점기 가장 핵심적인 거대 미디어였던 『경성일보』는 당시 정치, 경제, 문화, 사회 지식, 인적 교류, 문학, 예술, 학문, 식민지 통치, 법률, 국책선전 등 모든 식민지 학지 (學知)가 일상적으로 유통되는 최대의 공간이었다. 이와 같은 『경성일보』에는 식민지 학지의 중요한 한 축을 구성하는 문학·문화의 실상을 알 수 있는 일본 주류 작가나 재조선일본인 작가, 조선인 작가의 문학이나 공모작이 다수 게재되었다. 이들 작품의 창작 배경이나 소재, 주제 등은 일본 문단과 식민지 조선 문단의 상호작용이나 식민 정책이 반영되기도 하고, 조선의 자연, 사람, 문화 등을 다루는 경우도 많았다. 본 총서는 이와 같은 『경성일보』에 게재된 현상문학,

일본인 주류작가의 작품이나 조선의 사람, 자연, 문화 등을 다룬 작품, 조선인 작가의 작품, 탐정소설, 아동문학, 강담소설, 영화시나리오와 평론 등 다양한 장르에서 식민지 일본어문학의 성격을 망라적으로 잘 드러낼 수 있도록 구성하였다. 아울러 본 총서의 마지막은 〈『경성일보』수록 문학자료 DB 구축〉사업을 수행하는 과정에서 발굴된 문학, 문화 기사를 대상으로 식민지 조선 중심의 동아시아 식민지 학지의 유통과정을 규명한 연구서 『식민지 문화정치와 『경성일보』: 월경적 일본문학·문화론의 가능성을 묻다』로 구성할 것이다.

본 총서가 식민지시기 문학·문화 연구자는 물론 일반인에게도 널리 읽혀져 식민지 조선의 실상을 바라보는 새로운 시각을 제시하고 동아시아 식민지 학지 연구의 지평을 확대시킬 수 있기를 기대한다.

2020년 5월
〈『경성일보』수록 문학자료 DB 구축〉사업 연구책임자 김효순

일러두기

1. 「요귀유혈록」은 1928년 8월 29일부터 1929년 4월 8일까지 『경성일보』에 총 211회 연재되었다.

2. 현대어 번역을 원칙으로 하나, 일부 표현에 있어 시대적 배경을 고려하여 당대의 용어와 표기를 사용하기도 했다.

3. 인명, 지명 등과 같은 고유명사는 초출시 ( ) 안에 원문을 표기하였다.

4. 고유명사의 우리말 발음은 〈대한민국 외래어 표기법〉(문교부고시 제85-11호) '일본어의 가나와 한글 대조표'를 따랐다.

5. 각주는 역자주이며, 원주는 본문의 ( ) 안에 표기하였다.

차례

요귀유혈록
(妖鬼流血錄)

하세가와 신(長谷川伸)
기무라 데쓰지(木村哲二)

제1회
다이묘(大名)*를 걷어찬 여인 (1)

"오센(おせん), 이요노카미(伊豫守) 님께 술을 따라 올리거라."

"싫어요."

첩 주제에 이런 소리를 한다.

"뭐라고?"

손님 앞인 것도 잊고 울컥한 우쿄노스케(右京亮)다. 그러자

"싫다면 싫은 거예요."

저잣거리에서도 가장 경박한 말투로 변했다.

"에잇……!"

우쿄노스케, 너무나 분한 나머지 상투까지 떨렸다. 저도 모르게 손을 뻗어 시종 손에 들린 대도(大刀)를 잡았다.

"절 베시려고요, 호호호호호, 재밌네요, 자 어서 베세요."

처참한 얼굴과 어울리지 않는 억센 어조로 내뱉자마자, 오센은 벌떡 일어났다. 불타오르는 듯한 비단 게다시(蹴出し)**가 등불 그림자 위로 휙 떨어지나 싶더니, 이게 대체 무슨 일인가……조슈(上州) 다카사키(高崎)의 성주이자 녹봉 8만 2천 석의 마쓰다이라(松平) 우쿄노스케 데루사다(輝定)가, 다른 사람도 아닌 거리에서 주워온 애첩 오센에게 걷어차인 것이다.

그렇지만, 오센의 비단 버선이 제대로 맞은 건 아니고 약간 빗맞은

---

* 넓은 영지를 가진 무사. 특히, 에도 시대에 녹봉이 1만 석 이상인 무가(武家).

** 속치마 위에 두르는 천.

참이었다.

뜻밖이라면 이보다 뜻밖인 일이 있으랴. 말도 안 되는 이 난장판에 초대를 받고 온 이타쿠라(板倉) 이요노카미 시게무네(重宗)를 비롯해, 우쿄노스케의 가신(家臣)들은 너무나 놀라 그저 아연실색할 뿐이었다.

극도의 분노가 온몸을 불태운 데다 이요노카미에 대한 수치심도 들어 부들부들 떨고 있는 우쿄노스케의 손에서, 2척 3촌 길이의 비젠 무네히로(備前宗弘)가 번쩍 빛났다.

이크, 오센의 몸이 두 동강 날 판. 불빛에 번쩍이는 무네히로의 날 아래로 빠져나가, 수많은 꽃이 단번에 피어나듯 마루 끝까지 도망친 오센의 재빠름. 난간에 걸쳐진 옷깃 사이로 살짝 보인 새하얀 종아리, 몸을 한 번 수그리는 듯 싶더니 바로 하늘을 나는 새처럼 몸을 날렸다. 다음 순간 드넓은 강물 표면에 불쑥 솟아오른 물기둥. 커다란 물소리와 함께 오센의 모습은 사라졌다. 게다가 어찌나 재빨랐는지, 마루에 우치카케(打ち掛け)*를 벗어두었을 뿐만 아니라 이윽고 수면 위로 화려한 의상 일부가 떠올랐다가 가라앉았다.

가신들도 비로소 정신을 차리고 소란을 피웠지만, 불행히도 이들 중 그 누구도 수영에는 자신이 없었다. 기세는 좋았지만 물에 뛰어드는 자가 없다. 그저 허둥댈 뿐이다.

그러자. 다이묘가 가장 아끼는 시동인 무라카미 가즈마(村上数馬), 너무나도 방약무인한 오센의 처사에 대한 분노로 피가 끓어오른 듯, 강물에서 조금 수영 연습을 했던 적이 있다며 사람들이 말리는 것도

---

* 일본 여자 옷의 띠를 두른 위에 걸쳐 입는 덧옷.

뿌리치고 첨벙 물속으로 뛰어들었다.

이 사건은 분세이(文政) 13년* 6월 하순의 어느 밤, 스미다가와(隅田
川) 강변에 있는 우쿄노스케의 별장에서 벌어진 일이다.

달빛은 희미했지만, 강 수면은 더위를 식히려 띄운 놀잇배들의 불
빛으로 꽤 밝다. 떴다가는 가라앉고 가라앉다가는 또 떠오르는 오센
의 모습이, 지붕 있는 놀잇배들 사이로 보였다 말았다 한다.

놀잇배 사공들에게 소리쳐 잡으라고 한다면 못 잡을 것도 없지만,
그렇게 되면 가문의 큰 수치다. 가즈마 소년이 잘 해내길 바랄 뿐이지
만, 불안하게도 오센만 보이고 가즈마의 모습이 보이지 않는다.

"요슈(豫州) 님, 시원한 저녁 보내십사 처럼 초대해놓고는 센의
광기 때문에 실례가 많았습니다. 자리를 옮겨서 느긋하게 즐기지요."

우쿄노스케, 광기라니 잘도 둘러댔다.

"아까부터 저 애의 눈빛이 정상이 아니라곤 생각하고 있었습니다."

이요노카미는 조슈의 안나카(安中)에서 녹봉 3만 석. 우쿄노스케와
는 5만 석이나 신분 차이가 나는 만큼, 오늘 밤의 사건을 내심 우습게
여기더라도 겉으로는 광기라는 변명에 맞장구를 친다. 이런 성정인
덕에 우쿄노스케의 마음에 들어, 별장에 초대받아 그의 애첩이 따라
주는 술을 마시며 시원한 저녁을 보내는 친우 대접을 받는 것이다.

조금 후덥지근하기는 했지만 이제 강이라면 질색이라며 수면 위
에 마련했던 잔칫상을 내치듯 일어나, 안쪽에 술상을 새로이 준비하
여 주연을 벌였다. 녹봉 8만 석의 체면도 있으니 소란 피우지 말라는

---

* 분세이 시대는 1818~1830년. 분세이 13년은 1830년이다.

것이 다이묘의 뜻이라, 아까의 놀랄만한 돌발사건 따위는 이미 완전히 잊은 모양새.

그러나, 잠시 후 우쿄노스케는 술잔을 내려놓고 말했다.

"가즈마가 걱정되는구나. 확인해 보아라."

(1928.8.29)

제2회
다이묘를 걷어찬 여인 (2)

첩이 다이묘에게 말대꾸한 것만으로도 목숨이 날아갈 일인데, 하물며 녹봉 8만 2천 석 당주의 몸에 발길질을 한 오센이니 아무래도 무사히 넘어갈 리가 없었다.

그러나 오센은 광기는커녕 술조차 많이 마시지 않았던 것이다. 그럼 왜……라는 의문. 그에 대해 먼저 이야기하겠다.

료쿄쿠(両国)의 히로코지(広小路)에 즐비하게 늘어선 가설극장들. 갈대를 엮어 만든 초라한 흥행가일지라도, 역시 에도인 만큼 꽤 신기한 볼거리가 없는 건 아니다. 여성 곡예사 에도야 가메스(江戸屋鹿女寿) 일좌의 공연 같은 건, 시골 무사뿐만 아니라 에도 토박이가 봐도 박수가 절로 나올 정도로 재미있었던 것이다.

"정면에 보시는 다유(太夫)*로 말씀드릴 것 같으면 예명은 에도야

---

* 일본의 전통 예능인 노(能)·가부키(歌舞伎)·조루리(淨瑠璃, 음곡에 맞추어서 읊는 옛이야기)

가메치요(鹿女千代), 여러분들께서 조금만 기다려주신다면 바로 준비할 것입니다."

산타(三太)라는 광대의 소개에 가메치요가 정면을 바라보며 생긋 하얀 이를 드러낸다. 구경꾼들이 우르르 터질 듯이 몰려들 정도의 인기다.

젊고 기량이 좋은 데다 담력까지 갖춰 아슬아슬한 재주를 부려, 두 간(間)*이나 되는 통나무를 나막신 삼아 춤도 추고 노래도 한다. 구경 꾼들은 그녀의 곡예에 간담이 서늘해지면서도, 팔랑팔랑 나부끼는 붉은 옷깃 사이로 때때로 엿보이는 새하얀 정강이를 놓치지 않는다. 그리고 특별한 갈채를 보낸다. 이것이 손님을 끄는 요인 중 하나기도 했다.

"가메치요 씨, 날마다 보러 오는 무사님이 당신에게 보낸 거야. 오 늘 밤 하시즈메(橋詰)에 있는 에도야까지 오라고……."

이런 건 매일처럼 있는 일이지만, 가메치요는 절대로 술자리에는 가지 않는다. 어쩔 수 없이 가게 되더라도, 산뜻하게 술 상대를 해주 고 얼른 돌아오는 것이었다.

"아무리 구경거리 연예인이라도 몸은 안 팔아."

이것이 가메치요의 자랑이었다. 보슈(房州)지방 어부의 딸이라 열다 섯 살이 될 때까지 바닷가에서 자랐지만, 양친을 잃자 기꺼이 곡예 수 련에 몸을 던졌던 만큼, 겁 없는 성격도 한 몫 하여 재주가 점점 향상

의 상급 연예인.

* 1간은 약 1.818미터.

되었던 것이다. 게다가 "몸은 안 파는" 기질이 오히려 인기를 끈 덕에 단골손님이 많아서, 가메스 일좌에서 없어서는 안 될 스타가 되었다.

그런 가메치요가 아이를 가졌다.

"저 냉정한 여인을 사로잡은 건 대체 누굴까."

분장실에서도 화젯거리였다. 그러는 사이 감출 수 없을 정도로 배가 불러왔다. 동료들이 수군대는 와중에, 가메치요는 광대 산타와 함께 일좌에서 도망쳤다.

"산 짱, 평생 사랑해 줘."

산타의 친척이 부슈(武州) 후카야(深谷)에 살고 있다기에 그곳으로 향하던 중, 가메치요는 소녀처럼 얼굴을 붉히며 이렇게 말했다.

"한심한 소릴 하고 있네. 이렇게 에도를 함께 떠나고 있는데 말야……."

이런 말을 듣고 가메치요는 진심으로 기뻤다.

그러나, 산타는 바람둥이였다. 아이를 낳고 가메치요가 몸을 추스리는 동안, 이미 다른 여자와 함께 어딘가로 달아나버렸다. 이 녀석 여자 보는 눈이 없었던 모양이다.

산후조리를 한 곳은 산타의 친척집이었다. 산타가 도망갔는데 그 집에 있을 수는 없다. 그 집에서는 꽤 동정해주었지만, 바닷가 출신으로 기가 센 가메치요로서는 동정심에 매달려 훌쩍댈 수는 없었다. 마침 그 근처에 다행히도 젖먹이를 잃은 농가가 있어서, 가진 것 전부를 돈으로 바꾸어 수양아들로 키워달라고 아이를 맡겼다.

그리고는 가벼워진 몸으로, 가메치요는 하염없이 울었다. 배운 재주도 있고 아직 젊으니 어떻게든 먹고 사는 데 지장은 없겠지만, 산타 같은 반푼이에게 속은 걸 생각하면 견딜 수 없이 화가 치미는 것이었다.

"산타 녀석! 제기랄! 두고 보라고!"

가메치요는 울면서 이를 갈았다.

(1928.8.30)

제3회
다이묘를 걷어찬 여인 (3)

가메치요의 눈물이 말랐을 무렵, 그녀는 완고함에 가까운 결심을 하고 있었다. 하지만 아이는 사랑스러웠다.

"어차피 버린 몸인 걸."

이런 기분이 가메치요를 자포자기하게 만들었다. 자칫 실수라도 하면 가볍게는 중상, 무겁게는 생명까지도 위험해지는 곡예를 해서 생계를 이어갈 생각 따위는 이미 없었다.

가메치요는 귀여운 아이의 양육비를 손쉬운 방법으로 벌기로 했다. 수상한 요릿집의 작부, 이건 곡예보다도 훨씬 편하고 수입도 많았다.

이 남자 저 남자 가릴 것 없이 간을 봐가며 몸을 비싸게 팔았다. 한번 시작하고 보니 고지식했던 옛날을 비웃고 싶어졌다. 입에서 나오는 대로 칭찬을 하고 애교를 부려 남자들을 농락하고, 그렇게 번 돈을 들고 가 아이의 웃는 얼굴을 본다. 그게 낙이라 아기를 맡긴 집에서 그다지 멀지 않은 곳에서 돈을 벌었다.

"저기, 큰일 났어요, 아기가……."

공들여 화장을 하고 이제부터 일을 하러 나가려던 저녁 무렵, 아이를 맡긴 집에서 헐레벌떡 달려왔다.

가메치요에게는 지금 제 목숨보다도 소중한 아기가 큰일 났다는 소릴 들으니 안절부절 못한다. 달려가 보니 호흡이 끊어질 것 같다. 의사도 왔지만 늦었다고 한다. 요즘으로 따지자면 아주 위험한 급성 폐렴에라도 걸린 것일까. 불행한 아기는 그래도 낳아준 어미의 품에 안겨 숨을 거두었다.

이런 일로 세상에 정이 떨어진다면 가메치요도 참으로 처량한 여자겠지만, 그렇게 나약하진 않았다. 인생에 강한 집착을 품었고, 마음가짐도 싹 달라졌다.

"돈을 모아서 찻집 영업권이라도 사자."

그렇게 기특한 마음을 가진 여자로 변했다.

그래서 후카야의 본진(本陣)* 다케이 신우에몬(竹井新右衛門)네가 건실한 여관이라는 소문을 듣고는, 본명인 오센으로 바꾸고 이곳에 하녀로 들어가, 얼굴에 바를 분 값까지 아껴가며 열심히 일했다.

이듬해 봄이 왔다. 죽은 아이의 1주기도 곧 다가오는 봄이다.

마쓰다이라 우쿄노스케 데루사다가 조슈의 다카사키에서 에도로 참근(參勤)**하러 가던 도중, 다케이 신우에몬의 여관에서 하룻밤을 묵었다.

---

* 에도 시대 역참에서 다이묘 등이 숙박하던 공인된 여관.

** 에도 막부가 다이묘들을 교대로 일정한 기간씩 에도에 머무르게 한 제도.

우쿄노스케는 절륜한 정력의 소유자였다. 복도에서 잠깐 본 오센의 모습에 우쿄노스케의 호기심이 움직였다.

"저 여자를 불러 오거라."

절대 권력자의 명령이 부하들에게 차례로 전해져, 본진의 주인 신우에몬의 귀에 들어갔다.

평소 고지식한 성격이라 평범한 여행객들에게는 절대로 하녀가 시중을 들게 한 적이 없는 신우에몬이지만, 녹봉 8만 석 다이묘의 명령인 만큼 기뻐서 어쩔 줄을 몰랐다.

"오센, 공 들여 화장을 해. 우리 여관 체면도 있고 높으신 분이니……."

그렇게 말해도 오센은 대답도 안했다.

"오센, 빨리 준비하라는데도……."

신우에몬의 재촉을 받고서, 오센은 정색을 하고 돌아보았다. 눈빛이 험악하다.

(1928.8.31)

제4회
다이묘를 걷어찬 여인 (4)

신우에몬은 안절부절 못했다.

"왜 그렇게 뾰로통한 표정이야, 아무리 원해도 이런 감사한 일은 좀처럼 생기지 않는 법이라구. 너야 어차피 뭇 남자들의 노리개였던 몸이잖아. 녹봉 8만 석 다이묘님이라면 이보다 더한 행운이 어딨다고 그래."

이렇게 좀 빈정거려도 본다.

"쓸데없는 잔소리네요. 언제까지고 남자들 노리개 노릇하는 게 진절머리 나서, 이런 데서 걸레질이나 하고 있는 건데. 다이묘든 뭐든 이제 남자는 지겨워. 얼른 거절하라고요."

신우에몬, 이 말에는 어찌할 바를 몰랐다. 다이묘의 가신들은 아직이냐며 자꾸 재촉하는데 오센은 꿈쩍도 안 하니, 신우에몬은 이러지도 저러지도 못했다.

"오센, 싫겠지만 내가 이렇게 부탁할게. 하룻밤 말상대라도 괜찮으니까 그러겠다고 해줘. 네가 거절하는 순간, 우리 여관은 문을 닫아야 할지도 모른다구."

온갖 방법을 다 써본 끝에 신우에몬이 울다 시피 마지막 수단을 쓴다. 그러나 그게 단지 수단일 뿐이라고는 생각할 수 없었다. 시골뜨기의 고지식함이 다갈색 얼굴에 잘 드러나 있다. 겁을 먹고 곤혹스러워하는 그 모습을 보고 있자니, 오센의 마음속에 자리 잡은 묘한 의협심이 꾸역꾸역 기어 나왔다. 협박을 당하면 엿 먹으라는 심정이 되지만, 우는 얼굴로 부탁하면 싫다고 말하기 힘들어진다. 오센도 결국 에도 사람이었다.

오센이 수락하자 신우에몬은 갑자기 신명이 났다. 오센이 화장할 때 쓸 물을 자기가 직접 떠온다고 난리다.

그러나 두텁게 화장한 자신의 얼굴을 거울로 바라보고 있자니, 분 바른 얼굴 위로 뜨거운 눈물이 흘러내렸다.

"아이가 죽었을 때도 나는 이렇게 화장을 하고 있었지……. 두 번 다시 남자에게 안기지 않겠다고 결심했었는데……."

그렇게 생각하니 무리하게 졸라댄 신우에몬보다도, 자신에게 눈독을 들인 다카사키의 다이묘가 미워서 견딜 수 없어졌다. 약한 신우에몬은 미워할 수 없었지만, 권력으로 압박해온 강한 다이묘가 참을 수 없이 증오스러웠다.

몇 번이고 화장을 고친 뒤 죽은 듯이 수청을 든 오센. 두고 보자, 라는 위험하기 짝이 없는 복수심을 품은 채 몸을 바쳤다.

그렇기 때문에, 손아래 다이묘인 이요노카미를 거느리고 으스대던 우쿄노스케를 혼내주고 칼날 아래로 빠져나가 첨벙 물속으로 뛰어든 사건은, 석 달 전 이 무렵부터 조짐이 보였던 것이다. 게다가 여자를 밝히는 우쿄노스케는 오센 한 사람으로 만족하지 못해서, 다이묘의 총애를 얻고자 하는 여자가 몇이나 있었다. 오센은 그런 여자들에 휘말려서 다투기엔 조금 색다른 여자였다. 손님도 와 있고 가신들도 늘어서 있으니, 이런 좋은 기회는 없다는 듯 복수 겸 기분이 좋던 다이묘에게 본때를 보인 것이다.

우쿄노스케는 가문의 명예를 생각해 이 사건을 극비리에 묻으려고 했지만, 세상의 눈과 귀는 속일 수 없었다. 최근에 보기 드문 통쾌한 여인이라며, 에도 사람들은 즐겨 오센의 이름을 떠들어댔다. 누가 붙였는지 모를 '물갈퀴 오센'이라는 별명까지 생겼다.

물갈퀴 오센이 여자 해적이 되었다는 소문도 퍼졌다. 오센을 잡겠다며 용감하게 물속으로 뛰어든 가즈마의 소식은 알 수 없었다.

"물갈퀴 오센이랑 가즈마가 부부가 되었대. 그야말로 호색한 한 쌍*이네."

말장난을 생명처럼 여기는 에도 사람들은 이런 얘기도 했던 것이다.

(1928.9.1)

제5회
악귀 에도로 내려오다 (1)

이야기가 바뀌어, '물갈퀴 오센'이 쌀 8만 2천 석의 녹봉을 받는 다이묘에게 발길질을 선보인 바로 이듬해 봄의 일이다.

무늬 있는 검은 비단옷을 대충 걸치고 커다란 삿갓으로 얼굴을 가린 무사가 도카이도(東海道)를 따라 내려오다, 미시마(三島)에서 하코네(箱根) 산 속으로 들어서게 됐다.

도카이도를 올라갈 때는 귀찮을 정도로 관문이 많더니, 내려올 때는 아무런 신원 조사도 없었다. 유유히 통과하여 험한 산길을 지나 단숨에 오다와라(小田原)까지 갈 심산이었는데, 해가 이미 산자락에 걸려 있다. 쑥쑥 자라난 어린 풀잎들이 저녁 햇살을 받아 아름다웠다.

무사가 가는 방향 길가에 섶나무가지를 짊어진 두 젊은 남녀가 쉬고 있는 게 보였다. 남자가 작두콩깍지 모양의 담뱃대에 서툰 손놀림으로 담배를 담고, 여자가 부싯돌을 탁탁 부딪쳐주면서 사이좋게 수

---

* 원문은 '濡れ同士'. '濡れ'에는 '(물에) 젖다'라는 뜻도 있지만 '호색(好色)'이라는 의미도 있어, 물에 빠진 두 사람이 정을 통하는 사이가 되었다는 중의적 표현의 언어유희다.

다를 떨고 있었다.

그 모습을 본 무사의 눈이 기묘하게 번뜩였다. 산길엔 오가는 사람의 발길도 끊겨, 지저귀는 새 소리만이 시끄러웠다.

두 사람 곁으로 다가간 무사,

"이보시오……."

착 가라앉은 목소리로 말을 걸었다.

"엇……."

생각지도 못한 사람이 말을 걸어오자, 두 사람은 적지 않게 당황한 듯 했다. 허둥지둥 자세를 고쳐 앉는다.

"부부인가……?"

무사는 그저 한 마디를 내뱉었을 뿐이다.

그 묘한 순간도, 두 사람의 귀에는 기분 나쁘게 울렸다.

"예……이제 곧 부부가 되어서요……."

이 남자, 의외로 정직하다.

"약혼자인가……?"

"그런 건 아닌데요, 헤헤헤, 중매해준 사람이 있어서요……."

말을 미처 끝맺지도 못한 다음 순간, 남자는 으악, 하고 신음하며 몸을 뒤로 젖혔다. 오른쪽 어깨에서 가슴에 걸쳐 검에 깊게 베였던 것이다.

"히익……."

빠르다. 기겁하며 비명밖에 못 지른 여자에게도, 무사의 두 번째 칼날이 날아들었다.

무사는 기분 나쁜 미소를 흘렸다. 쓰러진 여자의 옷자락으로 피에 물든 검을 꼼꼼히 닦아 허리춤에 꽂더니, 양손으로 한 명씩 목덜미를 잡아 질질 끌어다 길가 삼나무 숲속에 던져 넣는다. 그리고는 유유히 다시 걷기 시작했다. 콧노래 한 소절이 자못 유쾌하다는 듯이 삿갓 아래로 흘러나온다.

밭과 강가를 지나 유모토(湯本)까지 오니, 날이 드디어 저물기 시작했다.

이미 문을 닫기 시작한 '고마쓰야(小松屋)'라는 주막 앞에서, 술 취한 무사 두 사람이 뭐라 뭐라 큰소리로 제각기 떠들고 있었다.

그걸 본 무사는 주막에는 들어가지 않고, 옆에 선 커다란 소나무 그늘에 숨어 잠시 상황을 지켜본다.

"이봐, 자기가 춤추고 싶다는데 왜 한 번 더 안 시켜주는 거야……."

"바보가 추는 벌거숭이 춤은 에도에서도 좀처럼 보기 힘들다고. 좀 춰달라는데 왜 안 시켜줘……."

주정뱅이들 앞에는 둥글둥글 살찌고 처진 눈에 입이 큰, 어린아이 같기도 하고 어른 같기도 한 남자가 벌거벗은 채 지금 당장이라도 춤을 추기 시작할 듯한 기색이었다. 그 남자를 꽉 끌어안고 있는 건, 서른 두 셋 정도 되어 보이는 미장이풍의 피부가 가무잡잡한 남자다.

"무사님, 이런 바보 같은 놈을 자꾸만 놀리시다니 너무 잔인하지 않습니까……."

원망 밑바닥에 억누르지 못한 분노를 깔고 말한다.

"뭐야, 네 이놈, 잔인하다고 지껄였겠다……."

주정뱅이 무사 중 한 사람이, 검을 짚으며 비틀비틀 일어났다.

(1928.9.2)

제6회
악귀 에도로 내려오다 (2)

소나무 그늘에서는, 아까 그 수상한 무사가 꼼짝도 하지 않은 채 가만히 지켜보고 있다.

비틀비틀 일어난 주정뱅이 무사가 오른손으로 대검을 툭 치더니,

"무사한테 욕지거리를 한다면 바보든 뭐든 모조리 베어버리겠다. 자, 죽기 싫으면 바보한테 춤추라고 하든가, 아니면 두 놈 다 죽든가. 어쩔 테냐……."

슬슬 양탄자를 접고 있던 주막 노파는, 예사롭지 않은 사건의 전개에 그저 어안이 벙벙해서 눈만 번뜩이고 있다.

"아 귀찮아, 먼저 바보부터 죽여 버려……."

또 한 사람의 주정뱅이, 성급히도 번뜩이는 검을 뽑아들었다.

"베십시오."

미장이는 의외로 침착하고도 배짱 좋게 서슬 퍼런 검 아래 버티고 서더니,

"아무리 바보라지만 제 동생 놈은 광대가 아니니, 주막 앞에서 춤추게 하는 건 싫습니다. 날 벤다 하더라도 그런 짓은 시키고 싶지 않아……."

이렇게 말하다 울컥한다. 목숨이 아까워서 흘리는 눈물이 아니다. 바보를 동생으로 둔 슬픔이다. 정작 바보 본인은 아무 것도 모른 채, 쟁쟁 장단을 맞춰 앉은 채로 춤추고 있다. 그러나 주정뱅이 무사, 이미 바보 춤 따위엔 관심 없다. 나약한 미장이를 얼러 끽 소리도 못하게 해야 검을 두 개나 차고나온 보람이 있다고 여긴 듯하다.

"좋아, 원하는 대로 베어주지. 먼저 바보부터 젯밥이다."

무심하게 양손을 움직이고 있는 뚱보의 상투를 쥐고 억지로 끌어다 앉혔다.

"그, 그 녀석은 안 됩니다. 벨 거라면 저를 베십시오……. 바보지만 저보다 열 살이나 어립니다. 죽인다면 너무 가엾어요. 동생 놈만은 용서해 주십시오."

미장이는 이번에는 맥없이 땅에 손을 짚었다. 동생을 생각하는 마음에 에도 토박이의 높은 콧대를 스스로 꺾었던 것이다.

"안 될 말이지!"

상대가 약해지면, 그에 반비례해서 이쪽은 강해진다. 어떠한 싸움이나 교섭에서도 이건 정석이다. 거창하게도 두 사람 다 검을 빼들더니 멍청히 쳐다보는 바보 뚱보에게 칼끝을 겨눈다.

"안 돼요, 그 놈은 안 돼……."

미장이는 몸을 던져 동생을 감쌌다.

주정뱅이의 서슬 퍼런 검은, 내친 김에 내뱉어본 협박에 지나지 않을 것이다. 그렇지만 어쨌든 무사의 검이다. 한 번 뽑은 이상 그냥 다시 꽂을 수는 없다. 주막의 노파는 너무나 두려운 나머지 죽을 것 같아서 부엌 구석에 숨어서 떨고 있었다.

그 때였다. 소나무 그늘에서 삿갓이 먼저 움직이더니, 휙 튀어나온 아까 그 무사. 주정뱅이 한 명의 오른팔을 쳐서 검을 떨어뜨림과 거의 동시에, 또 한 명은 멋지게 때려눕혔다.

"이봐, 올라가는 길이야, 내려가는 길이야."

괴무사, 여전히 저력 있는 낮게 가라앉은 목소리에 방약무인한 태도다.

"예, 에도로 내려가는 길인데……, 감사합니다. 덕분에 살았습니다……."

미장이의 감사 인사를 듣는 둥 마는 둥 하더니

"그럼, 나랑 같이 가자. 빨리 준비해……."

괴무사는 이렇게 말하며, 벌거벗은 바보 쪽을 턱짓한다.

(1928.9.3)

제7회
악귀 에도로 내려오다 (3)

괴무사는 거침없이 미장이와 바보를 닦달하더니 이미 걷기 시작했다. 나가떨어진 무사는 분했지만 명백하게 자신과는 수준이 다른 기량이었기에, 손가락 하나라도 까딱했다가는 목숨이 위험할 지도 몰라 남들이 어떻게 보든 말든 허둥지둥 반대 방향으로 달아났다.

바보 동생에게 서둘러 옷을 입힌 미장이는 손을 잡고 앞으로 나아간다. 그 뒤로 느릿느릿 무사가 걸어간다. 날이 완전히 저물어 있었기에 망정이지, 백주 대낮이었다면 이 세 일행의 기묘한 조합은 나그네들의 이목을 끌 수밖에 없었으리라.

괴무사는 예의 그 콧노래를 부르며 한밤, 그것도 험한 산길을 걷는다고는 여겨지지 않을 침착한 태도로 유유히 걸어간다. 미장이는 준비해온 오다와라 초롱불*로 무사의 발밑을 조심조심 비춰 주었지만, 너무 천천히 걸어서 답답해하다 어느 샌가 동생의 손을 끌고 훨씬 앞서 가고 있다. —모르는 게 약이다. 이 무사가 바로 조금 전 죄 없는 젊은 남녀를 베어버린 무서운 살인귀라는 것을 안다면, 그 누구도 한밤중에 함께 길동무 같은 건 하지 못할 것이니. 그렇다 하더라도 잔인하기 짝이 없는 살생을 저지른 악귀 같은 무사가, 이렇듯 생판 남을 구해주는 인정을 지녔다. 이 무사, 대체 정체가 뭘까.

갑자기 바보가 땅바닥에 주저앉더니 크게 소리쳤다.

"나 지쳤어, 이제 걷기 싫어⋯⋯."

"이 녀석아, 무슨 소리야, 조금만 더 참아. 자, 걷자⋯⋯."

미장이 형은 서둘러 안아 일으키며 이렇게 달랬지만, 실은 그도 이미 너무나 지쳐서 더 이상 걷기 싫었다. 그렇지만 이제 노래 부르는 것도 지겨워진 듯 묵묵히 걷고만 있던 무사는, 오늘 대체 어디서 묵을 생각인지 이미 유모토를 훨씬 지나쳐 오다와라까지 갈 셈인 듯 했는데, 그렇다 쳐도 하루 여행길이 너무 길다.

하지만 어디까지 갈 거냐고 물어볼 정도로 친한 사이는 아직 아니었기 때문에, 비상식적인 바보가 이렇게 무사의 관심을 끌어준 건 경우에 따라서는 좋은 방법이라 할 만 하다. 그래서 미장이는 한층 과장된 커다란 목소리로 무사가 들으라는 듯이,

"지쳤겠지만 이제 조금만 더 참아, 자, 참고 걷는 거야. 걷는 거다."

이렇게 거듭 말했다.

---

* 쓰지 않을 때는 접어서 소매나 품속에 넣어 가지고 다닐 수 있게 만든 원통형 초롱불. 16세기에 오다와라의 도공 진자에몬(甚左衛門)이 만든 것으로 전해진다.

괴무사가 이 때 처음으로 입을 열었다.

"흠, 이제 더 이상 못 걷겠다는 건가……."

"나리, 죄송합니다만 아무튼 어릴 때부터 다루기 어려운 놈이라서 요, 제멋대로라 어쩔 수가 없습니다……."

"아니야, 난 그런 제멋대로인 점이 아주 좋아. 맘에 들었어, 맘에 들었어……. 정상적인 지능의 인간이라면 도저히 하지 못할 짓을 아무렇지도 않게 하는 군……. 나는 그게 부러워……."

혼잣말처럼 중얼대더니,

"착하지, 착해. 오늘밤은 오다와라에서 묵을 테니 조금만 더 참고, 자 가자꾸나……."

꾸밈없는 거친 말투였지만, 태도는 너무나도 상냥하다. 이 무사는 이중인격의 소유자로 보인다.

"그런데, 너희 형제 이름은 뭐라고 부르나……"

무사가 꽤나 허물없이 이렇게 묻는다.

"예, 저는 야스고로(安五郞)라고 하고 이놈은 제 동생인 겐타(源太)라고 합니다. 이놈도 날 때부터 불구자는 아니었습니다만, 제가 애를 보는 동안 잠깐 한눈을 팔았더니 이렇게 되어버려서……."

야스고로라고 자신을 소개한 미장이는 옛일을 추억하듯 말했지만, 무사는 이미 그런 얘기는 귀 담아 듣고 있지 않았다.

등불에 비친 아름다운 여인의 그림자가 무사의 눈앞을 빠르게 스쳤다. 무사는 순간 불쾌한 듯이 얼굴을 찌푸렸지만, 동시에 오늘밤 오다와라의 역참에서 벌어질 어떤 통쾌한 사건을 예감하고는 비밀스러운 미소를 흘렸다.

(1928.9.4)

제8회
악귀 에도로 내려오다 (4)

오다와라 역참. 오늘밤은 녹봉 11만 석의 엔도 엣추노모리 쓰네마사(遠藤越中守常政)가 구와나(桑名)에서 참근하러 오는 길에 이곳에서 묵는다. 본진인 '고이세야 주베이(小伊勢屋重兵衛)'쪽은 말할 것도 없고, 크고 작은 여관 대부분이 이 일행에게 점령당해 일찍부터 모두 팻말을 내걸고 다른 손님을 받지 않고 있었다.

괴무사와 야스고로, 겐타 일행은 드디어 오다와라에 도착하긴 했지만, 이런 상황이라 묵을 곳이 없었다. 더군다나 난감하게도 비가 내리기 시작했다. 비를 피해 역참 변두리까지 와서야 아직 문을 닫지 않은 싸구려 여관을 발견했지만, 무사에 미장이풍의 남자에, 딱 봐도 백치로 보이는 남자, 기묘한 조합의 이 세 사람이 싸구려 여관 주인의 눈에 이상하게 비치지 않았을 리가 없었다.

"공교롭게도 방이 없어서……."

뻔한 소리로 거절하기 시작하는 것을,

"멍청이 같으니라구, 누가 방을 달래? 비만 피할 수 있으면 복도라도 괜찮아……."

예의 무사는 이렇게 호되게 꾸짖으며 제멋대로 짚신 끈을 푼다. 그 기세에 밀려 주인은 방금 거절한 게 거짓말처럼 알아서 발 씻을 물을 가져온다.

"무사님, 신기한 인연으로 오늘은 정말 감사했습니다."

더럽긴 하지만 방 한 칸을 얻어, 대충 고맙다는 인사도 했다. 야스고로는 짐을 풀기 전에 재빨리 다시금 무사의 앞에 손을 짚었다.

"모처럼 동생을 데리고 이세(伊勢) 참배를 왔습니다만, 돌아가는 길에 저런 꼴을 당하니 어쩔 줄 모르고 있었는데, 무사님 덕분에 무사히 넘겨서 정말 감사합니다……."

"흠, 그쪽은 이세 참배를 하고 돌아가는 길인가……."

"그렇습니다……아까도 말씀드렸듯이, 제 실수로 동생이 저렇게 불구가 되어버렸기 때문에 그에 대한 사죄도 할 겸, 게다가……."

야스고로는 갑자기 목소리를 낮추더니 검지를 굽혀 보이며,

"좀, 이런 버릇이 있어서……."

"음……."

"바보인데다가 손버릇까지 나빠서야 못 쓰겠구먼……."

이렇게 말하며 물끄러미 겐타를 바라본다. 정말로 동정심이 흘러넘치는 모양이다.

신분이 달라 좀처럼 말할 기회가 없는 무사 계급의 사람으로부터 이렇게 동정을 받자, 야스고로는 너무나 기뻐서 이런저런 신변 이야기를 늘어놓기 시작했다.

그렇지만 야스고로의 신변 이야기가 절정에 달했을 즈음에는, 괴무사의 흥미나 동정심은 이미 터무니없는 방향으로 날아가 버리고 비누 거품처럼 사라져 있었다.

무사는 오늘 밤, 아니 지금 당장이라도 이 오다와라 성 아래에서 벌어질 어떤 사건을 기대하며, 모든 관심을 그 사건에 기울이며 기다리고 있는 것이다. 야스고로의 이야기 따위는 대충 흘려들을 뿐이다.

때 늦은 저녁상이 차려진 뒤 세 사람이 단란하게 식사를 마치고, 야스고로의 이야기꽃이 최고조에 이르렀을 무렵.

"앗, 동생이 사라졌다……!"

야스고로가 별안간 큰 소리로 외쳤다.

바로 조금 전까지 그곳에서, 형의 입에서 나오는 자기 얘기를 다른 사람의 일인 양 듣고 있던 겐타의 모습이 갑자기 사라진 것이다.

"이, 이거 큰일 났네."

복도부터 변소까지 찾아봤지만 결국 발견되지 않았다.

(1928.9.5)

제9회
악귀 에도로 내려오다 (5)

"겐타는 잠깐이라도 혼자 두면 안 되는 인간이라……바보 주제에 손버릇이 나빠서, 신기하게도 그쪽 방면으로는 제대로 제 몫을 하거든요."

야스고로는 미친 사람처럼 문밖으로 뛰쳐나갔다. 보슬비가 부슬부슬 내리고 있었다.

무사는 책상다리를 하고 앉은 채 묵묵히 무슨 생각엔지 잠겨 있는 모습이었다. 그토록 야스고로의 형제애에 감동 받았으면서도, 방금 야스고로가 미친 듯이 문밖으로 뛰어나갔는데도 왠지 그는 눈썹 하나 까딱하지 않았고, 지루해 보이는 얼굴은 얼음장처럼 차가웠다. 겨우 두 시간쯤 지났을까. 조용하던 문밖이 갑자기 시끌시끌해지더니, 도둑이야, 하는 요란한 소리가 여러 번 들려왔다.

그와 동시에. 무사는 옆에 두었던 대검과 작은 검을 쥐자마자, 벌떡 일어나 방을 나섰다. 여관 입구에서 의아한 얼굴의 주인과 딱 마주쳤지만, 곁눈질도 하지 않고 단숨에 빗속으로 뛰어나갔다.

거리는 어두웠다. 비는 쉴 새 없이 내리고 있었다.

"도둑이야……!"

또 한 번 고함소리가 들려오더니, 어둠 속에서 맞붙어 싸우는 듯한 소리가 지축을 울리며 들려왔다. 어둠을 꿰뚫고 상황을 살피던 무사는, 흠뻑 젖은 채 이쪽으로 요란하게 달려오던 사람을 향해,

"마쓰키치(松吉) 아닌가……."

그가 스쳐 지나가는 순간, 말을 걸었다. 낮지만 힘이 담긴 목소리다.

"앗, 헤이도(兵堂) 님이십니까? 면목 없습니다, 마쓰키치 일생일대의 실수를 저질렀습니다. 감쪽같이 훔쳐내긴 했는데, 문밖으로 나오니 도둑이야, 라고 소리치면서 포위를 해오더라구요, 뒷맛 안 좋게시리. 별 수 없으니 어차피 잡힐 거 차라리 빈손으로 잡혀야겠다, 물건을 어떻게 버리나 고민하던 차에, 어디서 나타난 건지 키 작고 뚱뚱한 놈이 어슬렁대고 있기에, 잘됐다 하고 그 놈 품속에 꽂아 넣었습죠, 번개같이. 그랬더니만 어쨌든 저쪽은 무사는 무사라도 시골무사라서 말이죠, 어딘지 얼빠진 구석이 있어서 의외로 쉽게 빠져나오긴 했습니다만, 이렇게 빠져나올 수 있었던 거라면 그 놈 품에 집어넣는 게 아니었다고, 도망치면서도 아까워서 말입니다……."

나불나불 말도 빠르다. 여기까지 단숨에 지껄이나 싶더니

"그러면 무사히……. 그 장소에서 뵙겠습니다……."

이렇게 내뱉고는 어둠 속으로 모습을 감추었다.

무사는 팔짱을 낀 채로 빗속에 가만히 서 있었다.

"모처럼 훔쳐낸 걸 다른 사람 품속에 넣고 오다니, '족제비' 마쓰키

치도 이제 둔해졌군. 게다가 하필이면, 아무래도 저 반푼이 겐타에게 준 것 같은데……. 하지만 모자란 바보에게 건네준 게 어쩌면 차라리 나을 지도……. 아니지 아니야, 그렇지 않아. 야스고로가 인롱(印籠)*을 훔쳐낸 죄인으로 붙잡히면 불쌍하지.”

다른 이에게는 털끝만큼의 연민도 느끼지 않는 헤이도 시즈마(兵堂志津摩)지만, 저 형제에 대해서만은 이상하게도 마음이 움직인다. 조금 전, 겐타가 없어졌다며 야스고로가 정신없이 달려 나갔을 때는 문득 마쓰키치의 상황이 걱정돼서 신경도 쓰지 않고 있었지만—야스고로는 어떻게 됐을까…….

참으로 기괴한 심리의 소유자인 헤이도 시즈마였다.

그는 빗속에 서 있었다.

(1928.9.6)

제10회
악귀 에도로 내려오다 (6)

그 때, 어둠 속에 서 있던 시즈마에게 쿵, 기세 좋게 부딪쳐온 자가 있었다.

보통 사람이라면 넘어질 상황이겠지만, 짐작 가는 바가 있는 시즈마인만큼 쓰러지지 않았다. 몸을 한껏 숙임과 동시에, 오른손을 뻗어

---

* 약 따위를 넣어 허리에 차는 타원형의 작은 합.

상대방의 몸을 받쳐준다.

"오, 야스고로 아닌가."

"앗, 무사님이세요……. 크, 큰일 났어요. 동생이 본진에 머물고 계신 다이묘님 방에 몰래 들어가서 다이묘님의 인롱을 훔쳐 나왔다며, 붙잡혀 끌려갔습니다……."

야스고로는 이렇게 말하며 매달릴 따름이다. 시즈마는 꽉 다문 입매를 조금도 움직이지 않았다.

"무사님, 부탁드립니다. 부디 동생 놈을 도와주세요. 어떻게든 저 손버릇을 고쳐보겠다는 일념으로 노잣돈을 마련해서 이세 참배를 온 건데, 돌아가는 길에 이렇게 돼서야 신세 펼 날이 없네요. 어쨌든 모자란 바보 놈이 저지른 짓이라고, 무사님끼리라 말도 통하실 터이니 나리께서 잘 좀 말씀드려주세요……."

퍼붓는 빗줄기도 개의치 않고 야스고로는 울음소리를 쥐어짜내며 부탁하는 것이었다.

"좋아, 도와주지. 넌 숙소에서 기다려."

믿음직스럽게 내뱉은 시즈마, 비 내리는 어둠 속에 야스고로를 남겨둔 채 본진을 향해 발걸음을 서두른다.

엔도 엣추노모리의 숙박 본진인 고이세야 주베이는 이 소동으로 발칵 뒤집혔다. 주인인 주베이가 벗어두었던 옷을 다시 걸치고 부주의를 사과할 겸 분위기를 엿보기 위해 찾아간 차석(次席) 가로(家老)* 혼다 쇼우에몬(本田庄右衛門)은, 이들 일행 중에서 가장 지위가 높은 가

---

* 다이묘의 중신으로서, 집안일을 총괄하는 직책이자 가신들의 우두머리.

신이었기 때문에 모든 책임을 지고 이미 할복할 각오까지 하고 있었는데, 뜻밖에도 겐타가 붙잡혔던 것이다. 도난당한 인롱을 몸에 지니고 있던 것이 무엇보다 가장 큰 증거라, 이놈을 진범 대신으로 삼자며 일단 안심하고, 이제부터 형식뿐인 문초를 시작하려던 참이었다. 그때 헤이도 시즈마가 혼다 쇼우에몬을 만나러 왔다.

"헤이도 시즈마……. 이거 진귀한 남자가 찾아 왔군……. 이리로 들여 보내거라."

쇼우에몬은 손님을 맞는 무사에게 그렇게 일러두고는, 입 속으로 몇 번이고 헤이도 시즈마의 이름을 되뇌었다.

쇼우에몬은 번(藩)에서도 가장 뛰어난 신인으로 인정받고 있었다. 7, 8년 전의 일이지만 시즈마가 아직 27, 8세였을 무렵, 에도 루스(留守)*를 하명 받아 그즈음 시모야(下谷) 네기시(根岸)에 살고 있던, 나가사키(長崎)에서 돌아온 양학자 호리우치 곤사이(堀內昆齋)의 제자로 들어갔던 적이 있었다. 시즈마는 그때 함께 공부했던 친구였다. 시즈마는 난베(南部) 가문의 유학생으로서 에도로 온 사람이라, 역시 곤사이를 흠모하여 제자가 된 것이었다. 각각 구와나와 모리오카(盛岡) 출신이라 고향은 완전히 달랐지만, 나이도 네다섯 살밖에 차이가 나지 않고 서로 그 학문적 재능을 존경했기 때문에, 그다지 타인에 대한 경계심을 풀지 않는 시즈마도 쇼우에몬에게는 꽤 친밀감을 보였다.

그러나, 이 두 사람의 사이를 불편하게 만든 사건이 벌어졌다. 젊은이들 사이에서는 신기할 것도 없는, 여자가 얽힌 사건이었다. 곤사

* 에도 막부 및 각 번에 두었던 직명. 쇼군(將軍) 또는 번주(藩主)가 부재중일 때 성에 머물면서 성의 경비 및 제반 업무를 관리하였다.

이의 둘째 딸인 사사노(笹野)가, 그때 열일곱으로 한창 아름다울 나이였다. 에도에서 태어나고 자란 세련된 미모에다가, 그 아버지의 딸답게 교양과 기품을 갈고 닦았으니, 모리오카와 구와나에서 온 촌뜨기 시골무사들의 가슴을 두근거리게 만든 것은 당연했다.

에도에 살면서도 요시와라(吉原)*를 전혀 모를 정도로 순진했던 시즈마와 쇼우에몬은, 그저 사사노의 아름다움에 매혹되어버렸던 것이다. 또 곤사이가 나가사키 출신인 만큼 만사에 진보적이라 강의하는 자리에 사사노도 함께 앉히는 이른바 '남녀동학주의(男女同學主義)'여서, 두 사람은 스승의 가르침도 건성으로 흘려들으며, 자연히 격렬한 경쟁이 벌어졌다.

그 결과, 신분 차이라는 거센 비난을 무릅쓰고 쇼우에몬이 사사노를 아내로 맞이했다. 이 여행에도 사사노를 데려왔다. 이런 생각을 하고 있자니 시즈마가 들어오기를 기다리는 쇼우에몬, 왠지 겸연쩍은 기분도 드는 것이었다.

(1928.9.7)

---

* 에도에 있던 유곽.

제11회
악귀 에도로 내려오다 (7)

어딘지 기분 나쁜 정적이 낮게 깔린 쇼우에몬의 방에, 헤이도 시즈마가 불쑥 들어섰다.

쇼우에몬은 사랑의 경쟁에서 이겨 자랑스럽기도 했지만, 동시에 시즈마를 연적(戀敵)으로서도 충분히 의식하고 있었다. 그래서 시즈마를 대면하고는 적잖이 멋쩍은 모양새다. 그러나, 우습게도 잔인한 일면을 지닌 시즈마 또한, 꿈에서도 잊지 못하던 연적을 마주하니 분하고 아쉽기보다, 먼저 부끄러움이 용솟음쳤다. 그래서 서로 멋쩍어하며 한마디도 하지 않고 입을 꾹 다물고 있다. 누가 봐도 그 옛날, 책상에 나란히 앉아 공부하던 동지를 7, 8년 만에 만난 정경이라고는 생각도 못할 것이다.

"오랜만이군……."

쇼우에몬이 가로답게 분별 있는 얼굴로, 마치 수줍은 처녀처럼 수치심을 내비치며 겨우 입을 열었다.

"음……."

단 한 마디, 시즈마의 말은 그뿐, 또 기분 나쁜 침묵이 이어진다.

"뭐 하러 온 거야……?"

더 이상 참지 못하고, 쇼우에몬이 심문하듯 단도직입으로 물었다. 이걸 계기로 시즈마도 말문을 열었다.

"죄 없는 조닌(町人)*을 구하러 왔다. 엣추노모리 님이 즐겨 쓰시는

---

* 일본 근세 사회 계층의 하나로, 도시에 사는 상인·장인 계급의 사람들.

인롱을 훔쳐낸 죄인을 놓친 건 귀공(貴公)을 비롯한 가신들의 실수지. 그걸 불구자에게 덮어씌우고 멋지게 공을 세운 척 한다는 건, 무척 시시한 일이 아닌가. 불구의 조닌을 내게 돌려다오. 그를 데리러 온 거다…….”

쇼우에몬의 얼굴에는 명백하게 낭패의 빛이 떠올랐다. 시즈마가 오늘밤의 사건에 대해 모두 알고 있는 듯한 것이 무엇보다도 납득이 가지 않는다. 게다가, 바보 조닌을 만일의 경우에 대비해 붙잡아 둔 것까지도 알고 있다는 건 더 이상하다. 그에 대해 바로 물어보고 싶었지만, 다소 눈치 없는 질문이라 머뭇거렸다.

그러자, 가로의 방에 수상한 자가 들이닥쳐 직접 담판을 벌이고 있는 모양인데, 아무래도 서로 검을 뽑아 들지도 모른다는 급보가 젊은 무사들의 입을 타고 전해졌다. 원래도 무슨 일이든 안 터지나 고대하던 혈기 왕성한 이들이라, 급히 검을 쥐고 몰려 들다 보니 어느 틈엔가 방까지 밀려들어왔다.

하지만 시즈마, 연적에게는 낯을 붉혔을망정 살벌하게 검을 겨눈 무리를 보고도 눈 하나 깜짝하지 않는다. 오히려 더 대담해졌다.

“뭐야, 날 베겠다는 건가…….”

시즈마가 조롱 섞인 웃음을 젊은 무사들에게 던졌다.

(1928.9.8)

제12회
악귀 에도로 내려오다 (8)

7, 8년을 만나지 않았다고는 해도 쇼우에몬은 시즈마의 뛰어난 실력을 너무나 잘 알고 있는 것이다. 곤사이의 제자였던 시절에도, 시즈마는 유약한 다른 유생들과는 달리 곧잘 검술 실력을 발휘하곤 해서 동문들 사이에서는 특별취급을 받았었다.

그걸 알기 때문에, 쇼우에몬은 어쨌든 이 험악한 분위기를 무사히 넘겨야 한다고 초조하게 생각했다. 만일 젊은 무사들과 맞붙어 싸우기 시작한다면 끝장이다. 승산이 머릿수 많은 이쪽이 아니라 고독한 시즈마에게 있다는 건 불 보듯 뻔하다. 그래, 설령 지지는 않는다 하더라도 이쪽에서 부상을 입거나 죽는 사람이 나오지 않고 끝날 리가 없다. 그렇게 되면, 다이묘에게도 여러 모로 면목 없고 자신의 입장도 난처해진다. 게다가 시즈마의 입을 통해 인롱을 훔친 진범이 따로 있으며, 바보 조닌이 단순한 미끼에 지나지 않는다는 사실이 새어나간다면 끝장이다. 제발 살려만 줍쇼, 분하지만 저자세로 백기를 들고, 시즈마가 온건히 물러나게 하는 수밖에 없다.

"기다리거라……."

이미 칼자루에 손을 댄 성급한 젊은 무사 한 둘을, 쇼우에몬은 가로의 위엄을 잃지 않으려고 애쓰면서 제지하고 나섰다.

그러나, 부모 속 아는 자식 없는 법이고, 하지 말라면 더 하고 싶어지는 게 사람 마음이다.

"하지만, 해도 해도 너무합니다……!"

이렇게 말하며 지금까지 방관적인 태도를 보이던 자까지도 벼르고 든다.

"잠깐 기다려, 이 사람에게 손가락 하나라도 댄다면 용서하지 않겠다."

쇼우에몬이 이번에는 고압적이지만 애원하는 기분으로 말했다. 이렇게 진지하게 명령하니 과연 유력자의 한 마디, 젊은 무사들이 일제히 조용해졌다.

"헤이도 씨, 바라시는 대로 조닌은 귀공에게 돌려드리지……."

"황송하군……."

이렇게 말한 시즈마의 입가에 뒤이어 맺힌 것은, 비웃는 듯한 미소다.

"그렇지만 넘겨주기 전에, 귀공이 어떻게 이 사건을 자세히 아는지 그에 대해 듣고 싶은데."

"아, 말해 주지. 인롱을 훔쳐내라고 시킨 게 이 몸이거든……."

시즈마는 두려워하는 기색도 없이 내뱉었지만, 듣는 쇼우에몬은 어지간히 당황해서 이대로라면 시즈마가 무슨 소리를 할지 몰랐다.

"헤이도 씨와 긴히 할 얘기가 있네……."

순간적으로 짜낸 핑계로 젊은 무사들을 물러가게 했다.

"귀공, 그게 참말인가."

"내가 뭐 좋다고 거짓말을 하겠나. 내가 부하를 시켜 구와나 공의 뒤를 쫓아 훔치게 한 거다."

"그건 또 왜지……."

"귀공을 증오하기 때문이다. 귀공이 실수를 저지르게 해서 낭인(浪人)으로 만들고 싶은 거다. 그 이유는 말할 필요도 없겠지……."

"……."

쇼우에몬은 말없이 일어나 별실에서 백치 겐타를 데려왔다.

"헤이도 씨, 주인을 모시는 자는 무기력하다네. 너무 괴롭히지 마."

"아니, 괴롭히겠다……. 끝까지 나는 귀공을 증오할 거야. 이 7, 8년 동안 잊으려고 얼마나 노력했는지 모르지만, 잊을 수 없었기 때문에 귀공에게 복수하는 거다. 머지않아 또 호되게 당할 것이다……."

독기 품은 말을 남긴 채, 겐타의 손을 끌고 시즈마는 일어났다.

복도에서 시즈마는 자신의 뒷모습을 바라보는 사사노의 모습—나이 들고 오히려 더욱 아름다워진—을 힐끗 보았다. 그러나 다시 뒤돌아보았을 때, 사사노는 이미 어딘가로 몸을 숨겨버렸다.

(1928.9.9)

제13회
악귀 에도로 내려오다 (9)

바보 겐타의 무사한 모습을 확인한 형 야스고로의 기쁨에 대해 여기 길게 쓸 필요는 없을 것이다. 겨우 하루 사이에 두 번이나 도움을 받은 시즈마에게 에도 토박이 미장이 야스고로는 어떻게 감사를 표현해야 할지도 잘 몰랐지만, 그렇게 많은 말을 입에 담지도 못할 만큼 얼마나 기뻤던 것인지.

"무사님, 저 같은 놈이라도 언젠가는 은혜를 갚을 수 있게 될 지도 모르니, 그 때엔 제가 목숨을 걸고 보답하겠습니다……."

이것이 야스고로가 감사한 마음을 진심을 담아 힘껏 표현한 성심성의다.

"좋아, 좋아. 내게 보답하려면 먼저 동생을 잘 돌봐, 그게 우선이야. 그런데, 나는 도중에 좀 볼 일이 남아 있으니 이제 여기서 헤어지자구. 인연이라면 또 에도에서 만날 수도 있겠지만, 부디 동생을 잘 보살펴라."

겐타를 구해낸 다음 날의 여행. 하늘은 맑고 파도가 잔잔한 오이소(大磯) 근처에서, 시즈마가 갑자기 이렇게 말했다.

"앗, 벌써 헤어지는 겁니까. 이거 정말 아쉽습니다……."

"겐타, 이 형님의 은혜를 잊으면 안 된다……."

아기를 어르듯 겐타의 머리를 쓱 쓰다듬어준 시즈마는, 다음 순간 냉정하고 섬뜩한 무사의 본체로 돌아가 그 자리에 우뚝 멈춰 서 버린다.

이렇게 되면 아무리 아쉬워도 야스고로는 헤어져야만 한다.

"그러면 에도에 도착하면 찾아뵙겠습니다, 나리가 사시는 곳…을 알려주십시오."

"사는 곳……하하하하, 내겐 집 따윈 없어."

"농담도……부디 주소와 성함을 알려주세요."

"집도 없고 이름도 없지……하지만, 언젠가는 만날 지도 모르니 그땐 다시 너희의 우애를 보여다오……."

이렇게 말했을 뿐, 그러고 나서는 야스고로가 뭐라고 해도 시즈마의 꾹 다문 입은 열리지 않았다.

"무사님, 안녕히……."

겐타마저도 시즈마의 집요함에 질렸지만, 작별인사를 고한 채 걷기 시작한다. 야스고로도 별 수 없이 계속 뒤돌아보며 걸어갈 수밖엔 없었다.

두 조닌의 모습이 길가 집 담벼락 그늘로 사라져 버렸을 무렵, 시즈마는 휙 몸을 돌리더니 왔던 방향으로 유유히 돌아갔다.

고이소(小磯)까지 와서 산을 깎아 만든 길에 이르자, 그곳에 낡은 사당이 있었다. 그 앞에 선 시즈마, 잠깐 사방을 둘러보며 인적이 끊긴 것을 확인하고는, 성큼성큼 사당으로 올라가 빗장 질린 문에 아무렇게나 손을 댄다. 그러자 문이 안에서 소리 없이 열리고,

"엄청 기다렸습니다."

이렇게 웃으며 불쑥 나타난 사람은 오다와라의 비 내리던 어둠 속에서 인롱을 훔쳐내다 실패했다고 보고하자마자 모습을 감춘 족제비 마쓰키치다.

"나리도 요상한 도락이 있으시네. 그 뚱뚱하고 이상한 녀석을 구해주신 것까진 좋다 치는데, 저하고 약속한 이 사당을 지나쳐서까지 배웅해주고 오시다니, 전 나리 속내를 도통 모르겠네요."

그러나 시즈마는 이 말에도 한 마디도 설명을 하려고 하지 않았다.

"마쓰키치, 두 번째 수단에 대해 얘기하자, 나와."

(1928.9.10)

(제14회 결호)

제15회
돌아온 오센 (1)

그런데, 오센의 이야기로 화제를 돌려보자.

스미다가와 강변 우쿄노스케 저택에서의 술자리. 말도 안 되는 일이지만, 여자답지 못하게 버선발로 녹봉 8만 2천 석의 다이묘를 걷어차는 초유의 사태를 저지르고는, 우쿄노스케의 분노에 찬 칼날을 피해 강물로 풍덩 뛰어드는 짓을 벌였는데. 산전수전 다 겪은 몸인 만큼에도의 강물 정도야 별 것 아니겠지만, 오가는 놀잇배에 자꾸 가로막히는 데는 어쩔 수 없었다.

"잠깐만……!"

우렁찬 고함소리와 동시에, 누군가 오센의 가슴팍을 물속에서 불쑥 붙잡았다.

쫓아온 자다, 순간적으로 느낀 오센은 여기서 잡히면 끝장이라며 휙 수면에서 몸을 눕히고 오른쪽 다리를 구부려 있는 힘껏, 쫓아온 자의 옆구리쯤을 걷어찼다.

걷어차인 쫓아온 자는 "으윽" 신음을 내지르더니 출렁출렁, 물속에서 소리를 내며 오센의 허리에 댔던 손을 떼자마자 가라앉았지만, 필사적으로 다시 떠올라 뒤쫓아 오려고 했다.

오센, 그 때는 이미 2, 3간 앞으로 헤엄쳐 가서, 대체 쫓아온 놈이 누군지 확인하려고 놀잇배의 등불과 달빛에 의지해 뒤돌아보니, 지금에라도 물에 빠질 듯한 그 사람이야말로 시동 무라카미 가즈마임을 알았다.

오센은 화가 나서 견딜 수 없었다. 오늘밤 술자리에 참석한 무사들

중에는 힘센 젊은 무사들도 몇 있었는데 하필 가즈마 같은 어린 애가 뛰어들어 뒤쫓아 왔다는 것은, 어른 무사들이 망설이다 뛰어들지 못했기 때문임에 틀림없다. 자신에게는 적이긴 하지만, 가즈마 소년의 기특한 마음은 인정해줘야 할 것이다. 장하네……그런 생각을 하는 새 가즈마의 손이 높이 쳐들린다고 생각한 순간, 부글부글 물속으로 그 모습이 사라졌다.

오센의 마음은 당치 않은 짓을 했다는 후회로 가득 찼다. 돌아가서 구해줄까……아니야, 그러면 내가 파멸이다……. 오센은 마음을 독하게 먹고, 가즈마 소년이 가라앉은 곳에서 등을 돌려 인어처럼 소리 없이 물살을 갈랐다.

그러나 아무래도 놀잇배가 많다는 게 오센에겐 가장 큰 장애물이었다. 신기한 걸 좋아하는 에도 사람들이, 자만해도 좋을 백옥 같은 피부의 여인, 하물며 무사의 아내들이 하는 독특한 머리 모양의 여인이 한밤의 스미다가와 강을 헤엄치고 있는 걸 발견한다면 얼마나 큰 소동이 벌어질까 생각하니, 호흡을 멈추고 오랫동안 수면에 얼굴만 내놓은 채로 놀잇배 아래로 갓파(河童)나 물새, 인어마냥 계속 헤엄쳤다.

어느 정도나 헤엄쳤는지 물속에 있는 게 힘들지 않은 오센도 약간 피로를 느꼈을 무렵, 문득 정신을 차려보니 그곳은 훨씬 강 위쪽이었다. 북적이던 강 아래쪽과는 달리 한밤중이 되었나 싶을 정도로 조용하기 그지없는 강물과 양쪽 물가. 한숨 돌리고 머리카락에서 떨어지는 물방울을 닦아내면서 여유를 되찾았을 때, 문득 오센의 눈에 들어온 것은 단 한 척 떠 있는 놀잇배였다.

오센은 조심스레 배 안의 기척을 살폈는데, 등불의 수도 적고 전체적으로 조용해서 네다섯 명 정도의 검은 그림자가 조용히 잔을 기울이고 있는 듯 하다. 게다가 무사도 아니고, 아무래도 조닌인 것 같았다. 꽤나 풍류를 즐기는 모양인지 일부러 혼잡을 피해 이런 곳에서 피서인가, 아니면 무언가 밀담이라도 나누는 것인가.

그렇지만 오센에겐 이미 그 이상 생각할 여유는 없었다. 헤엄치면서 옷은 남김없이 전부 벗어버렸고, 이대로는 뭍으로 올라간들 아무것도 할 수 없으니, 상대가 어떤 사람이든 부딪쳐보는 수밖엔 다른 방법이 없다.

순간적으로 마음을 먹은 오센, 갑자기 뱃전에 달라붙어 교묘하게 쥐어짜낸 가련한 목소리로 소리쳤다.

"살려 주세요……!"

(1928.9.12)

제16회
돌아온 오센 (2)

돌연 뱃전에서 여인의 목소리가 들리자, 배에 탄 사람들은 적지 않게 놀란 듯 했다. 그리고 그 여인의 정체를 확인하기 전에 무엇인가 허둥지둥 정리하는 듯한 모습이었지만, 오센은 눈치 채지 못했다.

"뭐야, 뭐야, 물에 뛰어든 건가……."

제일 먼저 뱃전에 나타난 건 그 중 제일 젊지만 위세 좋은, 상인 같기도 하고 건달 같기도 한 멋쟁이 남자다.

그 남자가 먼저 오센의 손을 잡아 끌어올렸을 때, 일동이 우르르

나와서 배 안으로 끌어들인다. 푹 잠들었던 두 사람의 선장도 이 소동에 잠에서 깼다. 그러나 척 봐도 우선 물을 먹은 것 같지 않은 게 이상한데다, 유모지(湯もじ)* 하나만 걸친 나체에, 얼굴에는 여염집 여인들은 엄두도 못 낼 두터운 화장, 게다가 무사의 아내들이나 하는 머리모양이라 이 무리들이 늘 보아오던 여인들의 모습과는 꽤 달랐기 때문에, 일동은 서로 얼굴만 마주보았다.

"어, 어떻게 된 겁니까. 딱 보기엔 강물에 떨어지신 것 같지도 않고, 그렇다고 해서……."

그렇다고 해서 맘먹고 뛰어든 것 같지도 않고요, 이렇게 말하고 싶었던 참이었지만 상대방이 신분 높은 부인으로 보이는 만큼 배려하여 그 말은 꿀꺽 삼켰다. 이 사람은 일행 중 연장자에 또 제일 우두머리인 자인 듯, 오른쪽 얼굴에 커다란 점이 있어 험상궂어 보이지만 대상인 같은 풍채를 갖추고 있었다.

오센은 알몸을 부끄러워하는 몸짓이다. 이 모습 또한 꽤나 요염하다.

"……무뢰배에게 몹쓸 짓을 당할 참이라 물에 뛰어들어 도망치는 수밖에 없었고, 헤엄은 칠 줄 알기에……."

더이상 물어보지 말라는 말투로 그쯤에서 말을 뚝 끊는다. 어부의 딸로 태어나 곡예사에 작부, 여관집 하녀, 다이묘의 첩. 기구한 운명에 시달려온 만큼, 오센은 꽤나 요령 좋게 남자 일동을 속여 넘기고 있었다.

---

* 옛날에 여자들이 목욕할 때 허리에 걸치던 옷.

"그건 참말로……."

점박이 남자는 오센의 말을 완전히 믿어버렸는데, 이 남자에게도 에도 토박이의 피가 흐르는 듯 동정심이 끓어올라, 먼저 각반 하나만 남기고 입고 있던 옷을 벗어 조심조심 오센에게 덮어주고, 일동의 방석을 모아다 깔아준 뒤 눕히고, 가능한 한 친절을 베풀었다.

"그럼, 댁에서도 걱정하고 계실 테니 바로 모셔다드리겠습니다. 댁은 어디십니까."

점박이 남자가 이렇게 말을 꺼냈지만, 오센은 천천히 손을 흔들었다.

"아뇨, 집으로는 돌아가고 싶지 않아요. 사정도 있고 제 신분도 나중에 천천히 말씀드릴 테니, 오늘밤은 아무 것도 묻지 말고 어디라도 좋으니 숨겨 주시지 않겠어요……?"

"아……그렇지만 돌아가지 않으시겠다고요……."

점박이 남자는 기묘한 기분에 사로잡혔다. 숨겨주는 거야 어렵지 않지만, 상대가 신분이 높아 보이는 여인인 만큼 괜한 짓을 했다가는 나중에 귀찮은 일이 벌어질 수도 있으리라는 생각을 하지 않을 수 없었다. 그래서 순간적으로 멀뚱멀뚱 주저하고 있었는데, 오센의 아름다운 눈매가 흘려내는 매력적인 눈웃음에 그만 나잇값도 못한 채 얼굴을 붉히고 말았다.

그러자, 어떤 호기심이 불현듯 점박이 남자의 마음속에 솟아났다.

(1928.9.13)

제17회
돌아온 오센 (3)

오센이 점박이 남자가 탄 배에 구출된 이후의 경위에 대해서는 그다지 길게 적지 않을 것이다. 도움을 받은 사람은 여인이고, 도와준 사람은 남자다. 하물며 오센은 물에 빠진 놈이 지푸라기라도 잡는 심정이라는 오랜 속담과도 같은 상태였고, 남자는 마흔 전후라 정력도 왕성하고, 게다가 무슨 직업인지는 몰라도 돈에는 부족함이 없어 마음에 드는 여인이 있다면 한 둘쯤은 언제든 첩으로 두고자 했고 또한 둘 수 있는 신분이다.

그래서 네즈(根津) 곤겐(権現)신사 근처에 찻집처럼 생긴 산뜻한 집을 한 채 사서, 고양이 한 마리에 할멈 한 사람, 거기다 할아범이라고 부르기엔 좀 애매한 나이의 경비까지 한 사람 두고 오센을 그 집에 살도록 했다.

그러나 우습게도, 오센은 첩이 되고나서도 점박이 남자가 무슨 일을 하는지 몰랐다. 물어보면 묘하게 말을 돌리기에 깊게 물어보지도 못하고, 알고 있는 건 '세이지(清次)'라는 이름과 올해 마흔 두 살이라는 나이, 후카가와(深川) 근처에 가게가 있고 처자식이 있다는 사실뿐이다. 건실한 상인 기질 속에도 어딘지 온화한 구석이 있고, 놀랄 만큼 돈을 잘 쓰는 부분이 의심하고 들자면 냄새가 나지 않는 것도 아니었다. 하지만 녹봉 8만 2천 석의 다이묘를 걷어찬 가공할 전과를 지닌 몸으로서는, 제 몸의 안전만 보장된다면 자기를 거둬준 사람의 정체 따위 상관없는 일이었다. 오센도 그런 사정은 잘 알기 때문에 깊이 캐묻지 않았고, 세이지 쪽도 오센의 정체를 깊이 따지지도 알아보려 하지도 않았기에, 네즈의 집은 돈으로 정조를 사고 파는 거래소 같은 곳이 된 것이었다.

진부한 말이지만 시간의 흐름은 빠르다. 오센은 네즈의 집에서 첫 정월도 보내고 벚꽃 소식에 마음이 들뜨는 계절이 되었다. 이쯤 해서 기억해야 할 것은, 마침 그 무렵 헤이도 시즈마와 족제비 마쓰키치가 에도에 왔다는 사실이다. 그러나 물론 그런 건 오센과는 아무런 상관도 없다.

오센은 애가 타는 듯 머리를 긁었다. 옆집 하타모토(旗本)*의 저택 정원에서 꾀꼬리가 한 마리 구슬프게 울었다.

요즈음 오센은 견딜 수 없을 만큼 쓸쓸했다. 그리고 참을 수 없을 정도로 애가 탔다.

세이지의 발길이 최근에 좀 뜸해진 건 사실이지만, 오센의 우울은 그 때문은 아니었다.

"가즈마 씨, 미안해요……."

오센은 입 속으로 중얼거렸다. 스미다가와 강에서 옆구리를 걷어차 강바닥에 가라앉은 무라카미 가즈마, 그가 오센의 머릿속을 한 순간도 떠나지 않고 오센을 우울하게 하는 것이다. 게다가 죽은 아이의 일도 날이 가면 갈수록 오히려 더 슬퍼질 뿐. 이런저런 생각에 어지간히 강한 성격의 오센도 때로는 죽고 싶다는 생각마저 들었다.

아이의 죽음은 불가항력의 자연스러운 수명이고, 누구의 잘못도

---

* 에도시대 쇼군 직속의 무사로서, 직접 쇼군을 만날 자격이 있는 녹봉 만 석 미만 500석 이상의 무사를 가리킨다.

아니다. 그러니 단념할 수 있다. 하지만 가즈마의 목숨, 겨우 열다섯 살짜리의 목숨을 무참히 빼앗은 건 자신이라고 생각하니, 오센은 몸서리를 칠 수밖에 없었다.

"가즈마 씨, 미안해요……."

오센은 다시 한 번 혼잣말을 했다.

(1928.9.14)

제18회
돌아온 오센 (4)

둥글게 틀어 올린 머리에 줄무늬가 있는 옷. 딱히 값비싸진 않아도 그래도 싸구려는 아닌, 유복하고 건실한 상인의 아내 같은 차림으로 오센은 요즘 곧잘 외출을 한다. 가즈마를 죽게 했다는 후회와 먼저 가 버린 아이의 생각을 잊어버리기에는 바깥 공기를 쐬는 게 제일 좋다고 생각했기 때문이다.

하지만 마쓰다이라 가문 무사의 눈에라도 뜨인다면 그야말로 큰 일이니, 오센의 외출에는 적지 않은 위험이 도사리고 있었다. 오센 스스로도 그걸 잘 알고 있어서, 집에 있을 때의 세련된 차림을 싹 바꿔서 참한 부인처럼 일종의 변장을 한 것. 그렇다고는 해도 집밖으로 나와도 이리저리 구경을 다닐 기분은 들지 않는다. 그저 목적 없이 어슬렁어슬렁 걸어 다닐 뿐이다.

첫날 발길이 향한 곳은 료코쿠의 히로코지였다. 에도야의 가메치요였던 시절이 그리워서, 발길이 자연히 그쪽으로 향한 것이다. 늘어선 가설극장 중에 여성 곡예사 일좌는 있었지만 에도야라는 이름은 어디에도 보이지 않는다.

"가메스는 어떻게 되었을까……."

멍하니 곡예 입간판을 바라보고 있자니, 제일 먼저 그런 생각이 떠오른다. 곡예를 가르칠 때의 혹독함은 지금 생각해도 몸서리가 쳐지지만, 평소에는 말할 수 없이 상냥했던 가메스가, 천애고독, 정말 의지할 데 없는 지금의 오센은 더욱 사무치게 그리웠다.

그러자 오센의 머릿속에 다음으로 떠오른 것은, 수시로 생각날 때마다 원망했던 산타였다.

"그런 형편없는 인간에게……."

오센의 눈에서 눈물이 빛났다.

잠깐 동안 그곳에 우두커니 서 있던 오센은 곧 정신을 차리고 걷기 시작했는데, 갑자기 료코쿠를 저주하고 싶어졌다. 그리운 마음에 이끌려 온 오센이었지만, 불쾌한 기억이 더 가슴을 쥐어뜯어 이제 잠시도 이곳에 머무르고 싶지 않았다. 오센은 황급히 가마를 불러 타고 집으로 돌아왔다.

하지만 다음날이 되면 역시 집에 가만히 있을 수는 없는 오센이었다. 주마등처럼 머릿속을 맴도는 이런저런 상념을 잊기 위해서는 밖에 나가는 수밖에 없었다. 이렇게 해서 오센은 매일매일 집밖으로 나섰다.

그녀가 집을 비운 새, 세이지가 오랜만에 찾아왔다.

"아씨는 오늘도 안 계십니다요, 예에—"

경비 할아범 로쿠조(六蔵)가 의미심장하게 히죽 웃었다.

그 '오늘도'라는 말이 세이지의 귀에 쑥 들어왔다.

"매일 밖에 나가는 건가⋯⋯."

이렇게 물어봐주길 바라며 '오늘도'라고 말한 거라, 로쿠조는 득의양양하게 말했다.

"그럴 만한 계절이니까요⋯⋯."

이 남자의 말 속에는 계속 뼈가 있다.

세이지는 견딜 수 없이 신경이 쓰였다. 하지만 할아범 따위가 하는 말에 놀아나서 시시콜콜 캐물을 정도로 경솔한 남자도 아니다.

할멈이 따라주고 할아범이 상대해주는 맛있을 리 없는 술을, 세이지는 자못 맛있게 마시면서 시간을 보냈다. 오후에 와서 해 질 무렵까지 이런 재미없는 술자리를 베풀며 주인나리다운 통 큰 모습을 보인 보람도 없이, 오센은 아직 돌아오지 않았다.

세이지의 분노가 참을성의 한계를 넘어 터져 나왔다.

"로쿠조, 내일부터 뒤를 밟아 봐. 뭐든 찾아내면 보상을 해주지."

이렇게 내뱉자마자 세이지는 화가 잔뜩 나서 돌아가 버렸고, 그 뒷모습을 바라보며 로쿠조는 히죽 웃었다.

(1928.9.15)

제19회
돌아온 오센 (5)

세이지가 돌아간 뒤, 한 발 늦게 오센이 느릿느릿 돌아왔다.

로쿠조는 예의 기분 나쁜 미소를 띤 채, 세이지가 방금 전까지 기다렸다고 전했다.

"나리께서 꽤나 화를 내셨습죠, 자주 오지도 않는데 집을 비우시는 법이 어디 있냐고 하셨습니다……. 이제 당분간 안 오신다고도 하셨습니다요."

"뭐, 화를 냈다고……? 흥, 기분 나빠. 나도 발이 있는데, 가끔은 밖에도 나가야지……."

억지로 누르면 톡 튕겨나가고 싶어 하는 오센의 성격. 속셈이 있어 더욱 독을 품은 로쿠조의 말을 그대로 믿고, 오센은 화를 벌컥 냈다.

분노는 다음날 아침까지도 계속되어 어제보다도 더 빨리 집에서 뛰쳐나왔다. 그런 자신의 뒤를 로쿠조가 미행하고 있을 거라고는 물론 눈치 채지 못했다.

그러나 오센에겐 딱히 갈 곳이 없는 것이다. 날이 저물 때까지 우울함을 잊을 수 있는 곳이 어딜까 이래저래 생각해봤지만, 붐비는 거리도 질렸고 쫓기는 몸으로서는 계속 신경을 쓸 수밖에. 그래서 조용한 곳을 찾다보니 요즘 말하는 교외 산책, 거기까지 생각이 미쳤다.

기분 좋은 봄볕을 가득 쪼이며 지저귀는 작은 새를 벗 삼아 맘 가는대로 발길 가는대로 걷는다. 그러다보니 어느 틈엔가 기분도 느긋해져서 기분 나쁜 기억도 떠오르지 않는다. 길을 걷다 마부나 가마꾼을 상대로 하는 밥집이 보이면 오센은 그곳에 멈춰 서서, 차로 목을 축이고 유유히 담배를 피웠다. 서둘러야 할 여행도 아니니 느릿한 발걸음이라, 그만큼 느긋했다. 그러나 이건 뒤를 밟는 로쿠조에겐 견디기 힘든 일이었다. 여자의 걸음걸이로 느릿느릿 걷는 걸 따라가는 게 쉽지 않을 뿐만 아니라, 가는 데마다 이렇게 딴 짓을 해서야 못해 먹을 노릇이다. 그 괴로움이 "두고 보자" 하는 적개심으로 변해서, 뭐든 세이지에게 보고할 거리를 잡아야만 하겠다는 의지에 불을 지폈다.

오센은 어느 샌가 호리노우치(堀の內) 근처까지 와 있었는데, 달마대사에게 참배라도 할까 싶은 기분이 되었다. 무엇이든 목적 없이 걷기는 힘든 법이다.

호리노우치 달마대사당의 경내는 특히나 조용했다. 시골에서 올라온 듯한 노인이 열대여섯 살 정도의 손녀딸 같아 보이는 소녀와 나란히 새전함 앞에서 공손히 절하고 있었고, 에도 출신 젊은 나리처럼 꾸민 남자가 새신부인 듯한 여인과 둘이서 참배를 마치고 신기하다는 듯 넓디넓은 경내를 산책하고 있을 뿐, 다른 사람은 그림자도 없다.

오센은 신당 앞에서 손을 모았지만 딱히 소원을 빌지는 않았다. 어차피 세상일이야 한치 앞도 알 수가 없고, 흘러가는 대로 살 수밖에 없다고 생각하니 별로 인생의 행복을 빌 기분이 들지 않는다. 그저 조금만 더, 마쓰다이라 가문의 사람들 눈에 띄지 않게 해달라는 기분이었다.

참배를 마친 뒤 경내 찻집에서 쉬면서 때 늦은 점심 대신 맛도 없는 과자를 집어먹고서, 에도 사람다운 능숙한 손놀림으로 담뱃대에 담배를 담다가, 오센은 어머나 하고 저도 모르게 일어났다.

본당 옆 부엌에서 나와 이쪽을 향해 조용히 걸어오는 한 젊은 승려의 얼굴이, 한날한시도 오센의 뇌리에서 떠나지 않던 그 무라카미 가즈마와 너무나 닮았기 때문이었다.

승려가 가까이 다가올수록 오센의 몸은 이상하게 떨렸다. 그러자 승려 쪽에서도 넌지시 오센에게 날카로운 시선을 던지는 듯 했다.

(1928.9.16)

제20회
돌아온 오센 (6)

두 개의 검을 지닌 시동에서 승복을 걸친 승려로, 모습은 변했지만 나이도 그렇고 무엇보다 눈매와 콧날, 양쪽으로 날개를 펼친 듯한 귀 모양까지, 아무리 봐도 이 승려는 죽은 줄 알았던 무라카미 가즈마가 틀림없었다.

그렇게 생각한 순간, 오센은 참을 수 없이 반가워졌다. 그야말로 죽은 아이가 환생한 듯한 기분이었다. 자신이 죽인 줄 알았던 남자와 마주친 공포 따위는 조금도 없는 게 신기하다.

젊은 승려는 아주 침착한 발걸음으로 오센이 앉아 있는 의자 앞을 조용하게 지나가면서, 다시 한 번 힐끗 시선을 던졌다. 그 시선과 오센의 눈이 딱 마주쳤다.

"아, 가즈마 님 아니신가요……?"

오센은 저도 모르게 그를 부르며, 매달리고 싶은 마음을 이성의 힘으로 붙들었다.

그러나, 승려는 의외로 침착했다.

"부인이셨군요."

차가운 한 마디만 던졌을 뿐, 눈썹 하나 까딱하지 않는다.

그러나 그 한 마디는 '소승은 아시다시피 이전 마쓰다이라 엣추노모리를 모시던 시동 무라카미 가즈마입니다' 라고 대답한 것과 마찬가지였으므로, 오센은 갑자기 가슴이 뭉클해서 말을 꺼낼 수가 없었다.

"저도 신기하게 목숨을 건졌습니다만, 부인께서도 무사하셔서 다행입니다. …좀 바빠서 실례하겠습니다……."

되살아난 가즈마는 얼음장 같은 차가운 태도로 말하고 재빨리 걸어간다.

"기, 기다려 주세요, 드릴 말씀이……."

오센은 기를 쓰고 불러 세웠다.

가즈마는 성가신 듯이 의자에 걸터앉았다. 멀리 떨어진 나무 그늘에 몸을 숨기고 있던 로쿠조의 눈이 이상하게 빛났다.

"정말 이렇게 건강한 모습을 뵈어서 기쁘지만, 그 때 일은 뭐라 사죄를 드려야 좋을지……. 단 하루도 잊은 적이 없었습니다……."

진심과 성의를 담은 눈물이 오센의 양 볼을 타고 흘렀다.

"아닙니다."

가즈마가 승려다운 어조로 끼어들었다.

"그 사죄는 원래 제가 드려야 할 것이지요."

오센은 가즈마가 한 말의 의미를 알 수 없어 얼굴을 들었다.

"당신에게 옆구리를 걷어 채여 정신을 잃었습니다만, 제 수명이 아직 남았는지 다시 정신이 들었을 때는 놀잇배에 구조되어 있었습니다. 그 때 저는 문득 당신을 생각했습니다. 물에 빠지지 않고 무사히 어딘가로 도망치셨으면 좋겠다고요. 이미 죽음을 각오했던 제 자신이 살고 보니 역시 말할 수 없이 기쁘더군요. 그래서 당신 일도 남일 같지 않았습니다……."

오센은 흐느껴 울며 듣고 있다. 처음엔 냉담했던 가즈마도 점차 열렬하게 말을 잇는다.

"게다가 다이묘님을 발로 찬 건 대역죄임에 틀림없지만, 따지고 보면 당신이 허락하지 않는데도 다이묘님께서 억지로 첩으로 삼으신 거라고 들었으니, 죄는 당신에게만 있는 게 아니라 황공하지만 다이묘님께도— 그렇게 생각하니, 시비선악을 가리지 않고 무턱대고 당신을 잡으려 든 제 행동이 부끄러워졌습니다……. 그리고 동시에, 뭐든 다이묘님을 우선하고 도덕적으로 옳은지 그른지 상관없이 다이묘님 위주로 해야만 하는 무사의 생활이 저는 정말 싫어졌습니다……. 그래서 한 번 죽은 몸, 다시 태어난 기분으로 이렇게 머리를 밀고 출가하게 된 겁니다……."

(1928.9.17)

제21회
돌아온 오센 (7)

그렇게만 말하고 가즈마는 불쑥 일어났다.
"이제 다시 뵐 일은 없겠지요, 건강히 잘 지내십시오……."
그리고는 지체 없이 걸어간다.
"아아, 이보세요……."

오센이 허둥지둥 불렀지만 들린 건지 듣지 못한 건지, 가즈마는 돌아보지도 않는다.

오센에게는 아직 물어보고 싶은 것이 많았다. 하다못해 어디 사는지만이라도 묻고 싶어서 정신없이 따라가려고 했지만, 불도를 닦은 노승처럼 고상하게 한 걸음 한 걸음 멀어져가는 뒷모습을 보니 이상하게 주저하게 되어 말을 걸지도 못했다. 그 사이에 가즈마의 뒷모습은 금세 오센의 시야에서 사라져버렸다.

오센은 망연자실해서, 잠깐동안 찻집 의자에 앉은 채 꼼짝도 하지 못했다.

잠시 후 오센은 꿈에서 깨어난 사람처럼 비틀비틀 찻집을 나섰다. 그리고 가마를 불러 죽은 듯이 그 안에 웅크리고서 네즈로 돌아왔다.

그 날, 로쿠조는 오센보다도 훨씬 늦게 어두워지고 나서야 돌아왔다.

"아씨는 몇 시쯤 들어오셨어?"

로쿠조가 할멈에게 물었다.

"글쎄, 밝을 때 돌아오시긴 했는데, 기분이 안 좋으시다며 들어가서 주무시는데……."

할멈의 대답을 듣고, 로쿠조는 쿡 미소를 흘렸다.

"내가 말이야, 바람피우는 상대 놈의 정체부터 사는 데까지 싹 알아 났다구. 그래서 피곤해……."

"허, 상대는 배우야?"

"무슨, 배우는커녕……."

로쿠조는 이렇게 말했지만, 문득 생각난 듯이 덧붙였다.

"뭐든 무슨 상관이야."

할멈도 더는 묻지 않고, 화롯불을 뒤적여 불씨를 돋우기 시작했다.

로쿠조는 즐거운 듯 술을 홀짝홀짝 마시고 있다.

그러다 열 시쯤 되었을까. 근방은 이미 한밤중이다. 로쿠조는 술에 취해 대자로 뻗어 코를 골고 있다. 할멈도 술상을 정리하고 잘 준비를 하고 있을 때, 뒷문을 두드리는 사람이 있었다.

할멈이 무서워하며 뒷문을 열자, 그곳엔 세이지가 서 있었고 그 뒤로 두 세 명의 사람 그림자가 있는 것 같았다.

"아이고 나리, 왜 뒷문으로……."

할멈이 이상하다는 듯 말하는 걸 세이지는 쉿, 하고 손으로 막고는, 뒤에 선 사람들을 재촉하며 들어섰다.

오센이 일어나서 나오고 로쿠조도 잠에서 깨어 날이 밝았나 싶게 소동이 벌어졌지만, 세이지는 손수 온 집안의 문단속을 점검하더니 집안사람들을 모두 물리고는 데려온 세 사람과 무언가 밀담을 나누기 시작했다. 오센은 잘됐다 싶어 혼자서 다시 잠자리로 기어들어가 버렸다. 세이지가 데려온 세 사람은 오센이 일전에 스미다가와 강 상류에서 도움을 받았을 때 배에 타고 있던 남자들인데, 오늘밤은 완전히 불량배 같은 차림새인데다 세이지가 여느 때와는 달리 안절부절 못하는 것도 오센은 좀 마음이 쓰였다. 그렇지만 오센으로서는 그런 걸 신경 쓰는 것보다, 오늘 만난 가즈마와 곡예를 벌이는 꿈을 계속 꾸는 편이 훨씬 중요했다.

로쿠조는 오늘 탐색한 스님에 관한 이야기를 세이지에게 보고하고 싶어서 견딜 수가 없었다. 그래서 세이지가 변소에 가려는 참에 쫓아가서 말을 걸었다.

"나리, 아씨의 그 놈이 누군지 알아냈습니다요……."

그러나 세이지는 귀찮다는 듯 야단을 쳤다.

"그럴 때가 아니라고!"

(1928.9.18)

제22회
에도에 자리 잡은 악귀 ⑴

엔도 엣추노모리의 본가는 사쿠라다몬(桜田門) 밖, 별장은 시바아카바네바시(芝赤羽橋) 근처. 녹봉 11만 석의 다이묘지만 굉장히 부유하고 호화로운 생활이다. 시노하시(四の橋)에 자리 잡은 그 광대한 별장 주변을 이 밤중에 어슬렁대는 두 그림자가 있었다. 한 사람은 오다와라 이후로 익숙한 족제비 마쓰키치고, 또 한 사람은 고이소 사당 옆에서 불쑥 나타난 엣추노모리의 가신 구와바라 곤하치로(桑原権八郎)*. 마쓰키치는 손수건으로 요령 좋게 얼굴 반을 가렸고, 곤하치로는 검은 복면을 썼다. 그림자는 둘 뿐 시즈마의 모습이 보이지 않는 것이 이상하지만, 아마 실전에는 참여하지 않고 뒤에서 조종하고 있는 것일 테다.

사당 옆에서 이루어진 곤하치로와 시즈마의 만남에 대해서는 이미 이야기한 바 있지만, 이렇게 마쓰키치와 함께 엣추노모리 별장의 주변을 맴도는 걸로 봐서, 곤하치로는 시즈마와 의기투합하여 엣추노모리에게 반격할 행동에 나선 것으로 보인다. 아니, 보이는 것이 아

---

* 누락된 14회 연재분에서 처음 등장한 것으로 추정되는 인물이다.

니라 실제로 그런 것이다. 곤하치로와 혼다 쇼우에몬은 연배도 비슷하고 집안도 누가 더 낫다고 보기 어려웠지만, 인생에서 뭐니 뭐니 해도 가장 중요한 처세술이라는 면에서는 쇼우에몬이 훨씬 뛰어났다. 그러므로 쇼우에몬이 훨씬 출세하여 차석 가로가 된 데 비해, 곤하치로는 직책이 없는 무사에 근습(近習)*이었다. 그것도 검술만은 특별하게 뛰어나기 때문에 얻은 다이묘의 호위 무사 수준의 지위일 뿐이다. 그래서 곤하치로는 끊임없이 불평하며 엣추노모리를 원망했고 쇼우에몬을 증오했다.

그럴 때 또 하나의 사건이 벌어졌다. 곤하치로의 아내가 병으로 죽어 후처를 맞이해야겠다고 마음먹었을 무렵. 신분은 낮지만 같은 집안 모 씨의 딸 '야에(やゑ)'라는 열아홉 살의 미인이 있었는데, 후처로는 아까울 정도로 어리고 마음씨도 고운데다 여인 쪽에서도 곤하치로를 마음에 들어 해 서로 좋아하는 사이였다. 그걸 알았는지 몰랐는지 엣추노모리가 군주의 명령이라는 절대 권력을 휘둘러 그녀를 첩으로 삼아 버렸다. 그 중개인으로 나섰던 자가 혼다 쇼우에몬이라는 걸 알았을 때, 곤하치로는 피가 밸 정도로 이를 갈며 분하게 생각했다. 그 이후로 엣추노모리를 원망하고 쇼우에몬을 증오하는 마음은 더한층 커질 뿐이었다. 처음에는 야에도 증오했지만, 첩이 된 야에가 매일같이 우울한 얼굴로 있다는 얘기를 전해듣고는 야에를 미워하던 마음만은 수그러들었다. 하지만 오히려 그만큼 슬픔이 더 깊어질 뿐이었다.

---

* 영주·군주를 가까이서 섬기는 신하.

그런 곤하치로이기에, 시즈마가 오다와라의 본진에 뛰어들어 쇼우에몬의 손아귀에서 백치 겐타를 빼앗아가는 장면을 통쾌하다고 외치고 싶은 마음을 억누르며 지켜보았던 것이다. 만일 싸움이라도 벌어졌더라면, 곤하치로는 자연스럽게 뛰어난 실력을 발휘하여 시즈마의 편에 서서 쇼우에몬을 베었을 지도 모른다.

곤하치로에게 그런 속셈이 있는지는 모르기 때문에, 시즈마를 붙잡아오라는 큰 역할이 맡겨졌다. 곤하치로는 잘 됐다고 생각하며 겉으로는 군주의 명령을 받드는 엄숙한 얼굴을 했지만, 추격 도중에 동료인 다카바야시 센고로(高林善五郎)를 살해하고 시즈마와 한 패가 된 것이다. 그런 곤하치로는 사당 곁에서 시즈마에게 성의를 담은 표정과 말투로 이렇게 힘주어 말했다.

"귀하가 엣추노모리의 인롱을 노리고 한 지방 다이묘의 소지품을 훔쳐낸 건 정말로 통쾌했소. 혼다의 진퇴 문제까지 달린 일이긴 하지만, 인롱이야 또 만들면 되는 것이지. 엔도가에는 훨씬 귀한 물건이 있다오. 그걸 도둑맞는다면 혼다 쇼우에몬은 고사하고 엣추노모리까지도 큰일이 나는 물건이……."

듣고 있자니 시즈마의 호기심이 무럭무럭 자라났다.

"그게 무엇이오."

"그걸 말씀드리긴 아직 이르지. 귀하와 내가 인연이 이어진다면 그때 말씀드리겠소. 그럼 오늘은 이만."

곤하치로는 이렇게 산뜻하게 미끼를 던지고는 그 자리를 떠난 것이다.

그리고는 오늘 밤이다. 시노하시 별장 주변을 한 번 둘러보고는, 복면한 곤하치로가 마쓰키치에게 무언가 속삭인다. 마쓰키치는 끄덕임과 동시에 검은 담장 아래까지 순식간에 달려갔다. 갈고닦은 빠른 솜씨로 휙 몸을 날려 문자 그대로 족제비 같은 묘기로, 올려다봐야 하는 높은 담장을 소리도 없이 뛰어넘었다.

(1928.9.19)

제23회
에도에 자리 잡은 악귀 (2)

헤이도 시즈마는 애도(愛刀) 오우미노카미 요시히로(近江守吉広)를 검집에서 빼어들어 한 번 휘둘러보았다. 혈색이 안 좋은 시즈마의 마른 얼굴에 보기 드문 미소가 떠올랐다.

홍고(本郷) 쓰마코이자카(妻恋坂)의 은신처에서, 시즈마는 때때로 이런 광기어린 짓을 한다. 찾아오는 사람도 없고 무언가 초조할 때면, 시즈마는 언제나 애도를 크게 위 아래로 휘둘러 에잇, 기합과 함께 내리치거나 좌우로 흔들어보거나 한다. 그러면 신기하게도 마음이 가라앉는다. 이런 기분일 때 금슬 좋은 부부라도 본다면 그길로 끝장이다. 하코네 산 속의 전철을 밟아 피를 보지 않고는 끝나지 않을 지도 모른다.

지금 시즈마가 안절부절 못하는 건 곤하치로와 족제비 마쓰키치의 복귀가 늦어지고 있기 때문이다. 4월 초순의 밤은 이미 밝아지기 시작해서 부서진 문틈으로 하얀 빛이 새어들고 있었다.

시즈마는 요시히로를 다시 검집에 넣고, 침상 위에 앉았다.

그 때, 잠그지 않은 뒷문이 소리 없이 열리고 곤하치로의 뒤를 따라 마쓰키치가 득의양양한 얼굴로 나타났다. 이미 날이 밝아 검은 복면을 어디에 벗어두었는지 평범한 낭인 차림의 곤하치로. 마쓰키치도 뒤집어썼던 손수건을 벗고, 옆머리에 빗자국이 남은 용의주도한 모습이다.

"일이 잘 됐군······."

두 사람의 안색을 읽고는 꽤 기쁜 듯이 말한다. 이 한 마디, 말 없는 시즈마로서는 천 마디보다 더한 개선장군을 맞이하는 치하의 말이다.

"오다와라에서의 실수를 겨우 만회한 거지요······."

마쓰키치가 1등이라고 적힌 성적표를 부모님께 보여드리는 소학교 1학년생 같은 태도로 자신만만하게 내민 물건. 시즈마는 말없이 받아들고 등불 심지를 돋운다. 금가루를 뿌린 나시지(梨子地)*에 소나무와 매화나무를 금박으로 그려넣은 인롱. 금박으로 대나무를 그려넣은 만두 모양의 네쓰케(根付)**는 인롱에 그려진 소나무와 매화나무를 돋보이게 한다. 끈에 달린 검푸른 유리(瑠璃)의 배색도 좋다. 시즈마의 긴장한 얼굴 근육이 풀리더니 예의 비웃는 듯한 미소가 된다.

"그 인롱의 제일 아래 칸이 보고 싶은데."

갑자기 곤하치로가 말한다.

"아래 칸에 뭔가 들어 있네."

시즈마도 이렇게 거들었다.

곤하치로가 4단 인롱의 제일 아래 칸을 살펴보고는 말했다.

---

*   외관을 배의 표피 반점처럼 만든 것.

** 에도 시대에 남자가 담배쌈지나 지갑의 끈 끝에 매달아 허리띠에 질러 빠지지 않게 하는 세공품.

"이거야, 이거라구. 엣추노모리가 즐겨 쓰는 남만(南蠻)*에서 건너온 수면제다."

"허, 그 다이묘님은 불면증이신가 봅니다. 그렇다면 간밤엔 그걸 먹고 잠든 모양이네요, 아까는 잘도 주무시더이다."

마쓰키치가 끼어든다.

"아니야, 엣추노모리가 먹는 게 아니지. 점찍은 여자가 말을 듣지 않을 때 그 수면제를 몰래 먹여서 욕심을 채우는 거야. 여자란 마음이 약해서 한 번 몸을 허락하면 그걸로 끝이니까 말야……."

곤하치로는 예전에 열렬히 사랑했던 야에를 떠올렸지만, 목소리에 비통함이 스며 말꼬리를 흐린다.

"엣추노모리는 그런 인간이었나……."

시즈마는 분개했다.

"혼다 쇼우에몬을 곤란하게 만드는 게 목적이라 엣추노모리가 즐겨 쓰는 물건을 훔쳐오라고 한 거지만, 그걸 계기로 귀공을 알게 되고 귀공을 통해 엣추노모리의 그런 죄악을 들었으니 가만히 있을 수는 없겠군. 엣추노모리를 응징해야겠소. 마음을 준 여인이 이쪽을 배신하고 다른 남자에게 가려고 할 때, 완력으로 여인을 굴복시키는 건 쉬운 일이지만 그런 짓을 하지 않기 위해 우리는 고뇌하는 거요. 구와바라, 귀공도 그러하겠지. 게다가 엣추노모리는 연약한 여인에게 남만에서 들여온 비약 따위를 먹여 억지로 자기 여자로 만들었다니, 말도 안 되는 짓을 했군. 어차피 세상에 등 돌린 우리다. 내친 김에 엣추노

---

* 일본의 무로마치(室町) 시대부터 에도 시대에 이르기까지, 해외 무역의 대상이 된 동남 아시아 및 동남아시아에 식민지를 가진 포르투갈·스페인을 일컫는다.

모리를 적으로 삼아 호되게 혼을 내주는 게 어떤가?"

"그거 재미있겠군. 내게 엣추노모리는 원수지. 혼자라도 할 셈이오."

곤하치로는 이렇게 대답했다.

"저는 그런 걸 세 끼 밥 먹는 거보다도 좋아서…다이묘라면 상대로 부족함이 없네요."

마쓰키치는 조닌답게 엉뚱한 소리를 유쾌하다는 듯 말한다.

(1928.9.20)

제24회
에도에 자리 잡은 악귀 ⑶

"그런데……."

곤하치로가 정색했다.

"인롱 따위보다 훨씬 더 소중한 물건, 마쓰키치의 멋진 솜씨로 훔쳐내 왔소."

"이거 말씀이시죠. 이놈은 저도 좀 고생했습니다."

마쓰키치가 시즈마에게 내민 것은, 가로 2촌*에 세로 1촌, 두께 5~6푼** 정도 되는 작은 시마기리(縞桐)*** 상자.

---

*   1촌은 약 3.03cm.

**   1푼은 약 0.3cm.

***   결이 실처럼 가늘고 고운 오동나무.

"이거군. 귀공이 옛추노모리에게 목숨보다도 소중한 물건이라고 한 게……."

"먼저 안에 들어 있는 물건을 보는 게 좋아. 설명은 그 다음에 하겠소"

시즈마가 서툰 손놀림으로 시마기리 상자의 뚜껑을 여니, 안에서 나온 것은 모란과 사자의 그림이 새겨진 작은 붉은색 상자. 그 뚜껑을 열자 묵호(墨壺)*와 인주, 붓과 함께 사치스러운 은 세공이 된 작은 벼루가 들어 있다.

"거기 새겨진 이름을 보게, '소민(宗珉)'이라고 쓰여 있을 거야. 교호(享保) 18년**에 죽은 요코야 소민(橫谷宗珉)***이 만든 거지. 이건 소민이 쇼군 이에노부(家宣)****의 명을 받고 만든 것인데 이에노부 공께서 아주 즐겨 쓰셨다더군. 그걸 물려받은 지금의 쇼군 이에나리(家齊)*****공께서도 아주 마음에 들어 하시던 물건이지만, 3년 전쯤에 쇼군 어전 와카회(御前の和歌の会)******에서 자랑스럽게 그 벼루를 주루룩 앉아 있는 다이묘들 앞에서 꺼내 보이셨는데, 그 벼루가 마음에 들었는지 제일 먼저 찬사를 보낸 사람이 조슈 다카사키의 성주 마쓰다이

---

* 먹물을 담아 두는 용기.

** 교호 시대는 1716년~1736년. 교호 18년은 1733년이다.

*** 요코야 소민(1670~1733)은 에도 시대 중기의 장검·금속공예가.

**** 도쿠가와 이에노부(德川家宣)는 에도 막부의 제6대 쇼군(재직기간은 1709년~1712년)이다.

***** 도쿠가와 이에나리(德川家齊)는 에도 막부의 제11대 쇼군(재직기간은 1787년~1837년)이다.

****** 쇼군 앞에서 일본 고유의 시 '와카'를 지어 읊는 행사.

라 우쿄노스케였어. 그랬더니 쇼군께서는 그날 와카회에서 특별하게 우수한 노래를 지은 자에게 그 벼루를 내리시겠다고 하신 거야."

"그래서 저 엔도 엣추노모리라는 호색 다이묘가 노래를 읊었다는 거군요."

마쓰키치가 선수를 쳤다.

"기다려 봐. 끝까지 듣게. 거기 모여 있던 수많은 다이묘들 중에는 소민이 얼마나 유명한 세공사였는지 모르는 자들도 있었지만, 쇼군 께서 직접 하사하신다는 게 중요한 거니 물건은 뭐든 상관없었지. 다들 혈안이 돼서 서른 한 개의 글자를 쥐어 짜내 쇼군에게 제출했고, 엣추노모리가 압도적으로 1위. 그 벼루는 엣추노모리에게 하사되었 지만 마쓰다이라 님은 자기가 벼루를 칭찬했기 때문에 쇼군이 포상 으로 내걸었던 데다, 자기 노래가 엣추노모리 바로 다음 순위로 뽑혔 기 때문에 굉장히 아쉬운 표정을 했다지."

"과연. 그럼 그 인롱보다도 엣추노모리에겐 훨씬 더 소중한 것이 겠군."

"소중하다뿐인가, 엣추노모리는 항상 품에 넣고 다니면서 본가에 서 지낼 때에는 본가에, 별장에서 묵을 때에는 별장에 가져가서 거실 문갑에 넣어두는 거요."

"그 문갑을 또 말도 안 되게 심하게 잠가놔서, 저 땀 좀 뽑았습지요."

마쓰키치, 얼씨구나 하고 자랑하고 싶은 모양이다.

"어쨌든 이 벼루를 분실한다면 엣추노모리 가는 완전 낭패를 볼 수밖에 없소. 매년 정월에 열리는 쇼군 어전 와카회에 엣추노모리가 그 벼루를 꼭 가지고 가기 때문에, 올해만 안 가져갈 수도 없는 노릇 이지……. 후후후, 엣추노모리와 쇼우에몬의 당황한 얼굴이 보고 싶군······."

곤하치로도 시즈마 못지않게 비웃는 듯한 미소를 띠는 남자다.

"혼다 녀석, 아무래도 낭인이 될 운명을 피할 수 없겠군······."

시즈마의 생생한 얼굴은 요시히로를 휘두르던 남자와는 다른 사람 같다.

"쇼우에몬 말인가, 피할 수 없고 말고. 내일까지 갈 것도 없이 오늘에라도 낭인이 되거나 할복이야······."

"아니 할복까진 시키고 싶지 않네. 좀 더 살려두고 천천히 괴롭혀주고 싶어."

시즈마의 얼굴에는 또다시 잔인한 표정이 떠올랐다.

"혼다는 그렇다 치고 엣추노모리도 무사하진 않을 거요. 이걸로나 역시 엣추노모리에 대한 가장 큰 복수를 이룬 거다."

곤하치로도 유쾌한 것 같다.

"이제부터는 도리에 어긋난 방식으로 여인의 정조를 빼앗은 엣추노모리에게 모욕을 줄 수단을 생각해야 하겠는데."

시즈마가 이렇게 말했다.

"그거 말이죠, 저도 할 수 있는 일이라면 뭐든 하겠습니다. 조닌이 다이묘님을 괴롭힌다는 건 표면상 있을 수 없는 일이니까요."

(1928.9.21)

제25회
에도에 자리 잡은 악귀 (4)

헤이도 시즈마는 애도 오우미노카미 요시히로를 허리에 차고, 무늬가 들어간 홑옷을 걸쳐 입은 채 무언가 생각에 잠겨 걷고 있었다.

벌써 5월, 여름이다.

엔도 가에는 본가와 별장을 막론하고 때때로 마쓰키치를 보내 나쁜 장난을 쳤다(엔도 가의 혼잡한 상황 및 혼다 쇼우에몬의 신변에 대해서는 나중에 설명하겠다). 그러나 시즈마의 진정한 목적인 엣추노모리의 음탕한 콧대를 꺾어줄 일은 아직 실행하지 못하고 있었던 것이다. 왜? 이유는 간단했다. 돈이 없기 때문이다. 엣추노모리를 응징할 방법이란 당연히 엣추노모리에게서 애첩을 빼앗아오는 것이었지만, 살아있는 인간을 데려오는 이상 어떻게 먹고 살게 해야 할지도 생각해야 한다. 그러나, 자신과 곤하치로로 두 사람이 먹고 사는 것에도 급급한 시즈마.

마쓰키치에게 일을 시킨다면 타인의 재물이 얼마든지 들어올 것이다. 하지만 시즈마에겐 아무리 궁핍하더라도 훔친 돈으로 생활하려는 생각은 꿈에도 없었다. 하물며, 스스로 도둑질을 하려는 생각 같은 건 해본 적도 없다. 만일에 대비하여 곤하치로에게도 노상강도 같은 짓은 절대로 하지 말라고 단단히 일러두었다. 그렇기 때문에 생활고에 시달리는 것은 당연했다. 마쓰키치야 도둑질이 생계 수단이니 그가 먹고 살기 위해 도둑질을 하는 것은 묵인했지만, 마쓰키치에게서 한 푼도 도움을 받지 않겠다는 결심은 굳건했다.

시즈마의 고민은 이 생활고였다. 이렇게 되면 무사만큼 융통성이 없는 부류가 없다. 무사라는 자들은 궁핍을 격퇴하는 데 있어서는 무능력자다. 이 일을 그만두면 쓸모가 없는 것이다.

해질 무렵 쓰마코이자카의 은신처에서 뛰쳐나온 시즈마, 정처 없이 걷다보니 밤이 이슥해졌을 즈음에는 오카와바타(大川端)*의 바람을 맞고 있었다. 아직 여름 축제가 시작되지 않아 강물에 놀잇배는 보이지 않았지만, 기생들을 동반한 무사나 조닌이 옅은 취기에 흥겹게 오가는 모습이 시즈마의 신경을 건드렸다.

"베어버리기는 쉽지만, 베지는 않더라도 슬쩍 협박이라도 한다면……."

두툼한 지갑을 품속에 넣은 듯 오비 위가 봉긋하게 부풀어 오른 유복해 보이는 조닌을 보자, 시즈마의 마음속에 깃들어 있던 추악하고 더러운 유혹이 불끈 솟았다.

"아니지, 도둑질만은 해서는 안 돼……."

시즈마는 스스로의 마음을 꾸짖었다. 그러나, 분명 어제부터 아무것도 먹지 못하고 은신처의 빛바랜 천정만 바라보며 누워 있을 곤하치로를 생각하니 마음이 바뀌었다.

시즈마의 발은 무의식중에 그 유복해 보이는 조닌의 뒤를 좇았다. 료코쿠 다리 근처, 지금의 하마초(浜町) 후지도(藤堂)의 저택 앞 부근, 달빛이 밝았다.

조닌과 나란히 걷고 있는 여인은 야나기바시(柳橋)**의 기생 같아 보이는 차림새다. 키가 훌쩍 크고 허리 모양은 우키요에(浮世絵)에서 빠

---

* 스미다가와 강의 하류.

** 일찍이 도쿄 다이토구(台東区) 야나기바시에 있던 유곽 거리.

져나온 듯 맵시 있어, 언젠가는 '아무개네'라는 간판을 내걸고 독립할 정도는 된다. 조닌은 대갓집 주인으로 보이는 마흔 살 전후. 이 두 사람, 기생과 기둥서방이라는 관계 이상으로 서로 마음이 통하는 것 같아 보인다. 좀 더 알기 쉽게 말하자면 서로 반한 사이인 모양이다.

보통 때의 시즈마라면, 어깨가 서로 스칠 정도로 나란히 걷는 모습이 검에 피를 묻힐 동기가 되었을 지도 모른다. 그러나 오늘 밤은 조닌의 부푼 품속이 신경 쓰일 뿐이라, 그걸 막으려는 양심이 머리를 쳐들어 벨 생각은 꿈에도 없었지만, 발만은 양심의 제지를 듣지 않고 계속 그들의 뒤를 따라갔다.

"호호호호."

기생이 밝게 웃었다.

"하하하하."

조닌이 그에 답하듯 몸을 흔들며 웃었다. 그것이 뒤에 있던 시즈마를 울컥하게 했다. 예의 버릇이 도진 것이다.

허리를 비틈과 동시에 시즈마의 손이 허리에 찬 요시히로의 검집에 닿았다. 검집에 닿자마자 검을 뽑는 것이 무악류(無樂流)*의 특징이지만, 미처 검을 뽑기 전의 그 찰나 시즈마에게 부딪쳐 온 사람이 있었다.

(1928.9.22)

---

* 검술 유파의 하나.

제26회
에도에 자리 잡은 악귀 (5)

느닷없는 공격에 시즈마, 과연 실력자답게 쉽게 넘어지지는 않았지만 검을 뽑는 건 보기 좋게 제압당했다. 발도술(拔刀術)에 통달한 자가 뽑으려고 검집에 손까지 댄 검을 못 뽑게 막는다는 건 있을 수 없는 일이다. 때문에 시즈마는 부딪쳐온 자가 꽤나 실력자라는 걸 순간적으로 간파했다.

"웬 놈이냐!"

이렇게 일갈함과 동시에, 시즈마는 주의 깊게 다가오면 베어버리겠다는 자세를 취했다. 거합술(居合術)*을 한 번 제지당한 만큼 이 적에게 두 번 같은 기술을 쓸 생각은 없었다. 그저 단단히 스스로를 지킬 뿐이다.

예의 조닌과 기생은 뒤에서 벌어진 일은 아무 것도 모른 채 이미 수십 걸음 앞서 걸어가고 있다. 오가는 사람의 발길이 일순 끊겼다.

"네 이놈, 저 조닌을 베려고 했겠다……."

시즈마의 거합술을 순간적으로 막은 남자. 나이는 서른 대여섯, 풍채도 초라하지 않은 무사는 미소를 머금고 말했다.

"무익한 살생은 막아야지. 베어야 할 이유가 있다면 그 이유를 말하고 베어야 할 게 아닌가. 기껏해야 조닌으로 보이는데 기습은 아무래도 옳지 않아. 아까부터 네놈이 수상해서 계속 지켜보다가 조닌의 생명을 구하려고 막은 것이다……."

---

* 앉아 있다가 재빨리 칼을 뽑아 적을 베는 검술.

식은땀이 시즈마의 겨드랑이를 타고 흘러내렸다. 이 무슨 낭패란 말인가. 조닌의 품속을 노리는 불순한 생각에만 집중해서, 이 무사의 존재도 깨닫지 못했고 경지에 이르렀다고 굳게 믿었던 거합술도 실패했던 것이다.

"면목이 없군……."

시즈마는 태세를 허물고 검집에 댔던 손도 내렸다.

"귀하가 막지 않았더라면 나는 태어나서 처음으로 노상강도짓을 할 참이었소……. 은혜를 입었네……."

시즈마의 솔직함이 상대방 무사에게는 의외였다.

"노상강도……. 귀하가 그런 마음을 품었을 줄은 몰랐소. 나는 새 검을 시험해보려는 줄로만 알았지……."

"훔칠 생각이 없었다면, 실례요만 귀하가 몸을 부딪쳐오기 전에 저 조닌은 몸이 두 동강 났을 것이오. 불순한 마음을 품었던 만큼, 귀하가 옆에 있다는 것도 모르고 꼴사납게 낭패를 보았구려……."

"태어나서 처음으로 노상강도가 되려 했다고 하셨소……. 뭔가 사연이 있는 게요……."

이 무사, 오지랖이 넓거나 아니면 매우 친절한 사람인 건지, 어조를 낮추어 경우에 따라서는 얘기를 들어주겠다는 뜻을 비춘다.

"하하하하."

시즈마는 웃음으로 얼버무리려고 했지만, 그 웃음은 내장을 쥐어짠 비명에 가까웠다.

"아니, 초면에 당치 않은 실례를 저질렀소……."

무사는 정중하게 인사하고 일어나서 가려고 하다가, 문득 멈춰 섰다.

"귀하는 무악류의 거합술에 통달한 걸로 보이는데 어떻소. 두 번째로 내가 말을 걸었을 때는 이미 거합 자세를 날려버리고 다른 자세를 취한 걸로 보였소만. 어쨌든 귀하는 상당한 실력자로 보이오만, 귀하 정도의 실력을 갖춘 사람이 우발적이긴 하지만 도적이 될 생각을 품다니 너무나 안타깝기 그지없소. 실례일지도 모르겠소만 절박한 사정이고 큰돈이 아니라면 나한테 부탁함이 어떠하오. 옷깃만 스쳐도 인연이라는데, 이대로 그냥 가기는 그렇구려. 부디 허심탄회하게 이야기해보구려……. ……나는 조슈 다카사키의 성주 마쓰다이라 우쿄노스케의 가신 오스가 하야토(大須賀隼人)라 하는 자요…….”

“엇!”

시즈마의 눈이 빛났다.

(1928.9.23)

제27회
에도에 자리 잡은 악귀 (6)

조슈 다카사키, 마쓰다이라 우쿄노스케……어라, 하고 생각하다보니 순간적으로 시즈마의 뇌리에 떠오른 것은, 엔도 엣추노모리가 쇼군에게서 벼루를 하사 받았을 때 경쟁에서 진 자가 마쓰다이라 우쿄노스케라는, 구와바라 곤하치로에게서 들었던 이야기다. 하지만 독자 여러분은 우쿄노스케에 대해서 더 많은 정보를 가지고 있을 것이다. 즉, 스미다가와 강변 별장에서 애첩 오센에게 발길질을 당했다는 체면이 말이 아닌 이야기.

"인사가 늦어 미안하오, 내 이름은……."

이렇게 말하다 마는 시즈마.

"성명은 말씀드릴 수 없소. 하지만 내 거합술을 막아낸 귀하의 무도 실력에는 아주 감복했다오. 거듭 배려해주셔서 참으로 부끄럽소만, 그 뜻은 부디 거두어주시오."

딱딱한 어조로 시즈마는 냉정하게 내뱉는다. 타인의 호의를 받지 못하게 된 건, 마음에 깊은 상처를 입은 후로 시즈마의 후천적 성격이다.

"아니, 억지로 그러시라는 건 아니었소……."

오스가 하야토라는 무사는 시즈마의 태도에 화도 내지 않고, 아직 뭔가 더 말하고 싶은 것 같다.

"마쓰다이라 님의 집안사람이라고 하셨소?"

갑자기 시즈마가 말했다.

"무례한 부탁일 지도 모르지만, 조슈 공이 탐내실만한 물건을 내가 가지고 있소만, 중재를 좀 해주겠소?"

하야토는 대답 대신 시즈마의 얼굴을 가만히 바라보았다. 이 기괴한 남자가 뭔가 공갈협박을 하려나 싶은 의중인 듯 하다.

"갑자기 이런 소릴 하면 기괴하게 여기시겠소만, 귀하는 엔도 엣추노모리 님께서 쇼군에게 하사 받으신 소민의 벼루에 대해 들어보셨소?"

"앗, 소민의 벼루……! 오……."

하야토는 녹봉 350석을 받는 마쓰다이라의 가신 중 한 사람. 우쿄노스케가 1, 2위를 다투다가 소민의 벼루를 아깝게 놓쳤다는 건, 우쿄노스케 본인에게 들어 알고 있었다. 그 얘기를 하면서 우쿄노스케가 분에 못 이겨 하던 모습이, 점차 확연하게 기억 속에서 또렷하게 눈앞에 보이는 듯 되살아났다.

"그 벼루를 우연히 내가 손에 넣었는데, 조슈 공이 사주시지 않을까……."

시즈마가 하는 말이 점점 더 괴이하게 들리는 하야토. 여우에게 홀린 듯한 기분이라 대답도 못했다.

"솔직히 말씀드리자면, 정처 없이 떠돌다보니 생활이 어려워졌습니다. 그래서 귀하가 조슈 공의 가신이라는 걸 알게 되어 문득 떠오른 것이오만, 꼭 배려해주셨으면 하오……."

"주인께 말씀을 전하는 거야 어렵지 않소만……. 귀하가 어떻게 손에 넣었는지, 그걸 먼저 듣고 싶소."

"그건 말씀드릴 수 없소."

두 사람 다 잠시 말이 없었다. 달빛은 점점 더 밝아졌다.

그 이상한 침묵을 하야토가 먼저 깼다.

"어쨌든 주인께 전하고 어떻게든 답을 전하고 싶은데, 성함과 주소를 여쭈어도 되겠소?"

"그것도 말씀드릴 수 없소."

"그럼 어떻게 전하오?"

"……."

"날짜와 시간을 정해 어디서든 뵙시다. 이 장소가 귀하와 희한한 인연을 맺은 장소이니."

그러자 시즈마도 고개를 들며 말했다.

"이곳이 좋겠소."

(1928.9.24)

제28회
직업을 바꾼 오센 ⑴

오센이 호리노우치 대사당 경내에서 가즈마와 생각지도 못한 대면을 하고, 미련을 품은 채 돌아온 그날 밤.

수상한 세 남자를 첩의 집으로 데려온 세이지는 오센을 비롯한 집안사람들을 물러가게 한 뒤 방에서 무언가 밀담을 시작했는데, 이를 수상하다고 여긴 것은 로쿠조다.

오센도 수상쩍게 여기지 않은 것은 아니지만, 한 치 앞도 알 수 없는 인생 되는대로 살자가 신조인 오센인지라 이런 일에는 무척 낙천적이어서, 혼자 잠든 침상에서 꿈을 꾸고 있었다.

그 꿈이란 것이…….

가즈마의 법의를 곱게 기워주는 꿈이기도 하고…….

제대로 갖춰 입은 멋진 무사의 모습으로 변한 가즈마와 하필이면 스미다가와 강에 뜬 놀잇배에 있다가, 우쿄노스케의 부하들이 배를 포위하는 바람에 가즈마와 함께 꼼짝없이 당할 판. 그 순간 가즈마가 뽑은 큰 칼이 번뜩이나 싶더니 눈 깜짝할 새에 피 바람을 일으키고, 쫓아오던 부하들은 커다란 물기둥을 일으키며 연달아 강물에 빠지고 만다. 피로 물든 배 안에 가즈마와 단둘이 남았을 때, 오센은 가즈마에게 있는 힘껏 매달린다.

"가즈마 님, 영원히 우리 둘이서 함께 살아요……."

그러나 가즈마는 대답하지 않는다. 다시 보니 어느 틈에 무사에서 승려의 모습으로 변해 오센을 거세게 밀쳐내고는 강을 건너 뭍으로 올라가더니, 순식간에 사라져 버렸다.

꿈은 거기서 뚝 끊겼고 잠에서 깨어났다.

"가즈마 씨를 사랑하게 된 걸까……."

오센은 스스로도 부끄러워 식은땀을 닦아내며 조심스레 자문해본다. 그러자 마음의 대답은 아무래도 긍정하는 듯 하다.

한편, 이쪽에서는 로쿠조가 오늘 밤의 세이지의 모습을 수상하게 여기기 시작했는데. 그러다보니 평소 세이지의 행동에도 때때로 수상쩍은 구석이 있었음을 떠올린다.

"이거 의외로 돈벌이가 될 지도 모르겠는데……."

이런 꿍꿍이를 담고서 엿듣기로 한다.

방 안에는 세이지를 중심으로 모두 얼굴을 맞대고 모여 있다.

목소리가 너무 작다. 게다가 중요한 이야기는 말 대신 필담으로 진행하는 모양인지, 종이와 붓 소리가 난다.

로쿠조는 숨을 죽이고 바짝 귀를 기울였다.

"…그렇다면 소타로(惣太郎)놈은 아무래도 죽여버려야겠죠……."

이런 목소리가 들린다.

"그래야지……. 당인(唐人)* 배에서 실어온 물건을 숨긴 장소를 놈이 찾아냈으니 살려둘 수는 없지……."

이건 바로 세이지의 목소리다.

…이 놈들 해적이었던 건가……그래서 소타로인가 하는 동료를 죽이려는 거군……. 이렇게 생각하자 로쿠조는 더욱더 온몸이 긴장했다.

"그래서 말인데……."

---

* 중국사람.

세이지가 무언가 말하다말고 뚝 멈췄다. 꽤나 중요한 얘기를 하다 만 듯, 신중을 기해 엿듣는 자가 있는지 없는지 살피라며 눈으로 신호를 보낸 것이다.

로쿠조는 엿듣고 있었지만 장지문에 가로막혀 이 신호를 눈으로 볼 수는 없었다. 그래서 아무렇지도 않게 세이지의 다음 말을 듣기 위해 한껏 귀를 기울이며 기다리고 있었다.

그런 건 알지 못하고 한 사람이 쓱 일어났다. 그 남자가 장지문으로 다가서자 로쿠조는 비로소 눈치 채고 달아났다. 그 소리에 놀라 남자는 장지문을 드르륵 열어젖히자마자 뒤를 쫓아갔다.

방 안의 세 사람도 엇, 하더니 일어났다.

(1928.9.25)

제29회
직업을 바꾼 오센 (2)

원체 넓지도 않은 집이다. 로쿠조는 정신없이 세 간밖에 안 되는 복도를 달려 막다른 곳에 다다랐지만, 세 면이 벽으로 막혀 도망칠 곳이 없다. 큰일 났다며 이를 악물고 되돌아가려던 그 순간, 쫓아온 남자가 비수를 쥐고 다가오다 정면에서 갑작스레 말없이 덤벼들었다.

"제기랄, 날 베다니……."

막상 베이고 나니 로쿠조는 강해졌다. 이 남자가 어떤 이력을 가진 사람인지는 모르겠지만, 한 번 베이고 나니 강해지는 걸로 보아 싸움이 본업이다.

로쿠조는 분연히 자신을 벤 남자에게 무사처럼 달려들어 비수를 빼앗으려 했다. 남자는 빼앗기지 않으려고 한다. 엎치락뒤치락 하는 새 한 명이 더 가세하자 로쿠조는 점점 불리해졌다.

"죽여버려, 놓치면 안 돼……!"

세이지는 이렇게 명하며 로쿠조의 처분을 두 사람에게 맡기고는, 또 한 사람에게는 손짓으로 명령을 내리고 자신은 서둘러 오센의 방으로 들어갔다. 이 소동으로 비밀을 눈치 챘음이 틀림없을 오센이 도망치면 큰일이라 생각해서다. 다른 한 사람은 할멈의 감시를 위해 벌써 달려가 버렸다.

로쿠조는 미리 검을 준비해두지 않았던 걸 후회했다. 적은 둘 다 비수를 번뜩이며 달려든다. 지지 않으려 해도 목숨은 확실히 위험해졌다. 그러니 36계 줄행랑이 최선이지만 양쪽을 강한 적에게 막혀서야 도망칠 수도 없다.

쥐도 궁지에 몰리면 고양이를 무는 법이다. 지금의 로쿠조가 분명히 그 상황이다. 도망치려해도 도망칠 수가 없으니, 어차피 죽을 거라면 그냥 얌전히 당하지만은 않을 것이다. 상대 놈들도 죽여 버리겠다는 욕망의 불꽃이 타올랐다. 그 욕망이 로쿠조를 강하게 만들었다.

로쿠조는 비수를 빼앗아 들었다. 그 대신 어깨에 두 번째 상처를 입었다. 적도 다쳤다. 적의 기세가 꺾이니 로쿠조는 더욱 강해졌다. 드디어 출구를 뚫은 로쿠조는 부엌 문 쪽으로 달아나 번개같이 문 밖으로 도망쳤다. 두 남자는 헐떡이며 위태롭게 그 뒤를 따라 밖으로 나갔다.

한편 세이지가 침소로 들어섰을 때, 물론 오센은 심상치 않은 소음을 눈치 채고 있었지만 시치미를 떼고 이 상황을 모면하기 위해 코고는 흉내까지 내며 자는 척 하고 있었다.

"오센, 자는 척 하지 마!"

역시 세이지에게 이런 수법은 먹히지 않은 듯, 갑자기 버럭 소리를 지른다. 이렇게 되니 오센도 계속 잠든 척 할 수만은 없다.

"왜 그러세요……?"

"오센. …이미 눈치 챘겠지만 우리는 도적이다."

그러나 오센은 의외로 침착했다.

"그럴 것 같았어요."

"정이 떨어졌나……."

"떨어질 정도 없어요, 처음부터 그다지 반한 것도 아니었는걸."

"너, 생각보다 담이 크군. …우리들은 해적질을 해서 먹고 살고 있어. 그래도 괜찮은가."

해적이라는 말이 오센의 희한한 성정의 피를 들끓게 했다.

"남자다워서 너무 좋아……. 처음부터 그렇게 말했더라면 더 잘해 줬을 텐데……."

그렇게 말하는 오센의 표정과 침상에 단정치 못하게 앉은 요염함이, 세이지의 시선을 그 어느 때보다도 강렬하게 사로잡았다.

"나 역시 네가 이렇게 말을 잘하는 여자인 줄은 몰랐지. 그럼 너 애초부터 여염집 여인은 아니었던 거군……."

그 때.

"두목님 큰일 났습니다, 로쿠조 녀석이 도망쳤어요. 긴(金)이랑 가쓰(勝)가 뒤따라갔지만 잡을 수 있을지 모르겠습니다……!"

이렇게 소리친 건 할멈을 감시하러 간 남자의 목소리다.

"멍청한 놈들⋯⋯. 두 놈이 로쿠조 하나를 놓치다니⋯⋯. 그렇지만 이렇게 된 이상 이 집은 빨리 버려야겠어. 오센, 너 나와 함께 도망쳐서 해적의 여자가 되겠나?"

"되고말고."

오센은 명료하게 대답했다. 이 순간 가즈마는 완전히 잊어버렸다.

(1928.9.26)

제30회
직업을 바꾼 오센 (3)

로쿠조가 엿들은 사건 때문에, 세이지와 오센은 서로의 정체를 적 나라하게 밝히게 되었다. 그러나 그것이 오히려 서로를 깊이 이해하게 되는 계기가 되었다. 세이지도 그 점에 있어서는 생각지도 못한 소득을 얻은 셈이다.

하지만 밀담을 엿들은 로쿠조가 도망가 버린 만큼 굉장히 위험한 상황이었다.

"요시조(申三), 너는 둘을 따라가서 로쿠조를 죽이고 와라. 이곳에서는 철수한다. 스자키(洲崎)에서 기다리겠다."

이렇게 말한 세이지는 할멈은 칼로 협박해서 입 단속하라며 돈을 쥐어주고, 오센을 데리고 그 집을 떠났다. 두 사람 다 이 집에 아무런 미련이 없는지 뒤돌아보지도 않았다.

그 집을 떠나 도착한 곳은 스자키 바닷가의 어떤 집. 세이지의 본가다. 그렇다고는 해도 처자식이 있는 것도 아니고 거친 남자들만이 모여 사는 다 쓰러져가는 집이다.

이미 동이 터오고 있었다. 집안에서는 세 명의 부하가 어젯밤부터 한숨도 자지 않고 도박을 하는 중이었다. 그러던 차에 세이지가 짙은 화장을 하지 않아도 아름다운 오센을 데리고 나타났기 때문에, 부하들의 눈이 휘둥그레 해졌다.

"내일 밤 배가 뜬다."

세이지는 일동에게 이렇게 말하며, 세 명의 부하들 중 가장 나이가 많은 소타로에게 날카로운 시선을 던졌다. 소타로는 그 눈빛에 놀라 너무 두려운 나머지 안색이 변하며 시선을 피했다.

"소타."

"예."

여전히 시선을 피한 채 떨고 있다.

"네 놈을 살려둘 수 없겠군……."

세이지의 품에서 번뜩이는 것이 나오더니, 비수가 소타로의 옆구리를 세차게 찔렀다. 일동은 어안이 벙벙해서 말릴 틈도 없었다.

"모두들 잘 봐 두라구."

세이지는 소타로를 힐끗 쏘아보았다.

"소타로 놈은 동료를 팔아넘기고 자기 혼자 재미를 보려고 했지. 그걸 눈치 채고 이 놈을 어떻게 죽일까 의논하던 참에 어이없는 방해꾼 때문에, 당분간 에도에는 있을 수 없게 됐어. 자, 출항을 위한 고사도 끝났고……."

묘하게 침울한 공기가 방안을 뒤덮었다. 악당이라 하더라도 한솥밥을 먹던 동료의 비명횡사는 그다지 유쾌한 일이 아닌 모양이다.

잠시 후 요시조가 돌아왔다.

"로쿠조 놈 달아나 버린 모양입니다……."

"그럼, 긴이랑 가쓰는 어떻게 된 거야."

"딱하게도 둘 다 칼에 찔려 죽었습니다……."

"둘 다 당했다……."

"그게요 두목님, 둘 다 뒤쪽에서 비스듬하게 베여 죽었습니다……."

"아니, 이상하잖아. 쫓아가던 쪽이 뒤에서 베여 죽다니."

"그게 말입니다, 로쿠조 놈에게 무사 한 패가 있었던 모양입니다. 비수 같은 것에 찔린 게 아니예요, 제대로 갈린 칼이었습니다. 꽤나 실력이 좋은 놈이었습지요……. 감탄했습니다."

"쓸데없는 일에 감탄하지 마! 대체 어디서 당한 거지?"

"우에노(上野) 근처였습니다. 검시하러 나온 무사도 감탄하고 있었어요……."

"흐음."

세이지는 팔짱을 꼈다.

(1928.9.27)

제31회
직업을 바꾼 오센 (4)

세이지 일당의 도주 겸 돈벌이 출항은 이런저런 사정으로 2,3일 늦어졌다.

"이봐요."

드디어 그날 밤으로 출범이 결정된 날 아침, 오센은 완전히 해적의 여인이 된 양 난폭한 말투로 세이지에게 말했다.

"배를 타면 언제 다시 에도 땅을 밟게 될지 모르니까, 좀 걷다 오겠어요."

"어딜 가려고……. 너 말로만 괜찮다는 거지, 실은 우리들한테 정떨어져서 도망치려는 거 아냐?"

점박이 세이지는 눈을 번뜩이며, 화가 난 듯한 기색이다.

"그런 인간인지 아닌지는 좀 더 같이 지내다 보면 알겠지……."

오센은 도리어 반격하더니 오비를 다시 매고 머리를 다듬었다.

"그럼 다녀올게요. 여자들은 멀리 갈 일이 생기면 이것저것 살 게 많다구요."

그리고나서 교태를 담은 미소를 남기고는 나가버렸다. 세이지는 그 교태에 넘어가 억지로 말릴 생각은 들지 않았다.

장보기는 그저 구실일 뿐 딱히 살 게 있었던 건 아니고, 진짜 목적은 혹시 가즈마를 만날 수 있지 않을까 하는 작은 기대였다. 이 여인의 바람기는 타고난 모양이다.

그러나 넓은 에도에서 어디 있는지도 모를 사람을 무턱대고 찾을 수도 없는 노릇이다. 니혼바시(日本橋) 근처까지 나와 잡다한 것들을 두 어 개 사다보니 더 갈 데도 없어서 어슬렁어슬렁 집으로 돌아간다. 해적 두목의 정부가 되어 거친 파도를 헤치며 살아갈 생활에, 오센은 적지 않은 흥미를 느낀 것이다. 그런 주제에 가즈마도 보고 싶고 그가 법의를 벗고 같이 살자고 한다면, 해적의 여자 따위 집어치우고 남동생 같은 가즈마와 함께 살 생각도 있지만 말이다.

에이타이바시(永代橋) 다리 끝까지 왔을 때였다.

"도둑이야……!"

새된 비명소리가 들려왔다.

어른인지 아이인지 분간이 안 가는 퉁퉁한 남자가 뒤뚱뒤뚱 도망쳐왔다. 정말 뒤뚱뒤뚱이라는 말이 잘 어울리는 몸짓이다. 그러니 당연하게도, 바로 오센의 눈앞에서 뒤쫓아온 남자들에게 금세 붙잡혀버렸다.

이 뚱보, 독자들에겐 익숙한 백치 겐타지만 오센은 완전히 초면이다. 그래서 별 희한한 도둑도 다 있네 하는 호기심도 생겼고, 해적의 여자가 되겠다고 결심한 만큼 "도둑이야" 라는 외침이 신경 쓰였다. 그래서 오센은 발길을 멈춘 것이다.

"이 뻔뻔한 놈아……!"

술집 종업원인 듯한 기세 좋은 젊은이 두 셋이 겐타를 에워싸고 번갈아 두들겨 팼다.

"왜 그래, 무슨 일이야?"

젊은이들과 함께 뒤따라온 구경꾼들이 흥미진진하게 묻는다.

"아니 이 놈이 우리 가게 매상을 전부 들고 튀었잖아!"

젊은이는 의기양양해졌다.

"뻔뻔한 놈일세, 두들겨 팰 만큼 팬 다음에 번소(番所)*에 넘겨버려."

이렇게 부추기는 사람도 있다.

"미안해, 미안해……."

이렇게 말하며 무턱대고 엉엉 울고 있는 겐타의 모습이나 언동은 일고여덟 먹은 어린애 그 자체였다. 딱 봐도 지능이 부족하다는 걸 알 수 있었는데, 그 말투를 들은 구경꾼들은 어안이 벙벙해졌다.

"이 녀석 바보잖아……."

"그러게, 꽤나 모자라네……."

구경꾼들은 더 재미있어 했다.

술집 종업원들은 겐타의 품에서 그가 훔쳐 달아난 약간의 돈을 꺼냈다.

"자 이놈, 번소로 가자!"

목덜미를 잡고 일으켜 세웠다. 겐타는 점점 더 큰 소리를 내며 운다. 구경꾼들이 낄낄거렸다.

그때 가만히 보고 있던 오센이 더 참지 못하고 앞으로 나섰다.

"저기, 좀 기다려 봐요."

이렇게 젊은이들을 제지하고는 구경꾼들에게 미모를 드러냈다.

"구경하는 당신들도 그렇게 재미있어 할 일이 아니라구."

이렇게 얼굴에 어울리지 않는 그녀 특유의 날카로운 어조로 몰아세웠다.

(1928.9.28)

---

* 에도 시대 교통 요지에 설치되어 통행인들이나 짐, 선박 등의 검사나 징세를 담당하던 곳.

제32회
직업을 바꾼 오센 (5)

오센의 날카로운 말투에, 술집 젊은이는 무의식중에 틀어쥐고 있던 목덜미를 놓았다. 대놓고 독설을 뒤집어쓴 구경꾼들도 처음엔 성난 기색을 드러냈지만, 보아하니 엄청난 미모의 여인인데다 틀린 말도 아니라서, 다소 주눅 든 모습으로 항의하는 사람도 있었다.

"이런 어른인지 애인지도 모를 사람을 때리고 차고 한 것만으로도 어른스럽지 못한데, 훔쳐간 걸 돌려받고도 번소에 끌고 가려 하다니 좀 지나친 것 아닌가요?"

술집 젊은이들도 아주 벽창호는 아니었던 모양인지 셋이서 얼굴을 마주보더니, 억지 부리지 않고 "이 정도에서 져 주자, 모처럼 누님께서 말씀하시는데." 하고 웃으며 가 버렸다.

당사자가 가버리니 구경꾼들도 하나 둘 흩어졌고, 끈기 있게 버티던 사람도 오센이 노려보자 김샌 표정으로 가 버렸다. 백치 겐타와 오센은 큰길을 천천히 걸으며 이야기를 나누었다.

"왜 도둑질을 한 거니? 돈이 필요하면 내가 줄 테니까 이제부터 나쁜 짓 하면 안 돼."

겐타는 흐느껴 울며 말했다.

"그치만, 그치만 형아가 다쳐서 누워 있다구……. 그리고 모르는 아저씨도 다쳐서 누워 있다구……."

"그럼 아버지라든가 다른 형아라든가, 돈 벌어올 사람이 있을 거 아니니……."

"아니야, 아무도 없어……."

"어머나……."

오센은 저도 모르게 겐타에게 바짝 다가섰다.

"그럼 진짜 곤란하겠구나……."

얼마간의 돈을 꺼냈지만 문득 마음을 고쳐먹고 바로 건네주지는 않았다.

"널 의심하는 건 아니지만, 형이 아프다는 둥 어머니가 죽어간다는 둥 하면서 도둑질에 대한 변명을 늘어놓는 사람이 세상에는 얼마든지 있으니까……. 난 정말 딱한 사정이라면 부탁하지 않아도 알아서 도와주는 사람이지만, 그 대신에 그런 낡은 수법에 속을 사람도 아니거든. 이제부터 너희 집에 같이 갈 거야. 자, 안내하렴……."

이렇게 명령하듯 말했다.

"거짓말 아니야, 아줌마 같이 가……."

겐타는 벌써 뒤뚱뒤뚱 걷기 시작했다. 말을 꺼낸 만큼 이제 와서 무를 수도 없는 노릇인데다 타고난 의협심으로, 오센은 반신반의하면서도 겐타를 따라갔다.

에이타이바시를 후카가와 쪽으로 건너, 곁눈질도 하지 않고 겐타는 뒤뚱뒤뚱 걸어간다. 그 모습이 너무나 웃겨서 오가는 사람들마다 돌아보며 웃는다. 그때마다 오센은 별난 녀석이랑 길동무가 됐다고 후회하면서, 가능한 한 떨어져서 걸어갔다.

구로에마치(黑江町)의 어느 뒷골목으로 들어서자, 표현할 도리가 없는 이상한 냄새가 코를 찌르는 궁핍한 셋집, 말 그대로 9척 2간의 셋집으로 겐타가 들어갔다.

"아줌마, 여기야……."

멈춰 서서 손가락질 한 곳에는, 반쯤 부서진 덧문이 썩은 토대 위에 세워져 있었다. 겐타는 그 부서진 문을 옆으로 밀었다.

"아줌마, 들어와⋯⋯."

하지만 어쩌다보니 여기까지 따라온 오센도, 이 꼴을 보니 들어갈 용기가 나지 않았다. 그래도 안 들어갈 수는 없었던 게, 셋집 사는 여인들이 집 안에서 얼굴을 내밀고는 쓰레기통에서 피어난 장미와도 같은 이 진기한 손님을 일제히 구경하고 있었던 것이다.

되돌아갈 수도 없게 된 오센이다. 될 대로 되라지 하고 한발 들여놓자, 겐타가 너무나 기뻐하며 크게 소리쳤다.

"형아, 모르는 아줌마가 돈 준대!"

이 새된 목소리에 찢어진 이불을 덮고 나란히 누워 있던 두 사람의 고개가 이쪽을 향했는데, 그 중 한 사람을 보자마자 오센은 얼굴색이 변해 "앗!" 하고 외치며 뒷걸음질을 쳤다.

(1928.9.30)

제33회
직업을 바꾼 오센 (6)

누워 있던 사람도 오센을 보더니 안색이 싹 변했다. 그럴 수밖에, 이 남자는 네즈의 집에서 일하던 로쿠조 할아범이었으니.

그 로쿠조가 몰래 엿듣다 소동을 일으켜 두 사람에게 쫓기다가, 쫓아가던 두 사람은 누군가에게 뒤에서 습격을 받아 죽어버렸고 로쿠조는 행방불명이 된 것까지는 세이지의 부하 요시조의 보고로 알고 있었다. 그러니 살아 있다는 게 신기하지는 않지만, 이런 곳에서 백치 겐타의 형 야스고로와 나란히 누워 있다는 건 너무나 신기하다. 그러나 그 설명은 나중으로 미룬다.

"아줌마, 도망가면 나빠. 돈 준다고 했잖아……."

경악해서 뒷걸음질 친 오센을 놓치지 않으려는 듯, 겐타가 괴력으로 오센의 양 손목을 꽉 쥐고 잡아당긴다.

별 수 없이 집 안으로 한 발 들여놓은 오센. 좁고 더러운 방에 커다란 두 남자가 누워 있으니 앉을 곳도 없다.

"너한테 들은 얘기보다 더 딱하구나. 자 이걸 줄 테니까, 약이든 맛있는 거든 잔뜩 사오렴……."

오센은 선 채로 약간의 돈을 종이에 싸서 겐타에게 건넸다. 로쿠조를 외면하고, 모른 척 하며 돌아가려는 속셈이다. 하지만 그냥 넘어가 줄 로쿠조가 아니다.

"아씨, 잘 와 주셨습니다……."

로쿠조는 빈정대며 몸을 일으키려고 했지만, 상처의 아픔을 견디지 못하고 도로 눕는다. 하지만 입만은 건재해서 계속해서 독설을 쏟아냈다.

"저도 참 당치 않은 곳에서 일했습니다요. 해적 두목 집에서 일하다 칼질까지 당하고 이렇게 큰 상처를 입다니 말입니다……. 이렇게 일부러 문병을 와 주셨으니 위자료도 두둑하게 준비해오셨겠죠……."

오센은 외면한 채 모르는 척 하고 있다.

"이보세요 아씨, 무슨 말이든 해보세요. 저뿐이라면 모르겠지만 여기 누워 있는 이 야스고로 씨라는 사람은 저 때문에 휘말려서 수레에 실려 올 정도로 크게 다쳤습니다요. 말을 안 하면 모르실 것 같아서 드리는 말인데, 그날 밤 나리들의 비밀 이야기가 신경 쓰여서 엿듣다가 들켜서 쫓기게 되었습니다만, 저를 죽이겠다며 비수를 뽑아들고 달려들지 뭡니까. 얘기 좀 훔쳐 들었다고 죽는다면 말도 안 되는 일이니 저도 죽을 각오로 맞섰고, 겨우 비수를 빼앗아 상대에게 상처를 입히고 문밖으로 도망을 쳤지요. 그러니까 둘이서 절 쫓아왔습니다만, 제 운이 다하진 않은 건지 그때 불현 듯 무사 하나가 나타난 거죠. 제 눈앞에. 제가 그래서 '살려 줍시오……살인이요' 하고 소리를 쳤더니 그 무사가 도와줍디다. 저를 따라오던 두 사람은 강해보이는 무사가 갑자기 나타나니 당황해서 도망쳤습니다마는, 무사가 발이 무척 빨랐습죠. 눈 깜짝할 새 따라잡더니 뒤에서 베더구먼요. 그래서 거기까진 좋았는데 그때 마침 그곳을 지나가던 이 야스고로 씨랑 겐타 짱 형제가 있었는데, 무사가 그만 야스고로를 베어서 크게 상처를 입고 말았죠……."

(1928.10.02)

제34회
직업을 바꾼 오센 (7)

상처가 아파서 로쿠조가 이야기를 멈추자, 야스고로가 입을 열었다.

"그 무사님께서 신기하게도 제가 큰 은혜를 입었던 분이었던지라……."

"어머나……."

이야기가 의외의 방향으로 전개되어 연극이나 요미혼(読本)＊마냥 흥미진진해져서, 오센은 무의식중에 감탄했다.

"올봄에 있었던 일입니다만, 제가 이 동생 놈을 데리고 이세 참배를 다녀오던 때 동생의 목숨을 두 번이나 구해주신 무사님이신데……. 그 무사님과 오이소에서 헤어질 때 사시는 곳을 여쭙고 감사인사를 드리러 가려고 했는데, 아무리 부탁드려도 댁도 성함도 알려주시지 않아서 에도에 돌아와서도 마음이 쓰였습니다. 그런데 이렇게 우연히 만나, 일부러 그런 건 아니지만 다치기까지 하니 이 또한 인연이 아닌가 싶어서요……. 헌데 이렇게 뵌 적도 없는 분께서 동생 놈을 데려다 주시다니, 대체 무슨 일인지요……. 제 동생이 뭔가 나쁜 짓이라도……."

야스고로의 표정이 순식간에 어두워졌다.

"아니에요, 뭐 그냥 좀……."

오센은 야스고로의 선량해 보이는 얼굴을 보니 사실대로 말할 수 없었다.

"부디 사실대로 말씀해주십시오……."

"그럼 얘기해드리겠지만요……."

오센은 겐타를 구해낸 사연을 간단하게 전했다. 그걸 듣는 동안 야스고로는 입술 색까지 변했다.

"저는 말이죠, 언젠가 이 녀석을 죽여 버리고 저도 같이 죽고 싶어

＊　일본 에도 시대 후기에 유행한 전기 소설.

요……."

이렇게 말하며 다 떨어진 이불 위에서 뒤척인다.

그런 야스고로의 기분을 동정하지 않는 건 아니지만, 지금 오센의 흥미를 자극하는 건 불현 듯 나타나 두 사람을 멋지게 베어버렸다는 무사다. 로쿠조도 야스고로도 겐타도 안중에 없었다.

"그래서, 그 무사님은 어디 사는 뭐라는 분인지 알게 됐나요?"

오센이 무섭도록 끈질기게 묻자 로쿠조가 말을 받았다.

"아무리 해도 이름도 사는 곳도 말해주지 않지만, 매일 한 번씩은 병문안을 와주십니다……. 야스고로 씨를 다치게 한 걸 딱하게 여겨서……. 그렇지만 그 무사님 꽤 가난한 것 같아요, 뭐든 갖다 주고 싶다고만 하지 아무 것도 가져온 적이 없어……."

마지막은 혼잣말처럼 흐렸다.

"그래서, 이 집은 야스고로 씨 집인가요?"

"예 그렇습니다, 좀 더 사람 사는 집 같은 곳에 살았습니다만, 마가 낀 건지 태어나서 처음으로 해본 도박 때문에 빈털터리가 되어서, 이런 지옥 같은 셋집으로 옮겨오게 되었죠……."

지옥 같은 셋집이라는 표현이 너무나 잘 어울려서 무의식중에 미소를 지은 오센.

"그럼, 부인은요?"

이렇게 꽤 허물없이 물어본다.

"동생 놈이 반푼이다보니 아내가 있더라도 잘 지낼 것 같지 않아서 장가 안 갔습니다……."

"그런데 아씨……."

로쿠조가 생각난 듯 끼어들었다.

"위자료는 어떻게 됐습니까? 설마 모른 척 돌아가시는 건 아니겠죠?"

"별꼴이야……. 자기 쪽에서 달라는 것도 웃긴데, 기분 나쁘게 강요하는 거라면 한 푼도 주지 않을 거야."

과격한 말투가 오센에겐 더 어울렸다.

"뭐라고요, 안 준다면 할 수 없지만……. 아씨, 료엔(了圓)이라는 스님 아시죠. 예전 이름은 무라카미 가즈마, 그 스님이 잘 부탁한다고 말했습니다요."

"어……?"

오센의 눈이 빛났다.

(1928.10.03)

제35회
직업을 바꾼 오센 (8)

"헤헷 아씨, 그 스님 꽤 잘생겼죠, 헤헤헤……."

"웃기지 마, 그런 스님 난 몰라."

"모르십니까……, 그럼 사람을 잘못 봤나 봅니다요, 죄송합니다. 호리노우치 신사 찻집에서 울고 웃고 교태부린 건 다른 아씨셨나 보네요, 헤헤헷……."

아픔을 참으면서 짓궂게 놀리는 로쿠조.

"아씨, 무슨 말씀이든 해보세요. 홍고 일련종(日蓮宗) 혼교지(本行寺)

절의 젊은 스님 료엔이라고, 저는 이름까지 알고 있으니까요."

다 알고서 우쭐대는 놀림이지만 가만히 듣고만 있던 오센에겐 의외의 수확이었다. 가즈마가 어디 있는지조차 몰랐었는데, 홍고의 혼교지라는 절 이름부터 료엔이라는 이름까지 알고 있다는 건 로쿠조 놈이 미행을 했다는 뜻이었다. 게다가 부탁하지도 않았는데 가즈마의 뒤까지 따라간 모양이라, 이 남자의 쓸데없는 참견 덕을 보게 되다니 고마울 따름이다. 이거야 로쿠조에게 사례를 해도 좋을 판이었다만.

"귀찮게 구네……. 돈은 줄 테니까 이제 입 좀 다물어. 하지만 그런 어설픈 협박에 돈을 줄 수야 없지. 내가 부리던 네가 다른 집에 폐를 끼쳤을 뿐만 아니라 상처까지 입혔다는데 가만히 있을 수는 없으니, 이건 야스고로 씨에게 위자료 겸 사례로 드릴 거야."

오센은 돈을 종이에 싸 야스고로의 머리맡에 두고 일어났다.

"실례했습니다. 부디 빨리 회복하시길……."

그러자, 겐타가 새된 목소리로 소리쳤다.

"야, 무사 아저씨 왔다!"

말없이 들어온 건 여전히 옷을 대충 걸친 헤이도 시즈마. 오센의 모습을 흘끗 본 그는 눈썹을 잔뜩 찌푸렸다.

그러나 오센 쪽은 시즈마의 생기 있는 잘생긴 얼굴을 보자마자 가슴이 뛰었다. 이 사람이, 이 무사가, 저 긴 칼로 둘이나 베어버렸구나 하고 생각하니 가슴이 후련해졌다. 오센은 무릎걸음으로 움직여 시즈마가 앉을 자리를 만들고, 예의 요염한 눈으로 한껏 눈웃음을 치며 미소를 띤 채 인사했다. 그러나 시즈마는 오히려 불쾌한 듯한 표정.

시즈마는 선 채로 말했다.

"야스고로 어때, 좀 나았나?"

"예, 덕분에……."

"오늘은 좀 있다가 또 다른 의사가 올 거야. 전의 의사 놈은, 치료비를 먼저 주지 않으면 못 오겠대서 다른 의사로 바꿨어."

의사를 바꾼 것이 아니라 진료를 거절당했기 때문에 다른 의사를 찾은 것이다.

"몸조리 잘하라구……. 오늘은 이만 돌아간다."

시즈마는 지체 없이 돌아가려고 했다.

"어머, 더 머물다 가시지 그러세요……."

오센이 격식 차린 말투로 붙잡는다.

"바보 같으니!"

엄청나게 커다란 고함소리만을 남긴 채, 시즈마는 깜짝 놀란 일동에겐 눈길도 주지 않고 돌아가 버렸다.

"빌어먹을……. 뭐 저런 벽창호 같은 무사가 다 있어?"

오센이 이를 갈며 분해 하는 걸 보고 무슨 생각을 했는지, 겐타가 기쁜 듯이 낄낄 웃고 있다.

시즈마를 보니 시즈마에게 끌리고, 가즈마가 홍고의 혼교지라는 절에 있다는 걸 알고 나니 마음이 흔들린다. 그리고 해적 두목 세이지도 아주 나쁘지는 않다고 여기는 오센이다.

무슨 생각을 했는지 오센이 토끼처럼 셋집에서 달려 나간다. 어지간한 로쿠조도 말을 붙일 새가 없었다.

(1928.10.04)

제36회
직업을 바꾼 오센 (9)

홍고 길 중간쯤에 자리 잡은 일련종 혼교지는 훌륭한 절이었다.

셋집을 나와 지나가던 가마를 불러 타고 혼교지 앞까지 온 오센. 가마에서 내리긴 했지만 장엄한 그 건물을 보고는, 어지간한 이 여인도 주눅이 들었다.

잠시 주저하던 오센은 드디어 용기를 내어 문 안으로 발을 들여놓았다. 저녁 간경(看経)*인 듯 독경 소리가 조용히 흘러왔다.

오센은 포석을 밟는 발소리조차 조심하면서, 부엌이라 여겨지는 곳으로 걸어갔다.

그러자 때마침 쓰레받기를 든 정원사가 다가왔다.

"저기……."

오센은 그를 불러 세웠다.

"저기, 료엔이라는 분이 계신지요?"

정원사는 대답 대신 이 아름다운 방문자를 위아래로 훑더니 쌀쌀맞게 내뱉었다.

"지금 일하는 중이신데요."

"저……, 속세의 인연인 누이 되는 사람입니다만, 만나볼 수 있을까요?"

이렇게 말하며 약간의 돈을 종이에 싸서 뇌물조로 건넸다. 효과는 만점.

---

* 소리내어 경문을 읽음.

"아이코, 누님이십니까. 그럼 일이 끝날 때까지 기다리시면 되겠네요……."

정원사는 별채에 있는 자신의 거처, 거처라기보다는 창고 같은 곳으로 안내했다. 여인이라면 아무리 혈연관계라 하더라도 공공연한 장소에서 만나면 안 된다는 것이 혼교지의 규칙이다.

독경 소리가 뚝 멎으니, 정원사는 오센에게 떫은 차를 권하고 나서 서둘러 나갔다.

잠시 후, 가즈마 료엔 스님이 떨떠름한 얼굴로 정원사와 함께 왔다. 정원사는 바로 나가버린다. 이 녀석 눈치 하나는 빠른 남자네.

"무슨 용무신지요?"

료엔이 힘주어 묻는다. 그 말투엔 민폐라는 뜻이 포함되어 있었다.

"……."

이렇게 나오면 제아무리 오센 같은 여인이라도 할 말이 없어진다.

"용무가 없으시다면, 저는 아직 할 일이 남아 있어서……."

"가즈마 님, 사과드리러 왔어요……. 당신이 이렇게 살아 계셔 주시니 다행이예요, 아니었다면 저는 당신을 죽인 대역죄인이 되었을 거예요……."

"또 그런 말씀을 하시네요……. 저는 당신을 따라가서 잡으려 했던 게 잘못이었다는 걸 깨닫고 이렇게 불도에 입문하게 되었습니다. 그런 걱정은 정말 쓸데없는 것입니다……."

정직한 료엔은 오센의 말을 진지하게 받아들이고 성실하게 대답한다. 왜 이 연상의 여인의 집요한 사랑의 불꽃이 자신을 향해 타오르는지, 순결한 이 소년 스님은 알 리가 없는 것이다.

그것이 오센을 애타게 만들었다. 좀 더 노골적으로 나가는 수밖에 없다.

"가즈마 님, 환속(還俗)해서 저와 함께 살지 않으실래요……?"

인간은 너무나 어이가 없으면 할 말을 잃는 법이다. 이 때의 가즈마가 딱 그 상황이라, 멍하니 오센을 바라볼 뿐이다.

"저……, 죄 씻김을 위해 당신과 함께 살면서 당신을 보살펴드리고 싶어요……. 어때요 가즈마 님……."

포동포동한 오센의 손이 료엔의 손을 잡았다. 료엔이 아무리 어리고 순진해도 일이 이 지경이 되어서야 오센이 품은 마음을 모를 수가 없다.

잡힌 손을 팍 뿌리치더니, 분노로 창백해진 얼굴로 도망쳐버렸다.

"빌어먹을……. 두고 보자고……."

오센은 발을 동동 구르며 분해했다.

(1928.10.05)

제37회
직업을 바꾼 오센 (10)

남자가 여자에게 차인 것과 여자가 남자에게 차인 것은, 그 우울함의 정도가 엄청나게 다르다. 차이고 나서 부끄럽게 여기는 감정의 크기가, 남자에 비해 여자가 열 배 백 배 큰 것이다. 하물며 오센처럼 적극적으로 덤벼 든 이후의 반동은 지독하다.

오센도 파랗게 질린 채 분노하고 있었다. 이렇게 되면 스스로를 부끄러워하기보다 상대방을 증오하는 마음이 훨씬 커진다.

"언젠가 복수해줄 테니 각오하라구, 빌어먹을……."

시즈마에 대해서도 그랬지만, 가즈마 료엔에 대한 증오심은 진지하게 좋아했던 만큼 한층 심각했다. 스카키로 돌아가는 가마 안에서 불타오르는 듯한 분노에 왠지 모를 질투까지 더해져, 오센은 몇 번이고 이렇게 혼잣말을 중얼거렸다.

"뭘 하고 돌아다닌 거야……!"

오센이 돌아오는 모습을 보자마자 세이지가 거칠게 말했다. 하지만 그 거친 말투 속에 상냥함이 깃든 걸 오센은 놓치지 않는다. 날 생각해주는 건 이 남자뿐이구나, 이렇게 생각하니 나쁜 기분은 아니다.

"여보, 날 버리면 안 돼요……."

부하들 앞인데도 아랑곳없이 불쑥 이런 달콤한 말을 던지는 오센이다. 아마도 지금 이 순간만큼은 오센의 진심을 표현한 것이리라.

"무슨 바보 같은 소리야. 그런 쓸데없는 소리 할 시간이 있으면 얼른 준비나 하라구."

부하들 앞이라 세이지는 좀 부끄러운 모양이다.

"여보, 대충 눈치 챘겠지만 나는 산전수전 다 겪은 여자라 사는 게 시시해져서 이제부터는 직업을 바꿔서 일해보고 싶어. 어차피 당신의 아내가 되면 도적패가 되는 거지만, 나도 도적질을 해보고 싶다구……."

"도적, 도적이라고 큰 소리로 말하지 마. 너 오늘 어떻게 된 거 아니냐?"

"어떻게 되긴……. 그저 당신이 좋아진 거야."

세이지는 부하들을 외면하고 기쁜 듯한 미소를 흘렸다.

오센의 머릿속에는 가즈마와 시즈마의 모습이 주마등처럼 오갔다. 남몰래 이를 악물었다.

오센은 이 짜증스러운 기분을 전환하기 위해서는 생활을 바꾸는 수밖에 없다고 여겼다. 스스로 도적패가 되어 짧고 굵게, 성급하게 살아간다는 것이 통쾌하기도 하고 적절하기도 하다고 생각한 것이다.

세이지 일당의 출항은 그날 한밤중에 이루어졌다. 쌀 5백 석을 쌓아올린 화물선에 세이지와 오센을 비롯해 부하 6명, 그밖에 이들의 정체를 알리지 않고 고용한 선원 몇 명.

그리하여, 목적지는 어디인가?

무서운 목적을 지닌 이 배도, 겉보기에는 그저 상선으로밖엔 보이지 않는다.

배는 새카만 어둠 속에 잠긴 스자키를 떠나갔다.

그때, 오센이 세이지에게 말했다.

"언제 다시 에도로 돌아오나? 되도록 빨리 돌아오자구요……."

"뭐야, 벌써 향수병이야? 아직 너무 이르지."

세이지는 무뚝뚝하게 대답했지만, 오센이 에도를 그리워하는 데는 이유가 있었다. 자신을 모욕한 시즈마와 료엔 스님, 이 둘에게 복수하겠다는 것, 그것이었다.

(1928.10.06)

제38회
보물찾기 삼파전 (1)

이야기가 좀 왔다 갔다 했는데, 헤이도 시즈마가 오카와바타에서 마쓰다이라 우쿄노스케의 가신 오스가 하야토에게 뽑으려던 검을 제지당하고, 그것이 계기가 되어 소민이 만든 붉은 시마기리 상자를 우쿄노스케에게 팔겠다고 의뢰한 건 초여름 5월로, 세이지 일당이 스자키를 떠나고 한 달 정도 후의 일이었다.

그래서 그 때에는 로쿠조도 흉터는 아직 생생하지만 어쨌든 회복하여, 세이지가 있는 곳을 찾겠다며 온 에도를 돌아다니고 있었다. 해적이라는 사실도 밝혀졌고 이미 죽을 뻔했기 때문에 등쳐먹기 딱 좋은 상대다. 그러나 세상살이가 참 재밌는 게, 로쿠조가 욕심껏 온 에도를 헤집고 다닐 때 세이지는 오센을 데리고 거친 파도 위였다. '널판 한 장 밑은 지옥*'이라지만, 갑판 위에서 나쁜 일을 꾸미고 있었던 것이다.

야스고로의 상처는 나았지만 절름발이가 되었다. 높은 발판 위에서 곡예에 가까운 위험한 일도 해야 하는 미장이라는 직업에는 맞지 않는 몸이 되어 버렸다. 인부 감독이 정 많은 사람이라 편한 곳에서 일하게 해줘서 근근이 입에 풀칠은 할 수 있었지만, 절름발이가 백치를 먹여 살려야 하는 판이라 꽤 비참했다. 헤이도 시즈마는 이런 야스고로 형제를 부양할 의무가 있다고 생각했지만 여전히 돈과는 인연이 없다. 그렇기 때문에 물욕이 다른 사람보다 월등하게 많았다.

자, 오늘 밤엔 오스가 하야토와 오카와바타에서 다시 만나 소민이

---

* 뱃사람들은 판자 한 장을 두고 바다에 면하고 있어 배 타기의 위험함을 비유한 속담.

만든 상자를 주고받기로 한 시즈마. 마쓰다이라 가에서 작은 상자 대금으로 시즈마에게 지불해야 할 금액은 금 백 냥. 이건 시즈마가 요구한 액수인데 당시 백 냥은 큰돈임엔 틀림없었지만, 생각하기에 따라서는 상자에 대한 보상으로는 싸다고 여겨진다. 족제비 마쓰키치는 시즈마에게서 그 얘길 듣고는 이렇게 말할 정도였다.

"말도 안 됩니다요, 오백 냥도 천 냥도 받을 수 있는 걸······. 아깝게스리······."

시간에 맞춰 시즈마와 구와바라 곤하치로가 나란히 오카와바타에 나타났다. 시즈마 혼자서도 괜찮다고 했지만 곤하치로가 만일의 경우에 대비해 함께 온 것이다.

하현달이 뜨긴 했지만 구름에 가려 거의 암흑에 가까운 밤이다.

"약속한 장소는 아직 멀었나?"

곤하치로가 묻는다.

"좀 더 가야 한다네."

나란히 걷던 두 사람이 우연히 동시에 발길을 멈추었다. 물론 둘 다 조금도 빈틈없다.

"뭐지······."

이렇게 중얼거린 것도 둘이 거의 동시였다. 어둠 속에서 꿈틀대는 검은 것이, 분명 사람의 기색이라 느낀 것이다. 둘 다 칼집에 한 손을 가져다 댔다.

약속 장소 가까이, 그들 앞에 한 무사가 뻣뻣하게 서 있었다.

"마쓰다이라 우쿄노스케 가신 오스가 하야토에게 용무가 있으신 분입니까······!"

그렇게 말하는 목소리는 하야토와 완전히 다른 사람이다.

"오스가 씨는 어디 계신가……?"

방심하지 않고 묻는 시즈마. 그 뒤에서는 곤하치로가 사방을 살피고 있다.

"오스가 씨는 갑자기 편찮으셔서 제가 대신 나왔습니다."

"편찮으시다니, 그럼 완쾌하실 때까지 기다리지……. 오늘밤은 이대로 돌아가겠소."

시즈마는 조용히 발길을 돌렸다. 몇 명인지 모를 복병의 배치도 그렇고 오스가 하야토가 아프다며 회견을 피하는 것도 그렇고, 수상하게 여긴 시즈마는 곤하치로와 함께 걷기 시작했지만, 아무래도 무사히 돌아갈 수 있을 것 같지 않다는 생각이 들었는데, 과연?

"기다려……!"

등 뒤에서 날카로운 목소리가 날아오더니, 동시에 우르르 수많은 발소리가 들렸다.

(1928.10.07)

제39회
보물찾기 삼파전 (2)

시즈마도 곤하치로도 조금도 놀라지 않았다. 적의 목소리를 기다렸다는 듯, 두 사람의 흰 칼날이 나란히 적에게 맞섰다.

복병의 수는 열 명을 넘는 듯 했다. 모두 한꺼번에 검을 빼들고, 시즈마와 곤하치로를 말없이 에워쌌다.

오스가 하야토의 대리라고 했던 남자가 이 일당의 우두머리인 듯했다.

"베지 말고 생포해!"

이렇게 거칠게 지시한다.

그러나 그런 명령이 떨어졌을 때는 이미 시즈마의 칼은 피에 젖어 있었다. 숨이 끊어지는 소리가 두 번 들리고, 발밑에 쓰러진 것이 이미 두 명. 곤하치로도 잽싸게 한 명을 베어 쓰러뜨렸다. 생포는 무슨.

칠흑 같은 어둠 때문에 두 사람도 적도 가장 곤란한 상황이었다. 곤하치로와 시즈마, 자칫 잘못해서 둘뿐인 같은 편끼리 베어버리면 안되니까 서로의 목소리에 의지해 적이 덤벼오면 빈틈없이 두 사람의 흰 칼날이 번뜩였다. 그러는 와중에 적의 수는 점점 줄어들었고, 피곤해지니 도망치고 싶어진다. 그때야말로 베어버리기 딱 좋다.

달이 구름 그늘에서 냉담한 얼굴을 드러냈다. 희미한 빛이었지만, 시즈마와 곤하치로에게는 이것이 백만의 가세보다 더 반가웠다. 적의 소재를 알기만 하면 전광석화와도 같은 움직임으로 흰 칼날이 번뜩이면 반드시 적을 쓰러뜨렸다. 다가오는 자는 정면에서, 도망치는 자는 뒤에서 혹은 옆에서, 순식간에 우두머리인 듯한 한 사람만을 남기고 전부 베어 버려서 달빛 아래 검붉은 피가 흘렀다.

과연 우두머리답게 마지막까지 남아 두 사람의 검에 맞선다. 그러나 그 남자는 도저히 둘의 적수가 되지 못했다.

"왜 이런 터무니없는 짓을 했지……? 오스가 씨는 틀림없이 여기 왔을 테지, 말해라. 목숨만은 살려주지. 빨리 말해!"

시즈마가 힐책하는 어조가 차갑고 날카롭다.

"난 아무 것도 대답할 수 없다. 죽여라, 죽이라고……!"

많은 부하를 잃은 우두머리는 무사답게 각오하고 있었다.

"말해다오……, 부탁이다. 무사의 정으로 말해다오. 우리들은 도저히 이유를 모르겠다."

"모른다……. 사실 나는 엔도 엣추노모리 가문의 사람이다……!"

"뭐라고……!"

놀란 것은 곤하치로다. 그러고 보니 이 우두머리의 목소리를 들어 본 것 같다.

"오! 마쓰야마 고노신(松山幸之進)이 아닌가……."

이렇게 말하자 이번에는 우두머리 쪽이 놀랐다.

"내 이름을 아는 귀공은 누구인가……!"

"구와바라 곤하치로다."

"앗……, 구와바라인가……! 쳇, 안타깝군! 간교한 적을 눈앞에 두고도 잡을 수 없다니……."

마쓰야마 고노신, 곤하치로를 겨누고 죽을 각오로 무턱대고 덤벼든다. 곤하치로는 응전했다.

시즈마는 가만히 노려보고 있었지만, 휙 움직이나 싶더니 단칼에 고노신이 털썩 쓰러진다.

"아, 어떻게 엔도 가에 알려진 거지……."

피에 젖은 검을 닦으며 시즈마가 말했다.

"도저히 알 수가 없군……."

곤하치로도 말했다.

"오스가 하야토라는 남자는 훌륭한 무사라고 생각했는데……."

시즈마가 다시 중얼거렸다.

(1928.10.08)

제40회
보물찾기 삼파전 (3)

인롱과 쇼군에게 하사받은 벼루를 도난당한 피해자 엣추노모리에 대한 이야기는 전혀 하지 않았다. 그러니 이쯤에서 조금 이야기해보자.

족제비 마쓰키치의 교묘하기 짝이 없는 절도 기술에는, 도난당한 당사자인 엣추노모리조차 적잖이 감탄했다. 우선 바깥쪽 높은 담장이 아무나 넘을 수 있는 높이가 아니다. 그걸 타넘고 저택에 들어온 것이다. 집을 에워싼 덧문도 쉽게 열리는 것이 아니다. 그걸 어렵지 않게 열고 침소까지 들어와서는 머리맡의 문갑마저 억지로 열어 가져갔다는 건, 모든 집안사람들을 허수아비 취급한 것이다. 아무리 생각해도 인간이 해낼 수 있는 일이 아니다.

이런 도적에게 당했으니 천재(天災)를 입은 것이라며 단념할 수밖엔 없다고 생각하니, 다소 기분은 가벼워졌다. 하지만 체면은 상했다. 보통 중대사가 아닌 것이다.

사정을 보고받고 급히 본가에서 달려온 건 혼다 쇼우에몬.

그러나 엣추노모리는 생각보다 기분이 좋아보였다.

"천재라니까, 별 도리가 없어……."

"한 번도 아니고 두 번이나 이런 일이 벌어져서, 뭐라 드릴 말씀이 없습니다. 아마 오다와라 때와 마찬가지로 헤이도 시즈마라는 자가 관여했을 겁니다. 저를 곤경에 빠뜨리려고 저지른 짓인 듯 하니, 쇼우에몬이 사죄드립니다……."

연극에서 보듯 흰 상복차림으로 할복할 태세를 갖추지야 않았지만, 쇼우에몬은 충분히 각오한 듯 임기응변으로 보이진 않았다.

"안 되지……."

엣추노모리가 제지했다.

"나는 이 도적에게 흥미가 생겼다. 그렇게 죽음을 각오할 정도라면, 하사받은 물건을 무사히 돌려받아 오거라. 그리고 그 도적을 잡아오거라……. 헤이도 시즈마인지 뭔지 하는 자도 이 정도 도적을 거느릴 실력이 있다면, 둘 다 내 밑에서 일하게 하고 싶구나……."

의외로 이 사람 배짱이 크다. 쇼우에몬은 죽음은 면했지만, 시즈마와 마쓰키치를 잡아오라는 건 더한층 목숨을 걸어야 할 고통일 지도 몰랐다.

"수하는 네가 원하는 만큼 데려가도 좋다."

쇼우에몬은 송구스러워하며 군명을 받들 수밖에 없었다.

쇼우에몬은 재빨리 눈썰미가 좋고 실력 있는 집안의 무사 여럿에게 시즈마의 소재를 찾도록 시키고, 때로는 그 자신도 정처 없이 시즈마를 찾아다녔다. 괴도 마쓰키치 쪽은 마쓰키치라는 이름조차 모르니, 먼저 시즈마가 있는 곳을 찾을 수밖에 없었다.

그러나, 이건 뜬구름 잡는 것과 마찬가지라 하루하루 허무하게 흘러갈 뿐 아무런 소득도 없었다.

그러다가 오카와바타에서 칼부림 사건이 벌어졌는데, 기이하게도 쇼우에몬은 이 일파의 행동을 전혀 몰랐다. 모를 수가 없는 중대 사건이다. 죽은 자들은 모두 엣추노모리 가의 젊은 무사들이 틀림없었다. 사후 대책만으로도 지혜가 필요했고 돈도 들었다.

막부 쪽에는 꾸며낸 서류를 보내는 한편 온 집안사람들을 엄격하게 문책해보니, 하야카와 고토타(早川小藤太)라는 젊은 무사 하나만이 사정을 알고 있었다. 고토타의 말에 따르면, 집안에 쇼우에몬에게 반감을 지닌 자들이 꽤 있었는데 이번 오카와바타에서 죽은 자들이 모두 그들이었다. 그들의 우두머리 격인 마쓰야마 고노신이, 시즈마가 상자를 지닌 걸 마쓰다이라 가 쪽에서 전해 듣고 쇼우에몬을 따돌리기 위해 마음 맞은 자들과 오카와바타에 나갔다는 것이다.

"그렇다고는 해도, 마쓰다이라 가에서는 왜 시즈마에 대해 정식으로 우리 쪽에 알리지 않았을까."

"거기엔 사정이 있습니다."

이렇게 흥분해서 말하는 젊은 고토타. 이 자도 얼마간 쇼우에몬에게 반감을 품은 자다.

(1928.10.09)

제41회
보물찾기 삼파전 (4)

"들어보지……."

쇼우에몬은 이미 싸울 듯한 기세다. 고토타가 자신에게 어느 정도 반감을 가졌다는 걸 알고는 바로 이 태세다. 고토타 같은 젊은이에게조차 안색이 변하는 이 좁은 도량이, 쇼우에몬이 인기 없는 이유 중 하나이기도 하다.

"말씀 드리지요……."

고토타도 노골적으로 얼굴을 붉혔다.

"저희 쪽에서 도난당한 소민의 벼루가 가로께서도 아시다시피 가로의 친우라는 낭인 헤이도 시즈마 손에 넘어갔는데, 그 헤이도 시즈마가 벼루를 마쓰다이라 가에 팔아넘기려고 마쓰다이라 가의 중신 오스가 하야토라는 사람에게 부탁한 것이 오카와바타 사건의 발단입니다.”

쇼우에몬은 사건의 의외의 전개에 눈을 빛냈다.

“그런데 오스가라는 사람이 분별력이 있는 인물이라, 자신의 주군에게 고하기 전에 먼저 저희 쪽에 쇼군에게 하사받은 벼루를 도난당한 적이 있는지 물어보는 것이 급선무라고 생각했지만, 사안이 사안인 만큼 대놓고는 묻지 못하고 결국 마쓰다이라 가에 마쓰야마 고노신과 먼 친척인 자가 있어, 그 자의 소개로 마쓰야마와 만나서 벼루 분실 건에 대해 물어본 겁니다.”

“과연……”

쇼우에몬은 고토타의 뒷말을 재촉하듯 고개를 끄덕였다.

“그러자 마쓰야마가 도난당했고 지금 수색중이라고 대답한 겁니다. 마쓰야마의 대답을 듣더니 오스가 하야토는 잠깐 말없이 생각에 잠겼다지만, 인격자더라구요. 다시 말문을 열더니 도난당한 것이 사실이라면 당신네 쪽에선 틀림없이 대소동이 벌어졌을 거라며, 그 물건은 내 주군도 집착하는 물건이니 헤이도 시즈마에게서 그걸 산다면 주군은 틀림없이 기뻐할 테고 또 자기도 그럴 셈이었다네요. 하지만 곰곰이 생각해보니, 그러면 엔도 가에서는 거듭 수난을 당하는 거라 그걸 생각하면 자기 주군에게 말할 수가 없다는 거예요. 그러더니 당신네 가로를 만나 뵙고 이 일에 대해 잘 말씀드려서, 엔도 가에서 사야 할지, 아니면 돌려드려야 할 지 묻고 싶으니 가로가 누구시냐고 물어봤나 봅니다. 그런데 마쓰야마 고노신이 그 순간에, 이건 가로님, 즉 당신께 알리지 않고 자기 공으로 돌려 벼루를 빼앗고 가로님 뒤통수를 치려고……. 아 이건 좀 말이 심했습니다, 아무튼 이렇게 된 겁니다."

고토타는 이쯤에서 한숨 돌리고 다시 말을 이었다.

"그래서 오스가에게는 가로님을 만나게 해주겠다고 해놓고 좀 더 자세히 얘기를 듣고 나서 헤어졌지만, 그때부터 급하게 준비하고 동지를 모아 오카와바타에 가서 감쪽같이 벼루를 빼앗아 오려던 것이, 잘 안 풀려서 그 꼴을 당한 거죠……."

"사정은 잘 알았다……. 그런데 넌 어떻게 이리 자세히 알고 있지……?"

쇼우에몬의 흥분은 아직 가라앉지 않았다.

"고노신과 저는 평소 막역한 사이였습니다. 그래서 고노신이 제일 먼저 저에게 다 털어놓고 상담해온 겁니다. 그렇지만 저는, 오스가 하야토라는 사람의 말이 옳다고 믿었고 또 훌륭한 인격자로서 존경심도 들어서, 그 오스가 씨가 모처럼 품은 뜻을 배신하고 이용하는 건 남자답지 못하다고 생각해서 고노신을 질책했지만, 아무리 해도 들어먹질 않아서 막지는 못하고 그저 저는 절대로 참가하지 않았던 겁니다……."

"기특하군, 기특해……."

쇼우에몬이 과장된 몸짓으로 칭찬했다.

"하지만 그 정도로 기특한 마음이었다면, 왜 내게 그 일을 보고하지 않았을까……."

"가로님께서는 제 윗분이심에 틀림없지만, 그 때는, 아니 지금도 윗분보다는 진심으로 마음을 터놓은 친우가 더 소중합니다. 저는 친우가 어떻게든 해내겠다고 마음먹은 이상 그게 좋은 일이든 나쁜 일이든, 어쨌든 성공하게 해주고 싶었습니다……."

두려워하는 기색도 없이 이렇게 말했다.

쇼우에몬의 얼굴에 극도의 분노가 치밀어 올랐다.

(1928.10.10)

제42회
보물찾기 삼파전 (5)

그러나 고토타는 의외로 침착하게, 어떻게든 할 말은 다 하겠다는 결심을 보였다.

"가로님……무턱대고 화만 내시지 말고, 다른 사건들도 따지고 보면 가로님 때문에 벌어진 일이라는 사실을 조용히 생각해 보시지요. 구와바라 곤하치로 님 하고 다카바야시 젠고로(高林善五郎)는 가로님 명을 받고 헤이도 시즈마를 잡으러 간 건데도 아직 아무런 소식이 없다는 건, 헤이도와 한 패가 된 건 아닌가 하는 생각이 듭니다. 제 아무리 헤이도가 귀신같은 용맹한 남자라 하더라도 구와바라 님 정도의 검술의 달인이 호락호락 당할 리가 없을 것이고, 솔직히 말씀드리자면 구와바라 님은 전부터 가로님께 적개심을 품고 계셨거든요."

고토타의 말이 한 마디 한 마디 뜨겁게 다가온다.

"가로님 부디 잘 생각해 보십시오. 가로님의 부하는 거의 가로님을 떠나거나 떠날 작정을 품은 자들도 꽤 됩니다……."

고토타는 여기까지 거리낌 없이 말하다가 갑자기 어조를 바꾸었다.

"하지만, 저처럼 별 볼 일 없는 천것이 가로님께 이런저런 과언을 하였으니, 부디 벌을 내리십시오. 각오는 되어 있습니다. 저는 하고 싶은 말을 다 해서 기분도 마음도 후련합니다……."

쇼우에몬은 잠시 말없이 고토타를 바라보고 있었다. 그러는 사이 극도의 흥분도 점점 가라앉아갔다. 고토타의 진심이 담긴 말에 깊이 감동한 것이다.

"하야카와, 잘 말해주었다……. '업힌 자식에게 배운다'는 속담이 있지. 나는 자네의 말을 듣고 내 덕이 부족하다는 걸 똑똑히 깨달았네. 내게 자네를 벌할 자격 따위는 없어……. 자네의 태도도 훌륭하지만, 오스가 하야토라는 인물도 훌륭한 사람이군. 오스가 씨에 대해서는 그 뒤로 아무 것도 듣지 못했나……?"

확 달라진 혼다 쇼우에몬의 태도에, 고토타는 무의식중에 자세를 바로 했다.

"저도 오스가 씨 일이 신경 쓰여서 슬쩍 찾아봤습니다만, 오카와 바타 소동에 대한 책임을 지고 낭인이 된 모양입니다. 그렇지만 오스가 씨에겐 예전부터 물갈퀴 오센을 잡아야 하는 큰 임무가 있어서, 낭인이 되고서도 열심히 오센의 행방을 찾아서 잡으면 주군에게 선물로 넘기고 사죄할 결심을 한 듯 합니다……."

"물갈퀴 오센이라는 건 누구지?"

"마쓰다이라 님의 별장에서 발길질을 하고, 스미다가와 강으로 뛰어든 후 실종된 여자입니다. 한때 에도 전체를 뒤흔든 소문의 주인공이죠. 오스가 씨는 그 때 그 자리에는 없었지만, 나중에 이야기를 전해 듣고 몹시 분해하다 오센을 잡겠다고 자원했다는데, 죽었는지 살았는지조차 알 수 없는 여자니 찾는 게 무척 곤란할 거 같습니다."

쇼우에몬은 잠시 눈을 감고 침묵에 잠겼다. 식은땀이 온몸을 적셨다. 무사라는 자의 본분을 지금 처음 깨달은 듯한 기분이었다.

"나는 오늘부터 방랑길에 올라 헤이도 시즈마를 잡아, 우리 가보인 벼루와 주군이 애용하시던 인롱을 되찾아야겠네. 이 일을 성취할 때까지는 편안히 주군의 녹봉을 받을 수가 없겠어……."

쇼우에몬의 목소리는 점차 낮아져 스스로를 꾸짖는 듯 했다.

"가로님……!"

고토타가 열의를 담아 부르짖었다.

"가로님께서 그런 결심이시라면, 저도 오늘부터 낭인이 되어 벼루와 인롱을 되찾도록 돕겠습니다. 제가 마쓰야마가 권할 때 응하지 않았던 건, 오스가 씨의 인품에 감동 받고 인간으로서 존경했기 때문이지 목숨이 아까워서가 아니었습니다. 그 오스가 씨가 낭인이 되고 마쓰야마가 죽은 지금, 유유자적 살아갈 생각은 없습니다. 오카와바타 사건을 미리 막지 못한 죄는 가볍지 않으니, 저도 오늘부터 주군께 휴가를 요청하여 가로님과 행동을 함께 하겠습니다……."

하야카와 고토타, 말하자면 정에 죽고 정에 사는 인간이다. 쇼우에몬의 의지박약한 모습에 분개하기도 했지만, 상대가 이해해준데다 그 용기 있는 결심이 심금을 울리자, 녹봉을 포기하면서까지 고생을 함께 할 결심을 한 것이다.

"하야카와……고맙다……."

"가로님……."

그들은 말없이 그저 서로의 눈을 통해, 마음과 마음이 공명하는 것을 느낄 뿐이다.

(1928.10.11)

제43회
보물찾기 삼파전 (6)

혼다 쇼우에몬과 하야카와 고토타는 이렇게 낭인 무사의 대열에 합류했다. 낭인 무사, 다시 말해 실직자다. 실직자의 비참함에 대해서는 말하기엔 입 아프다. 옛날과 현대는 시세가 다르니 옛 낭인 무사라고 해 봤자 별 거 아니겠지, 이렇게 말하는 건 피상적인 관찰이다. 예전이든 지금이든 먹고 사는 문제는 똑같고, 낭인 무사는 융통성이 없는 만큼 생활고가 더욱 심각했다. 쇼우에몬과 고토타는 그 생활고의 소용돌이에 스스로 뛰어든 것이다. 게다가 그들에겐 사리사욕과 상관없는 보물찾기라는 난제가 있었다. 쉽사리 결심할 수 있는 문제가 아니었다.

고토타는 독신이라 그나마 낫지만, 쇼우에몬에겐 아내 사사노가 있었다. 두 사람에게는 열 살 된 장남 히데야(秀彌)와 여섯 살짜리 차남 다쓰야(辰彌)가 있었다. 모아둔 돈은 좀 있었지만, 앞으로 몇 년이나 녹봉을 받지 못할지 모를 입장이다 보니 불안할 뿐이다. 생활비를 극도로 줄이게 된 건 당연한 일이다.

쇼우에몬과 고토타는 먼저 헤이도 시즈마가 사는 곳을 찾는 데 혈안이 되었다.

한편, 시즈마 역시 극도의 생활고에 시달리고 있었다. 홍고 쓰마코 이자카의 은신처에서도 더 이상 살지 못하고, 요즘에는 더 쑥 들어간 오지이나리(王子稲荷) 근처에, 이름만 집일뿐인 거처를 정하고 곤하치로와 둘이서 얼굴을 맞대고 근근이 살고 있었다. 족제비 마쓰키치가 곧잘 두 사람을 살펴보러 온다.

"나리, 이거 훔쳐온 거 아닙니다. 뚜쟁이 흉내를 좀 내서요, 아는 집 딸내미를 요시와라에 넣어준 답례로 받은 돈인데요, 부정한 돈은 아니니까 제 마음이라 생각하고 받아 줍시오……."

이런 식으로 무언가 가져온다. 사실 이미 시즈마에겐, 부정한 돈이든 아니든 뭐라고 할 여유 따윈 없었다. 그래서 말없이, 잘생긴 얼굴에 어울리지 않는 뼈가 툭 불거진 손을 벌려 받아드는 것이다.

그러나, 살 길이 막힐 일은 없었다. 마쓰키치의 도움이 없더라도, 구와바라 곤하치로가 때때로 돈벌이를 할 구석을 찾아냈다. 새로운 직업인 '위기 구제업'이다. 조닌이 술 취한 무사 따위에게 걸려 곤경에 처했을 때, 난입하여 중재한다. 곤하치로의 체구를 한 번 보면 대개의 무사가 두려움에 떨게 마련이라, 그 자리에서 중재는 효과를 발휘했다. 도움을 받은 조닌은 '무사님, 감사의 뜻으로 한 잔'이라는 식으로 나온다. 이 또한 정해진 수순이다. 단, 그럴 때 요령이 필요한 것이다.

"나는 술을 못 마시오, 요릿집에서 파는 음식도 좋아하질 않소."

이렇게 말하는 거다. 단 술, 단 음식에 굶주려 있는 곤하치로로서는 꽤나 인내심이 필요하지만, 그 인내에 성공하면 '실례지만'이라며 종이에 싼 돈이 나온다. 이걸로 시즈마와 곤하치로가 며칠 동안, 혹은 몇 달 동안 안정된 생활을 할 수 있는 것이다.

"그런데, 참 서로가 신기한 인연일세……."

어느 날, 위기 구제업의 순익으로 잔뜩 술을 마시고 늘어져 있던 때, 곤하치로는 감개무량하다는 얼굴로 이렇게 말했다.

"혼다를 증오하는 마음이 같아서지."

시즈마가 대꾸했다.

"게다가 내겐 옛 주군인 엔도에 대한 증오심이 불타오르고 있지. 그러니 자네와 엮일 수밖에 없다고 생각했지만, 지금은 그런 건 상관없이 자네와 내 영혼이 하나가 되어 떨어질 수 없게 되었어."

곤하치로는 유쾌한 듯이 잔을 비웠다.

그때 마쓰키치가 달려 들어와 혼다 쇼우에몬과 하야카와 고토타가 낭인이 되었다고 알렸다.

시즈마와 곤하치로는 무심코 환성을 지르며 반겼다.

"그런데 마쓰키치, 넌 그걸 어떻게 알았지?"

시즈마가 물었다.

"엔도 씨 집은 제 집이나 마찬가지죠. 물건만 안 훔치면 몇 번이고 들락날락해도 아무도 몰라요."

마쓰키치가 득의양양하게 웃었다.

"혼다는 혈안이 되어 우리들을 찾고 있겠지. 우리들 쪽에서 그 놈 눈앞에 나타나 조롱해주는 것도 재밌지 않겠어?"

곤하치로가 제안했다.

"그거 좋지."

다음날부터 두 사람은 나란히 에도 시내를 어슬렁거리며 배회했다.

그러다 시즈마의 의도와는 상관없이, 대규모로 위기 구제업을 하게 될 상황에 부딪쳤다.

(1928.10.12)

제44회
보물찾기 삼파전 (7)

쇼우에몬과 고토타는 혈안이 되어 시즈마와 곤하치로를 찾아다녔다. 시즈마와 곤하치로 쪽에서도 어떻게든 만나고 싶어서 열심히 돌아다녔지만, 어쨌든 드넓은 에도다 보니 좀처럼 마주치지 못했다.

"오늘은 어딜 걸어볼까?"

시즈마의 말에 곤하치로가 대답했다.

"료코쿠에라도 가보세. 혹시 그쪽도 료코쿠 쪽에 올 지도 몰라, 번화가니까……."

"그렇군……."

시즈마도 고개를 끄덕였다.

히가시료코쿠는 여전히 새로 분장한 소녀, 뱀을 부리는 사람, 요지경, 그 외에도 여기 쓰는 게 좀 꺼려질 정도로 천박한 볼거리로 붐비고 있었다. 히로코지와 니시료코쿠에는 예의 가설극장들이 주르륵 늘어서서, 곡예, 사루가쿠(猿楽)*, 여배우의 인형극 등이 인기를 끌었다.

시즈마, 곤하치로 두 사람은 볼거리의 호객행위나 그림 간판 같은 건 신경 쓰지 않고, 눈을 크게 뜨고 오가는 무사만 보고 있었다. 그러나 스쳐 지나는 사람들 대부분은 조닌이었고, 무사라 하더라도 에도에 처음 와보는 듯 시골뜨기 냄새가 풀풀 풍기는 차림으로 도발적인 간판에 입을 크게 벌리고 넋이 나간 얼뜨기뿐이라, 쇼우에몬과 비슷한 자조차 찾지 못했다.

---

* 익살스러운 동작과 곡예를 주로한 연극.

"시시하구만, 돌아갈까……."

"글쎄……."

돌아간다고 해봤자 딱히 할 일이 있는 것도 아닌 두 사람이라, 이렇게 되니 시간을 어떻게 보내야 할지 곤란한 것이다.

"기분 전환도 할 겸 뭔가 구경할까……."

"음……."

곤하치로의 말에 시즈마가 내키지 않는 대답은 했지만, 보고 싶지 않은 건 아니다. 그래서 가설극장의 그림 간판을 쭉 훑어본다. 호객행위를 하는 남자의 목소리가 갑자기 귀에 꽂힌다.

"자, 지금 에도를 뒤집어놓은 소문의 그녀, 물갈퀴 오센의 연극……! 다이묘님을 발로 차고 달아나, 산적이 되어 여행객들의 골치를 썩이고 있는 무서운 여도적의 일대기……!"

목이 다 쉬어서는 제멋대로 떠들어댄다. 그때그때 인기 있는 소재를 전문으로 연기하는 나카무라 쓰루키치(中村鶴吉) 일좌의 여성 연극이다. 호객행위를 하는 남자의 말솜씨에 넘어가 줄줄이 구경꾼들이 들어간다.

물갈퀴 오센이라는 이름이 시즈마의 머릿속에 들어왔다. 잔뜩 과장된 데다 이런저런 상상을 덧붙여 날조된 〈물갈퀴 오센 이야기〉가 에도인들 사이에서 상당히 크게 인기를 끌었기 때문에, 시즈마도 물론 들어 본 적은 있었다. 그리고 흥미도 느꼈다. 이유야 어쨌든 첩 신분인 여자가 다이묘를 발로 걷어찼다는 점에, 비틀린 시즈마의 마음이 크게 공감하며 흥미를 느낀 것이었다. 야스고로의 집에서 그 물갈퀴 오센을 만났으면서도, 그걸 모르고 오센의 교태에 눈살을 찌푸리며 화를 낸 적이 있으니 웃기는 일이다.

"물갈퀴 오센의 연극이라니, 봐야 하지 않겠나……."

시즈마는 오센이 다이묘를 걷어차는 통쾌한 장면을 성급히 상상해보며, 곤하치로에게 권해보았다.

"바보 같아. 이 따위 연극을 어떻게 보겠나……."

곤하치로가 냉담하게 내뱉었다.

그러나, 곤하치로는 시즈마에게 늘 한 수 접어주는 편이었다. 그래서 시즈마의 집요한 권유에 고집을 꺾고 물씬 사람들의 열기로 가득한 가설극장으로 들어섰다.

통나무로 만들어둔 엉성한 무대에는, '나카무라 쓰루키치 씨에게'라고 쓰인 막이 내려와 있었다. 딱 막간이었다. 막 1막이 끝나고 이제부터 볼거리인 〈발로 찬 스미다가와 강의 석양〉 물갈퀴 오센의 이야기가 시작될 참이었다. 담뱃대를 휘두르고 있는 구경꾼들이 제각기 듣고 온 오센의 소문.

개막을 알리는 딱따기가 울렸다. 구경꾼들이 이미 열광하고 있다. 한 시간 후에 이 극장에서 벌어질 대소동은 꿈에도 모르는 얼굴로.

(1928.10.13)

제45회
보물찾기 삼파전 (8)

막이 열렸다. 무대 오른쪽에 위태롭게 한 단 높은 무대가 설치돼 있고, 평무대에는 파도를 그린 막. 높은 무대에는 새하얗게 분칠한 다이묘를 중심으로, 가신들이 늘어서 있다. 다이묘 옆에는 오센으로 분장한 여배우 나카무라 쓰루키치가 앉아서, 구경꾼들 쪽으로 요염한 시선을 던지고 있다.

다이묘가 한 두 마디 대사를 읊었다. 오센이 험악한 눈빛으로 다이묘를 노려본다. 다이묘가 화를 냈다.

오센이 벌떡 일어나나 싶더니, 한껏 옷자락을 벌려 하얀 종아리를 아낌없이 드러내 다이묘의 어깨를 걷어찼다. 다이묘가 칼을 뽑았다. 오센은 도망친다. 가신들은 그저 우왕좌왕하고 있다. 오센은 속치마를 팔랑이며 무대 위를 열심히 뛰어다닌다. 탁, 오센이 한 단 높은 무대 위에서 뛰어내리더니, 헤엄치는 시늉을 하며 무대 왼쪽으로 나갔다.

그 때였다.

"으악……!"

구경꾼들이 떠들썩해졌다.

"꺄악……!"

여자 손님의 비명. 극장 안이 뒤집어진 듯한 소동이다.

무사가 두 사람, 검을 뽑아들고 구경꾼들을 헤치며 무대 쪽으로 올라온 것이다.

"지금 들어간 여배우 이리 나와!"

두 무사는 극도의 분노로 얼굴이 시뻘개져서 흥분한 상태다. 배우는 모두 분장실로 도망쳐서 무대는 텅 비었다. 그래서 마치 두 무사가 연기를 하는 듯한 꼴이다. 구경꾼들은 비명을 지르며 넘어지면서도, 무서운 것을 보고 싶은 마음인지 나가지도 않아서 극장 안은 불난 듯이 소란스럽다.

시즈마는 두 무사의 방해로 모처럼의 감흥이 깨져 굉장히 화가 났다. 이유는 모르겠지만, 모처럼의 연극을 망쳐 수많은 구경꾼들에게 폐를 끼치다니 무례하기 짝이 없는 녀석들이다. 이런 생각이 들자 구경꾼들을 헤치고 무대 위로 뛰어 오르려 했다. 그걸 곤하치로가 재빨리 막았다.

"기, 기다리게. 지금 나가면 손해야……."

손해라는 게 시즈마에게는 이해가 안 간다.

"손해라니……."

"지금 나가면 손해지. 조금만 더 난리 치게 두고, 이러지도 저러지도 못할 때쯤에 나가서 중재를 해주어야지. 그래야 중재 효과가 있는 법……."

곤하치로는 낮은 목소리로 설명하며 쿡쿡 웃는다. 효과가 있다는 건 사례금을 받는다는 뜻이다. 곤하치로의 위기 구제업이 슬슬 궤도에 오른 모양이다. 시즈마는 그 뜻을 알고서는 무의식중에 쓴웃음을 흘리며 관람석으로 돌아왔다.

"야, 누구든 나와 보라니까! 우리 주군을 발로 찬 계집 나오라고!"

무대 위의 무사는 점점 더 격노했다. 하지만 이 말 때문에 구경꾼들은 이 난폭한 무사들의 정체를 조금 알게 됐다.

"우리 주군이라는 걸 보니, 저 무사는 마쓰다이라 가의 사람이겠군요……."

"그런 것 같죠? 그 집안사람이라면, 자기 주군이 발길질 당하는 장면을 두고 볼 수만은 없을 테니……."

이런 말들을 나누며, 구경꾼들은 즐거이 지켜보고 있다. 그러면서도 두 무사가 무대 위에서 뽑아 든 검을 휘두를 때마다, 관람석에서는 복작복작 난리가 나면서 비명이 곳곳에서 터져 나왔지만 말이다.

무사의 격노는 점점 격해진다. 구경꾼들이 와글와글 떠들어댄다. 소동이 커지니 어쩔 수 없이 분장실 감독 격인 대머리 남자가, 의상을 서둘러 걸쳐 입고 무대에 나타났다.

"뭐라 사과드려야 할지 모르겠습니다……."

대머리 감독은 머리가 땅에 닿도록 납작 엎드려 사과한다.

그러나, 두 무사는 들은 척도 않고 양쪽에서 검을 들이댔다.

(1928.10.14)

제46회
보물찾기 삼파전 (9)

"너 따위에게 볼일은 없어. 저 여배우를 나오라고 해……!"

무사는 점점 사나워진다. 시커멓고 못생긴 남자가 화내는 얼굴이란, 과히 기분 좋은 그림은 아니다.

"화를 내시는 것도 당연하십니다마는, 이건 그저 연극일 뿐이니 한 번만 봐 주시길 부탁드립니다……."

감독은 새파랗게 질려 죽을상이다.

"안 될 말이지……. 연극이든 뭐든, 물갈퀴 오센이라는 이름으로 연기하는 건 우리 주군을 욕보이는 것과 마찬가지야. 자, 그 여배우 나오라고 해! 안 나오면 먼저 네 놈부터 피떡을 만들어주마……."

"다, 당치도 않은 소릴……!"

감독이 부들부들 떨기 시작했다.

사태가 긴급하다. 무사의 검이 이미 감독의 얼굴 앞으로 바짝 다가왔다.

구경꾼들이 난리가 났다. 하지만 누구 한 사람 무대 위로 올라가 중재에 나서려는 자는 없다.

시즈마는 무의식중에 흥분으로 몸을 떨고 있었다. 감독의 약점을 쥐고 날뛰는 무사가 미워서 견딜 수가 없었다.

"이제 됐잖아……. 나가서 저 무사를 혼 좀 내주겠어."

시즈마가 말했다.

그러나, 곤하치로는 머리를 흔들었다.

"좀 더 기다려……, 저 정도로는 저 무사, 아직은 무턱대고 검을 휘두르진 않을 거야. 좀 더 기다리라구……."

곤하치로는 척 보니 견적이 나온다며 이렇게 말했다. 과연 두 무사는 무턱대고 감독을 베어버릴 것 같진 않았다. 시즈마에게도 그렇게 보였다. 하지만, 그건 시즈마나 곤하치로처럼 어느 정도 실력이 있는 사람만이 알 수 있는 거라, 다른 구경꾼들이 알 리가 없었다. 그래서 구경꾼들은 지금 당장이라도 감독이 두 쪽이 날 거라 상상하며, 불쌍하기도 하고 무섭기도 한데다 다른 사람의 불행을 즐기는 비겁함과 호기심까지 뒤섞여, 손에 땀을 쥐고 있는 것이다.

그러자, 바로 그 때.

"저기, 잠깐만요……!"

여인의 목소리가 관람석에서 들려왔다.

"아가씨, 위험해요……!"

구경꾼들이 저마다 말리는 걸 뿌리치며 통나무 울타리를 붙들고 무대 위로 뛰어오른 건, 눈이 번쩍 뜨일 만큼 아름다운 여인이었다.

깨끗이 빗어 올린 구시마키(櫛巻き)*에 약간 성격이 있어 보이긴 하지만, 비쳐 보일 듯 투명한 흰 피부, 얄미울 정도로 단정한 이목구비의 아름다움. 세련되고 고상한 분위기라는 3박자를 두루 갖췄다.

땅에서 솟아난 듯 불쑥 나타난 이 요염한 미인을 보고는, 두 무사는 무심코 검을 좀 뒤로 물리며 놀랄만한 그 미모를 물끄러미 바라보았다. 그렇지만 곧 기세를 되찾았다.

"이 계집이……. 죽고 싶으냐……? 여자가 어디 이런 델 올라와, 단칼에 베어주겠어……!"

서슬 퍼런 칼날이, 바람 불면 날아갈 듯 가녀린 미인의 풍만하고 요염한 가슴 근처에 용서 없이 잔혹하게 겨누어졌다.

"도망쳐요……!"

"내려와요……! 아가씨, 내려와요……!"

구경꾼들 쪽이 오히려 필사적으로 발을 동동 구르며 외쳤다. 그러나 미인은 의외로 침착하고도 아름답게 웃었다.

"호호호호……."

상황이 상황인 만큼, 꽤나 깔보는 듯한 웃음이다.

"검에 베이는 게 무서웠다면, 누가 시킨 것도 아닌데 넉살좋게 검 앞에 나서지도 않았겠죠……."

그러더니 다시 매혹적인 웃음.

"이봐요 무사님들. 이렇게 구경꾼들이 많은데도 누구 하나 멈추라고 하는 사람이 없기에 제가 올라오긴 했지만, 여긴 제게 맡겨주지 않

* 일본식 머리의 하나. 머리를 끈으로 묶지 않고 빗에 감아 머리 위로 틀어 올리는 방법.

겠어요? 훌륭한 무사님들께서 대검을 휘두르면서 구경거리 무대에서 재주를 부리는 건, 과히 칭찬받을 만한 그림이 아니니까요……. 호호호호……."

수많은 구경꾼들 앞이라 미인도 일부러 더 심하게 쏘아붙인 듯 하지만, 조금 말이 심한 모양새다.

"으……!"

두 무사는 아까부터 쌓인 분노까지 더해져 맹렬하게 폭발한 듯, 칼자루를 쥔 손에 힘이 들어갔다. 미인을 겨냥하여 대검이 무서운 빛을 내뿜었다.

(1928.10.15)

제47회
보물찾기 삼파전 (10)

가련한 미인이 두 쪽이 나는가?

외침도 비명도 초월한 "으윽" 하는 막힌 듯한 신음이 구경꾼들에게서 터져 나왔다.

그러자 그 순간, 정말 순식간에 검을 높이 쳐든 두 무사가 기독교도의 요술에라도 홀린 건지, 전기가 통한 건지, 순식간에 뒤로 끌려갔다.

기독교도의 요술도 아니고 전기의 힘도 아니다. 얼마나 재빨리 무대 위로 뛰어올라간 건지, 시즈마와 곤하치로가 무사들의 목덜미를 잡아챈 것이다.

"무, 무례하다……!"

두 무사, 무기력하게 목덜미를 잡혀도 콧대만큼은 여전하다.

그러나 그 콧대도 멋지게 꺾였다. 다음 순간, 콰당 하는 굉장한 소리와 함께 두 무사는 무대에 내동댕이쳐졌다. 손에 든 검이 엉뚱한 방향으로 날아가는 추태와 함께.

그래도 역시 무사는 무사다. 그대로 슬금슬금 달아나는 짓은 하지 않는다.

"이게 무슨 힘 자랑이오……? 벌을 줘야 할 이유가 있어 혼내 주려는 사람을……."

이번에는 설득하며 다가온다. 말 따윈 필요 없다, 우물쭈물 변명하는 것보다 허리에 찬 검으로 대신 대화하자는 것이 시즈마의 태도. 그걸 곤하치로가 눈으로 막았다.

"이유가 어떻든 간에, 연약한 여인이나 배우들을 상대로 소동을 피운 건 좋지 않소만. 두 분 체면도 살려 드릴 테니, 일단 우리들에게 맡겨 주시오."

이렇게 온화하게 말한다. 이 태도가 위기 구제업의 비결이다.

옆에서는 시즈마가 곤하치로의 온화한 중재가 안 통한다면 이거다, 라는 듯 칼자루를 쥔 채 대기하고 있다. 이래서야 목숨이 아깝다면 이들에게 맡기는 것이 당연하다.

"그럼, 말씀하시는 대로 두 분께 맡기겠습니다……. 나는 마쓰다이라 우쿄노스케 집안의 가신 고야마 도우에몬(小山藤右衛門), 또 이쪽은 내 동료……."

말하는 도중에 곤하치로가 손을 들어 제지했다.

"이런 장소에서 격식 차린 자기소개는 필요 없습니다. 이름을 듣지 않고도 당신들이 마쓰다이라 님의 가신인 건 알겠거든요. 아무리 연극이라고는 해도 아직 우리들도 금시초문인 물갈퀴 오센인지 뭔지의 행패를 이 많은 사람들 앞에서 연기해 보이니 당신들이 화가 나는 것도 당연하지요. 그 점 저도 잘 알겠습니다……."

그러자, 구석에 쭈그리고 있던 감독이 양손을 짚고 기어와서 빈다.

"감사합니다요, 덕분에 살았습니다. 이제 오늘부터 이런 연극은 절대로 안하겠습니다……."

예의 요염한 미인도 감독 옆에 앉아 시즈마와 곤하치로에게 감사를 표한다.

시즈마는 이 요염한 미인이 앞뒤 가리지 않고 무대 위로 뛰어올라 온 것에 가벼운 흥미를 느꼈다.

"여인께서는 검이 두렵지 않으신가……?"

시즈마가 본 적도 없는 여인에게 말을 거는 일 따위는 정말 이례적인 일이다.

"그야 무섭긴 하죠……."

요염한 미인이 태연하게 말한다.

"하지만 구경꾼들이 아무도 말리려고 하지 않으니, 정신없이 올라간 거죠. 게다가 이 두 무사님도, 약한 사람을 괴롭히는 것도 정도껏 해야지 라는 생각에 화가 나 버려서 분별력이고 뭐고 다 잊어버렸어요……."

"당연하오……."

시즈마가 크게 고개를 끄덕였다.

"그런데……."

난입해서 갑작스런 검극을 연출했던 두 무사가 정색을 하고 곤하치로에게 말했다.

"중재는 감사합니다만, 어떻게 매듭을 지을 테요. 오센 역을 맡았던 배우는 우리가 처벌하게 해주시겠소?"

곤하치로는 그 말에는 대답하지 않고, 감독을 향해 말했다.

"어쨌든 저 여배우에게 사과하라고 해야 할 것 같은데, 구경꾼들 앞에선 좀 그렇고, 분장실로 가야 하려나……."

"예 실은 말입니다, 그 사람은 쓰루키치라는 우리 극단 대표인데요, 일이 심상치 않으니까 슬쩍 도망쳐 버렸습니다……."

"뭐라고, 도망쳤다고?"

두 무사의 안색이 또다시 변했다.

(1928.10.16)

제48회
보물찾기 삼파전 (11)

"소동은 벌어진 것이고……. 우리가 중재를 맡은 이상 그 배우인지 뭔지가 있든 없든 매듭은 지어야죠."

곤하치로가 이렇게 말했다. 이상한 억지를 밀어붙이는데도, 싸워봤자 이길 수 없다는 걸 알기 때문에 마쓰다이라 가의 무사들은 입을 다물어 버렸다.

결국, 감독이 머리를 무대에 대고 앞으로 다시는 이런 연극은 하지 않겠다고 비는 것으로 매듭이 지어졌고, 마쓰다이라 가 두 사람은 아무래도 나갈 핑계를 얻은 김에 돌아가 버렸다.

일이 의외로 온화하게 풀려서 시시해진 건 구경꾼들이다. 투덜대며 다들 나간다.

이제부터는 위기 구제업의 계산 시간이다.

"무사님, 뭐라고 감사 말씀을 드려야 할지…… . 실례가 되지 않는다면 감사의 뜻으로 한 잔 대접하고 싶은데, 근처까지 함께 가 주시겠습니까?"

감독이 진심으로 감사의 마음을 담아 말한다.

그러나 곤하치로가, 아 이때다 하고 여기서 머리를 흔드는 게 구제업의 정석이다.

"아니, 우리들은 술을 마시지 않소. 요릿집 먹거리도 전혀 좋아하지 않고…… ."

그러자, 예의 요염한 미인이 마치 참치 회를 두 점 늘어놓은 듯 촉촉한 붉은 입술에 더더욱 색기를 띠고 재촉했다.

"무사님, 저도 부탁드릴게요…… . 싫으시더라도 대접하지 않으면 저도 마음이 그러네요…… . 자 같이 가셔요…… ."

시즈마와 곤하치로는 무심코 얼굴을 마주보았다. 가느냐 마느냐 하는 속내를 주고받은 것이다. 둘 다 어떤 여인을 보아도 반감이나 생겼지 가슴이 뛰는 일 따윈 단 한 번도 없었는데, 이상하게도 이 요염한 미인에게만은 가벼운 두근거림을 느꼈던 것이다.

그래서 권하는 대로 따라간 곳이, 료코쿠의 유명한 고급 요릿집 '히사고야(瓢屋)'였다. 고관대작들이 몰래 드나들며 즐기는 걸로 유명한 집이다. 물론 가설극장 연극 감독 같은 신분으로 이런 곳에 올 수 있을 리가 없고, 모두 이 정체를 알 수 없는 요염한 미인 덕분이다.

잘 손질된 정원이 보이는 방으로 향기로운 술과 요리장이 자랑하는 산해진미가 값비싼 그릇에 담겨 날라져올 때쯤, 여인의 조각이 장식된 오래된 석등에 불이 켜졌다.

"저 짜증나는 시골뜨기 무사들이 칼을 휘두르면서 잘난 척 하는 게 역겨워서 정신없이 무대 위로 뛰어올라갔지만요, 칼날이 저를 겨누었을 때는 솔직히 바보처럼 겁이 나서 식은땀을 흘렸답니다. 그래도 도망칠 마음은 없으니 이제 죽겠구나 하고 단념하던 차에 생각지도 못하게 도와주셔서, 정말 감사드려요……."

요염한 미인이 의외로 솔직하게 말한다. 그 솔직함이 요염한 자태에 순진한 그림자를 드리워, 더욱 아름답게 보였다.

시즈마와 곤하치로는 술도 안 마시고 요릿집 요리도 안 먹는다고 말해놓았지만, 이 산해진미를 보니 위장이 비명을 지르는데다 명주의 향을 맡으니 목구멍을 적시지 않고는 견딜 수가 없었다. 하물며 이런 요염한 미녀가 술을 따라주니 둘 다 잘도 먹고 마셨다. 낭인들에겐 지나치게 맛있는 술이 대여섯 병 돌자, 시즈마와 곤하치로도 정신없이 취했다.

요염한 미인도 잘 마셨다. 술잔을 건네면 받고, 받아 마시고 다시 건네는 사이에, 이쪽도 꽤 취했다. 감독은 눈치를 보다가 한 번 더 납작 엎드려 감사 인사를 하고는 돌아갔다.

그러고 나서 술자리는 더 흥겨워졌다. 이젠 뭘 위한 술자리인지 알수 없어져 버렸지만, 이유야 어쨌든 흥은 절정에 이르렀다.

하지만 사실 이유는 있다. 이 요염한 미인은 시즈마의 남성적이면서도 빈틈없는 태도에 반한 것이었다. 시즈마와 곤하치로 쪽 또한 이

미인이 아주 마음에 없는 건 아니다보니, 말하자면 사랑의 3파전이다. 이 요염한 미인은 대체 누굴까.

(1928.10.17)

제49회
보물찾기 삼파전 (12)

일어서면 작약처럼 아름다운 자태의 요염한 미인이, 술의 힘을 빌려 거리낌 없이 시즈마 곁으로 무릎걸음으로 다가가 앉는다.

"정말 아까는 감사했어요. 덕분에 위험한 상황에서 도움을 받았답니다……."

할 말이 없으니 몇 번이고 같은 말을 한다. 하지만 이 여인의 입을 통해 나온 말이 귀찮지는 않다.

시즈마는 태어나서 서른 세 해 동안, 지금은 혼다 쇼우에몬의 아내가 된 사사노 외에는 여인에게 조금도 마음이 움직인 적이 없었다. 그런데 이 여인에게만큼은 묘하게 가슴이 뛰었다. 게다가 여인 쪽에서도 이런 식으로 다가오니, 더욱 연심이 일었다.

"슬슬 돌아갈까……."

시즈마와 요염한 미인 사이에 묘한 분위기가 흐르는 걸 눈치 채고는 시시해진 곤하치로. 옆에 둔 검을 집어 들더니 이렇게 말한다.

"아니, 아직 이르잖아. 좀 더 천천히 마시자구……."

시즈마는 꽤 혀가 풀렸다.

"정말이에요, 오늘은 밤새도록 마셔요……."

곤하치로가 질투한다는 걸 깨달은 요염한 미인이, 더 보라는 듯이 백년지기마냥 친근한 말투에 더욱 요염한 자태로 시즈마에게 기대었다. 음탕한 불꽃이 서늘한 눈매에서 미친 듯이 불타올라, 시즈마의 온몸을 녹여버릴 듯한 기세다.

시즈마는 기대오는 여인의 부드러운 촉감에 오싹해졌다.

"아아 취했다……. 헌데, 나는 아직 그대의 이름을 모르오만, 어디 사는 누구시오……? 혹시 임자 있는 몸인지……."

취했어도 본성은 못 버린 채 따져 묻는다.

"호호호호, 임자 같은 게 있었으면 고생도 안 했죠……."

진홍빛 입술에서 흘러나오는 요염한 미인의 말은 어디까지나 유창하게, 시즈마 같은 무지렁이의 탐색 따위 솜씨 좋게 빠져 나간다.

"호오, 홀몸인가……."

융통성 없는 시즈마는 이 말을 진지하게 받았다.

"그럼, 이름은 뭐라고 하고, 어디에 사는지……."

"호호호호, 격식 차릴 정도의 신분은 아니지만 이 년은 야나기(柳)……."

말하다 말고 미인이 퍼뜩 놀랐다.

"버드나무(柳)와 벚꽃이 어우러진다네……."

갑자기 콧노래를 부르며 얼버무린다. 하마터면 '이 년*은 야나기바시(柳橋)의 고사토(小里)라는 기생이랍니다' 라고 정직하게 말할 뻔한

---

* '이 년(わちき)'은 에도 시대 유곽의 유녀(遊女)들이 자신을 가리킬 때 쓰던 말이다.

것이지만, 시즈마가 너무나 무지렁이다보니 기생이라고 하면 정이 떨어질 것 같아 신경이 쓰여 입을 다문 것이다.

"이름이 뭔데……. 이름을 몰라서야 술을 따라줘도 맛있지가 않네……."

시즈마가 신기하게 말이 낳아셨다.

"그럼 말씀 드릴게요……."

요염한 미인이 일부러 교태스럽게 목소리를 한껏 낮추었다.

"사실 저는 오센이랍니다. '물갈퀴'라는 이상한 별명을 가진……."

"뭐라고, 오센……!"

시즈마와 곤하치로는 무심코 소리 내어 말할 정도로 놀랐다. 곤하치로는 반쯤 일어나더니 엿듣는 자가 없는지 살폈고, 시즈마는 새삼스레 이 요염한 미인을 샅샅이 훑어보는 진지함.

요염한 미인은 술자리 여흥으로 던진 농담이 엉뚱한 방향으로 튀어서 난처해졌지만 이미 늦었다.

시즈마는 잔을 비우더니 이 야나기바시의 기생 고사토, 즉 자칭 오센에게 술을 따랐다.

"여인의 몸으로 훌륭한 기질을 타고난 물갈퀴 오센에게, 새로 술 한 잔 드리오. 처음부터 보통 여인은 아니라고 생각했지만, 오센일 거라고는 상상도 못했소……."

어지간한 고사토도 몸 둘 바를 몰랐다. 이제 와서 거짓말이었다고 한다면 이 난폭한 무지렁이 두 사람에게 몸이 두 쪽이 날 지도 모르고, 그렇다고 계속 뻔뻔하게 오센인 척 하는 것도 우습고, 아무리 말괄량이에 비뚤어진 성격이라 하더라도 진퇴양난이었다.

(1928.10.18)

제50회
보물찾기 삼파전 ⑴⒊

그러고 나서 서 너 시간 정도 흘렀을 때.

갈지자걸음의 낭인이 둘, 취한 입김을 내뿜으며 오카와바타를 어슬렁어슬렁 걸어왔다. 달이 뜬 밤이었지만 구름에 가려, 하늘도 땅도 사람도 그저 새카만 어둠 속에 잠겨 있다. 당장이라도 비가 내릴 것 같았지만, 곧 얼마 지나지 않아 검은 구름 사이로 달이 빛났다.

시즈마와 곤하치로는 달이 밝든 사위가 어둡든 그런 건 전혀 상관없이, 뜻하지 않게 만난 물갈퀴 오센(이라고 철썩 같이 믿고 있는 것이다)의 얘기에 여념이 없다.

"오늘 중재로 돈은 못 벌었지만 생각지도 못한 여자와 만났군……."

곤하치로가 회상하듯 말했다.

"그러게나 말일세, 물갈퀴 오센의 연극을 보러 들어가서, 진짜 오센을 만나다니 꿈에도 생각하지 못한 일이지."

"하지만 정말 간도 큰 여자군. 우리 앞에서 무서워하지도 않고 자기가 오센이라고 말했을 때는, 듣고 있던 이쪽이 좀 당황했어……."

"헌데, 어디 살고 있는 걸까. 아무리 물어봐도 그것만은 대답해주지 않는 점이 역시 물갈퀴 오센답더군……. 스미다가와 강변 별장에서 그런 소동을 벌이고 아직 일 년도 안 지났는데 료코쿠에 나타난데다, 보는 눈이 그렇게 많은 극장 무대에 올라가다니 아무리 생각해도 그 여자 대체 얼마나 대담한 건지……. 하지만 오늘 밤은 정말 드물게 기분이 좋았어, 그 오센과 얘기를 하다 보니 가슴이 후련해지는 기분도 들더라구…….”

술 때문인지 시즈마는 평소보다 말수가 늘어, 끊임없이 고사토 오
센을 칭찬하고 있다. 곤하치로도 맞장구를 치다가도, 시즈마가 너무
나 칭찬을 늘어놓으니 짜증 난 표정이다. 그러나 시즈마가 그런 걸 눈
치 챌 리가 없다.

그러다 문득, 시즈마가 발길을 멈추었다. 구름을 찢고 나올 듯한
달빛을 온몸에 받으며 하늘을 바라보기에 이 남자로서는 드물게 풍
류에라도 젖은 것인가 싶었는데, 그런 것이 아니었다. 이곳은 시즈마
에게 있어서는 추억이 샘솟는 장소였다. 생활고를 견디지 못해 기생
을 거느린 유복한 조닌의 주머니를 노리고 칼을 뽑으려던 찰나에 오
스가 하야토에게 저지당하고, 그 하야토를 통해 벼루를 마쓰다이라
가에 팔아넘기려다 예상치 못한 열 명 남짓한 적을 베어버렸던 그 장
소에 어느 틈엔가 와 있었던 것이다. 곤하치로도 같은 추억에 잠긴 것
인지 뻣뻣하게 서서 물끄러미 강물을 바라보고 있었다.

거름을 실은 배 한 척이 끼익끼익 노 젓는 소리와 함께 물살을 일
으키며 강물 위로 미끄러져 왔다. 그 외에는 잠든 듯이 멈춘 배들뿐.
밤이 꽤 깊었다.

그러나 두 사람의 이 추억도 길게 지속되지는 않았다. 멈춰 선 채,
다시 오센의 이야기로 화제가 옮겨갔다.

“나는 오센을 한 번 더 만나고 싶어…….”

시즈마가 말했다.

“나도 그렇다네…….”

곤하치로도 술기운을 빌어 말했다.

“물갈퀴라는 별명이 붙을 정도니, 헤엄은 꽤 잘 치겠지. 그런 미녀

가 알몸으로 헤엄치는 모습이 보고 싶군……."

평소의 사려 깊은 모습에 어울리지 않게, 과음한 술이 쓸데없는 말을 지껄이게 한다.

그때였다. 둘이 서 있는 곳에서 얼마 떨어지지 않은 버드나무 아래에서, 검은 그림자가 갑자기 불쑥 움직이기 시작했다.

시즈마도 곤하치로도 긴장하며 자세를 갖추었다. 아무리 취했더라도 여차하면 빈틈없는 태세를 갖추는 것이, 무도의 달인이라는 증거다.

검은 그림자가 불쑥 일어났다. 남자인지 여자인지, 인간인 것만은 확실하다.

(1928.10.19)

제51회
보물찾기 삼파전 (14)

불쑥 움직인 검은 그림자는, 벌떡 일어나자마자 요괴처럼 기분 나쁘게 성큼성큼, 두려운 기색도 없이 시즈마와 곤하치로 곁으로 다가왔다.

두 사람이 긴장한 채로 바라보니, 틀림없이 남자, 그것도 무사다.

그러자, 그 무사의 입에서 나온 말이 의외였다.

"오랜만이오……. 성함은 모르겠지만, 그쪽은 엔도 님께서 하사받으신 벼루를 지닌 분인가? 나는 오스가 하야토라오."

이 말을 들은 시즈마의 극도의 긴장이 순식간에 풀어지며, 말할 수 없는 반가움이 전신을 감쌌다.

"아, 이거 참. 그 뒤로 어떻게 지낸 거요……."

이렇게 말했지만 시즈마의 날카로운 눈에는, 물어볼 필요도 없이 이미 하야토의 딱한 낭인 무사 차림이 비친 것이다.

"벼루를 받겠다고 약속한 장소가, 딱 이쯤이었는데. 약속을 깨버려서 죄송하게 됐소."

"……그날 밤, 당신의 모습이 보이지 않아 수상한 느낌에 바로 돌아가려는데, 열 명 가까운 자객들이 무턱대고 덤벼들었다오. 그래서 여기 있는 친구와 함께, 무익한 살생을 저질렀소. 그러나 당신이 오지 않은 것도 그렇고 자객의 습격도 그렇고, 대체 어떤 사정이었는지 나는 도저히 모르겠소……."

시즈마가 따져 묻는 말투가 됐다.

"수상하게 여기신 것도 당연하오. 당신을 의심한 건 아니지만, 한 지방의 다이묘가 쇼군에게서 받은 소중한 물건을 길바닥에서, 그것도 처음 보는 사람에게 넘기겠다는 얘기지 않소. 생각하면 생각할수록 수상쩍었소. 그래서, 엔도 가 사람들 중 마쓰야마 고노신을 소개받아 사정을 들어보니, 하사 받은 벼루를 도난당한 게 정말 사실이었고, 그 때문에 엔도 가가 온통 혼란에 빠졌다는 것이었소. 그 때 문득, 내 마음에 떠오른 건 벼루를 당신에게서 넘겨받아 우리 주군에게 드리는 것이 주군에게는 충성이 될 지도 모르지만, 인간 된 도리에는 어긋난다는 생각이었다오. 그래서 엔도 가 가로를 만나 몰래 이 일을 알리려고 했던 참에……."

"아, 이제 모든 사정을 이해했소……."

시즈마의 목소리가 유쾌하다는 듯 밝아졌다.

"그래서, 마쓰야마 고노신이 자기 공명을 위해서든 사욕을 채우기 위해서든, 내게서 빼앗으려 했던 것이군…… . 하하하하, 남의 것을 빼앗기에는 마쓰야마 고노신도 그렇고 다른 놈들도 그렇고 너무 약했어…… ."

장소도 마침 이 근처에서 일전에 많은 무사들을 해치운 그 때의 일을 떠올린 건지, 시즈마가 웃었다. 달이 밝았다. 그 뱃속에서 우러나오는 듯한 탁한 웃음소리가 잔잔한 강물 위로 울려 퍼진다. 오스가 하야토의 처사를 원망하는 기색 따윈 조금도 없었다.

"그런데 말이오."

시즈마가 어조를 바꾸어 말했다.

"당신은 낭인이 된 모양인데, 어떤 사정이오……?"

"내 양심이 명하는 대로, 벼루를 주군의 것으로 하지 않고 엔도 가에 돌려주려고 애쓴 것뿐인데 오히려 저런 소동을 일으켜, 주군에게 죄송하고 당신에게도 면목이 없어 낭인이 되었소. 게다가, 좀 찾을 것이 있어서 떠돌아다니는 자유의 몸으로 실컷 찾아보고 싶기 때문에……."

"당신이 찾는 게 뭔데 그러오?"

타인의 일엔 전혀 관심이 없는 시즈마도, 하야토에게는 존경심 비슷한 감정을 느끼고 있기 때문에 물어보았다. 경우에 따라서는 아낌없이 돕고 싶었다.

"내가 찾는 건 당신이 잘 아실 듯 하오, 그래서 불러 세웠다오……."

"어……."

시즈마는 곁에 선 곤하치로와 얼굴을 마주보았다.

(1928.10.20)

제52회
보물찾기 삼파전 (15)

"당신은 함께 계신 분과 방금 물갈퀴 오센의 얘기를 하고 계셨지요. 그 오센이야말로, 내가 찾는 여자요."

"아, 그렇군……."

시즈마가 무심코 무릎을 쳤다. 물갈퀴 오센은 마쓰다이라 우쿄노스케를 발로 찬 여인. 오스가 하야토는 마쓰다이라의 전 가신이다. 이거야 과연, 고개를 끄덕일 수밖에.

그러나 동시에, 오센을 보호하고 싶다는 기분이 강하게 들었다. 흰 피부에 요염한 눈과 입매, 그 색기 있는 오센의 모습이 시즈마의 뇌리에 분명하게 떠올랐다.

"당신은 물갈퀴 오센과 만난 듯 하고 방금 그 얘기를 하고 계셨소. 어디서 만나셨는지, 어디 살고 있는지, 얘기를 듣고 싶소……."

하야토는 열심이었다.

"그건 말씀드릴 수 없소."

시즈마의 어조는 냉정하고 명료했다.

"왜요……?"

하야토의 안색이 변했다.

시즈마는 잠시 침묵을 지켰지만, 이윽고 내뱉듯이 말했다.

"나는 그 여인에게 반했소. 그래서 그 여인을 적이라 생각하는 당신에게는, 결코 밝힐 수 없소."

시즈마는 너무나 진지하게 말했다. 그러나, 하야토에게는 너무나도 바보 같은 소리로 들렸다.

"놀리지 마시고 진실을 얘기해주시오……."

하야토는 입가에 가벼운 웃음을 띤 채, 계속해서 물었다.

"밝힐 수 없소."

고집스럽게 말하는 시즈마의 어조에 드디어 차가운 기색이 맴돌았다.

분개한 하야토는 시즈마를 노려보았다.

그러나, 시즈마의 이 솔직한 고백에 화가 난 것은 하야토뿐만이 아니었다. 함께 생활하며 고락을 나누어온 곤하치로도 화가 난 것이다.

왜냐하면 곤하치로도 오늘밤 처음 만난 물갈퀴 오센이라 자칭하는 여인에게 체구에 어울리지 않는 연심을 품었기 때문에, 이렇게 시즈마가 솔직하게 고백하니 눈앞에 도전장이 내던져진 기분이었다. 분명히 이건 연적이다.

그래서 곤하치로가 끼어들었다.

"헤이도, 오스가 씨는 주군께 무례를 범한 여자에 대해 진지하게 묻고 있는 거다. 좀 더 제대로 대답해 드려."

그러나, 시즈마는 완고하게 머리를 흔들었다.

"자네가 끼어 들 일이 아니네. 나는 첫사랑에 실패한 이후 처음으로 사랑을 느꼈어. 오스가 씨가 마쓰다이라 가의 죄인으로서 오센을 잡으려는 거라면, 나는 어디까지나 오센의 편에 서서 보호할 거야……."

곤하치로에게 말하고 있었지만, 하야토가 들으라는 듯 큰 목소리다. 이런 말을 하는 동안 자칭 오센에 대한 시즈마의 애련의 불꽃은 점점 성대하게 불타올랐다. 처음엔 그 정도는 아니었는데, 비뚤어진 인간 특유의 묘한 고집으로 하야토에게 적대감을 드러내다보니 자칭 오센의 요염한 색향이 훌륭한 향료마냥 그를 휘감아오기 시작한 것이다.

하야토는 시즈마를 상대하는 건 이제 안 되겠다고 생각한 건지 방향을 틀었다.

"같이 계신 분, 당신도 오센의 소재를 아신다면 가르쳐 주지 않겠습니까?"

곤하치로는 방금 시즈마를 나무란 것도 있고 시즈마에 대한 반감도 있어서 대답했다.

"저희 두 사람은 오늘밤 료코쿠의 요릿집 히사고야에서 오센을 만났습니다."

이렇게 말하고는, 그 전후 사정을 간단히 설명하고, 주소를 물었지만 말해주지 않았다고 덧붙였다.

"고맙소, 그것만이라도 대충 짐작이 가니까."

정중하게 감사의 말을 남기고는,

"또 뵐 기회가 있겠지요……."

이렇게 말하며 비호처럼 료코쿠를 향해 가 버렸다.

곤하치로는 시즈마의 분개를 예상했지만, 시즈마는 화 내지 않았다.

"나는 어떻게든 오스가 하야토를 방해해서 오센을 보호할 것이네……. 구와바라, 자네도 내 편을 들게나."

이렇게 말하고는, 시즈마는 재빨리 하야토의 뒤를 좇았다.

곤하치로는 시즈마의 이기주의에 질려 버렸지만, 말없이 시즈마를 뒤따라갔다. 시즈마라는 남자, 뜻을 굽히지 않고 남이 따르게 만드는 강점이 있다.

(1928.10.21)

제53회
미모의 괴도 (1)

술자리의 여흥으로 살짝 농담을 한 건데, 그 농담이 터무니없는 방향으로 번지며 야나기바시의 기생 고사토는 뜻하지 않은 곤경에 빠지게 되었다.

오스가 하야토가 진짜 오센의 얼굴을 잘 알고 있다면 문제는 없지만, 공교롭게도 잘 모르는 것이다. 다이묘 집안은 안과 밖이라는 경계가 엄연히 존재해서, 특별한 경우 술자리 같은 곳에서 첩과 가까이 모시는 무사들이 동석하는 일도 있었지만, 평소에는 다이묘가 아끼는 가신을 제외하고는 안채에 드나드는 일이 절대로 금지되어 있었다.

하야토도 이런저런 기회로 한 두 번은 오센과 동석한 적도 있었으나, 원래 여자에겐 무관심한 성격인 만큼 안채의 여자들은 누구를 봐도 두터운 화장과 틀에 박힌 똑같은 머리 모양만이 인상에 남아, 어떤 여자의 얼굴도 그저 다 똑같이 보일 뿐이었다.

이런 점은 자칭 물갈퀴 오센인 야나기바시의 기생 고사토에게는 굉장히 위험한 일이었다. 시즈마라는 후원자는 과연 고사토를 잘 지켜줄 것인가?

한편, 진짜 물갈퀴 오센은 에도 한복판에 자기 이름을 사칭한 가짜가 나타난 건 꿈에도 모르고, 해적선의 여왕으로서 통킹(東京)*, 안남

---

* 베트남 북부 홍 강 유역 지역.

(安南)*, 교지(交趾)** 부근을 돈벌이 장소로 삼아 한없이 넓은 바다 위의 생활을 기분 좋게 만끽하고 있었다.

"오센, 너 제법 훌륭한 여장부가 되었어. 어떻게 봐도 예전 다이묘의 애첩으로는 안 보여……."

달빛을 안주 삼아 벌어진 배 위에서의 술자리에서, 걸쭉하게 취한 점박이 세이지가 너무나 기쁜 듯이 이렇게 말한다.

"그런 소리 하지 마세요. 애첩이라니 생각만 해도 소름이 끼치네. 전에도 얘기했지만 나한테는 다이묘를 걷어찬 전과가 있어서, 이렇게 쫓아오는 사람이 없는 바다 위에 있을 때만이라도 그때 일은 싹 잊고 싶거든……."

여자답지 않게 무릎을 세우고 앉아 한 손은 옷깃에 찔러 넣은 채, 한 손으로만 술잔을 솜씨 좋게 들어 진홍빛 입술에 가져간다. 어느 틈엔가 정말 여장부 수행을 쌓았다.

"에도로 돌아가고 싶구만……."

오센이 생각난 듯이 드센 어조로 혼잣말을 했다. 의협심이 끓어올라 구슬 같은 눈동자에 유리알 같은 빛이 흘렀다. 그 눈앞에 가즈마 료엔 스님의 푸르스름한 머리와 수려하고 높은 콧날, 표현할 수 없을 정도로 윤기 있는 눈빛 같은 것이 순간적으로 떠올랐다. 듬직하고 남자다운 체구에 어깨에서 가슴으로 떨어지는 완만한 곡선, 남자치고는 흰 목덜미 등이 분한 기억 속에서도 우습게도 그리운 인상이 되어

---

* 현재의 베트남 북부에서 중부를 가리키는 지리적 명칭.

** 베트남 북부 일대.

용솟음친다.

"빌어먹을……!"

오센은 무의식중에 술잔을 집어던지며 이렇게 외쳤다. 그래도 '두고 보자' 만큼은 입 밖으로 튀어나오려는 걸 눌러 삼켰다.

"왜 그래, 갑자기 빌어먹을이라니 깜짝 놀랐잖아……."

오센의 속을 알 리가 없는 세이지, 멍청하게 취한 얼굴로 떼쓰는 어린애를 달래듯이 말한다.

"에도로 돌아가고 싶어졌어……. 이제 이런 바다 위에 있는 거 지겹다구……."

콧소리로 응석을 부린다. 이게 세이지의 방탕한 영혼을 붙드는 데 충분한 효과가 있다.

"뭐야, 갑자기 돌아가고 싶어졌어? 그래그래, 돌아가자고. 에도 땅을 밟기엔 우리 둘 다 위험한 몸이지만, 돌아갈 때가 됐는데도 무리해서 이런 데 있어봤자 소용이 없겠지……."

쭉 늘어선 부하들에게 세이지가 약간 변명하듯 말한다.

잠시 후, 세이지는 벌떡 일어나 일동을 통솔하는 사령관 같은 관록을 보이며 말했다.

"요전부터 계획한 큰일이 있으니 그걸 해치우고, 그걸 선물 삼아 에도로 돌아가자. 이번 일은 정말 크니까 자칫 잘못하면 다 같이 에도로 돌아갈 수 없을 지도 모른다……. 이별의 잔이라 생각하고 오늘밤은 잔뜩 마시자고……!"

"큰일이라는 건 뭡니까?"

부하 중 한 사람이 물었다.

큰일이라 들으니 거친 부하들은 좀이 쑤시는 모양인지, 활기가 흘러넘쳤다.

(1928.10.22)

제54회
미모의 괴도 (2)

"교지에서 출발하는 당인들 배를 덮칠 거다……!"

세이지의 얼굴에는 벌써 성공한 듯한 희열이 흘러넘쳤다.

"과연, 나가사키로 가는 배죠. 교지에서 출발하는 배는 제일 비싼 물건을 싣고 간다지요."

"그러니까 해치워버리자는 거야."

"하지만 교지에서 출발하는 배는, 배 자체도 되게 크고 무기도 있어서 꽤 세다는데요……."

한 사람이 말하는 걸 들은 오센이 코웃음을 쳤다.

"한심한 소리 하지 마, 목숨이 아깝다면 이런 짓은 때려치우는 게 좋을 거야. 난 여자지만 에도 땅이 밟고 싶어 죽겠는 참에 이런 얘길 들으니 속이 다 후련한데. 당인 두 셋 정도는 거뜬히 상대해서 일본의 대장장이가 만든 비수가 얼마나 잘 드는지 보여주고 싶어질 정도인데!"

세이지가 맞장구를 쳤다.

"넌 정말 배짱이 좋구나……!"

이러면서 취한 채로 또 다시 기쁨을 마구 드러냈다.

술을 마시는 동안, 당인의 배를 습격할 방법은 일단 정해졌다.

그로부터 일주일 정도 흐른 뒤, 때마침 나가사키를 향해 교지를 출발한 당인 호태구(胡泰矩)의 무역선이 세이지 일당에게 찍혔다. 호태구는 나가사키 봉행(奉行)*의 신용도 두터워서, 당인 무역선 중에서도 값비싼 물건을 가져온다는 점에서 손꼽히는 배였다.

때는 분세이 XX년 8월 30일의 깊은 밤, 완전히 어두운 밤이다.

교지를 떠나 해상 15, 6리를 가는 항해의 첫날이라 아직 자신들의 나라를 뜨지 않은 상태라, 선원 일동은 항해의 기분을 느끼지 못하고 당번 외에는 태평하게 잠들어 있었다.

이 배에는 선주인 호태구가 처자식과 함께 타고 있었다. 아직 가본 적 없는 일본을 구경하겠다고 졸라대서 함께 가는 것이다.

칠흑 같은 암흑의 바다 위를, 호태구의 무역선이 팽팽한 돛에 잔잔한 바람을 받으며 조용히 미끄러져간다.

세이지와 그 일당은 각자 칼을 뽑아들고 배안의 모든 불을 끈 뒤, 당인 무역선의 불빛을 목표 삼아 배를 움직였다.

세이지의 배가 아주 가까이 다가갔을 때, 당인 무역선의 선장이 비로소 눈치 챘다. 그렇지만 해적선일 거라고는 꿈에도 몰랐다. 그저 보통 상선이 방향을 잘못 잡았을 거라고만 생각한 모양이다.

뿌우우우— 삐이이이—

당인 무역선 특유의, 맥 빠진 경적소리가 어두운 바다 위로 울려 퍼졌다.

그러나 그 때, 세이지의 해적선은 이미 당인 무역선의 뱃전에 딱

---

* 에도 막부가 행정과 사법을 담당케 하기 위하여 두었던 관직.

붙었다.

세이지를 비롯한 부하 일동, 물론 그 속에는 홍일점인 물갈퀴 오센도 섞여서 기세 좋게 당인 무역선에 휘리릭 올라탔다.

그제서야 해적이 습격했음을 깨달은 당인 무역선의 선장은, 경적의 음조를 바꾸어 요란하게 불어댔다.

배 안은 한순간에 대혼란과 대소동의 도가니로 변했다.

(1928.10.23)

제55회
미모의 괴도 (3)

잠결에 들리는 요란한 경적 소리와 무언가 난입하는 심상치 않은 발소리에, 호태구 부처는 당황하여 잠에서 깨어났다. 올해 네 살인 호태구의 아들 려여(麗與)도 잠에서 깨어나 불에 덴 듯이 울기 시작했다.

"수선 떨면 죽여 버린다."

맨 앞에 섰던 요시조가 대도를 들이대며 우선 호태구 부처의 간담을 서늘하게 했다. 당인 무역선의 젊은 선원들은 물건을 지키기 위해 두려워하면서도 용감하게 맞섰다. 그쪽으로는 세이지를 비롯해서 실력이 좋은 부하들이 향했다. 그러나 베고 죽이는 무익한 살생은 피하자는 주의라, 패거리들이 '일'을 하는 동안 적당히 놀아주자는 속셈이었다.

실제로 '일'은 오센을 대장으로 손재주가 있는 몇 명이 맡았다. 되도록 부피가 크지 않고 값비싼 물건을 목표로 배 안을 샅샅이 뒤졌다. 그걸 막으려고 당인들이 필사적으로 저항한다.

그 때, 요란한 폭음이 들려왔다. 다네가시마(種ヶ島)*다. 총포다.

영리한 선원 한 사람이 배 안에서 소동이 일어나자마자 재빨리 몸을 숨긴 채 총포를 꺼내 와서는, 초조하게 불을 붙인 뒤 드디어 이 때 한 발을 쏘아 올린 것이다. 그러나 탄환은 빗나가, 덧없이 어두운 수면으로 빨려 들어갈 뿐.

세이지를 비롯하여 그저 찌르네 마네 위협만 하고 있던 자들이, 이 한 발의 음향에 열이 뻗쳤다. 흰 칼날이 피를 마시지 않고는 끝내지 않겠다는 듯, 종횡무진 번뜩였다.

쥐도 궁지에 몰리면 고양이를 문다는 속담이 여기서 실현되었다. 당인들이 뜻밖에도 거칠게 무턱대고 응전해온 것이다. 그야말로 난투극이었다.

그 동안, 오센이 이끄는 부하들은 마음껏 재물을 훔쳐내어 자기들의 배로 날랐다.

당인들의 일시적인 우세도 길게는 못 가서, 같은 편이 하나 둘 쓰러지자, 무기력하게 물건을 버리고 울부짖을 뿐이다. 재물은 아무리 도둑을 맞더라도 주인의 것이지만, 목숨은 자기 것이니 이쪽이 훨씬 소중하다는 듯, 당인의 방식으로 양손을 맞잡아 보이며 항복의 뜻을 표했다.

그러나 호태구 부부는, 목숨도 아까웠지만 재물도 아까웠다. 정말

---

* 화승총.

미친 듯이, 목숨 아까운 줄 모르는 일본의 험악한 남자들을 상대로 사자와 같이 저항한다.

"제길……!"

요시조는 피가 거꾸로 치솟아 올라, 손에 든 흰 칼을 치켜들어 상대방을 보지도 않고 휘둘렀다.

"아악……!"

호태구의 부인이 어깨를 깊게 베여 비명을 지르며 쓰러진다. 부인을 필사적으로 보호하려던 호태구도, 정면에서 머리에 칼을 맞고 부인 위로 겹쳐 쓰러졌다.

어린 려여는 너무나 울어서 목소리도 제대로 나오지 않았지만, 양친이 칼에 베여 쓰러지는 걸 보고는 아직 어려도 부모의 원수라 생각했던지, 느닷없이 요시조의 정강이를 물고 늘어졌다.

화가 머리끝까지 치민 요시조가 분별력을 잃고 큰 칼을 휘둘러, 애처로운 려여가 두 쪽이 날 그 아슬아슬한 찰나의 순간.

"난폭하게 굴지 마, 멈춰!"

여인의 날카로운 목소리. 오센이 제지하고 나섰다.

"살생은 하지 않겠다고 단단히 약속하고도 둘이나 죽인데다 이런 어린애까지 베려 하다니, 잔인하기에도 정도라는 게 있잖아!"

대혼란 속에서도 오센이 침착한 어조로 요시조를 꾸짖었다.

(1928.10.24)

제56회
미모의 괴도 ⑷

요시조가 내리치는 칼날 아래 두 쪽이 날판이었던 가련한 려여를 본 순간, 오센은 죽은 아이가 떠올랐다. 살아 있다면 이 정도 나이가 됐을 거라 생각하니, 앞뒤 가리지 않고 요시조를 막은 것이다.

"가엾게도……. 아줌마가 있으니까 안심하렴, 응?"

오센은 이렇게 말하며 려여를 자기 곁으로 끌어당겼다.

려여는 일본어를 전혀 몰랐지만, 오센의 태도로 자기를 동정해주는 사람이라 깨닫고 매달렸다.

"뭐가 난폭하다는 건지 모르겠지만, 이 놈이 건방진 짓을 해서 죽이려고 한 거라고……! 흥, 누님도 참 별나슈……."

요시조는 코웃음을 치며 려여를 안아 올려 뺨을 문지르는 오센을 흘겨보고는, 투덜대며 난투극이 벌어지는 쪽으로 가버렸다.

호태구 부처는 중상을 입고 괴로워하면서도, 오센이 려여를 안아 올린 것을 보고 눈물을 흘리며 기뻐했다.

호태구의 아내는 자신의 부상도 잊고, 똑같이 중상을 입고 괴로워하는 남편을 바라보며 울었다. 그리고 오센은 전혀 알아들을 수 없는 중국어로 헐떡이며 무언가 호태구에게 속삭였고, 호태구가 고개를 끄덕였다.

"부탁 있습니다……."

호태구는 일본에 여러 번 온 적이 있어서 일본어는 비교적 유창했지만, 중상 때문에 호흡이 약해져서 한 마디 한 마디 피를 토하듯 오센에게 말했다.

"이 아이, 당신이 키워 주세요. 부탁입니다……."

"네? 제가 키우라고요……?"

오센은 무심코 눈을 크게 뜰 수밖에 없었다. 해적단의 일원으로 지금 이런 폭거를 일으킨 사람에게, 소중한 자식을 맡기며 키워 달라니……. 오센은 고개를 갸웃했다.

"저도, 제 아내도, 이제 틀렸어요. 죽습니다. 이 아이 당신이 데려가 주세요, 부탁합니다."

호태구는 손을 모았다.

얘기를 듣고 나서야, 오센은 호태구 부처가 죽음에 이를 정도의 중상임을 알았다. 동시에, 그녀의 타고난 의협심이 눈처럼 흰 뺨을 달아오르게 했다.

"그러고 말고요. 꼭 제가 키우겠습니다……."

"기쁩니다, 부탁합니다, 부탁합니다, 실은, 이 아이 우리들의 아이가 아니다, 대단한 사람의 아이, 그 이유, 여기 적혀 있다……."

호태구는 려여의 허리춤을 뒤적였다. 려여의 허리에는 일본 아이가 매는 복주머니 같은 것이 매달려 있었다. 려여에게는 무언가 깊은 비밀이 숨겨져 있는 것 같았다.

그러나, 이런 경우 려여가 대단한 사람의 아이든 아니든, 오센에겐 문제가 되지 않았다. 오센은 그런 건 상관없었다. 그보다도 다급한 문제는 호태구 부부의 목숨을 살리는 것이었다. 오센의 의협심이 또다시 꿈틀거렸다.

"안 돼, 안 돼, 이제 틀렸어, 죽습니다……."

호태구는 희미하게 머리를 흔들며 오센의 간호를 뿌리치고는, 무언가 아내에게 속삭였다. 아내는 만족한 듯이 고개를 끄덕이더니, 안심했기 때문인지 순식간에 늘어져 그대로 숨을 거두었다.

이어서 호태구도 괴로운 듯한 표정에 한 조각 만족감을 띠더니, 아직 젊은 아내의 뒤를 따랐다.

그때였다.

"뭘 꾸물거리는 거야, 철수다!"

이렇게 외치는 세이지의 목소리가 들려왔다.

(1928.10.25)

제57회
미모의 괴도 (5)

"바보 같은 것, 해적질 해서 먹고 살면서 당인 애를 데려오면 어쩌겠다는 거야!"

일동이 배로 돌아왔을 때, 려여를 안고 있는 오센을 노려보며 세이지가 사납게 소리쳤다.

"그렇지만 가엾잖아요……. 보세요, 이렇게 얌전하잖아요……."

오센은 또 다시 려여의 뺨을 문질러댔다.

"안 돼, 이제부터 에도로 돌아간다 한들 언제 잡혀갈지 모를 몸이야, 거치적거리는 걸 달고 갈 수는 없어! 바다에 처넣어 버려!"

세이지가 내뱉었다.

"여보, 정말 그렇게 처참한 짓을 할 거예요? 도둑질을 하건 살인을 하건 먹고 살기 위해서라면 어쩔 수 없다고는 해도, 자비심이나 인정 같은 게 조금도 남아 있지 않다면 이미 사람이 아닌 거예요. 당신이 이 아이를 바다에 처넣는다면, 나도 바다에 뛰어들겠어요……. 당신처럼 자비도 인정도 없는 사람과 함께 사는 것보다는 죽는 게 나을지도 모르니까!"

오센은 정말로 물에 뛰어들 기세다.

세이지도 어이가 없어서 말을 잇지 못했다.

그러자, 호태구의 배에서 살아남은 당인들이 맹렬하게 총을 쏘았다. 다네가시마의 탄환이 어마어마하게 세이지의 배를 스쳤다. 고용했을 때는 정체를 밝히지 않고 파도 만리를 거쳐 와서야 비로소 밝히고 한 패가 되었던 선원들, 지금은 제대로 해적이 되어 비처럼 쏟아지는 탄환에도 개의치 않고, 어두운 바다를 헤쳐 호태구의 배에서 멀어진다.

"네 괴짜스러운 구석엔 나도 질렸다. 그 당인놈 자식 잘 키워 봐."

세이지가 이렇게 말한 건, 이제 다네가시마 소리도 들리지 않고 방금 큰일을 저지른 해적선이 호태구의 배에서 훨씬 떨어진 곳을, 보통 상선이 무역항으로 서둘러 가듯 평온무사하게 항해해갈 때였다.

호태구의 배에서 훔쳐온 물건은 의외로 값비싼 것이었다.

밤이 하얗게 밝아올 때쯤, 세이지는 오센을 중심으로 해적 일동을 불러 모아 성공을 축하하는 잔치를 벌였다.

"요시조, 너 그런 죄를 지었으니 그 당인이 귀신이 되어서 나타날 거야."

눈가가 살짝 복숭아 색으로 물든 오센이 생긋 요염하게 웃었다.

"누님, 농담이라도 그런 소리 하지 마세요! 그 당인 부부가 원망스

럽게 저를 노려보던 그 기분 나쁜 눈빛이 눈앞에 보이는 것 같잖아
요⋯⋯!"

홧김에 잔인한 짓을 저지르긴 했어도 요시조는 의외로 겁이 많았다.

"호호호호!"

오센은 경박하게 웃었다. 그리고는 아까 잔뜩 흐트러진 머리카락
을 귀찮은 듯이 쓸어 올렸다.

"무서워지면 이 아이를 귀여워해 주라구. 하다못해 죄에 대한 보
상으로 말이야."

"그렇군요, 이렇게 조용할 때 보니 아주 밉살맞은 애는 아니네요.
제발 살려줍쇼, 당인 귀신이라도 나오면 안 되니까, 이 놈을 실컷 예
뻐 해줄까⋯⋯."

요시조가 혼잣말을 한다.

"실례되는 말을 하는 구나, 이 아이는 오늘부터 내 아이야. 이 놈이
라고 부르면 용서하지 않을 거야."

오센은 이렇게 말하며, 잠든 려여의 볼에 쪽 소리를 내며 입을 맞
추었다. 세이지는 그 모습을 떨떠름한 표정으로 보고 있는 것이다.

오센은 잠시 동안 가만히 려여의 잠든 얼굴을 바라보고 있었다. 그
리고 나서 다른 쪽을 바라보며 그 유리알 같은 눈동자를 크게 뜨는
것이었지만, 어느 샌가 두 눈에 눈물이 고여 있었다.

그러다 갑자기

"나, 오늘부터 남자가 될 거야⋯⋯."

이렇게 말하는가 싶더니, 엎드려서 흐느껴 울기 시작했다.

엉뚱한 소리를 할 뿐만 아니라 남 앞에서 엎드려 우는 등, 오센이
지금까지 보여주지 않던 모습이라, 세이지를 비롯한 일동은 어안이

벙벙했다.

(1928.10.26)

제58회
미모의 괴도 (6)

오센은 눈물에 젖은 얼굴을 들고서 세이지에게 말했다.

"나 아무래도 남자가 되고 싶어……."

려여를 바라보는 새 죽은 아이의 모습이 또렷하게 떠올라 그것만
으로도 슬픈 참에, 버림받았던 남자, 그녀가 버린 남자들이 눈앞에 차
례로 떠오른다……. 그래서 절실하게 스스로가 여자라는 사실이 싫어
졌을 뿐이다.

"너 부인병 걸렸나보다. 정신 좀 차려 봐."

세이지, 부인병이라니 잘도 생각해냈다. 부인병, 즉 현대의 히스테
리. 여자들이 투정을 부리는 원인은 대체로 이것이다.

"부인병인지 뭔지 모르겠지만, 나는 아무래도 남자가 되어야겠어.
남자가 되어서, 더 거친 일을 할 거야. 그렇게라도 안하면 이 우울한
기분이 나아질 것 같지 않아……."

오센은 즐겁지 않은 여러 추억을 지워버리기 위해, 남장을 하고 거
친 도적질이라도 해서 기분 전환을 하고 싶은 것이다. 그런 오센의 기
분은 모르겠지만, 거친 일을 하고 싶다는 것만 도적을 직업으로 삼은

세이지의 마음에 들었다.

"감탄했어, 여자 옷차림으로는 거친 일을 못하니까 남장을 하고 일하겠다는 것이로군. 너도 순식간에 훌륭한 도적이 되었구나. 하지만 그렇게 되면, 더더욱 이 꼬마 놈이 거치적거릴 텐데."

세이지가 당인의 아이 쪽을 턱짓했다.

"얘는 끝까지 내 아이라니까. 남자가 되더라도 나는 이 아이의 엄마야."

오센이 딱 잘라 말했다.

나가사키 항에 정박한 날 밤, 요시조가 세이지의 명을 받아 뭍에 올라가, 하부타에(羽二重)*로 만든 겹옷에다 쥐색 하오리(羽織)**, 거기다 센다이(仙台) 특산품인 비단으로 만든 하카마(袴)***까지 갖춰 사서 돌아왔다. 머리는 패거리들 중에서 원래 이발소를 했다는 긴코(銀公)라는 사람이 솜씨 좋게 만져주었다. 이것으로 오센의 남장이 완성된 것이다.

"좀 일어서 봐, 저쪽 좀 봐 보라구."

세이지는 이것저것 시켜보면서 오센의 무사 차림에 감탄했다. 여자일 때 오센의 아름답고 곱고 요염한 모습은 질릴 정도로 보아온 세이지도, 백 명의 여자든 천 명의 여자든, 아니 여자라면 모두 반하지 않고는 못 배길 정도라 생각할 만큼 미남자가 된 것이다. 이런 오센의

---

*   얇고 부드러우며 윤이 나는 순백색 비단.

**   일본 옷 위에 입는 짧은 겉옷.

***   일본 옷의 겉에 입는 주름 잡힌 하의.

남장을 세이지는 넋을 잃고 바라보는 것이었다.

거울에 비친 자신의 모습을 뚫어지게 바라보던 오센이 이렇게 말했다.

"나쁜 짓 하기엔 좀 지나치게 상냥해 보이지만, 여자를 속이기엔 딱이네."

이 여인은 자신의 미모를 스스로도 충분히 알고 있는 것이다.

"아아아, 이걸로 속이 시원해졌어. 이제부터 실컷 나쁜 짓을 하고 여자들을 속일 거야. 나도 여자일 때 남자들한테 실컷 속았으니까……."

이렇게 말하며 곰곰이 생각에 잠긴 오센의 눈에서, 또 눈물방울이 반짝 빛났다. 오센은 정말로 부인병에 걸린 모양이다.

세이지의 해적선은 오사카로 귀항했다. 들고 나는 배로 복잡한 그 항구에서, 해적선은 성실한 상인의 배로 가장하고 사흘 낮밤 동안 정박했다.

그 사흘 동안, 오사카 시내의 상인들은 잇따라 3인조 강도에게 습격당했다. 한 사람은 젊은 무사였고, 다른 두 사람은 평범한 조닌 차림새다. 그 조합이 이상해서 소문이 크게 났다.

그 젊은 무사는 검은 천으로 복면을 하고 있었지만, 천 사이로 흘끗 엿보이는 눈이나 입매가 말할 수 없이 잘생긴 남자라는 평판이었다. 요즘이라면 신문에서 미모의 괴도라는 둥 떠들어댈 지도 모른다. 말할 필요도 없이 이 괴도는 남장한 오센이고, 두 조닌은 세이지와 요시조다.

오사카 시내의 평판이 높아져, 짓테(十手)*를 든 사람들이 활약하기 시작할 무렵, 미모의 괴도를 태운 해적선은 에도를 향해 유유히 바다 여행을 떠났다.

(1928.10.27)

제59회
미모의 괴도 (7)

미모의 괴도가 에도에 나타나기 시작했다.

빈번하게 피해가 발생하자, 이른바 '핫초보리(八丁堀) 나리'라 불리는 요리키(与力)**, 도신(同心)을 비롯해 에도 전체의 탐정들이 다 기를 쓰고 나섰다.

그렇게 다들 혈안이 된 와중에…….

쌀집을 운영하는 이나바야 소스케(稲葉屋惣助)의 집에 들어가 주인 부부와 점원들, 그리고 하녀까지 밧줄로 꽁꽁 묶고는, 120냥을 빼앗아 유유히 빠져나갔다. 역시 미모의 무사 한 사람에 조닌 한 사람이었다.

게다가 이 이나바야가 어딘고 하니, 요리키와 도신의 주소지인 핫

---

* 에도시대에 포리(捕吏)가 방어·타격을 위해 휴대하던 도구. 50 cm 정도의 쇠막대로 서, 손잡이 가까이에 갈고리가 있으며, 손잡이에 늘어뜨린 술(보라·빨강·흑색)의 색깔로 소관을 나타냄.

** 에도시대에 봉행 등의 휘하에서 부하인 도신(同心)을 지휘하던 직책. 근거지가 핫초보리에 있어 '핫초보리 나리'라 불렸다.

초보리다. 그러니 그야말로 조롱당한 꼴이다.

"사흘 안으로 반드시 잡아내!"

이번 달 당번 요리키인 사이토 덴쿠로(齋藤伝九郎)가 엄격하게 내뱉었다. 사이토 덴쿠로 직속 도신인 이시다 신베(石田信兵衛)는 '귀신'이라 불릴 정도로 명도신이었다. 그 휘하에는 마루야초(丸屋町) 출신의 속칭 '잠자리' 기스케(喜助)가 있었다.

도신 이시다 신베와 잠자리 기스케는, 이나바야에 출장을 나가 자세히 조사했다.

기스케는 깊숙이 빛나는 눈을 더욱 번뜩이며, 온 집안을 주도면밀하게 돌아보았다. 가게 한 구석 쌀겨가 잔뜩 쏟아져 있던 곳에 발자국이 여러 개 찍힌 것을 기스케가 발견했다.

"어라……."

기스케는 이렇게 혼잣말을 중얼거리고는, 몰래 그 발자국의 치수를 재어 자신의 발자국과 크기를 비교해보기도 했다.

"집안사람들은 모두 저쪽에 묶여 있어서 여기까지 왔을 리가 없고, 이쪽으로 왔던 도둑이 세 명중에 누구였는지 기억납니까?"

기스케는 주인 소스케에게 물었다.

"그렇습지요, 무서워서 잘 기억은 안 납니다만……."

주인이 고개를 갸우뚱하며 생각했다.

"그래 그래, 생각났습니다. 그쪽으로 갔던 건 그 잘생긴 무사였고, 거기서 칼을 뽑아 들고 다른 두 명이 우리를 묶는 걸 보고 있었지요……."

"으음……."

기스케는 짚이는 데가 있었는지 깊게 고개를 끄덕였다.

"그 무사 목소리는 못 들었습니까?"

"글쎄요……. 그 무사는 좀처럼 입을 열지 않았지만, 가끔 뭐라고 말할 때 들린 목소리가 너무 상냥한 말씨였습지요……."

그 말을 듣더니, 기스케는 만족스러운 듯 미소를 지었다.

"그렇겠지, 그 무사로 변장한 자는 여자야, 여자가 틀림없어……."

자신 있게 이렇게 말한다.

"여자라는 추측에는 뭔가 근거가 있나?"

이시다 신베가 물었다.

"있고말고요. 그 무사 발자국이 이건데, 이건 여자 발입니다. 키가 그렇게 작지 않다니까 남자라면 당연히 발도 그에 맞게 크겠지요. 그렇지만 이런 작은 발자국인 걸 보면 이건 확실히 여자입니다."

"과연……."

이시다 신베가 감탄했다.

"자, 그럼 그 추측을 바탕으로 탐색해보라고. 죽어라 찾아서 2, 3일 안에 잡지 못하면 우리 체면이 말이 아니게 되니까."

"2, 3일까지 갈 필요도 없습니다. 어쨌든 이 기스케가 실력을 제대로 발휘해서 꼭 제 손으로 잡아 대령하겠습니다."

"그 기세로 잘 부탁하네."

기스케는 더욱 세심한 조사를 위해 소스케를 비롯한 이나바야 집안사람들로부터 이런저런 얘기를 들었는데, 점점 확신이 생겼는지 이시다 신베와 함께 밖으로 나와서는 바로 헤어져서, 어디론가 탐색하러 떠났다.

마침 그 때.

물갈퀴 오센은 헝클어진 머리를 빗 끝으로 아무렇게나 긁적거리고 있었다. 장소는 스자키의 은신처. 복장은 여인의 것이었지만 오글

쪼글한 비단으로 만든 남자용 겉옷을 걸치고, 아무렇게나 책상다리로 앉은 기묘한 모양새였다.

그러다 오센은 무슨 생각이 떠오른 건지 갑자기 자세를 고쳐 앉았다.

남자라는 것도 그렇게 재미있는 건 아니네……. 다시 여자가 될까…….

이렇게 혼잣말을 하고 있었다.

잊으려 해도 잊을 수 없는 것이 아름다운 가즈마 스님과 시즈마의 남자다운 모습이었다.

(1928.10.28)

제60회
진짜와 가짜, 두 명의 오센 ⑴

에도가 바삐 돌아간다.

미모의 괴도를 체포하려고 탐정들은 혈안이 됐다.

엔도의 벼루와 인롱을 되찾기 위해, 혼다 쇼우에몬과 하야카와 고토타는 열심히 온 에도를 돌아다니는 중이다.

한편.

오스가 하야토는 오카와바타에서 곧장 료코쿠 쪽을 향해 달려갔다. 요릿집 히사고야는 이미 간판을 내리고 모두 잠든 듯 고요했다.

하야토는 굳게 닫힌 멋진 문을 사정없이 쾅쾅 두드렸다. 담벼락에서 불쑥 머리를 내민 소나무 가지가 하야토의 무례함을 비웃는 듯 했다.

"일어나, 화급한 용무다……!"

하야토는 계속해서 두들겨댔다.

이윽고 문이 시끄러운 소리를 내며 열리고 젊은 남자가 얼굴을 내밀었지만, 낭인 차림의 무사가 험악한 표정으로 버티고 서 있었기 때문에 깜짝 놀라 도망치려고 했다.

"기, 기다려! 묻고 싶은 게 있다. 아까 이 집에 물갈퀴 오센이 왔었지? 그 일로 온 거다, 주인 있나?"

하야토는 고압적인 자세다.

젊은 남자는 도망치고 싶어도 도망치지 못한 채 부들부들 떨기 시작했다.

"물갈퀴 오센이라니……. 다, 당치도 않습니다, 그런 사람이 올 리가 없습니다! 부디 용서를……!"

"나는 분명히 왔다고 들었다. ……하지만 그쪽은 오센인지 몰랐을 수도 있겠군, 낭인 차림의 무사 둘과 함께 왔던 여자가 있겠지?"

그러자, 바깥이 소란스러워 잠에서 깨어 나와 본 주인이 말을 받았다.

"그렇게 말씀하시니, 무사님 두 분, 조닌 한 분과 같이 오신 여자 손님이 있었습니다. 만약 그 여자라면, 물갈퀴 오센 같은 무서운 여자가 아닙니다. 저희 가게에 늘 오는 고사토라는 기생이랍니다. 그 외에는, 오늘은 여자를 데려오신 손님은 안 계십니다."

딱 잘라 이렇게 말한다.

"확실한 건가?"

"절대 거짓말이 아닙니다."

"허어……."

하야토가 생각에 잠겼다.

"그러면, 그 고사토인지 뭔지는 어디 사는가?"

"고사토 아가씨는 '사토노야'라는 집에……."

젊은 남자가 손가락으로 가리킨다.

"실례 많았다. 물갈퀴 오센이 고사토인지 뭔지라 사칭하고 기생이 된 것이 틀림없군……."

"아닙니다……!"

고사토는 이미 이 근처에서 오래 일했던 기생이라 절대로 그런 일은 없습니다, 라고 주인이 말하려는 새, 하야토는 이미 젊은 남자가 가르쳐준 방향을 향해 달려가 버렸다.

히사고야의 주인과 젊은 남자가 얼굴을 마주보던 참에, 시즈마와 곤하치로가 달려왔다.

"방금 전에 무사가 찾아왔었지?"

거듭되는 소동에 질린 얼굴이 된 두 사람에게, 시즈마가 다급하게 물었다.

"예에, 그 분은 물갈퀴 오센을 찾는다고 하셔서 사토노야라는 기생집을 가르쳐 드렸습니다. 사토노야의 고사토라는 기생이 실은 물갈퀴 오센이라, 그 사토노야라는 집은……."

젊은 남자는 한시라도 빨리 이런 어수선한 무사들이 꺼져 줬으면 싶은 기분 반, 반은 놀려먹자는 장난스러운 마음으로 이렇게 말하고는 고사토의 집을 가르쳐 주었다. 두 사람은 날 듯이 달려갔다.

"그런 바보 같은 소리를 하다니! 일이 어떻게 될 지도 모르는데……!"

주인이 야단을 쳤을 때쯤엔, 시즈마와 곤하치로는 이미 어둠 속으로 사라졌다.

제61회
진짜와 가짜, 두 명의 오센 (2)

그런데 오스가 하야토가 사토노야로 달려가 보니, 고사토는 집에 없었다.

히사고야에서 기분 좋게 마시다 말도 안 되는 농담까지 해버리고 돌아와 보니, 집에서는 단골손님이 부른 술자리를 거절하지 못하고, 머리를 하러 나간 채로 돌아오지 않으니 무슨 일이 생긴 건 아니냐며 난리가 나던 와중이었다.

그래서 구시마키라도 상관없으니 꼭 오라는 야나기바시 '가와세이(川清)'의 술자리, 손님은 이케다 단바노카미(池田丹波守)의 루스 시마무라 이치노조(島村市之丞). 이 자리만큼은 절대로 거절할 수가 없어서, 요즘이라면 몰라도 기생이 구시마키인 상태로 술자리에 나간다는 건 상상도 할 수 없던 이 시절에, 파격적인 차림새로 시마무라의 술자리에 나갔다.

루스라면 물 쓰듯 다이묘의 재산을 낭비하며 진종일 놀기만 하면 되는 지극히 수지맞는 역할인지라 다들 잘 노는 한량뿐이다. 시마무라 씨의 술자리에는 늘 그런 치들만 모여 있었지만, 오늘 밤만은 약간 분위기가 달랐다.

시마무라 이치노조 외에 세련되지 못한 낭인이 두 사람 있었다. 한 사람은 혼다 쇼우에몬, 또 한 사람은 하야카와 고토타. 물론 고사토는 두 사람을 모른다. 그저 다른 때랑 분위기가 다르다고 생각했을 뿐이다.

"고사토, 어디서 바람피우다 온 거야? 무척 기다렸다구……."

고사토를 보자마자 시마무라가 싱글벙글 웃으며 이렇게 말하고는, 시간을 때우려고 불렀던 다른 기생은 다들 물러가게 했다.

"호호호."

고사토가 예쁘게 웃었다.

"바람이라면 이야깃거리가 있긴 하지만, 오늘은 이 년 답지 않게 바보짓을 해버렸지 뭐예요……."

이렇게 말하다 입을 다물었다. 모르는 손님이 둘이나 있는데, 이렇게 자기 얘기를 멋대로 떠들어대는 건 기생의 예의범절에 어긋난다. 취했더라도 고사토도 야나기바시의 일류 기생이다. 그런 예법은 잘 알고 있으니, 술병을 집어 들고 쇼우에몬과 고토타에게 골고루 술을 따라주었다.

그걸 깨달은 세련된 한량 시마무라.

"이 두 분은 나와 아주 친한 분들이야. 두 분의 옛 주군께서 내 주인과 친분이 깊으시고, 특히……."

혼다 쇼우에몬을 가리키며 말을 이었다.

"이 분과 나는 아주 돈독한 관계지. 뜻하지 않게 오늘 두 분을 만나 사정상 낭인이 되었다는 얘길 듣고, 오늘밤은 이렇게 초대해서 술 한 잔 나눌 생각이니까, 너도 딱딱하게 굴지 말고 평소처럼 맘대로 놀라구."

"맘대로 놀라니 어이가 없네요……. 그럼, 계속해서 오늘 있었던 일을 말씀드릴게요."

맘대로 놀라니 어이가 없다는 말투에서, 이미 어리고 미숙한 기생은 흉내도 못 낼 관록이 느껴진다.

"머리를 하려고 집을 나섰는데, 어슬렁어슬렁 발길이 료코쿠로 가더라구요. 나리들께서는 모르실 수도 있지만, 요즘 료코쿠에서 여배우가 물갈퀴 오센 연극을 하고 있어서, 왠지 보고 싶어서 들어갔던 거죠."

잘 나가는 한량 시마무라 이치노조는 물론 물갈퀴 오센의 이름을 알고 있었다. 쇼우에몬은 예전에 고토타에게서 들어 알고 있었다. 셋 다 아는 이름이다보니 얘기에 흥이 더해졌다.

"물갈퀴 오센의 연극은 재밌었나?"

시마무라가 고사토의 얘기를 부추겼다.

"연극도 재미있었지만, 연극보다 더 재미있는 얘기가 있지요……."

고사토는 극장에서 있었던 일을 몸짓까지 해가며 이야기했다. 자신이 무대 위로 뛰어올라간 얘기부터, 두 사람의 낭인 무사가 그 자리를 잘 해결해준 것, 함께 히사고야로 간 일 등을 차례로 이야기했다.

"그 낭인 무사 두 분 모두 굉장히 실력이 뛰어나시고, 특히 한 분은 반할 정도로 잘생긴 남자라……."

"고사토, 다른 남자에게 반한 얘길 늘어놓으면 술 마시라고 할 거야."

시마무라가 내민 잔을 고사토는 기쁜 듯이 받아든다.

"늘어놓고말고요, 그 분의 얘기라면 얼마든지 얘기할 수 있어요……."

이렇게 말하더니 혼잣말 하듯이 중얼거렸다.

"정말 단호한 무사셨지요……. 함께 계신 분이 헤이도, 헤이도라고 불렀는데……."

"뭐, 헤이도라고?"

혼다 쇼우에몬이 느닷없이 큰 소리로 외쳤다.

(1928.10.30)

제62회
진짜와 가짜, 두 명의 오센 (3)

"헤이도 씨를 아세요?"

고사도는 계속해서 헤이도 시즈마의 늠름한 모습을 떠올리며 연심을 불태우고 있었기 때문에, 심상치 않은 쇼우에몬의 모습에 깜짝 놀라 탐색하듯 그 얼굴을 바라보았다.

쇼우에몬도 고사토의 마음을 눈치 챘다. 눈치 채고 보니 어쨌든 차석 가로까지 했던 남자라, 감정을 숨기고 교묘히 꾸며낼 정도의 기술은 체득하고 있었다.

"그냥 아는 정도가 아니야. 헤이도하고는 무척 사이가 좋지. 요즘 한동안 만나지 못해서 어떻게 지내나 궁금하던 참이었는데, 그쪽 얘기를 들으니 너무 기뻐서 소리를 지르고 말았네. 하하하하……!"

고사토는 분별없이 쇼우에몬의 술책에 넘어갔다.

"어머, 그런 거예요? 그 헤이도 씨라는 분, 정말 산뜻하고 좋은 성격의 무사시지요."

이렇게 기쁜 듯이 말한다.

"아니, 그런데, 그쪽이 말하는 헤이도가 나와 친한 헤이도인지는 모르겠지만, 나랑 친한 헤이도는 나이는 들어 보여도 서른 네 다섯, 키가 훌쩍 크고……."

"그 분이 틀림없어요. 키가 훌쩍 크고 빈틈없는 눈빛과 입매, 너무나 잘생긴 분이시죠……."

"그래서, 어디서 지내는지 들었나?"

고토타가 흥분해서 끼어들었다.

쇼우에몬은 눈짓으로 그를 제지하고, 고사토에게 변명하듯 가볍게 말했다.

"이 사람도 헤이도의 친구야, 주소만 알면 둘이서 만나러 갈 수 있는데……."

"글쎄요, 주소는 물어봐도 대답해주지 않으셨어요……. 하지만 저도 사는 곳은 말하지 않았으니까요……."

"생명의 은인이라고 하지 않았나? 그런데도 저쪽 주소도 묻지 않고 자기 주소도 말하지 않고 헤어지다니, 좀 대충 넘어간 것 아닌가?"

쇼우에몬은 출처가 출처다보니 아직 의심스러웠다.

"그게 사정이 있어서요, 사실은 이 년이 좀 곤란해졌어요."

도움을 요청하는 듯한 눈빛으로 시마무라 이치노조를 바라본다. 그 표정이 너무나도 예쁘다.

"뭐가 곤란해진 건데……."

좋아해서 부른 여인이 곤란하다니, 시마무라도 가만히 있을 수는 없었다.

"넌 어디 사는 누구냐고 헤이도 씨가 묻기에, 야나기바시까지만 얘기하고 기생이라는 말을 이상하게 하질 못해서, 농담으로 물갈퀴 오센이 사실 이 년이에요, 라고 말해버렸거든요……."

"하하하하, 그랬더니 그걸 진지하게 받아들인 거로군? 하하하하, '이 년'이라는 말을 썼는데도 깨닫지 못하는 걸 보니, 그 헤이도인지 뭔지는 꽤나 고지식한 사람이군……."

시마무라답게 한량스러운 비평을 한다.

"그래도 곤란하겠긴 하겠어……. 하지만 이제 만날 일이 없을 테니 괜찮은 거 아닌가?"

이렇게 말하는 쇼우에몬.

"그렇지만, 솔직히 다시 만나고 싶어요……."

고사토는 손님의 술자리라는 것도 잊고, 멋대로 말한다.

"만나고 싶다고……?"

쇼우에몬이 묘하게 다시 확인한다.

"만나고 싶어요……."

"그러면, 짬 내서 찾아다녀보지 그래. 넓다고는 해도 에도 안이야. 어딘가에서 우연히 만날 지도 모르니, 만나게 되면 주소를 우리들에게도 알려줘. 우리도 만나고 싶다고."

쇼우에몬은 고사토의 약점을 이용하려는 속셈이다.

그 때, 복도에서 탁탁탁 시끄러운 발소리가 들려와, 일동은 깜짝 놀랐다.

(1928.10.31)

제63회
진짜와 가짜, 두 명의 오센 (4)

늦은 시간이라 다른 손님은 모두 돌아가 버렸고, 이 집 단골인 시마무라만이 남아 있었다. 이미 등불도 거의 다 꺼졌고, 당번 하녀만이 깨어 있을 뿐 모두 잠들어 있을 터였다. 그런데 갑자기 문을 부서질 듯이 두드리며 난입이라면 좀 과장된 표현일 수도 있지만, 제지하는 것도 듣지 않고 뛰어 들어왔으니 난입은 맞다.

그래서 소란스러워진 복도. 이 심야의 난입자는 오스가 하야토다.

"비켜, 화급한 용무가 있어서 온 거다, 비켜……!"

늠름하게 내뱉은 하야토는 제지하는 남녀를 뿌리치고, 드디어 시마무라 일행이 있는 방문을 열었다. 그러자 한 눈에도 오센이라고 여겨지는 고사토가 눈에 들어왔지만, 하야토는 예의를 갖추어 시마무라에게 말했다.

"한창 즐기시는데 방해를 해서 죄송하지만, 거기 있는 여자는 사정이 있어 제가 찾던 자라 제게 넘겨주시기 바랍니다."

이유는 모르겠지만 고사토는 새파랗게 질려서 몸을 움츠렸다. 하지만 시마무라는 역시 루스답게 사교적인 어조로 말했다.

"그쪽은 이 여인을 물갈퀴 오센인지 뭔지 하는 여인이라 생각하시는 모양이오. 만약에 그러하다면 잘못 아셨소. 그때 흥겨워서 입에서 나오는 대로 스스로 물갈퀴 오센이라고 말한 듯 하지만, 그건 술자리 농담일 뿐이라오. 그건 내가 보증하오. 그러니 날 믿고 이만 물러가시오……."

하지만 하야토는 아직 반신반의했다. 사려 깊은 사람인만큼 남을 의심할 때도 남보다 배는 조심스러워서 경솔하게 믿지 않는다. 고사토의 얼굴을 가만히 바라보니, 한 두 번 본 적 있는 오센과 닮은 구석이 있다. 한편으로는 오랫동안 기생으로 살았던 만큼 세련된 자태가, 한 번도 여염집 아녀자였던 적이 없어 보이는 부분도 있다. 아무리 생각해봐도 반신반의다.

그 때, 또다시 복도가 시끄러워졌다.

그리고 잽싸게 뛰어 들어온 건, 시즈마와 곤하치로였다. 지금의 시즈마에겐 시마무라 이치노조의 존재 같은 걸 생각할 여유 따위는 없었다. 바꿔 말하자면, 타인의 술자리라 인식하고 술잔을 나눌 융통성 같은 건 없었다. 그저 첫사랑에 실패한 뒤 처음으로 연심을 품게 된 물갈퀴 오센을 돕겠다는 마음만 가득한 것이다.

"물갈퀴 오센은 끝까지 내가 보호할 거다. 손가락 하나라도 대는 순간 목숨은 없어……!"

시즈마가 뛰어 들어오자마자 이렇게 외쳤다.

그 때, 혼다 쇼우에몬이 비로소 시즈마를 보았다.

시즈마도 쇼우에몬을 보았다.

"네 이놈! 헤이도 너 잘 만났다! 각오해……!"

이렇게 외침과 동시에, 쇼우에몬은 재빨리 대검을 뽑으려 했다.

"목숨이 아깝지도 않으냐? 날 벨 생각이라면 덤벼 봐……!"

씨익, 예의 미소를 흘리며 시즈마는 딱히 준비하지도 않고 여유를 보인다.

곤하치로는 쇼우에몬과의 생각지도 못한 만남에 기뻤다. 적이 달려들면 검을 뽑는 손조차 보이지 않고 해치워버릴 기세다.

하야카와 고토타의 젊은 혈기가 극도로 끓어올랐다. 일단 믿고 따르기로 한 쇼우에몬을 위해 실력을 보일 기회라 생각하며 자세를 다잡았다. 고토타의 계획은 시즈마는 쇼우에몬에게 맡겨두고, 자신은 주군에게 반역죄를 저지른 증오스러운 곤하치로를 상대할 각오였다.

비 쏟아지기 전 바람이 불 듯, 긴장감이 흘렀다.

고사토는 그리운 시즈마가 눈앞에 나타났는데도 이 무서운 상황에 제정신이 아니라, 시마무라 이치조에게 달라붙어 있었다. 시마무라는 침착하게 상황을 지켜보고 있다.

어이가 없어진 건 오스가 하야토였다. 이쪽도 그저 상황을 지켜볼 수밖엔 없었다.

"네 이놈……!"

쇼우에몬이 대검을 뽑아 들었다.

(1928.11.01)

제64회
진짜와 가짜, 두 명의 오센 (5)

혼다 쇼우에몬이 갑자기 말없이 시즈마를 향해 검을 휘둘렀다. 그러자 동시에, 시즈마의 손에서도 애도 오우미노카미 요시히로가 번뜩였다. 하지만 먼저 나서서 베려고는 하지 않는다. 쇼우에몬의 검을 방어할 뿐이다.

고토타도 대검의 날카로운 칼끝을 곤하치로에게 겨누었다. 그러나 곤하치로는 상대방을 깔보듯 한 손으로 검을 들고 눈을 겨냥해온다. 실력 차이는 어쩔 수 없었다. 고토타는 도저히 곤하치로의 적수가 되지 못했다. 시즈마가 쇼우에몬에게 그러하듯 곤하치로도 먼저 나서서 고토타를 베려고 하지는 않았지만, 고토타가 덤벼들면 맞받아친 칼에 고토타는 바로 두 쪽이 날 것이었다.

그만한 실력 차이는 물론 당사자인 쇼우에몬과 고토타도 알고 있었지만, 어떻게든 적을 상처 입히고 항복시켜 벼루와 인롱을 빼앗아야 한다는 의지가 감히 이 무모한 대결을 감행하게 한 것이다.

하지만 지켜보고 있는 시마무라 이치노조와 오스가 하야토는 안절부절 못했다. 순식간에 쇼우에몬과 고토타가 당할 것이 뻔한 승부라 너무 불쌍해서 견딜 수가 없었다. 그래도 시마무라는 왜 이렇게 맞붙었는지 전혀 모르니 그렇다 치더라도, 하야토는 이 난투극의 이유를 대충 알고 있는 만큼 가만히 있을 수가 없었다.

고토타가 격하게 달려들었다. 곤하치로는 역시나 멋지게 받아넘기며 검을 옆으로 날렸다. 고토타의 몸이 두 쪽 날 판이었지만, 불타는 의지가 실력 이상을 발휘하게 만들었는지 순간적으로 자세를 바꾸더니 이번엔 맹렬하게 찔러왔다. 곤하치로는 상대가 제법이라 여겼는지 손에 쥔 검에 진지함이 더해졌다. 고토타의 이마에서 구슬땀이 흘렀다.

시즈마는 쇼우에몬을 장난감처럼 가지고 노는 중이었다. 찔러 죽이는 건 간단하니 서서히 괴롭히겠다는 심산으로, 충분히 괴롭혀주겠다는 속셈이었다.

오스가 하야토, 시즈마의 그런 태도를 보고 있자니 너무나 밉살스럽게 여겨졌다. 곁에 둔 검을 쥐자마자 하야토가 불쑥 일어났다.

"기다리시오……!"

하야토가 한 손으로는 칼집채로 검을 쥐고, 나머지 한 손을 들어 시즈마와 쇼우에몬 사이로 끼어 들며 말했다. 두 사람 사이가 벌어졌다. 하야토가 아니고서는 불가능한 일이다.

그걸 본 시마무라 이치노조도 곤하치로와 고토타 사이로 끼어 들었다.

하야토가 쇼우에몬을 향해 말했다.

"진검을 들게 되신 이유가 있겠지요, 그걸 듣고 싶습니다."

하야토의 표정으로 경우에 따라서는 제 편이 되어줄 것임을 알았다. 쇼우에몬은 벼루와 인롱에 대해 간단하게 이야기했다.

"벼루를 이 분께 넘겨드리는 것이 어떻겠소……."

하야토의 얼굴에는 시즈마가 한 짓에 대한 분노가 드러나 있었다.

"돌려드리지 않겠소."

시즈마는 단 한 마디.

"무시하겠다는 것이오……."

하야토는 검을 고쳐 쥐었다. 일찍이 오카와바타에서 네놈이 뽑던 검을 막은 저 실력을 기억하고 있겠지, 라는 태도다.

"돌려드리지 않겠소."

시즈마는 냉연하게 같은 말을 되풀이할 뿐이다. 시즈마 일파와 쇼우에몬 일파와의 실력 차이에 의협심이 발동했을 뿐만 아니라, 구실로 따져도 시즈마가 나쁘다고 믿은 하야토는, 쇼우에몬과 고토타의 편이 되어 시즈마들을 적으로 돌릴 각오다.

하야토는 이미 검을 뽑을 듯 했다.

그 때, 가와세이의 주인이 주춤주춤 나섰다.

"여러분들이 폐를 끼치고 계십니다……. 제발 좀 봐 주십시오……."

땅바닥에 납작 엎드려 말한다.

그러자, 지금까지 새파랗게 질려 있던 고사토가 겨우 제정신으로 돌아왔다.

"헤이도 씨, 이런 밤중에 요릿집 술자리에서 치고받고 싸우면 이 집은 이제 에도에선 장사 못해요. 이 년의 잔을 받으세요……."

이렇게 백년지기마냥 아름답게 말했다.

시즈마의 대검은 어느 틈엔가 칼집에 들어가 있었다.

(1928.11.02)

제65회
진짜와 가짜, 두 명의 오센 (6)

여인의 교태의 가치란 정말 절대적이었다. 아수라장으로 변하기 직전이었던 가와세이의 방안에 순식간에 명주의 향이 감돌며 화기애애해졌다. 시즈마와 곤하치로와 나란히, 쇼우에몬의 옆에 고토타가 앉아 서로 대작하여 술을 마신다. 물론 서로의 마음이 통했을 리는 없지만, 표면적으로는 온화한 분위기가 흘렀다.

시즈마는 내심 상대로서는 실력이 부족한 쇼우에몬을 무턱대고 베어 버리기보단 두고두고 괴롭혀주고 싶었다. 쇼우에몬 쪽은 싸워서는 이길 리 없는 상대니, 중재를 기회로 전략을 다시 짜서 벼루와 인롱을 빼앗아올 심산이었다.

술자리가 시작되기 전, 고사토는 시마무라 이치노조의 귀에 은밀하게 속삭였다.

"오스가 씨인지 뭔지 하는 저 무서운 무사님께는, 이 년이 실은 야나기바시 기생이라고 잘 얘기해 주세요. 그렇지만……, 헤이도 씨 앞에서만큼은 이 년 끝까지 물갈퀴 오센이라고 하고 싶어요. 안 그러면……."

"그래 그래 알았어. 그 대신에 사랑스런 헤이도 씨 앞에서는 '이년' 같은 말은 쓰면 안 되지."

멋을 아는 한량 시마무라는, 사랑에 빠진 고사토의 마음을 잘 알았다.

"정말 고사토 일생일대의 부탁이에요……. 그러니 오스가 씨에게도 사정을 잘 말씀해 주세요."

"그래 그래, 알았어."

시마무라는 하야토의 곁으로 다가가, 고사토가 물갈퀴 오센이라 자칭한 건 순전히 농담이지만, 그녀가 반한 시즈마가 오센이라 믿고 있어서 이제 와서 오센이 아니라고도 할 수 없으니, 끝까지 오센인 척 할 것이라 전했다. 하야토도 잘 이해하고는 사과했다.

"오센이라 철썩 같이 믿었던 만큼, 여흥을 깨고 소란을 피워 죄송하게 되었소."

시즈마와 곤하치로는 잘도 마셨다. 쇼우에몬과 고토타는 분한 기분을 억누르긴 했지만, 이쪽도 곧잘 마셨다.

그러자, 시즈마가 갑자기 쇼우에몬에게 말했다.

"내가 머무는 곳은 오지이나리 부근이다. 한번 놀러오지 않겠나……?"

스스로 사는 곳을 밝히다니, 참으로 뒤통수를 치는 남자다.

"가고말고……. 가도 되나?"

쇼우에몬이 물었다.

"괜찮으니 오라고 한 거다."

"가야지, 안 갈 이유가 있나?"

또 싸울 기세다. 그러자, 고사토 오센이 그 험악한 분위기를 누그러뜨리듯 입을 열었다.

"이 녀……."

말하다말고 퍼뜩 정신을 차리고는,

"저도 가도 되나요?"

이렇게 말하고는 고른 이를 내보이며 생긋 미소 지었다.

"좋고말고, 좋다마다. 천하의 낭인과 여도적 물갈퀴 오센, 너무나 잘 어울리는 한 쌍이 아닌가……. 이참에 내게 시집오지 그래?"

시즈마가 농담인지 진담인지 모를 소리를 한다.

"네에, 네에 가고말고요……."

고사토 쪽은 분명히 진담이다.

그러는 새 밤이 깊어 갔다.

시즈마와 쇼우에몬은 서로 묘한 기분으로 헤어졌다.

고사토는 특히 아쉬운 듯.

(1928.11.03)

제66회
진짜와 가짜, 두 명의 오센 (7)

한편, 진짜 오센.

"다시 여자가 될까……."

이렇게 절실하게 중얼거린다.

곁에서는 려여가 부모를 떠올리며 훌쩍훌쩍 울고 있다.

"왜 우니……? 아줌마랑 놀자."

오센은 려여를 달래며, 미간을 찌푸리고 안방 쪽을 쳐다보았다.

안방에서는 세이지를 비롯한 부하들과 동료들이 모여 도박이 한창이었다. 유겐도(幽玄堂)라는 이름으로 활동하는 겐조(源三)라는 굉장한 악당도 와 있었다. 유겐도라는 자는 점쟁이 간판을 내걸고 있었지만, 실제로는 장물 매매가 본업이었다. 출신 성분이 꽤 괜찮은데다 한학(漢學)의 소양도 있어서, 동료들 중에 유일하게 학식이 있는 자였다.

모두들 혈안이 되어 도박에 열을 올리는 중이었다. 안방을 지그시 바라보자니, 오센은 참을 수 없이 한심하다는 생각이 들었다. 구경거리 예인에 술집 작부, 다이묘의 첩, 해적, 도박 등등, 생각하다가 오센은 몸서리를 쳤다. 오센의 히스테리가 발작하는 것이다. 오센은 다시금 시선을 려여에게 돌렸다. 아이는 또 천진하게 울음을 그쳤다.

가만히 려여의 얼굴을 보고 있으니, 오센은 말할 수 없는 기품을 느꼈다. 히스테리 발작으로 두뇌가 혼란해져 그저 이유 없이 슬퍼질 때, 오센은 려여의 얼굴을 보며 위로 받는 것이었다.

찬찬히 려여의 얼굴을 바라보는 동안, 오센은 문득 호태구가 죽을 때 남긴 말을 떠올렸다.

'실은 이 아이 대단한 사람의 아이……. 자세한 건 여기 적혀 있다…….'

그 말을 떠올린 오센은 갑자기 호기심에 사로잡혀서, 려여의 허리에 매달린 주머니를 열어보았다.

안에서는 작게 접힌 한 장의 종이가 나왔다.

그걸 펼쳐보니, 작은 한자로 무언가 가득 적혀 있다. 적혀 있긴 하지만, 한 글자도 오센이 읽을 수 있는 글자가 없었다.

"곤란하네……."

오센은 잠깐 생각에 잠겼다가, 문득 떠오른 것이 안방에 와 있는 유겐도였다.

오센은 도박에 여념 없는 안방으로 당장 달려갔다.

"유겐도 씨, 잠깐 이것 좀 읽어줘."

"지금 그럴 때가 아닌데……."

유겐도는 돌아보지도 않는다.

"제발……."

집요하게 부탁하니 유겐도가 못마땅한 얼굴로 쪽지를 낚아채듯 가져가서는, 잠깐 읽어보더니 깜짝 놀랐다.

"엄청 잘 썼네, 이거 당인이 쓴 거 같은데?"

이렇게 말하며, 유겐도가 한 번 쭉 읽고 나서는,

"이거 엄청나구만."

"뭐라고 써 있는데, 빨리 말해 줘."

"이 증서를 가진 아이는 당인 대관(大官)의 자식이래."

"대관이란 게 뭔데?"

"대관이라는 건 대단한 관리를 말하는 거야."

"흠, 무슨 관리인 거야?"

"그건 모르지, 이 아이가 일곱 살이 되면 새해 첫날에 안남에 있는 고악(高岳)……이라니까 산이겠지? 거기로 데려오라네. 제대로 사례를 하겠다고 적혀 있어."

"뭐야, 제대로 사례를 한다니?"

갑자기 끼어든 건, 그때까지 승부에 정신이 팔려 있던 세이지다.

"심 봤네요……!"

요시조가 뛸 듯이 신나했다.

"시끄러워, 그런 거 바라고 데려온 애가 아니니까!"

오센이 요시조를 꾸짖었다.

"이런 게 있으면 다들 이상한 욕심을 부릴 테니 차라리 찢어버리 겠어……!"

오센이 갑자기 그 쪽지를 찢으려는 걸,

"야, 당치도 않은 짓을……!"

느닷없이 오센의 팔을 누른 것은 세이지다.

(1928.11.05)

제67회
진짜와 가짜, 두 명의 오센 (8)

속칭 '잠자리' 대장인 마루야초의 기스케는, 미모의 괴도를 변장한 여인이라고 점찍었다.

그렇게 되면 당연히 전과자 여인들의 신상을 탐색하는 것이 정석이겠지만, 기스케의 블랙리스트에 올라있는 사람들 중에는 그럴 듯한 사람이 없었다.

"아무래도 모르겠어……."

어지간한 기스케도 팔짱을 낀 채 생각에 잠겼다.

"대장님……!"

자신만만하게 그를 부른 건, 기스케가 가장 아끼는 부하인 쓰나조(綱造)다.

"물갈퀴 오센이라는 녀석이 낭인들이랑 한 패가 돼서 나쁜 짓을 하고 다닌다는 소문을 좀 들었습니다만, 설마 그 오센은 아니겠지요?"

"글쎄다, 그 오센 말인데……."

기스케는 생각에 빠진 듯 눈썹을 찌푸렸다.

"소문만은 충분히 들었지만, 정체를 확인한 자가 아무도 없어……. 찾아보지 않으면 알 수가 없지. 일단 거슬러 올라가서, 마쓰다이라 님을 발로 차고 나서 뭘 했는지, 그걸 탐색해보는 거다. 경우에 따라서는 소문만 요란했을 뿐 정작 본인은 그 때 물에 빠져 죽었을 지도 모르니까…….”

이런 상담이 오간 뒤, 쓰나조는 또한 그의 부하를 독려해서 물갈퀴 오센의 정체를 찾게 됐다.

그런데, 혼다 쇼우에몬과 하야카와 고토타는 모처럼 시즈마와 곤하치로를 만났으면서도 실력의 차이 때문에 소득 없이 기회를 놓친 모양새. 실력으로 안 된다면 머리싸움으로 가는 수밖에 없다.

쇼우에몬의 거처는 시타야(下谷)의 오카치마치(御徒町), 고토타도 그곳에 함께 머물고 있었다. 그 집에서 회의가 열렸다.

“어떡하지……?”

쇼우에몬은 침통한 어조다.

“쳐들어갑시다……. 목숨을 걸고…….”

이렇게 말하는 고토타가 오히려 비장하다.

“안타깝지만 그건 안 돼. 필경 목숨만 버리게 될 뿐이야…….”

“으, 윽……!”

고토타의 두 눈에서 뜨거운 눈물이 뚝뚝 떨어졌다.

“정말 죄송합니다……!”

옆방이라고 하기에도 민망한, 두 칸짜리 방의 다른 한 칸 쪽에서 쇼우에몬의 아내 사사노가 나왔다. 가세가 기울다보니 볼품없어지긴 했지만, 타고난 미모 덕분에 잘 차려입지 않고 화장을 하지 않아도 역시 아름답다.

“말씀 도중에 죄송한데, 제게 생각이 있어요…….”

쇼우에몬은 잠자코 아내의 얼굴을 바라보았다. 물에 빠진 사람이

지푸라기라도 잡는 심정으로, 평소라면 여자가 어딜 끼어 드냐며 단번에 호통을 쳤을 테지만, 지금은 여자건 남자건 상관없이 지혜가 필요하고 내 편이 필요했다.

"말해 보오……."

쇼우에몬은 쥐어짜내듯 말했다.

"저를 헤이도 님과 만나게 해주세요."

"……."

쇼우에몬과 고토타는 예상치도 못한 말에 눈을 휘둥그렇게 떴다.

"헤이도 님과 만나서 벼루랑 인롱을 받아올게요. 따지고 보면 제 탓도 있으니, 저와 만나면 헤이도 님 기분도 풀릴 거라 생각해요."

사사노의 아름다운 얼굴에는 굳은 결심이 어려 있었다.

쇼우에몬은 사사노에게 예스라 해야 할지 노라 해야 할지, 굉장히 곤혹스러웠다. 사랑의 승리자인 자신이 사랑의 패배자인 헤이도에게 사사노를 보내는 수까지 써서 부탁을 해야 하다니, 이 무슨 비참한 짓인가…….

그러나 쇼우에몬은 결국 이렇게 말했다.

"부탁이오, 가 줘……."

(1928.11.06)

제68회
진짜와 가짜, 두 명의 오센 (9)

아직 어두울 때부터 일어나서 준비한 사사노는 어쨌든 산뜻한 차림으로, 오지이나리 근처까지 왔다. 사사노는 내심 외교사절처럼 긴장하고 있었다.

아니, 좀 더 복잡한 마음도 있었다. 그 옛날, 시즈마와 쇼우에몬이 사사노를 두고 사랑의 경쟁을 벌였을 때, 아직은 어렸던 그 때를 떠올리고 있었다.

두 남자가 자신을 두고 사랑의 경쟁을 한다는 걸 알았을 때, 사사노의 가슴은 격하게 뛰놀았다. 사사노의 마음은 어느 쪽인가 하면 시즈마 쪽으로 크게 기울었지만, 부친은 쇼우에몬을 마음에 들어 했기 때문에 쇼우에몬에게 시집을 간 것이었다. 그랬던 만큼, 시즈마를 그리워하는 마음은 유학자의 딸로 자라나 무사의 아내로서 살고 있는 사사노의 마음 속 깊숙한 곳에서도 어느 정도 요동치고 있는 것이다.

늦가을의 차가운 바람이 불어와 높다란 나뭇가지에서 노란 낙엽이 팔랑팔랑 떨어져 내렸다. 사사노는 견딜 수 없이 쓸쓸해졌다.

오지이나리 근처라고만 듣고 온 사사노로서는, 시즈마가 사는 곳을 좀처럼 알 수가 없었다. 사사노는 이리저리 찾아 돌아다녔다.

그 때, 족제비 마쓰키치가 오랜만에 시즈마를 찾아왔다.

가는 길에 행색은 초라하지만 말할 수 없이 품위 있는 데다 보기 드문 미인이 서성이는 모습을 보게 되어, 마쓰키치는 걸음을 멈추고 가만히 지켜보았다. 이 사람이 사사노이며 중요한 용건을 가지고 시즈마를 찾아온 거라고는 꿈에도 모르는 마쓰키치는 '예쁜 여자다' 라고 생각하며 계속 보고 있었다.

사사노는 시골길인데다 좀처럼 길을 물어볼 사람도 없는 곳이었기 때문에, 마쓰키치를 보고 잘 됐다 싶어서 말을 걸었다.

"말씀 좀 여쭐게요……."

사투리가 섞인 부드러운 어조였다.

"예에, 예에……."

마쓰키치는 그녀가 말을 걸어준 것만으로도 너무나 기뻤다.

"이 근처에, 헤이도 시즈마 님이라는 무사님 댁이 어딘지요?"

마쓰키치는 깜짝 놀랐다.

"어, 헤이도 씨 말입니까? 그 분은 제 두목님 같은 분인데, 실은 저도 그쪽에 가는 길이라……. 함께 가시지요, 꼭……."

마쓰키치가 쓸데없는 말까지 덧붙인다.

"감사하네요, 그럼 안내를 부탁드립니다."

단아하게 말한 사사노는, 보지 않는 척 하면서도 살짝 마쓰키치에게 눈길을 준다.

아무리 그래도 헤이도 시즈마는 무사다. 그의 집을 찾아가는 사람치고 마쓰키치의 모습은 너무 이상했다.

마쓰키치는 마음속으로 '예쁜 여자다' 라고 되풀이하면서, 기분 좋게 안내한다.

(1928.11.07)

제69회
도적의 연정 (1)

시즈마의 집이 바로 코앞인 곳까지 왔다.

거기서 마쓰키치는 생각했다.

'좀만 더 걷고 싶다. 이렇게 품위 있는 여자랑 같이 걷는 일은 내 인생에선 좀처럼 없는 일이니까…….'

지금은 떠도는 신세지만 원래는 가로의 아내인 만큼, 사사노에게서는 어디랄 것도 없이 말할 수 없는 고상함이 엿보이는 것이 사실이다. 마쓰키치 같은 남자가 이런 계급의 여인과 어깨를 나란히 하고 걸어볼 기회는 좀처럼 없다는 것도, 엄연한 사실이다.

'예쁜 여자다…….'

마쓰키치는, 다시 한 번 속으로 중얼거렸다.

그는 자꾸만 사사노를 곁눈질 했다. 날씬한 몸매, 하얀 목덜미, 모양 좋은 허리. 질리지도 않고 보는 사이, 마쓰키치는 이상한 기분이 들었다.

'좀 더 걷자…….'

마쓰키치는 일부러 길을 반대방향으로 삥 둘러 돌아갔다.

"저기 아씨, 헤이도 씨 댁에는 무슨 일로 가십니까?"

이런 것도 물어본다. 그저 말을 걸고 싶은 것이다.

"좀 부탁드릴 일이 있어서 갑니다……."

사사노의 대답은 간결했다.

"아아 부탁이요……."

이렇게 말하며, 마쓰키치는 이번에는 대놓고 사사노의 얼굴을 보았다. 부탁이라니, 마쓰키치는 감이 안 잡히는 것이다. 하지만 사사노는 그 말 외에는 아무 말도 하지 않았다. 언제까지고 끌고 돌아다닐 수도 없어서, 단념하고 시즈마의 집으로 안내한다.

"헤이도 나리, 손님입니다요."

낮이고 밤이고 문을 잠그는 일 따위는 없는 집이라, 마쓰키치는 거리낌 없이 들어가 머리맡에서 이렇게 말했다.

"손님이라고?"

시즈마가 퍼뜩 잠에서 깼다.

"예에, 예쁜 여자입니다요……."

"여자……."

시즈마의 머릿속에 제일 먼저 떠오른 건 물갈퀴 오센이라 믿고 있는 고사토였다. 여자 방문객이라면 그 여자 외에는 생각나는 사람이 없었다.

곤하치로도 잠에서 깨어나, 둘이서 얼굴을 마주보며 미소 지었다.

"들어오라고 해……."

시즈마는 재빨리 일어나, 이부자리를 말아 구석으로 치운다.

"실례합니다……."

문간에서 기다리던 사사노가, 조용히 들어왔다. 그 얼굴을 흘끗 본 순간 시즈마는 방금 전까지 유쾌한 환상에 잠겨 있었던 만큼, 그에 반비례해서 한층 불쾌한 기분이 되었다.

"……."

시즈마는 돌처럼 굳어져서 앉은 채로 입을 꽉 다물고는, 너무나 변한 사사노를 바라보았다.

"……."

사사노도 만감이 교차하여, 입을 열려고 해도 목구멍에서 꽉 막혀
버려, 복잡한 마음으로 있을 뿐이었다.

곤하치로와 마쓰키치는 이 여인이 누구인지 알 리가 없지만, 그저
분위기가 심상치 않음을 간파했다. 다른 방이 있다면 그리로 피하겠
지만, 그런 게 없는 집인지라 곤하치로는 벌떡 일어나 문밖으로 나갔
다. 마쓰키치도 뒤를 따랐다.

하지만 마쓰키치는, 왠지 신경이 쓰여 찢어진 창문 곁에 서서 엿들
을 준비.

안쪽에서는 사사노가 드디어 결심을 했는지 입을 열었다.

"오랜만이에요……."

먼저 인사를 하고서 말을 이었다.

"좀 부탁이 있어서, 뻔뻔하게도 이렇게 찾아왔네요……."

"……."

시즈마의 다물린 입은 아직 열리지 않았다.

(1928.11.08)

제70회
도적의 연정 ⑵

"부탁이 좀 있어서……."

사사노가 같은 말을 되풀이했다.

시즈마의 입가가 가벼운 경련을 일으키듯 빈정대며 움직였다.

"내게 부탁이라니⋯⋯. 그런 게 그쪽 입에서 나올 처지였던가?"

차가운 한 마디다. 시즈마는 담뱃대를 집어 들고, 바깥을 향해 연기를 내뿜었다.

"그건 저도 잘 알고 있어요⋯⋯. 하지만, 남편에게 중요한 일이라고 듣고, 이렇게 뻔뻔하게 찾아왔습니다⋯⋯."

"남편⋯⋯, 과연 그렇군. 혼다 쇼우에몬이 그쪽 남편이었지⋯⋯."

문 밖에서 엿듣던 마쓰키치는 비로소 사정을 깨달은 듯 하다.

"헤이도 님⋯⋯. 이 말만은 하게 해주세요⋯⋯. 그때 저는 부끄럽지만 당신을 좋아했어요⋯⋯. 하지만 아버님의 말씀에 따를 수밖에 없었답니다⋯⋯."

"아버님의 말씀⋯⋯. 좋은 핑계를 찾았군⋯⋯."

"헤이도 님⋯⋯. 너무 하시네요⋯⋯."

"그건 내가 할 말이야⋯⋯. 하지만 지금은 어쨌든 상관없어, 내게 부탁이란 뭐지?"

"다이묘님께서 하사하신 벼루와 인롱을 돌려주셨으면 해서 왔어요⋯⋯."

"하하하하⋯⋯."

시즈마는 사람을 무시하듯 웃었다. 그러더니 아무 말도 하지 않았다.

"부탁을 들어주시지 않을 건가요⋯⋯?"

"말할 필요도 없는 소릴⋯⋯. 빨리 돌아가시오."

"헤이도 님⋯⋯. 시즈마 님⋯⋯. 너무 하시네요⋯⋯."

시즈마의 입은 다시 굳게 다물려, 아무 말도 하려고 하지 않는다.

사사노는 저도 모르게 엎드려 목놓아 울었다.

창 밖 틈새로 엿보던 마쓰키치의 눈에는, 머리카락이 드리워진 사사노의 하얀 목덜미와 숨을 헐떡이는 부드러운 어깨선 같은 것이 더없이 슬프게 비쳤다. 물론 연심도 섞여서……

잠시 후 고개를 든 사사노. 눈물에 젖은 두 눈에 깊은 원망이 서려 있다.

"……들어주시지 않을 건가요?"

"끈질기군……."

시즈마가 날카롭게 내뱉었다.

"실례했어요……."

정중하게 인사하고, 사사노는 일어났다.

그 뒷모습을 바라보는 시즈마의 눈에, 젊은 시절 사사노의 청초한 모습이 겹쳐 보였다.

사사노가 맥없이 문을 나설 때쯤, 시즈마는 병채로 꿀꺽꿀꺽 술을 마시고 있었다.

족제비 마쓰키치, 사사노가 나오는 걸 눈치 채고는 휙 몸을 숨겼다. 그리고 조용히 돌아가는 사사노의 모습을 눈으로 좇았다.

마쓰키치의 의협심이, 시즈마의 냉담한 태도에 극도의 반감을 불러일으킴과 동시에, 가련하게도 실패하고 돌아가는 사사노에 대해서는 동정심이 일게 만들었던 것이다.

(1928.11.09)

제71회
도적의 연정 (3)

사사노의 눈에 이미 눈물의 흔적은 없었다. 그녀는 굳은 결심을 했던 것이다.

'내가 헤이도 님을 찾아간 것만으로도 남편은 이미 체면이 깎였는데, 목적도 이루지 못하고 돌아가서 무슨 얼굴로 남편을 볼까……'

이렇게 생각하니, 그 귀결은 하나뿐이었다.

사사노는 원래 왔던 길과는 반대 방향으로, 인적이 드문 곳을 골라 걸어갔다.

팔랑팔랑 노란 낙엽이 떨어지는 어스레한 어둠 속에서 불어오는 바람이, 시즈마의 마음처럼 사사노의 피부에 차갑게 느껴졌다.

사사노는 반쯤 낙엽이 떨어진 잡목림으로 들어섰다. 예감 비슷한 것이 마쓰키치의 가슴을 스쳐 눈을 뗄 수 없었다.

쑥쑥 자라난 잡목에 둘러싸인 곳, 사사노는 그곳에 멈춰 서서 살짝 주변을 둘러보았다. 사람은 거의 지나다니지 않았다.

날도 흐렸고 나무에 둘러싸인 어둠 속에서, 사사노의 새하얀 손이 합장을 했다. 먼저 남편의 이름과 이미 세상을 떠난 부모의 이름을 차례로 부르고나서, 다음으로는 아이들의 이름이다. 죽으러 온 입장에서는 남기고 떠나는 아이들이 제일 괴롭다.

'이렇게 될 줄 알았다면, 슬쩍 인사라도 더 하고 올걸 그랬어……'

'히데야……, 다쓰야……'

마음속으로 몇 번이고 외쳐 부르고는, 이제…….

이미 아무 것도 주저할 것이 없었다. 그저 결단을 내리지 못한 건,

죽는 방법뿐이다. 오비를 풀어 목을 맬까. 적당한 높이의 나뭇가지들이 사신(死神)처럼, 사사노의 붉은 오비가 걸리기를 기다리고 있었다.

그러나, 무사의 아내로서 이런 방법은 선택하고 싶지 않았다. 사사노의 손이 오비 틈새로 들어갔다. 손에 쥐어진 단도는 쇼우에몬과 혼인할 때 부친이 준 것이라, 지금은 유품이다.

"히데야, 다쓰야⋯⋯."

낙엽 위에 앉아 한 번 더 아이들의 이름을 부르며, 사사노는 단도의 칼집을 내던졌다.

눈을 꼭 감고 스스로의 목을 단번에 찌르려던 순간.

"기다려 주십시오⋯⋯!"

단도를 쥔 사사노의 손목을 뒤에서 누르며 뛰어나온 건, 족제비 마쓰키치다.

"성급한 짓을 하시네요, 저 같은 건달이라도 상황에 따라서는 이야기를 들어드릴 수 있습니다⋯⋯!"

사사노의 뒷모습이 너무나도 풀이 죽어 있었기 때문에, 혹시나 싶어 뒤따라 온 것이었다.

"아, 당신은 아까 그⋯⋯. 고맙긴 하지만 못 본 척 해주세요⋯⋯. 말하기 힘든 이유가 있어서 죽으려는 거니까⋯⋯."

"그 이유를 대충은 압니다⋯⋯. 그러니까 그 벼루랑 인롱을 돌려받으시면 되는 거잖아요?"

"어머, 어떻게 그걸 아세요⋯⋯?"

"엿들었습니다⋯⋯. 실은 저는 마쓰키치라는 도둑놈인데요, 그 벼루랑 인롱도 헤이도 나리가 시켜서 제가 훔친 겁니다. 지금 얘기를 쭉 들어보니 헤이도 씨가 말도 안 되는 소리만 해서요, 제가 열이 받아서 아씨를 도와드리려고요. 그거 돌려드리겠습니다."

사사노의 눈이 희망으로 빛났다. 손에 든 단도는 어느 새 낙엽 위로 떨어졌다.

(1928.11.10)

제72회
도적의 연정 (4)

"자, 그러면 죽겠다는 생각은 안하시는 거죠?"

사사노가 떨어뜨린 단도를 바라보며, 마쓰키치가 기쁜 듯이 말했다.

"무슨 인연인지 모르겠지만, 친절하게 말씀해주시니 정말 기쁘네요. 당신의 힘으로 그 물건들을 돌려받을 수만 있다면, 죽을 이유가 없지요……."

"그럼요. 꼭 훔쳐다 드리겠습니다……!"

마쓰키치, 지금까지는 의협심 때문에 기분 좋게 나섰던 것이지만 이쯤 되니 덧붙이고 싶은 교환 조건이 있었는데, 어지간한 그도 그 말만은 하지 못했다.

"그러면, 언제 돌려주시겠어요?"

"어려울 게 없습니다. 2, 3일 안으로 틈을 봐서 훔쳐낼게요. 남의 집도 쉽게 들어가는 저인데, 제 집처럼 드나드는 헤이도 씨 집에 있는 걸 훔쳐내는 것쯤이야 식은 죽 먹기죠……."

"감사합니다……. 그럼, 2, 3일 후에 어디로 가지러 가면 될까요?"

"아니, 가지러 오시다니 그러실 필요 없습니다. 댁이 어딘지만 알려주시면 제가 가져다놓겠습니다. 상황에 따라서는, 아무도 눈치 채지 못하게 두고 올 지도 몰라요."

사사노는 그 말뜻을 잘 이해하지 못하고, 이상하다는 듯 머리를 갸웃거렸다.

"저 같은 짓을 해서 먹고 사는 놈들은 낮에 돌아다니는 건 금물입니다. 낮에 멍청하게 가져다 드리고 아씨에게 감사 인사라도 받는 장면을 누군가 본다면, 그거야 말로 큰일이죠. 아씨가 깊이 잠 드신 한밤중에, 살짝 베갯머리에 두고 오겠습니다……."

이렇게 말하고 마쓰키치는 아름다운 사사노가 잠든 얼굴을 상상하며, 가슴을 두근거리는 것이었다.

이 근방 농부인 듯한 노인이 한손에 낫을 들고 어슬렁어슬렁 다가왔기 때문에, 사사노도 마쓰키치도 일어났다.

"그럼, 한 2, 3일만 기다려 주십시오……."

마쓰키치는 사사노의 주소를 자세히 묻더니, 그럼 이만, 이라고 단한 마디를 내뱉듯이 남기자마자 쏜살같이 달려가 버려서, 순식간에 모습이 보이지 않게 되었다.

단도를 오비 틈새에 넣고 옷자락에 붙은 낙엽을 털어낸 사사노는, 비로소 제정신으로 돌아온 듯 한숨을 내쉬었다.

모든 것이 꿈처럼 느껴졌다.

실력으로만 승부해서 멋지게 되돌려 받지 못하는 남편 쇼우에몬이 참으로 한심했다.

"왜 죽어버리지 못했을까……."

사사노는 스스로를 꾸짖듯이 중얼거렸다. 남편이 실력으로 되찾

아 와야 마땅할 일을, 자신이 수치를 무릅쓰고 부탁까지 하러 가서 그
조차 실패해서, 도적의 힘을 빌려 되찾게 되다니……. 이 얼마나 비겁
하고 구질구질한 짓인가. 무사의 아내가 하면 안 될 짓이 아닌가…….

사사노의 눈에는 다시 눈물이 빛났다.

마침 그 때.

마쓰키치는 시치미를 뗀 얼굴로 이미 시즈마의 집에 돌아와 있었다.

곤하치로도 돌아왔다.

"저 여자 누구야?"

곤하치로가 물었다.

"혼다 쇼우에몬의 부인이지."

시즈마가 내뱉듯이 대답한다.

"아름다운 여자군……."

곤하치로가 말해도, 시즈마는 대답도 하지 않았다.

옆에 있던 족제비 마쓰키치는 속으로 곤하치로의 말에 공감하면
서, 자 이제 어떻게 훔쳐낼까 하는 생각에 잠겼다.

(1928.11.11)

제73회
도적의 연정 (5)

가짜 오센 고사토는 밤이고 낮이고 시즈마의 남자다운 모습이 눈
에 선해서, 잊으려고 노력할수록 환영이 더욱 커질 뿐이었다.

오지이나리 근처라고 들은 시즈마의 거처. 그곳에 어떻게든 방문하겠다고 결심했다.

고사토는 찾아가기 전부터 이미 기뻐서 온몸이 오싹했지만, 그렇다고는 해도 달랑 혼자서 찾아가기에는 왠지 무서웠다. 사랑하는 사람을 찾아가는데도 무섭다는 게 좀 이상하지만, 걸핏하면 바로 기다란 검을 뽑아대는 시즈마가 고사토에게는 그립기도 하고 무섭기도 했던 것이다.

그래서 생각해낸 길동무는 야나기바시의 남자 예인 한다유(半大夫)로, 잇추부시(一中節)*를 부를 때면 반할만큼 좋은 목소리를 가졌다. 우람한 몸집에 비만이라 힘이 셌다. 함께 길을 가기에는 꽤 든든하다.

"저기, 한다유."

고사토는 한다유에게 가짜 물갈퀴 오센 이야기를 해주고는 제안했다.

"너, 이 년의 부하로 같이 가지 않을래?"

한다유는 원래 경박한 성격이라 열심히 사는 게 싫어서 남자 예인이 되었을 정도의 인간이었다. 얼씨구나 하고 바로 받아들이고는, 어디서 구해온 건지 거친 옷감으로 만든 윗옷을 맨몸에 걸치고, 옷소매 속에서 팔짱을 낀 모습이 정말로 건달패처럼 보였다.

"아주 좋아, 진짜 같네. 이제 이 년의 부하처럼 구는 거야."

"누님 걱정 마시우, 제가 같이 가면 어떤 놈이든 누님께는 손가락 하나 못 댈 테니까……."

---

* 조루리 가락의 하나.

한다유는 잔재주를 시험하듯, 무서운 표정을 지으며 부하 흉내를 내보였다.

"부하 노릇 잘 하네, 잘 부탁해."

고사토도 기분이 좋아져서, 여장부처럼 말했다.

언제나처럼 실컷 자고 싶은 만큼 자고 일어나서는, 그때부터 물갈퀴 오센처럼 분장을 하는 데 또 반나절이 걸려, 한다유를 데리고 고사토가 오지에 있는 시즈마 집을 방문한 건, 이미 해가 저물 때쯤이었다. 집은 찾았지만 위기 구제업이라도 하러 간 건지, 시즈마도 곤하치로도 없는 빈집이었다.

함께 온 한다유는 폐가나 마찬가지인 집 주변을 가만히 바라보았다.

"누님의 미남은 어마어마한 집에 살고 있네요……. 누님도 참 특이하십니다……."

일부러 옷소매 속으로 팔짱을 끼며 드세게 말한다.

"그러지 마, 하나도 안 웃겨! 모처럼 여기까지 나왔다가 허탕 치고 돌아가는데, 멋진 곳이 다 무슨 소용이야!"

고사토 오센은 화가 났다.

아쉬웠지만 단념하고 다 쓰러져가는 집을 밖에서 한 번 더 바라보고는, 겨우 발걸음을 돌려 돌아가는 고사토는 기분이 너무 나빴다.

그 때, 고사토와 한다유의 앞을 쓱 지나가는 한 남자. 힐끗 날카로운 시선을 던진다. 물 건너오긴 했지만 괜찮은 무늬의 도잔(唐桟)*으로 짠 하오리를 걸치고, 하카타(博多)산 직물로 짠 오비를 꽉 졸라맨 모습

---

* 에도 시대에 유럽이나 중국을 오가던 상선이 수입한 면직물.

에는 조금의 빈틈도 없다.

스쳐 지나간 뒤 팔짱을 끼며 생각에 잠긴다.

"흠……."

오지 근처 시골에서는 좀처럼 보기 힘든 고사토와 한다유의 차림새는, 보통 사람이라도 신경 쓰이는 게 당연했다. 하물며, 이 도진으로 온몸을 감싼 남자는 눈빛이나 몸놀림이 아무래도 보통이 아니었다.

그도 그럴 것이, 하카타 산 직물로 짠 오비 틈새에서 짓테가 반짝 빛났다.

(1928.11.13)

제74회
도적의 연정 (6)

이 도잔으로 온몸을 감싼 남자는 다름 아닌 속칭 '잠자리' 대장으로, 오지이나리 근처에 수상한 자가 산다는 냄새를 맡은 것이다. 게다가 그 낭인이 둘이고 때때로 물갈퀴 오센의 이름을 입에 올린다고 들었기 때문에, 찾아볼 필요가 있겠다고 여기고 오늘 출장을 나오기에 이른 것이다. 그러던 참에, 시즈마의 집 근처에서 수상한 차림의 남녀와 마주치니 당연히 고개를 갸웃할 수밖에 없는 노릇이다.

"됐어, 잡아가서 자백시키면 예상대로 그 물갈퀴 오센일 테고, 걔가 그 무사 차림으로 변장한 덜 떨어진 놈일지도 모르니까……."

잠자리 대장은 혼자 득의의 미소를 지으며, 슬쩍 뒤를 밟았다. 요즘이라면 우선 불심검문을 하고나서 경찰서까지 동행하는 식이겠지만, 이 시대에는 그런 합법적인 방식이 없었다. 이 녀석이 수상쩍다고 여기면 그길로 붙잡아다 고문해서 대개 죄인으로 만들어 버린다. 위험하도다, 야나기바시의 명기(名妓) 오센이여.

그러나, 붙잡은 후 자백시킬 때 쓸 구실을 한 둘이라도 확보해둬야겠다고 생각한 건 역시 잠자리 대장다웠다. 보통 고요키키(御用聞き)* 따위는 하지도 못할 방법이다. 즉, 대장이 생각해낸 건 불심검문이었다.

"이보시오, 잠깐 기다려 주십시오……!"

잠자리 대장은 이렇게 불러 세우고는, 재빨리 달려가 두 사람에게 다가섰다.

고사토도 한다유도 온몸을 흐르던 피가 한순간에 얼어붙은 듯 깜짝 놀랐다.

"뭐야……?"

가만히 있으면 좋을 것을, 한다유가 있는 대로 난폭하게 싸움을 걸 듯 나섰다. 다른 사람도 아니고 잠자리 대장을, 푼돈이나 노리는 좀도둑이나 대하듯 깔본 것이다.

"헤헤헤, 잠자리 대장님?"

잠자리 대장은 약삭빠르게 웃으며 날카로운 눈으로 훑었다.

"대장님을 어디선가 뵌 듯한 기분이 들어서, 반가운 마음에 잠깐 말을 걸었을 뿐이죠, 네."

한다유는 태어나서 처음으로 대장 취급을 받은 게 너무나도 기뻤다.

---

* 에도 시대에 관명을 받아 범인의 수사·체포를 도움. 요리키나 도신이 수하로 고용해서 부리던 평민 신분 수하였으며, 사설 탐정이자 정보원 역할을 했다.

"그러고 보니, 어딘가에서 만난 것도 같은 기분이 드는구나……."

아무렇게나 대답하며, 거만하게 몸을 뒤로 젖혔다. 제아무리 술자리에서 접대를 잘 하건 잇추부시를 잘 부르건, 이 남자는 대체로 다루기 쉬웠다.

"대장님께선 헤이도 씨 댁에 들르셨다 돌아가시는 거죠? 저도 이제부터 헤이도 씨 댁에 가려는 참이라……."

"어머, 그래……?"

고사토가 걸려들었다.

잠자리 대장은 씨익 웃었다.

"몰라 뵈었습니다, 물갈퀴 오센 님이시죠?"

이렇게 일부러 목소리를 낮추었다.

"어머, 잘 아는구나."

고사토가 수긍했다. 이러면 안 되는 거다.

"꼼짝 마라……!"

날카로운 외침.

잠자리 대장이 왼손으로 고사토의 오른 손목을 잡자마자, 오른손으로 품속의 포승줄을 꺼내려던 순간.

"꺄악……! 사람 죽어요……!"

고사토가 이루 말할 수 없이 날카로운 비명을 질렀다. 그 소리가 너무나도 요란한데다 괴상해서, 틀림없이 저항할 것이라 예상하던 잠자리 대장으로서도 너무나도 뜻밖이라, 무의식중에 잡았던 손을 놓쳤다. 잠자리 대장에게는 좀처럼 없는 실수다.

그 틈에 한다유가 고사토의 손을 잡고 쏜살같이 달아났다.

"이놈, 놓칠쏘냐……!"

잠자리 대장이 격하게 뒤따라갔다.

(1928.11.14)

제75회
도적의 연정 (7)

한다유도 통쾌할 만큼 잘 달렸지만, 고사토의 달아나는 모습도 더없이 유쾌하다.

"꺄아악!"

비명을 지르면서 옷자락을 펄럭이고 머리카락을 흩날리며, 꽁지에 불붙은 듯이 뛰어간다.

물갈퀴 오센이라 불리는 여인의 도망치는 모습치고는 너무나 이상하다는 생각이 들었지만, 잠자리 대장은 어쨌든 잡겠다며 따라간다.

두 마리 토끼를 잡으려다 둘 다 놓친다는 속담이 있다. 잠자리 대장, 즉 마루야초의 기스케는 그걸 깨달았기 때문에, 한다유는 제쳐두고 전속력으로 고사토만 쫓아갔다. 이렇게 되면 간단하다.

정신없이 달아나던 고사토 오센의 옷자락을, 꽉 붙잡았다.

"꺄악……!"

고사토. 비명을 한층 더 크게 지르며 도망치려고 버둥댄다. 풀어헤쳐진 붉은 옷깃 사이로, 에도의 물로 가꾼 새하얀 피부가 이성의 혼을 빼앗을 듯 요염하다.

하지만 다른 사람이라면 이걸 보고 주춤거릴 수도 있겠지만, 잠자리 대장은 색정의 길을 모르는 목석같은 남자였다. 그런 것에는 눈길도 주지 않고, 품속에서 꺼낸 포승줄이 오랜 시간 수련한 기술로, 고사토의 포동포동한 손목에 감겼다.

필사적인 고사토. 발을 들어 잠자리 대장을 걷어차고는, 손목에는 포승줄이 묶인 채로 뒷걸음질 쳐 달아나려고 했다. 어딜, 그렇게는 안 되지. 잠자리 기스케가 포승줄을 잡아당긴다. 고사토의 인형 같은 손목을 포승줄이 파고들어, 딱한 모양새.

그런데, 참으로 신기하고 신기하다. 고사토의 손목에 감겼던 포승줄이, 소리도 없이 뚝 끊어진 것이다…….

고사토는 자유의 몸이 되었다…….

"이놈, 방해를 했겠다!"

잠자리 대장의 고함소리.

헤이도 시즈마가 어디서인지 모르게 나타나, 뽑아 든 오우미노카미 요시히로가 무시무시한 빛을 내뿜으며 잠자리 기스케에게 맞섰고, 당당한 시즈마의 체구가 고사토 오센을 막아선 것이었다.

기스케는 정신없이 달아났다. 36계 줄행랑이라는 말은 지금의 기스케를 위해 만들어진 말인 듯 했다. 기스케는 순간적으로 상대가 시즈마라는 걸 깨달은 것이다. 소문으로 듣던 시즈마의 뛰어난 실력, 게다가 갑자기 뽑은 검이 들이밀어지니 어떻게 해볼 도리가 없었다. 베이지 않은 것만으로도 천만다행이라 여기며, 쏜살같이 도망쳤다.

"헤이도 님……. 감사합니다……."

고사토는 비로소 살았다는 기분으로 시즈마에게 매달렸다.

"위험했군……."

이렇게 말하며, 시즈마는 기스케를 쫓아가려고도 하지 않고, 고사토의 흐트러진 옷매무새를 바로잡아 주었다. 무뚝뚝한 시즈마로서는 일생일대로 잘한 짓이다.

"당신과 만나고 싶어서 나왔는데, 탐정이 냄새를 맡는 바람에 험한 꼴을 당했네요……."

"그래도 내가 지나가던 차라 다행이었어……. 우리집으로 가지, 천천히 이야기라도 하자구."

시즈마는 고사토의 등에 손을 올린 채 걷기 시작한다. 헤이도 시즈마가 할 수 있는 최대의 애정표현이다.

(1928.11.15)

제76회
도적의 연정 (8)

족제비 마쓰키치는 뻔질나게 시즈마를 찾아와, 우선 벼루와 인롱이 숨겨진 곳을 슬며시 찾아보았다. 그렇지만, 어지간한 마쓰키치도 고개를 갸웃했다. 넓지도 않은 집 안 어디에 숨겨두었든 마쓰키치의 영감으로는 못 찾을 리가 없는데, 이것만은 알 수가 없었다. 시즈마가 몸에서 떼어놓지 않고 있다고 생각할 수밖에 없었다.

그렇게 되면 큰일이다. 이게 다른 사람이라면 복대에 넣어두건 목에 감아두건 쉽게 빼낼 자신이 있는 마쓰키치지만, 시즈마만은 어려운 상대였다. 단 한 순간도 방심하지 않는데다, 무엇보다도 손이 검에 가 닿는가 싶은 순간에는 이미 무악류의 발도술로 두 동강이 나는지라⋯⋯. 상상만으로도 몸서리가 쳐진다.

어떻게 훔쳐낼까. 마쓰키치는 곰곰이 생각했다. 그냥 단념할까. 아니지, 사나이로서의 체면이 떨어질 뿐만 아니라, 사사노의 그 아름답고 고상한 모습이 눈앞을 떠나지 않았다. 운은 하늘에 맡기자. 일생일대의 위험하기 짝이 없는 일을 결행하게 만든 건, 사랑과 의지가 낳은 결심이었다.

이 무렵, 엔도 엣추노모리는 혼다 쇼우에몬, 하야카와 고토타 두 사람에게만 맡겨둘 수는 없어서 집안의 실력자 여럿에게 명해, 시즈마와 곤하치로, 그리고 벼루와 인롱을 훔쳐낸 데다 그 후로도 여러 번 나쁜 짓을 저지른 괴도(족제비 마쓰키치라는 이름을 알 리가 없었다)를 잡아올 체포조를 꾸리도록 했다. 이 체포조의 몇 사람이 대활약을 하게 되지만, 그에 대해서는 나중에 이야기하겠다.

그런데, 잠시 소식이 끊겼던 미장이 야스고로와 그 동생인 백치 겐타, 그리고 악당 로쿠조에 대해 이야기하기로 하자. 야스고로와 로쿠조는 신기한 인연으로 함께 병석에 눕게 된 뒤로, 친교라고까진 할 수 없어도 어쨌든 친하게 지내는 사이가 되었다. 성격은 전혀 달랐지만, 교제는 계속된 것이다.

로쿠조는 세이지의 첩 집에서 터무니없는 짓을 저지른 뒤로 악당의 기질이 농후해져서, 어떤 큰 계획을 세우고 있었다. 하지만 그에 대해서도 나중에 이야기하겠다.

오늘. 야스고로는 겐타의 손을 끌고, 오랜만에 시즈마를 찾아왔다.

시즈마는 웬일로 집에 있었다. 하긴 집에 있을 수밖에 없었다. 고사토 오센을 위기에서 구해내고, 나란히 돌아온 이후 오늘로 사흘째. 돌려보내기 싫고 돌아가기 싫은 둘의 마음이 맞아, 고사토는 시즈마의 집에 계속 머물고 있었다. 곤하치로는 어이가 없어서 어딘가로 나가버린 뒤 돌아오지 않았다. 고사토도 자칫 시즈마를 놓친다면 그 길로 붙잡혀간다는 걸 알았기 때문에, 어차피 이렇게 된 거 물갈퀴 오센인 척 시즈마의 곁을 떠나지 않겠다는 심산이었다.

찾아온 야스고로의 시야에 제일 먼저 들어온 건, 대낮부터 술잔을 기울이며 정답게 마주앉은 둘의 모습이었다.

"야스고로냐, 왜 왔냐?"

시즈마의 어조가 초장부터 사납다. 모처럼 맛보는 연애의 기분을 깨뜨리고 싶지 않다는 속내를 그대로, 아무런 꾸밈없이 드러낸 것이다.

야스고로가 할 말이 없어 우물쭈물하고 있자니, 겐타가 큰 소리로 외쳤다.

"아저씨, 장가갔어? 둘이 잘 어울려!"

"그래? 잘 어울리냐?"

시즈마의 얼굴에 새겨져 있던 불쾌한 듯한 주름이 순식간에 사라졌다.

"겐타, 천천히 놀다 가라."

이렇게까지 기분이 좋아졌다.

야스고로와 겐타는 결국 날이 저물 때까지 놀아버렸다.

고사토는 어디까지나 오센인 척 하느라 무릎을 세우고 앉아 담배를 피웠다. 잠자리 대장에게 쫓겨 비명을 지른 일 따위는 싹 잊은 것 같다.

(1928.11.16)

제77회
도적의 연정 (9)

　고사토는 기분 좋게 시즈마 곁에서 노닥거리고 있었지만, 그녀의 집에서는 큰 소동이 벌어졌다.

　한다유는 시즈마가 나타나기 전에 달아났기 때문에, 고사토가 그 도잔으로 몸을 감싼 포졸에게 붙잡혔다고 생각하고 있었다. 유치하고 시시한 짓에 끼었다가 당치않은 일이 벌어졌으니, 고사토의 집안사람들에게는 그녀와 같이 있었다는 말은 절대 하지 않았다. 그저 시치미를 떼고, 다행히도 손님 중에 핫초보리 나리가 있어 고사토를 빼내 달라 부탁하기로 마음먹었다. 어쨌든 고사토가 붙잡혀갔다고만 여기고 있었다.

　고사토의 집안사람이라고 해보아야 할멈과 시중드는 하녀뿐이다. 고사토에게는 부모도 형제도 없었다. 오빠가 하나 있었지만 손버릇이 나빠서 어릴 때 생이별을 한 상태였다. 그 할멈과 하녀가 야단법석이 나서, 집주인에게 부탁하네 오가작통(五家作統)*에게 부탁하네 그야말로 대소동이 벌어진 거다.

　한편, 족제비 마쓰키치는 사사노에게 약속한 기한이 이미 지나버렸기 때문에 안절부절 못하고 있었는데, 시즈마의 집에는 그 무렵 물갈퀴 오센이라 자칭하는 여자가 들어와서 실컷 낯부끄러운 장면을 연출 중인지라 아무래도 가고 싶지 않았다. 물갈퀴 오센이라니 아무래도 엉터리 같다는 기분이 들었지만, 어쨌든 간에 시시덕대는 모습

---

*　에도시대 다섯 집 단위로 연대 책임을 지게 한 자치 조직.

을 보는 건 반갑지 않은 일이었다.

그렇다고 해서 사사노와의 약속을 지키지 못한다면 마쓰키치의 사나이로서의 자존심 문제다. 눈꼴 신 꼴을 볼 각오를 하고 마쓰키치는 오지로 향했다.

이미 밤이다. 집에 들어서자,

"누구세요……?"

요염한 목소리. 각오는 했지만 마쓰키치는 저도 모르게 고개를 움츠렸다.

"접니다요. 예."

말하면서 마쓰키치가 올라가보니 시즈마가 우울한 얼굴로 앉아 있었다.

"마쓰키치, 또 한 번 일을 해줘야 할 상황이 됐어……."

"뭡니까……?"

"그 중요한 물건 두 개, 그걸 누군가가 훔쳐갔어."

"예……?"

벌린 입을 다물지 못할 정도의 일이다. 마쓰키치는 벌컥 화가 났다.

"어, 언제 도둑맞은 겁니까……? 누가 훔쳐갔는지는 아십니까?"

"도둑맞은 건 오늘이다. 누가 훔쳐갔는지도 알겠는데, 상대가 좀 좋지 않아……."

"어떤 개 같은 놈이 훔쳐갔는지 빨리 말해 주십시오."

"아무래도 그 바보 겐타 같아. 그밖에는 생각나는 사람이 없어."

"바보 겐타라는 건, 저 뚱보 말씀이죠? 젠장……."

마쓰키치가 이를 갈며 분통을 터뜨렸다.

"바보가 한 짓이니 죄는 없지만 버리기라도 하면 큰일이니까, 빨리 갖다 줘. 벌거벗고 씨름했을 때 당한 것 같아……."

어떤 경우에도 평소와 다름없이 침착한 것이 시즈마의 특색이지만, 마쓰키치로서는 그 침착한 태도가 더 거슬리는 것이었다.

"잠깐만요, 뭘 훔쳐갔다는 거예요?"

고사토 오센이 완전히 아내라도 된 양 묻는다.

"별 거 아니야."

시즈마는 겐타에게 당한 실패를 천하의 물갈퀴 오센에게는 알리기 싫은 모양이었다.

(1928.11.17)

제78회
도적의 연정 (10)

족제비 마쓰키치는 안절부절 못했다. 백치 겐타가 우발적으로 훔쳐간 거라면, 시즈마 말대로 아무리 생각해도 이 녀석은 좋지 않은 상대였다. 타고난 도벽으로 아무 생각 없이 훔쳐가긴 했지만, 물건에 집착하는 성격이 아니기 때문에 그대로 버렸을 지도 모른다. 그랬다면 그야말로 큰일이다.

일분일초를 다투는 일이다. 마쓰키치는 인사도 하지 않고 시즈마의 집을 뛰쳐나와, 날 듯이 큰길로 나와 가마를 잡아타고 에이타이바시 건너편의 셋집으로 급히 갔다.

골목에 들어서자, 셋집 특유의 코를 찌르는 악취. 그걸 참으며 시즈마가 가르쳐 준대로 모퉁이에서 네 번째 허물어져가는 집 앞에 선 마쓰키치. 안을 엿보니, 이미 무슨 사건이 벌어지고 있음을 직감했다.

찢어진 등불을 한가운데 두고, 집주인인 듯한 대머리와 누더기를 걸친 셋집 여주인, 넝마주이 같은 차림새의 노인, 거기에 야스고로까지 빙 둘러앉아 작전회의가 한창이었다.

"실례합니다⋯⋯."

마쓰키치는 찢어진 문을 덜컹 밀어젖혔다.

"예에⋯⋯."

절뚝이며 나온 건 야스고로.

"아, 웬일이세요. 안녕하세요⋯⋯."

마쓰키치의 얼굴을 알고 있기 때문에 붙임성 있게 맞이하긴 했지만, 감출 수 없는 불안한 기색이 짙은 눈썹 사이에 드러나 있었다.

"무슨 일 있어⋯⋯?"

마쓰키치가 아무렇지도 않게 묻는다.

"아니, 저기, 아무래도 창피해서⋯⋯."

야스고로는 머리를 긁적이며, 도움을 요청하듯 집주인과 셋집 사람들 쪽을 돌아본다.

"야스 씨도 불쌍한 사람이오⋯⋯."

셋집의 대머리 집주인, 집주인이라지만 실은 관리인이다. 고집 세고 난봉꾼에 옹고집이었지만, 그을린 주름투성이 피부 아래로는 멋진 의협의 피가 흐르고 있었다. 그래서 이치에 맞는 일엔 저돌적으로 나섰지만 이치에 맞지 않는 일에는 거리낌 없이 에도인의 기질을 드러냈는데, 이 두 가지 성격을 교묘하게 잘 이용해서 셋집의 답 없는 주민 30여 명을 굴복시키고 있는 뛰어난 사람이었다.

대머리 집주인의 한 마디에, 넝마주이 차림의 노인이 응하며 혼잣말하듯 말했다.

"야스 씨가 모처럼 이세 참배까지 데려갔다 왔는데, 겐타 손버릇은 아무래도 고치지 못했나 봐. 난처한 일이야."

"아, 그럼 역시 저……."

마쓰키치는 말하다말고 간신히 '바보'라는 말을 삼켰다.

"의심해서 미안하지만, 틀림없이 그럴 거라 생각하고 오지에서 여기까지 싸지도 않은 가마를 타고 날아왔지 뭔가."

이렇게 말하니, 이번에는 야스고로가 의아한 표정이 되었다.

"어, 겐타 일로 오신 겁니까……? 겐타 놈은 이 근처 과자가게에서 과자를 한 주먹 훔치다 순찰 돌던 관리님께 걸렸습니다만, 관리님도 기껏해야 과자인데다 딱 봐도 모자라는 놈이라는 걸 알고 봐주시겠다고 하셨는데, 이 바보가 사과라도 할 것이지 왠지 잘 돌아가지도 않는 혓바닥으로 막 대들었다네요. 그래서 관리님이 엄청나게 화가 나셔서 꽁꽁 묶어 끌고 가 버리신 모양이라, 지금 집주인이랑 셋집 사람들이 오셔서 어떡하면 좋을지 상담 중이었는데……."

"그렇군, 그렇다면 내 예상과는 좀 다른데 말이다……."

흐음, 하며 마쓰키치는 팔짱을 꼈다.

(1928.11.18)

제79회
도적의 연정 ⑾

모처럼 점찍었던 겐타가 이미 관리의 손에 잡혀서야, 마쓰키치로서는 손 쓸 방법이 없었다. 게다가 벼루와 인롱을 품에 넣은 채 잡혀간 건지, 아니면 물건을 어딘가에 숨겼는지, 그것도 아니면 이미 버렸는지도 전혀 알 수 없었다. 그만큼 마쓰키치의 실망은 컸다.

"저기, 이보시오."

대머리 집주인이 마쓰키치에게 말을 걸어왔다.

"옷깃만 스쳐도 인연이라는데 말이오, 그쪽도 듣자 하니 야스 씨나 겐타와 아는 사이 같으니, 어떻소이까? 우리들과 함께 겐타를 데리러 가지 않겠습니까. 한 사람이라도 머릿수가 많은 게 좋고, 그쪽은 꽤나 말씀을 잘하시는 것 같아서 말이오⋯⋯."

이렇게 부추긴다.

마쓰키치는 몸서리를 쳤다. 제발 살려만 줍쇼, 파수막 앞은 지나갈 일이 생겨도 빠른 걸음으로 지나칠 정도였다. 그런데 겐타를 데리러 가다니 듣기만 해도 소름이 끼쳤다.

"저는 급한 일이 생각나서, 그만 실례하겠습니다⋯⋯."

마쓰키치는 도망치듯 문 밖으로 뛰어나왔다.

한편, 진짜 물갈퀴 오센은.

싫다 싫다 하면서도 남장이 점점 더 그럴 듯하게 어울리게 됐다.

이 무렵에는 반쯤은 재미로 무사 복장을 하고, 백주 대낮의 에도 거리를 활보하는 통쾌함을 즐기게 됐다. 가명은 '미즈시마 센키치로(水島千吉郎)'로 지었다. 남자가 되었으니, 남자다운 이름이 없으면 아무래도 불편하다. 물갈퀴 오셴이 미즈시마 센키치로가 되다니, 세련된 느낌을 충분히 살린 점이 역시 에도 스타일이다.

초겨울의 따뜻한 햇볕을 받으며, 미즈시마 센키치로는 어슬렁어슬렁 집 밖으로 나섰다. 지금은 해적질의 추억과도 같은 존재인 지나(支那)' 출신의 소년 려여는 유복한 무사의 아들처럼 꾸민 건지 긴 옷자락에 옆구리에 찬 작은 칼도 사랑스러웠는데, 미즈시마 센키치로 즉 오셴의 손을 잡고 있었다. 인생은 정말 불가사의다.

려여에게 아사쿠사(浅草)의 관음상을 구경시켜주고, 천천히 걸어 우에노 야마시타(山下)에 있는 찻집에서 잠깐 쉬었다.

이 찻집에서 일하는 소문난 미인인 오소노(おその)는 꽃다운 열일곱, 다소 긴 얼굴에 살집이 좋고 키가 커서, 에도 명물인 판화 속 미인이 그대로 빠져나온 듯 했다.

"무사님, 차 드세요……."

주홍색으로 칠한 둥그런 쟁반에 찻잔과 질주전자를 얹어 가져와서는, 오동통한 손으로 솜씨 좋게 따라서 내어준다.

"어머나, 귀여운 도련님이네……."

이렇게 입으로는 려여를 칭찬하면서도, 눈으로는 센키치로를 바라보며 생긋 웃었다. 참으로 백만 불짜리 미소다.

게다가 그 상투적인 미소가 센키치로의 얼굴을 가까이에서 지그시 바라본 순간 마음에서 우러나는 친애의 미소로 바뀌었다.

여자였을 때도 남자의 마음을 끌어당기던 오셴이니, 센키치로가

---

* 중국을 일컫는 명칭.

된 지금 여자의 마음을 끌어당기는 건 당연한 일이다. 야마시타 찻집의 오소노는 센키치로의 남자다움이 싫지 않은 모양이다.

"뭐 과자 같은 건 없나?"

센키치로도 오소노의 마음을 꿰뚫어 본 듯, 부드러운 어조에 촉촉한 눈빛으로 묻는다.

오소노는 그 눈과 어조가 기뻤던 듯 하다.

"알겠습니다……."

대답하면서도 요염한 눈빛으로 물러가더니, 포동포동하고 새하얀 팔까지 드러내며 명물인 떡을 담은 과자 쟁반을 높이 들고 온다. 대수롭지 않은 색정 도발 놀이 같은 것이다. 그 새하얗고 매끈한 팔만으로도 이 도발 놀이는 오소노의 승리로 보였지만, 아쉽게도 센키치로 오센의 정체가 정체다보니 여인의 새하얀 팔이나 옷깃 사이로 엿보이는 다리 같은 것에 도발되지 않을 뿐이다. 그러니 이 도발 놀이가 재미있는 것이다.

그 때, 좀 놀게 생긴 남자 둘이 센키치로 오센이 앉아 있는 마루 바로 곁에 앉았다.

"그럼, 내일 밤 오센을 잡는 거네요?"

젊은 쪽이 앉자마자 말했다.

오센 센키치로는 이 말을 듣고 깜짝 놀랄 수밖에 없었다.

(1928.11.19)

제80회
도적의 연정 (12)

센키치로는 날뛰는 가슴을 진정시키며 귀를 기울였다.

"큰 소리로 말하지 마⋯⋯!"

센치키로 오센은 알 리가 없지만, 탁한 목소리로 꾸짖은 사람은 오지에서 말도 안 되는 실책을 저지르고 고사토 오센을 놓친 잠자리 대장, 즉 마루야초의 기스케였다. 야단을 맞은 건 부하인 쓰나조다.

고요키키라고 생각했기 때문에 센키치로는 지금이라도 달아나고 싶었지만, 그게 오히려 의심을 불러일으키는 행동일 것이라 여기고 들썩이는 엉덩이를 억지로 붙였다. 려여의 머리를 쓰다듬어 보기도 하고, 찻잔을 신기한 듯 들여다보기도 하는 등 하지 않아도 좋을 짓을 해본다. 이미 색정 도발 놀이 따위를 할 때가 아니다.

"저기 대장님, 물갈퀴 오센이라는 여자도 의외로 별나지 않습니까? 헤이도 시즈마인지 뭔지 하는 이상한 무사네 집에서 마누라나 된 것 마냥 살고 있다니, 그 여자 속셈을 전 알 수가 없네요."

쓰나조는 방금 혼이 나고서도, 싹 잊은 듯이 또 오센 이야기다.

듣고 있는 진짜 오센, 즉 미즈시마 센키치로는 무슨 소린지 알 수가 없었다.

물갈퀴 오센이라는 이름은 누가 붙였는지 모르겠지만, 자신의 별명임에 틀림없다는 건 확실하다. 그런데도 얘기를 들어보니, 아무래도 또 한 사람 물갈퀴 오센이 있는 것 같았다. 도무지 영문을 알 수가 없었다.

"쓰나조."

잠자리 대장은 저력 있는 낮은 목소리로 말했다.

"내일 아침, 헤이도라는 무사가 어딘가로 떠나는 건 틀림없겠지?"

"그건 확실합니다. 헤이도 녀석이 무슨 일인지는 모르겠지만 쓰루가(駿河)까지 급하게 간다고 하니까, 오센이가 울면서 매달리는 걸 제가 분명히 엿들었거든요……. 게다가 구와바라 곤하치로라는 무사도 같이 간다네요……."

"그래서, 오센만 남는다는 거지?"

"그래서요, 아까도 말씀드렸듯이 오센을 거기 두면 위험하니, 미장이 야스고로 집에 맡긴다고 하더라구요……."

"좋아, 알았다."

잠자리 대장은 크게 고개를 끄덕이고는, 아무 말도 하지 말라는 듯 눈짓을 했다. 낮말은 새가 듣고 밤말은 쥐가 듣는다는 속담을 한시도 잊지 않는 것이 포졸의 자세다.

하지만, 쓰나조는 좀 더 떠들고 싶었다. 여기 오는 동안에도 내내 떠들면서 왔지만, 최근 2, 3일간 호랑이굴을 엿보는 심정으로 위험을 무릅쓰고 시즈마의 집을 염탐하여 겨우 얻어낸 정보였으니 좀 더 말하고 싶었고, 자랑도 하고 싶었던 것이다. 그래서 쓰나조는 입을 우물우물거리고 있다.

잠자리 대장은 쓰나조의 입을 다물게 하고, 담뱃대를 물고서 가만히 곁눈질로 미즈시마 센키치로를 날카롭게 쳐다보았다.

미남자……. 상냥한 남자……. 여자인 줄 착각할 정도로 예쁜 남자……. 이렇게 생각하다보니, 과연…….

'무사로 변장해서 돌아다니는 여도적…….'

이런 생각이 머리를 스쳤다.

'발을 보자……!'

잠자리 대장의 직업 정신이 이렇게 속삭였다. 대장의 날카로운 시선이 센키치로의 발을 향했다.

작다. 확실히 작다……. 여자의 발이다. 대장의 가슴이 세차게 뛰었다.

(1928.11.20)

제81회
도적의 연정 (13)

잠자리 대장의 날카로운 눈길이, 오센 센키치로의 발끝에 가만히 머물렀다.

센키치로는 역시 산전수전 다 겪은 여도적이다. 심상치 않은 잠자리 대장 기스케의 시선을 눈치 챘다.

큰일 났다고 생각하고는, 려여의 손을 이끌고 벌떡 일어났다. 일어나면서 동전 한 움큼을 쟁반 위에 와르르 쏟아놓았다.

"잘 먹었다……."

이렇게 말하며 한 손으로는 려여의 손을 붙잡은 채 나머지 한 손을 품속에 넣고 약간 몸을 뒤로 젖혔다.

"엄마가 기다리겠다, 빨리 가자……."

이렇게 수상쩍은 고요키키가 들으라는 듯이 말했다. 려여는 아직 일본어를 잘하지 못했다. 일본어로 말할 수 있는 건 '안녕하세요' '안녕히 주무세요' 같은 인사말과, '배고파요' '밥 주세요', 그리고 '아줌마’ ‘아저씨’ 정도였다. 오센은 남장을 하고 있을 때에도 ‘아줌마’라 불렀고, 점박이 세이지는 ‘아저씨’였다.

이럴 때 오센을 ‘아줌마’라 부른다면 정말 큰일이다. 아무렇지도 않은 듯 몸을 뒤로 젖히고 걷기 시작했지만, 오센 센키치로는 그게 무엇보다 걱정이었다.

“날씨 참 좋구만…….”

잠자리 대장 기스케는 일부러 하늘을 올려다보며, 슬슬 센키치로의 뒤를 따랐다.

하지만 기스케의 머릿속은 복잡했다. 만일 진짜 무사라면 어떡하지, 라는 걱정. 진짜 무사라면 쇼군의 직속무사거나 어쨌든 신분이 높아 보인다. 복장도 그렇고 인품도 좋다. 무엇보다 아이를 데리고 있는 게 이상하다. 고요키키의 욕심으로 수상하게 보였을 뿐, 진짜로 제대로 된 무사일 지도 모른다…….

하지만 발이 작지. 기분 탓인지 안짱걸음으로 걷는 것도 이상하다구. 일단 그냥 ‘꼼짝 마라!’ 하고 소리 질러 볼까. 아니지, 혹시라도 만일 이 녀석이 진짜라면, 이러쿵저러쿵 둘러대더라도 우리가 어떻게 할 수 있는 상대가 아닐 것이야…….

분하지만 그냥 못 본 척 할까……. 아니야, 그건 안 되지. 신경 쓰지 마, 그냥 체포해 버리자. 아니야 잠깐만!

아무리 고민해봤자 끝이 없었다. 하지만 결국, 내일 밤 물갈퀴 오센을 체포한다는 막중한 임무를 앞두고 있다. 오늘 여기서 실수를 저질러 그 때문에 내일의 계획에 지장을 준다면 그야말로 큰일이다. 물갈퀴 오센과 무사로 변장한 여도적은 다른 인물이고, 여도적이 지금 제 앞에서 걷고 있는 이 무사라 하더라도, 물갈퀴 오센을 잡는 것만으로도 내 체면은 설 것이다. 이 무사 쪽은 단념하자. 내일 밤의 임무 쪽이 중요하다. 기스케는 이렇게 생각하고, 성큼성큼 뒤돌아 가서 쓰나조에게 빠른 어조의 귓속말로, 여자로 보이는 이 수상한 무사를 미행하라고 명했다.

오센 센키치로는 젊은 남자가 대신 자신을 미행하는 걸 바로 눈치챘다. 동시에, 지금 바로 체포될 염려는 없다는 것도 깨달았다.

"……들어가나 싶더니 바로 모습을 감추었다네……."

마쓰다이라의 첩 시절에 배워두었던 요쿄쿠(謠曲)*의 한 소절을 목에 힘을 주고 남자 같은 목소리로 불러본다. 이런 장난을 쳐볼 여유도 생긴 것이다.

(1928.11.21)

제82회
도적의 연정 (14)

미즈시마 센키치로는 허세를 부리며 요쿄쿠 한 소절을 흥얼거리긴 했지만, 마음속은 어지러웠다.

물갈퀴 오센이라는 둥 세상에서는 시끄럽게 떠들어대지만 오센이 살아온 인생에 대해서는 독자 여러분이 누구보다도 잘 알고 있는 만큼, 뼛속까지 악당은 아니다. 악의 수련도 아직 정말 초보적인 수준

---

* 노(能)의 가사에 가락을 붙여서 부르는 것.

이다. 그렇기 때문에 고요키키에게 미행당하는 걸 알게 되자 바늘방석에 앉은 듯 불편한 것이다. 하물며 얘기를 듣자 하니, 아무래도 자신을 사칭하는 여자가 있어서 그 여자를 내일 밤 잡겠다는 것 같았다…….

또 한 가지, 고요키키 동료의 이야기에 등장한 헤이도 시즈마…….
아무래도 언젠가 바보 겐타를 따라 갔던 셋집에서 한 번 본, 남성적인 그 무사인 모양이다. 그리고 그 무사와 자신을 사칭하는 가짜가 깊은 관계가 된 것 같았다.

내가 연심을 품었던 그 무사가 내게는 그런 식으로 대하더니, 나를 사칭하는 가짜와 깊은 관계가 되다니……. 빌어먹을……. 빌어먹을…….

모습은 멋진 무사에다 큰 칼을 찬 센키치로지만, 속마음엔 요부 오셴의 성격이 그대로 드러나, 집요한 질투심이 불타올랐다.

빌어먹을……. 하지만 여전히 시즈마는 좋았다. 분하지만, 만나고 싶기도 했다……. 그러나 시즈마가 어디 있는 지 알 수가 없다. 알고 있는 건, 자신을 사칭하는 가짜가 시즈마가 부재중인 동안 몸을 숨길 예정이라는 미장이 야스고로의 집이다. 셋집의 그 뭐라 표현할 길이 없는 악취가 오셴 센키치로의 기억에 되살아났다. 몸서리가 처질 정도의 그 기분 나쁜 추억 속에서 헤이도 시즈마의 늠름한 자태와, '바보 같으니!' 라고 벼락같이 소리치던 분한 기억까지도 이상하게 그리운 심정으로 떠올리게 되는 것이다.

오셴 센키치로, 헤이도 시즈마와 만나고 싶다는 기분으로 가슴이 벅찼다. 그리고 어디서 굴러온 개뼈다귀인지는 모르겠지만 자신을 사칭한다는 그 여자, 그 여자도 구해주고 싶다는 기분도 들었다. 이상한 곳에서 의협심이 끓어오르는 것이 진짜 오센의 특이한 점이었다.

그 두 가지 일을 해내기 위해서는……, 무엇보다도 뒤를 따라오는 고요키키 같은 남자를 따돌려야만 한다.

오센 센키치로는 배짱을 부렸다.

오솔길이 구부러진 곳에 선 노송(老松) 그늘이 몸을 숨길 절호의 장소라는 듯, 려여의 손을 잡은 채로 휙 그곳에 숨었다.

빠른 걸음으로 다가오던 쓰나조는 앞을 보니 센키치로의 모습이 보이지 않는다.

"어라……."

무심코 중얼거리며, 사방을 돌아다니며 두리번두리번.

그 때, 천천히 소나무 그늘에서 나타난 센키치로.

"잠깐……!"

단 한 마디. 쓰나조는 무의식중에 몸서리를 쳤다.

"아까부터 내 뒤를 따라온 무례를 용서하지 않겠다."

센키치로 오센, 연극을 하는 기분으로 칼집을 움켜쥐고 칼을 뽑아들 태세로, 기분 나쁜 기색을 드러냈다. 운은 하늘에 맡기고, 예전 료코쿠 가설극장에서 하던 것 이상으로 위험한 곡예다.

하지만, 오센의 운이 다하지는 않았던지 쓰나조는 주춤거렸다.

"아니, 죄송합니다……. 따라가는 건 아니었습니다, 그저 가는 길이 같아서 저도 걷고 있었던 거라……."

"닥쳐라!"

센키치로가 소리쳤지만, 위험하게도 가늘고 날카로운 찢어지는 목소리가 될 참이었다.

쓰나조가 수상하다고 생각한 점은 발이 작은 것과, 너무 예뻐서 어떻게 봐도 여자 같다는 것뿐이라 증거가 있는 것도 아니기 때문에, 이렇게 되니 물러날 수밖에 없었다. 원래 왔던 길로 느릿느릿 돌아간다.

"나중에 보자……."

이런 복수심을 불태우면서…….

오센 센키치로, 휴 하고 가슴을 쓸어내렸다.

(1928.11.22)

제83회
도적의 연정 (15)

족제비 마쓰키치는 어떻게 해서든 백치 겐타를 만나고 싶었다. 만나서 벼루와 인롱을 돌려받고 싶다는 심산으로, 또다시 셋집을 찾아왔다. 어젯밤에 찾아오고 오늘도 또 온 것이다.

집으로 들어서자,

"누구야……?"

이렇게 말하며 어두컴컴한 안쪽에서 나온 것은 바로 겐타였다. 마쓰키치의 얼굴을 보자, 바보였지만 화가 났다. 오다와라의 여관에서 이 남자 때문에 잠깐이더라도 고생을 했던 걸, 모자란 머리로도 분명히 기억하고 있었던 거다.

"바보 녀석……. 뭘 하러 온 거야, 돌아가! 돌아가!"

진짜 바보에게 '바보 녀석'이라고 욕을 먹었으니, 족제비 마쓰키치도 화가 치밀었다.

"형아는 없어?"

마쓰키치는 상대가 바보인 만큼, 폭언에 폭언으로 응할 수도 없어 쓴웃음을 짓는다.

"없어."

쌀쌀맞다.

"너 어젯밤 파수막에 끌려갔다며. 무사히 돌아왔네……."

겐타는 어느 정도 기가 꺾인 건지, 쿡 하고 웃었다.

"어제 되게 아팠어. 엄청 맞았거든……. 그치만 대머리 집주인 아저씨가 도와주러 왔어, 하하하……."

웃기지도 않은데 웃는다. 이런 게 겐타다운 점이다.

"그런데 말이지 겐타……."

마쓰키치는 말투를 바꾸어 굉장히 타협적으로 나왔다.

"나, 네가 참 좋은데 말이야……."

손바닥 위에 놓인 동전을 짤그랑거리며 말을 이었다.

"너, 언젠가 오다와라에서 네 품속에 들어갔던 인롱 말인데, 그 인롱이랑 쬐그만 상자를 헤이도 씨 집에서 훔쳐 왔지? 부탁이야, 그걸 나한테 주라. 주면 자, 이거 줄게."

이렇게 말하면서, 또 한 번 동전을 짤그랑댔다.

"싫어. 두 개 다 내가 훔쳐오긴 했는데, 너한텐 절대로 안 줘. 너 때문에 오다와라에서 무사님들한테 맞았을 때 진짜 아팠거든……."

이럴 때 또 겐타는 바보 같지 않다. 꽤나 기억력이 좋다.

"그런 소리 하지 말고, 부탁이야. 나한테 줘."

"싫어! 그리고 이미 나한텐 없어!"

"뭐?"

마쓰키치는 무의식중에 소리를 지를 수밖에 없었다.

"버렸어!"

"뭐, 버렸어? 말도 안 되는 짓을 했잖아. 어, 어디에 버린 거야?"

"에이타이바시 건너편에……."

"어, 언제……?"

"어제야……. 형아랑 같이 헤이도 씨 집에서 돌아올 때, 형아가 보면 혼나니까 던져버렸어."

"망했다……."

마쓰키치는 쏜살같이 달려 나갔다.

그 뒤에서.

"하하하하하핫!"

겐타가 큰소리로 웃었다.

"꼴좋다!"

이렇게 말하면서.

"보자, 어디다 숨겨놓을까……."

다 부서진 다타미(畳)를 들어올리고, 그 밑에서 꺼낸 벼루와 인롱. 그걸 다시 한 번 지그시 바라본다.

백치 겐타, 오늘은 제대로 한 방 먹였다. 나쁜 짓 할 때만은 머리가 잘 돌아가는 것 같다.

(1928.11.23)

제84회
로쿠조의 활약 (1)

족제비 마쓰키치가 백치 겐타에게 속아, 허둥지둥 에이타이바시로 보물 두 개를 찾으러 간 그 다음날.

셋집이 생기고서 일찍이 없었던 신기한 일들이 벌어졌다.

가짜 오센 고사토가, 데리러온 야스고로에게 이끌려 셋집에 나타난 것이 그 중 하나. 무엇 때문에 신기한 일이냐 하면, 야나기바시에서 갈고 닦은 기생 고사토가 물갈퀴 오센인 척 하느라 드센 악당인 척 꾸민 분장 때문이다. 이런 여인이 열흘이고 보름이고 셋집에 지내러 온다는 건 정말로 신기한 일이다.

또 한 가지. 그로부터 두 세 시간 후, 멋진 무사가 삿갓으로 얼굴을 가리고 이 셋집 야스고로의 집을 찾아온 일이다. 이것도 꽤나 신기한 일이다.

"실례하네."

방울을 울리는 듯한 목소리다.

……야스고로가 흘끗 보니 멋진 무사였기에, 깜짝 놀랐다. 인연이 닿아 헤이도 시즈마와 친하게 지내게 된 야스고로다 보니 무사라서 놀란 건 아니고, 시즈마의 부탁으로 귀찮은 물갈퀴 오센을 다 찢어진 병풍 뒤에 숨겨놓았기 때문에, 무사가 갑자기 들이닥치면 놀랄 수밖에 없다.

"여기 물갈퀴 오센이 오지는 않았겠지……?"

무사의 삿갓 아래로 하얀 얼굴이 힐끗 보였다.

"무, 무슨 말씀이신지……."

야스고로의 이가 덜덜 떨렸다.

"숨길 것 없어."

무사가 이렇게 덧붙였다.

"오늘밤 잡으러 올 거야. 시간이 없으니 어딘가 다른 곳에 숨겨두는 게 좋을 거야……."

"저, 정말입니까? 참말로 감사합니다……!"

야스고로는 솔직하게 인사를 했지만, 퍼뜩 정신을 차렸다.

"감사합니다만, 결단코 숨기는 거 없습니다!"

이렇게 앞뒤가 안 맞는 소릴 한다.

"알아, 알아. 변명 할 거 없이 내가 하는 말을 믿고, 빨리 어디든 숨기는 게 좋아."

무사는 거듭 강조하면서 아직도 반신반의하는 야스고로를 힐끗 곁눈질 하고는 발길을 돌려 돌아가려고 했지만, 문득 물갈퀴 오센의 정체가 궁금해져서 다시 돌아왔다. 그럴 수밖에 없는 것이, 이 무사야말로 미즈시마 센키치로, 진짜 물갈퀴 오센. 내 이름을 사칭하는 여자의 정체를 보고 싶은 것은 당연하다.

"오센을 여기 나오라고 해."

센키치로가 갑자기 이렇게 말했다.

깜짝 놀란 건 야스고로 뿐만이 아니었다. 찢어진 병풍 너머에서 숨을 죽이며 몸을 떨고 있던 고사토 오센도 제정신이 아니었다.

"나는 오센인지 뭔지를 위해서 알려주러 온 거잖아. 그건 알겠지?"

"알고말고요, 감사하게 생각하고 있습니다……. 부디, 성함을 알려주십시오……."

야스고로가 진심으로 감사했다.

"이름 같은 걸 들어서 뭐하려고, 정말 고맙게 생각한다면 본인이 여기 나와서 감사 인사를 하는 게 당연하겠지."

당연한 도리다. 야스고로가 어떻게 하면 좋을지 고민하는 사이에, 고사토가 스스로 결심을 하고 병풍 밖으로 나왔다. 에도 토박이인만큼 고사토는 눈치가 빨랐다.

"어떻게 감사 인사를 드려야 할지 모르겠습니다……."

바닥에 손을 짚고 인사를 하는 고사토의 모습을 선 채로 위에서 내려다보는 센키치로 오센. 이 여자가 시즈마의 연인이라고 생각하니, 질투의 불꽃이 화르르 불타올랐다. 고사토의 용모가 단정한 것도, 더더욱 밉살맞게 느껴졌다.

"그러면, 빨리 어디로든 가는 게 좋겠어."

내뱉듯이 말하고 셋집을 나선 센키치로의 눈에, 눈물이 맺혀 있었다.

(1928.11.25)

제85회
로쿠조의 활약 (2)

잠자리 대장과 쓰나조, 그밖에 몇 명의 포졸들이 셋집을 덮쳤을 때, 야스고로의 집에는 백치 겐타만 혼자 있었을 뿐 고사토 물갈퀴 오센의 모습은 이미 어딘가로 사라져 버렸음은 말할 필요도 없을 것이다. 야스고로도 없었다.

잠자리 대장은 고개를 갸웃했다. 하지만 그대로 물러날 대장이 아니다. 셋집 여주인에게 캐물었다. 그 결과, 오센인 듯한 여자가 아침에 야스고로와 함께 왔던 것도, 그 후에 삿갓을 쓴 무사가 온 것도, 셋집 전대미문의 신기한 일이었기 때문에 전부 알게 됐다.

"야스고로 놈을 잡아다가 불게 해야겠습니다……."

쓰나조가 씩씩댔지만, 기스케가 제지했다.

"아 기다려 봐, 기다려 봐. 이거 뭔가 복잡하게 됐구만……. 야스고로를 두들겨 팬다 한들 오센 있는 곳을 아는 게 고작이야. 이제 이렇게 된 이상, 오센 따위는 아무래도 상관없어. 삿갓을 쓴 무사라는 놈은 어제 네가 뒤따라갔던 그 무사가 틀림없어. 야마시타 오소노 찻집에서, 네가 떠벌떠벌 떠벌린 걸 그 무사가 듣고 오센에게 손을 쓴 거야."

"그럼, 그 무사와 오센은 한패인 거네요……."

이렇게 말하는 쓰나조.

"그래, 그 무사는 내가 예상한대로 분명 여자야. 그 여자 무사와 오센은 어느 쪽이 두목이고 부하인지는 모르겠지만 어쨌든 두목과 부하 관계인 거야. 내가 보기엔 물갈퀴 오센은 악명을 떨친 데 비해 배짱도 의지도 없는 여자지만, 여자 무사 쪽은 어제 너에게 호통을 쳤다는 얘길 들어보면, 꽤나 만만치 않은 자야. 아무래도 이쪽이 두목 같아."

마루야초의 기스케, 역시나 뛰어난 탐정이다.

진짜 오센을 두목이라 간파한 점이 감탄스럽다.

하지만 제아무리 판단이 뛰어나다 한들 중요한 내용물을 놓쳐서야 말이 안 된다.

잠자리 기스케, 팔짱을 낀 채 방책을 생각했다.

마침 그 때.

엔도 엣추노모리의 가신 10여 명이 오지이나리의 헤이도 시즈마의 집을 찾아내어, 칼날을 번뜩이며 기세 좋게 집을 에워쌌다.

하지만, 집은 텅 빈 상태. 시즈마와 곤하치로는 이미 어떤 용건(그래봤자 위기 구제업이겠지만)으로 슨푸(駿府)로 출발한 후였다.

그런데 고사토 오센이, 진짜 물갈퀴 오센이라고는 꿈에도 알 리가 없는 삿갓을 쓴 괴무사에게 위기일발의 상황에서 도움을 받고, 야스고로에게 이끌려 당도한 곳은 어디인가?

후카가와의 후도당(不動尊) 바로 근처의 반찬가게 2층이라고만 말하면 좀 납득이 가지 않겠지만, 이것이 로쿠조의 은신처. 로쿠조와 야스고로는 셋집에서 나란히 자리보전을 한 인연으로, 성격은 완전히 달랐지만 어쨌든 교제를 이어가고 있었던 것이다. 로쿠조는 최근 장가를 가서, 셋방살이나마 가정을 꾸리고 있었다.

야스고로는 그 로쿠조의 집으로 고사토 오센을 데려갔다.

이래서야 제아무리 잠자리 대장이라 할지라도 알 수가 없다.

하지만, 고사토 오센을 노리고 있는 건 잠자리 대장뿐만이 아니라, 오스가 하야토라는 인물도 있었다. 고사토는 과연 몸을 숨길 수 있을 것인가.

(1928.11.26)

제86회
로쿠조의 활약 (3)

"로쿠조 씨, 특별히 부탁드릴 일이 있습니다. 이 분은 큰 소리로 말하긴 좀 그런데 물갈퀴 오센이라고 요즘 소문이 자자한 분인데요, 댁에 좀 머물게 해주실 수 있습니까?"

고사토 오센을 데리고 로쿠조를 찾아간 야스고로는 손을 비비며 부탁한다.

로쿠조는 마음속으로 '이 녀석 이상한데…….' 라고 생각했다. 로쿠조는 악당인 만큼 안목이 높았다. 고사토를 힐끗 한 번 곁눈질한 것만으로도, 물갈퀴 오센이라는 별명을 얻을 정도의 인물은 아님을 간파했다. 로쿠조는 예전에 진짜 물갈퀴 오센 밑에서 일한 적도 있었는데도 그걸 모르니, 인생이란 역시 재미있는 것이다.

로쿠조가 이상한 표정으로 생각에 잠겨 있었기 때문에, 허락을 안 해주는 건가 하고 야스고로는 마음을 졸이며 덧붙였다.

"이 분은요, 그쪽 목숨을 구해주신 헤이도 씨의 그……. 헤헤헤……."

이렇게 웃어버린다.

고사토 오센의 얼굴이 확 붉어졌다.

"헤이도 씨의……, 과연……그런 거군요. 알겠습니다, 저희 집에 계시지요."

로쿠조는 생명의 은인인 헤이도 시즈마의 정부라고 하니, 두 말 없이 승낙할 수밖에 없었다.

그러자, 뚱뚱한 몸에 납작코라 다소 인물이 없는 편인 로쿠조의 아

내 오카쓰(おかつ)는, 예쁜 여자가 갑자기 들어와 산다니 반가울 리가 없었다. 잔뜩 심통이 나서 삐친 얼굴이다. 그녀는 여인숙에서 오래 일했고 지금은 센주(千住)의 유곽에서 유녀를 관리하고 있는, 로쿠조의 아내에 걸맞는 기질의 여인이었다.

"저기요, 이 사람을 집에 들일 셈이에요?"

"들여야지. 내가 크게 신세를 진 분이 부탁한 건데. 잘 대접해 드려."

"흥."

오카쓰가 비웃었다.

난폭한 척 하고는 있지만 선량한 고사토는, 이렇게 되니 있기가 거북해졌다. 일단 자기도 기분이 나빴다.

"이 년 돌아가겠어요……."

"당치도 않습니다……!"

야스고로가 만류했지만, 고사토 오센은 들은 척도 않고 휙 밖으로 뛰어나갔다.

"이보시오, 기다리시오……!"

로쿠조도 당황했다. 야스고로와 함께 뒤따라 뛰어나갔다. 그러나, 그 때엔 이미 고사토는 지나가던 가마를 불러 세우고는,

"삯은 얼마든지 낼 테니까, 나쁜 놈들이 쫓아와서 그러니 빨리 어디로든 가 줘요. 어디든 상관없어요!"

이렇게 이상한 주문을 한 뒤였다.

위세 좋은 가마꾼들이 불쑥 가마를 들어 올리더니, 순식간에 달려가 버렸다.

야스고로는 절름발이, 로쿠조도 큰 부상이 완전히 낫지 않은 상태였다. 저 멀리 가마가 가는 모습을, 발을 동동 구르며 바라볼 수밖에

없었다.

가마는 꽤 오랫동안 달렸다. 늘어뜨린 발 바깥은 어슴푸레 해가 저물어오는 듯 했다.

"잠깐만요, 여기 어디쯤이죠……. 이제 됐어요."

"예에……, 영차……."

가마가 묵직한 소리를 내며 땅에 내려졌다.

"이제 괜찮습니다……."

발을 들어 올리며 가마꾼이 씩 웃었다. 바닷가였다. 돌과 목재 같은 것이 쌓여 있었다. 날이 저물어 서둘러 멀어져가는 화물선의 불빛이 빨갛다. 고사토는 참을 수 없이 불안해졌다.

"잠깐만요, 여기가 어디예요……?"

가마에서 내린 고사토는 불안감을 억누르며 말했다.

"아가씨, 걱정할 거 없수다. 에도에서 10리나 떨어진 곳이거든."

다른 가마꾼 쪽이 더 나쁜 놈인 듯, 처음부터 말투가 세다.

고사토는 빨리 돈을 줘버리고 쫓아버릴 심산으로, 오비 사이로 손을 넣다가 비로소 깨달았다. 집에서 나올 때 가져나온 돈은, 시즈마의 집에서 머무는 동안 다 써버리고 한 푼도 남아 있지 않았던 것이다.

(1928.11.27)

제87회
로쿠조의 활약 (4)

절름발이 야스고로와 절름발이나 마찬가지인 로쿠조가 발을 굴러봤자 따라갈 수 있는 게 아니니 가마는 점점 지신들에게서 멀어져 갈 뿐.

로쿠조는 반찬가게 2층으로 돌아와, 아내 오카쓰에게 미친 듯이 화를 냈다.

"이 여편네야, 당신이 쓸데없는 소릴 해서 생명의 은인에게 의리 없는 짓을 해버렸잖아! 이런 제기랄……! 이 여편네가……!!"

분을 못 참고 아내를 때리려는 걸, 뒤따라온 야스고로가 겨우 뜯어 말렸다.

그러나, 맞는다고 움츠러들 오카쓰가 아니었다.

"날 죽이려고? 그래 죽여라 죽여!"

아수라장이 되어 뚱뚱한 몸을 던져왔다.

"좋아, 죽여주마!"

마침 그 자리에 있던 물이 끓어오른 주전자를 집어든 로쿠조, 오카쓰를 향해 던지려 했다.

"사람 죽어요……!"

목청껏 외치며 위험한 순간을 벗어난 오카쓰지만, 입과 담력은 완전히 달라서 죽어라 계단을 뛰어 내려가 문밖으로 달아났다.

그러다가 누군가와 맞부딪쳐 털썩 쓰러졌다.

"위험해요……!"

조심성 없이 입 밖으로 나온 목소리는 여자였지만, 모습은 무사다. 설명할 필요도 없이 이 사람이야말로 물갈퀴 오센인 미즈시마 센키치로다.

순간적으로 정신을 차린 센키치로는 그럴싸한 무사의 어조로 물었다.

"무슨 일이오?"

"살려줍시오, 우리 집 영감탱이가 날 죽인대요……!"

"하하하, 부부싸움인가……."

그 때 로쿠조와 야스고로가 나왔다. 날이 저물어 어두웠지만, 위급을 알리러 와준 이 무사의 모습을 야스고로가 잊었을 리가 없다.

"오, 당신은 전의 그 무사님……."

"그쪽은 야스고로라고 했지……. 오센인가 하는 여자는 무사히 숨겨두었나?"

"그게 말입니다, 무사님 앞이긴 하지만……."

야스고로가 이렇게 말하려던 참에, 미즈시마 센치키로 오센은 야스고로 곁에 선 로쿠조의 얼굴을 보고 깜짝 놀라 얼굴을 돌렸다.

로쿠조는 센키치로를 한 번 보고 일찍이 네즈에서 모신 오센과 많이 닮았다고 생각은 했지만, 그 사람은 여자고 이 사람은 남자인데다 무사였기 때문에 참말 닮았구나 정도로만 여겼다. 그런데, 목소리까지 비슷해서 어라 싶던 참에 눈이 마주치니 깜짝 놀라 시선을 피하기에, 역시 오센이군 하고 순간적으로 깨달았다.

"누님, 오랜만입니다……."

로쿠조가 대뜸 이렇게 나섰다.

"누님이라니, 무슨 소리요. 사람 잘못 보셨소……."

오센은 센키치로답게 몸을 뒤로 거만하게 젖혔다.

"어이쿠, 그런 말은 다른 분께나 하시지요. 이 로쿠조의 눈은 겉멋으로 달고 다니는 게 아닙니다. 어쨌든 당신이 계속 사람을 잘못 봤다, 무사라고 우긴다면, 어디든 가서 흑백을 가려봅시다……."

로쿠조의 섬세한 육감은 말하는 도중에도 여러 가지 방향으로 상상을 뻗쳤다. 게다가 그것이 꽤나 적중하고 있으니 놀라웠다.

"누님, 이제 그쯤 하고 항복하십시다. 이보세요 누님, 아니지, 물갈퀴 오센 씨……."

이것만으로도 꽤나 놀란 오센의 귓가에 대고 한 마디를 덧붙였다.

"무사 차림으로 휘젓고 다녀 요즘 어지간히 유명하신 대도적님……. 이 로쿠조 눈은 아직 쓸 만하다구요."

오센 센키치로, 간담이 서늘해져서 무심코 사방을 날카로운 눈으로 휘둘러보았다.

(1928.11.28)

제88회
로쿠조의 활약 (5)

오센의 기색을 보고, 로쿠조는 자신의 추리가 적중했음에 스스로도 감탄했다.

"저기요 오센 누님, 이 로쿠조의 안목에는 두 손 드셨겠지요. 항복하고 도와 달라 하시지요. 저도 끼워 주시면 충직한 하인이 되겠습니다."

"두 손 들었어, 항복할게……."

미즈시마 센키치로는 태도를 싹 바꾸어 여인의 말투가 되었다.

"잘 하셨습니다. 저희 집으로 가시지요. 이 로쿠조가 좋은 일 상담은 못 해드려도 나쁜 일이라면 꽤나 머리가 잘 돌아가니 말입니다, 일단 같이 얘기를 해보십시다."

이 소동에 오카쓰도 울음을 그쳐 부부싸움도 일단락되고, 로쿠조를 따라 오카쓰도 집으로 들어갔다. 오센 센키치로도 그 뒤를 따랐다. 야스고로는 시즈마가 부탁한 일을 망쳐서 제정신이 아니었지만, 방금 로쿠조가 하는 말을 들어보니 이 무사가 물갈퀴 오센이 변장한 사람인 듯 하고, 시즈마가 부탁한 여인은 물갈퀴 오센이 아닌 모양이었다. 그 속사정도 확인해보고 싶었기 때문에 야스고로도 뒤따라갔다. 로쿠조의 두 칸짜리 좁은 집이 꽉 찼다.

"대체 왜 이렇게 난리가 난 거야……."

애매한 상황에 말이 끊겼기 때문에 오센 센키치로는 화제를 되돌렸다.

"그게 실은……."

로쿠조가 자초지종을 설명했다.

"그럼, 물갈퀴 오센이라는 건 이쪽이 진짜고, 헤이도 씨가 부탁한 그 여자는 가짜란 거네요……. 그치만, 대체 왜 다른 사람인 척 한 걸까요……?"

야스고로는 이해가 가지 않았다.

"술김에 그런 것 아니겠어?"

오센이 코웃음 쳤다.

"그런 건 아무래도 상관없는데, 그 여자는 가마를 타고 어디로 간 걸까……. 그 여자한테는 의리고 나발이고 없지만, 헤이도 님께 신세를 졌으니 아무래도 찾아야 하겠지……. 그런데 오센 누님하고도 돈벌이 얘기를 좀 해야 하고, 곤란하구먼……."

몸뚱이는 하나인데 용건은 둘이니 그야 곤란한 것도 당연하다.

하지만, 가마를 타고 가버린 사람이 어디로 갔는지는 알 수 없었기 때문에, 안달복달해봐야 소용이 없었다. 눈앞에 있는 오센과 이야기를 하는 편이 이득이었다.

"저 말입니다 누님, 지금 어디 머물고 계신지요? 저도 한 패로 끼워 주시지요……."

로쿠조가 공손하게 나왔다.

"그렇게나 한 패가 되고 싶어? 그럼 들어와도 좋아. 우리 두목, 너도 잘 아는 세이지 씨는 성격도 좋고 도량도 넓으니, 내가 얘기만 잘하면 다시 부하로 들어와도 괜찮을 거야. 하지만 한 패가 되고나면 부부싸움 같은 건 곤란해."

"부끄러운 꼴을 보였네요……."

로쿠조는 머리를 긁적였다.

"그런데, 오늘 이 부부싸움이란 게 그 원인이 참 별 거 아니라서요, 여기 있는 이 야스고로 씨가 헤이도 씨 부탁을 받고 누님 이름을 대고 다니는 여자를 데려왔는데 말이지요, 그 여자가 좀 예쁘장하니까 우리 집 여편네가 질투를 해가지고서는, 저렇게 난리가 난 거지요."

"내 이름을 대고 다니는 여자, 나도 잠깐 본 적이 있지만 대체 어디로 가 버린 거야."

"어디로 갔을지 감이 안 와서요……."

"한심하군. 그 여자한테는 나도 좀 볼 일이 있으니까 너 우리 집에 부하로 들어오는 대신에 그 여자를 찾아내서 데려와."

"사람 찾는 게 되게 피곤한 일이긴 하지만, 좋습니다. 누님께 그 여자를 선물로 데려가지요."

로쿠조는 물갈퀴 오센을 이용해서 대활약을 하려는 속셈이었다. 그러니 오센이 시키는대로 해야만 했다.

야스고로는 눈을 부릅뜨고, 자신과는 다른 세계에서 살고 있는 사람들을 신기한 듯이 바라볼 뿐이다.

(1928.11.29)

제89회
갈팡질팡하는 보물 (1)

족제비 마쓰키치는, 벼루와 인롱을 둘 다 사사노에게 가져다주지 않고서는 남자로서 체면이 서지 않을 상황이었다. 무엇보다도 스스로 용서가 안 됐다.

백치 겐타에게 감쪽같이 속아 넘어가서는, 에이타이바시 근처를 어슬렁거려봤지만 보물이 떨어져 있을 리가 없다. 한 번 더 겐타를 속여 물어보는 수밖에 없었다. 마쓰키치는 도중에 과자를 잔뜩 샀다. 이걸로 겐타를 꼬드겨볼 심산이었다.

그러나, 그런 마쓰키치보다 한 발 앞서 물갈퀴 오센의 부하 로쿠조가, 고사토 오센의 행방을 찾으려고 이리저리 궁리해보다가 아무래도 야스고로의 집으로 갔을 것이라 짐작하고 찾아왔던 것이다. 미즈시마 센키치로가 물갈퀴 오센이라는 걸 간파하고, 부하가 되기로 한 바로 다음날이었다.

하지만, 고사토 오센은 아직 야스고로의 집에 오지 않았다. 야스고로는 일하러 나가지도 않고 팔짱을 낀 채 생각에 잠겨 있었다.

"가짜 오센 누님은 안 왔습니까?"

"오지 않아서 문제지요. 어떻게든 내 손으로 찾아서 붙들어놓고 싶은데. 그쪽이 찾아내서 그 진짜 오센인지 뭔지 하는, 무사로 변장한 기분 나쁜 여자한테 넘기는 건 싫거든……."

야스고로가 솔직하게 말했다.

로쿠조는 쓴웃음을 지을 수밖에 없었다.

"뭐, 차라도 드리겠소……."

야스고로가 일어났다.

백치 겐타는 이때까지 구석에서 얌전히 있었지만, 형이 일어나자 벌떡 일어나 로쿠조 쪽으로 왔다. 겐타는 로쿠조와는 구면인데다 죽이 잘 맞는지, 그에게는 잘 대한다.

"아저씨 잘 왔어, 아하하하……."

바보같이 웃어댄다.

"꼬마냐……. 건강해서 다행이네."

로쿠조는 일고여덟 살 어린애를 다루듯 말한다.

겐타가 품속에서 무언가를 꺼냈다. 벼루와 인롱이다. 형인 야스고로에게는 비밀이다. 야스고로가 부엌에 있는 틈을 타서, 로쿠조 앞에서 자랑하듯 가지고 논다.

슬쩍 본 로쿠조는, 그게 보통 물건이 아니라는 것을 알았다.

"꼬마야, 좋은 걸 가지고 있네. 좀 보여줘……."

로쿠조는 집어 들어 보고나서 깜짝 놀랐다. 그도 그럴 것이, 하나는 쇼군의 애장품인데다 또 하나는 다이묘의 물건이었다. 이 정도로 고가의 물건이라면 겐타가 어디서 훔쳐온 것임이 분명하다는 건 누구나 알 수 있을 것이다.

"이거 아저씨한테 주지 않을래?"

로쿠조는 야스고로에게 들리지 않도록 낮은 목소리로 말했다.

"그 대신에, 자 봐라, 이걸 이만큼 줄게."

동전을 몇 개 쥐어주었다.

겐타는 본 적도 없는 큰돈이다. 로쿠조의 책략이 맞아 떨어져, 상담은 순식간에 성립. 겐타는 동전을 품속에 집어넣었다. 로쿠조도 물건을 안주머니에 넣었다.

그때, 야스고로가 차를 끓여 내왔다. 로쿠조는 정신없이 마시고는 적당히 집을 나섰다.

그 뒤로 딱 한 발 늦게, 마쓰키치가 찾아왔다. 운도 없는 남자다.

(1928.11.30)

제90회
갈팡질팡하는 보물 (2)

정신없이 큰길까지 뛰어나온 로쿠조는, 안주머니에서 슬쩍 두 개의 물건을 꺼내보았다. 보면 볼수록 놀랄 만큼 귀한 물건이다. 교묘한 세공과 값비싼 소재, 대체 이런 물건이 어째서 겐타의 손에 있었던 걸까.

겐타의 손버릇이 나쁘다는 건 야스고로와 나란히 병석에 누워있을 때부터 잘 알고는 있었다. 훔친 것일까……. 그렇다 치더라도 아무

데나 놓여 있었을 리가 없는 물건인데, 대체 어디서 훔쳐온 걸까. 아니면 주운 걸까……? 아무리 생각해도 짚이는 구석이 없었다.

하지만, 그런 건 아무래도 상관없었다. 어쨌든 이 물건들은 완벽하게 내 것이다. 이 물건들을 어떻게 처분하지……? 팔아버리자. 틀림없이 좋은 값을 받을 테니……. 로쿠조는 물건을 어디다 팔아야할지 생각했다.

위험한 상황이다. 쇼군이 하사한 명품 벼루와 엔도 엣추노모리가 애용한 인롱이, 생각 없는 로쿠조 때문에 장물애비 같은 부정한 고물상의 손으로 넘어갈 참이다.

로쿠조는 누구에게 넘길 셈인 걸까. 하지만 이 얘기는 잠시 접어두자.

마루야초의 기스케, 속칭 잠자리 대장은 여러 번 거듭된 실패에 기를 쓰고 여러 부하를 써서 온 에도를 수색 중이었다. 물갈퀴 오센을 잡으려고 대활약. 하지만 잠자리 대장이 좇는 물갈퀴 오센은 고사토가 변장한 모습이었으니 유쾌할 따름이다.

그 고사토, 가마꾼에게 협박당하자 빨리 돈을 줘서 쫓아버리려고 오비 틈새로 손을 넣고 나서야 비로소 깨달았다. 돈을 다 써버리고 한 푼도 남지 않았다는 사실을. 안 그래도 가마 삯을 치르지 않으면 안 되는데, 만만치 않아 보이는 가마꾼들인 만큼 걱정으로 가슴이 답답해졌다.

"아가씨, 많이 깎아줘서 고반(小判)* 하나면 돼, 자 빨리 내요 빨리 내."

가마꾼 중 하나가 커다란 손바닥을 펼쳤다.

---

* 에도 시대에 사용된 타원형의 금화. 한 개가 한 냥.

또 하나는 도망 못 치게 하려는지, 다리를 쩍 벌리고 막아섰다. 날이 드디어 저물어, 가마꾼의 무서운 눈만이 번뜩였다.

"사실은 말이죠……."

고사토가 꺼질 듯한 목소리로 말을 꺼냈다.

"돈을 깜빡 잊고 안 가져왔어요……. 한 푼도 없네요……."

"뭐라고……?"

무시무시한 네 개의 눈이 동시에 빛나더니, 두 개의 입이 똑같이 흰 이를 드러냈다.

"누굴 바보로 아나, 돈도 없으면서 삯은 얼마든지 내겠다는 소릴 씨부렁대?"

가마꾼의 말은 당연했다. 야나기바시에서 일하던 고사토로서도, 욕을 먹어도 반박할 말이 없었다.

"아씨, 댁까지 모셔다 드릴 테니 삯을 주시오……."

다른 가마꾼이 일부러 더 친절하게 말했다.

집이라 할 만한 곳은, 말없이 뛰쳐나온 야나기바시의 집. 그 후로 어떻게 되었는지 전혀 모르지만, 관청에서 잡아갔을 지도 모른다. 그런 곳으로 돌아갈 수는 없었다.

"글쎄요……."

고사토가 말끝을 흐렸다.

"귀찮네. 누구 하나 더 불러서 우리 집까지 데려가자. 벌거벗겨서 팔아 버리자고. 피부도 하얗고 얼굴도 이쁘니까 쓸모가 있겠지."

"오 좋았어!"

고사토의 손을 잡아 끌어 한 번 더 가마에 태우려고 한다. 거친 남자 둘을 상대로 이길 수가 없다. 기력이 다해서 최후의 수단인 비명.

"살인이야……! 살려줘요……!"

외침소리가 저녁놀이 진 강물 위로 무시무시하게 울려퍼진다.

그러자, 달려온 조닌풍의 남자 둘. 말없이 가마꾼들을 밀쳐내고 고사토를 감쌌다.

(1928.12.1)

제91회
갈팡질팡하는 보물 (3)

비명을 듣고 달려온 조닌 두 사람 중 한 쪽은 대단치 않았지만, 한 쪽은 꽤 완력이 좋은 듯 했다. 가마꾼 두 사람을 아주 쉽게 집어던져 버렸다.

"아가씨, 터무니없는 재난을 겪었군."

고사토는 다시 살아난 듯한 기분이었다.

"감사합니다, 덕분에 살았습니다……."

이렇게 말하며, 도와준 사람의 얼굴을 보고 깜짝 놀랐다.

"어머나 두목님……!"

"오, 너는……. 마침 잘 만났군, 야나기바시에서는 지금 난리가 났어……."

두목이라 불린 이 남자는, 나무묘(南無妙)*의 야고로(弥五郎)라는 협

---

* 일련종에서 법화경(法華經)에 귀의한다는 뜻.

객이었다. 일련종 신자라 평생 사람을 죽인 적이 없는 온후한 인물인 만큼 후세에는 그다지 이름이 알려지지 않았지만, 의협심 있는 인격자로서 분세이 무렵부터 덴포(天保)* 시대에 걸쳐 에도에 이름을 드날린 두목이었다. 유시마(湯島)의 덴진시타(天神下)에 살았지만, 야나기바시 화류계에 종종 드나들며 꽤나 돈도 쓰던 사람이다.

가마꾼 둘은 두목이라는 소리를 듣자 분하지만 나설 수가 없어서, 순순히 가마 삯만을 청구했다.

"있잖아요 두목님, 자세한 얘기는 나중에 해드릴 테니, 가마 삯 좀 내주세요. 저 지금 너무나 난감해요……."

오랜만에 기생다운 어조로 응석부리듯 말한다.

"뭐야, 돈을 안 내서 이 야단이 난 거야? 그건 네가 잘못했네……. 산타, 얼만지 물어보고 내 줘. 사정도 모르면서 멱살을 잡아 던졌으니, 그 값도 치러 주게."

검은 우단으로 만든 주머니를 일행에게 건넨다.

가마꾼들은 돈을 받더니 도망치듯 가버렸다.

"이것저것 물어보고 싶은 것도 있고 얘기도 들어줄 테니, 어디 가서 밥 좀 먹자. 이쪽은 산타라고, 너는 잘 모르는 내 부하야. 딱히 잘하는 게 없는 대신, 곡예를 할 줄 아는 특이한 놈이지. 우리끼리 하는 얘기니 걱정할 것 없어. 어째서 갑자기 집을 나가서 돌아오지 않았는지, 그간 있었던 일을 툭 터놓고 얘기해 보라구……."

이렇게 말하고는, 나무묘의 야고로는 앞서 걸어갔다.

---

* 덴포 시대는 1830~1844년.

이 산타라는 부하, 독자들에겐 익숙할 터다. 진짜 물갈퀴 오센이 아직 가메치요라 불리며 가메스 일좌에 있던 시절 서로 눈이 맞아 도망쳤지만, 오센이 아기를 가진 걸 알게 되자 무정하게도 다른 여자와 어딘가로 달아나 버렸던, 그 광대 산타였다. 그 녀석이 지금은 야고로의 부하가 되어 있는 것이다.

고사토가 가마꾼들에게 위협 당하던 장소는 후카가와의 기바(木場)였다. 야고로 일행은 그곳에서 그다지 멀지 않은 하치만(八幡) 신사 근처의 요릿집 '후카가와테이(深川亭)'로 갔다.

"고사토야, 너 새 정인이라도 생겨서 어딘가 틀어박혀 있는 거냐?"

야고로는 풍류를 아는 자답게 미소 지었다.

"천만에요, 농담이 씨가 되어서 큰일이 되어 버렸어요……."

고사토는 료코쿠의 가설극장에서 벌어진 사건부터, 히사고야에서 농담으로 물갈퀴 오센이라고 말한 일, 그 후 오늘에 이르기까지의 자초지종을 모두 털어놓았다.

"두목님, 어떻게든 해 주세요……."

"그랬구나, 하지만 결국 남녀 사이의 문제군……."

야고로는 웃으며 말했지만 어떻게든 도와주겠다는 친절한 마음이 표정에 드러났다.

(1928.12.2)

제92회
갈팡질팡하는 보물 (4)

"내가 같이 가줄 테니까, 야나기바시의 집으로 돌아가는 게 좋겠어."

나무묘의 야고로가 말했다.

"돌아가고 싶기도 한데, 관청에 붙잡혀 갈까봐 무서워서요……."

"하하하하, 약해빠진 물갈퀴 오센이군, 그런 걱정은 하지 마. 너도 벌써 야나기바시에 나온 지 5, 6년 되지 않았나. 주변 사람들이 증인이 되어 줄 거야."

"그렇지만……."

고사토는 얼굴을 살짝 붉혔다.

"물갈퀴 오센이 아니라고 말하기 싫어요……. 헤이도 씨는 이 년을 물갈퀴 오센이라 믿고 예뻐해 주신 걸요……."

"애인 자랑이야? 적당히 해……."

야고로는 과장되게 야단을 쳤다.

"그럼, 물갈퀴 오센인 척 하고 평생 헤이도 씨인지 뭔지랑 살고 싶은 거군……."

"……."

고사토의 얼굴이 더욱 빨개졌다.

"곤란한 아가씨일세……. 그래서 헤이도 씨인지 뭔지는, 슌푸에서 언제 돌아온대?"

"거기 있는 건 딱 2, 3일 정도라고 했으니, 그 외엔 오가는 시간이라 그리 오래 걸리진 않을 거예요……."

"자, 그럼 이렇게 하자. 헤이도 씨인지 뭔지가 돌아올 때까지는 이 야고로가 너를 확실하게 보호해줄 테니까, 돌아가서 사실은 이랬다고 이유를 밝히고 깨끗이 정리하는 게 좋을 것 같다. 물갈퀴 오센인 척 하고도 싶고 관청에 잡혀가는 건 무섭고 그래서야 말이 안 되지. 적당히 끊어내고 다시 야나기바시에서 일하는 게 영리한 거야……."

하지만, 고사토는 헤이도 시즈마를 단념할 수 없었다.

"두목님, 이 년 관청에 끌려가도 상관없어요. 시즈마 씨만 절 사랑해 주신다면, 죽어도 여한이 없답니다……."

"엄청나게 흥분했구먼……. 자, 천천히 얘기해 보자구. 어쨌든 우리 집에 가는 게 좋겠어. 그리고 조용히 생각해보면 돼."

"저기요 두목님……."

지금까지 묵묵히 있던 산타가 입을 열었다.

"요즘 시끄러운 물갈퀴 오센이라는 여자, 어쩌면 예전에 제 애인이었던 여자일 지도 모릅니다……."

"뭐야, 너까지 잘난 척이야……? 하지만 물갈퀴 오센은 꽤나 센 놈 같던데, 네가 감당할만한 물건이 아닌 것 같던데……."

"그게 말이죠 두목님, 언젠가 말씀드렸었죠, 제가 가메스 일좌에서 일했을 때 가메치요라는 여자와 눈이 맞아서 부슈 후카야로 야반도주를 했는데요, 그 가메치요 배가 불러오는 바람에 귀찮아져서 제가 도망을 쳤거든요……. 그 뒤로 그 가메치요는 여관집 하녀가 됐다가 대단한 다이묘 손을 타게 됐다고 들었습니다만, 가메치요 본명이 오센인데다 아무튼 보슈 바닷가 출신인지라 수영도 잘해서요, 아무래도 소문의 그 물갈퀴 오센이라는 게 그 가메치요 같다는 거죠. 그 여자라면 기도 엄청 세서 다이묘를 발길질할 정도로 위험한 짓도 할 법

합니다…….”

“만약에 그렇다면, 너 진짜로 아까운 놈을 놓쳤구나. 지금까지 같이 살았다면 놀고 먹었을 텐데 말이다…….”

야고로가 농담조로 말했다.

그 때, 장지문이 쏙 열리더니 무사 차림의 사람이 나타났다.

(1928.12.3)

제93회
갈팡질팡하는 보물 (5)

“실례합니다…….”

아자부주반(麻布十番)에서 전당포와 환전상을 겸한 간판을 내걸고 있는 점포 ‘이세야(伊勢谷)’의 상호가 새겨진 곤색 포렴을 걷으며 불쑥 들어선 것은, 로쿠조였다.

낭인 무사의 아내 같은 차림의 여인을 상대로 옷을 만지작대던 지배인이, 안경 밑으로 흘끗 쳐다보았다.

“아이고, 어서 앉으시지요.”

로쿠조라는 것을 알자 붙임성 좋게 말한다. 로쿠조가 가져오는 물건들로 매번 꽤나 돈을 버는 모양이다.

낭인 무사의 아내가 나가는 것을 지켜보고서야 로쿠조는 입을 열었다.

“지배인, 오늘 가져온 건 대단한 물건이오…….”

잘난 척 하면서 말하더니, 어디서 구한 건지 보랏빛 지리멘(縮緬)*
비단보로 싼 예의 두 가지 물건을 지배인 앞에 쓱 내놓았다.

　　지배인은 안경을 이마 위로 올리더니, 먼저 인롱부터 살펴본다. 꽤
나 엄청난 고급품이라 내심 놀란 것 같았다. 다음으로 벼루를 열심히
살펴보더니,

　　"과연, 좀 좋긴 하네."

　　이렇게 말하며 씩 웃는다.

　　"지배인, 그건 아니지. 좀 좋은 정도의 물건이 아니야. 자알 보쇼,
실컷 보라고……."

　　"이건 뭐야, 우리 전당포에 둘 셈인가? 사달라는 건 아니겠
지……."

　　"농담이 아니라 어쨌든 이 정도 물건이니, 판다고 해도 아무 가격
으로는 못 팔지. 게다가 이건 내가 마련한 게 아니야, 어느 하타모토
차남께서 가보들 중에서 몰래 가져나와서 유흥비로 잠깐 저당 잡히
고 싶다고 해서서 내가 대리를 맡은 거라구. 부탁 받았다 하더라도 놓
칠 수 없는 물건이니, 분발해서 잘 매듭지어 주시게……."

　　로쿠조가 꼬박 하룻밤 동안 궁리해서 짜낸 말이다. 백치 겐타가 어
디에서 훔쳐온 건지 주워온 건지 알 수 없는 물건이니, 무심코 내다
팔다 꼬리가 잡히면 그야말로 큰일이라, 전당포에 맡겨두는 것이 제
일 안전하다고 생각한 것이다. 하지만 전당포에 맡겨 버려서 오히려
이 물건이 이리저리 전전하게 되는 이상한 상황이 벌어지만, 그건 나

---

*　바탕이 오글쪼글한 비단.

중의 이야기.

"말은 잘한다……. 어차피 어디서 슬쩍 해왔겠지……."

지배인이 안경 밑으로 신나게 웃었다.

"웃기지 마, 의심스럽다면 안 맡으면 그만이야."

"딱히 의심스럽다는 건 아니고……. 그래서, 얼마나 필요한데?"

"50냥 정도면 돼."

"협박하기 없기야."

이런 식으로 드디어 한 관에 16냥 2푼 2주(朱)를 빌린 로쿠조는, 포렴을 걷고 밖으로 나오자 붉은 혀를 낼름 내밀었다.

그런 건 꿈에도 모르는 족제비 마쓰키치는, 여전히 셋집 근처를 어슬렁대며 겐타에게서 뺏어올 생각이었다. 도둑질의 명인 족제비 마쓰키치도, 이번만큼은 참으로 딱한 꼴이다.

(1928.12.4)

제94회
오센의 복수 ⑴

나무묘의 야고로와 고사토 오센, 거기에 산타까지 합세해 술을 마시던 후카가와테이의 방에, 안내도 없이 불쑥 들어온 무사.

"잠깐 조사할 것이 있소."

그렇게 말하며, 세 사람 앞에 우뚝 버티고 섰다.

복면한 무사가 갑자기 나타나자, 고사토 오센과 산타는 깜짝 놀랐지만 야고로만큼은 미동도 하지 않았다. 날카롭게 상대를 바라보았다.

이 무사는 하오리를 벗어 서둘러 복면을 한 것인지, 옆얼굴 근처에 가문의 문장이 드러나 있었다.

'이 놈, 얼마간 돈이 필요한 것이겠군…….'

야고로는 속으로 이렇게 짐작했다.

무사가 조닌 계급에게 군자금을 내라고 강요하며 돌아다닌 건, 좀 더 이후의 시대였다. 분카분세이(文化文政) 시대는 에도의 문명이 꽃 피던 시기라, 유흥가 전성시대이자 미인 만능시대였다. 유흥비가 궁 한 패거리들은 조닌을 협박해서 돈을 뜯어냈다. 야고로는 이런 녀석 일 것이라고 생각한 것이다.

하지만 틀렸다. 이 무사는 누구인가. 야고로에게 잠자리 대장 정도 의 관찰력이 있었다면, 이 무사의 발이 작다는 걸 눈치 챘을 것이다. 진짜 오센이 변장한 미즈시마 센키치로다. 로쿠조의 집 앞에서 우연 히 로쿠조 부부의 싸움을 중재하고 돌아오다 점박이 세이지와 만나, 부부끼리 저녁을 먹기 위해 이 후카가와테이에 온 것이었다.

그러자, 술잔을 기울이다 들려온 옆방의 이야기 중에 물갈퀴 오센 이라는 이름이 나왔기 때문에 귀 기울여보니, 결국 들려온 것은 잊으 려 해도 잊을 수 없었던 울분에 가득 찬 산타의 목소리였다. 장지문을 아주 살짝 열고 들여다보니, 틀림없는 산타…….

그래서 세이지에게 귓속말을 하고는, 마침 무사 차림이었기 때문 에 하오리를 벗어 그걸로 순식간에 복면을 한 뒤 불쑥 들어간 것이다.

"그쪽은 어디 사는 누구요."

오센 미즈시마 센키치로, 아닌 밤중에 홍두깨처럼 야고로에게 묻 는다. 다른 이의 술자리에 무단으로 침입해 놓고서는 복면을 한 채 버티고 서서 이런 질문이라니, 요즘 세상에 이런 당치않은 행동을 한다면 큰 소동이 벌어질 테지만, 무사라면 무슨 짓을 하든 허용되던 시대였으니 특권 계급인 무사가 하는 말이라면 별 도리가 없었다.

"저는 유시마 덴진시타에 사는, 중개업으로 먹고 사는 야스고로라 합니다만……, 그쪽은……?"

이 "그쪽은"이라고 묻는 것이, 어지간히 간이 크지 않고서야 좀처럼 할 수 없는 대담한 행위였다. 가짜 형사에게 걸려드는 녀석들은, 간이 작은 것이다.

하지만 오센 센키치로 역시 꽤나 담대했다.

"관청에서 일하지."

이렇게 거침없이 대답하더니,

"심문할 일이 있으니 이 자를 끌고 가겠다."

오센은 새파랗게 질린 산타의 손목을 잡아끌었다. 산타는 이 무사가 예전에 부슈 후카야까지 함께 도망쳤던, 지금 한창 화제의 인물인 그 오센이라고는 꿈에도 몰랐다. 그래서 온몸을 부들부들 떨었다.

센키치로 오센은 복면 안에서 피식 웃었다.

"관청에서 일한다고 하시면……?"

요리키도 도신도 아닌 것 같다. 무엇보다도 복면을 한 게 이상하다. 야고로는 센키치로의 전신을 위아래로 샅샅이 훑어보고는 다시 물었다.

오센 센키치로도 말문이 막혔다. 상대방이 우물쭈물하자 야고로는 갑자기 기가 살았다. 이 괴상한 무사의 정체를 밝혀버리겠다는 의지.

사태가 갑자기 위급해졌다.

이 때, 옆방 사이의 장지문이 다시 열리더니 점박이 세이지가 들어왔다. 오센의 위기를 눈치 채고는 가만히 있을 수가 없었던 것이다.

(1928.12.5)

제95회
오센의 복수 (2)

"야, 야, 나리를 귀찮게 하면 가만 안 두겠다."

세이지가 고압적으로 나섰다. 이러니까 딱 탐정 같은 말투다.

"나리가 얼굴을 감추고 계신 건 자비롭기 때문이다. 사정은 모두 나중에 알게 될 테지. 자 일어나, 포승줄만은 면해주겠다……."

복면하고 있는 건 자비롭기 때문이고 사정은 모두 나중에 알게 될 테지 라니, 잘도 둘러댄다. 이렇게 말하니, 정말 뭔가 이유가 있는 듯이 들린다.

점박이 세이지는 물론 아직 반신반의했지만, 이렇게 된 이상 계속할 수밖에 없다.

"그러면 저항은 하지 않겠습니다만, 하다못해 이 놈의 죄가 무언지만이라도 알려주십시오."

야고로가 어조를 바꿨다.

"그런 건 여기서 말할 수 없다."

세이지는 세게 나가다가 갑자기 친절해졌다.

"하지만 걱정할 건 없어. 이 산타라는 놈, 의심받고는 있지만 혐의가 풀리면 바로 돌려보낼 거다."

이렇게 말하니 정말로 탐정 같다.

"그렇다면야 부디 잘 부탁드립니다……."

야고로는 품속에 손을 찔러 넣었다. 손을 꿈지럭거리다 고반을 하나 꺼내더니, 종이에 싸서 세이지의 소매로 넣는다.

세이지는 기분이 좋아졌다. 소매로 들어온 돈 때문이 아니라, 소매에 돈을 넣어주며 자비를 구할 정도로 자기를 신용하기 시작했다는 사실 때문이다.

"알았네. 걱정하지 마, 이 놈이 떠들어댄 물갈퀴 오센의 소문, 그게 안 좋았어. 물갈퀴 오센은 수배중이거든. 요컨대 그 혐의라는 거지……."

고반 한 개에 대한 답례로 세이지는 이 정도로 터놓고 말해줬다.

"과연 그렇군요, 그런 거라면 바로 의심을 풀어드리지요. 실은 이 녀석이 잠깐 정부로 삼았던 여자가 그 물갈퀴 오센이라는 여자가 아닌가, 하는 얘기를 지금 하던 참이었던 거라……."

야고로가 말했다.

"자 일어나."

오센 센키치로는 오래 있으면 위험했기 때문에 서둘렀다.

"아 정말 죄송하지만, 존함을 꼭 좀……."

야고로가 손을 비비며 말했다.

"미즈시마 센키치로다."

"아이고 감사합니다. 이 녀석도 제 부하가 된 지 아직 얼마 되지 않기는 했습니다만, 의외로 정직해서 저도 점찍어두었던 녀석인지라, 잘 좀 부탁드리겠습니다."

"좋아, 알았다. 바로 돌려보내지……."

센키치로와 세이지는 사이에 산타를 끼고 유유히 일어났다. 물갈퀴 오센, 해적 수련을 쌓고 육지로 돌아와 남장 강도가 되더니만, 이렇게 사람까지 훔치는 지경이 됐다. 마쓰다이라 우쿄노스케가 들으면 놀랄 것이다.

"두목님, 이게 대체 무슨 일이래요⋯⋯."

뒤에 남은 고사토 오센이 울면서 야고로의 무릎 위로 쓰러졌다.

야고로는 잠시 말없이 생각에 잠겨 있었다.

"흐음⋯⋯. 어쩌면 산타 놈 죽을 지도⋯⋯."

"예?"

고사토는 이해가 가지 않았다.

"아무리 생각해도 저 무사, 핫초보리 나리가 아냐⋯⋯. 또 한 놈도 의심스러웠지⋯⋯. 물갈퀴 오센 건으로 체포하는 거라면, 고사토 네게도 혐의가 있어야만 해. 옆방에서 엿듣고 네가 가짜 오센인 걸 알았다 쳐도, 무엇 때문에 오센이라고 속인 건지 그 사정을 들어야 하는 것 아니겠어⋯⋯? 저 무사가 산타에게 무언가 원한이 있어 꾸민 짓이 틀림없다."

하지만, 이제 와서 아무리 생각해본들 별 수가 없었다. 계산을 하고, 고사토와 함께 야고로는 후카가와테이를 나왔다.

그리고나서는 한참 걷다 어떤 길모퉁이에서 바깥까지 불빛이 새어 나오는 이발소 앞까지 왔을 때, 고사토 가짜 오센이 무엇에 놀랐는지,

"꺄악⋯⋯!"

비명을 지르며 도망쳤다.

(1928.12.6)

제96회
오센의 복수 ⑶

"왜, 왜 그래……!"

너무나 갑작스러운 일이었기 때문에, 나무묘의 야고로라고도 불리는 두목도 적이 당황한 모양새였다.

비명을 지르며 달아난 고사토를 쫓아가는 남자, 이 사람이야말로 아무리 봐도 고요키키로 보이는 차림새다.

하지만, 야고로는 이 고요키키 같은 남자도 본 적이 있었다. 뭐가 어떻게 된 건지 이유는 모르겠지만, 야고로도 뒤따라갔다.

"얌전히 있어!"

고사토는 무기력하게 깔려 넘어졌다. 고요키키가 포승줄로 고사토의 몸을 순식간에 묶어버렸다.

야고로는 어스름한 달빛에 의지해 고요키키의 얼굴을 보았다.

"아, 자네는 마루야초의……!"

고요키키도 이상하다는 듯 돌아보았다.

"이거 신기하네……. 야고로, 자네 이 여자랑 동행이야?"

"보시는 대로야, 하지만 잠자리 대장이라 불리는 자네라도, 이 여자만은 잘못 봤어……. 자네, 이 여자를 물갈퀴 오센이라 생각하는 거지?"

"그게 뭐 어쨌는데."

잠자리 기스케, 고사토를 묶은 포승줄을 조이며 차갑게 말한다.

아직 한밤중인 후카가와였지만, 호기심이 많기로 유명한 에도 사람들이 줄줄이 모여들어 에워싼다. 고사토는 이대로 사라져버리고 싶은 기분이었다.

"완전히 착각했다구, 기스케……."

기스케와 야스고로는 어릴 때부터 죽마고우였기 때문에, 착각한 이유를 얘기해주는 것도 좋지 않나 싶었다.

"어차피 번소에 갈 테니, 함께 가서 이야기 하세. 그리고 자네에게 꼭 묻고 싶은 얘기도 있고……."

그래서 가까이 있는 지신반(自身番)*으로 포승줄에 묶인 고사토를 끌고 갔다. 물론 야고로도 함께.

"기스케, 이 여자는 야나기바시의 고사토라는 기생이야……."

이렇게 말하는 야고로.

"기생인지 뭔지는 모르겠지만, 제 스스로 물갈퀴 오센이라고 한 여자야. 쓸데없이 참견하면 친구건 뭐건 야고로 자네도 가만 안 둔다."

"하하하하……!"

번소의 할아범이 놀라서 슬쩍 찢어진 장지문 틈으로 엿볼 정도로 야고로의 웃음소리가 컸다.

"나도 나무묘의 야고로야, 거짓말 같은 건 안해."

야고로는 고사토의 출신부터 이야기하기 시작해서, 야나기바시에서의 그녀의 지위에 대해서도 좀 과장되지만 잘 나가는 기생 중 한 사람이라, 손님들에게 아주 인기가 많다는 얘기까지 했다.

"그러면, 대체 왜 물갈퀴 오센이라고 거짓말을 한 거지……."

"그건 말이지……. 어쩌다 오센이라고 말할 수밖에 없는 상황이 됐

---

* 에도 시대에 마을의 경비를 위해 설치한 번소.

던 거라……."

야고로는 바로 조금 전, 후카가와테이에서 고사토에게 들은 헤이도 시즈마와의 연애 이야기도 했다. 고사토는 일이 이 지경이 되었어도 아직 물갈퀴 오센이고 싶은 기분으로, 내막을 밝히는 야고로를 노려보고 있는 것이다.

"하하하하!"

잠자리 대장이 웃음을 터뜨렸다. 이제 겨우 사정을 알게 된 것이다.

"만약에 고사토라는 사람이라면 이제 잘 알았으니 너는 풀어주겠지만, 헤이도 시즈마라는 그 무사는 혐의가 있으니 좀 도와주지 않겠나."

기스케는 포승줄을 풀어주면서 말했다.

"싫어요, 그런 짓……."

고사토가 딱 잘라 거절했다.

"뭐라고?"

잠자리 기스케의 안색이 변했다.

"뭐 됐잖아, 그건 나중에 얘기하고, 응? 잠자리 대장."

야고로가 상대를 치켜세워 주더니,

"나는 지금 후카가와테이에서 얼굴을 하오리로 가린 무사와 만났거든, 부하 한 명을 데리고 있었는데……."

이렇게 화제를 바꾸었다.

(1928.12.7)

제97회
오센의 복수 (4)

산타를 끌고 후카가와테이를 나온 물갈퀴 오센과 점박이 세이지는, 이렇게 잡은 빈 가마 두 채를 타고 스자키의 집으로 향했다.

산타는 여자를 잘 속이긴 했지만, 담력은 형편없었다. 가마 안에서 죽은 듯이 있었다.

쿵 하고 가마가 내려졌다. 어디일까, 봉행소 앞인가 하고 산타가 가마의 발을 걷고 내다보려 할 때, 세이지가 무자비하게 발을 걷어 올리더니 소리쳤다.

"이 놈아, 내려!"

가마에서 내려 허둥지둥하고 있자니,

"들어가!"

세이지가 다시 험악하게 떠밀었다.

들어가 보니,

"두목님, 어서 오십쇼."

"누님, 어서 오십쇼."

이렇게 나와서 맞이하는 젊은이들이 모두 만만해보이지 않는 인상들뿐인지라, 산타는 더더욱 기가 죽었다.

"너희들, 이 놈을 잘 감시해라. 도망가면 안 되니까……."

세이지의 명령에 부하들은, 이유를 모르면서도 안쪽 방 한 칸에 그를 처넣고는 빙 에워싸고 지켰다. 산타는 고양이 앞에 놓인 쥐 꼴이었다.

오센은 젊은이들이 물을 데워 둔 욕조에 몸을 담그고 나서, 경대 앞에서 옷과 가발을 벗고, 구시마키에 두터운 화장을 하고, 세로 줄무늬가 들어간 옷에 검은 공단 깃이 달린 한텐(半纏)*을 걸쳤다. 완벽한 물갈퀴 누님의 차림이다.

"아줌마, 여자 쪽이 좋아."

려여가 곁에서 이런 말을 한다.

오센이 생긋 웃었다.

"그러니, 그럼 이제 평생 여자로 살아야겠네……. 자, 이제 아가는 코 자야 할 시간이예요."

이렇게 말하고는, 으스대는 태도로 품속에 손을 찔러 넣더니 여장부다운 태도로 연두색 게다시에 하얀 다리를 끼워 넣고서 안방으로 향했다.

산타는 이미 체념한 듯 눈을 감고, 험악한 남자들에 에워싸여 한가운데 정좌하고 있었다.

"산 짱 오랜만이야. 꼴좋은데?"

품속에 손을 찔러 넣은 채 그 앞에 선 오센, 조소를 머금은 얼굴이 얄미울 정도로 아름답다.

"앗……!"

산타는 단단히 묶인 채로 몸을 비틀어 오센을 쳐다보고는, 너무나 놀라 할 말을 잃었다.

"이봐 산 짱, 이래서 나쁜 짓은 하면 안 되는 거야. 후카야 촌구석에서 내게 저지른 짓에 대한 복수다. 오늘 밤 그런 곳에서 만난 건, 네 운도 다 했다는 얘기지. 이제 두려움도 잠깐이야. 금방 편안하게 보내

---

* 하오리 비슷한 짧은 겉옷.

줄 테니, 극락에 가든 지옥에 가든 그건 네가 알아서 해."

"오, 오센 짱……. 이게 대체 어떻게 된 일인지, 나는 영문을 모르겠어……. 아까 그 무사가 너라는 거야……?"

"당연하지, 이제야 그걸 알았어? 그러니 머저리라는 거야."

한쪽 무릎을 세우고 앉아 담배 연기를 내뿜는다. 멋진 요부다운 태도다.

"오센 짱, 제발 용서해줘……. 부탁이야……. 나 마음 고쳐먹고 너한테 잘할 테니까, 예전처럼 잘 지내보자……."

"흥, 뻔뻔하기도 하지."

오센이 코웃음 침과 동시에, 산타는 누군가에게 발로 채여 쓰러졌다. 보니 점박이 세이지가 우뚝 버티고 서 있었다.

(1928.12.8)

제98회
보물, 전전하다 (1)

혼다 쇼우에몬과 하야카와 고토타 두 사람은, 사사노가 시즈마를 찾아가 벼루와 인롱을 돌려달라고 간청했음에도 그 결과가 썩 좋지 않았기 때문에, 다른 방법을 찾아야 하겠다며 머리를 맞대고 의논 중이었다.

엔도 엣추노모리 쪽도 두 개의 보물을 되찾기 위해 꽤나 고심하고 있었다. 실력이 뛰어난 무사들을 모아다 시즈마가 머무는 곳을 알아내어 요란하게 들이닥쳤지만, 시즈마는 벌써 슌푸로 떠난 뒤였다는 건 이미 얘기한대로다.

그 보고를 들은 엣추노모리는 이를 갈며 분해했다.

엣추노모리를 중심으로 집안의 최고 간부들이 모여 어전회의를 열었다.

"어떻게 할까요……."

"그러니까 말이지요, 어떻게 하면 좋을지요……."

결국, 이런 말들만 서로 되풀이할 뿐이다. 명안이 나오질 않았다.

"내년 봄 쇼군 어전 와카회 때, 하사하신 벼루가 없다면 큰일인데……."

엣추노모리가 탄식했다.

"와카회는 정월에 열리지요."

중신 중 한 사람이 말했다.

"정월 21일이지……."

모두들 암담해져서 마른 침만 삼켰다. 이미 11월 중순을 넘어서고 있었다. 정월 21일까지는 5, 60일 정도밖에 남지 않은 것이다.

"어떤 방법이라도 좋다. 하사품을 되찾아오는 자에게는 녹봉을 올려주도록 하겠다."

현상(懸賞)이다. 예전이나 지금이나 인간의 욕심이 다를 리가 없다. 현상이 걸리자, 모두 한층 더 긴장했다.

어전회의의 막은 내렸지만 현상이 걸렸다는 이야기가 온 집안은 물론 별장에까지 퍼져서, 나야말로 벼루를 되찾아 영예를 얻겠다며 모두들 혈안이 되었다.

그런데, 별장의 하인 중에 '변덕쟁이' 사이조(才蔵)라는 젊은이가 있었다. 변덕쟁이라는 별명이 붙을 정도니 그 성격을 알 만할 것이다. 때때로 이상한 짓을 하거나 이상한 말을 해서 동료들의 웃음을 샀다.

그 사이조가 고개를 갸웃거리며 생각에 잠겼다.

'하인 신분이라 녹봉을 받을 수는 없지만, 무사를 내세워서 금화를 듬뿍 받는 것도 나쁘지 않을 것 같은데……. 좋은 생각이 없을까…….'

사이조는 이것저것 생각해 보았다. 헤이도 뭐시긴지 하는 낭인은 하인 따위가 손 댈 위인이 아닌 것 같고……. 속여서 가져 오나……. 이것도 좀처럼 안 될 것 같고…….

잠깐, 그보다도 그 헤이도인지 뭔지 하는 녀석이 아직 그 물건을 가지고 있을까……? 글쎄, 이것부터 생각해볼 문제군……. 실제로, 마쓰다이라 님 댁의 뭐라던가 하는 분에게 팔려다가 오카와바타에서 대소동이 벌어졌다지……. 그렇지, 뭐 때문에 여태 가지고 있겠어. 틀림없이 팔아치웠을 거야…….

나라면……. 만약 내가 헤이도라면, 어떻게 할까. 팔아버리겠지……. 아니면, 그도 아니라면……없애버리겠지. 과연 그렇군, 없애버릴 거야. 전당포에 맡겨두겠지. 그쪽이 안전하니까……. 팔아버리면 물건이 어딘가에서 나타나니, 소동이 커질 거야. 하지만 전당포 창고 속에 처넣어버리면, 이거야 천하태평인데다 알 리가 없지…….

"흠, 사이조 씨는 역시 지혜로우시네요."

변덕쟁이 사이조, 이렇게 혼잣말을 하며 기뻐했다.

'그렇다면, 일단 에도에 있는 모든 전당포를 싹 다 뒤져봐야겠는데, 이건 나 혼자서는 도저히 못하지.'

사이조는 팔짱을 낀 채 다시 생각에 잠겼다.

(1928.12.9)

제99회
보물, 전전하다 (2)

오지 근처에서 시타야 근처까지, 전당포라는 전당포는 한 집도 빠짐없이 조사하고 돌아다니는 무사가 있었다. 하인을 한 명 데리고 다닌다.

"소민의 이름이 새겨진 벼루를 맡긴 사람은 없었나?"

이렇게 고압적인 태도다.

"그런 물건은 전혀 기억에 없습니다."

지배인이 머리를 긁적인다.

"분명히 모르는 거지?"

한 번 더 다짐을 하고, 무사는 거드름을 피우며 문 밖으로 나왔다.

"여태까지 몇 집이나 돌아다닌 거지……?"

"글쎄요, 처음부터 세면 벌써 서른 번째 집 정도 돌아다녔습니다……."

"정말로, 네 놈의 변덕쟁이 사이조라는 이름은 참 잘도 붙였어. 네 그 변덕에 놀아나서 이렇게 매일매일 돌아다니고는 있지만, 전혀 감도 잡히질 않잖아."

"뭐, 조금만 더 참으십시오. 잘 되면 평생 행복하게 살 수 있는 큰 건이니 그렇게 쉽게 풀릴 리가 없습니다. 자, 싫증 내지 마시고 하십시다……."

변덕쟁이 사이조는 한 패가 될 만한 사람을 이리저리 물색한 끝에, 별장에서 일하는 하급무사들 중에서도 굳이 따지자면 역시 변덕쟁이라 할 만한 익살스러운 성격의 하치스카 야자에몬(蜂須賀彌左衛門)을 골랐다. 사십 줄에 들어섰어도 어떤 일에든 앞에 나서고 싶어 하는데 종종 실패하는 남자라, 사이조와는 쿵짝이 잘 맞았다.

한편 잠시 소식이 끊겼던 족제비 마쓰키치는, 여자 때문에 보물을 찾느라 여념이 없었다. 하지만 백치 겐타가 어디에 버렸는지 물어보지 않는 이상, 찾을 수가 없었다. 설마 겐타가 로쿠조에게 팔아버렸을 거라고는 꿈에도 생각하지 못했기 때문에, 역시 겐타에게 붙어 그의 입을 열게 만들 속셈이었다. 그러나 몇 번이나 물어봐도 겐타는 "몰라"라고 대답할 뿐.

모든 방법을 다 시도해본 마쓰키치는, 우울한 기분을 전환하기 위해 엔도 엣추노모리의 별장을 오랜만에 찾아갔다. '찾아갔다'고 하면 좀 이상하게 들리겠지만, 마쓰키치로서는 찾아갔다는 게 딱 맞는 표현이었다. 때는 늦은 밤, 높은 담장을 넘어 엄중한 문단속을 어려움 없이 돌파해서 들어가고자 하는 방으로 들어간다. 이래서야 현관을 통해 당당히 이름을 대고 들어가는 것과 완전히 똑같다. 그보다도 자유롭다.

엣추노모리의 별장은 마쓰키치에게는 추억이 깃든 장소였다. 헤이도 시즈마의 명을 받아 훔쳐낸 벼루와 인롱. 이제는 그 두 물건이 어디에 있는지 다시 그걸 찾아내려고 하고 있으니, 세상은 요지경이다. 저택 안을 살금살금 걸으며 마쓰키치는 이런 생각에 빠져 있었다.

그런데, 마쓰키치가 당분간 쓸 돈을 약간 훔쳐낸 후 이곳저곳 몰래 돌아다니고 있자니, 하인 방에서 속닥대는 소리가 들려왔다. 등불 빛도 새어나온다.

"흠, 도박이라도 하고 있나……?"

이렇게 생각했지만, 그런 것도 아닌 것 같았다.

진상을 밝혀보자면, 변덕쟁이 사이조와 하치스카 야자에몬이 앞으로의 대책을 논의하는 중이었다. 다른 하인들은 밤마실이라도 간 건지, 아무도 없었다.

족제비 마쓰키치는 엿듣는 동안 흥미가 솟아났다. 그럴 수밖에 없는 것이, 현재 자기가 찾고 있던 벼루와 인롱의 이야기였으니까.

두 사람의 이야기를 종합해보면, 이 두 사람은 전당포를 찾아다닌 모양이었다. 이 둘은 보물이 시즈마의 손에서 겐타의 손으로 넘어간 걸 모르면서도 전당포를 뒤지고 있었다. 그런데도, 나는 왜 전당포에는 생각이 미치지 못한 걸까……. 마쓰키치는 스스로를 비웃었다. 겐타 녀석이 정말 에이타이바시에 버렸다면 주운 놈이 전당포에 맡겼을 것이고, 만일 겐타 녀석이 누군가에게 주었거나 팔았다고 해도, 역시 지금쯤에는 전당포 창고에 있을 것이라고 생각하는 것이 지당했다.

"이 저택에 숨어 들어온 보람이 있었군……. 날이 밝으면 전당포를 뒤져야겠다."

마쓰키치는 혼자 중얼거리며, 별장에 작별을 고했다.

(1928.12.10)

제100회
보물, 전전하다 (3)

마쓰키치의 전당포 뒤지기는 간단했다.

한밤중에 몰래 들어가 멋대로 창고 안을 휘젓고 다니는 것이다. 그

대신, 하룻밤에 기껏해야 한 집이나 두 집, 많아야 세 집 정도밖에 돌아다닐 수 없다는 것만이 단점이었다.

에도의 고요키키들은 전당포가 털리는 일이 잦아졌기 때문에 또다시 바빠졌다. 변덕쟁이 사이조 쪽은 오지 근처에서 시작해서 시타야, 아사쿠사 순으로 변두리부터 찾아다녔지만, 마쓰키치 쪽은 오늘 아사쿠사의 전당포를 덮쳤나 싶으면, 다음날 밤에는 아카사카(赤坂) 근처에 출현한다. 에도 전체를 활보하고 다니는 모양새다.

교바시(京橋) 하치칸초(八官町)의 '고슈야 이헤에(江州屋伊兵衛)'라는 전당포의 창고를, 오늘 새벽 누군가 종횡무진 휘젓고 갔다는 신고. 옆 동네인 마루야초에는 잠자리 대장 기스케가 살고 있었기 때문에, 제일 먼저 현장으로 달려갔다.

"아무것도 훔쳐간 건 없는 거지요?"

기스케는 자세히 안팎을 살펴 보고나서 주인인 이헤에게 확인했다.

"예, 아무것도 훔쳐가진 않아서……. 그게 아무래도 이상한 게 이구라(飯倉)에 있는 '히시구라야(菱蔵屋)'도 엊그제 밤에 역시 창고를 휘젓고 간 모양인데요, 도둑맞은 물건이 없다고 하네요……."

"그런 얘기는 저도 너덧 군데에서 들었습니다만……."

기스케는 곰곰이 생각하다가 물었다.

"하인을 동반한 무사가 가게에 와서 벼루와 인롱이 창고에 있냐고 물어본 적은 없습니까?"

"아사쿠사 쪽 동료에게서 저도 그런 얘길 듣긴 했습니다만, 저희 가게엔 아직 안 왔습니다……."

기스케는 묵묵히 생각에 잠겼다. 창고 안이 엉망진창이 되긴 했지만, 옷 같은 것엔 손도 대지 않았다. 그런 점이나 도난당한 물건이 없다는 점으로 보아, 역시 벼루와 인롱을 노린 도적인 걸까. 그렇다면 하인을 동반한 무사와, 창고를 뒤지고 다니는 괴도 사이에는 아무래도 일맥상통하는 것이 있는 듯 하다.

하지만, 잠자리 기스케는 아직 벼루와 인롱에 대해 아무 것도 모르는 것이다. 그것부터 우선 알아봐야 한다.

'이거 꽤나 큰 사건인데…….'

기스케는 마음속으로 이렇게 중얼거리며, 일단 집으로 갔다. 화로 앞에 책상다리를 하고 앉아 줄담배를 피워댔지만, 조금도 맛있지 않았다.

그때,

"실례……."

이렇게 말하며 들어온 것은 나무묘의 야고로. 그 뒤에는 고사토 가짜 오센이 곱게 서 있다.

기스케, 들어온 야고로를 화로 너머로 바라보더니 짜증스런 표정이 되었다. 야고로는 그런 것은 눈치 채지 못하고 물었다.

"기스케, 산타 녀석이 있는 곳은 아직 모르는 건가? 나도 이곳저곳 부하들을 시켜서 찾고는 있는데, 전혀 짐작이 가질 않아서……."

"오늘은 그럴 상황이 아니었네. 큰 사건이 벌어져서 골치가 아프니, 오늘은 이만 돌아가 주게나."

기스케는 무뚝뚝하게 말했다.

"아, 그 큰 사건이란 건 벼루와 인롱 얘긴가?"

야고로가 피식 웃었다.

"어? 어, 어떻게 그걸 알고 있는데……."

"어떻게 알다니, 온 에도가 그 얘기로 들썩이는데. 이상한 무사가 벼루랑 인롱을 찾아다니질 않나, 전당포 창고가 엉망진창이 되질 않나……. 내가 그 일 때문에, 이 고사토 짱을 데리고 자네에게 지혜를 빌려주러 오지 않았겠나."

"그건 고맙군……."

기스케는 태도를 바꾸었다.

"자, 어서 들어오게. 고사토 짱도 사양 말고 들어와."

(1928.12.11)

제101회
보물, 전전하다 (4)

야고로는 화로 앞에 털썩 앉았다. 옆에는 고사토가 고상한 척 앉는다.

"내 생각에, 전당포 창고털이랑 하인을 데리고 다니는 무사는 한 패인 것 같은데……."

야고로가 말했다.

"놀랍군, 나도 지금 막 그 생각을 하던 참인데, 전문가도 아닌 자네가 그런 생각을 했다니 감탄했어. 그래, 고사토 짱을 데리고 내게 지혜를 빌려주러 왔다는 건 무슨 얘긴가?"

기스케는 마구 재촉해댔다.

"아니, 뭐 그렇게 서두르진 말고."

야고로는 일부러 더 침착하게 말했다.

"벼루와 인롱은, 이 고사토 짱의 정부인 헤이도 시즈마라는 검술이 뛰어난 무사가 엔도 님의 별장에서 훔쳐낸 물건인 모양이야……."

"과연……."

기스케는 화로 위로 상반신을 기울였다.

"그랬더니, 그 물건들을 미장이 야스고로라는 자의 동생인 겐타라는 바보가 훔쳤다는 것 같은데, 그 후로 그 물건들이 어디로 사라졌는지는 모른다더라고. 하지만, 전당포 창고를 뒤지고 다니는 도둑은 알고 있는 거야. 족제비라는 별명을 가진 마쓰키치라는 도둑이 틀림없어……."

그 후의 이야기는, 고사토가 야고로를 대신해 하나하나 자세히 설명했다.

"나도 그 얘기를 고사토 짱에게서 쭉 듣고서, 산타 일로 자네에게 여러 모로 신세도 졌고, 꼭 그 일이 아니더라도 죽마고우인 자네가 공을 세우게 돕고 싶다고 생각해서 알려주러 온 걸세."

"고맙네, 고마워. 잘 와주었어. 옛 친구답구먼."

"치켜세울 필요 없어, 그 대신에 하루라도 빨리 산타 놈이 있는 곳을 알아내서 구해주게나……."

"산타는 말일세, 자네 부탁이 아니더라도 끌고 간 놈이 수배중인 물갈퀴 오센인데다, 무사로 변장하고 나쁜 짓을 일삼은 여자인데도 내가 버젓이 눈 뜨고도 놓친 터라, 어떻게든 꼭 찾아내서 산타라는 남자를 구해낼 거야. 하지만 전당포 털이 쪽도 내 관할인데다 옆 동네도 당했다니 가만있을 수는 없으니까, 이쪽도 급하게 됐어. 그래서 말인데 그 족제비 마쓰키치라는 놈이 사는 곳을 아는가?"

"그게 말이죠, 대장님 앞이긴 하지만, 전혀 모르겠어요……."

고사토는 색기를 머금은 목소리로 말했다.

"고사토 쨩, 네 정부인 헤이도 씨 부하라고 숨기면 안 돼. 솔직하게 말해 봐."

"대장님도 참 못됐어요……."

고사토가 노려보는 척 하더니 말을 이었다.

"헤이도 씨의 부하라서 처음엔 아무 말도 하지 말아야겠다고 생각했지만요, 여러 모로 신세 지고 있는 야고로 두목님 부탁이니, 이 년 일단 입을 열었답니다. 한 번 나쁜 일을 시작한 바에야 끝까지 해야죠. 알고 있는 건 전부 말씀드리겠지만, 족제비 마쓰키치의 집만은 정말로 몰라요."

"그렇군, 그럼 바보 겐타네 집은 알고 있겠지?"

"네 알아요, 어디냐 하면요……."

고사토는 겐타의 집을 자세히 알려주었다.

"있죠 대장님, 이렇게 전부 얘기해드렸으니, 헤이도 씨가 에도로 돌아와도 그분만은 잡아가시면 안돼요……. 저도 이렇게 야나기바시의 생활을 버려가며 헤이도 씨에게 진심을 다하고 있으니, 헤이도 씨와는 끝까지 물갈퀴 오센으로서 부부처럼 살아가고 싶으니까요……."

"꽤나 열렬하네. 뭐 알겠어, 네 덕을 봤으니 헤이도 씨 쪽은 손대지 않으마."

기스케는 이렇게 말하고는, 사랑에 미친 고사토의 얼굴을 찬찬히 바라보았다.

(1928.12.12)

제102회
보물, 전전하다 (5)

이야기는 스카키에 있는 점박이 세이지의 집으로 되돌아간다.

"예전처럼 다시 잘 지내지 않겠어……?"

산타의 이 말에 열이 받아 뛰어 들어온 세이지는 느닷없이 산타를 걷어찼지만, 아직 분이 풀리지 않아 계속 차고 때리고, 지금의 아내인 오센의 옛 정부라 생각하니 질투도 한몫해서 더 난폭하게 날뛰었다.

산타는 무기력하게 비명을 지르며 말했다.

"그, 그냥, 주, 죽여주시오……!"

그 꼴을, 선 채로 심술궂은 가벼운 조소를 띤 채 내려다보는 오센.

"그렇게 목숨을 싸게 팔아서야 쓰나. 부탁하지 않아도 곧 죽여줄 테니, 조금만 더 기다려……."

이렇게 요부기질을 발휘한다.

오센은 산타를 괴롭히는 동안, 죽은 아이를 떠올렸다.

"인정머리도 없는 변변찮은 놈……. 불쌍하게도 아기는 죽어버렸어……. 지지리도 못난 놈……."

오센은 이렇게 욕설도 퍼부었지만, 죽은 아이의 애처로운 모습이 눈앞에 어른거렸는지 눈가에는 눈물이 반짝였다.

"너에게는 정말 미안하게 됐어……. 아이는 귀여웠겠지……. 나쁜 맘을 먹는 바람에 난 내 자식 얼굴도 보지 못했다……."

아픔 때문에 고통스러워하면서도, 산타는 이렇게 토로했다.

"실컷 인정머리 없는 짓을 해놓고서, 이제 와서 얼굴이 보고 싶었다니 어이가 없네……."

오센이 응수한다. 산타와 오센의 대화는 마치 부부싸움 같았다. 점박이 세이지의 기분이 좋을 리가 없었다.

"이 놈은 어디에든 묶어놓고, 이제 자자."

이렇게 오센을 닦달했다.

산타를 부엌 기둥에 묶어놓고, 세이지와 오센은 잠자리에 들었다.

밤이 깊었다. 부하 일동도 곤히 잠들었다.

11월도 벌써 끝나갈 무렵이었다. 밤이 깊어감에 따라 추위는 한층 더 몸에 스며들었다.

산타는 자꾸만 몸부림을 치면서 묶인 줄을 풀고 도망치려 했지만, 몸부림을 치면 칠수록 포승줄이 더욱 살에 파고들 뿐이었다.

'내일이 되면 죽을 지도 몰라⋯⋯.'

이렇게 생각하니 산타는 제정신이 아니었다.

"에라 모르겠다, 어차피 죽을 거면 어떻게든 이 줄을 끊어 보자⋯⋯."

산타가 이렇게 각오하고 필사적으로 몸부림을 치니 우당탕 콰당탕 하는 소리가 났지만, 산타는 그런 건 전혀 신경 쓰지 않았다. 집안 사람들이 잠을 깨봤자, 결국 좀 더 빨리 죽을 뿐이었다. 성공하면 사지를 벗어나 도망칠 수 있다. 천 번에 한 번 있을까 말까 한 위험하기 짝이 없는 곡예다.

마침 그 때.

족제비 마쓰키치, 기바의 '가시와야(柏屋)'라는 전당포의 창고를 뒤져봤지만 벼루도 인롱도 찾지 못했다. 찾는 게 없으니 오래 머물 필요도 없어 밖으로 나오자, 저 멀리 보이는 고요키키의 초롱불.

순찰인지 아니면 범인을 잡으러 출장을 나선 건지, 어쨌든 눈에 띄면 큰일이다. 걸음아 날 살려라, 마쓰키치가 열심히 달아나다 문득 정신을 차려보니, 아무래도 스자키 바닷가인 듯 했다.

이미 초롱불은 보이지 않았지만 아직 방심할 수 없었다. 이 근처에서 잠시 상황을 지켜봐야겠다며 숨을 곳을 찾고 있자니, 어슴푸레한 달빛에 희미하게 보이는 집 한 채. 마침 딱 좋은 숨을 장소다, 이 집에 들어가 날이 밝기를 기다리자. 마쓰키치는 이렇게 결심했다.

그래서 가까이 다가가보니, 부엌인 듯한 곳에서 우당탕 쾅당탕하는 소리.

"흠⋯⋯."

마쓰키치는 귀를 기울였다.

(1928.12.13)

제103회
보물, 전전하다 (6)

파도 소리 외엔 아무 소리도 들리지 않을 터인 한밤중의 바닷가. 그곳에 서 있는 한 채의 집에서 흘러나오는 우당탕 쾅당탕하는 소음, 게다가 남이 듣거나 말거나 내고 있는 것 같다.

"뭐지⋯⋯."

추위도 잊고 세이지의 집 부엌 입구에 선 족제비 마쓰키치의 뇌리에 처음 떠오른 것은, '하인인가?' 라는 생각이었다.

하지만, 소리를 내는 모양이 아무래도 이상하다. 그래서 마쓰키치가 다시 한 번 머리를 쥐어짜 보니, 아무래도 꼼짝 못하는 몸을 어떻게든 해보려고 애쓰고 있는 소음인 것 같았다. 여기까지 생각했다면 '묶여 있나보다' 라는 결론으로 귀결되는 것이 당연했다.

그러자, 아름답고 정숙한 미녀가 속옷 하나만 걸치고 기둥에 묶여 있는, 요염하지만 비참한 광경이 상상되는 것도, 마쓰키치 같은 인간으로서는 이 또한 당연한 결론이었다.

"그럴 때 내가 뛰어 들어가서, 묶인 줄을 풀어 구해주는 거지…….
그게 인연이 돼서, 그 여인과 내 사이는 깊어지는 거야. 게다가, 그 여인은 어마어마한 미인이고……."

마쓰키치도 어차피 에도의 분위기 속에서 살아가는 인간이라. 꽤나 풍류를 알았다. 추운 밤바람을 맞아가면서, 이런 느긋한 상상을 하고서 혼자 기쁨에 젖는 여유를 지녔다.

산타 쪽은 그럴 새가 없었다. 몸부림을 치면 칠수록 몸을 파고드는 고통을 참으며, 몸을 전후좌우, 종횡무진 움직이고 있다. 결국에는 비벼서 끊으려고 어느 모서리라도 좋으니 비벼보려고 했지만, 이것도 불가능했다. 안타까움과 애달픔에 마구 소리도 냈다.

"예쁜 여자라면 뭐 좋을까나……."

마쓰키치는 이렇게 혼잣말을 하고, 특유의 비법으로 부엌 입구 쪽 덧문에 손을 댔다. 손을 댔는가 싶었는데, 이미 소리도 없이 문은 열렸다.

흘러들어오는 어스름한 달빛에 떠오른 한 사람. 마쓰키치의 상상대로 무참하게 기둥에 묶여 있다. 거기까지는 상상이 맞아 떨어졌지만, 요염한 미인은커녕 남자 중에서도 이놈 못생긴 편이다.

산타 쪽은 불시에 문이 열리더니 손수건으로 복면을 한 남자가 불쑥 얼굴을 내밀었기 때문에, 혼이 빠질 만큼 놀랐다. 이 남자도 오센의 부하라 어딘가 나갔다가 돌아온 것이라고 순간적으로 생각했다. 그래서 갑자기 작업을 중단하고 얌전해져서, 마음속으로만 살려줍쇼, 살려줍쇼 하고 계속 빌었다.

"왜 그래, 도와줄까……?"

익숙한 상황이라 이럴 때 마쓰키치의 목소리는, 지극히 낮고 지극히 유쾌했다.

"앗, 도와주시는 겁니까?"

산타가 흥분한 목소리로 외쳤다.

"큰 소리를 내면 안 되지……."

명쾌한 낮은 목소리로 이렇게 말했을 때는 이미 마쓰키치의 요령 좋은 손이 기계처럼 움직여, 거미줄처럼 얽혀 있던 밧줄이 스륵 하고 풀리고 기쁘게도 산타의 몸은 자유를 되찾았다.

"자 어서 와, 빨리 도망치자고."

지시를 하면서도, 마쓰키치의 몸은 벌써 문밖의 옅은 어둠 속으로 빨려 들어가고 있었다.

하지만, 산타 쪽은 그렇게 가볍게 움직일 수가 없었다. 곡예 극단에 있었을 때도 이 놈은 곡예를 못한다며 광대 역할로 돌려졌을 정도의 남자. 하물며 지금은, 기뻐서 어쩔 줄 모른 나머지 덤벙대기까지 해서, 하필 그 자리에 있던 청동으로 만든 큰 냄비에 발이 걸리고 말았던 것이다.

뎅그렁……!

모두 잠들어 고요했던 집안에, 괴상한 이 소음이 울려 퍼지지 않을 리가 없다.

"이 놈, 도망칠 셈이구나!"

제일 먼저 잠에서 깬 점박이 세이지, 벌떡 이불을 걷어차며 뛰어나왔다. 손에는 칼집에서 빼낸 비수가 무시무시하게 빛났다.

뒤따라서 오센, 잠옷 차림에 자다 헝클어진 머리 그대로 뛰어나왔다. 호태구의 배에서 빼앗아온, 남만에서 들여온 권총을 들고 있었다. 바로 부싯돌을 딱딱 부딪쳐 화승에 불을 붙였다. 이 화승이 권총의 화약에 옮겨 붙으면, 요란한 한 발이 사람 한 명 따위는 순식간에 날려버릴 터다.

오센은 권총을 가지고 부엌을 향해 돌진했다.

(1928.12.14)

제104회
보물, 전전하다 (7)

자기가 냄비를 뒤엎어서 낸 소음에 너무나 당황한 산타, 지금은 그저 우왕좌왕할 뿐 도망칠 도리가 없다.

"멍청한 놈, 무슨 짓을 한 거야……."

족제비 마쓰키치가 초조해져서, 뒤돌아가 산타의 손을 끌고 다시 문 밖으로 나가려고 할 때.

"거기 서!"

이렇게 외치며 비수를 번뜩이며 달려든 것은 점박이 세이지다.

순간적으로 몸을 피한 마쓰키치는, 산타를 뒤로 돌리고는 이쪽도

늘 지니고 다니던 비수로 상대방을 겨누었다. '널판 한 장 밑은 지옥'
이라는 망망대해를 누비며 배짱을 키워온 해적 세이지, 상대는 이 또
한 나쁜 짓이라면 백전노장인 족제비 마쓰키치. 이 승부는 진짜 볼 만
하다.

그 상황에 헝클어진 머리로 뛰어든 물갈퀴 오센. 손에는 남만을 건
너온 권총. 아름다운 오센의 손에서 비어져 나온 무시무시한 화승 끝
에서 반짝 빛나는 불꽃.

"도망치려고 해봤자 소용없어……!"

오센은 산타를 겨누었다.

"무기다……! 도망쳐……!"

실력에 어느 정도 자신이 있더라도, 무기에는 이길 도리가 없다.
마쓰키치는 산타를 재촉해서 도망치기 시작했다.

달아나는 산타의 등 언저리를, 오센이 권총으로 조준했다.

바야흐로 방아쇠가 당겨지려고 했다.

그 순간.

"쏘면 안 돼! 내려 놔, 내려 놔!"

이렇게 소리친 건 점박이 세이지다.

저쪽에 하나, 둘, 셋, 넷, 어둠 속에서 점점이 빛나는 것은, 악당의
눈에는 무엇보다도 두려운 고요키키의 초롱불이다.

"권총 같은 걸 쏘면 여기로 조사하러 올 거야! 아쉬워도 집어넣고
문을 닫아!"

오센을 비롯해, 소음에 놀라 칼을 들고 뛰어나온 부하들에게 세이
지는 비장하게 호령했다.

산타는 증오스럽다. 그 산타를 도망치게 도운 남자는 더욱 증오스

럽다. 하지만, 무심코 권총을 쏴 고요키키가 온다면 큰일이다. 오센은 말 그대로 이를 갈며 벼를 수밖엔 없었다. 오센은 맥없이 집 안으로 들어갔다.

점박이 세이지의 집은, 다시 어둠 속 죽음 같은 침묵에 잠겼다.

마쓰키치와 산타에게 이 고요키키 초롱불의 출현은, 구세주와도 같았다. 권총에 맞는 걸 모면하게 해준 구세주다.

하지만, 그 고요키키 앞을 당당하게 지나갈 수는 없는 마쓰키치다. 구세주가 순식간에 늑대 앞의 병아리처럼 변한 것이다.

바닷가에 버려진 어선. 그 그늘이야말로 마쓰키치와 산타가 바로 몸을 숨길만한 유일무이한 장소다.

고요키키의 초롱불은 이쪽을 향해 한발 한발 다가왔다.

"너, 딱 보기에도 악당은 아닌 것 같은데, 왜 묶여 있었냐?"

마쓰키치가 이렇게 묻자, 산타는 자초지종을 이야기했다.

"저 여자가 소문의 그 물갈퀴 오센인가……. 그럼 이렇게 하자, 널 묶어놓고 죽여 버리려고 했던 여자니까 신경 쓸 것 없어. 너 저 고요키키들한테 가서, 이렇게 저렇게 됐습니다 하고 고하고 물갈퀴 오센을 잡아가라고 해. 그 틈에 나는 도망칠 테니까……."

"나리께서는 성함이 어떻게 되시고, 어디 사십니까……? 감사인사를 드리러 찾아뵙고 싶어서요……."

"나는 족제비 마쓰키치라는 악당이다. 정해진 집 같은 게 있을 리가 없지. 감사인사 같은 건 안 해도 되니까 잘 살아."

재촉 받아 일어난 산타는 고요키키를 향해 달려갔다. 오센을 신고하기로 결심한 것이다.

(1928.12.15)

제105회
보물, 전전하다 (8)

그런데, 그만큼 참혹하게 자신을 괴롭힌 얄미운 오센이긴 했지만, 예전에는 서로 사랑해서 손을 맞잡고 도망친 적이 있던 여자다. 뻔히 두 눈 뜨고 보면서 잡혀가게 두고 싶지도 않았다. 산타는 너무나 고민스러웠다.

고요키키의 초롱불은 점점 크게, 산타의 눈앞으로 다가왔다.

모른 척 하고 스쳐 지나갈까…… 비난은 받았어도, 관청이 정한 규칙에서 어긋난 짓은 하나도 한 적이 없는 나다. 친구 집에서 과음을 하고 너무 괴로워서 바닷바람을 쐬다 늦어졌습니다, 이렇게 말하면 이해하겠지…… 그렇게 하자, 오늘밤 오센이 한 짓은 밉지만, 옛정을 생각하면 잡혀가게 둘 수도 없어…… 산타는 이렇게 결심했다.

아니, 잠깐만. 지금 날 구해준 족제비 마쓰키치던가 하는 나리가, 내가 고요키키에게 오센에 대해 불면 잡으러 간 틈에 도망치겠다고 했지…… 내가 오센을 신고하지 않으면, 저 나리는 도망칠 수가 없군…… 도망치지 못할 뿐만 아니라, 자칫하면 저 나리는 잡혀갈 지도 모르겠다…… 이거 난감하네, 내 생명의 은인을 호락호락 잡혀가게 둘 수도 없고…… 그렇다고 해서, 오센 녀석을 잡혀가게 하는 것도 가엾고…… 어떡하지…….

산타가 갈팡질팡하는 새, 고요키키 일행이 드디어 바로 앞까지 다가왔다.

'아뿔싸…… 오센을 잡혀가게 하고, 은인을 구하자. 그게 인간의 도리지.'

산타는 결국 최후의 결심을 하고, 고요키키의 앞으로 나아갔다.

"서라!"

산타가 아직 입을 열기도 전에, 고요키키인 듯한 사람이 재빨리 산타의 앞을 막아섰다.

"마, 말씀드리겠습니다. 저, 저쪽 집에 이상한 여자가 살고 있습니다……."

"뭐?"

일행은 꽤 많았다. 대여섯 개의 초롱불이 주루룩 산타를 에워싸더니, 도신인 것 같은 남자가 이렇게 말하며 얼굴을 들이밀었다.

"저쪽 집에 물갈퀴 오센이라는 여자 도둑이 살고 있어요, 저도 지금까지 묶여 있다 도망쳐 왔습니다, 예에……."

"틀림없는 사실이겠지?"

"절대로 거짓말이 아닙니다……."

"이 놈을 묶어서 끌고 가라!"

산타는 허리를 묶여 함께 끌려갔다.

고요키키 일행은 오센을 잡으러 온 것도 아니고, 마쓰키치를 체포하러 온 것도 아니었다. 전혀 다른 사건으로 이 근처를 경계하고 있다가, 우연히 큰 건을 낚은 것이다.

도신의 지시에, 포졸들이 점박이 세이지의 집을 둥글게 에워쌌다.

세이지도 오센도 염주에 꿰이듯 줄줄이 체포되는 것일까?

마쓰키치는 과연 무사히 도망칠 수 있을까?

(1928.12.16)

제106회
슨푸의 선물 (1)

물갈퀴 오센과 점박이 세이지는 포졸 일행들에게 체포될 것인가.

족제비 마쓰키치는 혼잡한 틈을 타서 잘 도망칠 수 있을까.

하치스카 야자에몬과 변덕쟁이 사이조는 여전히 끈기 있게 전당포를 하나하나 찾아다니고 있을 것인가.

잠자리 기스케는 어떤 탐정 방침을 취하기 시작할 것인가.

이야기해야 할 것이 너무나 많지만 그런 것들은 모두 잠시 미뤄두고, 슨푸에 간 헤이도 시즈마와 구와바라 곤하치로의 얘기를 해야만 한다.

애초에 시즈마와 곤하치로는, 무엇 때문에 머나먼 슨푸까지 출장을 간 것일까?

시바하마마쓰초(芝浜松町)에 스루가야 지로우에몬(駿河屋次郎右衛門) 이라는 헌옷 장수가 있었다. 무일푼으로 스루가(駿河)에서 상경해, 자수성가해서 상당한 규모의 헌옷 상점을 경영하게 된 남자, 그 지로우에몬의 막내딸 오미노(おみの)가 쓰루가의 친척인 부농 센자에몬(千左衛門)의 아들 센스케(千助)에게 시집을 갔다. 그런데, 스루가 지방 누마즈(沼津)의 영주인 노데와노카미(野出羽守)의 가신 야마다 고로쿠로(山田小六郎)라는 자가, 오미노의 미모에 반해 오미노를 유괴하여 자택에 감금해버린 사건이 벌어졌다.

미장이 야스고로가 스루가야에 일하러 갔다가 가게 점원에게서 사정을 듣고서 시즈마에게 이런 얘기를 전했다. 위기 구제업 건수가 없나 혈안이 되어 찾고 있던 시즈마는, 곤하치로와 함께 바로 스루가

야를 찾아가 주인인 센자에몬을 면담하고 딸의 위기를 구해드리겠다고 했고, 지로우에몬은 물론 흔쾌히 승낙하며 부탁했다.

그래서 슨푸로 출장을 가게 된 것이다. 하지만, 막상 가게 되니 시즈마로서는 벼루와 인롱을 분실한 후로 아직 찾지 못하기도 했고, 물갈퀴 오센이라 믿고 있는 고사토를 남겨두고 가는 것도 걱정이 되어 어쨌든 망설였는데, 곤하치로가 너무나 의욕적이었다.

"이번엔 사건이 크다, 드디어 엔도 엣추노모리를 응징할 만한 자금을 얻겠어. 자, 가자고⋯⋯!"

이렇게 시즈마를 재촉했던 것이다.

스루가의 누마즈에 와서, 제일 먼저 찾아간 것은 센자에몬의 집. 센자에몬 부부를 비롯하여 센스케도 넋을 잃고 슬퍼하고 있었던 참이라, 두 사람이 와 준 것을 얼마나 기뻐했는지 모른다.

"실례지만 사례는 얼마든지 해드리겠습니다⋯⋯. 부디 오미노를 구해주십시오⋯⋯."

부자가 함께 손을 모아 부탁한다.

"모두 다 잘 알겠습니다."

두 사람은 야마다 고로쿠로의 집이 어딘지 자세히 듣고서 바로 뛰어들었다. 이미 날이 저물었는데도, 당당하게 안내를 청했다. 어슴푸레한 현관으로 나온 것은, 깡마르고 키가 큰 청년 무사다.

"농민 센스케의 아내를 데려간 주인에게, 그 건으로 찾아왔다고 전해라."

곤하치로는 이름도 대지 않고 처음부터 고압적으로 나섰다.

청년 무사는 깜짝 놀란 표정으로 두 사람을 빤히 바라보았지만, 획 안쪽으로 사라졌다.

비가 올지 바람이 불지, 형세가 굉장히 험악하다.

(1928.12.17)

제107회
슨푸의 선물 (2)

"여기로 안내해."

책을 읽고 있던 집주인 야마다 고로쿠로는, 당황해서 들어온 청년 무사의 보고를 듣더니 별로 놀라는 기색도 없이 침착하게 말했다. 용모는 기골이 장대하다고 해야 할지, 엄청나게 큰 체격에 눈매가 날카로와서 정말 만만찮아 보이는 인물이었다. 녹봉은 적었지만 늘 무언가 나쁜 일을 벌여 황금을 얻었기 때문에, 항상 첩 두 셋 정도는 거느리고 유복한 생활을 했다. 동기들이나 상관이 고로쿠로의 그런 짓들을 묵인해주고 있는 건, 그의 실력이 뛰어나기 때문이었다. 그는 북진일도류(北辰一刀流)*를 놀랍도록 뛰어나게 구사하는 인물이었다.

청년 무사의 안내로, 시즈마와 곤하치로는 고로쿠로의 앞에 섰다.

"센스케의 아내를 데려가려고 왔다."

곤하치로가 선 채로 말했다.

"일단 앉지 그래. 남의 집에 왔으면 그에 맞는 예의를 갖춰야지."

---

* 에도 막부의 검호 지바 슈사쿠(千葉周作)가 창시, 현대 검도의 원형이 된 일본의 오래된 검술 유파중 하나이다.

고로쿠로는 훈계하듯 말했다.

"예의를 따지는 건 사람에게나 할 짓이지. 남의 아내를 유괴해서 가둔 놈에게는 예의 따위 필요 없다. 여자를 여기로 데려와."

시즈마도 대뜸 싸울 태세다.

"허어, 귀공들은 이 야마다 고로쿠로를 화나게 할 셈으로 온 건가. 봐 주는 데도 한계가 있어. 보아하니 귀공들은 멀리서 왔나보군. 내 실력을 안다면 그렇게 목숨이 아까운 줄 모르는 짓은 못할 텐데."

"뭐라고?"

곤하치로는 화가 나서 이미 검을 뽑을 듯 보였다.

"검을 뽑을 텐가."

고로쿠로가 비웃었다.

"뽑아도 상관없는데, 귀공들이야 조닌의 부탁을 받아 사례금을 노리고 벌인 짓이겠지……. 솔직히 그렇다고 털어놓는다면, 무사끼리니 귀공들의 돈벌이 방해는 하지 않겠다. 아깝긴 하지만 미노는 귀공들에게 돌려주겠어. 하지만, 시비를 거는 거라면 이 야마다 고로쿠로, 절대 미노를 돌려주지 않을 거다."

"재미있군. 돌려주지 않겠다면 검으로 받지."

뽑았다. 곤하치로가 먼저 뽑았다. 뒤이어 시즈마의 오우미노카미 요시히로, 날카로운 빛을 내뿜으며 고로쿠로를 압박했다.

그러나, 그 때엔 이미 고로쿠로도 칼집을 던져버리고 한쪽 무릎을 세운 채 두 사람과 대치했다. 2대 1, 게다가 고로쿠로는 한쪽 무릎을 세운 채 앉아 있다. 매우 불리하다.

시즈마와 곤하치로, 둘 다 일류 검객이다. 고로쿠로가 제아무리 실력이 좋다한들, 이 둘의 실력으로 베지 못할 리가 없다.

그런데, 안 된다. 둘 다 생각지도 못했던 고로쿠로의 실력에 탄복했다.

고로쿠로도 시즈마와 곤하치로의 빈틈없는 공격에 감탄했다.

"베어버리기엔 아까워, 멋진 솜씨야……."

결국 시즈마가 이렇게 말하며 자세를 풀었다.

"호언장담할 정도는 되는 군. 일도류로 보이는데, 이미 경지에 이르렀어……."

곤하치로도 검을 칼집에 넣었다.

화로를 둘러싸고 셋이 앉았다.

"귀공 정도의 실력자가, 왜 기껏해야 조닌의 여자를 유괴한 건가."

시즈마가 물었다.

"남녀문제는 논외지……."

고로쿠로가 아무렇지도 않게 웃고는, 말을 이었다.

"귀공들이야말로, 그 정도 실력으로 기껏해야 조닌의 부탁을 받고 다른 이의 연애에 훼방을 놓으려 하나. 이해가 안 되는 군……."

"우리에겐 심오한 목적이 있지."

곤하치로가 엔도 엣추노모리에 대한 분노라도 떠올린 것인지, 눈을 빛냈다.

"심오한 목적……. 그거 재미있겠군. 들어보세."

고로쿠로가 솔깃하여 말했다.

마치 백년지기라도 되는 것 같다.

(1928.12.18)

제108회
슨푸의 선물 (3)

"이 몸의 목적은, 어떤 다이묘를 적으로 돌려 괴롭혀주는 것이다."

곤하치로가 이렇게 말했을 때,

"잠깐."

시즈마가 조용히 제지했다.

"우리들의 목적은, 센스케의 아내를 돌려보내는 거야. 잡담은 그 뒤에 하는 게 좋아."

그 말이 떨어지자마자 고로쿠로가 대답했다.

"그 일은 신경 쓰지 않아도 되오. 두 분의 실력에 감탄했으니, 내 무조건 미노를 돌려보내리다."

고로쿠로는 아까 그 청년무사를 불러, 오미노를 데려오게 했다. 오미노는 무참하게도 거친 밧줄로 뒷짐을 진 채 묶여 있었다.

"차라리 죽여주세요……. 죽는 한이 있더라도 지아비에 대한 지조는 지키겠습니다."

오미노는 또다시 고로쿠로가 무리한 요구를 할 것이라 여겼는지, 방에 들어서자마자 이렇게 말하고는 울며 쓰러졌다.

"하하하하, 이제 아무 짓도 안 할 테니 안심해도 돼. 사랑하는 남편 곁으로 돌아가라고……."

고로쿠로는 손수 밧줄을 풀어주었다. 오랫동안 갇혀 있어서 무척 야위어 있었지만, 타고난 아름다움. 거부의 딸로 태어나 세상 어려운 줄 모르고 자란 순진함에, 오센이나 고사토에게서는 찾아볼 수 없는 또 다른 아름다움이 있다.

오미노는 뭐가 어떻게 된 건지 잘 알 수가 없었다. 너무 기쁜 나머지 시즈마와 곤하치로에게 감사하는 것도 잊어버리고, 허둥지둥 몸을 문지르고 있다.

"이걸로 바라던 거래는 끝났어. 귀공의 심오한 목적이라는 걸 들어봐야 하지 않겠나⋯⋯."

고로쿠로는 묘하게 열심이다.

"방금 전에 얘기한대로, 내 목적은 다이묘를 크게 괴롭혀주는 거야. 그 자금을 마련하려고 이렇게 조닌의 부탁이더라도 사례금만 받을 수 있다면 뭐든 수락하는 거다⋯⋯."

"목적은 모르겠지만, 사례금 때문에 온 것인 줄은 내 진작 알고 처음부터 미노를 귀공들에게 넘겨주려고 했던 게지. 나도 산전수전 다 겪은 사람이야, 눈치 없는 남자는 아니라구."

고로쿠로는 솔직하게 말했다. 시즈마도 곤하치로도 이제 와서는 화를 낼 수 없었다. 어딘지 특이한 고로쿠로라는 인물에게 공감한 것이다.

"그 다이묘를 괴롭히겠다는 이야기를 좀 더 자세히 들려주지 않겠나. 경우에 따라서는 나도 귀공들과 한 패가 되지. 쥐꼬리만한 녹봉에 묶여 굽신굽신 머리를 조아려야 하는 사관(士官) 생활에 아주 질렸던 참이거든."

야마다 고로쿠로라는 자, 어지간히 별난 남자다. 남의 아내를 납치해 가둬두기까지 하면서 자기 뜻에 따르라고 종용하던 와중에 침입한, 본 적도 없는 시즈마와 곤하치로와 싸운 것만으로 적의 검법에 감탄하여 오미노를 넘겨줬을 뿐만 아니라, 깊은 사정도 모르고 뛰어들어 한 패가 되려는 게 꽤나 별종이다. 하지만 고로쿠로는 구질구질한 사관 생활에 질려 있던 차에, 다이묘를 괴롭히겠다는 특권계급에 대한 반항, 거기에 공감한 것이다.

곤하치로가 자세한 이야기를 하기 시작했고, 시즈마가 곁에서 보충 설명했다. 둘 다 고로쿠로와 이대로 헤어지긴 싫었던 것이다.

고로쿠로는 두 사람의 이야기를 열심히 들었다.

(1928.12.19)

제109회
슨푸의 선물 (4)

시즈마와 곤하치로의 호위를 받으며, 오미노는 그 날 밤 센자에몬의 집으로 돌아갔다.

"무사님, 이 은혜는 절대로 잊지 않겠습니다. 감사합니다……."

센자에몬 부부는 이마를 바닥에 대고, 그저 감사하다고 할 뿐이다.

젊은 센스케는 너무나 기뻐서, 남 앞이라는 것도 잊고 오미노를 끌어안았다.

"너무 고생했지요……. 어차피 당신이 살아서 돌아오지는 못할 거라고 각오하고 있었어요……. 하지만, 당신에게 혹시라도 무슨 일이 생긴다면, 부모님께는 불효라도 나도 같이 죽을 셈이었어요. 아아, 이렇게 기쁠 수가……."

센스케가 이렇게 말하자, 오미노도 센스케의 가슴에 얼굴을 묻었다.

"저도 그랬어요……. 저도 정조를 더럽힌다면 혀라도 깨물고 죽어버릴 각오였지만, 한 번만 더 당신의 얼굴을 보고 싶었답니다……."

다케모토(竹本)*가 있었다면 "눈물에 목소리도……." 라고 노래할 판. 아무튼 달콤한 장면이다.

곁에서 지그시 바라보던 헤이도 시즈마는, 화가 치솟을 수밖에 없었다. 하코네 산속에서 젊은 남녀를 베어버린 것도, 둘이 시시덕대는 장면을 보였기 때문이었다. 첫사랑에 실패하고 완전히 난폭해진 그의 가슴 속에는, 이렇게 남녀가 정다운 모습을 보이면 이유 없이 끓어오르는 잔인한 성격이 아직도 뿌리 깊게 자리 잡고 있는 것이다.

시즈마의 오른손이 조금씩 떨리기 시작했다.

그 오른손이 허리에 찬 검에 닿는다면, 달콤한 장면은 한순간에 아수라장으로 돌변할 터. 위험하기 짝이 없었다.

그걸 눈치 챈 것은 구와바라 곤하치로였다. 곤하치로는 시즈마에게서 시선을 떼지 않았다.

"잠깐 동안이긴 했지만, 엄청 야위었네요……."

센스케가 오미노의 등이건 가슴이건 할 것 없이 위로하듯 쓰다듬는다.

"여기, 이렇게 밧줄 자국이……."

오미노는 에도의 물로 가꾼 눈처럼 고운 백옥 같은 피부를, 팔뚝까지 드러내 보인다. 붉은 속옷자락에 감싸인 새하얀 피부의 요염함.

시즈마가 한쪽 무릎을 세웠다.

"잠깐!"

---

* 에도 시대 유명한 다유였던 다케모토 기다유(竹本義太夫)를 가리키는 듯.

낮지만 힘 있는 목소리로 막은 것은 곤하치로. 시즈마 앞을 막아서 듯 앉았다.

"아직 사례금 안 받았어……."

곤하치로는 시즈마의 귀에 이렇게 속삭였다. 사례금 때문에 멀리서 온 시즈마에게, 이 말은 즉효였다. 귀중한 주사였다. 시즈마는 쓴웃음을 짓고는, 긴장한 몸을 풀었다.

이렇게 해서 그날 밤은 센자에몬 집에서 극진한 대접을 받고, 다음날 아침 말리는 것도 뿌리치고 사례금을 담뿍 받아 에도를 향해 출발했다.

센자에몬 부부와 센스케 부부를 비롯해, 고용인 모두가 도중까지 배웅했다. 하지만, 배웅하던 그들을 놀라게 한 것이 있었다. 야마다 고로쿠로가 시즈마와 곤하치로와 나란히, 담소를 나누며 갔기 때문에. 고로쿠로는 시즈마들과 함께 에도로 가는 모양이었다.

(1928.12.20)

제110회
슨푸의 선물 (5)

배웅 나온 센자에몬 일가와 헤어진 시즈마와 곤하치로, 그리고 새로이 합류한 야마다 고로쿠로. 세 사람은 담소를 나누면서 길을 떠났다.

"기이한 인연이군……."

이렇게 말하는 고로쿠로.

"정말로……."

시즈마가 맞장구 쳤다.

"에도에 도착하면, 셋이 힘을 합쳐 먼저 벼루와 인롱을 다시 손에 넣어야만 해."

고로쿠로가 생각해둔 것처럼 말했다. 이 남자, 막 한 패가 됐을 뿐이면서 벌써 참모라도 된 듯한 기세다. 하지만, 그만큼의 가치는 있는 듯 했다.

세 사람은 에도로 돌아가고 나서 해야 할 일에 대해 허심탄회하게 의견을 나누었다.

"나는 엔도 엣추노모리에게 은혜도 원한도 없지만, 한 지방의 성주를 상대로 한 싸움에 도전하는 게 무엇보다도 통쾌해……."

고로쿠로는 이런 말을 했다.

미시마의 여관 찻집. 세 사람이 이곳에 걸터앉아 떫은 차로 목을 축이고 있자니, 예순 가까운 거지 노인이 유행하는 고우타(小唄)*를 부르며 한 푼만 달라고 구걸을 했다. 마찬가지로 이 찻집에서 쉬고 있던, 종업원 같은 남자를 데리고 온 상인풍의 중년 남자가 있었는데, 늘 이 길을 지나다니는 모양이라 거지와는 아는 사이인 것 같았다.

"이봐요 어르신. 그쪽도 나이깨나 드신 것 같은데, 평생 거지노릇만 하고 살 거요?"

종업원풍의 남자가 이런 소리를 했다.

---

* 에도 시대에 유행한 노래.

"바보 같은 소리 하지 마!"

상인풍의 중년 남자가 종업원에게 주의를 주었다.

"세상에 좋아서 구걸하는 사람이 어디 있어? 네게 그런 걸 신경 쓸 정도로 친절한 마음이 있다면, 이 어르신을 모셔다 돌봐드리던가."

"나리, 당치도 않은 말씀을 하십니다."

종업원이 머리를 긁적였다.

"그것 봐라, 그러니까 쓸데없는 참견은 하는 게 아냐."

"매번 친절을 베풀어주셔서 감사합니다……."

거지 노인이 상인풍의 남자에게 정중하게 고개를 숙였다.

"나리께서 말씀하신대로, 저도 좋아서 구걸을 하는 건 아닙니다만, 이렇게 된 데는 다 이유가 있어서……."

"그럼, 그렇고말고, 깊은 사연이 있겠지……."

여행길의 심심풀이로 거지의 신세타령이라도 듣고 싶어진 건지, 상인풍의 남자는 떠보듯 말했다.

"정말로 사연이 있습지요……. 원래 저는 바쿠로초(馬喰町)에서 꽤 크게 장신구 도매상을 하던 사람이었습니다만……."

"허어, 당신, 역시 상인이었나. 흠, 흠, 과연……."

"지배인이 나쁜 녀석이라 장부도 제멋대로 쓰고, 게다가 나리 앞에서 말씀드리긴 뭐합니다만, 제 마누라라고 해야 할지 아니라고 해야 할지, 그놈이랑 밀통을 해서는 도망가 버렸습니다……."

"과연, 종종 있는 일이지……. 과연 그렇군……."

이번에는 종업원이 감탄하며 무릎걸음으로 다가앉았다.

"엎친 데 덮친다고, 그 와중에 제가 중풍에 덜컥 걸려서 자리보전을 하고 말았지요. 이때다 싶었는지 가게 놈들이 달려들어, 맘대로 매상을 빼돌리고 외상금을 모아다 도망가는 바람에, 순식간에 가게도 엉망진창이 되어버린 겁니다……."

"저런저런, 너무 안 됐구려……. 그런데, 당신 애들은 없었던 거요……?"

상인풍의 남자는 점점 더 동정하며 물었다.

"있었고말고요, 아들 하나에 딸 하나였답니다."

"그럼 죽기라도 한 겁니까……."

"아닙니다, 살아있기야 하겠지만, 도무지 알 수가 없어요……. 무엇보다도 아들놈은 뭐 하나 부족한 것 없이 그야말로 유모 손으로 곱게 키웠는데도 어릴 때부터 손버릇이 나빠서, 마쓰키치라는 이름이 있는데도 모두들 뒤에서는 '도둑놈 마쓰' '도둑놈 마쓰'라고 부를 정도였으니까요……. 오늘밤에도 어딘가에 끌려가서 벌을 받고 있을 지도 모를 일이라……."

거의 무관심하게 거지의 신세한탄을 흘려듣고 있던 헤이도 시즈마는, 이 때야 비로소 귀를 바짝 기울였다.

(1928.12.21)

제111회
슨푸의 선물 (6)

"그러면, 따님 쪽은 어떻소……?"
상인이 물었다.

"걔는 오빠 마쓰키치와는 달리 효녀라, 가게는 망했지, 엄마는 방금 말씀드렸듯이 지배인과 달아나버렸지, 오빠는 그 난리통에 어딘가로 도망가 버렸어도, 제 곁에 남아 어떻게든 효도를 하려고 했었는데……."

"걔한테도 무슨 일이 생긴 게요?"

종업원이 재촉하듯 물었다. 듣는 이의 감흥은 점점 더해간다. 미시마 여관의 찻집에서, 거지 노인이 털어놓는 에도 노포(老鋪)가 몰락한 사연. 비참한 이야기였지만, 남의 일인 만큼 재미있다. 하물며, 시즈마의 귀에는 손버릇이 나쁜 마쓰키치라는 당시의 소년 이야기가 강하게 와 닿아, 한 마디도 놓치지 않으려는 참이다.

"슬슬 가지……."

야마다 고로쿠로, 거지 노인의 이야기 따윈 재미없다는 듯 일어났다.

"아, 조금만 기다려, 부자 얘기는 재미없어도 거지 얘기엔 흥미가 있으니."

시즈마가 이렇게 말하며 제지했다.

거지 노인은 손으로 코를 풀고는 이야기를 이어갔다.

"딸아이는 오테루(おてる)라고 하는데, 가게가 망했을 때 딱 열 살이었습니다. 어쨌든 무일푼이 된데다 아직 갚아야 할 빚은 남아 있었으니, 뒷골목 셋집으로 이사해서 중풍으로 누워 있었습니다. 저도 약한 첩 제대로 먹질 못하는 형편이었죠. 그 때, 딸아이 오테루를 닷 냥에 사겠다는 사람이 있어서요……."

"파셨나 보오."

상인이 말했다.

"저는 그러고 싶지 않았지만, 딸아이가 아비를 위해서니 자길 닷

냥 받고 보내달라고 자꾸만 말하기에, 결국 닷 냥에 딸아이를 팔았습니다……. 하지만 아이를 사겠다던 분 말씀인데요, 이전부터 알던 분의 또 아는 분인데, 아이가 없어서 딸아이를 데려다 기르겠다는 거였습니다."

"그러고나서는 아드님이나 따님과는 만나질 못했군요……."

"그렇습니다. 딸아이는 미련이 남으면 안 되니, 그리고나서 얼마 안 돼 제가 죽어버린 걸로 해두었답니다. 그래도 제 수명이 아직 남았는지, 병도 어찌어찌 나아서 이런저런 돈벌이를 해봤습니다만, 뭘 해도 실패만 하고 결국 거지가 되어 이런 곳까지 흘러온 겁니다……."

"저런, 안 되셨소……. 이야기 들은 값으로 오늘은 좀 분발하겠소……."

상인은 이렇게 말하며 약간의 돈을 주었다.

"감사합니다……."

거지 노인은 받은 돈을 두드리고는, 터벅터벅 길을 떠나려 했다.

"잠깐만……."

그 때, 시즈마가 갑자기 거지에게 말을 걸었다.

"예……, 무슨 일이신지……."

거지가 벌벌 떨기 시작했다.

"그쪽 아들 마쓰키치라는 자, 지금 살아 있다면 몇 살쯤 되겠소?"

"아 예……."

이렇게 대답했을 뿐, 거지는 그저 떨고만 있다.

"좀 짚이는 데가 있어 묻는 게요, 걱정 마시오."

시즈마로서는 드물게 다정한 말투다.

"예에……."

거지도 조금 안심한 듯 했다.

"스물아홉이나 서른쯤 되었을 겝니다."

"그래, 뭔가 다른 특징은 없는지……."

"있습니다, 그게 참 신기하게도 아들놈 마쓰키치에겐 왼쪽 팔뚝에 커다란 점이 있고, 오테루에게는 오른쪽 팔뚝에 역시 큰 점이 있습니다. 오른쪽 왼쪽만 다르고, 둘 다 같은 곳에 있어서요……."

"그쪽은 늘 이 근처에 있나?"

"그렇습지요……. 이 근처에서 '유행가 규베이(久兵衛)'를 찾으시면 금세 아실 겁니다."

"후일을 기다리시게. 곧 오겠소."

시즈마는 갑자기 일어나더니 곤하치로와 고로쿠로를 재촉하여, 이상한 듯이 바라보는 거지 노인과 조닌을 뒤로 하고 걷기 시작했다.

고로쿠로를 얻은 것이 에도로 가져가는 선물 중 하나였는데, 만약 이 거지의 아들이 족제비 마쓰키치라면, 또 하나 선물이 늘어난 것이다.

(1928.12.22)

제112회
오센과 마쓰키치 (1)

시즈마, 곤하치로, 고로쿠로 세 사람은 엔도 엣추노모리 및 혼다 쇼우에몬을 철저히 응징하겠다는 웅대한 뜻(?)을 품고 에도로 돌아왔다.

하지만 시즈마는 곧바로 야스고로를 찾아갔다가, 가짜 오센 즉 고사토가 행방불명이 됐다는 소리에 적잖이 낙담했다. 마쓰키치에게 선물로 알려줄 셈이었던 거지 규베이 얘기 따위는 이미 염두에 없었다. 그저 행방불명이 된 고사토 생각에만 빠져 있을 뿐이었다.

그런데, 마쓰키치에게로 화제를 돌려보겠다.

아버지일 것 같은 남자가 미시마의 여관에서 구걸을 한다는 사실은, 마쓰키치는 꿈에도 모른다. 지금 마쓰키치는 스카키 해안의 버려진 작은 배 그늘에 숨어, 점박이 세이지와 물갈퀴 오센의 은신처로 몰려든 고요키키의 초롱불 무리를 잔혹한 미소를 흘리며 바라보고 있다. 틈을 타서 감쪽같이 달아나려는 속셈이다.

“꼼짝 마라!”

“꼼짝 마라!”

입을 모아 외치며 마구 몰려드는 초롱불들, ‘고요(御用)’라 적힌 둥근 초롱불이 어둠 속에서 기분 나쁘게 붉게 빛난다.

세이지 일당은 고요키키의 초롱불을 멀리서 봤을 때부터 이미 만일의 경우를 각오하고 있었는지, 만반의 준비를 갖추고 약탈한 전리품들까지 끌어 모아두고 있었다.

고요키키 중 하나가 문을 걷어찼다. 그것이 신호라는 듯, 잽싸게 뛰어드는 포졸들. 두목 세이지의 명령을 따라 부하 일동이 태세를 갖추고 이에 맞섰다.

이때다 싶은 족제비 마쓰키치, 배 그늘에서 불쑥 튀어나와 “꼼짝 마라” “꼼짝 마라” 소리를 뒤로 하고 달아나려던 순간.

탕, 하고 한 발, 어둠을 찢는 다네가시마의 소리. 고요키키 초롱불 무리가 사방으로 쫙 흩어진다. 이쪽을 향해 도망쳐 오는 포졸도 있다.

“망했다…….”

마쓰키치가 수상쩍게 보이면 큰일이니 몸을 숨길 곳이 없나 고민하던 차에, 다시 한 발 총성이 울려 퍼졌다.

그러더니, 도망쳐온 것은 여자다. 권총을 쏜 당사자가 물갈퀴 오센이었지만, 마쓰키치는 그것까지는 모른다. 그저 여자라고 깨달았을 뿐. 그 오센을 쫓아 포졸들이 제각기 다가온다.

'큰일 났다, 이쪽이 위험해지겠네…….'

마쓰키치는 이렇게 생각하고는 달아나려 했지만, 여자는 점점 더 가까이 온다. 그 뒤를 따라 포졸들이 여자를 노리고 일제히 다가온다.

마쓰키치의 의협심이 갑자기 끓어올랐다. 자기 혼자 도망치기도 버거우면서, 이 여인을 구해내 함께 달아나려는 심산. 하지만 꼭 의협심만은 아니고, 여자를 좋아하는 마쓰키치의 본성도 다분히 작용했다.

"아가씨, 내가 도와줄게요. 정신 바짝 차려요."

마쓰키치는 이렇게 말하고는 휙 앞으로 나서 오센을 막아서더니, 품에서 뽑은 비수를 정면으로 들이대며 포졸과 맞섰다.

"꼼짝 마라!"

"꼼짝 마……!"

섬뜩하게 빛나는 짓테가 마치 숲처럼 여럿이 되더니, 마쓰키치를 겨냥하여 모여든다.

천천히 다가오는 짓테의 숲. 마쓰키치가 아무리 실력이 좋더라도 이렇게 되면 이길 재간이 없다. 하물며, 실력도 없는 마쓰키치다. 의협심이 불러일으킨 위험천만한 사태다. 여자 때문에 사서 고생을 하다니 마쓰키치는 정말 색정광이라 할 만 하다.

하지만, 마쓰키치는 실력은 없지만 거의 인술(忍術)*이라 해도 좋을 정도로 도망치는 솜씨가 좋았다. 한 마디로 태풍처럼 빨리 달렸다.

마쓰키치는 순식간에 물갈퀴 오센을 안아들었다. 그리고 달리기 시작했다.

고요키키의 초롱불이 어지러이 빛나며 그 뒤를 쫓았다.

(1928.12.23)

제113회
오센과 마쓰키치 (2)

달아나고 또 달아났다.

쫓고 또 쫓았다.

하지만, 달아나는 쪽이 쫓는 쪽보다 훨씬 빨랐다.

거의 10정(町)**쯤 달렸을까.

어떤 들판에서, 마쓰키치는 안심하고 오센을 내려놓았다.

"고맙습니다……."

시든 풀 위에 내려선 오센, 먼저 감사의 뜻을 표했지만 경계심을 늦추지는 않았다. 위급한 상황에서 구해준 건 고맙지만, 딱 봐도 어차피 평범한 떠돌이는 아닌 듯한 남자. 어떤 요구를 해올지 모른다는 생

---

* 둔갑술. 무가 시대에 밀정들이 익힌 무예의 하나.

** 1정은 1간(間)의 60배로 약 109미터이다.

각이었다.

이미 날이 밝아오기 시작했다. 밝아진 참에 마쓰키치의 얼굴을 찬찬히 보자니, 아무래도 인상이 별로 좋지 않았다.

"걱정 마시오 아가씨. 난 족제비 마쓰키치라는 악당이오. 소문으로 들었겠지만, 요즘 전당포 창고를 털고 다닌 건, 대놓고는 말 못해도 실은 이 몸이라오. 그러니 이래봬도 여자들을 어떻게 해보려는 그런 질 나쁜 놈은 아니니……."

경계심을 늦추지 않는 오센의 모습을 간파한 마쓰키치는, 이렇게 말하며 허세를 부렸다.

오센 쪽도 얕보이고 싶지는 않았다.

"정말 감사해요, 저런 상황에도 당황하지 않고 유유히 도와주시다니, 어차피 이름 난 악당일 거라곤 생각했어요. 전 물갈퀴 오센이라는 별명을 얻고 바다와 육지를 오가며 돈벌이를 하는 여자랍니다. 부디 기억해주셔요."

"그랬나, 물갈퀴 오센이라는 게 당신이었군. 대단하시오, 가짜가 나댈 정도니……."

"맞아요, 야나기바시의 기생이라더군요, 호호호호. 저도 한 번 만난 적이 있지만, 취흥으로 그런 짓을 하는 여자가 다 있네요……."

아리땁게 웃는다. 저 아수라장에서 방금 막 도망쳐나온 여자라곤 여겨지지 않는다.

마쓰키치는 하늘을 올려다보았다.

"완전히 날이 밝았어요. 밝은 건 이쪽에겐 금물이지. 안심할 수 있는 곳까지 빨리 도망칩시다."

마쓰키치의 재촉을 받아 오센도 걷기 시작했다.

그러자, 늘어선 나무 그늘에서 불쑥 나타난 건 산타다.

　"나리⋯⋯."

　산타가 불러 세우자, 마쓰키치는 깜짝 놀라 뒤돌아보았다. 산타는 고요키키들에게 붙잡혀 세이지의 집까지 끌려갔지만, 수라장이 된 틈을 타 도망쳐 온 것이다.

　"뭐야, 너 아까 그 놈이잖아⋯⋯."

　오센도 쳐다보니 산타였기 때문에, 확 분노가 끓어올랐다. 하지만 마쓰키치와 어떤 관계인지 알 수 없었기 때문에 잠자코 바라보고만 있다.

　"나리, 이제부터 어디로 가십니까⋯⋯?"

　"갈 곳이 마땅치 않아서 곤란하던 참이야."

　"나리께 도움을 받았으니, 보답으로 저희 두목님 댁으로 안내하겠습니다⋯⋯."

　"그거야 고마운 얘기지만, 여기 물갈퀴 오센 씨와 넌 원수지간이 아닌가?"

　"그게 말입니다 나리⋯⋯. 저도 쭉 생각해봤지만 제가 이 여자에게 호된 꼴을 당한 것도 결국 제가 잘못했기 때문인지라, 전 이 여자를 도와줄 겁니다⋯⋯."

　물갈퀴 오센과 마쓰키치는 얼굴을 마주보았다. 마쓰키치는 산타를 도와주게 된 자초지종을 오센에게 설명해주었다.

　"뭐 이 놈이 말하는 대로, 잠깐 이 놈의 두목인지 뭔지네 집으로 가지 않겠소? 당신에게 호된 꼴을 당한 분풀이랍시고 이상한 짓을 하려든다면, 내가 가만히 있지 않을 테니⋯⋯."

　이렇게 상담이 성립하여, 마쓰키치와 오센은 산타와 함께 나무묘의 야고로의 집에 몸을 숨겼다.

한편, 점박이 세이지를 비롯한 부하 일동은 꽁꽁 묶인 채 끌려갔다.

(1928.12.24)

제114회
오센과 마쓰키치 (3)

나무묘의 야고로 집은 갑자기 군식구로 북적이게 됐다. 이미 먼저
온 손님으로 가짜 오센인 고사토가 있었다. 거기에 산타가 무사히 돌
아온 것은 좋았지만, 족제비 마쓰키치와 진짜 오센이 함께 왔기 때문
에, 중개업으로 먹고 사는 야고로조차 잠깐 어이가 없을 정도였다. 산
타와 진짜 오센은 옛날엔 어쨌거나 지금은 원수지간. 게다가 가짜 오
센 앞에 진짜 오센이 나타난 것이니, 실로 기괴한 상황이었다.

한편, 잠자리 기스케는 고사토 가짜 오센과 헤이도 시즈마와의 관
계를 알게 되었기 때문에, 고사토를 이용해서 시즈마를 끌어내려는
수단을 생각해냈다. 하지만 진짜 오센이나 족제비 마쓰키치가, 고사
토와 마찬가지로 나무묘의 야고로 집에 있다는 사실은 꿈에도 몰랐
다. 야고로도 협객이었으니 사실을 알고 나서는 짓테를 든 기스케에
게는 절대로 밝히지 않았던 것이다.

잠자리 기스케는 고사토에게서 야스고로의 집이 어딘지 알아내
어, 미장이로 변장하고 셋집으로 야스고로를 찾아갔다.

"말씀 좀 여쭙겠습니다, 헤이도 시즈마 씨라는 무사님 댁이 어딘

가요?"

저녁 무렵, 야스고로가 일터에서 돌아올 때를 노려 찾아간 기스케는, 이렇게 가볍게 물어보았다. 시즈마의 오지 집을 잘 아는 기스케지만, 이런 식으로 떠본 것이다.

"그러시는 그쪽은……?"

야스고로는 바로 되물으며 눈을 부릅떴다. 곁에서 백치 겐타가 웃고 있었다.

"아, 저는 그 뭐냐……, 헤이도 씨의 '이거' 부탁을 받고 왔습니다만……."

기스케는 새끼손가락을 내보이며 슬쩍 머리를 긁적였다.

"아, 고사토 씨인가……. 어디 있는지 몰라서 혈안이 되어 찾고 있던 참인데. 어, 어, 어디에 있습니까……?"

야스고로가 서둘러댄다.

"고사토 씨……, 아닌데, 내가 부탁받고 온 건 물갈퀴 오센이라는 무서운 여자인데요."

기스케는 다 알면서 모르는 척 한다.

"그래요, 고사토 씨가 물갈퀴 오센이라는 이름으로 속이고 있죠. 다 헤이도 씨 때문이구요."

야스고로가 쿡쿡 웃었다.

"그래서, 헤이도 씨라는 무사님은 어디 계신지요?"

"고사토 씨는 오지 집을 알고 있을 터인데……. 헤이도 씨는 어제 슨푸에서 돌아오셔서 우리 집에 들르셨는데, 고사토 씨가 없어져서 난리였어요. 하지만 고사토 씨가 어디 있는지 알게 되면 우린 한숨 돌리게 되니, 수고스럽지만 오지에 있는 헤이도 씨 집으로 가 주세요."

어이쿠 이런, 오지의 헤이도 시즈마와 얼굴을 마주하게 되면, 기스케는 살아서 돌아오지 못할 수도 있다. 그렇기 때문에 야스고로를 이용해서 불러내려는 심산.

"그런데요, 저는 바쁜 몸이라 오지까지는 가지 못할 것 같습니다. 부탁이니 그쪽이 가서 알려주지 않겠습니까, 이건 약소하나마 제 성의 표시고……."

이렇게 말하며 얼마간의 돈을 건넸고,

"그래서, 고사토 씨라는 그 여인이 있는 곳은 말이죠……."

나무묘의 야고로 집을 알려주었다.

야스고로는 손에 쥐어진 돈을 마다할 수 없어 시즈마의 집으로 고사토의 일을 알리러 갔다.

시즈마는 정신없이 야고로의 집으로 날아가, 오랜만에 애인과 재회했다. 야고로의 집으로 가는 도중에 시즈마를 잡으려 했던 기스케지만, 무사를 잡기 위해서는 순서가 필요했다. 그 준비가 미처 끝나지 않았기 때문에, 어떻게도 할 수가 없었다.

시즈마와 고사토의 재회 장면을 보고 제일 먼저 분개한 것은, 곤하치로와 고로쿠로다. 두 사람은 시즈마와는 행동을 따로 하겠다며 어딘가로 가버렸다.

그리고, 진짜 물갈퀴 오센이 슬쩍 재회 장면을 엿보더니 이 또한 격분하여, 일찍이 야고로 집에서 처음 만났을 때의 정열이 다시 솟아나는 것이었다.

(1928.12.25)

제115회
다시 나타난 보물 (1)

끈기가 강한 자만이 최후의 승리를 얻는다. 도박도 그렇고 대출금 신청도 그렇지만, 사랑에 있어서는 더욱 그렇다. 남보다 백배는 더 강하게 밀어붙이는 자가 마지막 영광을 차지하는 것이다.

벼루와 인롱을 찾아, 꼼꼼하게 전당포마다 찾아다니며 돌아다니고 있다.

그러나 또 한 사람, 이 벼루와 인롱에 강한 집착을 갖고 전당포를 뒤지는 자가 있다. 잠자리 기스케이다. 기스케가 이 두 물건이 전당포에 저당 잡혔다는 사실을 간파했다는 이야기는 이전에 했다. 기스케는 시간 날 때마다 스스로, 시간이 없을 때는 부하들을 시켜 온 에도의 전당포를 뒤졌다.

변덕쟁이 사이조와 하치스카도 끈기 있게 시타야, 아사쿠사, 후카가와, 홍고, 니혼바시의 전당포를 차근차근 돌아다녔다. 아카사카의 모든 전당포를 뒤지고, 시바(芝)에서 아자부(麻布), 드디어 아자부주반의 환전상 겸 전당포인 이세야의 냄새를 맡았다. 아니, 냄새를 맡았다기보다는 거기까지 순서가 온 것이다.

한편, 기스케 쪽도 어떤 예감이 든 건지 무턱대고 아자부 방면을 물색하고 있었다.

"실례……."

하치스카 야자에몬이 호기롭게 포렴을 열어젖혔다.

"이 집에 저당 잡힌 벼루와 인롱이 있나?"

위압적으로 묻는다.

마침 가게에 있던 서른 전후의 부지배인은, 듣자마자 안색이 변했다.

"글쎄요……."

잠깐 생각해본다.

곁에 있던 사이조는 그 모습을 보고는, 속으로 손뼉을 치며 기뻐했다. 오늘까지 수십 군데, 수백 군데를 돌아다닌 전당포 지배인 중, 생각해보거나 하는 사람은 하나도 없었다. 그러니 "글쎄요……." 라고 생각해보는 것 자체가 수상쩍다. 사이조는 자꾸만 하치스카를 재촉했다.

"잘 생각해 봐……."

하치스카는 이렇게 말할 뿐이다. 얼빠진 말투다.

"실례지만, 어디서 오셨습니까……?"

이 부지배인 꽤나 빈틈이 없다. 쇼와(昭和)시대에 기승을 부리는 가짜 형사에게도 당하지 않을 말투다.

"관청에서 나왔다."

하치스카가 힘주어 대답했다.

"그렇습니까, 요즘 소란스럽다 보니 이런저런 핑계를 대면서 전당포를 뒤지는 악당들이 있어서, 손님께서 말씀하신 소중한 물건은 관청서 나오셨다는 확실한 증거를 보여주시지 않으면 어느 분께도 물건은 물론이고 장부도 보여드리지 못하게 되어 있습니다……."

변덕쟁이 사이조는 입을 우물거리고 있었는데, 참지 못하고 결국 나섰다.

"그럼, 벼루와 인롱이 이 집에 들어와 있긴 한 거네……."

사이조의 이 한 마디가, 이 상황에서는 현명한 부지배인에게 너무나 나쁜 인상을 주었다. 그럴만한 것이, 따라온 하인 주제에 주인의 이야기에 참견을 하는 건 있을 수 없는 일이었기 때문이다. 그러니 '이 놈 수상하네…….' 이렇게 생각하며 노려보았다.

그렇게 되자, 부지배인 쪽이 강하게 나왔다.

"어쨌든 지금 주인도 지배인도 부재중이니, 뭐라 답변을 드릴 수가 없습니다."

이렇게 빠져나가버렸다.

그리고 나서는, 하치스카가 무슨 말을 하든, 사이조가 어떻게 말을 걸든, 지배인은 대답 않고 빠져나갈 뿐이었다.

밀고 들어가 창고를 뒤질 정도의 용기는 없었다. 두 사람은 분했지만, 눈물을 삼키며 밖으로 나왔다.

그때 마침 지나가던 남자가 전당포 포렴을 걷고 나온 두 사람을 보더니, 흠 하고 팔짱을 꼈다.

그러더니 그 남자가 갑자기 마음을 정한 듯,

"잠깐!"

이렇게 날카롭게 사이조를 불러 세웠다.

"예, 저 말입니까?"

사이조가 돌아보자마자, 휙 달려든 남자의 손에서 포승줄이 뱀처럼 스르륵 움직였다.

(1928.12.26)

제116회
다시 나타난 보물 (2)

온몸에 둘둘 휘감긴 기분 나쁜 포승줄이 시시각각 몸의 자유를 빼앗아간다.

"이런 제기랄……!"

변덕쟁이 사이조는 몸을 버둥대며 분통을 터뜨렸다.

"왜, 왜 나를 묶는 게요! 나는 나쁜 짓을 한 적이 없소!"

위세 좋게 이렇게 외쳐봤지만, 그의 신경을 거스른 것은 포승줄로 묶어버린 남자보다도 함께 있던 하치스카 야자에몬이다. 내가 이런 꼴을 당했는데도, 저 놈 뭘 하고 있는 거야? 사이조는 묶인 채로 있는 힘껏 몸부림치며 사방팔방으로 시선을 돌려 하치스카를 찾았다.

그러자 하치스카 야자에몬은 대여섯 간 떨어진 곳에 있는 가게 그늘 아래 서서, 이쪽을 방관하고 있었다. 전당포에서 나오자, 탐정인 듯한 남자가 갑자기 사이조를 덮쳤다. 이유는 몰라도 이대로 자기 혼자 도망치는 건 양심에 찔렸고, 그렇다고 해서 사이조를 도와줄 정도의 용기는 없었던 야자에몬. 잠시 상황을 지켜볼 수밖에 없었다.

그걸 본 사이조.

"하치스카 씨, 거기 있지 말고 여기 와서 내 증인이 되어주시오……!"

반쯤은 우는 소리다.

이렇게 되니, 하치스카 야자에몬은 그저 방관하고 있을 수만은 없었다. 이쪽으로 터벅터벅 걸어왔다. 탐정은 사이조의 포승줄 끝을 쥐고 이미 끌고 가려던 참이다.

"이거, 이거, 내 동행에게 무슨 짓인가……."

하치스카 야자에몬, 일생일대의 명대사다. 무사 계급은 마을 탐정이 잡아갈 수 없다. 그렇기 때문에 하인인 사이조만 포승줄에 묶인 것이다. 이 탐정은 다름 아닌 마루야초의 대장 잠자리 기스케였다.

기스케가 전당포를 일일이 찾아 돌아다니다 이세야에 들어가려고 그 앞까지 와 보니, 한발 앞서 하치스카와 사이조가 포렴을 걷고 나오던 참이었다. 기스케의 직업적 육감이 날카롭게 움직여, 요즘 전당포마다 돌아다니며 벼루와 인롱을 찾는 게 이 두 사람이 틀림없다고 짐작하고는, 무사 쪽은 절차가 귀찮으니 사이조만 묶어버린 것이다.

"좀 물어보고 싶은 게 있어서, 번소까지 데려가려고 묶은 겁니다."

기스케는 상대방이 무사라, 아쉽지만 이렇게 순순히 대답했다.

"안 되지……. 나는 엔도 엣추노모리의 가신이다……. 내 동행에게 용무가 있다면 저택으로 오게……. 길바닥에서 포승줄로 묶는 건 안돼……."

띄엄띄엄 말을 더듬긴 했지만, 야자에몬은 어쨌든 이런 말을 하고 물러났다.

기스케는 내심 분해서 발을 굴렀지만, 안타깝게도 에도 시대의 무사 계급을 옹호하던 법률로 따지면 하치스카의 말은 진리였다.

기스케는 포승줄을 풀고 사이조를 놓아주었다.

"흥, 꼴좋다……."

얄미운 소리를 던지고, 사이조는 야자에몬과 나란히 가버렸다.

기스케는 살면서 이 때만큼 분했던 적이 없었다. 잠시 넋이 나가 있었지만, 다시 생각을 고쳐먹고 이세야의 포렴을 걷었다.

(1928.12.27)

제117회
다시 나타난 보물 (3)

"실례하오……."

이세야의 포렴을 걷으며, 잠자리 기스케는 날카로운 시선을 부지배인에게 던졌다.

이세야의 부지배인과 심부름꾼도, 방금 가게 앞에서 벌어진 활극을 포렴 틈새로 구경했기 때문에 기스케가 누군지 알고 있다. 자칫 말 한 마디라도 잘못했다간 바로 포승줄에 묶일 것이다. 하오리 밑으로 슬쩍 보이는 짓테도 스산했다.

"어서 오십시오, 대장님. 무슨 일로……."

"이미 알고 있겠지, 벼루와 인롱 건 말이오."

물론 기스케는 이 두 물건이 이 가게에 있다는 걸 알 리가 없었다. 그저 이렇게 물어본 것뿐이다. 그런데 부지배인 쪽은, 기스케가 딱 알고 온 것이라고 짐작했다. 그도 그럴 것이, 사이조가 두 개의 보물을 받아서 나온 거라 여겨 체포했지만, 물건을 받지 않았다는 변명이 통해 사이조가 석방된 것이라 생각했던 것이다. 그래서 부지배인의 대답은 굉장히 온순했다.

"정말 수고하십니다……. 실은, 그 두 물건은 저희 집에 저당 잡혀 있는 걸로 알고 있습니다만……."

이 대답은 기스케로서는 더할 나위 없는 수확이었다.

"알고 있습니다만? 그건 이상하지, 이미 우리 쪽에서는 확실하게 조사가 끝났거든. 자, 바로 가져오게."

기스케는 이렇게 말했지만, 내심 이미 그 무사와 하인에게 넘겨진 것은 아닌지 걱정하고 있었다.

그러나, 부지배인은 의외로 정직한 사람이었다.

"예, 그렇습니다, 그게……, 실은 그, 저당 잡혀 있긴 합니다만, 지배인도 주인도 부재중이라, 어디 있는지를 몰라서요……."

'됐다!'

기스케는 마음속으로 외쳤다.

"어이, 농담도 정도껏 해. 지배인이 자리를 비울 때마다 물건이 어디 있는지 모른다면, 장사가 안 될 거 아냐. 어설프게 감추려 들면 그냥 끌고 갈 거야."

마지못해 사이조를 풀어준 울분도 남아 있어서, 기스케는 세게 나갔다.

"죄송합니다……. 지배인은 잠깐 근처에 갔으니까 불러 오겠습니다……."

부지배인이 납작 엎드렸다.

이윽고 데리러 간 심부름꾼과 함께 지배인이 허둥지둥 돌아왔다. 두 개의 보물이 기스케 앞에 펼쳐졌다.

"지배인, 이 물건은 어디 사는 누구에게 받았소?"

잠자리 기스케는 처음 보는 훌륭한 물건에 감탄하면서 물었다.

"예, 이건 로쿠조라고 하는 단골손님에게서 받은 거라……."

"얼마에?"

"한 관입니다……."

"그렇군, 이건 사연 있는 물건이다. 나는 마루야초의 기스케라는 사람이다, 맡아두겠다."

기스케는 두 개의 보물을 품에 넣고 생각지도 못했던 성공을 기뻐하며 전당포를 나왔다.

간발의 차로, 사이조가 숨을 헐떡이며 이세야로 뛰어 들어왔다.

"지, 지배인님, 벼루와 인롱은……?"

"방금 전에 마루야초의 기스케라는 분께 드렸습니다……. 아까 그쪽을 잡았던……."

부지배인의 대답을 반쯤 듣다 뛰쳐나간 사이조가 앞을 보니, 기스케가 서둘러 가고 있었다.

사이조가 오른손 새끼손가락을 입에 넣고 휘익, 휘파람을 불었다. 그와 동시에, 무사들이 사방에서 달려왔다.

"저, 저놈이야, 게다가 보물도 가지고 있는 것 같아……."

사이조가 무사들에게 말했다.

"어딜……."

무사 일단이 순식간에 기스케를 에워쌌다.

이 무사 일단은 전당포에서 멀지 않은 엔도 엣추노모리 별장의 젊은 무사들이었다. 그 중에는 하치스카 야자에몬도 섞여 있다.

사이조는 만일의 경우에 대비해, 별장의 젊은 무사들에게 부탁해 두었던 것이다.

(1928.12.28)

제118회
다시 나타난 보물 (4)

무사 일단에게 에워싸여 기스케는 체념하듯 눈을 감았지만, 이렇게 말했다.

"저는 도신 이시다 신베 님 밑에서 일하고 있는 사람입니다만, 아십니까?"

이시다 신베는 '귀신'이라고 불릴 정도로 이름 높은 도신이었다. 사실 이시다가 노리면, 상당히 신분이 높은 자라도 별 수 없이 팔을 꺾여 붙잡혔던 것이다.

그러나, 혈기왕성한 젊은 무사들은 그런 건 귀 담아 듣지도 않았다.

"네놈이 가진 벼루와 인롱은, 우리 집안의 보물이다. 고요키키 따위의 손에 넘어갈 물건이 아니야, 이리 내놓아라!"

무사 중 하나가 소리쳤다. 잠자리 기스케는 비로소 보물의 내역을 알게 된 것이다. 그렇다면 더더욱 넘겨줄 수 없었다. 무언가 깊은 사연이 있음에 틀림없다고 생각했다.

'어림없지, 목숨을 걸고 상대해 주마……!'

기스케는 용감하게 결심했다. 무기라고는 짓테 한 자루. 적은 여럿인데다 대검까지 뽑아들었다. 이 승부는 정말 말이 안 됐다. 잠자리 기스케는 이미 목숨을 버린 모양이었다. 스스로도 그럴 각오였다.

그런데, 그 때. 누군지 모를 두 사람의 무사가 날카로운 기세로 뛰어들었다.

"조닌 하나를 상대로 무사 여럿이 검을 뽑다니 대체 무슨 일인가? 우리가 상대하겠다. 자 덤벼라!"

획 뽑은 장검, 기세 좋게 베어든다.

날카로운 검 끝에, 무사 일단은 순식간에 뿔뿔이 흩어졌다.

이 두 사람은 누군고 하니, 곤하치로와 고로쿠로였다. 두 사람은 시즈마에게 정이 떨어져 떠난 뒤, 아자부 근처에서 살고 있었다.

"우리들은 엔도 가문의 가신들이다, 방해하면 가만 두지 않겠다!"

이렇게 외친 자가 있었다.

"뭐라고? 엔도 가문의 가신……."

곤하치로는 무의식중에 이렇게 소리쳤다. 엔도 엣추노모리에 대한 불만을 안고 떠돌며 엣추모노리를 적으로 여겨온 곤하치로. 그 엣추노모리의 가신들과 검을 겨누고 맞서다니, 너무나 기이한 인연이다.

"엔도 가문의 가신이나 되는 자들이, 고요키키 한 명을 상대로 이 추태는 뭐란 말이냐!"

고로쿠로가 곁에서 이렇게 외쳤다.

"우리 집안의 귀중한 보물인 벼루와 인롱을 이 자가 빼앗았단 말이다!"

젊은 무사들 중 하나가 이렇게 말했다.

"뭐라고……?"

곤하치로는 깜짝 놀랐다. 시즈마가 백치 겐타에게 도둑맞았던 두 개의 보물이, 지금 이 고요키키의 손에 있는 것인가……. 지금이야말로 우리들이 되찾을 때가 온 것이다. 하늘이 도우셨다……. 곤하치로는 이렇게 마음 속으로 외쳤다.

그리고, 고로쿠로에게 속삭였다.

"귀공, 이 조닌을 놓치지 마시오. 엔도 가의 비실대는 무사들은 나 혼자서 처리하겠소."

"자, 오너라!"

곤하치로가 대도를 눈 앞으로 겨누었다.

"엇, 구와바라 곤하치로군……."

엔도 가의 무사들 중에 이렇게 말하는 자가 있었다.

"오, 곤하치로다. 역적이다!"

뒤이어 이렇게 외치는 자도 있었다.

젊은 무사 일동은 검을 빛내며 다가온다. 그러나, 곤하치로의 빈틈 없는 태세를 허물고 덤벼들기는 어려웠다. 멀리서 에워싸고 도는 형국이다.

곤하치로는 싸움을 유도하기 위해, 슬쩍 뒤로 대여섯 발짝 물러났다. 이걸 달아나는 걸로 착각한 젊은 무사들이, 환성을 지르며 달려들었다.

그러자, 우뚝 멈춰 선 곤하치로가 다가온 한 사람을 베었다. 같은 편이 베이자 살기등등해져서, 드디어 난투극으로 변했다.

(1928.12.29)

제119회
다시 나타난 보물 (5)

야마다 고로쿠로는 잠자리 기스케를 엎어놓고 단단히 누른 채로, 한 손으로는 대검을 휘두르며 다가오는 자가 있으면 바로 베어버릴 태세였다.

한편 곤하치로는 다수를 상대로 진검 승부를 펼치고 있었다. 서두르다 지치는 게 가장 손해라는 걸 잘 알기 때문에, 될 수 있는 한 적을 피곤하게 만드는 전법을 취했다.

획 도망치다가, 뒤따라온 자를 순간적으로 베어 쓰러뜨린다. 그에 놀라 적이 도망쳐도 쫓아가지는 않는다.

곤하치로는 스친 상처 하나 입지 않았지만, 이미 적 3분의 1을 쓰러뜨렸다.

하지만, 와와 몰려들던 무사들 중 누군가가 다급히 엔도 가에 알린 듯, 무사 여럿이 날 듯이 달려와 가세했다.

어지간한 곤하치로도 슬슬 힘들어지는 형국이다.

그렇게 본 고로쿠로는, 갑자기 잠자리 기스케의 품을 뒤져 두 개의 보물을 빼앗더니 그걸 품에 숨기고는 기스케를 내던지고 곤하치로에게 가세했다.

곤하치로와 고로쿠로, 두 검사가 함께 맞서자 엔도 가의 비실거리는 무사들이 당할 수가 없었다. 칼과 칼이 맞부딪치면 반드시 베여 쓰러졌다. 순식간에 시체의 산. 살아남은 자도 도저히 당해내질 못하고 목숨이 소중하다는 듯 달아나 버렸다.

고로쿠로는 유유히 피 묻은 검을 닦았다. 곁에서 곤하치로가 주의를 주었다.

"귀공이 저 탐정을 놓아주었지. 그러니 저 놈이 포졸들을 끌고 올 거야. 오래 머물지 말고 가자고……."

"어, 가자고. 보물 두 개는 완전히 내 손에 있으니, 가세……."

이미 날도 저물었다. 곤하치로와 고로쿠로는 순식간에 저녁의 어둠 속으로 빨려 들어갔다.

한편 헤이도 시즈마는, 아직 물갈퀴 오센이라 믿고 있는 고사토와 잘 지내고 있었는데, 오지의 집이 탐정에게 발각되어 귀찮아진데다 슨푸에서 벌어온 돈도 아직 충분했기 때문에, 고사토 오센을 데리고 여러 여관과 요릿집, 찻집을 전전하며 흥청망청 화려한 낭인생활 중이었다.

그걸 걱정한 것이 미장이 야스고로였다. 그는 불편한 몸에도 불구하고, 열심히 시즈마의 행적을 따라다녔다. 진심어린 충고를 하기 위해서였다.

그러다가 그의 셋집에서 그리 멀지 않은 후카가와나카초(深川仲町)*에 있는 '가모야(鴨屋)'라는 여관에 자리 잡고 희희낙락하고 있는 시즈마와 고사토를 발견했다.

"야스고로냐, 무슨 일로 왔지?"

매일 밤낮으로 술독에 빠져 있던 시즈마가 날카롭게 따지듯 물었다.

"헤이도 님……."

둥그런 등잔불에 비친 야스고로의 얼굴은 성심성의의 결정체처럼 보였다.

"나한테 뭔가 할 말이 있나보군."

시즈마는 내뱉듯이 말했다.

"당신께서는 큰 소원을 품고 계신 분이라고 구와바라 님께 들었습니다만, 요즘은 대체 뭘 하고 다니시는 겁니까……."

솔직한 미장이 기질대로 꾸밈이라곤 전혀 없지만, 순정과 열의를

---

* 에도 시대의 번화가.

담은 그 말에는 어지간한 시즈마도 적지 않게 감격했다. 시즈마는 조용히 자신이 걸어온 인생을 돌아보지 않을 수 없었다.

첫사랑의 실패, 낭인, 거리에 나가 지나가는 사람들을 베던 일, 술, 여자, 위기 구제업, 모두 소름이 끼쳐 자세를 바로 할 수밖에 없는 일들 뿐이었다. 시즈마는 입을 굳게 다문 채 눈을 감고 꼼짝도 하지 않았다.

시즈마의 이런 모습에, 야스고로는 자신의 충언이 받아들여졌음을 깨달았다. 이 기회에 고사토 오센이 가짜라는 것까지 이야기해버리자고 결심했다.

야스고로는 고사토를 곁눈질하며 입을 열었다.

"그리고, 이 오센 씨 말인데요……."

깜짝 놀란 고사토 오센, 정신없이 눈짓을 하며 아무 말도 하지 말아달라고 애원했다.

(1928.12.30)

제120회
다시 나타난 보물 (6)

그러거나 말거나 야스고로는 목소리를 높였다.

"헤이도 나리, 잘 들으세요……. 당신께서 물갈퀴 오센이라고 믿고 계신 이 여자는 실은 그 여자가 아닙니다……."

"뭐라고……?"

시즈마가 격하게 되묻는 것과 고사토가 얼굴을 숙인 것은 거의 동시였다.

"이 여자는 말이죠, 고사토라는 야나기바시의 기생이랍니다. 우연히 제가 그 사실을 알게 됐고, 게다가 저는 진짜 물갈퀴 오센하고도 만난 적이 있어서……."

시즈마는 팔짱을 낀 채 침묵을 지켰다. 듣고 보니 물갈퀴 오센답지 않은 구석이 하나 둘씩 떠오른다. 하지만, 가장 이상한 부분은 이 여자가 정말 물갈퀴 오센이 아니라면, 왜 하필 고르고 골라 그런 여도적의 이름을 사칭했을까 라는 점이었다.

시즈마는 더듬거리는 어조로 그에 대해 물어보았다.

"드릴 말씀이 없습니다……."

"드릴 말씀이 없다는 건 정말 오센을 사칭했다는 거군……. 왜 그런 거짓말을 한 거지……."

"당신이 좋아서 그랬어요."

고사토는 의외로 솔직하게 이렇게 잘라 말했다.

"그건 왜지?"

시즈마의 분노는 아직 풀리지 않았다.

고사토는 기생이라고 하면 상대해주지 않을 거라 생각하고 반쯤은 장난처럼 물갈퀴 오센의 이름을 입에 담았다고 털어놓았다.

시즈마는 다시금 눈을 감고 침묵에 잠겼다. 료코쿠의 요릿집 히사고야에서 물갈퀴 오센이라는 이름을 들은 것만으로도 흥미가 부쩍 솟았던 것을 떠올렸다. 만약 이 여인이 그저 기생이라는 사실을 알았다면, 헤이도 시즈마라는 남자가 이렇게까지는 빠져들지 않았을 것이라는 생각도 들었다.

하지만, 꽤 오랜 시간 서로 사랑한 여인이다. 물갈퀴 오센이라는 이름에 애착을 느껴왔다고는 해도, 여인 그 자체에도 꽤나 집착했던 것이다.

화는 났지만 버릴 생각은 들지 않았다. 하물며 완전히 풀 죽은 고사토의 모습을 보고 있자니, 더더욱 무자비한 짓은 할 수 없었다. 그저 보통 인간인 것이다. 시즈마는 고사토에게 아직 미련도 집착도 남아 있었다. 그러나 고사토를 용서할 마음은 조금도 들지 않았다.

"고사토인지 뭔지, 원래대로라면 베어버려도 속이 시원치 않겠지만, 난폭한 짓만은 봐 주지. 오늘부로 우린 남남이다."

시즈마는 이렇게 내뱉고는 분연히 일어났지만,

"이걸로 체면치레라도 해야겠군."

품속을 뒤져 슌푸에서 벌어온 돈 몇 푼을 고사토의 앞에 던졌다.

"야스고로, 가자."

시즈마의 성격은 정말 이상했다. 그렇게나 푹 빠져 있던 고사토였음에도 말 그대로 헌신짝 버리듯 하는 것이다.

고사토는 쫓아가려 해도 매달리려 해도 시즈마의 태도가 너무나 냉정했기 때문에, 어쩔 수 없이 울기만 할 뿐이었다.

문밖으로 나서자, 시즈마는 모든 일을 잊은 듯 요쿄쿠의 한 소절을 흥얼거렸다.

"야스고로, 너 진짜 오센을 만난 적이 있다고 했었지. 어디에 있나?"

이미 진짜 오센 쪽으로 마음이 움직인 것이다.

"만나기만 했지 저도 아무 것도 모릅니다. 무사 변장을 하거나 해적질도 했다니 정말 대단한 여자인 것 같아요."

"재밌군……. 어디 있을까, 만나보고 싶네."

시즈마는 맥없이 중얼거렸다.

(1928.12.31)

제121회
세밀의 소용돌이 ⑴

한산하고 평화로운 산골 마을에서조차 일손이 아쉬울 정도로 바쁜 연말.

하물며 전국의 부를 한 손에 거머쥔 쇼군 집안의 수도, 에도의 12월의 분주함은 예나 지금이나 변함이 없다.

그렇게 안 그래도 바쁜 연말에 더 바삐 돌아다니는 잠자리 기스케와, 새해로 닥쳐온 어전 와카회를 앞두고 인롱은 둘째 치고 벼루도 되찾지 못한 엔도 엣추노모리와 그 집안 사람들의 어수선하고 안타까운 심정은 이루 말할 수 없었다.

그 와중에 속세 따위와는 상관없이 불도를 닦던, 속명은 무라카미 가즈마였던 스님 료엔은 깊이 깨우친 바가 있어 주지스님에게 청해 에도로 탁발에 나섰다.

차가운 바람이 부는 에도의 12월 저녁, 홍고의 절 문을 나서 밤늦게 정해진 시간에 돌아왔다. 다 떨어진 옷과 신을 신고 쇠막대기 하나에 의지해, 집집마다 돌아다니며 한 푼 두 푼 내주는 돈을 모으며 돌아다녔다.

저택이 늘어선 곳에 다다를 때면, 료엔은 그저 발길을 재촉하면서도 생각은 먼 과거로 달려가는 것이었다.

'오센은 어떻게 지내고 있을까……. 소문이 무성한 물갈퀴 오센이라는 건 그 오센인 걸까…….'

이런 생각도 해 보았다. 그러자, 요전에 귀자모신(鬼子母神)* 경내에서 만난 오센의 모습, 절로 찾아왔던 정념에 흘러넘치던 얼굴 등이 차례로 료엔의 시야를 스쳐 지나갔다.

'과연……. 과연 여도적이 되었다면 구해주어야 할 것이다. 그릇된 길을 걷고 있는 사람을 바른 길로 인도하는 것, 그것이 출가한 수행자가 마땅히 해야 할 도리가 아니던가…….'

이런 생각도 해 보았다.

'아니지 아니지, 그건 안 될 말이다. 그토록 그릇된 길에 빠진 인간에게 가까이 가선 안 돼. 바른 길로 이끌기 전에 내가 나쁜 길로 끌려 들어갈 지도 몰라…….'

료엔의 양심이 이렇게 가르친다.

'하지만…….'

료엔의 가슴 속을 맴도는 청춘의 혈기가 양심의 외침을 지워버린다.

'찾아내서 만나보자…….'

드디어 이렇게 결심했다. 오센이 절을 찾아왔을 때, 료엔은 거세게 거절하며 돌려보냈었다. 하지만, 그 후 젊은 료엔은 청춘의 피가 끓어올랐다. 그리고 낮이고 밤이고 오센을 생각하는 것이었다. 승려가 되기는 했지만 아직 한창 때라, 절에 참배하러 오는 젊은 새댁이나 아름

---

* 유아를 보호·양육하는 신.

다운 아가씨들이 료엔의 미모에 마음을 빼앗겨 곁눈질이라도 하면, 료엔은 내심 불가를 떠나 속세로 돌아가고 싶어지는 것이었다.

하지만 그럴 때면, 늘 양심의 힘으로 마음을 가라앉히고는 했다. 그럼에도 이번만큼은 오센이 아무래도 마음에서 떠나지 않았다.

갑자기 탁발을 결정하고 밤마다 속세를 돌아다니는 것도, 어쩌면 그런 청춘의 발동이었는지도 모른다.

료엔이 그런 생각을 하고 있을 무렵 당사자인 오센은.

나무묘의 야고로 집에 몸을 숨긴 채, 바쁜 연말은 남 일인 양 바라보고 있었다.

붙잡혀 들어가 옥살이 중인 점박이 세이지 생각을 하지 않는 건 아니었다. 하지만, 원래부터 먹고 살기 위한 방편으로 신세를 졌을 뿐인 세이지를 그렇게까지 생각해줄 오센이 아니었다.

진심으로 생각하는 것은 단 한 번 봤을 뿐인 헤이도 시즈마의 남성적인 모습과, 료엔 스님이었다.

(1929.1.1)

제122회
세밑의 소용돌이 (2)

야고로의 충언으로 홀연히 정신을 차리는 한편, 가짜라는 사실을 알게 된 고사토 오센을 매정하게 차버린 헤이도 시즈마.

정신을 차리고 보니, 제일 먼저 떠오른 건 동료인 구와바라 곤하치로였다.

"구와바라, 어디 있는 게냐……. 우리들에겐 엔도 엣추노모리와 혼다 쇼우에몬을 응징해야 할 임무가 있다……. 그런 중대한 임무를 지니고서도, 나는 여자에 빠져 결국 자네에게 버림받고 말았다……."

'구와바라 용서해주게……. 야마나 고로쿠로는 어떻게 된 거지, 그남자도 참 희한하고도 재밌는 남자였건만…….'

시즈마는 어울리지 않게 마음이 약해져서 떠나가 버린 친구를 떠올리는 것이다. 계속해서 떠올리는 것은 족제비 마쓰키치였다.

'마쓰키치도 보고 싶네, 만나서 미시마 여관에서 만난 거지 노인 이야기도 해주고 싶은데…….'

이런 생각도 하는 것이었다.

시즈마는 벼루와 인롱은 이미 단념한 상태였다. 설마 그 두 물건이 곤하치로와 고로쿠로의 손아귀에 있을 것이라고는 꿈에도 몰랐다. 무엇이든 다른 방법, 제2의 수단으로 혼다 쇼우에몬을 괴롭혀 엣추노모리에게 도전하려고 생각하는 것이었다.

한편 곤하치로와 고로쿠로는 시바하마마쓰초의 셋집 한칸을 빌려, 이제부터 엣추노모리를 제대로 응징하려고 결심했다. 그들이 머무는 셋집은 지붕도 천정도 없이 널빤지 한 장으로 빗물을 겨우 가리는, 야스고로 형제가 사는 곳과도 아주 잘 어울리는 모범적인 프롤레타리아의 주거지였다.

"자네는 모르겠지만, 헤이도의 부하 중에 족제비 마쓰키치라는 놈이 있는데, 이 인롱이나 벼루를 처음 훔쳐낸 게 그 놈이라 지금은 어디 있는지 모르겠지만 우리들의 목적을 이루기 위해서는 이 남자가 꼭 필요해……."

곤하치로가 고로쿠로에게 말했다.

"그런 남자라면 꼭 우리 편으로 만들고 싶네, 우리들의 임무는 꽤 크니까……. 자네는 엔도 엣추노모리에게 직접적인 원한이 있지만, 나는 아무런 원한이 없지. 그저 다이묘랍시고 호의호식하는데다 아름다운 여자만 보면 첩으로 삼고, 그런 주제에 가신들이 조금이라도 흉내를 내면 엄중한 처벌을 내리는 게 너무나 밉살스러워서, 헤이도나 자네와 한 패가 된 거야. 그러니 내 목적은 엔도 엣추노모리를 응징하는 것뿐만이 아냐. 품행 나쁜 모든 다이묘들을 적으로 돌려 도전하고 싶은 거다……."

고로쿠로도 의기양양하게 말했다.

그런데, 두 사람의 화제에 오른 마쓰키치는 어떻게 지내고 있을까. 산타에게 이끌려 물갈퀴 오센과 함께 잠시 나무묘의 야고로 집에 머물렀지만, 언제까지고 우물쭈물하고 있을 마쓰키치가 아니었다. 오랜만에 시즈마와 만나고 싶기도 하고, 무엇보다도 보물을 되찾아야 한다는 책임이 있기에 야고로 집을 빠져나와 대활약을 하려고 조용히 결심하고 있었다.

그런 참에 잠자리 기스케가 야고로를 찾아왔다.

"잠자리 대장이라고 불리는 나지만, 이번에는 꽤나 지독한 꼴을 당했어."

이렇게 말하며, 보물 두 개를 두 사람의 무사에게 빼앗긴, 이세야에서의 대활극에 대해 이야기했다.

이 얘기를 엿들은 마쓰키치, 두 사람의 무사라는 건 물론 시즈마와 곤하치로일 것이라고 예상했다.

"헤이도 씨는 그걸로 됐다 치겠지만, 그럼 나는 혼다 씨 부인께 면목이 없어. 좋아, 이번에는 헤이도 씨에게서 훔쳐내자……. 하지만 탐정이 그 보물을 노리고 있다면 방심할 수는 없지……."

마쓰키치는 내심 이렇게 생각하고, 드디어 보물을 되찾을 방법을 생각했다.

(1929.1.3)

제123회
세밀의 소용돌이 (3)

시즈마에게 버림받은 고사토는 시즈마와 야고로가 떠난 뒤 잠시 동안은 얼굴도 들지 못하고 계속 울었지만, 이윽고 눈물을 닦고서 얼굴을 들었을 때는 이미 애처로운 결심을 굳히고 있었다.

끝까지 사랑에 살고 사랑의 승리자가 된다는 건 그런 것이었다. 야나기바시에서 잘 나가던 이름을 버린 지 이미 몇 달이 지났다. 이제 와서 야나기바시로 돌아가 본들 뾰족한 수도 없었다.

그렇다면, 어떻게 살아갈 것인가. 끝까지 헤이도 시즈마의 마음을 사로잡는 것만을 목적으로 삼는 삶을 살아내 보일 것이다. 헤이도 시즈마는 이 고사토를 물갈퀴 오센이라 믿었고, 희대의 여도적이라 믿었기 때문에, 그만큼 사랑해온 것은 아닌가. 그러다 오센도 여도적도 아니라는 걸 알게 되자, 저토록 잔혹하고 무정하기 짝이 없는 이별 방법을 택한 시즈마. 물갈퀴 오센 이상의 여도적, 대악당이 되어, 시즈마의 마음을 송두리째 사로잡아버린 뒤 멋지게 차버리겠다. 그것이 여자로서의 의지, 야나기바시의 기생 고사토의 의지다……. 고사토는 그렇게 마음을 굳혔다.

후카가와의 요릿집을 나서자, 고사토는 그 길로 나무묘의 야고로를 찾아갔다.

"두목님, 이 년 너무나 분합니다. 헤이도 씨는 이 년이 물갈퀴 오센이라 믿은 것만으로 정부로 삼았지만, 그게 아니라는 걸 알자마자 절차버렸어요……."

고사토는 정말로 분해 보였다.

"어, 큰 소리로 말하지 마……."

야고로는 이렇게 타일렀다. 별로 넓지도 않은 이 집에, 진짜 물갈퀴 오센이 숨어 있는 것이다. 오센, 오센 하고 큰 소리로 떠들다가 당사자인 오센이 듣는다면 이거 문제다.

"그래서, 너는 어떻게 할 셈인데……."

"이 년, 물갈퀴 오센보다도 훨씬 더 대단한 도적이 돼서 헤이도 씨의 마음을 빼앗고, 완전히 제 것이 됐을 때 확 차버려서 오늘의 분풀이를 할 거예요."

"하하하하……. 그거 참 어린애 같은 짓이네. 너, 야나기바시에서 잘 나가던 기생이 아니냐. 그런 짓 하지 말고 그냥 원래 있던 곳으로 돌아가."

"싫어요……. 그럴 수 있었다면 두목님께 찾아오지도 않았겠죠. 이 년은 이제부터 도적 수업을 쌓아서, 훌륭한 악당이 되겠어요."

고사토는 떼쓰는 어린애처럼 내뱉었다. 야고로는 기가 막혀서 고사토의 얼굴을 그저 바라볼 뿐이었다.

희고 고운 피부에 아름다운 외모를 지닌 고사토. 정열과 복수심에 들끓는 속마음이 두 눈동자에 드러나고, 반짝이는 하얀 물고기와도 같은 손끝까지 굳은 결심을 말해주듯 작게 떨리고 있었다.

"할 수 없구면……. 네 맘대로 하거라. 그렇지만, 나쁜 짓을 하면 벌을 받는 건 정해진 수순이니 그런 것도 잘 생각해 봐야지. 꼭 도적이 되지 않더라도 헤이도 씨인지 뭔지와 예전같은 사이로 돌아갈 수 있지 않겠니……?"

야고로는 혼잣말처럼 이렇게 말할 수밖에 없었다.

고사토는 잠시 야고로와 잡담을 나누었다. 굳은 결심을 했다고는 하지만, 여자 혼자서 오늘밤부터 당장 머물 곳도 의지할 사람도 없다 보니, 야고로밖에는 믿을 사람이 없는 것이었다.

물갈퀴 오센이 고사토를 흘끗 엿보았다. 그리고 고사토의 이야기를 몰래 엿들었다. 오센은 이미 고사토의 얼굴을 알고 있었다. 자기 이름을 사칭하며 시즈마의 사랑을 얻은 여자라 얄밉기도 했다. 하지만, 기생이라는 얘기에 헌신짝처럼 버려졌고 악에 몸을 던지면서까지 시즈마의 사랑을 얻겠다는 그 마음에 동정이 솟아났다.

하지만, 동정과 연적은 다른 문제였다.

오센은 시즈마의 사랑을 목표로 고사토와 싸우겠다고 결심했다.

(1929.1.5)

제124회
세밀의 소용돌이 (4)

족제비 마쓰키치, 어쩐 일인지 시즈마가 너무나 그리워졌다. 참을 수 없이 만나고 싶어졌다. 거칠고 세련되지 못한 데다 인정머리도 없는 남자였지만, 시즈마에게는 사람을 끄는 매력이 있는 모양이었다.

"헤이도 씨 보고 싶다. 왠지 진짜 보고 싶네. 만난 김에 벼루랑 인롱도 훔쳐와야지……."

마쓰키치는 이렇게 혼자 중얼거렸다. 벼루와 인롱이 시즈마에게 돌아갔다고만 믿고 있는 마쓰키치, 그립고 보고 싶은 시즈마의 손에서 그 두 물건을 훔쳐오겠다는 점이 마쓰키치다웠다.

마쓰키치는 나무묘의 야고로에게서 도움을 받은 은혜에 감사하고, 드디어 거리로 뛰어나왔다. 그러다, 드디어 새로운 악의 생활에 들어설 각오를 한 고사토와 딱 마주쳤다.

올해도 앞으로 4, 5일밖에 남지 않은, 12월 끝자락의 저녁 무렵. 장소는 시바구치(芝口) 근처였다.

"어머나, 마쓰키치 두목님……."

고사토는 '두목님'이라 부르며 그리운 듯 우아하게 말을 걸어왔다.

"이거 이거 누구신가 했더니, 헤이도 시즈마 님의 사모님이신 고사토 님, 그런데 사모님께서는 동행도 없이, 이 차가운 하늘 아래 어인 일로 홀로 계시온지……."

농담 섞인 연극조, 다른 사람의 물건을 무단으로 훔쳐 내 먹고 사는 인간에겐 섣달그믐이고 정월이고 별 상관이 없는 것이다.

"호호호……."

고사토는 요염함을 담아 웃었다.

"싫어요 두목님……. 이 년, 두목님을 뵙고 싶어서 찾아다니던 거랍니다."

"어라, 이거야 귀가 솔깃한 얘긴데요. 나도 실은 당신을 만나고 싶어서 찾아다니던 참이라."

"어머나, 얄밉기는……."

"뭐가 얄밉다는 건가요, 실은 당신을 만나고 싶었다기보다는, 만나서 헤이도 씨 거처를 물어보려던 거지만요."

"공교롭게 됐네요. 이 년 헤이도 씨에게 버림받은 처지라, 그 사람 거처 따윈 몰라요."

"그렇군요, 칼로 물 베기라던 부부싸움이라는 거군요. 아이고 아이고, 부부싸움이랑 주정뱅이 싸움에는 끼지 말라던데……."

"잠깐만요, 족제비 두목님……."

고사토의 목소리가 드높았기 때문에, 지나가던 하급무사풍의 남자가 걸음을 멈추고 돌아본다.

"아니 좀 그러네, 족제비 두목님이라니 큰소리는 금물이예요 금물."

"저기요 두목님, 진지하게 부탁드릴 일이 있는데요……. 어디서 식사라도 하면서 말씀드려야 할 테지만, 아시다시피 이 년 헤이도 씨에게 돈을 탕진하는 바람에 돈도 없고 단벌신사 신세인지라, 여기서 그냥 말씀드릴게요."

이렇게 말을 이으려는 걸 마쓰키치가 막았다.

"그러지 마시고, 당신도 생각보다 재밌는 기질의 여인이네요. 내게도 밥 정도는 먹을 돈이 있으니, 춥기도 하고 어차피 어딘가에서 한 잔 걸치고 싶던 참이에요. 야나기바시에서 이름 날리던 고사토 씨가 따라주는 술이라면 불만도 없고, 빨리 어딘가 들어가죠."

여자란 임기응변에 강한 법이다. 족제비 마쓰키치도 고사토가 여인인데다 미인인지라 금세 부탁을 듣기로 하고, 요즘 꽤 유명한 요릿집 '하시세이(橋淸)'로 들어섰다.

고사토, 대체 무슨 일을 마쓰키치에게 부탁하려는 것일까.

(1929.1.7)

제125회
세밀의 소용돌이 (5)

널찍한 방에 칸막이가 여러 개 놓여 공간이 분리되어 있다. 식사 때인 만큼, 손님은 꽤 많이 들어차 있었다.

그런 하시세이의 한 자리를 차지하고 앉은 마쓰키치와 고사토는, 얼핏 보기에 꽤나 깊은 관계로 보인다. 마쓰키치는 그렇게 보이는 게 어느 정도는 자랑스럽기도 한 모양이었다.

"어쨌든, 이렇게 손님이 꽉 차 있으니 큰소리로 얘기하는 건 금물. 정부와 밀회중인 것처럼, 소곤소곤 얘기하죠……."

마쓰키치는 씩 웃었다.

"그래서, 내게 부탁할 일이란 건?"

"이 년을 부하로 삼아, 어엿한 뭐라도 되게 해주세요."

야나기바시 기생의 어조가 그대로 고사토의 입에서 나왔다.

"뭐라고? 노, 농담도 잘 하셔……."

마쓰키치는 귀를 의심했다.

"농담 같은 거 할 기분 아니에요. 두목님, 이 년은 너무나 분통이 터져서 견딜 수가 없어요. 대도적이 될 각오를 했습니다……."

"아무래도 당신이 하는 말을 이해 못하겠는데……."

미인이 따라주는 술에, 마쓰키치는 꽤나 취해 기분이 좋아졌다. 고사토가 마쓰키치의 부하가 되기로 결심한 계기를 설명하기 시작했다. 순서상으로 구와바라 곤하치로와 슨푸에서 함께 온 새로운 동지 야마다 고로쿠로가, 시즈마에게 정이 떨어져 나가버린 일부터 얘기했다.

"엇, 헤이도 씨와 구와바라 씨가 싸운 건가……? 그럼, 그 야마다인가 하는 사람도 구와바라 씨와 한 패가 된 거군요. 그렇다면……."

그렇다면, 전당포 이세야의 창고에서 잠자리 기스케에게서 보물을 빼앗았다는 두 사람의 무사는 구와바라 곤하치로와 야마다 고로쿠로가 틀림없다는 걸 깨달았다.

"그래서, 당신은 어째서 헤이도 씨와 싸운 거죠……?"

"그게요 두목님, 두목님도 아시는 야스고로라는 그 미장이가, 이 년이 진짜 오센이 아니라는 걸 떠벌리고 말았어요. 헤이도 씨가 화가 나서 남의 이름을 사칭한 거짓말쟁이는 싫다며 이 년을 버리고 가버린 거랍니다……."

"그렇군……."

족제비 마쓰키치는 크게 고개를 끄덕였지만, 시즈마의 변덕스런 기분을 정말 이해했을 리는 없었다.

"그래서, 당신이 내 부하가 되겠다는 이유는……."

"헤이도 씨에게 버림받은 게 너무 분해서, 진짜 물갈퀴 오센에게 뒤지지 않는 대도적이 되어 헤이도 씨의 마음을 빼앗고, 그이가 이 년에게 완전히 빠져들었을 때 못되게 뻥 차버릴 셈인 거죠."

이런 고사토의 기분만은 마쓰키치가 아주 잘 이해했다.

"과연. 역시 당신은 야나기바시의 기생이야. 좋아, 나도 받아들이지. 내 부하가 되어 헤이도 씨를 뻥 차버리라고. 그거 재밌겠다, 재밌겠어……."

마쓰키치는 신이 나서 즐거워했다.

"하지만, 내 부하가 되면 바로 해야 할 일이 있는데……. 구와바라 씨하고, 그리고 방금 당신이 말한 뭐시기 고로쿠로라는 그 두 사람은, 벼루와 인롱을 가지고 있는 게 틀림없어. 그런데 그 두 물건은 이 마쓰키치 님이 사정이 있어서 찾아다니는 물건이거든. 그러니, 곤하치로와 고로쿠로가 있는 곳을 알아내서, 둘 중 어느 쪽이라도 좋으니 가능한 한 호색한인 놈을 당신이 미인계로 사로잡아 그 두 물건을 빼앗아 오라고. 그러면, 그 보답으로 내가 열심히 당신을 어엿한 악당으로 만들어 줄게."

"좋아요, 그 정도야 쉽지요. 반드시 해 낼 게요."

고사토의 볼은 술 때문에 새빨갛게 달아올라 있었다.

(1929.1.8)

제126회
세밀의 소용돌이 (6)

무라카미 가즈마이자 승려인 료엔, 밤마다 찬바람을 맞으며 에도 시내를 탁발하러 돌아다닌다. 몸과 마음을 단련하고 부처를 모시는 자로서는 당연히 해야 할 일이라고 생각하면서도, 추운 건 역시 추운 거고 힘든 건 힘든 거다.

하지만 이 추위와 고통조차 괴롭게 느껴지지 않을 정도로, 가슴만은 희망으로 따뜻했다. 오센 님—료엔은 지금도 이런 식으로 생각하고 있다—과 혹시라도 만날 수 있지 않을까 하는, 덧없는 바람이 그것이다. 지금의 료엔은 그만큼 물갈퀴 오센을 생각하고 있는 것이다. 예전에는 박정하게 퇴짜를 놓았던 오센을, 요즘에는 추위조차 기꺼이 감수하며 무작정 찾아다닌다. 인간의 변덕만큼 신기한 게 없다.

그리하여 오늘밤 료엔 스님은, 스님답지 않게 불순한 마음을 품은 채 우시고메(牛込) 근방을 탁발하며 돌아다니고 있었다.

어두운 저택들이 늘어선 곳에서는 아무리 독경을 외워본들 탁발 자루가 무거워질 리가 없었다. 하지만 료엔에게 가르침을 주는 스님이 말했다. 탁발을 나서면 현세의 여러 모습을 마주하기 때문에 자칫하면 망령된 생각도 일어나기 쉽다고. 그러니, 쓸쓸한 장소를 걸어갈 때면 훅 마음을 가라앉히고, 집중하여 나무아미타불을 외워 잡념을 몰아내라고.

료엔은 지금 그런 망령된 생각에 심하게 사로잡혀 있었다. 떨쳐버리려고는 했다. 그렇지만 몰아내려 하면 할수록, 강하고 또렷하게 아름다운 오센의 모습이 눈앞에 나타났다.

만나고 싶다……. 만나면 안 돼……. 이 완전히 모순된 두 개의 마음이 교차하면서, 입으로는 나무아미타불을 외며 걷고 있다. 꽤나 웃기는 얘기다.

그러다 경사가 가파른 언덕 중간 정도까지 내려갔을 때, 료엔 스님의 눈앞에 얼음 같은 칼날이 기분 나쁘게 빛나는 것이 보였다.

"히익……!"

요란한 비명소리.

료엔은 헛된 망상에 사로잡혀 있긴 했지만 근본은 무사인데다, 승려로서의 수업도 꽤 쌓아두었기 때문에 이럴 때 조금도 당황하지 않았다. 멈춰 서서 손에 든 등불을 비추었다.

"스님……."

탁한 목소리가 들려오더니, 검은 몸체가 조금 움직였다.

"보셨는가 스님……. 딱하지만 이 여인을 내가 베었소."

"나무묘법연화경*……대체 왜 이런 살생을……."

"이 여인은 매춘부인 모양인데, 남자를 속였나보오. 하급무사처럼 보이는 남자였는데, 속은 게 분하다며 이 여인에게 뭐라고 장황하게 떠드는 걸 내가 지나다 들었다오. 그 무사 놈이 한심하게도 기개도 없이 앵앵대다 가 버리기에, 내가 무사 놈 대신에 베어버렸소."

반쯤은 혼잣말을 하듯, 강 건너 불구경이라도 하는 듯한 어조의 무사의 이야기를 반쯤은 흘려들으며, 료엔은 무참하게도 쓰러진 여인의 몸을 만져보았다. 그러나 어찌나 솜씨가 뛰어난지, 아직 젊은 여인

---

* 나무묘법연화경(南無妙法蓮華経)은 불교의 명호 중 하나로, '나는 법화경의 가르침에 귀의한다'는 뜻이다.

의 몸은 단칼에 숨통이 끊어져 있었다.

"나무묘법연화경……."

료엔은 시체에 대고 합장을 한 뒤 정중하게 독경을 시작했다.

그 동안 무사는 떠나지 않고 서 있었다.

독경이 끝나자, 료엔은 시체를 길가까지 끌고 가 한 번 더 정성껏 합장을 했다.

"원래대로라면 번소에 가서 자초지종을 설명하고 매장까지 해야 하겠으나, 그렇게 되면 귀하에게도 폐가 될 터이니 소승은 이만 여기서 실례하겠습니다."

료엔은 천천히 걷기 시작했다.

"스님, 기다리시오."

무사가 뒤에서 말을 걸어왔다. 그 목소리가 추위에 얼어붙은 공기 속에서도 무시무시하게 울려왔기 때문에, 어지간한 료엔도 소름이 끼쳤다.

(1929.1.9)

제127회
세밀의 소용돌이 (7)

"왜 그러시는지……."

료엔은 어쨌든 이렇게만 답하고, 서리에 얼어붙은 땅에 못 박히듯 멈춰 섰다.

"스님 아직 젊은 것 같은데, 꽤나 담대하시군. 아니, 진짜 감탄했어. 하지만 스님, 스님은 여인 때문에 고뇌하고 있군……."

"……."

너무나 정곡을 찔린 나머지 료엔은 얼굴이 시뻘겋게 달아오를 뿐 말이 나오지 않았다.

"하하하, 내 말이 적중했나보군……. 스님이 여인의 시체를 만져보고 숨이 멎었는지 확인해볼 때, 마음속에 여인을 품은 자의 태도로 보였다오. 하하하……."

무사는 태연하게 웃는다.

"부끄러울 따름입니다……."

솔직한 료엔은 바로 인정했다.

"자세하게 얘기해주시게나……."

계절은 12월, 게다가 언덕길 한복판에서 차가운 바람을 맞으며 남의 연애사를 들어보자는 이 무사도 꽤나 별종이다. 료엔은 고개를 떨굴 뿐, 연애담을 풀어놓을 용기도 없다.

"하하하, 너무 느닷없는 소리라 놀랐나보오. 시체 옆에서 우물쭈물 거리는 것도 좋지는 않지. 걸으면서 이야기합시다."

무사는 앞서 걷기 시작한다. 료엔은 하는 수 없이 뒤따랐다.

"나도 여자 때문에 괴로웠던 적이 여러 번 있지. 초면이지만 왠지 스님에게 호감이 생겨서 말이오. 나는 헤이도 시즈마라는 낭인이오……."

이 무사는 헤이도 시즈마였던 것이다. 그렇다고 해도 시즈마에게도 꽤나 붙임성이 생겼다.

"아, 소개가 늦었습니다. 소승은 료엔이라 합니다……."

이야기를 나누며 언덕을 내려가 이치가야(市ヶ谷) 근처까지 왔다. 연못을 건너 불어오는 바람이 차갑다.

인간이란 가슴에 품은 비밀을 항상 남에게 이야기하고 싶어 하는 법이다. 이건 진리다. 하지만 적당한 때와 상대가 없다면, 비밀을 털어놓을 도리가 없다. 그렇기에 고민이 생겨나는 것이다. 료엔도 바로 지금 그런 고민을 안고 있던 참에, 초면이지만 시즈마가 반가운 기분이 들었다. 어두운 밤, 장소는 쓸쓸한 연못가. 그야말로 적당한 때와 상대, 그리고 장소까지 얻은 셈이다.

"무사님……. 밝히지 못했던 소승의 괴로운 심정을 들어주시겠습니까."

료엔이 드디어 입을 열었다.

"아, 들어보지요……."

시즈마도 귀가 솔깃했다.

"소승 예전에는 무가에 고용되어 있었습니다……."

"오, 어딘지 그렇게 보이긴 했소. 그래 어느 번에 계셨소?"

"마쓰다이라 우쿄노스케의 시동이었습니다."

"허……. 마쓰다이라 우쿄노스케 님이라."

마쓰다이라 우쿄노스케……. 시즈마가 보물 두 개를 팔아넘기려다 실패한 다이묘다. 물갈퀴 오센도 관련되었다는 걸 떠올렸다.

"그래서, 왜 출가하신 게요."

"그러니까, 다이묘님의 애첩 오센이라는 분이 계셨는데……."

스미다가와 강변 마쓰다이라 저택에서 벌어진 연회, 오센이 벌인 말도 안되는 사건, 오센을 뒤따라 뛰어든 당시의 상황을 이야기하는 료엔. 듣는 시즈마로서는 더더욱 흥미로웠다.

"하지만 생각해보면, 오센 님이 싫어하시는데도 억지로 참석하게 하신 다이묘님이 나빴죠. 그런 생각은 하지도 못하고 오센 님을 잡으려 했던 저는 생각이 짧았던 걸 깨닫고, 주군을 모시는 처지가 모순투성이라 여겨 출가를 하게 된 것입니다……."

"과연, 그래서 스님이 마음에 품고 계신 상대라는 건……."

"……."

료엔은 꽤나 부끄러워 하며 바로 대답하지 못했다.

료엔은 오센의 이름을 밝힐 것인가. 상대는 시즈마다. 한바탕 소동이 벌어질 터.

(1929.1.10)

제128회
세밀의 소용돌이 (8)

구와바라 곤하치로와 야마다 고로쿠로 두 사람은, 드디어 구체적으로 엔도 가에 대한 도전의 제1막을 열 준비에 분주했다.

도전의 제1막이란 무엇인가. 엔도 엣추노모리에게 서한을 보내는 것이다. 곤하치로가 쓴 서한의 내용은 이렇다.

(전략) 귀하께서 분실하신 쇼군에게 하사받은 벼루, 내년 봄에 소지하지 않는다면 크게 낭패를 보실 것이라는 걸 알고 있습니다. 그 벼루를 다행히 제가 가지고 있으니, 필요한 곳에 양보하는 것이 마땅할 것입니다. 허나 대금은 일절 필요

없습니다. 제가 제시하는 조건을 청취한 후 실행하신다면, 언제든 벼루는 넘겨드릴 것입니다. 또한, 인롱도 그 때 함께 드리겠습니다.

　　추신. 조건이라는 것은 다름이 아니오라…….

　서한의 문장은 딱딱하므로, 쉽게 말하자면 이런 것이다. 네 애첩 모두를 풀어주고, 네가 지금까지 여인의 정조를 유린한 그 죗값으로 머리를 민다면 벼루와 인롱은 언제든 돌려주마. 내 말을 믿고 위의 조건을 빨리 실행해라. 이렇게 끝맺고 있다. 받는 사람은 엔도 엣추노모리, 보내는 사람은 복면의 낭인.

　자, 이 서한을 엣추노모리의 침실 머리맡에 살짝 두고 와야 재미있는 것이다. 그러기 위해서는 족제비 마쓰키치가 필요했다. 그렇다고 숨바꼭질하듯 마쓰키치를 찾아 돌아다닐 수도 없는 노릇이라 두 사람 다 곤란한 참이다.

　하지만, 마쓰키치 쪽에서도 두 개의 보물이 곤하치로와 고로쿠로 손에 들어갔다는 걸 눈치 채고 고사토를 미끼삼아 빼앗아 올 심산이었으므로, 둘이 있는 곳을 혈안이 되어 찾고 있는 것이다.

　고사토, 지금은 본명으로 돌아와 족제비 마쓰키치의 부하 '오사토'. 곤하치로와 고로쿠로를 하루라도 빨리 만나 목적을 달성하여, 마쓰키치의 환심을 사 정식 부하가 되어 악의 수업을 쌓고 싶다는 일념으로, 날이 밝으나 저무나 에도 거리를 돌아다닌다. 여기저기 돌아다니다 지금은 시바 근방에서 낭인들이 살 법한 더러운 셋집을 열심히 뒤지고 다니는 중이다.

　그러다가 하마마쓰초의 군데군데 땜질한 셋집 근처까지 온 것인데, 이미 해도 서쪽으로 뉘엿뉘엿 저물 무렵, 하늘이 오사토를 저버리지 않은 건지 야마다 고로쿠로 같아 보이는 남자가 한 손에는 파를 몇 단 들고, 다른 손에는 다랑어 뼈를 대나무 껍질로 싼 것을 아무렇게나 든 채 어슬렁어슬렁 걸어오는 모습을 보았다. 오사토의 심장이 기쁨으로 고동쳤다.

"야마다 씨가 아닌가요?"

고로쿠로는 여자 문제를 몇 번이고 일으켰던 남자. 본 적은 없는 것 같지만, 이런 미녀가 말을 걸어오니 나쁜 기분은 아니다.

"이거 이거, 오랜만이네."

이렇게 인사하고 싶은 참이었지만, 실은 아무래도 생각이 나지 않아 이렇게 말했을 뿐이다.

"누구신지……."

"어머, 야마다 씨 매정하기도 하지……. 헤이도 씨 집에서 뵈었던 오센이예요."

"아, 맞다 맞아, 생각났다, 생각났어. 그래서, 지금 어디로 가시는지……."

"잠깐 근처에 볼 일이 있어 왔다가 돌아가는 길이랍니다. 이 근처에 사시는 건가요?"

"바로 요 뒷골목에."

"그러면, 잠깐 들러 저녁 준비라도 도와드릴까요?"

"그러면 헤이도 씨가 화낼 텐데."

"그 헤이도 씨와는 이미 깨끗하게 헤어졌어요……."

"어, 헤이도 씨와 헤어졌다고……?"

"완전히 깨끗하게요……."

한층 더 요염한 눈빛으로, 고로쿠로의 곁에 착 다가붙었다.

(1929.1.11)

제129회
세밀의 소용돌이 ⑼

그 역시 낡은 셋집에서 수련을 쌓아온 오사토지만, 고로쿠로들이 사는 셋집의 누추함에는 놀랄 수밖에 없었다. 고로쿠로의 안내를 받아 가보니, 칠칠치 못한 차림으로 화덕에 불을 피우던 곤하치로가 놀라서 말했다.

"이거 귀한 손님이 오셨네……."

"구와바라 님 오랜만이에요. 이 년 헤이도 씨에게 버림을 받았답니다……."

"아니 왜……."

곤하치로는 부채를 든 채로 눈이 휘둥그레졌다.

"헤이도 씨는 이 년이 야나기바시의 기생이고 물갈퀴 오센이 아니라는 걸 알고서 이 년을 차버린 거예요."

"물갈퀴 오센인지 뭔지 하는 시끄러운 여자보다도 야나기바시 기생 쪽이 정부로 삼기엔 훨씬 좋지 않나?"

"어머 기쁘네요. 그렇게 말씀해 주신 건 구와바라 씨뿐이에요……."

오사토는 기쁜 듯이 일어나 곤하치로의 곁으로 가 몸을 가까이 기댔다.

"이 년, 갈 곳이 없으니 밥이라도 짓게 해주세요……."

이렇게 정을 담뿍 담아 말한다. 원숙한 여인의 정열의 불꽃이, 눈처럼 새하얀 피부에서 녹아 흘러넘칠 듯 하다.

"말은 잘 하네……."

그렇게 말은 했어도 곤하치로는 기뻐 보인다.

"야마다 씨, 하녀가 하나 생겼다 생각하고 마음껏 부리세요. 이제 두 분께서 장을 보거나 화덕에 불을 피우실 필요 없어요……."

곤하치로에게서만 환심을 사는 건 손해라고 생각한 오사토, 고로쿠로에게도 요염한 눈빛을 흘리며, 공평하게 입에 발린 말을 한다.

셋집살이 낭인의 살림에 하늘에서 선녀가 내려온 것처럼, 이미 봄이 찾아온 듯 했다.

오사토는 바지런하게 밥을 짓고, 무거운 걸 들어본 적도 없던 고운 손에 어울리지 않는 구질구질한 술병을 들어 잔을 따른다. 우락부락한 두 사내에겐 비록 밥그릇에 따라준 술이라도 남자들끼리 주고받는 것보다 여인이 따라주는 술이 더 특별한 것. 순식간에 취했다.

"그런데, 족제비 마쓰키치는 지금 어디 있는지 모르나?"

곤하치로가 갑자기 물어보기에, 안다고 말해야 하는지 고민하느라 대답이 나오지 않았다.

"우리들은 마쓰키치의 손을 빌리고 싶어. 헤이도가 도둑맞은 두 개의 보물이, 어쩌다보니 우리 손에 들어왔거든……."

"마쓰키치에게 부탁해서, 이 편지를 엔도 엣추노모리에게 전달해 줬으면 해. 엣추노모리의 머리맡에 말이지……."

"이 년 마쓰키치 씨가 어디 있는지 알고 있어요. 그럼 그 편지를 마쓰키치 씨에게 전달해드리지요……."

편지와 함께 꺼내어 고로쿠로가 진기한 듯이 바라보는 것은, 다름 아닌 두 개의 보물이었다. 오사토의 주의는 그쪽으로만 향한다.

오사토는 술을 자기 돈으로 사와서 자꾸만 권했다. 곤하치로와 고로쿠로는 만취했다. 오사토는 인롱의 제일 아랫단을 열었다. 그곳에는, 예전에 들은 적이 있던 수면제가 들어있는 것이다.

하얀 물고기 같은 오사토의 손끝이 솜씨 좋게 움직여, 수면제를 술에 탔다. 수면제가 들어간 술을, 그런 줄은 꿈에도 모르는 두 사람은 계속 마셔댔다.

강력한 졸음이 두 사람을 덮쳤다. 드르렁 드르렁, 두 사람은 정신없이 잠들었다.

오사토는 비로소 안심하고 생긋 미소 지었다. 그리고, 벼루와 인롱을 비단 보자기에 감싸 왼손에 단단히 움켜쥐고, 달아날 준비를 하고서 한 번 더 두 사람의 잠든 모습을 들여다보았다.

(1929.1.12)

제130회
세밑의 소용돌이 (10)

두 개의 보물은, 뜻밖에도 손쉽게 오사토의 손으로 들어왔다.

들뜬 기분에 날아갈 듯한 오사토, 지나가던 가마를 잡아타고 니혼바시의 바쿠로초로 향했다. 상인들의 숙소인 여관 '사사야 주베이(笹屋重兵衛)'에 비단장수로 위장하고 숨어든 마쓰키치를 찾아가서 기쁘게 해줄 심산이었다.

"서둘러 가 주세요. 삯은 확실히 치를 테니까."

이렇게 자꾸만 가마꾼을 재촉했다.

하지만, 가마가 교바시를 건너 혼고쿠초(本石町)에 다다랐을 때, 오사토의 마음이 휙 바뀌었다.

'이 보물을 마쓰키치 씨에게 건네면 그걸로 끝. 시즈마 씨의 손에 들어가지 않는다……. 하지만, 이 보물을 손에 넣는다면 시즈마 씨가 얼마나 기뻐할까…….'

여자의 마음은 미묘해서, 버림받고 그토록 미워했던 시즈마지만 아직 이런 생각을 한다.

역시 시즈마가 그리운 것이다.

'마쓰키치 씨에게 주지 말자…….'

오사토는 드디어 이렇게 결심하고,

"여기서 내려 주세요."

하고는 가마에서 내려버렸다.

설날 준비로 분주한 12월 밤의 상인 거리, 뛰듯이 걸어 다니는 심부름꾼까지도 바빠 보인다.

그때, 나무묘법연화경, 이라고 아름다운 목소리로 읊으며 집집마다 탁발을 다니는 젊은 스님, 오늘밤은 이곳을 돌아다니고 있는 료엔 스님이다.

가게에서 흘러나오는 불빛에 비친 아름다운 료엔의 옆얼굴에, 오사토는 무심코 시선을 빼앗기며 멈춰 섰다.

"나무묘법연화경……."

마지막으로 한 번 더 이렇게 읊고서 걸어가는 료엔을 따라가며 매달리듯이 오사토가 말했다.

"스님, 시주 드릴게요⋯⋯."

종이에 싼 돈을 탁발 자루에 넣고, 그렇게 아름다운 스님의 얼굴을 뚫어지게 바라본다. 화류계에서 자란 여인인 만큼, 이런 장난도 친다.

가볍게 고개를 숙인 료엔, 다시 고개를 들어보니 꽤나 아름다운 여인이었던만큼, 심장이 격하게 고동친다.

'하, 이 스님 기분이 묘해졌군⋯⋯.'

이렇게 생각한 오사토는 만족했다.

아리땁게 인사를 하고, 오사토는 쓱 스쳐 지나갔다. 그러자, 앞쪽에서 걸어오다 툭 부딪친 남자가 있었다. 앗 하는 순간, 오사토의 왼손이 지독하게 저려왔다. 정신을 차려보니, 왼손에 꽉 쥐고 있었던 벼루와 인롱을 싼 비단 보자기가 사라진 것이다.

"도, 도둑이야⋯⋯!"

오사토는 필사적으로 비명을 질렀다.

저 앞에 번개처럼 뛰어가는 남자가 도둑 같았지만, 여자 몸으로 어떻게도 할 수가 없었다.

(1929.1.13)

제131회
세밀의 소용돌이 (11)

"도, 도둑……!"

오사토는 찢어지는 듯한 소리를 지르며 쫓아간다. 세밀인데다 아직 그렇게 늦은 시간도 아니고, 번화한 상점가라 오가는 사람도 상당히 많아서, 순식간에 사람들이 몰려들어 의외로 혼잡해졌다.

"저 녀석 잡아!"

와글와글한 소란.

그러다가, 달아나던 수상한 남자의 옆에서 불쑥 튀어나온 한 남자가 갑자기 달려들어 땅바닥에 쓰러뜨렸다.

쓰러뜨려놓고 올라타더니 힘껏 여러 대 후려치고는, 비단보자기를 빼앗았다. 여기까지는 정정당당했지만, 작은 목소리로 남자의 귀에 대고 "빨리 도망쳐, 도망치라고." 라고 속삭였다. 꽤나 인정미 넘친다. 수상한 남자는 재빨리 도망쳐버렸다.

"훔친 물건 되찾았습니다. 도둑맞았던 분은 누구신지……."

비단보자기를 높이 치켜들어 보인다.

숨 가쁘게 달려온 오사토.

"감사합니다……! 덕분에 살았어요……!"

정중하게 감사 인사를 하고 도와준 이의 얼굴을 보니, 의외로 족제비 마쓰키치였다. 이래서 고생을 많이 해 본 사람답다. 돌려받을 것만 받고, 사람은 보내주는 정도의 인정미는 있는 것이다.

"어머나, 마쓰키치 두목님……."

"오사토냐, 위험했구먼……."

이렇게 말한 마쓰키치는, 피해자가 오사토라는 데서 이 비단보자기에 든 것이 그 보물이라는 걸 깨달았다.

"이게 그 보물이군……."

이렇게 말하긴 했지만, 구경꾼들이 주루룩 둘러싼 걸 보고는 함께 사사야 여관으로 가기로 했다.

오사토는 모처럼 손에 넣은 보물을 마쓰키치에게 넘길 생각이 없었지만, 일이 이렇게 되니 줄 수밖에 없었다.

여관 사사야 주베이의 방 한 칸에서, 오사토는 오늘 곤하치로와 고로쿠로와 만난 경위에 대해 상세하게 이야기하고, 엔도 엣추노모리에게 보내는 서한도 건넸다.

"오사토, 참 잘했어."

마쓰키치는 기뻐했다.

"과연, 이 편지를 엣추노모리 머리맡에 놓고 오라는 거지, 그거 재밌겠군……."

마쓰키치는 이미 엣추노모리의 침실에 숨어든 광경을 상상하고는, 푹 잠은 엣추노모리의 머리맡에 이 통쾌한 편지를 두고 올 유쾌함을 예상했다.

"그렇게 해두고, 이 두 보물은 혼다 부인께 전해드릴 거야. 그러면, 어떤 일이 벌어질까……. 이거 너무 재미있게 됐는 걸……."

마쓰키치 혼자 기뻐하고 있다.

"잠깐만요 두목님, 이 년이 할 일은 해치웠으니, 이제부터는 부하로서 진짜 나쁜 일들을 가르쳐 주셔야 해요."

"큰 소리로 말하지 마……."

마쓰키치는 나무랐지만, 미인 부하가 생겨서 기쁜 모양이었다.

제132회
신춘혼란도 (1)

백팔번뇌를 품은 분주한 하룻밤이 지나고, 복된 새해가 찾아왔다. 부유한 자도 가난한 자도 기쁜 마음으로 혼연일체가 되어 도소(屠蘇)[*]에 취하고, 오이바네(追羽根)^{**}를 즐겼다.

그러나, 이 요귀유혈록에 등장하는 사람들에게는 이 정월이 혼란의 신년이었다. 모든 것이 해결되지 않은 상태로 해를 넘겼기 때문에, 새해 복이고 뭐고 없었다. 그야말로 전쟁터였던 것이다.

특히, 엔도 엣추노모리의 안달 나고 초조한 기분은 상상 이상이었다. 쇼군 어전 와카회가 드디어 1월 22일에 열리기로 결정되었다. 그러나 그 와카회에 싫든 좋든 가지고 가야 할 벼루는 여전히 돌아오지 않았다. 이 보물을 도난당했다는 사실이 공공연하게 알려진다면, 아무리 가벼운 벌이라도 할복을 면하기 어려웠다. 엣추노모리의 초조함도 당연했다.

그래서, 정월 이틀째의 축하연에도 병을 핑계로 나가지 않은 엣추

---

[*] 산초·방풍·백출·밀감 피·육계 피 따위를 섞어서 술에 넣어 연초에 마시는 약. 이것을 마시면 한 해의 나쁜 기운을 없애며 오래 살 수 있다 한다.

^{**} 설 놀이의 하나. 두 사람 이상이 한 개의 하고(羽子, 모감주나무 열매에 새털을 끼운 제기 비슷한 것)를 서로 침.

노모리는, 별장의 한 방에 틀어박혀 우울하게 지내는 중이었다. 그날 밤은 애첩도 곁에 두지 않고, 하다못해 좋은 꿈이라도 꾸어 마음의 우울함을 가라앉히려는 심산이었다.

날이 밝아 정월 사흘째, 엣추노모리가 잠에서 깨어보니, 이게 무슨 일인가. 머리맡에 '엔도 엣추노모리 님'이라고 굵게 쓰인 서한이 놓여 있다. 놀라서 뒤집어보니, '복면낭인'이라 쓰여 있어 엣추노모리는 부아가 치밀었다.

"누구 없느냐!"

부름을 받고 온 몸종에게 소리친다.

"이 서한, 누가 가져다 놓았느냐!"

"예⋯⋯?"

몸종은 깜짝 놀랐다. 어젯밤부터 아무도 들어갔을 리가 없는 다이묘의 침소. 글쎄요⋯⋯라는 듯이 어리둥절한 그 모습을 본 엣추노모리는, 또 웬 놈이 밤중에 몰래 숨어 들어 이런 괴이한 짓을 벌인 것임을 깨달았다.

"이제 됐다. 이 일은 아무에게도 이야기하지 말거라."

엣추노모리는 몸종을 물러가게 하고는, 애써 마음을 가라앉히며 서한을 열어보았다.

쓰여 있는 것은 독자는 이미 아는 대로, 애첩 모두를 버리고 머리를 밀고 불가에 입문하면 두 개의 보물을 돌려주겠다는 이야기. 엣추노모리는 분노로 온몸을 부들부들 떨었다.

그럴 만 할 것이다. 한 지방의 영주를 상대로 너무나 무례한 서한. 침상 위에서 발을 구르며 분통을 터뜨려도 별 도리가 없었다. 서한을 북북 찢고 맘대로 하거라 할 만한 자신이 없었다. 그렇다고 해서, 이

서한을 보낸 복면낭인이라는 자의 요구대로 따를 마음도 없었다.

그러나 그 말에 따르지 않는다면, 눈앞으로 다가온 와카회를 어떻게 넘길 것인가……. 엣추노모리는 진퇴양난에 빠져 분한 나머지 눈물을 줄줄 흘렸다.

한편, 구와바라 곤하치로와 야마다 고로쿠로가 오사토가 한 봉지 훔친 수면제에서 깨어난 것은, 다음날도 해가 중천에 뜬 무렵. 벼루와 인롱이 사라졌기 때문에, 비로소 오사토의 간계를 깨달았다. 둘은 그저 얼굴을 마주볼 뿐이었다.

"그 계집, 헤이도가 시켜서 처음부터 훔쳐낼 목적으로 온 게 틀림없어."

"그렇지. 샅샅이 뒤져 찾아내서 요절을 내줄 테다……."

그 후로 두 사람은 혈안이 되어 오사토를 찾아다녔지만 전혀 소득이 없었고, 그 사이 해가 바뀌었다.

이 두 사람에게 있어서도 그야말로 혼란, 아니, 곤혹스러운 새해였다.

(1929.1.15)

제133회
신춘혼란도 (2)

신춘의 혼란 속에서도, 단 하나 기쁜 이야기가 있다.

그 이야기를 하기 위해서는, 이야기를 조금 앞으로 되돌려야 한다. 점박이 세이지가 스자키의 은신처에서 포박당했을 때 함께 끌려갔던 가련한 려여. 보통 이 때의 법률로는 죄인의 자식이라 비참한 취급을 당할 참이었지만, 인종이 다른 당인의 아이라는 점과 양친이 세이지의 마수에 걸려 살해당했다는 점이 관청 관리들의 동정을 사서, 려여에게만은 자비를 베풀어 특별 취급을 받았다. 미나미초(南町) 봉행의 도신 에구치 고자에몬(江口小左衛門)이 자식이 없어, 아이를 데려가 키우기로 한 것이다.

불행한 아이 려여는, 이렇게 고자에몬 부부의 따뜻한 보살핌 속에서 행복한 신년을 맞이하게 됐다.

게다가 또 한 가지 행복한 일이 있었다. 일찍이 려여가 허리에 차고 있던 주머니 속에 들어 있던 종이. 그것이 봉행소의 손에 들어갔고 에구치 고자에몬에게 넘겨졌다.

고자에몬에게는 당인이 쓴 시문을 완벽하게 읽어 내려갈 정도의 학력은 없었다. 그래서 다른 사람에게 읽어달라고 하여 신분 높은 자가 맡긴 아이임을 알았기 때문에, 고자에몬은 나가사키 봉행소에 손을 써서 당인 무역선의 선장에게 려여의 신분을 조사해달라고 부탁했다. 누구의 자식일까. 려여의 신분을 알게 되면 사건이 의외의 방향으로 발전할 지도 모른다. 어쨌든 본편의 등장인물 중에서는 려여만이 이 새해에 걸맞는 구원을 받은 모양새다. 당인 무역선이 어떤 대답을 가져올 지, 그때가 기대되는 것이다.

료엔 스님은 이 정월을 어떻게 보내고 있을까. 그의 머리카락은 조금 자랐다. 옷도 바뀌고, 염주를 들어야 할 손에 술병을 들었다.

"어떤가 료엔 스님. 스님의 삶보다는 이쪽이 즐겁지 않은가."

이렇게 말하며 술잔에 든 술을 꿀꺽 넘기는 것은 헤이도 시즈마다. 시즈마와 료엔은 첫 만남에서 의기투합하여, 안 그래도 마음이 동요하고 있던 료엔은 결국 승려의 생활을 버리고, 시즈마와 함께 지내기에 이르렀던 것이다. 장소는 시바 근처의 뒷골목. 곤하치로와 고로쿠로가 사는 셋집과는 그리 멀지 않지만, 물론 시즈마 쪽도 곤하치로 쪽도 알 리가 없다.

시즈마와 료엔은 낮이고 밤이고 마주 앉아 술잔을 기울였다.

"료엔 스님, 남자끼리 이렇게 살고 있으니 오히려 무사하군. 이제 여자 따위는 잊었겠지."

이렇게 말하며 시즈마가 술 냄새 가득한 숨을 뿜어낸다.

"다른 여인들이야 잊었지요……. 그렇지만, 이렇게 제멋대로 살고 있으려니 더더욱 그 여인이 보고 싶습니다……."

"그거 지독하게 열렬하군. 그 여인이라는 건, 대체 누구야? 기생인가?"

"그것이……."

료엔의 얼굴이 붉어졌다.

"지난번에도 말씀드렸습니다. 지금은 물갈퀴 오센이라는 여도적이 되었다는, 그 오센 님이십니다……."

"……."

시즈마의 눈이 빛났다. 오사토가 오센이라 사칭한 걸 알고 헤어진 시즈마다. 요즈음에는 진짜 물갈퀴 오센에게 호기심이 생긴 참이다. 한 번 만나보고 싶다고도 생각하고 있었다. 그런 참에 료엔의 이 말은, 시즈마의 귀에는 이상한 울림을 줄 수밖에 없었다.

시즈마가 침묵에 잠겨 버렸기 때문에, 료엔도 부끄러워졌다. 마주 앉은 두 사람 사이에, 누추한 술병이 하나 놓여 있는 것이 묘한 광경이다.

잠시 후에 시즈마가 말했다.

"재미있군, 재미있어. 물갈퀴 오센을 찾아내서 아내로든 정부로든 삼으라고. 스님 출신 야쿠자와 첩 출신 여도적이라니, 이렇게 잘 어울리는 한 쌍이 있을까. 재미있어."

그러나, 시즈마가 진심으로 그렇게 말하고 있는 지는 의문이다.

(1929.1.16)

제134회
신춘혼란도 (3)

족제비 마쓰키치는 약속을 지키기 위해 한밤중에 몰래 혼다 쇼우에몬의 집을 찾아갔다. 예의 두 보물을 슬쩍 사사노의 머리맡에 두고 올 셈이었던 것이다.

그러나 그건 헛수고였다. 혼다 쇼우에몬의 집은 어디에서도 찾을 수가 없었던 것이다.

그래서 다음날 아침 근방에 물어보니, 한 달 전에 이사해버렸다는 사실 외엔 아무 것도 알 수가 없었다.

"이거 곤란한데……. 모처럼 그 아씨를 기쁘게 해드리려 했는데……."

마쓰키치는 고민에 빠졌다. 마쓰키치의 눈앞에 사사노의 아름다운 얼굴이 떠올랐다.

"그러면 역시, 이 보물은 헤이도 씨에게 주어야 하나……. 구와바라 씨에겐 입은 은혜도 지킬 의리도 없으니……."

이렇게 생각했지만, 마쓰키치가 아무리 족제비처럼 빠르다고 해도 지금 갑자기 시즈마를 찾아낼 수도 없는 노릇이다.

망연자실하게 돌아올 수밖엔 없었다. 그야말로 품속에 보물을 두고도 썩히는 모양새다.

마쓰키치가 살고 있는 바쿠로초의 여관방에도 새해는 찾아왔다. 고사토였던 오사토는 그때부터 쭉 마쓰키치와 함께 살고 있었다. 하지만, 두목과 부하 관계라는 의식이 서로에게 있었기 때문에, 연애 관계로 빠질 일 없는 청정하고도 모범적인 남녀의 동거생활이었다.

"오사토, 헤이도 씨 좀 찾아주지 않겠어?"

"왜요……?"

"네가 구와바라에서 훔쳐낸 물건을 헤이도 씨에게 주고 싶거든."

이런 말을 듣자 오사토는 기뻤다. 원래부터 시즈마에게 주고 싶었던 보물이, 뜻밖에도 자신의 목적대로 시즈마에게 전해지게 되었다는 기쁨. 이유를 들을 필요도 없었다. 그저 온몸이 오싹했다.

"찾을게요, 꼭 헤이도 씨가 있는 곳을 찾아낼게요."

"하지만 늘 시끄러운 에도야. 네가 품속에 넣고 다니는 건 위험하지. 먼저 헤이도 씨가 있는 곳을 찾아내고나서 가져가는 걸로 하자."

마쓰키치는 조심스러운 성격이었다.

오사토는 반쯤은 꿈결 같은 기분으로 뛰쳐나갔지만, 또다시 에도 시내를 정처 없이 돌아다녀야 하는 것이다. 오사토는 무작정 찾아다니는 바보 같은 짓을 하지 않으려고 교바시에 있는 '천관당(天観堂)'이라는 점집을 찾아갔다. 화류계에서는 용하다고 소문이 나서, 야나기바시의 기생은 대부분 이곳의 손님이었다. 오사토도 단골이었다.

천관당은 점칠 때 쓰는 산가지를 들고서는

"허어, 찾는 게 있구나……. 남쪽에 있구면, 인간이네, 게다가 좋아하는 사람인 모양이구면, 하하하……."

더 자세히 물어보니, 시바 방면이라고 한다. 아무래도 곤하치로와 고로쿠로가 사는 셋집 근처인 것 같다. 곤란한 곳에 있었다. 그 방향은 오사토에게는 가장 불길한 쪽이라, 좀처럼 다가갈 수 없는 곳이다.

오사토는 복채를 두고 천관당을 나와, 시바 쪽으로 향했다. 다리가 어쨌든 느려진다.

로게쓰초(露月町)에서 겐스케초(源助町)로, 내키지 않는 발걸음을 무리해서 옮기던 오사토. 깜짝 놀라 전신에 찬물을 맞은 것처럼 우뚝 멈춰 서버렸다.

(1929.1.17)

제135회
신춘혼란도 (4)

찾아다닐 때에는 좀처럼 만나지 못하지만, 만나고 싶지 않을 때는 딱 마주치는 법. 셋집과 가까운 선술집의 포렴을 걷고 나온 것은 야마다 고로쿠로다.

오사토는 온몸이 떨려서 꼼짝도 할 수가 없었다. 고로쿠로 쪽에서는 아직 눈치를 채지 못한 것 같으니 도망칠 수 없는 것도 아닌데, 공포 때문에 몸이 자유롭지 않았다.

뒤따라 선술집에서 나온 것이 곤하치로. 이쪽은 빨리도 오사토의 존재를 눈치 챘다.

"기다려!"

곤하치로가 날카롭게 소리쳤다.

그 목소리에 비로소 오사토를 본 고로쿠로, 뛰어가서 오사토를 잡아 눌렀다. 곤하치로도 연약한 오사토의 손목을 꽉 잡아 멈춰 세우려 한다. 백주 대낮에 낭인들이 여자를 잡아 끌려 하니, 안 그래도 구경 좋아하는 에도인들인데다 봄기운에 약간 느긋해져 있을 때였기 때문에, 관람료가 필요 없는 구경거리를 보기 위해 몰려들었다.

"살인이야……!"

이렇게 소리쳐도 보았다. 하지만, 삥 둘러싼 구경꾼들은 상대가 무사였기 때문에, 움직이기는커녕 나서는 자조차 없었다.

귀찮다는 듯 고로쿠로가 오사토를 옆구리에 끼고 들쳐 멨다. 이제 어떻게 해볼 도리가 없었다.

그때, 같은 선술집의 포렴을 걷으며 이쑤시개를 물고 나온 것은 헤이도 시즈마. 쓱 보니 이런 꼴이었기 때문에, 그들을 제지했다.

"야마다, 구와바라, 기다려! 아니, 그렇게 거칠게 굴지 마……."

싸우고 헤어진 시즈마와 곤하치로 및 고로쿠로, 어느 틈엔가 화해하고 오늘은 이 선술집에서 함께 마시고 있었던 모양이다.

"아니야 못 기다려. 요전에 자네에게 얘기했듯이, 이 여자는 정말 수상쩍기 짝이 없는 여자야!"

야마다가 이렇게 내뱉더니, 오사토를 들쳐 멘 채로 셋집으로 급히 간다. 곤하치로와 시즈마도 뒤따랐다.

셋집에 들어서자, 고로쿠로는 다타미 위에 오사토를 내팽개쳤다.

옷깃이 젖혀진 채로 던져졌지만, 이때 오사토는 이미 담대해져 있었다. 시즈마의 목소리를 들었기 때문이다.

시즈마가 이 패거리와 화해를 한 거라면, 두 개의 보물을 마쓰키치가 가지고 있다고 밝혀도 될 것이다. 그렇게 되면 자신도 안전하다고 생각했기 때문에, 이미 두렵지도 무섭지도 않았다.

"헤이도, 자네는 이 여자를 버렸잖아. 그래서 우리는 다시 자네와 관계를 회복한 거야. 그런데 버린 여자를 왜 감싸는 건데?"

고로쿠로가 시즈마에게 던진 이 말로, 양쪽이 화해한 것이 명백해졌다.

그래서 오사토는 일부러 침착하게 거짓말을 했다.

"야마다 씨도 구와바라 씨도, 꽤나 서두르시네요. 이 년은 두 분께 감사 인사를 드리러 왔어요."

"뭐라고? 벼루와 인롱을 가지고 달아난 건 너잖아. 빨리 내놔!"

이번에는 곤하치로가 고압적인 말투로 나섰다.

"그렇게 나오면 내놓고 싶어도 못 내놓죠……. 하지만, 솔직히 말하자면 그날 밤, 두 사람이 꼴사납게 취해서 쓰러졌는데 소중한 보물들이 옆에 굴러다니고 있었기 때문에, 도둑이라도 맞으면 큰일이라 생각해서 이 년이 가지고 돌아갔었던 거예요……. 그리고 다음날에라도 가져다 드리려고 했었지만, 감기에 걸려 누워 있었던 거구요……."

"그럼, 오늘 가져온 거야?"

곤하치로가 물었다.

"아뇨, 오늘은 가져오지 않았죠. 마쓰키치 씨가 확실히 가지고 있으니, 바쿠로초의 사사야라는 여관으로 가지러 오시면 언제든 건네드릴게요."

"족제비 마쓰키치는 바쿠로초에 있는 건가……. 마쓰키치는 꼭 만나고 싶네."

"나도 만나고 싶어……."

시즈마도 말했다.

"이 여자가 하는 말은 못 믿어. 자네들 방심하면 안 돼."

고로쿠로가 사납게 내뱉었다.

(1929.1.18)

제136회
신춘혼란도 (5)

오랜만에 마쓰키치와 시즈마, 곤하치로 대면의 막이 올랐다. 그 자리에 함께 한 자는 그 외에 고로쿠로, 오사토, 그리고 환속한 료엔까지, 꽤나 북적이는 모양새였다. 장소는 셋집이다.

마쓰키치의 손에서 두 개의 보물이 시즈마, 곤하치로, 고로쿠로의 손으로 전달된 것은 말할 필요도 없다. 또한 곤하치로와 고로쿠로가 작성한 엣추노모리에게 보내는 서한도, 무사히 전달되었다는 사실도 마쓰키치가 설명했다. 일동은 박수를 쳤다.

"그래서 이제 앞으로는 어떡하지?"

고로쿠로가 물었다.

"실행하기 전에, 먼저 우리끼리 똘똘 뭉쳐야 할 필요가 있네. 오늘 여기 모인 사람들은 모두 동지로서 일치단결하기로 약속하면 어때?

마쓰키치는 물론이고 오사토도 료엔 스님도…….”

곤하치로가 말했다.

“어차피 이렇게 된 거, 여섯이서 다같이 살자구. 그리고 일치단결해서 일을 실행하자. 우리 모두 다 세상과 뒤틀린 사람들뿐이니, 마음도 잘 맞겠지…….”

시즈마도 말했다.

“괜찮군. 여섯이 힘을 합쳐 엔도 엣추노모리를 철저하게 쳐부수자고. 엣추노모리 뿐만 아니야, 높은 자리를 방패로 내세워 제멋대로 구는 놈들을 시원하게 응징하세……. 그런데, 그런데 말이야. 동지끼리는 어떤 일이 있더라도 연애를 삼가겠다고 맹세해야 해. 헤이도, 자네 오사토와 다시 관계를 회복하는 일은 없겠지……?”

곤하치로가 말했다.

“절대로 그럴 일은 없어. 목적을 달성할 때까지는 특히 연애는 삼가지.”

시즈마가 딱 잘라 말했다.

술잔을 새로 채우고, 말하자면 ‘결당식(結党式)’ 축하연이다.

오사토는 남몰래 미소 지었다.

‘두고 보라지. 헤이도 시즈마의 혼을 흐물흐물 녹여줄 테니까.’

오사토는 속으로 이런 것을 생각하고 있었다.

그렇게 여섯 명이 셋집에서 함께 살며, 같은 목적을 향해 정진하자고 엄숙하게 약속했다.

그리고 어떻게 실행할지 상의에 들어갔다.

“마쓰키치는 수고스럽겠지만, 때때로 엣추노모리 집에 들어가서 상황을 봐줘.”

곤하치로가 말했다.

"엣추노모리가 정말로 애첩을 전부 내보내고 머리 깎고 출가하면, 보물을 돌려줄 생각인가?"

시즈마가 묻는다.

"물론 돌려줘야 하지 않겠나. 그 후에도 품행이 고쳐지지 않는다면 다른 방법으로 응징해주기로 하고, 일단 손을 떼고 다른 인간들에게 우리들의 이상을 실현해야지."

곤하치로가 대답했다.

"그게 좋겠군."

시즈마와 고로쿠로가 찬성했다. 료엔과 오사토도 이 자리에서는 거의 말이 없었다.

"그러면, 오늘 밤에라도 제가 엣추노모리의 상황을 보고 오죠."

마쓰키치는 흔쾌히 받아들였다.

"하지만, 엣추노모리 쪽에서도 엄중하게 주의하고 있을 테니, 충분히 조심해야 할 거야."

"괜찮습니다, 걱정하실 필요 없어요."

마쓰키치가 산뜻하게 말했다.

(1929.1.19)

제137회
신춘혼란도 (6)

셋집에서의 결당식에서, 어쨌든 질서정연한 단결이 이루어졌다. 당의 이름은 '악귀조(惡鬼組)'로, 헤이도 시즈마가 당주이고 곤하치로가 부당주격. 당원의 생활비는 각자 벌어다 당주에게 내면, 당주가 골고루 나눠주기로. 시즈마, 곤하치로, 고로쿠로 세 사람은 위기 구제업을 생업으로 삼되, 결코 나쁜 짓을 하지 않을 것. 마쓰키치와 오사토만은 나쁜 짓을 생업으로 삼는 것을 인정함. 단, 부자의 물건만 훔치고 가난하고 약한 자에게선 훔치지 않을 것 등의 서약이 교환되었다. 료엔 스님만은 아직 어떤 일을 할지 미정인지라, 당분간 당원들의 도움을 받기로 했다.

그리고 마쓰키치에게는, 엣추노모리 저택에 숨어들어 서한에 쓰인 요구대로 실행했는지 여부를 확인하고 와야 할 큰 사명이 있었다. 마쓰키치는 임무 수행을 위해 무사 차림으로 나섰다.

마쓰키치는 처음에는 본가에 숨어 들었지만, 엣추노모리가 없었다. 그래서 다음날 밤에는, 아자부에 있는 별장으로 숨어 들었다. 하지만 노련한 마쓰키치도 어쩐지 기분 나빴다. 평소에는 지나칠 정도로 경계가 삼엄했었는데, 오늘밤만은 "자 어서 오세요" 라는 듯 문단속이 허술했기 때문이다. 이렇게 되니, 마쓰키치 정도의 대도적도 섬뜩했다.

'불침번이 잔뜩 도사리고 있다가 붙잡히는 거 아냐……?'

마쓰키치는 드디어 각오를 굳히고 집안으로 들어가 보았다. 하지만, 내부는 평소와 다를 바 없이 고요했다.

마쓰키치는 안심하고 백주대낮에 거리를 걷듯, 엣추노모리의 침실로 들어갔다.

머리맡의 등불이 평소보다 어두웠고, 새어나오는 다이묘의 잠든 숨소리가 평소보다 거친 것이, 아마도 깊이 잠들었기 때문일 것이다. 슬쩍 머리맡으로 가서, 등불을 들어 보니…….

엔도 엣추노모리의 머리가 맨들맨들하게 밀려 있었다.

'드디어 머리를 밀었구먼…….'

마쓰키치는 속으로 쿡쿡 웃었다.

엣추노모리의 침실을 나온 마쓰키치, 해야 할 일은 아직 끝나지 않았다. 애첩들의 방을 돌아다니며 살펴야 하는 것이다.

기다란 복도를 유유히 활보하며 애첩의 방을 한 칸씩 들여다보았지만, 모든 방이 텅 비어 있었다.

"허어, 첩도 모두 내보냈네……."

마쓰키치는 이렇게 중얼거리고는, 완전히 기분이 좋아졌다.

"그러면, 돌아가 볼까. 자, 왔다 갔다는 증거를 남기고 가야겠군……."

품속에서 꺼낸 쪽지에는 '악귀조'라 쓰여 있었다. 마쓰키치는 그걸 복도에 두고 몸을 돌려 어둠 속으로 사라졌다.

셋집 악귀조 본부로 돌아온 마쓰키치, 오늘 밤에 본 것을 상세히 이야기했다.

"유쾌하다 유쾌해, 첩들을 내보내고 엣추노모리가 머리를 빡빡 깎았다니, 이렇게 유쾌할 수가……."

시즈마와 곤하치로, 고로쿠로는 손뼉을 치며 쾌재를 불렀다.

"마쓰키치, 그럼 수고스럽겠지만 내일 밤에 한 번 더 가서, 보물을 돌려주고 와.”

시즈마가 말했다.

지난 1년 가까이 엣추노모리를 괴롭혔던 벼루와 인롱은, 이렇게 손쉽게 다시금 엣추노모리의 손으로 돌아갈 운명이었다.

그렇지만. 다음날 아침, 복도에 떨어져 있던 ‘악귀조’라 쓰인 쪽지를 주운 엣추노모리의 가신들은, 손뼉을 치며 웃어댔다.

“어젯밤 왔다 간 모양이군……. 가로님을 다이묘님이라 착각하고 간 듯 해. 내일 밤 즈음엔 드디어 보물들을 돌려주러 오겠지.”

진상은 이랬다. 엣추노모리의 에도 가로인 아카쓰카 효에(赤塚兵衛)가 다이묘 대신에 머리를 밀고 침실에 누워 있었던 것이다. 첩들은 방을 비우고 잠시 다른 곳으로 가 있었다. 그러니, 마쓰키치가 숨어들었을 무렵 엣추노모리는 젊은 무사들과 한 방에서 한가한 꿈이나 꾸고 있었을 터.

(1929.1.20)

제138회
신춘혼란도 (7)

다음날 밤. 엣추노모리의 별장에서는 ‘악귀조’라 자칭하는 괴인의 방문을 기다리고 또 기다렸지만, 마쓰키치는 모습을 드러내지 않았다. 그 다음날 밤도, 또 그 다음날 밤도, 마쓰키치는 별장을 찾아오지 않았다.

엣추노모리 쪽에서는 꽤 동요하기 시작했다. 이쪽의 속임수를 괴인이 눈치 챈 것은 아닌가 하고.

그러나, 마쓰키치 쪽은 그런 이유에서는 아니었다. 시즈마도 곤하치로도 빨리 가서 보물을 돌려주고 오라고 했지만, 몰래 숨어드는 입장이 되면 그렇게는 못한다. 적어도 이삼일 간격을 두지 않으면 위험하다. 그러니 마쓰키치는 잠시 숨을 고르고 있던 것이었다.

그래서 정월 13일째 되는 날, 마쓰키치는 드디어 이날 밤을 결행의 밤으로 결정했다.

엣추노모리 별장의 문단속은 역시 허술했다. 마쓰키치는 두 개의 보물을 품 속에 넣고, 손쉽게 다이묘의 침실로.

잠든 숨소리를 들어보니, 역시 곤히 잠들어 있다. 여기서 마쓰키치의 장난기가 솟았다.

"이제 여기 올 일도 없구면⋯⋯. 이 다이묘님과도 오늘이 마지막인가⋯⋯. 그렇다면 이대로 돌아가면 재미가 없지. 그래, 족제비 마쓰키치 님의 실력과 담대함을 보여주려면 뭔가 재미있는 일을 해야 할 텐데⋯⋯."

마쓰키치는 잠시 생각에 빠졌다가, 문득 생각해낸 장난이 있었다. 품속에서 휴지를 꺼내 삼각형으로 접고, 종이를 꼬아 만든 줄 두 개를 그 양쪽 끝에 붙인 뒤, 엣추노모리의 이마에 붙이고 돌아간다는 것이다.* 천하의 다이묘님을 죽은 사람 취급하려는, 정성스런 장난이다.

완성된 삼각형의 종이를 한 손에 든 마쓰키치, 다이묘의 머리맡에

---

* 일본에서 망자의 이마에 씌우는 삼각형의 하얀 두건인 '천관(天冠)'을 가리키는 듯하다.

가서 이마에 붙이려다가, 잠든 얼굴을 가만히 보고 있자니 이게 어떻게 된 일인가. 엔도 엣추노모리라 생각했더니만, 이건 완전히 다른 사람이다.

마쓰키치는 화가 치밀어 올랐다.

그냥 갔으면 좋았을 것을, 너무나 분한 나머지 발을 들어 엣추노모리인 척 하고 있던 가로 아카쓰카 효에의 얼굴을 걷어찼다.

아카쓰카 효에는 발길질을 당해 눈을 떠보니, 이런 난장판이었다. 벌떡 일어나 머리맡의 대검을 꺼내 뽑으면서 소리를 질렀다.

"이런 무례한 놈이!"

그러나, 이미 마쓰키치는 복도로 도망치고 없었다. 어지간한 마쓰키치도 대검을 들고 덤비는 데야 당할 재간이 없으니, 이럴 땐 도망치는 게 상책이었다. 도망치는 데에는 타고난 재주도 있었고. 게다가, '어서 옵쇼'라는 듯 온 집안의 문이 다 열려 있는 것도 마쓰키치에게는 기회였다.

문을 걷어차고 정원으로 뛰어 내려간 마쓰키치. 와르르 쫓아오는 목소리를 뒤로 하고, 높은 담장을 넘어 무사히 악귀조의 본부로 돌아갔다.

마쓰키치의 보고를 들은 시즈마 이하 3인의 악귀들.

"마쓰키치 잘했네……. 그쪽이 경솔했다면, 이 보물들은 그대로 엣추노모리에게 속은 채로 돌려줄 뻔 했군."

시즈마는 보물을 손에 들고, 진심으로 마쓰키치에게 감사했다.

마쓰키치와 더불어 4명은 다시 제2의 작전을 짰다.

(1929.1.21)

제139회
신춘혼란도 (8)

"술……. 술을 다오……."

엣추노모리는 거의 미친 듯한 형상으로 아침부터 술을 들이켰다.

너무나 폭음을 해대니 걱정하여 말리는 자가 있으면, 무작정 베어 버렸다. 정월임에도 목을 베인 가신의 숫자가 한 손으로 꼽기 힘들 정도였다.

오늘은 이미 정월 열 닷새째. 쇼군 와카회까지는 이제 일주일밖에 남지 않았다. 술을 들이키며 말리는 자를 베고, 여인을 탐닉하는 엣추노모리의 난폭한 행동이 드디어 도를 넘었다.

엣추노모리는 그저 어떻게 해야 우울함과 초조함을 잊을 수 있을지, 오로지 그것만 생각했다. 본가에는 거의 돌아가지 않고, 애첩 여섯 명에 둘러싸여 그야말로 광인 같은 생활.

"다이묘님……."

가로 아카쓰카 효에, 죽을 각오로 간언을 하기 위해 술에 취한 엣추노모리에게 무릎걸음으로 다가갔다.

"……."

말없이 효에를 노려보는 엣추노모리의 두 눈에는 핏발이 서 있었다. 간언이고 뭐고 잔소리를 했다가는 죽여 버리겠다는 분위기였다.

그러나, 효에도 꽤나 굳은 결심을 한 터라 조금도 놀라지 않았다.

"다이묘님……. 송구스럽습니다만 이 와중에 이런 난폭한 행동은 대체 어인 일이십니까……. 너무하십니다……. 죄 없는 자들을 베어 버리신다 한들 아무런 득이 되지 않습니다……. 복면낭인이라 칭한

자 중 하나는 구와바라 곤하치로라 알고 있습니다만, 곤하치로는 사랑하던 여인을 다이묘님께…….”

이렇게 말하고 있을 때,

“그 입 다물라!”

엣추노모리가 날카롭게 소리쳤다. 그와 동시에, 칼집을 벗어난 칼이 효에의 늙은 몸을 두 동강 낼 기세로 무시무시하게 뻗쳐왔다.

순간적으로 몸을 피한 효에, 뒷걸음질로 다타미 반 장 정도 물러났다. 헛손질을 한 엣추노모리는 “무례한 놈!”이라 외치며, 한쪽 무릎을 들고 상반신을 힘껏 뻗어 두 번째 일격을 날렸다.

칼날이 효에의 눈 바로 앞에서 또다시 허공을 갈랐다.

효에는 침착했다.

“다이묘님, 부디 자중하시고 측실들도 내보내십시오. 송구스럽습니다만 머리를 깎고 불가에 입문하시기를 부탁드립니다……. 보물을 분실한 것보다는 불가에 입문하시는 편이, 쇼군께도 좋은 구실이 되지 않겠습니까…….”

가능한 빠른 어조로 할 말을 끝낸 효에,

“용서하십시오……!”

이렇게 말하자마자 옆구리에 찬 칼을 빼들어 배에 찔러 넣었다. 각오한 죽음이다.

엣추노모리는 괴로운 표정으로 효에에게 시선을 주었으나, 그대로 안으로 들어가 버렸다.

앞으로 일주일밖에 남지 않은 쇼군 와카회에서, 엣추노모리는 어떻게 하려는 것일까.

악귀조는 어떤 태도로 나올 것인가.

제140회
신춘혼란도 (9)

정월 17일 심야. 족제비 마쓰키치는 악귀조의 결의에 따라, 다시금 엣추노모리의 별장에 침입을 시도했다.

이번에는 품속에 두 개의 보물을 숨겨두었다. 와카회가 닷새밖에 남지 않았으니 엣추노모리도 머리를 깎고 첩을 내보냈을 터이니, 그걸 확인하면 보물을 두고 나오라는 악귀조 간부의 결의에 따른 것이다.

하지만 높은 담장을 넘어 들어간 마쓰키치는 깜짝 놀랐다. 그도 그럴 것이, 평소와는 달리 경계가 삼엄해서, 마쓰키치의 비법으로도 좀처럼 집안으로 들어갈 수 있을 것 같지가 않았다.

절대로 들어오지 못하게 할 셈인지 문단속이 철저할 뿐만 아니라, 불침번도 계속 돌아다니고 있었다. 등불이 곳곳에 보인다. 덧문에 귀를 대보니, 집안에서도 사람들이 자지 않고 일어나 있는 기색이었다.

'오늘 밤은 단념하고 돌아갈까…….'

어지간한 마쓰키치도 이런 약한 마음이 들었다. 그러나 그의 천성적인 강한 성격이 반박해왔다.

'이대로 돌아가면 사나이로서도 체면이 안 서지……. 어차피 이렇게 경계가 삼엄한 걸 보니 엣추노모리 자식, 아직 머리도 안 깎고 첩들도 그대로 뒀겠군……. 분하니까 열심히 들어가서 실컷 놀려주어야

겠다······.'

원래부터 장난기가 많은 마쓰키치, 억지로라도 뚫고 들어갈 셈인 것이다. 아마도 도둑들의 공통된 심리인 모양이다.

쩔렁쩔렁 곤봉 소리를 내며 불침번이 이쪽으로 다가왔다. 무사가 두 명 따라오고 있었다. 몰래 숨어 상황을 엿보던 마쓰키치, 바로 앞을 불침번이 지나가자마자 덧문을 따기 시작했다. 일을 할 때는 담력이 세지는 마쓰키치다.

하지만, 평소보다 꽤 힘들었다. 힘들어도 마쓰키치가 열지 못할 문은 없었다. 문이 쓱 열리자 마쓰키치에겐 익숙한 복도다.

복도 곳곳에 어디랄 것도 없이 인기척이 있었다. 어지간한 마쓰키치도 선뜻 발걸음을 옮기기 힘들었다. 벽에 찰싹 몸을 붙이고 있자니, 사락사락 옷자락 스치는 소리와 함께 이쪽으로 걸어오는 사람은 아무래도 여자 같았다. 게다가 한 두 사람이 아니라 예닐곱 명은 되어 보였다. 한 손에는 등불과 한 손에는 단도를 들고 있다. 하녀들로 조직된 경비대다.

어느 정도 납득한 마쓰키치는 손을 뻗어 서까래를 붙들더니 몸을 가볍게 솟구쳐, 복도 천정에 엎드렸다. 그야말로 족제비 같았다. 그 아래를 아무 것도 모른 채, 여인 일단이 위무도 당당하게 스쳐 지나간다.

이 때다 싶어, 마쓰키치는 훌쩍 뛰어내려 발소리를 죽이고 걸어간다. 목적지는 당연히 엣추노모리의 침실이다.

마쓰키치는 장지문에 손을 댔지만, 평소라면 쓱 열릴 문이 어떻게 해도 열리지 않는다. 힘을 주어 열어 보려 했더니, 찌링 하는 요란한 방울 소리.

망했다······. 물러날 틈도 없이, 방울 소리를 신호로 모여든 것은 칼을 든 무사들을 비롯해, 조금 전 단도를 든 여군도 섞여 있다.

마쓰키치는 독 안에 든 쥐였다.

"빌어먹을, 너희들에게 잡힐까보냐⋯⋯."

허세는 부려봤지만, 마쓰키치 절체절명의 상황이었다.

(1929.1.23)

제141회
신춘혼란도 (10)

이렇게 되면 마쓰키치, 위로 도망칠 수밖에 없었다. 위로 도망친다면 좀 이상하게 들리겠지만, 마쓰키치의 특기인 천정 밑을 기어가는 것이다.

그렇다 하더라도, 뒤따라오는 검을 든 무리를 조금은 따돌려야 그 기술도 가능하다. 마쓰키치는 품속에 손을 넣어 준비해둔 작은 주머니를 잡더니, 손끝으로 주머니를 찢어 적진을 향해 휙 집어던졌다. 안에 든 건 재였다. 재를 던져 상대가 눈을 못 뜨게 하는 기술은 대표적인 인술이다.

"우왁!!"

소리를 지르며 적들이 뒷걸음질 치는 틈을 타, 마쓰키치는 서까래에 손을 대자마자 스르륵, 동물적인 묘기로 천정으로.

던져진 재를 가까스로 피한 여군 중 한 사람이, 아래쪽에서 열심히 단도를 휘둘러댄다. 마쓰키치, 천정 한쪽으로 기어가 겨우 단도의 칼날을 피했다.

이렇게 해두고 두 번, 세 번 재를 던진다. 적들이 움츠리면 슬슬 기어간다. 얼마나 기어갔을까. 적들은 던져진 재 때문에 눈을 뜰 수가 없었는지, 아니면 전법을 바꾸려고 작전회의중인지, 내려다보니 아래쪽에는 한 사람도 없었다.

이 틈에 내려갈까. 아니야 그것도 위험하지. 어떻게 할까 궁리하고 있으려니, 문득 눈에 띈 란마(欄間)[*]. 화려한 세공의 란마 틈새로 엿보니, 이게 어떻게 된 일인가.

눈이 번쩍 뜨일 정도의 미인이 손이 뒤로 묶인 채, 옆으로 쓰러져 있었다. 시녀인지 첩인지, 방 안의 장식 같은 것을 보니 아무래도 첩인 것 같았다.

마쓰키치의 의협심은 자신이 위험에 처한 이 상황에서도 발동했다.

"구해줄까……."

어떻게 구하게. 마쓰키치의 마음은 잘 모르겠다.

복도에 사람이 없는 틈을 타, 마쓰키치는 오른손에 혼신의 힘을 다해 란마를 밀어젖혔다. 란마를 통해 들어갈 셈이다. 이 가여운 여인을 도와줄 생각도 물론 있었지만, 마쓰키치 자신이 숨을 공간으로도 절호의 장소였다.

깜짝 놀란 것은 묶여 있던 여인이었다. 란마가 떨어져나가더니, 손수건으로 복면을 한 수상한 남자가 뛰어 들어왔기 때문이었다.

하지만, 묶여 있긴 했어도 여인은 마쓰키치가 누구인지 알고 있을

---

[*] 문·미닫이 위의 상인방과 천장과의 사이에 통풍과 채광을 위해 교창(交窓) 따위를 붙여놓은 부분.

터였다. 일전에 있었던 일도 알고 있을 테고, 오늘 밤의 일도 묶여 있었더라도 복도에서의 소란으로 알고 있을 거라고 마쓰키치는 생각했다.

"이보시오……."

상대가 여자이기에, 마쓰키치의 어조는 상냥했다.

"걱정하지 마십시오, 당신을 어떻게 하겠다는 게 아니니까요……. 잠깐 저를 숨겨 주십시오. 그 대신에 당신을 구해드릴 테니."

마쓰키치는 혼자서 말하면서 여인이 묶인 것을 풀어주었다.

그러자 여인은 갑자기,

"오호호호……!"

이렇게 날카롭게 웃기 시작했다.

(1929.1.24)

제142회
신춘혼란도 (11)

갑자기 드높게 웃음을 터뜨렸기 때문에, 마쓰키치는 엉덩방아를 찧을 정도로 놀랐다. 두 세 걸음 뒷걸음질 쳐, 가만히 상태를 지켜본다.

등불에 비친 그 얼굴의 아름다움. 값비싼 향을 피우기도 했지만, 말할 수 없이 좋은 향기가 난다. 한 눈에도 신분 높은 여인이라는 걸 알 수 있었다. 하지만 그렇다 하더라도, 이 갑작스러운 웃음은 무얼 의미하는 것일까.

'나, 이 여인의 계략에 빠져 잡히게 되는 건가……?'

마쓰키치는 이런 생각도 했다. 이렇게 생각하니, 모골이 송연해져서 전신의 피부가 공포로 떨려온다.

"오호호호……!"

여인은 또다시 드높게 웃었다.

"아씨……."

마쓰키치는 겨우 이 소리만 내뱉었다.

"무엇이냐. 그쪽은 웬 놈이냐."

여인은, 이제야 마쓰키치의 존재를 깨달았다는 듯, 험악한 눈초리로 물었다.

"도, 도와드리러 왔습니다……."

마쓰키치의 목소리는 떨렸다.

"뭐라……? 도와주러 왔다고……? 호호호, 너희가 몇이 와서 날 괴롭힌다 해도, 내겐 곤하치로 님이 계신다. 구와바라 님, 곤하치로 님……. 아아 곤하치로 님……. 너무 그리워요……. 곤하치로 님……. 저를 용서해주세요……."

마쓰키치는 소름이 오싹 끼쳤다.

'이거 큰일 났다……! 이 여자 미쳤어……!'

이렇게 깨닫자마자, 일찍이 구와바라 곤하치로에게서 들었던 이야기가 떠올랐다. 곤하치로가 사랑했던 여인을 엣추노모리가 권력을 휘둘러 빼앗고 첩으로 삼았다는 이야기. 곤하치로가 엣추노모리를 적으로 삼아 도전하는 것도, 원인은 이 여인일 터…….

이런 것들을 떠올렸다. 이 여인을 도와야 한다는 강한 결심이, 마쓰키치에게 무럭무럭 자라났다.

"저기요 아씨……."

마쓰키치는 광인의 귀에 입을 가져다 댔다.

"저는요, 구와바라 곤하치로 님의 부하입니다. 곤하치로 님에게 부탁을 받아, 아씨를 뫼시러 왔으니, 안심하고 저와 함께 달아납시다."

마쓰키치가 진심을 담아 이렇게 이야기해도 미친 여인의 귀에는 마이동풍이었다.

"오호호호……!"

또 다시 여인은 드높게 웃음을 터뜨릴 뿐이었다.

마쓰키치는 팔짱을 끼고 망연자실하게 여인의 광태를 볼 수밖에 없었다.

그 때, 복도에서 요란하게 사람들이 오가는 소리.

"도적은 어디로 도망쳤냐!"

"글쎄……. 어디로든 도망쳤을 리는 없는데……."

"저는 재를 피하려고 손수건으로 눈을 가려서, 하나도 안 보입니다. 누구든 눈이 보이는 분께서, 도적을 찾아주시오!"

"아, 자네도 눈을 가렸나……. 나도 눈을 가려서 하나도 안 보인다네……."

"저희들도 마찬가지예요, 다들 눈을 가려서 앞이 안 보입니다……."

젊은 무사들과 여군들이 이렇게 숨바꼭질에 한창인 듯 했다.

마쓰키치는 숨을 죽이고, 복도의 상황에 주의를 기울였다.

(1929.1.25)

제143회
신춘혼란도 (12)

광인도 숨을 삼키고 기침 소리조차 내지 않는다.

'착실한 미치광일세……'

몸을 숨기면서도 마쓰키치는 광인의 정숙함에 감탄했다.

복도의 소란은 아직 가라앉지 않았다.

젊은 무사와 시녀들 중 누구든 용감하게 눈가리개를 풀었다면……. 그리고 등롱을 쳐들어 주의 깊게 살펴보았다면……. 그 결과는 실로 불을 보듯 뻔하지 않았을까. 그들은 곧장 란마가 파손된 것을 발견했을 것이다. 그랬다면, 마쓰키치가 이 광인의 방에 숨어든 것을 쉽게 예상할 수 있었을 테지.

한 시라도 지체할 수 없었다. 이 광인을 데리고 도망쳐야 한다. 하지만, 불침번은 물론 바깥에서도 삼엄하게 경계하고 있을 것이다.

"어떻게 도망쳐야 하나……?"

마쓰키치가 고민하는 동안, 광인이 마쓰키치의 귓가에 대고 말했다.

"자네는 정말로, 구와바라 님을 알고 있는 겐가……?"

아, 그 어조에는 미치광이의 기색은 없었다. 정신이 멀쩡하지 않고서는 나올 수 없는 말이다.

마쓰키치는 새삼 말똥말똥 여인의 얼굴을 보았다.

"구와바라 씨를 아는 정도가 아닙니다, 매일같이 보고 사는 사이인 걸요……."

마쓰키치는 광인의 귀에 이렇게 속삭여주었다.

"그러면, 그 증거를 무엇이든 얘기해보게."

여인의 어조는 더더욱 명확했다.

"증거……."

마쓰키치는 잠시 생각해보았다.

복도의 소란이 잦아들었다. 누구도 눈가리개를 풀고, 적이 있는 곳을 찾아내려는 용기 있는 자는 없었던 모양이다. 그들은 하나 둘 씩, 어디론가 가버린 듯 했다.

"증거라면……. 그 말인즉슨, 제가 구와바라 씨를 정말 알고 있는지에 대한 증거겠죠……. 그래서, 그걸 시험해보셔서 어쩔 셈이신지……."

"자네가 정말로 구와바라 님을 안다면, 나는 자네와 함께 이곳을 도망칠 것이다. 나는 미친 게 아니야. 구와바라 님을 뵙고 사죄를 드리고 싶어, 그것만을 생각하다보니 다이묘님의 뜻에 따르기 싫어 미친 척 하고 있을 뿐이다."

"그렇군요……. 아씨 꽤나 미치광이 흉내를 잘 내십니다만, 아무래도 좀 이상한 구석이 있다고 생각했습니다……. 그러면, 제가 구와바라 님을 알고 있다는 증거를 말씀 드리지요."

마쓰키치는 도카이도에서 처음 곤하치로와 만나고나서 지금에 이르기까지의 일들을 간단하게 이야기했다.

"요전부터 여러 번 이 집에 실례해서 소동을 일으킨 건, 전부 제 소행인지라……."

"그건 나도 잘 알고 있었다. 그렇다면, 자네 뒤엔 구와바라 님이 계신다는 것이네……."

"예 그렇습니다……."

"알겠네……. 그러면 자네와 함께 도망치지. 다만, 지금 도망치는 건 위험해. 우선, 이 란마를 원래대로 돌려놓게. 그리고 날이 밝을 때까지 이 벽장에 들어가 있게나. 그리고, 나를 이전처럼 묶어 둬야 하네……."

마쓰키치는 그 말대로 복도에 사람이 없는 틈을 타, 란마를 원래대로 고쳐놓았다. 하지만, 날이 밝을 때까지 벽장 속에 들어가 있는 건 좀 위험했다. 이 여인이 과연 어떤 사람인지도 모르고, 어느 정도까지 안심해야 할지 의문이었기 때문이다.

"빨리, 빨리……."

마쓰키치가 고민하고 있자니, 여인은 자꾸만 재촉했다.

(1929.1.26)

(제144회 누락)

제145회
요부 유혈 (2)

오센의 대사건에 대해서도 써야 하겠지만, 엣추노모리 별장의 족제비 마쓰키치에 대해서도 저대로 그냥 둘 수는 없다.

마쓰키치는 여인의 말대로 란마는 원래대로 돌려놓았지만, 벽장에 들어갈 마음은 없었다. 벽장에 들어갔는데 밖에서 잠기면 그걸로 끝이다. 이 여인이 미친 척 한 이유가 과연 본인이 말하는 대로 곤하치로에 대한 마음 때문에 엣추노모리의 뜻에 따르기 싫어서인지, 아니면 엣추노모리 및 그 일당과 한패가 되어 마쓰키치를 속이기 위해 벌인 짓인지, 알 수 없기 때문에 굉장히 위험하다.

'아이고 살려줍쇼…….'

내심 이렇게 중얼거린 마쓰키치는, 멍청히 서 있었다.

"빨리, 빨리……."

여인은 자꾸만 서둘러댄다.

"……."

마쓰키치는 대답이 궁해서 그저 우물쭈물거렸다.

"자네는 나를 도와주기로 한 게 아닌가?"

여인이, 이번에는 어조를 조금 바꾸어 원망스러운 듯이 이렇게 말하고는, 요염한 눈빛으로 가만히 마쓰키치를 바라본다.

"날이 밝을 때까지 여기 들어가 있는 건 아무리 생각해도 위험합니다. 지금 바로 도망치죠……."

"그건 안 되네. 안팎으로 경계가 삼엄해서 지금 도저히 도망칠 수 없어……. 날이 밝을 때까지 이 벽장 안에 들어가 있게나."

포동포동한 손으로, 마쓰키치의 단단한 손을 잡는다. 따뜻하고 부드러운 여인의 손에, 마쓰키치는 흐물흐물 녹을 것 같았다.

이렇게 되면, 여인이 말하는대로 벽장 속에 들어갈 수밖에 없었다. 들어가지 않으려고 애써 본들, 여인이 엣추노모리와 한 패라면 부하를 불러 잡을 것이다.

절체절명의 위기다. 될 대로 돼라, 여인이 말하는 대로 벽장에 들어가자……. 마쓰키치는 결심을 굳혔다.

"자 그럼 날 밝을 때까지 들어가 있겠습니다만, 날 새는 대로 잘 부탁드립니다."

"좋고말고. 그건 내가 알아서 할 테니, 빨리 날 묶어주게."

마쓰키치가 여인을 묶고 나서 벽장에 들어가 스스로 문을 닫으니, 진짜 암흑이었다. 각오는 했지만, 기분이 좋지 않았다.

마쓰키치는 품속에 손을 넣어보았다. 그곳에는 두 개의 보물이 제대로 들어 있었다.

이것만은 죽어도 손에서 떼놓지 말아야지 하고 생각하면서, 복대 사이에 찔러 넣은 비수도 만져 보았다. 이 비수와 쓰고 남은 두 봉지의 재, 이것만이 마쓰키치의 무기였다. 그리고 허리에 찬 주머니에는 부싯돌이 있었는데, 이것도 의외로 쓸모 있는 무기였다.

그러다 갑자기,

"오호호호……."

그 미친 듯한 웃음소리.

저 여인의 목소리가 틀림없는데, 어떤 이유로 미친 흉내를 내는 것인가, 아니면 마쓰키치에 대한 조소인가.

마쓰키치는, 그것이 후자임을 알았다.

마쓰키치는 당황해서 문에 손을 대고 밀어보았다. 하지만, 문은 밖에서 단단히 잠긴 듯, 꿈쩍도 하지 않았다.

"망했다……. 역시 저 여자의 함정에 빠진 거야……."

마쓰키치는 이를 갈며 분해 했다.

우당탕 하는 격한 발소리가 복도에서 났다. 뒤이어 많은 남녀가 이 방으로 들어오는 기색이었다.

"제기랄……!"

마쓰키치는 비수를 쥐며 재를 바로 뿌릴 수 있게 준비하고, 최후의 수단으로 되도록 소리가 새어나지 않게 주의하며 부싯돌을 쳤다.

(1929.1.28)

제146회
요부 유혈 (3)

대체 이 미친 척 한 수상한 여인은 누구일까. 마쓰키치가 내심 걱정한대로, 마쓰키치를 생포하려 한 대담한 여인이었다. 이름은 와카나(若菜), 엣추노모리의 애첩이었다.

엣추노모리는 가로 아카쓰카 효에의 죽음으로 정신을 차리고, 닥쳐온 난관을 어떻게 돌파할 것인지에 대해 협의하기 위해 신분의 고하를 막론하고, 에도에 근무하는 가신 모두를 모아 상의했다. 물론 여인들도 모두 그 자리에 참석했다.

"누구든 주저할 필요 없다. 보물을 되찾아올 좋은 생각이 있다면 말해 보거라."

엣추노모리가 이렇게 말해도, 누구도 대답하는 자가 없었다. 그러자 와카나가 용감하게 입을 열었다.

"외람된 말씀이지만, 소첩에게 생각이 있습니다……."

"말해 보거라, 말해 봐, 주저할 필요 없다."

물에 빠진 사람이 지푸라기라도 잡는 심정으로, 엣추노모리는 귀를 기울였다.

"소첩이 미친 척 하는 겁니다."

"뭐라?"

"소첩은 미친 척 하고 양 손발을 묶인 채, 다이묘님 침소와 가까운 방에 있을 겁니다. 그리고 다이묘님의 침소 장지문은 철저하게 문단속을 한 다음에 방울을 달아, 적이 열려 하면 바로 방울이 울리게 합니다. 방울소리를 신호로 각자 적을 몰아가는 겁니다. 그러면 높은 담장도 쉽게 넘어 들어오는 적이니, 필시 달아날 곳이 궁해지면 복도 기둥을 타고 올라가, 서까래를 따라 달아나려고 할 테지요. 그 때, 각자 아래에서 소첩이 있는 방 근처까지 적을 몰아오는 겁니다. 그리고는 잠깐 그 자리를 뜨는 거지요……. 그 뒤는 소첩이 알아서 하겠습니다. 또 하나, 당분간은 안팎의 경계를 삼엄하게 하는 편이 좋겠지만, 적의 모습이 보인다면 일부러 모른 척 하고 복도까지는 들어오게 하는 게 좋을 것 같습니다."

"훌륭하구나, 너는 어떻게 할 것이냐? 좀 더 자세히 말해 보거라."

엣추노모리는 빙그레 웃으며, 애첩의 얼굴을 바라본다.

"이렇게 할 겁니다. 불경하게도 다이묘님의 보물을 훔쳐내고 괴롭힌 자들은, 다이묘님께서도 잘 아시는 대로 혼다 님의 친구라는 헤이도 시즈마라는 자와, 우리 집안 가신이었던 구와바라 곤하치로라는 자로 알고 있습니다. 종종 집안에 숨어 들어오는 적은 이 두 사람의 부탁을 받아 꾸민 일이라 생각되니, 소첩은 구와바라 곤하치로의 이름을 써서 적을 생포하려 합니다……."

"흠, 그래서 뭐라고 할 것이냐?"

"구와바라 곤하치로는 여기 있을 때 가에데(楓) 님*을 깊이 사모하였는데, 가에데 님을 다이묘님께서 총애하시게 되니 다이묘님을 증오하여, 헤이도 시즈마와 한패가 되어 다이묘님께 대항하게 되었습니다. 그러니 소첩은 가에데 님인 척 하고, 구와바라 곤하치로가 그리우니 그에게 데려다 달라고 적에게 말할 것입니다"

"허어, 묘안이 아닌가!"

엣추노모리는 무심코 무릎을 치며 감탄했다.

모든 계략은 이 와카나의 지혜에서 나온 것이었다.

그러나 그 때 그 자리에 있던 가에데는, 무슨 생각을 했는지 이상한 표정이 그 아름다운 얼굴에 떠올랐지만 아무도 눈치 채지 못했다.

그래서 이야기가 왔다갔다 했지만, 벽장 속에 있는 마쓰키치는 소리를 죽여 부싯돌을 쳤지만, 생각대로 불이 붙지 않는다.

(1929.1.29)

제147회
요부 유혈 (4)

"앗, 적이 부싯돌을 칩니다!"

벽장 앞을 에워쌌던 젊은 무사들 중 하나가 이렇게 외치며 귀를 기울였다.

---

* 22회에서는 '야에'라는 이름으로 등장했다.

"아, 진짜 그렇군, 잡아라 빨리 빨리!"

이렇게 명령한 것은 연장자인 무사.

하지만 막상 이렇게 되니, 나서서 벽장의 문을 열고 들어갈 용기 있는 자가 없었다.

벽장 안에서 마쓰키치는 제정신이 아니었다. 열심히 부싯돌을 쳤지만, 젖어 있는 건지 불이 붙지 않는다. 서두르면 서두를수록, 더 잘되지 않는다.

에라 모르겠다, 잡히면 끝장이니 어떻게든 저 놈들의 간담이 서늘하게 해주마, 그리고 날 속인 저 여자는 살려두지 않겠다……. 벽장 속에서 각오를 다진 족제비 마쓰키치, 오른손엔 비수를, 왼손에는 재가 든 찢어진 주머니를 들고, 혼신의 힘을 다해 발로 벽장문을 걷어찼다.

마쓰키치가 발로 찬 것과, 무사들 중 한 사람이 용기를 쥐어 짜내 문을 연 것은 거의 동시였다.

불쑥 튀어나온 마쓰키치, 에워싼 무사들에게 재를 집어던졌다. 뭉게뭉게 피어오른 연기에, 처음부터 달아날 태세였던 무사들은 주춤주춤 딱한 꼴이다. 단도를 든 여인들의 허둥지둥거리는 모습도 볼만했다.

하지만 어쨌든 적은 다수인데다 큰 칼과 작은 칼을 다들 갖고 있다. 그에 비해 마쓰키치는 단신인데다 무기라면 비수 한 자루뿐 아무것도 없었다. 그러니, 그저 잠깐 적을 움찔하게 했을 뿐, 막연했다.

에라 모르겠다, 어차피 죽을 거라면 저 여자도 살려둘 수 없지……. 마쓰키치가 열이 받아 주위를 둘러보니, 저 뒤쪽에서 웃음을 흘리며 이쪽을 보고 있는 건 분명히 와카나다. 물론 마쓰키치는 와카나라는 여인은 몰랐지만, 간계를 부린 얄미운 여자로 한 눈에 그 존재를 찾아냈다.

"에잇!"

마쓰키치는 마지막으로 남은 한 봉지의 재를 휙 던져 달려드는 적을 물리치고는, 와카나를 향해 달려갔다.

와카나는 잿더미를 피해 몸을 수그렸지만, 달려든 마쓰키치는 와카나에게 비수를 휘둘렀다.

"꺄악!"

와카나는 비명을 지르며 풀썩 쓰러졌다.

"제길……. 제길……. 제길……!"

마쓰키치는 와카나를 타고 앉아, 숨통을 끊었다.

그러자 그때, 무사 중 한 사람이 비수를 휘두르는 마쓰키치 뒤로 다가가 그를 베었다.

검에 베인 마쓰키치, 상처는 크지 않았지만 크게 놀랐다. 마쓰키치가 상처를 입는 것을 본 무사들은 단번에 사기가 올라 나란히 칼끝을 겨누고 다가왔기 때문에, 이제 여기까지라고 각오할 수밖에 없었다.

'헤이도 씨, 구와바라 씨, 마쓰키치는 한심하게도 여기서 죽습니다……. 어차피 죽을 거면, 여기서 적에게 죽느니 스스로 죽겠습니다…….'

마쓰키치는 마음속으로 이렇게 외치고, 비수를 배에 꽂으려 했다. 바로 그때였다.

"불이야……! 불이야……!"

이렇게 외치는 자가 있었다. 마쓰키치를 향해 다가오던 무사들이 휙 돌아보았다.

그쪽을 보니……. 시뻘건 불꽃이 이미 복도를 덮치고, 장지문을 지글지글 태우며 이쪽을 향해 굉장한 기세로 불타오르는 것이었다.

(1929.1.30)

제148회
요부 유혈 (5)

자욱하게 타오르는 불꽃은, 점차 기세를 더해 이쪽으로 닥쳐왔다. 무사들도 여군들도, 비명을 지르며 사방으로 뿔뿔이 흩어졌다.

이 생각지도 못한 화재야말로, 족제비 마쓰키치에게는 하늘이 주신 기회가 아니면 무엇일까. 마쓰키치는 속으로 깊이 감사하며 복도로 뛰쳐나왔다. 그곳에는 남녀가 정신없이 우왕좌왕하고는 있었지만, 다들 자기 몸을 지키느라 급급해서 이미 마쓰키치의 존재 따위는 안중에도 없었다.

마쓰키치는 지금은 무인도에 있는 것처럼 자유로웠다. 정원으로 뛰어나간 마쓰키치는, 비로소 뒤를 돌아보았다. 불은 이미 광대한 건물의 거의 대부분을 태우고 있었다. 불을 끄려는 자가 없었기 때문에, 불길은 점점 거세질 뿐이었다.

누가 해놨는지, 뒷문도 정문도 모두 활짝 열려 있었다. 마쓰키치에게는 점점 더 편리해질 뿐이다.

마쓰키치는 유유히 정문으로 나왔다. 문 밖에는 근처 저택의 무사들이 자신들의 저택을 삼엄하게 지키고 있었다. 밤은 이미 하얗게 밝아오고 있다.

마쓰키치가 이미 반 정 정도 달아났을 무렵, 뒤에서 부르는 사람이 있었다. 마쓰키치는 깜짝 놀라 뒤돌아 보았다.

"저기요……, 잠깐만요……."

숨 가쁘게 끊어질 듯 말하는 목소리는, 분명히 여인의 목소리.

다가오는 것을 보니, 맨발에 곤색 속치마가 요염하게 휘감기고, 머리는 헝클어진 모습.

마쓰키치는 무심코 앗 하고 놀랐다. 방금 전에 죽인 그 여자의 유령이 따라온 줄 안 것이다. 마쓰키치는 순식간에 비수를 뽑아 들었다.

"이보세요, 저는 수상한 사람이 아니에요……."

여인은 이렇게 말하며, 마쓰키치의 앞에 풀썩 주저앉았다. 자기 입으로는 수상하지 않다고 하지만, 그 모습이 수상하지 않다고 할 수는 없었다.

"저한테 무슨 볼일인지요……?"

마쓰키치는 목소리가 떨려오는 것을 억누르며, 겨우 이렇게 물었다.

"부탁입니다……. 저를 데려가 주세요……!"

"뭐라고요……?"

마쓰키치는 귀를 의심할 수밖에 없었다.

"이상하게 생각하는 것도 당연하지만, 저는 당신을 돕기 위해 저택에 불을 질렀답니다……."

"저를 위해 불을 질렀다니……. 그거야 감사한 일이지만, 생판 처음 보는 저를 돕겠다니, 대체 무슨 이유에서인지요……?"

마쓰키치가 묻자, 여인은 잠시 대답하기를 주저했다.

"부끄럽지만, 당신을 도와 함께 구와바라 곤하치로 님이 계신 곳으로 도망치고 싶어서요……."

"구와바라 씨가 계신 곳에……."

마쓰키치는 또다시 자신의 귀를 의심하고 싶어졌다.

아까 그 미친 척 하던 증오스러운 여자도 구와바라 곤하치로 님의 이름을 댔지만, 이 여인도 구와바라 곤하치로의 이름을 얘기하는 건 수상쩍은 일이라고 생각했다.

"구와바라 씨의 이름을 대는 여자들 중에 제대로 된 인간이 없으니, 저는 이제 딱 질색이네요."

마쓰키치는 손사레를 쳤다.

"그렇게 말씀하시는 것도 무리는 아니지요. 하지만, 미친 척 했던 와카나 님은 당신을 잡기 위해 구와바라 님의 이름을 댄 것이고, 저는 정말로 구와바라 님이 그리워서……."

여인은 무슨 생각을 했는지 왈칵 울음을 터뜨렸다.

맹렬하게 불타오른 불꽃은 엣추노모리의 별장을 전부 태워버리고도 만족하지 못했는지, 이쪽을 향해 맹위를 떨쳐오고 있었다.

비명이 오가는 아비규환 속에서, 이 근방은 지옥과도 같았다.

(1929.1.31)

제149회
요부 유혈 (6)

자 그러면, 물갈퀴 오센의 이야기다.

교바시 에치젠보리의 싸구려 여인숙 '에비스야(夷屋)'를 근거지로 삼아, 매일 밤낮으로 에도 곳곳을 수행자 차림으로 돌아다닌다.

하지만, 헤이도 시즈마나 가즈마 료엔과 만나고 싶은 일념이라고는 해도 걸식에 가까운 지금의 생활을 돌아보면, 스스로도 짜증스럽고 비참했다.

차라리 소매치기라도 크게 해서 제대로 주머니를 불릴까 하는 생각도 해보았지만, 요즘 감시가 심해진 걸 생각하면 무서워져서 그럴 기분도 들지 않았다. 역시 가늘고 길게, 안전을 꾀하는 것이 좋겠다고 여겼다. 그러다 대사건이 벌어진 것이다.

"점 봐드립니다……."

이렇게 소리 높여 외치며 선 곳은, 교바시 핫초보리의 셋집 앞. 시각은 막 등잔불을 켤 무렵, 여인숙으로 돌아가다 오늘의 마지막 돈벌이 삼아 들러본 것이다.

"뭐야, 여자 점쟁이야? 재밌겠네, 한 번 봐줘요."

비틀비틀 갈지자걸음으로, 꽤나 취한 듯한 남자가 나왔다.

"쳐 보지요, 복채는 알아서 주세요."

오센은 그럴 듯 하게 말하며 한 걸음 들어섰다.

"이야, 미인이네……. 한 번 봐 주소."

주정뱅이는 털썩 그 자리에 주저 앉았다.

"나이는 몇이신지?"

오센은 어디까지나 수행자의 말투다.

"서른여덟이고, 술 먹고 낭비하고 도박하느라 마누라랑 절연상태인데, 절연당한 상태가 좋은 건지, 아니면 빌고 집에 들어가는 게 좋은지, 그걸 좀 봐 주시오."

"알겠습니다……."

분별 있는 체 하는 얼굴로, 오센은 눈을 감았다. 그 때였다.

"뭐라고, 어이 형씨, 미인 점쟁이라고……? 나도 보여줘……."

이렇게 말하며, 역시 취해서 비틀거리며 나온 나이든 남자.

"과연, 이거 미인이구먼. 나도 좀 볼까."

오센의 얼굴을 찬찬히 보다가, "어라" 하고 고개를 갸웃하더니, 황혼녘의 어스름한 빛 아래 뚫어질 듯 들여다본다.

"앗, 역시 그렇구나……."

말하자마자, 오센의 흰 옷자락을 꽉 붙잡는다.

"무슨 짓이예요?"

오센이 눈썹을 찌푸리며 노려보다가,

"앗, 너는 로쿠조……!"

이렇게 소리쳤다.

"역시 오센 누님이었군. 내 눈에 띄었으니 끝장이야. 이 로쿠조, 요즘 직업을 바꿔서 잠자리 기스케 두목님의 수하로 들어가 나쁜 짓을 하는 놈들을 찾아내 두목님께 보고해서 먹고 사는데, 물갈퀴 오센은 기스케 두목님이 혈안이 되어 찾고 있는 자야. 자 버둥대지 말고, 얌전히 잡혀가는 게 좋을 거다."

"흥, 건방진 소릴 하는 놈이군……."

오센은 날카롭게 내뱉고는 잡힌 소매를 떨쳐내려 했지만, 로쿠조는 힘이 장사라 떼어낼 수가 없었다.

놀란 것은 아내에게 절연당한 주정뱅이다. 그저 두리번대고 있다.

(1929.2.1)

제150회
요부 유혈 (7)

오센이 필사의 괴력으로 팍 잡아당겼더니, 흰 옷소매가 찌익 하는 소리를 내며 찢어진다. 이 틈에 도망치려고 하니, 로쿠조가 놓치지 않으려고 불편한 다리를 끌며 쫓아온다. 로쿠조의 친구인, 아내에게 절연당한 남자도 힘을 합쳐 드디어 오센을 잡았다.

"자 가자, 이 뻔뻔스런 계집. 빨리 기스케 두목님께 끌고 가야지."

로쿠조가 격분한 것을, 친구가 말린다.

"아니, 저기, 어쨌든 우리 집으로 일단 가세. 자 아가씨……."

오센은 어떤 상황에서도 아름답게 태어난 덕을 보았다.

로쿠조는 무뚝뚝한 얼굴로 오센을 앞세워 셋집으로 들어갔다. 이 셋집은 아내에게 절연당한 남자의 집이고 로쿠조는 놀러와서 마시고 있던 참에, 오센이 나타난 것이었다.

오센은 순간적으로 계획을 세웠다. 이 로쿠조라는 남자, 굉장한 악당이니 기스케에게 끌려갈 지도 모른다. 일찍이 누님 누님 치켜 세우면서 부하로 삼아 달라고까지 했으면서도, 탐정의 수하가 되니 바로 옛 주인의 첩을 탐정에게 넘기려 하는 얄미운 놈이지만, 이런 경우에는 아무리 얄미워도 적으로 돌리면 손해다. 어떻게든 속여야만 한다……. 이렇게 고민한 끝에 생각해낸 것이 미인계.

"저기 로쿠조 씨……."

목소리에 색기를 담아, 오센이 요염하게 말한다.

"이렇게 말하면 실례겠지만, 어지간한 나도 당신을 잘못 봤네. 당신이 우리 집에서 일할 때는 그저 그런 머슴 정도로밖에는 생각 안했는데, 당신도 남 못지않은 악당이었어. 요즘 무슨 나쁜 일을 꾸미고 있나 보지? 미리 조심하려고 잠자리 대장 수하가 되어 비위를 맞춰두는 거겠고. 정말 대단한 악당이 되셨네……."

그리고나서 특기인 눈웃음.

"뭐, 그 정도는 아닌데……."

이렇게 오센의 미인계가 효과를 발휘하여, 로쿠조는 반쯤 누글누글해졌다.

"그건 그렇고, 내가 올 때까지 남자 둘이서 술판을 벌였네. 남자끼리만 마시면 색기가 없으니, 이런 이상한 차림이긴 하지만 이래봬도 여자니까, 술 한 잔 따라드릴게."

드센 성격의 오센으로서는 로쿠조 따위에게, 이런 달큰한 말을 하는 것만으로도 참기 힘들었다.

"고맙네……. 그럼 어서 술잔을 받아볼까."

술잔을 내민 것은, 아내에게 절연당한 남자. 로쿠조도 오센 정도의 미인에게 이런 대접을 받아보니 나쁜 기분은 아니다. 오센이 따라주는 술을 몇 잔 받아마셨다.

"있지 로쿠로 씨, 당신 나를 기스케 두목에게 보낸다는 둥 그런 소리하지 말고, 내 편이 되어서 뭐든 큰일을 해볼 생각은 없어?"

오센은 로쿠로의 무릎에 기대며 말을 꺼내본다. 녹아 흐를 듯한 교태가 로쿠로를 무너뜨릴 것인가.

"오랫동안 함께 지냈던 세이지가 잡혀가고나서, 나 쓸쓸하다구."

"세이지가 잡혀갔다는 소린 들었지만, 그 뒤로 너 혼자 지낸 건가……."

"당연하지, 서방이 있으면 이렇게 거지같은 짓은 안하지……. 믿음직한 서방이 필요해."

"오, 그거 정말인가……."

로쿠로는 완전히 오센에게 넘어갔다.

(1929.2.2)

제151회
요부 유혈 (8)

세 사람은 열심히 잔을 주거니 받거니 했다. 아내에게 절연당한 남
자는 어느새 정신없이 잠들어버렸다.

"당신, 내가 사는 데 오지 않을래? 어차피 여자 혼자 있는 집이니
별 볼 일은 없지만, 대신에 다른 사람은 신경 쓰지 않아도 되거든. 어
때, 올래?"

"가도 좋지……. 네가 정말 그럴 마음만 있다면, 둘이서 틀림없이
큰일을 할 수 있을 거야……."

"너무 좋아……. 당신 박정한 짓을 하면 안 돼. 나는 이제 평생 당신
의 아내가 될 작정이니까……. 자, 그렇게 정했다면 빨리 집으로 가요."

오센은 로쿠조의 손을 꼭 잡으며 재촉했다.

로쿠조는 이미 최면에 걸린 사람처럼 그저 오센이 하는 대로 따랐다.

셋집을 나서자, 그야말로 단걸음에 오센이 묵는 싸구려 여인숙 에
비스야. 오센은 여인숙 주인에게 몰래 부탁하여 다른 방을 얻어 부부
를 자처했다. 로쿠조는 오센에게 휘둘리면서도 좋아했다.

"저기요 로쿠조 씨. 당신 나 같은 사람이라도 사랑해줘야 해."

꿍꿍이가 있는 오센, 달콤한 말로 한껏 요염한 교태를 부린다. 그리고 무턱대고 술을 권했다. 생각지도 못한 미녀의 교태에, 로쿠조는 완전히 기분이 좋아져서 주는 대로 마셔댔다.

"너, 정말 나랑 부부가 될 셈이야?"

"그만 좀 물어 봐요. 될 거라고 했잖아."

"그래, 그럼 나 말이야, 괜찮은 돈벌이를 알고 있어. 그러니 네가 내 마누라가 되면, 이렇게 구질구질한 꼴로 다니게 두지는 않을 거야. 일단 우리에겐 기스케 두목님이 계시니까."

로쿠조는 기분이 좋아져서 우쭐댔다.

"돈벌이라는 게 뭔데? 빨리 말해 봐."

"헤이도 시즈마랑 구와바라 곤하치로라는 낭인이 있는데, 엔도 님이라는 다이묘님의 보물을 빼앗아가서 그 다이묘님을 괴롭히고 있어. 엔도 님 댁에선 없어지면 안 되는 물건이라 난리가 났는데, 낭인들 쪽은 좀처럼 돌려주지 않는 거야. 게다가 엔도 님 댁에선 낭인들이 어디 사는지 모르니까, 우리들이 엔도 님께 낭인이 있는 곳을 알려 드리면, 낭인 놈들은 바로 잡히고 우리는 막대한 포상을 받게 되는 건데, 딱 하나 곤란한 일이 있어……."

"뭐가 곤란한데?"

오센은 술을 권하면서 아무렇지도 않게 묻기는 했지만, 한시도 잊을 수 없던 헤이도 시즈마의 이름이 나왔기 때문에, 내심 안절부절 못하고 있었다.

"곤란하다는 건 딴 게 아니라, 내가 그 헤이도 시즈마라는 낭인에게 크게 도움을 받아 목숨을 건진 적이 있다는 거야. 너희 집에서 일할 때 툭하면 칼을 휘둘러서 쫓겨 다닐 때, 나를 도와 두 놈을 죽여준 사람이 그 시즈마라는 낭인이라구……."

"어머……."

어지간한 오센도 기가 막힐 수밖에 없었다. 생명을 구해준 큰 은혜도 잊고 밀고하려는 로쿠조의 철저한 악당 기질에는, 오센 같은 여자도 어이가 없는 차원을 넘어 증오심이 생기는 것이었다.

그러나 오센의 그런 기분을 알 리 없는 로쿠조, 점점 악당 기질을 더해갔다.

"하지만, 나는 내 맘대로 할 거야. 은혜는 은혜고 돈벌이는 돈벌이니까 말이야."

"그래서, 그 낭인은 어디 있는데……?"

"시바하마마쓰초의 셋집이야. 별 볼 일 없는 놈들에게 딱 맞는 곳이지. 아 맞다, 너랑 눈 맞았던 료엔이라는 중놈도 걔네들이랑 같이 있더라……. 다시 걔랑 어떻게 해 볼 생각이면 용서 안한다."

"오호호호……. 무슨 소릴 하는 거야?"

오센은 아무렇지도 않게 웃었지만, 로쿠조의 입에서 나온 오늘 밤의 이야기, 잊지 못하던 두 사람이 한 집에서 살고 있다는 이야기는 정말 신기하다고 할 수밖에 없었다. 가슴이 벅찼다.

오센은 드디어 어떤 결심을 굳혔다.

로쿠조는 이미 정신없이 취해 버렸다.

(1929.2.3)

제152회
요부 유혈 (9)

다음날 아침. 여인숙 에비스야에서는 큰 소동이 벌어졌다. 젖은 수건으로 입이 틀어 막히고, 손수건으로 힘껏 목이 졸린 채 죽어 있는 로쿠조가 발견되었기 때문이다.

에비스야가 발칵 뒤집어졌을 무렵, 오센은 시치미를 뗀 얼굴로 셋집 악귀조 본부에 있었다.

오센이 로쿠조를 살해했다는 것은 말할 필요도 없다. 자신이 머무는 여인숙에 미인계로 끌어들였을 때 이미 죽일 각오는 하고 있었지만, 로쿠조가 시즈마와 료엔을 적으로 돌려 엣추노모리에게 밀고하려 한다는 걸 듣고는, 드디어 살해할 마음을 먹었다.

로쿠조는 낮부터 술을 잔뜩 마신데다 오센이 자꾸만 권하는 술도 다 받아 마셨기 때문에, 오센이 그를 죽이는 게 어렵지는 않았다. 그를 살해한 후 오센은 여인숙을 살짝 빠져나와, 로쿠조에게서 들었던 셋집을 찾아갔다.

"물갈퀴 오센이라고 합니다만, 자비를 베풀어 주세요……. 실은 여러분이 계신 곳을 엔도 님께 밀고하려 한 남자를 죽이고 왔답니다……."

오센은 처음부터 이렇게 말하면서 안으로 들어섰다.

물갈퀴 오센이라는 이름은, 시즈마에게도 곤하치로에게도 호기심을 자아내는 이름이었다. 게다가 엣추노모리에게 밀고하려 한 자를 죽이고 왔다고 자청하니, 설령 그것이 거짓이라 할지라도 보호해줘야 할 것이었다. 이렇게 해서 오센은, 손쉽게 악귀조의 일원이 될 수 있었다.

불시에 찾아온 오센 때문에 가장 놀란 것은, 가즈마 료엔 스님. 환속하고 다시 원래 이름으로 돌아온 가즈마였다.

시즈마는 예전부터 호기심을 품었던 진짜 물갈퀴 오센에게 어느 정도는 가슴이 두근거리기도 했지만, 원래가 차가운 물과도 같은 성정의 그는 냉담한 태도를 보였다. 게다가 또다시 맛보았던 사랑의 쓴맛은 그를 더더욱 비뚤어지고 냉정한 남자로 변하게 했을 것이다.

시즈마, 곤하치로, 고로쿠로, 가즈마, 그리고 오사토와 오센, 이렇게 네 남자와 두 여자가 좁은 집에 함께 살게 되었다. 사랑의 소용돌이는 어떻게 펼쳐질 것이며, 어떤 파문을 낳을 것인지.

각설하고, 족제비 마쓰키치는 스스로 곤하치로와 사랑했던 사이라고 밝힌 가에데라는 여인이, 곤하치로와 만나고 싶어 불을 질렀다는 것이 사실인지 거짓인지, 미친 척 했던 와카나도 곤하치로 얘기를 했었기 때문에 무턱대고 믿을 수는 없었다. 하지만, 불씨가 마구 날아드는 혼잡한 거리에서는 긴 이야기를 할 수 없었다. 무엇보다도 태어나서 처음으로 살인까지 저지른 마쓰키치, "꼼짝 마라" 라는 소리가 무엇보다도 두려웠다. 에라 모르겠다, 속는다면 그때 가서 생각하기로 하고, 이 여인을 데려가기로 결심하고서 돌아온 셋집. 물갈퀴 오센이 셋집으로 뛰어든 그 바로 다음날 아침이었다.

셋집에서는 날이 밝아도 마쓰키치가 돌아오지 않아 걱정하는 한편, 오센이 이 집에 들어온 것과 결부시켜 오센을 의심하는 사람까지 나올 정도였다.

그런 참에, 마쓰키치가 무사히 살아 돌아왔기 때문에 일동의 기쁨은 이루 말할 수 없었다,

특히 곤하치로는, 생각지도 못했던 가에데를 만나 기뻐서 어쩔 줄을 몰랐다.

"그럼 역시 정말이었던 거네요."

마쓰키치는 가에데가 진짜였고, 속지 않았다는 사실에 좋아했다.

"그래 그래, 마쓰키치가 좋아할 일이 있다."

시즈마가 이렇게 말하며, 누마즈의 '유행가 규베이' 이야기를 하기 시작했다.

그런데, 말하는 도중에 누군가가 큰 소리로 외치는 바람에 이야기가 끊겼다.

"엣추노모리 저택이 화재로 불타버렸다면, 엣추노모리 녀석, 화재를 핑계 댈 지도 몰라……!"

"과연, 우리들이 그 꾀에 넘어갈 수는 없지…….."

다들 모여서 다음 작전 계획을 짰다.

(1929.2.4)

제153회
궁지에 몰린 엣추노모리 (1)

엔도 가에서 발생한 화재는 부근의 다이묘와 하타모토 저택 여러 채를 몽땅 태우고서야 겨우 진화되었다.

엔도 가의 손해가 제일 막대했지만, 악귀조에서 이미 예상한대로 이 화재를 구실로 벼루 분실 신고를 하여 눈앞에 닥쳐왔던 어전 와카회에서의 재난을 막을 수 있었다는 점을 따져보면, 그 손해는 결코 막대한 것이 아니라 오히려 가벼웠다고 할 것이다.

엣추노모리 가에서는 별장 화재 신고서에, 벼루 소실 건을 첨부하여 사직서를 제출했다. 그럴 것까지는 없다는, 관대한 명령을 기대하고 제출했던 것이다.

그러나, 그렇게 만사형통할 리가 없었다. 악귀조의 최고 간부는 이미 그에 대해 협의중이었다. 즉, 엣추노모리의 실책을 캐서 괴롭혀주려는 방침.

셋집 악귀조 본부에서는, 시즈마, 곤하치로, 족제비 마쓰키치, 고로쿠로, 가즈마, 오사토에 새로 가입한 오센까지 합세해 작전회의에 여념이 없었다.

"쇼군 가에 직소(直訴)하면 제일 재미있겠지만, 그건 조금 곤란하군……."

시즈마가 말했다.

"자칫 잘못하면, 이쪽이 잡혀 들어가 웃음거리가 되기 십상이야. 마쓰키치가 아무리 신출귀몰한 재주가 있다 하더라도, 쇼군 침소에는 그렇게 쉽게 들어갈 수가 없으니, 엣추노모리 때와는 사정이 다르지……."

곤하치로가 고개를 갸웃했다.

어지간한 여인들도 쉽사리 입을 열지 못하고, 묵묵히 침묵을 지킬 뿐이었다.

"엣추노모리가 벼루를 하사 받았을 때, 차점자라 받지 못했던 다이묘가 있었지……. 누구였나?"

시즈마가 묻는다.

"마쓰다이라 우쿄노스케다."

곤하치로가 대답했다.

"어머나……, 그래요……?"

물갈퀴 오센의 눈이 휘둥그레졌다. 일전에 발길질했던 우쿄노스케의 이름이 여기서 나오다니, 오센이 옛일을 떠올리지 않을 수 없었던 것일 게다.

"그 마쓰다이라 우쿄노스케에게 벼루를 주고, 우쿄노스케가 직접 쇼군에게 사실을 폭로하게 하는 거지. 그러면, 하사한 보물을 도난당했다는 것만으로도 엣추노모리는 할복 명령이야. 어때, 유쾌하지?"

"아, 그거 명안인데."

"명안이야, 명안."

곤하치로를 비롯한 일동이 찬성을 표명했다.

"신입이 참견해서 죄송하지만, 저는 찬성하지 않아요……."

물갈퀴 오센이 혼자서 용감하게 반대를 외쳤다. 오센에게 미묘한 적의를 품고 있는 가짜 오센 오사토는, 신경질적인 얼굴로 진짜 오센을 노려보았다.

"어째서 반대인 건지, 그 이유를 얘기해 봐."

시즈마가 좌장의 권위를 내세워 천천히 말했다.

"그러면 우쿄노스케만 좋은 사람이 되지 않아요? 당신들은 원래 다이묘라는 지위를 이용해서 제멋대로 구는 엣추노모리를 응징하기 위해 벌인 짓이 아닌가요? 그렇다면, 우쿄노스케도 다이묘라는 신분을 휘둘러 여자라면 그저 어떻게든 자기 여자로 삼고, 조금이라도 자기 뜻에 거스르면 때리고 나쁜 짓을 한다는 점에서는, 엣추노모리나 우쿄노스케나 똑같아요. 그런 나쁜 놈을 추켜세우는 짓은, 저는 절대로 반대예요."

"그렇겠군……. 지당한 의견이야."

곤하치로가 제일 먼저 편을 들고 나섰다,

"이치에 맞는 얘기군. 그렇지만, 우쿄노스케를 이용하지 않는다면, 어떤 방법이 있을까……."

"송구하지만 제게 생각이 있어요."

"말해 봐요, 말해 봐……."

시즈마가 다가앉았다.

오센은 목소리를 낮추어, 소곤소곤 무언가 이야기했다.

"좋아 좋아, 그러면 당신이 하겠다는 거지……."

"하고 말고요."

오센은 득의양양하게 어깨를 으쓱했다.

(1929.2.5)

제154회
궁지에 몰린 엣추노모리 (2)

별장을 화재로 잃은 엣추노모리는 본가로 이사하느라 대혼잡이었다. 다이묘라는 자는 원래 본가를 주거지로 삼는 것이 당연한데도, 퇴폐적인 취미를 지닌 엣추노모리는 격식을 차려야 하는 본가보다도 첩들이 있는 별장을 좋아하여, 늘 여기 머물렀다는 건 독자들도 익히 아시는 바. 그 별장이 다 타버렸으니 엣추노모리도 속이 무척 상했지만, 벼루 분실에 대한 구실이 생겨 어찌저찌 넘어갈 수 있게 되었으니, 그 기쁨을 생각하면 딱히 불쾌한 기분은 아니었다. 그래서 방화인지 실수로 일어난 화재인지조차 따져보지 않았고, 애첩 중 하나인 가에데가 행방불명이 됐어도, 불 타 죽었겠거니 정도로 넘어가 버린 것이다.

그런데, 엣추노모리 본가의 위압적인 정문 앞을 왔다갔다, 뭔가 볼일이 있는 듯 서성이는 수상한 여인이 있었다. 눈이 내릴 듯 흐린 날의 오후 두 시 즈음, 신분이 낮은 무사의 부인 같은 차림, 귀밑머리가 살짝 흩어져 있는 하얀 옷깃 근처가 추워 보인다.

"무슨 일이오……?"

결국 문지기 노인이 말을 걸었다.

여인은 기다렸다는 듯이 대답했다.

"예……, 부탁이 있어서요……."

"부탁이라……. 그래, 무슨 부탁인지?"

문지기 노인은 코를 훌쩍이며, 큰 눈으로 말끄러미 바라본다. 옷차림은 그저 그렇지만, 어딘지 산뜻한 여인이었다.

"저는 가에데의 언니랍니다. 송구스럽지만 다이묘님을 직접 뵙고 드릴 말씀이 있어 왔어요……. 부디 뵐 수 있도록 도와 주셔요……."

"가에데……. 아아, 가에데 님의 언니분이신가……. 글쎄요……, 가에데 님께서는 요전 화재로 행방불명 상태시라, 본가에도 그 전갈이 갔을 텐데요……."

"그렇습니다……. 그 일에 대해 직접 다이묘님을 뵙고 부탁드리고 싶어요. 실은 가에데가 어디 있는지 알고 있거든요."

"그러십니까, 그거 정말 감사한 일이네요. 조금만 기다리십시오,

금방 마중 나오시라 전하겠습니다⋯⋯."

문지기 노인은 한 번 더 코를 훌쩍이고는, 함께 있던 문지기에게 무언가 속삭이고 나서 안쪽으로 사라졌다.

꽤 오랜 시간 기다린 후, 여인은 겨우 안쪽으로 안내되었다.

원래대로라면 이 초라한 여인의 차림새로는 절대로 다이묘를 만날 수 없겠지만, 애첩 가에데의 언니라는 점에서 면담이 허락된 것이었다.

넓은 방 한구석에 웅크리고 있자니, 아득히 저 멀리 한 단 높은 곳에서 발이 올라가고 중앙에는 엣추노모리가, 좌우로는 약간 뒤쪽에 남색(男色) 상대인 고쇼(小姓)* 둘이 큰 칼을 차고 대기하고 있었다. 연극에서 보는 대로다.

"가에데의 언니가 그쪽인가⋯⋯. 가에데는 무사한가?"

"⋯⋯."

여인은 말없이 고개를 숙이고 있었다.

"가에데는 무사한가?"

엣추노모리가 같은 말을 반복했다.

"송구하지만⋯⋯."

여인이 비로소 입을 열었다.

"그 건에 대해 은밀히 말씀드리고 싶습니다만⋯⋯, 이렇게 멀리 떨어져 있어서는⋯⋯."

연극에서도 '상관없으니 가까이 오라 가까이'라는 말이 떨어지고

---

* 주군을 측근에서 모시며 잡무를 맡아보는 무사.

나서야 쭈뼛쭈뼛 무릎걸음으로 다가가는 것이 관례건만, 이 여인은
자기 쪽에서 '가까이 가겠다'고 독촉하고 있다.

　뻔뻔하다. 하지만 그도 그럴 것이, 이 여인이야말로 다름 아닌 물
갈퀴 오센으로, 스스로 큰 역할을 자처하고 찾아온 것이다.

　그런 사실을 알 리가 없는 엣추노모리.

　"은밀한 이야기라니, 상관없으니 가까이 오라……."

(1929.2.6)

제155회
궁지에 몰린 엣추노모리 (3)

　"가에데는 무사한가……?"

　불타 죽었을 것이라 단념하고는 있었어도, 엣추노모리는 역시 신
경이 쓰였다. 가까이 다가간 오센에게, 변함없이 이 질문을 되풀이 했
다. 오센은 틀림없이 속으로 배꼽 빠지게 웃고 있을 것이다.

　"다이묘님……."

　오센은 드디어 엣추노모리의 곁으로 다가갔다.

　"실은 저는 악귀조의 심부름꾼입니다."

　이렇게 말하고, 위쪽을 가만히 올려다보았다.

　"무례한 것……!"

　엣추노모리는 급한 성질을 그대로 드러내며, 고쇼가 지닌 대검을
잡자마자 뽑아 들었다.

"어머, 좀 기다려 보세요 다이묘님……."

오센은 깔보듯이, 창부가 손님에게 아양 떨 듯이 말했다.

"제게 손가락 하나라도 댄다면, 안됐지만 다이묘님의 목숨이 위태로워진답니다. 악귀조에서는 요전번 화재로 벼루가 불타버렸다는 핑계를 대실 거라 미리 예상하고서, 마쓰다이라 우쿄노스케라는 다이묘님께 벼루를 맡기고, 쇼군께 사실대로 고하려고 했지요. 하지만 제가, 그러면 엔도 님이 불쌍하다고 반대했고, 대신 이리 큰 역할을 맡아 찾아온 거랍니다. 그러니 제가 무사히 돌아가야 함은 물론이거니와, 손가락 하나라도 대신다면, 악귀조 사람들이 무슨 짓을 할지 몰라요."

협박에 가까운 어조였다. 이런 역할은 실로 물갈퀴 오센에게는 안성맞춤이었다.

"그렇다면, 그 친절에 감사하겠지만……."

엣추노모리가 한발 물러섰다.

"벼루는 가지고 왔는가?"

비위도 좋다.

"일이 잘 풀리면, 벼루는 꼭 돌려 드릴 겁니다."

"일이 잘 풀린다는 건, 어떤 거지……?"

"다이묘님께서 머리를 밀고, 후실들은 모두 내보내는 거죠."

거침없이 하고 싶은 말을 다 하고 외면하는 오센의 요부스러움. 엣추노모리는 다시 화가 치밀어 올라 "뭐라?" 라고 외치며, 다시금 검에 손을 댔다.

"어머나, 참 화도 잘 내시지. 하지만, 화내면 손해랍니다. 있죠, 잘 생각해 보셔요. 악귀조에는 만만찮은 자들만 모여 있으니, 다이묘님께서 머리를 밀지 않는다면, 절대로 벼루는 돌려주지 않을 것이고, 마쓰다이라 우쿄노스케 님의 입을 통해서라도 쇼군께 사실이 발각될 겁니다. 다이묘님, 나쁜 제안은 아닐 테니 잘 생각해 보시면, 머리를 밀고 후실들은 내보내시는 편이 이득이예요."

엣추노모리는 비통한 침묵. 한 지방의 영주인 몸이, 어디서 온 개 뼈다귀인지도 모를 여자에게 조롱당하면서도, 목을 베기는 커녕 때리지도 못하다니…… 이런 생각을 하고 있자니 겨울인데도 엣추노모리의 이마에서는 굵은 땀방울이 솟았다.

"좋다……. 그러면 악귀조가 원하는 대로 내가 머리를 밀지. 하지만, 머리를 밀면 벼루는 반드시 돌려주는 것이렷다……?"

"절대로 거짓은 말하지 않습니다. 머리를 미는 모습을 제가 보고 나면, 내일까지 갈 것도 없이 오늘 밤 안으로, 늘 찾아오던 남자가 몰래 가지고 올 것입니다."

"그쪽 앞에서 밀어야만 한다……?"

"그렇지 않으면, 제 임무를 완수할 수 없답니다."

엣추노모리는 무사를 불러 머리를 밀 준비를 시켰다.

중신들은 사정을 듣고 살기등등했지만, 엣추노모리는 강하게 제지하고 평정을 지키도록 했다.

이윽고, 물갈퀴 오센이 보고 있는 앞에서 다이묘 출신의 새로운 불자가 탄생했다.

"누구든, 이 여자를 문까지 데려다 주거라."

엣추노모리가 머리를 문지르며 말했다.

"정말 제가 손가락 하나라도 댄다면, 모처럼 머리 미셨대도 소용 없어요."

오센은 어쩐지 무서워졌지만, 이렇게 말하고 일어났다.

제156회
궁지에 몰린 엣추노모리 (4)

오셴은 허세를 부리며 어쨌든 무사히, 엣추노모리의 저택을 빠져나올 수 있었다.

악귀조 무리가 살아 돌아온 오셴을 환호하며 맞이했음은 말할 필요도 없었다.

"엣추노모리 자식, 드디어 중이 됐구나……. 이렇게 유쾌할 수가!"

곤하치로가 제일 먼저 손뼉을 치며 기뻐했다.

"역시 물갈퀴 오셴이다! 대단한데."

시즈마도 진심으로 감탄했다.

기분이 썩 좋지 않은 건 오사토다. 오셴이 큰일을 해내는 걸 보는 건, 오사토로서는 불쾌하기 짝이 없는 일이었다. 험악한 눈으로 노려보고 있다.

한편, 곤하치로가 오셴의 수완에 감탄하는 모습을 보니 기분이 나빠진 건 가에데도 마찬가지였다. 그녀는 평소 엣추노모리에게 호감이 없었고 곤하치로를 사모했지만, 와카나가 그런 짓을 하지 않았다면 가에데도 불까지 질러가며 곤하치로의 곁으로 달려올 결심은 하지 않았을 것이었다. 그 사건을 계기로 여기까지 와 보니 곤하치로의 남자다운 태도에 더더욱 연심이 솟아올라, 왜 좀 더 빨리 오지 않았는지 후회될 정도였다. 하지만, 좁은 집에 여러 남녀가 모여 살고 있다 보니, 그저 가슴 속에 혈기만 솟구칠 뿐 어쩔 도리가 없었다. 그런 만큼 곤하치로가 조금이라도 다른 여인에게 호의를 품는 모습을 보면, 참을 수 없어지는 것이었다. 살벌하기 짝이 없는 악귀조에도 이렇게 사랑의 소용돌이가 복잡한 파문을 그려내고, 다각형의 사랑의 결정체는 점차 커져가는 것이었다.

하지만, 지금은 그럴 때가 아니었다. 엣추노모리가 머리를 민 이상 애첩 전부를 해방시킨 사실까지 확인한 후에, 벼루와 인롱을 돌려주어야 하는 것이다. 게다가 쇼군 어전 와카회는 이미 이틀밖에 남지 않았다.

"또 마쓰키치에게 부탁해야 하겠네⋯⋯."

시즈마가 말했다.

"가는 거야 상관없는데요⋯⋯."

마쓰키치가 이번에는 마음이 내키지 않는 모양이었다.

"싫은가⋯⋯?"

곤하치로가 물었다.

"싫은 건 아니지만, 좀 겁이 난달까요⋯⋯."

"한심한 소리를 하네⋯⋯."

시즈마가 미소를 띠었다.

"이번엔 제가 갈게요."

갑자기 나선 것은 오사토였다.

"⋯⋯."

일동의 시선이 뜻밖의 소리에 오사토에게 집중되었다. 네가 할 수 있겠냐는 모멸이 섞인 시선도 있었다.

"제가 가게 해주세요. 꼭 잘 해낼 테니까요."

오사토가 열심히 말했다. 오센에 대한 경쟁심 때문에, 자신이 나서야 할 입장이었다.

"벼루를 가져가서, 엣추노모리가 첩 전부를 내보냈다는 걸 확인한 후에 돌려주고 오는 거지만, 할 수 있겠나……."

시즈마가 불안한 듯이 말했다.

가짜 오센이라는 게 들통 난 지금에는, 시즈마에게 이런 소릴 들어도 별 수 없었다.

"괜찮아요, 꼭 완수하고 오겠습니다."

오사토는 으스대 보였다. 이런 역할을 맡아 잘 해내서 시즈마의 마음을 되돌린 후에 큰소리 치겠다는 오사토의 의중. 사랑은 모험이라지만, 고집이 섞인 사랑은 더더욱 험난한 모험이다.

이 임무는 오사토에게 맡겨졌다.

(1929.2.8)

제157회
궁지에 몰린 엣추노모리 (5)

고집을 부려 나서긴 했지만, 벼루 변제의 역할은 오사토에게는 꽤나 벅찬 임무였다. 역시 아무래도 오센과 오사토에게는, 진짜와 가짜만큼의 차이가 있었다. 수준이 달랐다.

그래서 오사토는 꽤나 고심을 했지만, 역시 누구에게든 매달려 도와달라고 부탁하는 수밖에 없었다. 하지만 도와달라고 할 만한 사람은, 두목과 부하 관계인 족제비 마쓰키치밖에 없었다.

다른 사람들 몰래 마쓰키치를 밖으로 불러낸 오사토, 근처의 요릿집에서 술잔을 주고받았다.

"저기요 두목님, 부탁이니 오늘 제가 맡은 임무를 몰래 노와주시면 안 될까요……? 평생 은인으로 모시겠습니다……!"

그리고는 요염함을 담뿍 담은 눈매로 바라보았다.

마쓰키치는 기분이 좋아졌다.

"네가 못한다면 내가 대신 해줘도 상관은 없는데, 나는 아무래도 내키질 않아."

그래도 아직 좀 더 버팅겨 본다.

"두목님께서 내키지 않는데도 무리해서 도와주시다가 실수라도 하면 큰일이죠. 그렇지만……, 억지로 일을 맡긴 했는데, 아무래도 제가 해내지 못할 것 같아요……."

오사토는 마쓰키치 앞에서는 속내를 드러냈다.

"그럴 거야, 헤이도 씨하고 다시 잘해보고 싶은데 오센이라는 연적이 나타났으니, 억지로 일을 떠맡고 싶기도 하겠지……. 하하하하……!"

"두목님 참 못되게도 말씀하시네요……. 헤이도 씨 따위 지금은 진짜 싫다구요."

"말은 잘해……."

마쓰키치는 이렇게 말하면서도, 오사토의 안색을 살폈다.

그걸 깨달은 오사토,

'저기요 두목님, 진짜로 좀 도와주세요, 은혜는 꼭 갚을 게요……!'

이렇게 눈으로 더 많은 것을 말했다.

그래서, 마쓰키치는 결국 오사토의 부탁을 받아들이고 말았다. 악귀조의 사랑의 소용돌이 속으로, 마쓰키치도 끌려 들어가고 만 것이었다.

오사토와 마쓰키치는 여러 가지 일을 논의했다.

오사토는 악귀조 사람들 앞에서는 어디까지나 당당하게 출발했다. 하지만 밖으로 나오자, 마쓰키치가 기다리고 있다가 두 개의 보물을 받아 슥 사라져 버렸다.

마쓰키치는 지금까지 대체로 밤에만 움직였기 때문에 낮에 일하는 건 드문 일이었지만, 신기한 인술로 백주 대낮임에도 엣추노모리의 집에 잘 숨어들었다.

과연, 엣추노모리는 머리를 밀고 애첩을 모두 내보낸 것으로 보였고, 애첩들은 하녀와 함께 짐을 싸느라 분주했다.

"드디어 악귀조에게 항복한 걸까……?"

이렇게 혼잣말을 한 마쓰키치, 품속에서 보물을 꺼내어 되도록 눈에 띄기 쉬운 곳에 두고 슬쩍 빠져 나왔다. 백주 대낮에 다이묘의 저택에 숨어 들어가, 이런 일을 해낼 수 있는 건 마쓰키치 뿐일 것이다.

그 후, 엣추노모리의 가신이 보물을 발견했다.

이로써 쇼군 어전 와카회는 무사히 끝날 것인가.

(1929.2.9)

제158회
난무하는 포승줄 (1)

시즈마도 곤하치로도 악귀를 자처하며 권력자에게 반항함으로써 쾌재를 부르긴 했지만, 꽤 교양 있는 무사였던 만큼 도리에 어긋나는 짓은 결코 하지 않았다. 엔도 엣추노모리가 악귀조의 요구를 받아들여 머리를 밀고 애첩 전부를 해방시킨 것을 확인한 후에는, 벼루와 인롱을 무사히 돌려주지 않았는가. 역시 두 사람은 무사였다.

자, 엔도 가 건은 이걸로 일단락을 짓고, 다음 일에 착수해야만 했다. 우선 좀 더 실질적인 일을 하지 않으면, 악귀조 동지들이 굶어죽을 판인 게 문제였다. 시즈마로서는 혼다 쇼우에몬이 행방불명인 것이 유감이라, 찾아내어 더 괴롭히고 싶다는 충동에 사로잡혀 있었지만, 지금은 동지들이 먹고 사는 문제가 선결 과제니 행방을 알 수 없는 쇼우에몬을 찾아다닐 새가 없었다.

정월 22일 심야. 악귀조에서는 대회의가 열렸다. 즉, 향후 생활 방침의 기본으로서 동지들이 취해야 할 방법에 대해서였다.

"악질 다이묘를 응징하고 떳떳하게 돈을 받아 우리 생활비로 쓰고, 남은 건 가난한 사람들에게 주면 어때……?"

곤하치로가 제일 먼저 나섰다.

"그게 좋겠군……."

시즈마를 비롯한 일동, 곤하치로의 의견에 찬성했다. 이 자리에 없는 사람은 족제비 마쓰키치 뿐이었다. 드디어 쇼군 어전 와카회가 열리는 23일이 하루 앞으로 다가왔기 때문에, 엣추노모리가 실제로 애첩을 해방시켰는지 여부를 확인해야 할 마쓰키치는 엣추노모리의 저택에 숨어들어간 참이었다.

"그래서, 악질 다이묘 중에 제일 먼저 누굴 처단할 텐가?"

시즈마가 물었다.

"마쓰다이라 우쿄노스케가 좋겠어요."

이렇게 말한 것은 물갈퀴 오센이었다.

"마쓰다이라 우쿄노스케가 악질 다이묘였나?"

시즈마가 물었다.

"악질이고말고요. 조금이라도 예쁜 여자를 보면 첩으로 삼으려 들고, 마음에 들지 않으면 쓰레기 버리듯 내친답니다. 그것도 미혼 여성뿐만 아니라, 어엿한 남편이 있는 유부녀도 거리끼질 않으니, 무사들중에서는 아내를 빼앗기고 분한 나머지 할복한 사람도 여럿 있어요."

"그러면, 마쓰다이라 우쿄노스케를 응징하자."

시즈마가 명령하듯 말했다.

그러자, 가즈마가 안색이 변하여 끼어들었다.

"아, 잠시만 기다려주십시오."

"뭐야, 자네는 불복인가?"

"불복합니다."

가즈마는 자세를 고쳐 앉았다.

"마쓰다이라 우쿄노스케는 제 옛 주군입니다. 마쓰다이라 님을 적으로 돌리는 계획에는 참여할 수 없습니다⋯⋯."

"어머나 기가 막혀, 이 사람 좀 봐⋯⋯."

오센은 가즈마를 동생 취급했다.

"당신도 우쿄노스케가 제멋대로 굴어서 열 받았잖아? 그래서 스미다가와 강에서 날 죽이려 했던 걸 후회하며 스님이 됐다고 했잖아."

"그건 분명히 그렇습니다. 하지만, 설령 어떤 나쁜 일이라 하더라도, 옛 주군을 적으로 돌리기는 싫습니다……."

"그래, 싫다……. 싫다면 악귀조를 나가달라고 할 수밖에……."

시즈마의 얼굴에 무시무시한 표정이 떠올랐다.

"할 수 없지요, 나가겠습니다."

가즈마도 고집이 셌다. 내뱉자마자 벌떡 일어나더니, 변변한 짐도 없던 그는

"오랫동안 신세 많았습니다."

이렇게 가벼운 차림으로 어두운 문밖으로 나간다.

시즈마는 옆에 두었던 칼을 잡자마자 일어났다.

"자, 잠깐만요!"

필사적으로 저지한 것은 물갈퀴 오센.

"저런 한심한 자를 죽여 봤자 당신 칼만 더러워질 뿐이잖아요!"

오센의 가슴 속에서는 시즈마를 좋아하는 마음과, 가즈마를 좋아하는 마음이 각각 불타오르고 있었다.

시즈마는 오센의 말에 무슨 생각인지 가즈마를 쫓아가려는 걸 단념했다.

회의는 계속되었다.

그런데 가즈마가 나간 뒤 반 시간쯤 지났을 무렵, 셋집 주변은 고요키키의 등불로 에워싸였다. 그러나, 안에서는 아직 눈치 채지 못한 것 같았다.

(1929.2.10)

제159회
난무하는 포승줄 (2)

"쉿!"

무언가 말하려는 동지를 손으로 제지하며 시즈마가 문 밖의 기색에 귀를 기울였을 때는, 이미 포졸들의 준비는 충분히 끝나 언제든 들어올 태세였다.

시즈마에게 제지당하고서야 비로소 눈치 챈 곤하치로와 고로쿠로가 검을 뽑을 준비를 하면서 문 밖의 동정에 주의를 기울여보니, 정말 보통 일이 아니었다. 대검은 이미 빼어 들고, 자 덤벼라 하는 태세로 들어갔다. 세 여인들은 뜻밖의 사태에 세 남자의 뒤로 숨었다.

하지만, 세 여인들 중에서도 물갈퀴 오센만은 담대했다. 점박이 세이지와 동거할 때부터 지니고 있었고, 이미 포졸들을 위협한 적도 있는 권총을 꺼내어 쏠 준비를 했다.

포졸들 쪽에서는 언제라도 쳐들어올 준비는 되어 있었지만, 제일 먼저 뛰어 들어갈 용기 있는 자가 없었다. 잘 때 덮칠 심산으로 심야를 골라 왔는데도, 하필 회의 중이라 모두 깨어 있었던 것이 포졸들 쪽에겐 큰 낭패였다.

"고로쿠로, 자네는 여인들을 지켜주게. 나와 곤하치로는 포졸들을 상대하겠다."

시즈마가 이렇게 말하고서 곤하치로와 함께 문을 걷어차고 나가, 포졸 무리 속으로 용감하게 뛰어 들었다.

이런 불시의 공격에 포졸 쪽에서는 허를 찔린 모양새였다. 자칫 무너질 뻔한 전투 대형을, 도신이 고함을 치며 간신히 막아냈다. 어느 쪽이 포졸이고 쫓기는 쪽인지 주객전도가 됐다.

시즈마와 곤하치로는 서로 한 간 정도 거리를 두고 무수한 적과 맞서 싸웠다. 둘 다 이름 난 검객이었고 포졸 쪽도 있는 힘을 다해 대적해 왔기 때문에, 칼과 짓테가 부딪치면 피 보라가 솟구치고, 사와쇼(澤正)ˇ의 검극영화에서 볼 정도로 전광석화 같은 화려한 난투극은 아니더라도, 베려는 의지와 베이지 않으려는 진검 승부가 어우러져 처참한 분위기 속에 처절한 아수라장이 연출되었다.

도신 오가키(大垣) 모 씨는 일도류를 구사했는데, 부하가 짓테를 휘두르며 멀리서만 맴도는 게 답답하다는 듯, 짜증을 내며 스스로 베려고 달려들었다. 상대는 피에 굶주린 헤이도 시즈마다.

"목숨이 아까운 줄 모르는 놈……!"

벼락같이 소리침과 동시에 애도가 옆으로 번뜩이니, 일도류를 구사하는 오가키 모씨도 별 수 없었다. 무참하게 피를 뿌리며 쓰러진다.

그 장면을 본 포졸들 중 용기 없는 자는 겁을 먹고, 용기 있는 자는 이에 자극을 받아 살기등등해져서 모두 한꺼번에 덤벼든다. 두 사람의 칼날이 움직였다 싶으면 반드시 포졸 몇이 쓰러졌다.

한편, 포졸 몇몇은 뒷문을 통해 집안으로 들어갔다.

그곳에서는 고로쿠로가 아수라왕처럼 버티고 서서, 언제든 덤비라는 듯한 태세로 기다리고 있었다.

(1929.2.11)

---

* 일본의 영화배우 사와다 쇼지로(澤田正二郎, 1892~1929)의 애칭.

제160회
난무하는 포승줄 (3)

셋집의 혼란은 실로 형용하기 어려워, 어지간히도 구경하기 좋아하는 셋집 사람들도 이 갑작스런 사건에는 그저 이불 속에 숨어 숨죽이고 있을 뿐이었다.

악귀조 쪽에서는 갑자기 포졸들이 들이닥친 것을 가즈마의 밀고라 생각하고 있었지만, 사실은 그렇지 않았다. 잠자리 기스케가 고심해서 탐색한 결과, 엔도 가에 대한 장난은 물론, 언덕길에서의 살인까지도 모두 이 악귀조 일당의 범죄라는 것이 명백해져 여러 수속을 밟아 질서정연하게 출동했기 때문에, 포졸들의 수는 점점 불어났다. 베여도 죽임을 당해도 인원은 늘어날 뿐, 좁은 셋집 앞은 포졸들로 가득해서 악귀조 일당이 포승줄에 묶이는 건 시간문제가 됐다. 시즈마와 곤하치로, 고로쿠로가 지치기를 기다려 줄줄이 포박하려는 심산이었기 때문에, 제1선, 제2선에 선 자들은 포승줄을 풀어 들고 지령이 떨어지기를 기다리고 있었다.

시즈마와 곤하치로는 열심히 싸웠다. 수없이 벴다. 하지만, 점점 몰려드는 포졸을 상대하기는 벅찼다. 점차 피로해져왔다. 이제 두 사람이 잡히는 건 단순히 시간문제였다. 두 사람은 얼굴을 마주보고, 이미 운이 다했음을 깨달았다.

집안에서는 고로쿠로가 대검을 휘두르며 들어오는 자들을 모조리 베어 넘어뜨리며, 한 발짝도 들어오지 못하게 하려고 필사의 노력 중이었다. 물갈퀴 오센도 권총을 손에 들고 고로쿠로를 도와 열심히 싸우고 있었다.

이미 밤도 조금씩 밝아왔다. 포졸의 수는 늘어날 뿐이다. 이렇게 악귀조도 드디어 전멸의 때가 다가온 것일까.

마침 그때. 족제비 마쓰키치는 엣추노모리의 저택에 안녕을 고하고, 셋집을 향해 발걸음을 서두르던 참이었다.

그런데 일전에 마쓰키치가 찾아갔을 때는, 엣추노모리가 애첩 모두를 내보낸지라 애첩들은 각각 본가로 돌아갈 채비를 하고 있었는데, 오늘밤은 이게 무슨 일인지……. 머리를 민 엣추노모리, 애첩 다섯 명을 거느리고 신나게 술판을 벌이고 있었다. 벼루가 무사히 돌아왔기에, 내일 열릴 와카회에도 무사히 참가할 수 있다고 안심하게 된 데서 온 기쁨에 엣추노모리는 완전히 들떠서, 주지육림의 대향연이었다.

"제기랄……. 날 속였군……."

눈앞에서 그 꼴을 목도한 마쓰키치, 발을 구를 정도로 분했지만, 한 번 더 벼루를 훔쳐내고 싶어도 이번에는 꽤나 경계가 삼엄한 것으로 보여 도저히 승산이 없었다.

그래서 억울해 하면서 저택을 나오긴 했지만, 너무나 분할 따름이었다.

빨리 셋집으로 돌아가, 시즈마를 비롯한 일동과 긴급회의를 열어야 겠다……. 이렇게 생각하고서 마쓰키치가 날 듯이 하마마쓰초 근처까지 돌아오니, 난리가 나 있었다.

충분히 대비하고 다가가 보니, 악귀조 본영은 이미 포졸들 때문에 여러 겹으로 포위되어 있었다.

빗물 통 뒤에 몸을 숨긴 마쓰키치는 어떻게 해야 일동을 구해낼 수 있을지 생각했다.

한편, 시즈마와 곤하치로는 마쓰키치가 바로 앞까지 온 것은 꿈에도 몰랐다. 제아무리 뛰어난 검객이라도, 베이고 죽여도 계속 밀려드는 상대에는 드디어 기운이 다해서, 이제는 여기까지라고 생각하고 할복할 각오를 정했다.

(1929.2.13)

제161회
난무하는 포승줄 (4)

"에잇!"

시즈마는 비장하게 기합을 넣었다. 오장육부의 저 밑에서부터 끓어오르는 듯한, 슬픔이 감도는 기합 소리와 더불어, 가까이 있던 적 두 셋을 단번에 베어버렸다. 그 격렬한 칼끝에 두려움을 느낀 포졸들은 뒤로 물러섰다. 그 틈에 헤이도 시즈마는 곁에 있던 구와바라 곤하치로를 향해 단 한 마디.

"잘 있게나……."

이렇게 말하나 싶더니, 대검을 고쳐 쥐고 스스로의 배에 꽂아 넣으려던 그 때. 그 순간, 빗물 통 뒤에서 재가 든 봉지를 들고 조준하고 있던 족제비 마쓰키치가, 포졸들을 겨누어 재를 던졌다.

갑작스런 공격을 당한 포졸들, 눈이 안 보여 주춤거리며 허둥지둥 흩어졌다. 시즈마와 곤하치로는 이 꼴을 보고는 단번에 마쓰키치가 도와주었음을 깨달았다. 그래서, 할복하려던 마음을 접고 전보다 더 격렬하게 싸웠다.

마쓰키치는 첫 번째 작전 성공에 미소를 흘리며, 뒤이어 두 번째 작전. 그건 다름 아닌 방화였다.

이런 경우, 적을 흩어지게 해서 아군이 도망칠 길을 마련해줄 수 있는 건, 화재밖에 없는 것이다.

마쓰키치는 족제비 같은 속도로 셋집 구석에 불을 놓았다. 원래 값싼 재료만 골라 지은 셋집은 금세 불타올랐다.

안 그래도 사기가 떨어졌던 포졸들, 몸도 움직이기 힘든 좁은 부지에서 화재를 만나니 어쩔 도리가 없었다. 빨리 도망치는 게 수라는 듯, 서로 밀고 밀치며 걸음아 날 살려라 하고 도망간다.

난데없는 재난을 만난 것은 셋집에 사는 사람들이었다. 전쟁통 같은 난리 속에서 숨죽이고 있었는데 이번엔 불.

이 때 일어난 화재의 모습을, 수필 〈귀 기울이는 풀〉의 작가는 다음과 같이 기록하고 있다.

'시바하마마쓰초의 셋집에 살던 불량 낭인들을 잡으러 몰려든 포졸들이 실력이 뛰어난 낭인들 때문에 상처 입고 고전 중일 때, 낭인과 한패인 자 불을 놓아 순식간에 큰 화재로 변하니, 시바구치 근처까지 불타 버렸다' 라고.

하여간 마쓰키치의 기지로 포졸을 몰아낼 수 있었다.

시즈마, 곤하치로, 고로쿠로를 비롯하여 여인들도 모두 마쓰키치에게 진심으로 감사하며 불구덩이를 빠져나왔다.

"큰일 났습니다……. 엣추노모리 놈, 첩을 쫓아낸 것처럼 보인 건 다 거짓말이고, 첩들에 둘러싸여 술판을 벌였더라구요. 오늘 열릴 와카회에 늦지 않게 뭔가 대책을 세워 그 놈이 실책하도록 해야 할 것 같아요."

도망치면서도 마쓰키치가 이렇게 말했다.

"좋아, 그러면 내가 마쓰다이라 우쿄노스케를 만나 부탁을 하지."

곤하치로가 말했다.

"하지만 자네 그 차림으로는……."

시즈마는 피를 뒤집어쓴데다 갈기갈기 찢어진 곤하치로의 옷을 보며 말했다.

"괜찮아, 와카회는 10시부터 시작하니 아직 시간이 있어. 충분히 준비해서 꼭 해내겠다."

곤하치로는 자신 있게 말했다.

(1929.2.14)

제162회
환희 역전 (1)

경사스러운 와카회 당일이라, 모든 다이묘들이 제각기 잘 차려입고 위엄 있게 등장한다.

구와바라 곤하치로, 어디서 빌린 건지 낭인 같아 보여도 깔끔한 복장으로 버드나무 그늘에 숨어, 줄지어 등장하는 다이묘의 행렬을 날카로운 눈으로 지켜보고 있다.

그러자, 다이묘의 금빛 옷궤가 보였다. 이건 분명히 마쓰다이라 우쿄노스케의 행렬이라 알아차린 곤하치로, 가마가 다가오기를 기다려 불쑥 튀어나갔다.

"무엄하다……!"

도모가시라(供頭)* 우노 덴우에몬(宇野伝右衛門), 예순에 가까운 노인이었지만 젊은이를 능가하는 큰 목소리로 일갈하며, 큰 칼에 손을 댔다. 가마 양옆을 지키던 무사들이 큰일이나 난 듯이 일제히 곤하치로를 에워쌌다.

"무례를 용서하십시오. 마쓰다이라 우쿄노스케 님의 행렬이 지나가는 걸 알고서, 다이묘님께 직접 말씀드릴 중요한 일이 있어 이렇게 기다리고 있었습니다. 와카회에 참석하시기 전에 꼭 들어주십사 하는 건이 있습니다……."

흐트러짐 없이 냉정하게 말하는 곤하치로의 태도, 자객으로도 광인으로도 보이지 않는다. 도모가시라 우노 노인도, 처음 보는 곤하치로에게 호감을 느꼈다.

"그 말 틀림없겠지?"

"절대로 거짓은 말하지 않습니다. 한시도 지체할 수 없는 중대한 일, 들으시면 다이묘님께서도 필시 만족하실 것입니다."

"기다려 보게."

우노 덴우에몬이 엄격하게 잘라 말하더니, 다이묘의 가마로 다가간다. 도모가시라의 책임은 무겁다. 다이묘와 접촉해서는 안 될 자를 만나게 한다면 자신의 진퇴에도 영향을 미친다. 그렇다고 해도, 만나지 못하게 한 것이 말도 안 되는 실수로 이어지는 일도 드물게 있었

---

* 무가시대에 행차의 수행자들을 단속하던 직책.

다. 우노 노인, 그에 대해 충분히 생각한 후에 목숨을 걸고 주선한 것이다.

"그 낭인을 이쪽으로 불러주게……."

우쿄노스케라는 사람, 여자 문제도 호방했지만 담력도 꽤나 갖추고 있었다. 누군지도 모를 낭인을 만나겠다는 것이다.

회심의 미소를 지은 곤하치로, 유유히 가마 곁으로 나아가 허리에 찬 검을 풀어 우노 노인에게 건넸다.

"은밀히 말씀드려야 하니 사람들을 물려주십시오."

사방이 탁 트인 노천에서 사람들을 물려 달라니 좀 이상했지만, 다들 조금 뒷걸음질 친 후 만약의 경우에는 덮칠 각오로 눈만 번뜩이고 있었다.

"오늘 와카회에 엔도 엣추노모리 님께서는 머리를 밀고 스님 차림으로 오신다고 들었습니다……."

먼저 상대방의 주의를 환기하기 위해, 이런 기괴한 사실부터 전했다. 곤하치로는 일도 잘했지만 말솜씨도 좋았다.

"그럴 리가 없다. 다이묘라는 자가 은거할 때가 아니라면 머리를 밀 리가 없지."

"그런데도 머리를 밀고 오신다니 이상한 것입니다. 하지만, 거기에는 합당한 이유가 있지요……."

곤하치로는 벼루 분실 사건부터 엣추노모리가 머리를 밀기까지의 이야기를 간단하지만 조리있게 설명했다.

우쿄노스케는 반신반의하며 이 기괴한 낭인의 이야기를 들었다.

"엣추노모리 님께서는 쇼군께 하사받은 벼루를 도난당해, 오로지 그걸 되찾기 위해서 머리를 미신 게 틀림없습니다. 만일 쇼군 앞에서 거짓을 말한다면, 부디 사실을 밝혀주시기를 간곡하게 부탁드립니다."

우쿄노스케는 잠자코 듣고 있었지만,

"쇼군께 거짓을 말한다면 내가 용서치 않을 것이다."

우쿄노스케, 벼루에 대해서는 엣추노모리에게 원한이 있었다. 그렇기 때문에 이렇게 말하고, 무언가 결심한 듯 미소를 흘렸다.

(1929.2.15)

제163회
환희 역전 (2)

와카회가 시작되었다.

우쿄노스케와 엣추노모리는 신분에 큰 차이가 없었기 때문에, 자리도 멀리 떨어져 있지 않았다. 우쿄노스케는 심술궂은 눈빛으로 엣추노모리의 민머리를 빤히 보고 있다. 엣추노모리는 별로 좋은 기분이 아니었다. 왠지 기분이 나빴다.

엣추노모리는 벼루를 꺼내 잘난 척 하면서 단카(短歌)*를 짓고 있다. 줄지어 앉은 다이묘들의 질투어린 시선이 엣추노모리에게 꽂혀 들었다.

"엣추노모리 님……."

----

* 일본 고유 형식의 시인 와카(和歌)의 한 형식. 5,7,5,7,7의 5구 31음을 기준 삼음.

드디어 우쿄노스케가 입을 열었다.

"하사받으신 벼루를 오늘 가져오실 수 있어 다행이시구려……."

내가 다 알고 있다는 빈정대는 미소가 우쿄노스케의 입가에 맴돌았다.

엣추노모리는 깜짝 놀라 말이 나오지 않았다. 식은땀이 전신을 기분 나쁘게 적셨다.

"오늘 가져올 수 있어 다행이라니, 게 무슨 소립니까?"

곁에서 끼어 든 다이묘가 있었다. 13만 석의 녹봉을 받는 도자와 비젠모리(戸沢備前守)다. 전전 대부터 엔도 가와는 견원지간. 비젠모리도 엣추노모리를 굉장히 싫어했다. 그 비젠모리가 응원에 나선 셈이라, 우쿄노스케는 의기양양해졌다.

"그게 말이오. 엣추노모리께서 하사 받으셨던 벼루를 도난당하셨다지 뭐요……."

"허이고 세상에, 그런 기괴한 일이……."

비젠모리는 더더욱 상반신을 앞으로 내밀어 귀를 기울이며, 험악한 눈빛으로 엣추노모리를 노려본다.

엣추노모리는 쥐구멍이 있다면 숨고 싶은 기분이었다. 몸 둘 바를 모르는 상태였다.

"하지만, 무사히 돌아왔으니 된 게지요. 머리를 밀게 되신 것이 좀 안타깝소만, 그 정도로 대신할 수 있는 일이 아니니……."

우쿄노스케의 입을 통해 나오는 말 한 마디 한 마디가 뼈를 찌르듯 신랄하여, 엣추노모리는 제정신이 아니었다.

그 우쿄노스케의 심술궂은 말을 상대해 주는 이가 하필 사이 나쁜 비젠모리였으니, 더더욱 상황은 나빴다.

"허어, 엣추노모리 님께서 일전 화재로 머리가 타서 그냥 밀어버린 줄로만 알았습니다만, 지금 말씀을 들으니 아무래도 벼루 도난 사건과 연관이 있는 듯 하군요. 그렇습니까?"

비젠모리는 한술 더 떠 심문하는 듯한 어조다.

이 대화를 곁에서 듣고 있던 이는 호리구치 유라쿠사이(堀口有樂齋)였다. 쇼군의 장기 상대이자 늘 곁에서 모시며 직간접적으로 쇼군을 지도 보좌하고 있는 사람. 은거하느라 신분은 없었지만, 모든 다이묘들이 한 수 접고 들어가는 존재였다.

이 유라쿠사이의 귀에 들어가면 그걸로 끝장. 쇼군의 귀에도 반드시 들어가게 된다. 엣추노모리는 드디어 안색이 변했다. 우쿄노스케는 잘 됐다는 듯, 더더욱 세세하게 곤하치로에게서 들은 얘기를 유라쿠사이에게 늘어놓았다.

"엣추노모리 님께서는 이 일의 진상을 나중에 천천히 이야기해주셔야 할 듯 합니다……."

유라쿠사이는 그렇게 말하며, 엣추노모리의 밀어버린 머리를 신기한 듯이 바라보았다.

(1929.2.16)

제164회
환희 역전 (3)

구와바라 곤하치로가 연못가에서 우쿄노스케에게 부탁한 일은, 이렇게 멋지게 성공을 거두었다. 우쿄노스케가 유라쿠사이에게, 유라쿠사이가 쇼군에게 전달하여 큰 문제가 되었다.

쇼군 가가 직접 나서 엣추노모리를 취조하니, 엣추노모리는 이제는 더 이상 숨길 수 없어 모든 것을 사실대로 털어놓았다.

그리하여, 엣추노모리는 "통지를 기다릴 것"이라는 지시를 받고 어쨌든 근신상태였다. 우쿄노스케도 그 정도로 큰일을 낭인에게 듣고도 그 낭인을 그냥 돌려보냈다는 것은 큰 실수이기에, 이쪽 또한 근신 명령이었다. 이리하여, 엣추노모리를 괴롭힌 괘씸한 낭인들은 극형에 처하라는 쇼군의 절대적인 명령이 떨어졌다. 악귀조에 대한 수사는 이제 쇼군의 어명으로 더욱 열기를 띠게 됐다.

우쿄노스케만이 납득할 수 없었다. 거짓을 말한 것도 아니고 사실을 고했을 뿐인데, 그저 낭인을 잡지 않았다는 것만으로 근신 처분이라니 너무하다는 불평이었다. 그래서 그런 불만이 향한 곳은 술과 여자였다. 다이묘라는 자들은 말 안 듣는 자식보다도 다루기 힘든 법이다.

악귀조는 은신처에서 이런 사태를 관망하고 있었다. 그리고 쾌재를 불렀다.

하지만, 그 통쾌함도 오래 가지 않았다. 쇼군의 명령으로 수사는 한층 엄중해졌다. 언제 고요키키가 들이닥칠 지 알 수 없는 것이다. 셋집에서도 이미 위험한 상황에 처했던 걸 마쓰키치의 도움으로 살아난 것이기에, 오늘밤은 꽤 신중한 태도를 취해야 했다.

"우리들이 해야 할 일은 이제부터다. 아직 죽고 싶지 않아……."

곤하치로가 말했다.

"그렇고말고, 엣추노모리를 실컷 괴롭혀서 어느 정도 분풀이는 했지만, 엣추노모리를 괴롭힌 건 혼다 쇼우에몬을 치기 위한 수단에 불과해. 쇼우에몬의 행방을 찾아내지 않으면 내 원한은 풀리지 않는다."

시즈마가 말했다.

"쇼우에몬인지 뭔지를 찾아내는 것도 급선무긴 하지만, 악귀조 본래의 사명은 악질 다이묘를 응징하는 것이다……. 우리들은 빨리 어딘가 편히 머무를 곳을 정해서, 다음 임무에 착수해야 해."

고로쿠로가 말했다.

하지만, 낭인이라면 집주인이 두려워하여 쉽게 집을 빌려주지 않았다. 악귀조는 이제 살 집도 없는 상태였다.

"각각 떨어져 살며 안전을 기하지. 항상 연락하고 지내면 일에 지장은 없을 거야."

두령인 시즈마의 제언이었다. 일동은 물론 찬성했다.

그러나 막상 따로 살게 되니, 서로 이별을 아쉬워했다. 게다가 여자들은 혼자 살아가기 힘들었다. 그래서 남녀가 한 쌍을 이뤄 살기로 했는데 그 조합을 정하기가 또 어려워, 제비뽑기로 결정하기로 했다. 그 결과가 실로 기묘했다. 자연의 섭리란 인간이 어쩔 수 있는 것이 아니다.

즉, 시즈마와 물갈퀴 오센, 곤하치로와 가에데, 족제비 마쓰키치와 오사토, 그리고 남은 고로쿠로만이 혼자 살게 된 것이다. 이렇게 네 개의 조로 나뉘어 각자 주거지를 정하고, 악귀조는 다음 임무에 착수하게 되었다.

하늘이 점지한 조합이 어떤 결과를 낳을 것인가. 살벌한 악귀조도 꽤나 색기 있어진 것이다.

(1929.2.17)

제165회
제2의 활약 ⑴

요시와라로 향하는 가마 한 대가 위세 좋게 달려가고 있다.

"멈춰라!"

어둠 속에 울려 퍼지는 탁한 음성과 함께 복면의 무사가 불쑥 습격해왔기 때문에, "으악……!" 하고 비명을 지른 가마꾼들. 인정머리 없게도 손님이 탄 가마를 내던지고 어딘가로 달아나 버렸다.

"돈을 좀 빌리고 싶은데."

복면 무사는 아주 조용한 어조로 이렇게 말하고, 가마 안으로 손을 넣었다. 하지만 어쩐 일인지, 무사의 손끝은 떨리고 있었다.

가마 안에는 단골 기생집으로 향하던 참이었을, 부유한 상인으로 보이는 하얀 피부의 남자가 타고 있었는데, 무사의 손끝이 떨리는 걸 보고는 가만히 있으면 좋을 것을, 상대를 얕보고 덤벼들었다.

"돈 없어."

퉁명스러운 대답이다.

"돈이 좀 필요하다. 다시 한 번 말하지만, 빌리고 싶다. 부탁이야."

이렇게 말하는 무사의 말끝이 조금 떨리고 있었다.

상인은 결국 상대를 얕보았다.

"없다면 없는 거야. 귀찮게시리!"

이렇게 말하며, 어슬렁어슬렁 가마 밖으로 나왔다. 가마꾼들이 달아나 버렸기 때문에, 걸어서 요시와라로 갈 셈이었다. 동시에, 신참인 듯한 이 겁 많은 도적의 얼굴을 보려는 속셈.

"부탁이야, 빌려다오……!"

무사는 한 번 더 같은 말을 반복했다.

"시끄럽네!"

상인은 코웃음 치고는 가버리려고 했다.

"멈춰……!"

무사는 이번에는 화를 냈다.

"빌려주지 않겠다면 검의 힘을 빌릴 것이다……! 하지만 그렇게 하고 싶지는 않아. 조닌에게 돈을 빌리는 것도 수치지만, 피를 보고 싶지도 않다. 잔말 말고 빌려주게."

무사는 주변을 둘러보며 말했다.

"싫다!"

상인이 내뱉었다.

"진심인가?"

"싫다고!"

무사는 칼집에 손을 댔다. 틀림없이 위협할 셈이었을 것이다.

하지만, 상인은 검으로 찔러올 것이라 여겼다. 그렇게 생각함과 동시에 있는 힘껏, "살인이야!!" 라고 외쳤다.

"이봐, 살인은 안 해, 목소리 좀 낮춰……!"

무사가 당황하며 제지했다.

그러나, 상인은 반쯤 광란 상태로 계속해서 외치고 또 외쳤다.

"살인이야!!!"

이렇게 난리를 쳐서야 무사도 절체절명.

"관세음보살……."

이렇게 중얼거림과 동시에, 허리에 찬 검을 빼어 순식간에 베어버리고, 풀썩 쓰러진 상인 위에 올라타 숨통을 끊었다. 품속을 뒤지니 상당한 금액의 지폐, 생각보다도 많았다. 그 돈을 자신의 품속에 찔러 넣고는, 무사는 새삼스레 시체에 대고 합장을 하고 서둘러 자리를 떴다.

쇼군의 명으로 에도 전체의 고요키키가 혈안이 되어 악귀조의 소재를 찾고 있는 와중에 이런 사건이 벌어진 것이었다.

게다가 이 범인이 관헌이 열심히 찾고 있는 헤이도 시즈마인 것이다.

그러나 지금까지 몇 명인지 모를 사람을 베어 왔던 시즈마지만, 돈 때문에 살인을 저지르고 싶지는 않았던 것이다. 지금만큼은 어쩔 수 없이 베었다.

그래도 얻은 돈이 의외로 거액이었다. 시즈마는 그 돈으로 교바시 야리야초(鎗屋町)에 집을 마련하고, 의사 간판을 내걸었다. 물갈퀴 오센은 의사의 아내인 척 하게 되는 것이다.

(1929.2.18)

제166회
제2의 활약 (2)

요시와라로 가는 길가에서 시즈마가 상인을 죽인 그 날 밤. 니혼바시의 서쪽 강가에서, 에도에서 유명한 고리대금업자 노인이 역시 단칼에 살해당했다.

이 살인사건의 범인은 구와바라 곤하치로였다. 그렇게 곤하치로는 고리대금업자 노인의 품을 뒤져 얻은 막대한 돈으로 에도 구경을 위해 상경한 시골무사로 위장하고, 가에데와 둘이서 여관을 전전하며 돌아다니고 있었다. 그러다 돈이 떨어지면 또 노상강도짓을 해서 돈을 벌었다.

족제비 마쓰키치는 가장 근사했다. 부유한 다이묘의 금고에서 현금만 털어와, 이 돈을 밑천 삼아 후카가와에서 오사토와 함께 요릿집을 개업했다. 돈이 필요하면 언제든 다이묘의 금고를 털어오니까, 가게가 잘 되든 못 되든 상관없었다. 좋은 재료를 써서 싸게 팔았기 때문에 장사가 잘 됐다. 요릿집 이름을 '일미옥(一味屋)'이라 짓고, 악귀조 일당의 회합 장소로도 이용했기 때문에 더 근사했다.

고로쿠로는 혼자서 여인숙을 전전하면서, 일동에게 용돈을 받아가며 생활하고 있었다.

이러한 악귀조 사람들이 요릿집 '일미옥'에서 첫 번째 회동을 가졌다. 나가사키에서 온 양방의사로 위장한 시즈마와 그 부인 오센, 시골무사 곤하치로와 그 부인 가에데, 그리고 고로쿠로. 거기에 마쓰키치 부부까지 모여 회의가 시작되었다.

"마쓰다이라 우쿄노스케는 근신중이면서도 밤마다 술판이라지?"

시즈마가 약간 흥분하며 말했다.

"우쿄노스케 자식을 응징하자구!"

곤하치로가 말했다.

"그 수단은?"

고로쿠로가 물었다.

"그걸 상의하자는 거야."

시즈마가 대답했다.

"귀찮군, 독이라도 먹여서 죽여 버릴까?"

고로쿠로는 늘 과격했다.

"그래서야 재미가 없지……. 좀 더 서서히 괴롭혀줄 수 있는 방법이 좋아."

시즈마가 이렇게 말했을 때였다. 술손님은 모두 돌아갔을 터인데도 한 낭인무사풍의 남자가, 변소에서 어슬렁거리며 나와 악귀조의 이야기를 듣고 있었다. 하지만 아무도 눈치 채는 자가 없었다.

낭인은 장지문 틈으로 내부를 슬쩍 엿보더니,

"오, 헤이도 시즈마와 구와바라 곤하치로다……!"

이렇게 입속으로 중얼거렸다.

이 낭인 무사가 누군고 하니, 일찍이 마쓰다이라 우쿄노스케의 가신이었던 오스가 하야토였다. 물갈퀴 오센을 잡기로 결심하고 낭인이 된 이후 가까스로 먹고 살던 하야토, 오늘은 후카가와 근처를 어슬렁대다 돌아가는 길에, 일미옥 간판을 보고 들어와 한잔하다 취해서 변소에 들어갔다가 그대로 잠이 들어버렸던 것이다. 잠이 깨서 변소에서 나오니, 와글와글 이야기소리가 들려 귀를 기울이다 엿보게 된 것이었다.

오스가 하야토가 엿듣고 있을 것이라곤 꿈에도 모르는 악귀조원들은, 꽤나 큰 소리로 떠들어댔다. 그 이야기 중에 우쿄노스케라는 이름이 몇 번이고 나와 하야토는 주의할 수밖에 없었다.

(1929.2.19)

제167회
제2의 활약 (3)

악귀조의 회의는 아직 계속되고 있었다.

"우쿄노스케를 응징할 좋은 방법이 없을까?"

"글쎄 말이야……."

아무도 명안이 떠오르지 않는 모양이라, 생각에 잠겨 있다.

오스가 하야토는 장지문에 몸을 갖다 댄 채로 엿듣고 있었다.

이때까지 잠자코 남자들의 이야기를 듣고 있던 물갈퀴 오센, 한걸음 다가앉더니 입을 열었다.

"차라리 제가 나설까요?"

"무슨 바보 같은 소릴……!"

시즈마가 단박에 소리쳤다.

"우쿄노스케는 당신을 보자마자 살려두지 않을 거다."

"그게 말이죠, 남자들은 은근히 물러 터져서 아무리 화가 났더라도 여자 애교 한마디면 흐물흐물해진답니다……. 제가 오랜만에 만난 김에 실컷 놀려주고 괴롭히고 싶네요."

일동은 아연실색해서 오센의 얼굴을 바라보았다. 오센은 어쨌든 꽤나 담대해졌다.

"어떻게 할 건데……?"

시즈마가 불안한 목소리로 물었다.

"그건 제게 생각이 있어요……."

오센은 자신 있어 보였다.

"물갈퀴 오센이라고 불릴 정도의 그대가 그렇게 말한다면, 틀림없겠지. 해 보는 것도 좋을 것 같네."

이렇게 말한 것은 곤하치로. 물갈퀴 오센이라는 소리를 듣고 깜짝 놀란 것은 오스가 하야토였다.

현재 자기가 찾아 돌아다니는 물갈퀴 오센이, 지금 눈앞에 있다……. 게다가, 그 오센은 또다시 다이묘에게 무언가 무례한 짓을 하려는 참이다. 한시도 지체할 수 없다. 하지만 오센과 함께 헤이도 시즈마가 있다. 그는 일찍이 목숨을 걸고 오센을 지키겠다고 한 남자다. 그러니 오센을 그냥 넘겨줄 리가 없었다. 하물며 시즈마 외에도 무사가 둘 있는 모양이었지만, 그들도 시즈마와 한 패임에 틀림없었다. 시즈마 하나도 상대하기 벅찬 강적인데, 그들까지 가세한다면 좀처럼 나설 수가 없었다. 그렇다고 해서, 이대로 못 본 척 할 수도 없다……. 하야토는 고민에 빠졌다.

악귀조 사람들은 이마를 맞대고 소근소근 이야기를 나누었다. 물갈퀴 오센을 주역으로 우쿄노스케를 응징할 방법을 논의하는 것이다. 바깥에서 하야토가 엿듣고 있을 것이라고는 꿈에도 몰랐지만, 중요한 사항이기에 만일을 대비해 밀담을 나누는 것이었다.

하야토는 잠시 선 채로 생각에 잠겨 있었지만, 이윽고 무슨 생각인지 슬쩍 발소리를 죽여 그 곳을 빠져나와 문 밖으로 나갔다.

(1929.2.20)

제168회
제2의 활약 (4)

일미옥 밖으로 나온 오스가 하야토, 저녁 무렵부터 마신 술의 취기도 지금은 완전히 깨어 있었다.

하야토는 일미옥 담벼락에 몸을 찰싹 붙이고, 시즈마를 비롯한 일동이 나오기를 기다리고 있는 것이다. 함께 돌아갈 것인지 각자 돌아갈 것인지, 오센 혼자서 돌아가기라도 한다면 하야토에겐 절호의 기회였다.

술이 깬 뺨을 스치는 차가운 밤바람을 견디면서, 하야토는 큰 칼자루를 쥔 채 기다렸다.

그러자, 순찰을 나선 핫초보리의 도신이 두 사람을 데리고 다가왔다. 순찰이라지만 낭인은 특별 경계중인 시기다 보니, 이른바 '낭인 순찰'이라는 형태로 특별한 권한이 주어졌던 것이다.

눈신 소리를 다각다각 내면서 도신 모 씨는 점차 이쪽으로 다가왔다.

하야토, 썩 좋지 않은 자와 만났다고 여겨 어디든 몸을 숨기려고 했지만, 그럴만한 장소가 없었다. 담벼락에 찰싹 몸을 붙이고, 그들이 눈치 채지 못하고 지나가길 바랄 뿐이었다.

그러나 순찰중인 도신이 눈치 채지 못할 리가 없다. 수상한 낭인이라 생각하고 노려보다 탐정 둘에게 빠른 어조로 무언가 속삭이고는, 상대가 상대인 만큼 충분히 주의하며

"웬 놈이냐!"

이렇게 외쳤다.

"수상한 자는 아닙니다, 술 좀 깨려는 중이지요……."

한 때 마쓰다이라 가의 중신이었던 오스가 하야토에게는 자연스레 배어나오는 관록이 있었다. 하지만 신분은 도신이라도 낭인 수색의 큰 역할을 맡고 있기에, 조금도 움츠러들지 않았다.

"때가 때인 만큼 취조를 해야 하니 번소까지 가시지요."

어조는 정중했지만, 거부하면 바로 잡아들이겠다는 태세였다.

하야토는 원래 이지적인 사람이다. 탐정 두 사람에 도신 한 사람 정도 베어버리는 것이야 일도 아니었지만, 쓸데없는 살생은 하고 싶지 않았고 공무 중인 관리에게 칼부림은 하고 싶지 않다는, 이성의 힘이 다분히 작용하여 정숙한 태도를 취하는 것이다.

그렇다고 해서, 이 일미옥에서 이러러한 상의를 하고 있다고 알리고 싶지도 않았다. 마쓰다이라 우쿄노스케를 배신하려는 것은 미워도, 스스로의 힘으로 제지하고 싶었다. 도신 따위에게 고자질해서까지 잡아가는 것은 무사의 법도가 아니라고 생각했다.

"좋지요, 번소든 봉행소든 어디든 가겠소. 하지만, 지금 당장은 곤란하오. 오늘밤은 할 일이 있으니, 내일 가겠다고 약속드리지……."

하야토는 결국 이렇게 말했다.

하지만, 도신이 그런 걸 용납할 리가 없었다. 억지로 동행시키기 위해 다가왔다.

이렇게 되면, 세 사람을 베어버리거나, 그들의 말대로 번소까지 가는 것 말고는 방법이 없었다.

신사적인 성격의 소유자인 하야토는 별 수 없이, 번소까지 끌려갔다.

그 뒤로, 악귀조 사람들은 삼삼오오 일미옥을 떠났다.

(1929.2.21)

제169회
제2의 활약 (5)

정월 31일, 마쓰다이라 우쿄노스케는 오지이나리 근처까지 멀리 말을 타고 나가보았다. 수행 무사가 너덧 따라붙었을 뿐. 근신중인 처지로는 요란한 짓을 벌일 수 없는 것이다. 그것을 어떻게 알았는지 악귀조 사람들, 시즈마, 곤하치로, 고로쿠로 셋은 물갈퀴 오센과 함께 우쿄노스케 일행을 앞질러 오지이나리 근처에 와서 기다리고 있었다.

오지이나리 근처는 일찍이 시즈마가 살던 곳, 고로쿠로를 제외한 다른 세 사람은 추억이 있는 곳이다.

하늘이 맑게 개였고, 바람도 없는 절호의 날씨였다. 우쿄노스케의 가신으로 보이는 젊은 무사가 다가와, 찻집 노파에게 금일봉을 건네고 여러 가지 주의사항을 전달하며 만전을 기한 뒤, 어깨를 으쓱이며 이쪽저쪽을 둘러보며 걷고 있었다. 멀리서 그 모습을 지켜본 시즈마들은 얼굴을 마주 보며 비웃는 듯한 웃음을 흘렸다.

이윽고 열 시 쯤 되었을까. 말발굽소리도 용맹하게, 우쿄노스케의 준마를 한가운데에 두고 네다섯 마리가 기세 좋게 달려왔다. 젊은 무사들은 엎드려 맞이했다.

시즈마는 빠르게 오센에게 무언가를 속삭이더니, 곤하치로, 고로쿠로와 함께 모습을 감추었다.

홀로 남겨진 오센, 자신 있는 미소를 흘리다 갑자기 정색한 표정이 되었다. 오늘은 다소곳한 서민의 아내라는 분장. 타고난 미모 덕에 어떤 옷을 입어도 잘 어울리니 신기하다. 오센, 은행나무 그늘에 숨어 때를 기다렸다.

준마에서 내려 선 우쿄노스케, 조용히 옷자락을 펄럭이며 사방을 둘러보고, "날씨가 좋구나……." 라고 말했다. 연극에서도 그렇지만, 다이묘의 동작은 템포가 느려야 다이묘다운 것이다.

찻집 노파가 권하는 떫은 차, 늘 좋은 차만 마셔온 우쿄노스케도 목이 말랐는지 맛있게 마신다. 다만, 주변에 젊은 미인이 없는 것만이 불만이었다.

잠시 상황을 지켜보던 오센, 이때다 싶어 은행나무 그늘을 벗어나 성큼성큼 찻집으로 다가갔다.

이런 무례한……. 수행 무사들의 안색이 변했지만, 상대가 여자라서 덤벼들지는 못하고 있을 때,

"다이묘님, 오랜만이예요."

오센이 친한 척 하며 우쿄노스케에게 다가갔다.

"……."

보아하니 참으로 아름답고 젊은 여인인데, 설마 이 여인이 일찍이 자신을 발로 찼던 대담무쌍한 오센이라고는 생각도 못했기 때문에, 누군가 하고 우쿄노스케는 눈을 크게 떴다.

누구건 말건 여자 몸으로 다이묘에게 친한 척 하는 무례한 자라 호위 무사들이 잡으려 한 것과, 우쿄노스케가 오센임을 깨달은 것은 거의 동시였다.

"아니, 너는……!"

우쿄노스케가 벌컥 화를 냈다.

"다이묘님, 오센은 진심으로 후회하고 사죄드리러 왔습니다……."

오센은 있는 대로 교태를 가득 담아, 우쿄노스케를 홀리기 위해 애교 섞인 목소리로 말했다.

보면 볼수록 아름다운 오센의 자태에, 우쿄노스케도 흐물흐물해졌지만, 손님 앞에서 발길질을 당했던 굴욕은 아직 기억에서 사라지지 않았다. 사랑과 증오가 한데 섞여 우쿄노스케의 가슴을 어지럽혔다.

(1929.2.22)

제170회
제2의 활약 (6)

우쿄노스케는 애증이 섞인 마음을 가만히 억누르며 뚫어지게 오센을 바라보았다.

귀부인 차림일 때만 보았던 우쿄노스케의 눈에는, 서민의 아내 같은 지금의 차림이 더욱 요염해 보였고, 오센이 한껏 부리는 애교가 또 너무나 귀엽고 그리웠다.

"그날은 아침부터 기분이 좋지 않아서, 마음에도 없는 무례를 저

질렀습니다. 그 이후로 하루도 후회하지 않은 날이 없었어요……. 오늘은 일이 있어 이 근처까지 온 참에, 생각지도 못한 모습을 뵙고 너무 반가워서, 앞뒤 가릴 것 없이 실례를 무릅쓰고 말을 걸었습니다. 다이묘님께서 얼마나 화가 나셨을지, 이 오센도 잘 알고 있어요……. 다이묘님의 칼이 더러워지시겠지만 소첩의 목을 베신다면 마음의 짐도 사라지고, 이 오센은 정말 만족할 것입니다……."

열심히 떠벌이는 오센. 여인에겐 마음을 허락해서는 안 된다는데, 하물며 산전수전 다 겪은 물갈퀴 오센이다. 우쿄노스케가 조금이라도 세상을 알고 상식이 있었다면 오센의 감언이설에 넘어가지 않았겠지만, 세상물정에 어둡고 상식이 결여된 다이묘답게 오센이 말하는 걸 곧이곧대로 믿고, 그 마음이 가엾게까지 느껴지는 것이었다.

"어쨌든 집으로 돌아가자……."

다정하게 이야기를 나누고 싶은 기분이었지만, 곁에 선 수행 무사들 중 호리이 가쓰노신(堀井勝之進)은 일찍이 스미다가와 강 근처 별장에서 오센이 무례한 짓을 벌인 그 현장에 있었던 자였다. 처음에는 우쿄노스케와 마찬가지로 갑자기 나타난 이 여인을 오센이라고는 생각지도 못했지만, 우쿄노스케와의 대화를 듣고 비로소 그 사실을 깨닫고는 분노로 몸을 떨며 주군의 관대한 태도에 자신의 일처럼 분개하고 있는 모습을 알아차렸기 때문에 일부러 세게 나갔다.

"이 여자를 집으로 끌고 가라."

이렇게 갑자기 죄인 취급이다.

다만, 바로 덧붙인다.

"가마에 태워라. 그 편이 수고가 덜할 테니……."

아무래도 무르다.

오센은 가마에 태워졌고, 가마 옆으로는 무사들이 에워싼 채 걷고 우쿄노스케를 비롯한 수행무사들은 다시 말을 타고 돌아간다.

숨어서 그 모습을 지켜보던 시즈마, 곤하치로, 고로쿠로.

"어쨌든 잘 된 것 같네……."

"괜찮을 것 같지만, 가신들이 어떻게 나올지 그게 걱정되는군……."

"오늘 밤은 마쓰키치를 보내 상태를 살펴보는 게 어떨까."

"그게 좋겠어."

이런 이야기를 하며 어슬렁어슬렁 돌아가려고 했을 때, 한 사람의 무사가 안색이 변해서 뛰어왔기 때문에, 세 사람은 깜짝 놀라 다시 몸을 숨겼다.

(1929.2.23)

제171회
제2의 활약 (7)

숨 가쁘게 달려온 무사, 무언가를 찾듯이 주변을 둘러보았지만 눈에 들어오는 건 말발굽 자국뿐이다.

무사는 찻집으로 달려 들어갔다.

"방금 전에 이쪽으로 높으신 분이 말을 타고 오셨는가?"

찻집 노파는 코를 훌쩍이며,

"예, 예, 오셨습니다만, 방금 전에 돌아가셨습죠……."

"뭐……? 돌아갔다니……. 그래서, 그 높은 분은 여자와 만났는가?"

"예, 예, 만나셨습니다요. 세상에나 진짜 예쁜 여자였어요……. 잘은 모르겠지만 그 여자를 가마에 태우시고 무사님들이 두 셋 같이 가셨으니, 아마도 다이묘님댁으로 가신 것 같습니다요, 예, 예……."

"늦었군……."

무사는 발을 구르며 분통을 터뜨렸다.

"이런 걸 그쪽에 물어도 소용이 없겠지만, 다이묘님께서는 그 여자를 어떻게 대하시던가……? 목을 베시려 하지는 않았나?"

"저는 구석에 웅크리고 있어서 잘은 모르겠습니다만, 딱히 목을 베시려는 것처럼은 안 보였는데요, 굳이 따지자면, 그 여자가 마음에 드신 것 같았습니다요……."

"큰일이다!"

무사는 찻집 노파가 깜짝 놀랄 정도로 큰 목소리를 냈다.

무사는 실신한 사람처럼 의자에 주저앉으며,

"할멈, 물 한 대접만 주시구려……."

무사는 노파가 내주는 물그릇의 물을 단숨에 마셔버리고는 크게 한숨을 내쉬었다.

이 무사는 누구인가. 다름 아닌 오스가 하야토다.

일미옥 뒷문에서 정찰을 돌던 도신에게 의심을 산 하야토는 번소로 가서 조사를 받았지만 입을 다물고 아무 말도 하지 않았다. 하지만, 악귀조 일당이라 할 만한 점도 없고 악질 낭인으로 처분될 만한 물적 증거도 없어서 그냥 풀려나왔던 것이다.

하야토는 서둘러 일미옥으로 돌아갔지만, 이미 일동은 해산한 뒤인 듯 조용했다.

다이묘의 일신에 관계된 일. 어떻게 할지 고민한 끝에 하야토는 옛 친구 중에서 가장 친한 마쓰다이라 가의 중신인 오사와 이쓰마(大澤逸馬)를 찾아가, 일미옥에서 엿들은 이야기를 털어놓고 이쓰마를 통해 다이묘에게 위기를 알리려 했던 것이다.

그러나 이쓰마를 찾아가보니, 이쓰마는 근신중인 다이묘의 소행에 대해 충언하다 분노를 사, 근신 명령을 받고 집에 있었다.

"오사와 씨, 큰 사건이라고!"

하야토는 자초지종을 이야기 했다.

"그거 큰일이군. 하지만 나는 근신중이라 다이묘님을 뵐 수가 없어……."

이렇게 말하며 이쓰마는 팔짱을 끼고 생각에 잠길 뿐.

그 때 이쓰마를 통해, 하야토는 우코노스케가 오지쪽으로 나간다는 사실을 알았다. 그래서, 물갈퀴 오센은 반드시 그 기회를 이용해서 다이묘에게 접근할 것이라 추측한 하야토는, 낭인의 몸이라 앞에 나설 수는 없지만 뒤에서 다이묘를 지키고자 했으나, 다이묘의 출타가 이쓰마가 알고 있는 날짜보다 하루 빨랐던 것이다.

게다가, 하야토가 일시 변경을 알게 된 것은 이미 다이묘 일행이 출발한 뒤였다.

그래서, 찻집에서 장탄식을 한 하야토가 일어나서 돌아가려 하는데,

"기다리게……!"

이렇게 외치며 그늘에서 뛰어나온 것은 헤이도 시즈마. 뒤이어 곤하치로와 고로쿠로.

"무슨 용무인가?"

하야토는 침착하게 돌아보았다.

"오스가 씨, 오랜만이오……."

이렇게 말한 시즈마의 얼굴에는 살기가 떠올라 있었다.

(1929.2.24)

제172회
제2의 활약 (8)

"오, 헤이도 씨인가⋯⋯!"

냉정함을 유지하긴 했지만 하야토는 적지 않게 놀란 모양이었다.

"이쪽에는 무슨 일로 오셨소?"

시즈마가 힐문하듯 물었다.

"이 근처에 만날 사람이 있어 왔소."

"말 못하는 군⋯⋯. 물갈퀴 오센을 잡으러 왔다고 왜 말을 못하는 거요."

"⋯⋯."

"우리들은 귀공과 할멈 사이에 오간 대화를 전부 들었소. 귀공이 어떻게 우리들의 비밀을 알게 되었는지는 모르겠지만, 비밀을 알게 된 이상 귀공을 살려둘 수는 없지. 당신의 인품은 존경하지만, 어쩔 도리가 없구려. 각오 하시게⋯⋯!"

이렇게 말함과 동시에, 시즈마의 허리에 찬 검이 칼집을 벗어나 하야토의 몸을 두 동강 내는 듯 보였지만, 하야토도 일찍이 오카와바타에서 시즈마의 기선을 제압할 정도의 실력. 쓱 몸을 피함과 동시에, 손에 든 대검으로 시즈마의 두 번째 공격을 챙 하고 맞받았다.

곤하치로와 고로쿠로도 물론 검을 뽑았다.

놀란 것은 찻집 노파였다. 덜덜덜 이를 맞부딪치며 떨고 있다.

오스가 하야토는 '무주심검류(無住心劍流)'*에 통달해 있었다. 이 유파는 오가사와라 겐신사이(小笠原玄信斎) 문하에 있던 하리가야 세키운(針ヶ谷夕雲)이라는 자가 창시한 것. 세키운은 많이 배우지는 못했지만 고하쿠 스님(虎白和尚) 밑에서 참선하다 득도하여, '야마칸류'의 검술을 벌레 보듯 싫어했다. 즉, 세간의 병법이라는 것은 독수리가 참새를 잡고 고양이가 쥐를 잡듯, 위를 치는 척 하다가 아래를 치고, 가로로 벨 듯 하다가 정수리에서 두 동강을 내는 등, 모두 적을 속여 승리를 얻어내는 비겁한 병법이라는 것을 갈파하고, 스스로 이름을 붙이길 '심검류'라 하여, 자연의 섭리를 깨닫고 정정당당한 검법에 의해 적을 제압한다는 것이 그 법도였다.

이 유파의 법도를 배운 하야토, 당당하게 세 사람의 정면에서 맞붙어 온다. 하지만 시즈마나 곤하치로, 또 고로쿠로도 각각 한 유파의 달인이었기 때문에, 박력과 진지함이 넘쳐흘렀다.

고로쿠로가 휙 베어 들어왔다. 제대로 공격을 받아낸 하야토가 검을 옆으로 휘두르자, 고로쿠로는 몸을 피했지만 하야토의 검이 한 발 빨랐다. 옆구리를 세게 베인 고로쿠로는 털썩 쓰러졌다. 하지만 그와 동시에, 정면에서 치고 들어간 시즈마의 검을 하야토가 받아낼 틈도 없이, 왼쪽 어깨를 크게 베이고 비틀댄다. 계속해서 곤하치로가 힘껏 찌르자, 하야토는 오른쪽 가슴을 깊이 베이고 맥없이 쓰러졌다. 시즈

---

* 검술 유파의 하나.

마가 숨통을 끊어놓았다.

고로쿠로도 치명상을 입었다.

"안타깝군……."

이 한마디를 남긴 채, 이 괴이한 남자의 호흡이 끊어졌다.

"그렇지만 오스가 하야토는 참으로 충신이었군……."

시즈마는 이렇게 말하며, 하야토의 시체를 향해 합장했다.

(1929.2.25)

제173회
독거미에게 사로잡히다 (1)

마쓰다이라 우쿄노스케, 근신중의 우울함을 달래기 위해 바람 쐬러 나갔다가 생각지도 못한 이를 만나 서둘러 오지를 떠났지만, 본가로는 돌아가지 않고 스미다가와 강변의 별장으로 갑자기 행차했다. 오센을 태운 가마도 물론 별장으로.

스미다가와 강변의 별장은 오센에게는 추억이 깊은 장소였다. 아니, 오센 이상으로 우쿄노스케에게도 추억이 깊을 장소였다. 오지에서 돌아오는 길, 갑자기 예정을 변경해 별장으로 온 것은 우쿄노스케가 무언가 생각한 바가 있기 때문일 것이다.

일찍이 발로 채인 장소에서, 발길질을 한 여인을 베어버리려는 심산은 아닐까. 이렇게 생각하니 오센은 갑자기 공포심에 사로잡혔다.

오센은 시즈마들과 하야토의 난투 같은 건 꿈에도 몰랐다. 그렇기 때문에 시즈마들 셋이 자신이 탄 가마를 몰래 따라왔을 것이라고만 생각하고 있었다. 따라왔다면 어떻게든 계략을 세워 틀림없이 이 별장 안으로 들어왔을 것이었다. 그렇다면, 만약의 사태가 발생하더라도 괜찮을 것이라는 안심도 들었다.

오센은 예전에 자신의 방이었던 화려한 방에 끌려와, 잠시 홀로 있었다.

공들여 만든 건축과 훌륭한 정원, 이 모든 것이 오센에게는 추억이었다. 인간으로 태어난 이상, 한 번 더 이런 화려한 생활을 해보고 싶었다. 그것도 좋아하는 이와 함께여야만 했다. 시즈마와 함께라도 좋았다. 하지만 시즈마는, 소원이 이루어져 내 남자로 만들고 보니 너무나 무사 기질의 남자라 인간미가 부족했다.

오센은 가즈마를 생각했다. 아니 사실은, 가즈마가 악귀조를 나간 이후로 한 순간도 잊어본 적이 없었다. 신기하게도 이렇게 혼자가 되어 조용히 이런저런 일들을 생각하고 있자니, 더더욱 가즈마의 생각이 났던 것이다.

마쓰다이라 우쿄노스케는 오센을 잊으려 얼마나 노력했던 것일까. 손님 앞에서 한 지방 영주를 발로 찬 무례하기 짝이 없는 여자. 그의 양심은 오늘 만남을 기회로 목을 베든 매달아 죽이든 하라고 외쳤다. 하지만 한편으로, 그의 음탕한 마음이 양심을 눌렀다. 양심과 음탕한 마음이 우쿄노스케의 가슴 속에서 격렬한 싸움을 벌였지만. 결국, 음탕한 마음이 이겼다.

우쿄노스케는 평상복 차림으로 오센이 있는 방으로 들어갔다.

"오센, 정말 오랜만이구나……."

이렇게 말하는 우쿄노스케는, 이미 완전히 오센의 포로가 되어 있었다.

"다이묘님……. 오센은 이미 각오했답니다……. 한시라도 빨리 소첩의 목을 베어주셔요……."

우쿄노스케의 마음 속을 간파한 오센은, 일부러 정숙하게 바닥에 손을 짚은 채 갸륵하게 말했다.

"됐다, 됐어, 지나간 일은 묻어두자꾸나……. 너는 여기 머물며 다시 나를 모실 생각은 없느냐……?"

무언가 꿍꿍이가 있나 싶을 정도로 달콤한 어조다.

"그러면 너무나 과분합니다, 부디 소첩의 목을……."

저쪽이 달달하게 나오니, 오센은 드디어 담대해져서 목을 내밀기까지 한다. 독거미가 슬슬 줄을 치기 시작한 것이다.

오센의 눈처럼 새하얀 목덜미가, 우쿄노스케의 음탕한 마음을 더욱 더 도발하였다.

그러자, 그때였다. 호위 무사 호리이 가쓰노신이, 우쿄노스케가 너무나 한심하게 구는 걸 참지 못하고, 칼자루를 굳게 쥐고 다가왔다.

(1929.2.26)

제174회
독거미에게 사로잡히다 (2)

독거미는 세련된 기교로 실을 자아내어, 우쿄노스케를 칭칭 감으려 들었다.

그렇게 두지는 않겠다는 듯, 호리이 가쓰노신, 독거미를 단칼에 처치하고 그 자리에서 할복할 각오였다. 병풍 뒤에 숨어 틈을 엿보고 있다.

"센, 나는 널 용서할 것이다. 안심하고 날 모시면 되느니라……."

우쿄노스케는 전신의 신경이 풀린 듯 흐물흐물해져서 오센을 지그시 바라보았다.

"기쁩니다……."

오센은 이렇게 속삭이며 물끄러미 우쿄노스케를 바라보았다. 어찌나 아름답고 요염한지.

오센, 우쿄노스케를 바라보던 눈을 살짝 돌려 곁을 보다가, 병풍 옆에서 분노에 타올라 이쪽을 노려보던 호리이 가쓰노신의 눈과 딱 마주쳤다.

오센이 자신을 보자, 이번에야말로 놓치지 않겠다며 검을 뽑아들고 달려드는 가쓰노신.

"어머나!!!"

오센은 비명을 지르며 우쿄노스케에게 달라붙었다.

우쿄노스케에게 붙은 것은 좋은 선택이었다. 가쓰노신이 달려들어 베려고 했지만 주군에게 달라붙어 있으니 벨 수도 찌를 수도 없었다.

"무례한 놈! 무슨 짓이냐……!!"

우쿄노스케가 오센을 뒤로 감싸며 크게 호통쳤다.

"다이묘님……! 저 계집을 조심하십시오……!!"

빠른 어조로 이렇게 말하고, 이제 끝이라 여긴 가쓰노신은 대검을 고쳐 쥐고 자신의 배에 푹 찔러 넣어, 단번에 할복하였다.

"꼴사납게……."

우쿄노스케는 눈썹을 찌푸리고 이렇게 중얼대며 오센의 손을 잡았다. 충신의 죽음을 "꼴사납다"고 해서야 이 인간이 행복해질 리가 없었다.

자리를 정리하고 술상을 내오라 하여, 오랜만에 오센과 마주앉았다.

"그러면, 오늘부터 여기 머무는 거겠지⋯⋯?"

우쿄노스케는 그게 꽤나 걱정인 듯, 다시 한 번 다짐했다.

"감사합니다⋯⋯. 하지만⋯⋯."

"하지만, 무얼 말하려는 게냐⋯⋯?"

"이 저택에는 다이묘님께서 총애하시는 다른 여인들이 많지요⋯⋯."

독거미가 슬슬 본성을 드러내기 시작했다.

"소첩은 목이 베일 거라 생각하였으니, 다시 태어난 듯 목숨을 걸고 모실 것입니다⋯⋯. 그러니, 주군께서 진심으로 소첩을 아끼신다면 다른 분들은 내보내주십시오⋯⋯. 그러지 않는다면⋯⋯."

"그러지 않는다면, 내 뜻에 따르지 않겠다는 게냐?"

너무나 제멋대로인 말에, 우쿄노스케의 눈썹이 슬쩍 올라갔다. 영혼의 절반쯤은 오센의 포로가 된 우쿄노스케라도, 천하의 다이묘인 이상 그렇게 쉽게는 오센의 뜻에 따르지 않을 지도 몰랐다.

(1929.2.27)

제175회
독거미에게 사로잡히다 (3)

오스가 하야토를 벤 헤이도 시즈마, 구와바라 곤하치로와 함께 피 묻은 검을 닦고 한숨 돌렸지만, 가마를 타고 우쿄노스케의 집으로 간 오센이 걱정됐다. 그렇지만 친우인 고로쿠로의 시체를 그냥 두고 갈 수는 없었다.

이미 겁을 먹고 죽기 일보 직전인 찻집 노파에게 돈을 주며 근처 절에서 스님을 불러다 매장하고 독경해달라고 부탁하고, 서둘러 오센의 가마 뒤를 쫓았다.

하지만, 이미 상당한 시간이 흘러 가마의 그림자도 보이지 않았다. 가는 길마다 사람들에게 물어보니, 아무래도 스미다가와 강변의 별 장으로 간 듯 하여, 날 듯이 달려갔다.

이미 황혼에 가까운 시간이라, 우쿄노스케의 별장 근처는 조용하 여 강변에서 노니는 새들의 날갯짓 소리까지 들려올 정도였다.

시즈마와 곤하치로는 준비한 복면을 쓰고, 인적이 없는 곳을 골라 담장을 넘어 어쨌든 저택 안으로 잠입했다. 그러나 검술에는 자신 있 는 두 사람도 인술에 있어서만은 마쓰키치의 발끝에도 못 미쳤다. 몸 둘 바를 모르고 저택 안을 헤매면서, 마쓰키치의 소중함을 절감했다.

한편, 우쿄노스케와 오센의 에로틱한 장면이 계속되고 있었다. 촛 대가 들어왔고 그 불빛에 비친 오센의 모습은 더한층 아름다웠다. 오 센의 제멋대로인 요구에 잠깐 화가 났던 우쿄노스케도,

"그래 오센, 차차 다른 여인들은 내보내도록 하지. 우선 그때까지 는, 다른 여인들과 함께 이 별장에 머물도록 해라."

과도한 술과 음탕한 마음, 그리도 운동 부족으로 뒤룩뒤룩 살찐 우코노스케의 둥글둥글한 손이 오센의 무릎 위에 얹혔다.

오센은 그 손을 가볍게 쳐냈다.

"싫어요. 사모님만큼은 어쩔 수 없다 쳐도, 다른 분들은 전부 내보내 주세요……. 소첩만이 다이묘님의 사랑을 받고 싶습니다."

똑같은 요구.

"……."

말없이 오센을 바라본 우코노스케, 화를 내는 대신에 미소를 흘린다. 사랑하는 여인이 제멋대로 구는 게 결국 기쁜 것이다.

"좋아, 좋아, 네 바람대로 다 내보내도록 하지……."

"기뻐요……. 그래서, 언제 내보내시나요?"

"2, 3일 내로……."

"아니예요, 오늘 밤 당장, 다 내보내세요."

꿍꿍이가 있는 오센, 요구가 준엄했다.

"너 정말 제멋대로구나……."

우코노스케는 기가 막혀 오센의 얼굴을 빤히 보았지만,

"그러면, 네가 바라는 대로 해 주마……."

술살이 오른 손이 두세 번 손뼉을 치자, 고쇼가 장지문에 손을 댔다. 애첩 전부를 당장 내보내라는 긴급 명령. 고쇼가 받들어 호위무사에게 전하니, 차례차례 명령이 전달되어 애첩들의 방으로 전해졌다.

애첩들은 화를 내며 이 부당한 명령에 극도의 불평을 드러냈다. 하지만 하늘같은 분의 명령에 뭐라 할 수도 없고, 내일도 아니라 지금 당장 나가라는 명령이니, 별 수 없이 재빨리 돌아갈 준비. 그 대신에 막대한 해고 비용이 중신의 책임 지출로 나간 모양이었다.

애첩들의 짐이 차례차례 저택 밖으로 나갔다. 오센은 장지문을 조금 열고 그 모습을 유쾌하게 바라보았다.

정원 한구석에서는 시즈마와 곤하치로가 마찬가지로 그 짐들을 바라보며, 오센의 첫 번째 계략이 멋지게 성공했음을 깨닫고 속으로 쾌재를 외쳤다.

그리고 오센은, 두 번째 계획에 돌입했다.

(1929.2.28)

제176회
독거미에게 사로잡히다 (4)

오센이라는 여인, 꽤나 유머 감각이 있었다.

마쓰다이라 우쿄노스케를 괴롭혀준다 하더라도, 평범한 방법으로는 성에 차지 않았다. 그래서 골계미를 더하고 싶었던 것이다.

그리하여, 자기가 생각해낸 건 아니지만 엔도 엣추노모리와 마찬가지 절차를 밟으려는 속셈이었다. 즉, 애첩 모두를 내보내고 우쿄노스케가 머리를 밀게 만들려는 것이었다.

그런데, 애첩 건은 손 쉽게 세 치 혀로 성공했지만 다이묘의 머리를 밀게 하기 위해서는 꽤나 공을 들여야 했다.

오센은 우쿄노스케의 애첩들이 갑작스레 짐을 싸서 집으로 돌아가는 풍경을 비웃는 눈으로 보면서, 열심히 다이묘를 대머리로 만들 계략을 짜냈다.

술을 권하고 잠들게 만든 뒤에 슬쩍 밀어버릴까. 그것도 한 방법이지만, 잠든 이의 목을 베는 것만큼이나 어려운 일이다.

그렇다면……. 다른 방법을 생각해보았지만 특별한 지혜도 떠오르지 않았다.

우쿄노스케는 생각지도 못한 수확에 너무나 기분이 좋아져서, 평소의 주량을 훌쩍 넘겼다.

그리고 흐리멍덩해진 눈에는 정욕의 불꽃이 타오르고 있었다. 정욕으로 가득 찬 우쿄노스케의 몸에, 졸음이 찾아왔다.

오센에게는 지금이 절체절명의 기회였다. 몸을 허락하지 않고서 목적을 이루고 도망치는 것이, 오센이 처음부터 기획했던 방책이다. 그러나 지금 목적을 달성하고 달아나지 않는다면, 애초의 계획이 엉망진창이 되어버릴 것이다.

저택 안에 잠복하고 있을 시즈마들도 신경 쓰였다.

"센, 너도 피곤하지……?"

우쿄노스케는 이런 말을 하며 드디어 별실로 옮길 것을 권유했다.

"소첩은 조금도 피곤하지 않습니다. 오랜만에 천천히 술을 마시고 싶네요……."

오센은 몸을 사릴 셈이었다.

"술이야 언제든 마실 수 있지 않느냐. 오늘만 날이 아니지……."

우쿄노스케가 다시 채근해왔다.

이제 어쩔 수가 없었다. 이 이상 몸을 사릴 수는 없는 것이다.

오센은 할 수 없이 침소로 들어갔다.

"다이묘님을 오랜만에 뵈어 센은 너무나 기쁘고 부끄럽네요……. 조금만 더 술잔을 받고 싶습니다……."

최후의 수단으로 침소에 들어가서도 술을 찾았다.

제멋대로인 녀석이라고는 생각했지만, 이미 홀딱 빠져든 자에게는 그 제멋대로인 모습도 귀엽게 느껴졌다. 우쿄노스케, 오센의 말대로 침소로 술상을 내오게 했다.

오센은 어떤 속셈인지, 열심히 술을 마셨다.

오센이 술을 자꾸만 마신 건, 완전히 취한 척을 하고 우쿄노스케의 정욕으로 가득 찬 손길을 피해 우쿄노스케의 머리를 밀려는 심산이었다.

"센, 이제 잠자리에 들자……."

우쿄노스케는 이제 더 이상 참을 수가 없었다.

"조금만 더 마시고 싶어요……."

일부러 혀 꼬인 소리로 말했다.

우쿄노스케는 벌떡 일어나…….

하지만, 오센은 교묘하게 몸을 피했고, 우쿄노스케는…….

마침 그 때, 추운 정원 한 구석에서 공복을 견디며 숨을 죽이고 오센의 안부를 걱정하던 시즈마와 곤하치로의 앞에, 불현 듯 나타난 인영(人影)이 있었다.

시즈마와 곤하치로, 굳은 표정으로 상대를 바라보았다.

(1929.3.1)

제177회
독거미에게 사로잡히다 (5)

"헤헤헤, 접니다."

인영은 그렇게 말하며 웃었다. 족제비 마쓰키치다.

"오, 마쓰키치냐……?"

두 사람은 무심코 한 목소리를 냈다.

"검만 드셨다 하면 천하무적인 두 나리시지만, 인술은 제가 훨씬 낫죠. 대충 이럴 거라 짐작하고 와봤는데, 형편없는 무사도 아니시면서 정원 구석에 웅크리고 계시다니, 이래야 무슨 일을 하겠습니까. 제가 잠깐 집안을 들여다보고 오겠습니다."

말이 끝나자마자 마쓰키치의 모습은 이미 어둠 속으로 사라지고 없었다.

시즈마와 곤하치로는 얼굴을 마주보며, 마쓰키치가 어떻게 이 별장인지 알고 찾아왔는지, 늘 그렇지만 그의 재주에 그저 감탄할 따름이었다.

집안으로 숨어들어간 마쓰키치, 침소에서의 우쿄노스케의 추태를 발견하고 오센의 몸에 위험이 닥쳤음을 알았다.

하지만, 노련한 마쓰키치는 놀라지도 당황하지도 않고, 잠자코 상황을 지켜보았다.

오센은 집요하게 덤벼드는 우쿄노스케를 오른쪽으로 피했다가 왼쪽으로 도망치며, 온 방안을 헤매고 있었다.

그러나 오센에게 다행스러운 것은, 폭음 후에 무리하게 몸을 움직인 우쿄노스케에게 취기가 한꺼번에 몰려와, 완전히 나가떨어진 것이었다.

한 지방의 영주가, 다타미 위에 꼴사납게 뻗은 한심한 추태.

오센은 한숨 돌리며 비로소 미소를 띠었다.

"오센 씨, 방심하면 안 돼요."

족제비 마쓰키치가 엉뚱한 곳에서 갑자기 말을 걸어왔다. 이 남자도 꽤나 장난기가 다분하다.

오센이 깜짝 놀라 사방을 둘러보니, 언제 어떻게 들어왔는지 침소 구석에 착 앉아 있는 마쓰키치다.

"어머나……."

"오래 있을 수 없어요. 빨리 도망칩시다. 우리들이 데리러 왔어요."

"그건 고마운데, 아직 하나 더 해야 할 일이 있어. 대머리 다이묘를 한 명 더 늘려야 하거든……!"

"아, 과연……. 그건 재밌겠지만, 도구도 없고 느릿느릿 머리를 밀 수도 없고……, 아, 그렇지, 이렇게 합시다."

마쓰키치는 품속에서 비수를 꺼내들더니, 우쿄노스케의 상투를 싹둑 뿌리부터 잘라냈다.

하지만, 가위로 자르는 것과 달라서 비수는 그렇게 솜씨 좋게 잘리지는 않았다. 우쿄노스케를 깨우고 말았다.

"무, 무례한 놈……!"

다이묘라는 자들은 화가 났을 때는 이 소리밖에 못하는 모양이다. 그렇지만 그 말을 꺼내자마자 더 무례한 꼴을 당하고 말았다. 즉, 마쓰키치가 발을 들어 옆구리를 걷어찬 것이다. 자주 발길질을 당하는 다이묘님이다.

우쿄노스케가 끙, 하고 쓰러지는 걸 보고, 마쓰키치는 오센의 손을 잡고 달아났다.

그러나 들어올 때와 달리, 나갈 때는 어지간한 마쓰키치도 당황해서 소리를 냈기 때문에, 저택 안의 사람들이 알게 되었다.

또 난투극이다.

시즈마와 곤하치로는 낮의 피로도 잊은 듯, 오센과 마쓰키치를 엄호하며 용감하게 싸웠다.

(1929.3.3)

제178회
충성과 사랑 (1)

시즈마, 곤하치로, 마쓰키치, 오센 네 사람은 무사히 우쿄노스케의 저택에서 도망쳐 각자의 은신처로 돌아갈 수 있었다.

한편, 악귀조를 탈퇴한 가즈마는 충성과 사랑, 둘 중 어느 것을 선택할 지 고민하고 있었다.

그는 주군의 폭거를 그냥 모른 척 해야만 했다. 그게 싫어 승려가 되기도 했고 악질 낭인들과 한 패가 되기도 했지만, 그의 가슴 속에 흐르는 열렬한 충성심, 무사도의 정신은 예나 지금이나 변함없었다.

그렇기 때문에 옛 주군에 대한 반역에 가담하지 않고 악귀조를 탈퇴한 것이었지만, 곤란하게도 가즈마는 아직 오센을 잊을 수 없는 것이다. 오센은 완전히 시즈마의 여인이 되었지만, 가즈마는 아직 단념할 수 없었다.

옛 주군 우쿄노스케의 신변에 위험이 닥쳤음을 알리고 싶었지만, 그러면 사랑하는 여인의 신변에 위험이 닥친다. 가즈마는 자꾸만 고민에 빠졌다.

하지만 가즈마는 드디어 사랑을 버리고 충성심을 선택하기로 결심했다.

그는 초라한 옷차림에 아직 머리도 다 자라지 않은 기괴한 꼴로, 추억이 많은 스미다가와 강변의 우쿄노스케 별장을 찾아갔다. 본가에 찾아갔다가 우쿄노스케가 별장에 간 채로 돌아오지 않았다는 사실을 안 것이다.

그러나 가즈마의 이 결심은 아쉽게도 한발 늦었다. 그가 별장에 나타났을 때는, 우쿄노스케는 오센의 독수에 걸려 상투를 송두리째 잘리고 상심한 나머지 일체 외부와의 교섭을 끊고 별장에서 우울하게 지내고 있었다.

별장 문지기는 거지꼴로 찾아온 가즈마를 보고는,

"무슨 일로 왔느냐!"

퉁명스럽게 물었다.

"오랜만에 주군께 인사드리고 싶어서 왔소."

"주군께 인사라……, 하하하, 미쳤구나?"

문지기가 코웃음을 쳤다.

"예전에 모시던 무라카미 가즈마라고 전해주시오."

"무라카미 가즈마……!"

문지기는 깜짝 놀라 가즈마의 얼굴을 응시했다. 신참이라 가즈마의 얼굴을 알 리가 없었지만, 충성심이 지극했던 고쇼 무라카미 가즈마의 이름은 온 집안에 알려져 있었기 때문에, 몇 번 들은 적이 있었다.

"잠깐 기다리십시오……!"

문지기는 갑자기 공손해져서, 황급히 집안으로 사라졌다.

이런 우여곡절을 겪고, 가즈마는 정말로 오랜만에 우쿄노스케를 알현했다.

"무사해서 다행이구나……."

우쿄노스케는 정말로 기쁜 듯이, 일찍이 가신이자 미소년이었던 가즈마의 변한 모습을 바라보았다.

"얘기 좀 해 보거라, 너는 그 때 센을 놓쳤더냐……?"

"예……."

"나는 센을 만나 이런 꼴을 당했다……."

우쿄노스케는 조용히 자신의 머리를 가리켰다.

가즈마의 전신이, 예전 오센을 쫓아 스미다가와 강에 뛰어들었을 때와 마찬가지로 분노에 타올랐다.

이제 한 시도 지체할 수 없었다. 사랑이고 뭐고 없다, 요부 오센을 죽이고 주군에게 충성을 다할 각오였다.

"용서하십시오."

이렇게 말하자마자, 우쿄노스케의 만류도 듣지 않고 가즈마는 미친 듯이 별장을 뛰어나왔다.

(1929.3.4)

제179회
충성과 사랑 (2)

정신없이 뛰어나왔지만, 오센이 현재 어디 있는지 알 도리가 없는 가즈마. 어떻게 오센을 찾아낼 것인지 난감했다.

가즈마는 정처 없이 온 에도를 돌아다니다, 피곤해지면 절의 처마 밑이건 어디건 가리지 않고 하룻밤을 지샜다.

오늘 밤도 그는 공복과 수마에 쫓기며, 피곤한 몸을 끌고 어떤 절의 묘지까지 왔다.

가즈마에겐 이미 욕구도 없었다. 그저 쉬고 싶었다. 묘지를 지나 본당 처마 밑에 웅크리고 앉았다.

그러자, 누군가가 가즈마를 뒤에서 덮쳐 입을 틀어막았다. 가즈마는 몸부림을 쳤지만 꿈쩍도 하지 않았다.

이윽고 가즈마는 밧줄에 꽁꽁 묶이고 말았다.

"웬 놈이냐……?"

가즈마를 묶은 남자가 이렇게 물었다. 그리고 입을 막은 손을 늦춰, 대답을 기다리는 듯 했다.

"소승은……,"

가즈마는 예전 버릇이 나와 이렇게 말하다 말고,

"아니, 나는 그저 지나가던 사람이오, 너무 피곤하니 눈 좀 붙이게 해주시오, 부탁이오……."

"흠……."

남자는 잠깐 생각하는 듯 했으나,

"당신, 가즈마 씨가 아니오?"

"그렇소만……?"

"이거야 원, 나는 마쓰키치요. 일 하러 가다가 정찰 돌던 고요키치를 봐서, 이쪽으로 도망친 거요."

두 사람은 서로 안심하며 웃었다.

마쓰키치는 가즈마에게 호의를 품고 있었다. 그렇기 때문에, 가즈마가 악귀조에 복귀하기를 원한다고 말하니 아무런 의심 없이 동지들의 은신처를 알려주었다.

그 다음날, 가즈마는 오센을 찾아갔다. 때마침 시즈마는 부재중이었기 때문에, 둘이서만 만날 수 있었다.

가즈마는 틈을 노려 오센을 베어버릴 각오로 왔던 것이다. 그러나 오센의 미모를 보자, 그 각오는 점차 둔해지는 것이었다.

"가즈마 씨……. 잘 왔어요, 시즈마 씨는 뭐라고 할 지 모르겠지만, 제가 잘 말해서 당신이 다시 악귀조 사람이 될 수 있게 할게요."

이렇게 말하는 오센의 눈동자에는 음탕한 불꽃이 타오르고 있었다.

그런 극단적인 요부의 교태를 눈앞에 마주하니, 불타오르던 가즈마의 연심은 오히려 식어버리고 반대로 증오심이 솟구쳤다.

"오센 님, 당신은 제 주군에게 당치 않은 짓을 하셨더군요."

그렇게 말하자마자, 가즈마는 감춰두었던 단도를 뽑아 휘둘렀다.

오센은 갑작스러운 공격이었지만 간신히 몸을 피해 도망쳤다.

그러나 사랑했던 이가 배신하면 백 배로 증오스러워진다더니, 오센은 참을 수 없이 가즈마가 증오스러워졌다.

곁에 있던 화로의 재를 움켜쥐더니 가즈마를 향해 집어던졌다. 여자 몸으로도 여럿을 죽인 경험이 있는 오센은, 여차 하면 가즈마 따위는 상대도 되지 않았다.

그러나 도망칠 수 있다면 가야지 싶어 뒷문으로 달아났다. 가즈마는 재가 눈에 들어가 멈칫했지만, 뒤따라 쫓아갔다. 뒷문을 나선 참에, 나무뿌리에 발이 걸려 가즈마는 단도를 놓쳤다.

절체절명의 기회가 지금이다 싶었던 오센, 앗 하는 순간 가즈마의 단도를 주워들었다. 날카로운 칼날에 손을 대니 온몸의 피가 솟구치는 기분이었다. 오센이 그 단도를 한 번 휘두르는가 싶더니, 가즈마가 "으악!" 하는 비명과 함께 쓰러졌다.

(1929.3.5)

제180회
충성과 사랑 (3)

마쓰다이라 우쿄노스케는 지는 걸 싫어하는 남자다. 물갈퀴 오센에게 두 번이나 당하고나니, 이번에는 진심으로 화가 났다. 그리고 어떤 희생을 치르더라도, 오센과 그 일당을 자신의 손으로 잡아들여야겠다고 결심했다.

우쿄노스케는 우선 엣추노모리와 화해하고 힘을 합치는 것이 현명한 방법이라 생각했다. 그래서 사자를 보내 엣추노모리에게 뜻을 전했다.

엣추노모리는 우쿄노스케에 대한 원한을 계속 가져갈 남자다. 그러나, 악귀조를 잡기 위해 힘을 합치고 싶다는 뜻을 전해듣고는 싫다고 말할 수는 없었다. 그래서 회견을 갖게 됐다.

하지만, 이 회견이 꽤나 진풍경이었다. 엣추노모리는 대머리, 우쿄노스케는 상투가 잘린 채. 우쿄노스케의 별장으로 엣추노모리가 몰래 찾아왔다.

"귀공 머리가……?"

엣추노모리가 제일 먼저 물었다.

"귀공과 마찬가지로, 센 때문에……."

"……."

꽤나 멋없는 문답이다. 그러나 가해자가 같은 피해자끼리였던 만큼, 서로의 의사 소통이 빨랐다.

"저는 목숨을 걸고 센을 잡을 겁니다."

"저도……."

그리하여 이 방법이다. 이야기를 거듭할수록 두 사람은 극도로 긴장했다. 엣추노모리는 최근의 엉망진창인 생활이 부끄러워졌다. 악귀조 일당을 잡기 위해서는 자신의 생활 전부를 개선하고 스스로 총지휘자가 되어 정진해야 한다고 절실히 깨달았다.

두 다이묘는 긴 시간 흉금을 터놓고 악귀조 일망타진을 위해 협의했지만, 결국 어떤 명안을 생각해냈다.

"그게 좋겠소……."

"그럼, 그렇게 합시다……."

두 다이묘는 그렇게 말하며 기뻐했다.

한편, 물갈퀴 오센은 한순간의 분노에 사로잡혀 자신의 안전, 아니 악귀조의 안전을 위해 가즈마를 죽였지만, 극도의 후회가 가슴을 찔러왔다.

"요, 용서해줘……."

오셴은 가즈마의 시체에 매달려 엉엉 울부짖었다.

"내가 정말로 사랑했던 건 너였는데……!"

오셴은 그렇게도 혼잣말했다.

"용서해줘……."

오셴은 그저 계속 그 말만 울면서 몇 번이고 외쳤다.

그때였다. 탐정 차림의 남자가 이 집 앞을 왔다갔다하고 있었다.

탐정 차림의 남자는 자꾸만 고개를 갸웃거렸지만, 결심한 듯 안을 엿보았다.

남자는 무언가 고개를 끄덕이고는 발걸음을 돌려 사라졌다.

이 남자는 다름 아닌 잠자리 기스케였다. 기스케는 악귀조를 자신의 손으로 잡겠다고 맹세하고, 온 에도의 낭인을 이 잡듯 뒤지고 다녔는데, 헤이도 시즈마가 의사 간판을 내건 이 집이야말로 제일 수상쩍다 여기고 감시해왔던 것이다. 그러자, 오늘은 뜻밖에 여자의 울음소리가 들려와 무슨 일인지 들여다보니, 익숙한 오셴. 게다가 이유는 모르겠지만, 남자의 시체가 누워있는 모습.

생각지도 않았던 큰 수확에 기뻐하면서도, 기스케는 서둘러 포졸을 모으러 달려갔다.

(1929.3.6)

제181회
또 다시 단속 (2)[*]

시즈마는 아직 돌아오지 않았다.

오센은 가까스로 가즈마를 끌어안다시피 집안으로 들어오긴 했지만, 가즈마의 시체 앞을 떠나지 못하고 계속 울기만 했다.

잠자리 기스케가 잠시 후 돌아왔을 때는, 이미 그 뒤로 수많은 포졸들이 따르고 있었다. 지휘할 도신도 가세해 있었다.

또다시 확인하기 위해 들여다본 기스케의 눈에 비친 풍경은, 아까와 다를 바 없이 시즈마는 여전히 부재중인 듯 했다.

"해치웁시다."

기스케가 도신에게 속삭였다.

"가자!"

도신의 눈이 빛났다. 포졸들이 일제히 들이닥쳤다.

극도로 비탄에 젖어 있기도 했고 너무나 갑작스러운 데다, 시즈마가 없어서야 오센과 수많은 포졸이 상대가 될 리가 없었다.

오센은 쉽게 잡혀 버렸다.

오센만 잡는다면 그 입에서 모든 단서를 얻을 수 있을 것이었다. 시간을 지체하면 도리어 위험해지니 포졸들은 오센을 잡아 재빨리 철수했다.

이쯤에서 우쿄노스케와 엣추노모리의 이야기를 해야만 한다. 이두 다이묘는 이때까지 악귀조에게 지독하게 당해온 원한 때문에, 이

---

* 회차 오기.

쪽에서 속임수를 써서 악귀조를 함정에 빠뜨리려는 방침을 세웠다.

즉, 어디가 근거지인지 알 수 없는 악귀조를 찾아내는 것은 쉽지 않으니, 속임수를 써서 먼저 악귀조를 끌어내려는 속셈.

우쿄노스케도 엣추노모리도 둘이 짜고서 극도로 음탕한 생활을 하는 척 했다. 그리고 그 이야기가 밖으로 흘러나가 악귀조의 귀에 들어가길 바랐다.

물론, 둘 다 근신중이므로 그 소리가 쇼군에게 들어가면 큰일이었지만, 두 다이묘는 내 몸이 파멸하느냐 악귀조를 망하게 하느냐, 오로지 이것에만 승부수를 둔 것이다.

두 다이묘는 수많은 미인들을 불러들여 매일 밤낮 주지육림의 난장판을 연출하며 요란을 떨었다.

이 두 다이묘의 속임수는 멋지게 성공했다. 이 이야기가 밖으로 흘러나가 족제비 마쓰키치가 들은 것이다.

'개자식, 아직도 저따위 짓을 하고 있구나. 한 번 더 괴롭혀줄까?'

마쓰키치는 이렇게 생각했다.

악귀조의 비상소집이 일미옥에서 열렸다.

마쓰키치가 들은 얘기를 보고했지만, 시즈마는 사랑하는 오센이 잡혀가서 감옥에 갇혀 있었기 때문에 오늘 밤 회의에는 집중하지 못했다. 시즈마는 무엇보다도 먼저, 오센을 구해야 한다는 생각만을 하고 있었던 것이다.

(1929.3.7)

제182회
또 다시 단속 (3)

"해치웁시다, 마쓰다이라 자식!"

족제비 마쓰키치가 천하의 다이묘를 '자식'이라고 불렀다.

"하고 싶으면 하든가……."

오센의 일로 머리가 꽉 찬 시즈마는 냉담했다.

"제대로 혼내주자!"

곁에서 곤하치로가 거들었다.

"구와바라 나리가 가세해주신다면, 저는 다시 한 번 마쓰다이라 자식 집에 들어가서 실컷 분탕질을 치고 오겠습니다. 저 요즘엔 겁쟁이가 돼서, 혼자서는 들어갈 용기가 안 나네요."

"좋아 좋아, 내가 도와주지."

곤하치로가 산뜻하게 말했다.

"감사합니다, 그럼 내일 밤이라도 해치웁시다. 그리고 엔도 엣추노모리 쪽도 해야 하고, 바쁘네요……!"

마쓰키치가 혼잣말하듯 말했다.

이걸로 회의가 끝났다. 시즈마와 곤하치로는 각각 따로따로 집으로 돌아갔다.

시즈마의 가슴 속은 오센을 구출하는 건으로 가득 차 있었다.

밤이 꽤나 깊어졌다. 시즈마는 고개를 들어 하늘에 뜬 달을 보았다. 그는 감개무량했다. 실연으로 좌절했던 그의 인생은, 파탄과 좌절을 반복하며 점점 깊숙한 구렁텅이로 끌려 들어가고 있는 것이다.

시즈마는 깊게 탄식했다.

"오센을 구해야 한다……."

탁한 목소리로 그는 혼잣말을 했다.

"오센을 구해내고, 둘이서 새로운 생활을 하자. 진짜 인생을 걸어가 보자……."

그는 이렇게도 중얼거렸다.

이렇게 결심하니, 이제 한시도 지체할 수가 없었다. 그는 오센이 수용된 고덴마초(小伝馬町)의 옥사로 발걸음을 향했다. 하지만 간수가 삼엄하게 보초를 서고 있는 모습을 멀리서 보았을 뿐, 단념할 수밖에 없었다.

간수 한 둘을 베어 버리는 것이야 별로 어렵지 않았다. 하지만, 안에는 수많은 관리들이 있고 경계도 삼엄할 것이다. 완력만으로는 어쩔 도리가 없었다. 무언가 방법을 생각해야 한다…….

시즈마는 단념하고 발걸음을 돌렸다.

그 때.

"멈춰!"

뒤에서 날카롭게 불러 세우는 자가 있었다.

(1929.3.8)

제183회
또 다시 단속 (4)

"내게 무슨 용무인지……?"

시즈마는 순순히 뒤돌아보았다. 장소가 장소인지라, 갑자기 칼을 빼드는 건 불리하다고 생각했기 때문이었다.

"무슨 일로 이 야심한 밤에 이런 장소를 배회하는가?"

불러 세운 무사는 조금의 빈틈도 없이 용의주도한 태세로 다가왔다. 대답 하나로 시즈마를 잡아들이겠다는 뜻이 충분히 엿보였다. 보아하니 간수임에 틀림없었다. 연령은 시즈마와 큰 차이가 없어 보였고, 자세를 보아 무술도 상당한 수준으로 보였다.

"나는 의사요. 왕진을 갔다 돌아오는 길인데."

시즈마는 온화하게 대답하며 노련하게 빠져나가려 했다.

"의사라면 약상자는 어쨌는가, 일행도 없는 의사라니 앞뒤가 안 맞는데."

시즈마가 아차 싶어 무심코 고개를 돌리니, 간수는 그것 봐라 싶었는지 비웃는 미소를 띠며 들여다본다.

"아, 자네는 헤이도 시즈마가 아닌가……!"

간수가 갑자기 반갑게 말했다.

"……와타나베 곤노신(渡邊権之進)……."

놀라서 달빛에 상대방의 얼굴을 비춰본 시즈마도 반가운 듯 했다.

"자네는 간수가 됐나……. 정말 오랜만이군."

간수는 시즈마의 말에는 대답하지 않고, 주위를 둘러보며 사람이 있는지를 확인하듯 날카로운 시선을 보냈다. 저 멀리 간수가 보초를 서고 있는 걸 제외하고는, 사람의 그림자도 없었다.

"자네가 이 근처를 어슬렁대는 이유를 나는 알지."

곤노신이 목소리를 낮추어 말했다.

"뭐라고……?"

시즈마의 안색이 변했다.

"놀랄 것도 당황할 것도 없네……. 죽마고우인 내가 나쁜 계략을 세우겠나?"

곤노신의 어조에는 친우를 생각하는 온정이 가득 차 있었다.

"아까 옥사에 여죄수가 하나 들어왔다. 물갈퀴 오센이라고 하는 자. 그 자가 감옥 안에서 반쯤은 정신줄을 놓고 날뛰었는데, 시즈마 님과 만나고 싶다, 헤이도 님을 만나게 해달라는 소리만 입버릇처럼 해대는 거야. 여죄수 입을 통해 옛 친구의 이름을 들을 거라곤 상상도 못했다네……. 하지만, 너무나 반갑더라고. 기회를 보아 오센에게 자세히 들으려고 했었지."

시즈마의 머리가 자연히 수그러졌다. 그는 곤노신의 후의에 감격했던 것이다.

곤노신은 담담하게 계속했다.

"하지만, 자네는 어째서 저런 여도적 따위와 알고 지낸 게지? 소년 시절의 자네는 보기 드문 수재 소리를 들었고, 우리들의 선망의 대상이었는데……."

"부끄러울 따름이야……."

시즈마는 겨우 이 말만을 했다.

시즈마와 곤노신은 말없이 손을 맞잡았다.

"와타나베……. 나는 저 밑바닥까지 타락해버렸다."

이렇게 말한 시즈마는, 숨김없이 곤노신과 헤어진 이후의 기구한 반생을 간단하게 이야기했다.

"그러면, 저 오센은 자네의 아내로군……."

곤노신이 눈을 휘둥그레 떴다.

"부끄럽다……."

"헤이도, 자네 지금 어디에 살고 있나?"

"그걸 왜 물어보는데……."

"가까운 시일 내에 자네 집으로 좋은 선물을 보내지……. 그게 무엇인지는 지금 말하지 않겠네. 하지만 나는 이 감옥을 책임지고 있다네. 다시 말해 어느 정도까지는 내 마음대로 할 수 있다는 것만 말해 두겠네……."

"면목 없네……."

시즈마의 눈에서, 태어나서 처음일 듯한 눈물이 흘러내렸다.

잠시 후 시즈마는 후카가와의 일미옥이 임시 거처라 말하고, 곤노신과 아쉽게 헤어졌다.

(1929.3.9)

제184회
또 다시 단속 (5)

시즈마가 떠나가는 뒷모습을 달빛을 벗 삼아 오래도록 지켜보던 와타나베 곤노신. 감옥 옆에 마련된 사택으로 돌아와 잠자리에 들었지만, 만감이 교차하여 결국 한숨도 자지 못했다.

일찍이 번에서 제일 뛰어난 수재라 칭송받았던 헤이도 시즈마. 그 시즈마가 희대의 여도적 물갈퀴 오센을 아내로 삼은 데다, 그 자신도 좋지 않은 일을 하고 있다니……. 그렇게 생각하니, 우의 깊은 곤노신이 편하게 잠을 이루지 못한 것도 당연했다.

여도적이라 하더라도 아내는 아내다. 남편으로서 부인을 생각하는 정이 다를 리가 없다. 심야에 감옥 근방을 배회하던 시즈마의 모습이, 곤노신의 눈에 선했다.

"오센을 석방해서 다시 시즈마 곁에 있게 해줘야겠어……."

곤노신은 이렇게 혼잣말을 했다. 하지만, 감옥을 관장하는 이로서 해서는 안 될 일이라 생각하니, 겁이 날 수밖에 없었다.

곤노신은 고민했다. 하지만 결국, 오센을 빼내줘야겠다고 결심했다.

곤노신은 오센에게도 아무 말 하지 않고, 그저 묵묵히 때가 오기를 기다렸다.

시즈마를 만나고부터 4, 5일 지난 어느 날.

밤새 보슬비가 내리고 바람까지 불었는데, 밤이 되자 빗줄기가 거세지더니 굉장한 폭풍우가 되었다.

절호의 기회다……. 남몰래 이렇게 외친 곤노신, 밤이 깊어지기를 기다려, 조용한 감옥 안을 발소리를 죽이며 오센이 갇힌 감옥으로 다가간다.

오센은 중죄인이라 독방에 갇혀 있었다. 세상과 단절된 감옥 안에서도 문밖의 폭풍우는 느껴졌다. 오센은 탈옥한다면 오늘밤이야말로 절호의 기회라고 생각했다. 하지만, 아무리 드센 그녀라도 막상 실행하려니 여자 혼자서 견고한 이 감옥을 어떻게 빠져나갈 수 있을 것인가.

오센은 자포자기 상태로 감옥 안에서 날뛰었다.

"시즈마 씨……! 만나고 싶어……, 도와 줘요……! 가즈마 씨……! 용서해 주세요……!"

거의 미친 사람처럼, 오센은 이렇게 계속 외쳤다.

"오센, 오센……."

곤노신은 조용하지만 저력 있는 목소리로 말했다.

"흥……!"

오센은 곤노신의 목소리를 듣고는 코웃음 쳤다.

"또 고문이라도 할 셈이겠지……! 여기 있는 자들은 고문을 하거나, 아니면 꼬시거나, 그거밖엔 재주가 없으니 말이야……! 굉장히 친절한 간수라고 생각하면 바로 꼬시려 들지……! 아 너무 짜증나, 나 만나고 싶은 사람이 있다고!"

오센은 자포자기해서 발버둥쳤다.

곤노신은 자물쇠를 풀고 안으로 들어가, 오센의 귀에 무언가 속삭였다.

"흥, 그런 낡은 수법에 넘어갈 줄 알고……! 친절한 척 속이고 날 맘대로 가지고 놀려는 수작이잖아. 흥!"

오센은 전혀 상대하지 않았다.

"이거야 원, 센. 내가 하는 말을 잘 들어."

곤노신은 열의를 담아 시즈마와의 옛 우정부터 시즈마와 약속한 일까지, 세세하게 이야기해주었다.

"감사합니다……."

오센이 비로소 곤노신의 진의를 깨닫고 머리를 숙였다.

"한시라도 빨리……."

곤노신의 재촉으로, 오센은 쓱 감옥 창살 앞으로 가서 섰다. 그 순간.

"웬 놈이냐……!"

순찰을 돌던 포졸의 목소리.

오센은 쏜살같이 폭풍우가 몰아치는 어둠 속으로 달려나갔다. 마구 소리치는 포졸의 목소리가, 한 덩어리가 되어 오센의 뒤를 좇는다.

(1929.3.10)

제185회
또 다시 단속 (6)

족제비 마쓰키치, 구와바라 곤하치로의 도움을 받아 드디어 우쿄노스케의 별장에 잠입했다.

하지만, 마쓰키치 정도로 신출귀몰한 인술을 지닌 남자도, 겁이 많아지니 무서워져서 예전처럼 대담하게 들어가지는 못했다. 그래도 어쨌든 곤하치로와 함께, 별장 안으로 숨어 들었다.

달이 모습을 감추고 별도 보이지 않는, 칠흑 같은 어둠.

늘 그래왔듯이 정원의 덧문을 비틀어 열고, 곤하치로를 이끌며 복도로 들어갔다.

긴 복도 구석구석에 등불과 촛대가 수없이 놓여 있어 밝고 환했다. 오늘 밤은 왠지 예감이 좋지 않다. 말소리 하나 들리지 않는 고요한 정적이 흐르는 것도, 더더욱 기분 나빴다.

"제가 의심이 많은 건지도 모르겠지만, 아무래도 다른 때보다 느낌이 안 좋아서, 부끄럽습니다만 왠지 좀 무섭네요…….”

마쓰키치는 곤하치로의 귓가에 대고 이렇게 속삭였다.

“내가 같이 있으니 안심해.”

곤하치로가 용기를 북돋아준다.

그에 어느 정도 용기를 얻은 마쓰키치, 앞서서 우쿄노스케의 침실로 들어갔다.

하지만……. 침소는 불이 완전히 꺼진 상태로 텅 비어 있었다.

“어라……?”

마쓰키치는 무심코 팔짱을 꼈다.

그 순간, 무술에 단련된 곤하치로의 육감이, 정확하게 숨어 있는 인기척을 느꼈다.

“마쓰키치, 조심해라!”

이 말이 끝남과 동시에, 곤하치로는 재빨리 칼집에서 대검을 뽑아들었다.

그러나, 우쿄노스케의 침소 구석구석에 숨어 있던 젊은 무사들이 일제히 뛰어나와 마쓰키치와 곤하치로를 포위한 것도, 거의 동시에 벌어진 일이었다.

완벽한 어둠이었다. 잠복하고 있던 쪽은 일찍부터 이 방에 있어 어둠에 눈이 익숙해졌지만, 숨어든 두 사람은 밝은 복도를 걸어왔기 때문에 그것만으로도 적지 않게 불리했다.

그래도 역시 곤하치로다. 어둡건 말건, 실력에는 변함이 없었다. 종횡무진하며 베어 쓰러뜨렸다.

그렇지만 마쓰다이라 쪽은 본디 속임수를 써서 둘을 끌어들였기에, 처음부터 모든 상황에 대비하고 있었다. 임시로 실력자들을 많이 고용해서 계속해서 들여보냈을 뿐만 아니라, 검술에 뛰어난 곤하치로는 제쳐 두고 그저 도둑일 뿐인 마쓰키치를 집중 공격했다.

마쓰키치에겐 재난이었다. 가진 것이라곤 비수 한 자루뿐이었고, 일단 실력에 자신이 없었다. 의지한 데라곤 곤하치로뿐인데, 그 곤하치로도 멀리서 수많은 적들에게 에워싸여 있어 마쓰키치를 도와줄 수 없었다.

마쓰키치는 날카로운 칼날에 어깨를 베였다. 계속해서 또 한 번, 또 한 번, 가엾은 마쓰키치, 이러다 나마스(膾)*처럼 채쳐질 것 같다.

"마쓰키치, 도망 가!"

마쓰키치의 신음 소리를 듣고, 곤하치로가 그렇게 외치며 필사적으로 마쓰키치가 도망갈 길을 열어주었다.

마쓰키치는 아픔에 비틀대면서도, 간신히 달아났다. 곤하치로도 뒤따랐다. 그 정도의 실력자여도, 수많은 적들이 계속 달려드는 데는 도망칠 수밖에 없었다.

"잡아라!!"

마쓰다이라 쪽은 환성을 지르며, 일제히 두 사람을 추적했다.

(1929.3.11)

---

* 해산물과 채소류, 과일류를 채쳐서 식초 양념으로 버무린 요리.

제186회
비련과 번뇌 (1)

"나, 살아 있나……?"

마쓰키치가 침상에 누워 있는 자신의 모습을 깨달은 것은, 마쓰다이라 가에서 도망친 지 사흘째 되는 날이었다.

마쓰키치는 빈사의 중상을 견디다 못해 목숨을 걸고 도망쳐 나오기는 했지만, 도중에 풀썩 쓰러져버렸다. 곤하치로가 부지런히 들쳐업고, 쫓아오는 마쓰다이라 가신의 눈을 피해 겨우 후카가와의 일미옥까지 도망쳐 왔다.

"아, 정신이 들었네요……! 다행이다……!"

진심으로 기뻐한 것은 열심히 간병하던 오사토였다.

"오사토야……, 미안하다 신세를 져서……."

"저는 신경 쓰지 마세요……. 빨리 낫는 게 중요하죠……. 그보다도, 구와바라 씨 덕에 목숨을 건졌으니, 빨리 회복해서 구와바라 씨에게 보답해야 해요……."

"응, 낫기만 하면 당연한 일이지. 하지만, 아무래도 나을 것 같지 않아, 이 상처로는……. 아, 아프다……!"

마쓰키치에게 갑자기 고통이 엄습했다. 오사토는 발목을 주물러주고 붕대를 갈아주는 등, 정성껏 간병했다.

"미안하다……."

마쓰키치는 고통 속에 끙끙 앓는 와중에도, 미안하다는 말을 되풀이하며 진심으로 오사토에게 감사했다.

아픔이 조금 가시자, 마쓰키치는 갑자기 허기를 느꼈다. 오사토가 부지런히 쑤어온 죽을, 마쓰키치는 맛있게 먹었다.

공복이 가라앉자, 마쓰키치는 여느 때와는 달리 이런저런 과거의 일들을 떠올렸다.

생사불명의 아버지의 얼굴, 어머니의 모습이 환상처럼 떠오른다. 유모의 손에 자라며 있는 대로 사치를 부리던 무렵의 일들도 눈앞에 스쳐간다.

"나에겐 분명 예쁜 오테루라는 여동생이 있었지…."

헤어진 여동생도 그리워진다.

자신도 모르는 새 발을 들이고 만 악의 세계. 그리고 미시마의 여관에서 큰돈을 훔치고 쫓기다 포위당해 다 죽게 됐을 때, 우연히 도와주었던 젊은 무사—헤이도 시즈마의 은의(恩義)를 평생 가슴에 새기게 되었던 애초의 기이한 인연—. 시즈마와 지기가 된 후 이른바 악귀조의 일원으로서 마쓰키치는, 더욱 더 진기한 존재여야만 했다.

게다가 오사토를 알게 되고부터 마쓰키치는, 악귀조에서 중요한 역할을 맡으면서도 오사토와 함께 보낸 연애의 기억 같은 것들이 떠오르며, 파란만장했던 생활사의 추억이 계속해서 샘솟는 것이었다.

"어쩌다가 나는 이런 야쿠자가 되어버린 걸까…."

마쓰키치는 스스로 이런 질문을 던져보았다.

"아버지는 나를 걱정하셨겠지…이제 다시는 만날 수 없는 걸까…."

그러자 눈시울이 뜨거워졌다.

"건실한 사람이 되고 싶다. 성실한 사람이 되고 싶어…."

그 눈가에는 눈물이 빛났다.

"이렇게 신세를 져서야, 오사토에게도 너무나 미안하다……."

마쓰키치의 감상적인 기분이 점차 진지해져간다.

결국에는, 무언가를 찾아 헤매듯 눈을 부릅뜨고 있었지만, 이윽고 괴로운 듯이 한숨을 토해내는 것이었다.

(1929.3.12)

제187회
비련과 번뇌 (2)

그날 밤도 깊어갔다.

마쓰키치의 번뇌는 더욱 심각해졌다.

"잠이 안 와요? 자는 게 좋을 텐데……."

오사토가 걱정하며 마쓰키치의 얼굴을 들여다보았다.

"너야말로 좀 자. 이렇게 밤늦게까지 깨어 있게 해서 정말 미안하다……."

"이제 미안하다는 소리 좀 그만해요. 그런 서먹서먹한 소리하지 말고, 빨리 낫기나 하라구요……."

두 사람 사이에 잠시 침묵이 흘렀다. 차분한 정경이다. 순찰을 도는 야경꾼의 딱따기소리가 적적하게 울려 퍼졌다.

그러자, 똑똑 하고 겉문을 두드리는 소리가 났다.

"어……."

몸은 자유롭지 못했지만, 귀가 예민한 마쓰키치가 오사토에게 눈으로 알렸다. 이런 한밤중에 갑작스럽게 찾아오는 건, 분명 포졸이다.

똑, 똑, 똑······. 두드리는 소리는 멎지 않고 계속되었다.

오사토가 긴장한 모습으로, 발소리를 죽이고 문틈으로 몸을 기울였다. 마쓰키치는 상처 입은 몸을 긴장시키고, 귀를 바짝 세웠다.

"어머나······. 누군가 하고 깜짝 놀랐어요."

오사토의 쾌활한 목소리가 들렸다. 마쓰키치는 겨우 안도의 숨을 내쉬었다.

들어온 것은 헤이도 시즈마였다.

"당치 않은 일을 겪었구먼······."

시즈마는 이렇게 말하며 머리맡에 앉았다.

"뭐, 저야 아무래도 상관없지만, 오센 씨는 어떻게 됐습니까? 아직 감옥에 있나요······."

"오센은 탈출했어······."

"예······?!"

마쓰키치도 오사토도 동시에 이렇게 외쳤다. 마쓰키치의 얼굴에는 명백하게 유쾌한, 시즈마의 기쁨을 함께 나누는 감정이 살짝 나타났다. 하지만 오사토의 얼굴에는, 그와는 반대로 표현할 길 없는 어두운 그림자가 드리워졌다. 질투였다.

오사토는 아직 시즈마를 잊지 못한 것이다. 남 못지않은 악당이 되어 시즈마의 마음을 되돌리고 퇴짜 놓겠다는 건 일시적인 흥분이 낳은 생각이었고, 마음속에서는 끊임없이 시즈마를 그리워해온 것이다.

하지만, 지금 마쓰키치에게는 가족도 하지 못할 정도로 진심 어린 간병을 하고 있었다.

오사토는 마쓰키치의 비상한 기술을 존경했다. 그리고 늘 자신을 보살펴 준 것에도 감사한 마음을 품고 있었다.

그러나, 마쓰키치를 사랑하는 것은 아니었다. 마쓰키치의 애정이 불타오를 때에도, 오사토 쪽은 냉담했다. 사랑의 대상은 역시 시즈마였던 것이다.

시즈마는 그런 오사토의 마음을 조금도 알 리 없었다.

"오센은 지금 어딘가에 숨어있는데, 거기 오래 두는 것은 위험해서 나와 함께 당분간 이곳에 머물렀으면 하는데, 괜찮을까……?"

이렇게 마쓰키치에게 묻는다.

"괜찮고 말고요, 어려운 부탁도 아닌데……."

하지만 오센과 함께라니, 오사토는 불평 어린 기색이었다. 그 불만이 얼굴에 살짝 드러났다.

그런 오사토의 표정을 마쓰키치가 간파했다.

마쓰키치는, 오사토가 아직 시즈마를 좋아한다는 걸 깨달았다. 깨닫고서 오사토의 표정을 보자마자, 마쓰키치의 머릿속은 갑자기 질투로 가득 찼다.

(1929.3.13)

제188회
비련과 번뇌 (3)

"어이, 오사토……!"

마쓰키치는 가쁜 호흡을 쥐어짜내 날카롭게 오사토를 불렀다. 그의 눈에는 격한 통증과 불타는 질투로 무서울 정도로 핏발이 서 있었다.

"……."

그 눈빛과 태도로, 오사토는 마쓰키치가 무슨 말을 하려는지 눈치 챘는지, 살짝 눈썹을 찌푸렸다.

"너는 아직 헤이도 씨에게 미련이 있구나……! 나는 머리가 좋지 못해, 네가 이렇게 친절하게 간병해주는 게 가엾어서 견딜 수가 없었는데, 그 친절도 의리일 뿐이고 네 진심은 헤이도 씨에게 가 있었구나……!"

한 마디 한 마디 힘겹게, 오장육부를 쥐어짜내면서 비통하게 외쳤다.

"그만 하세요 바보같이……. 무슨 말을 하는 건지……."

시즈마 앞이라 오사토는 얼굴이 빨개진 채 아무렇지도 않게 부정했지만, 마음속으로는 마쓰키치가 자신의 마음을 너무나도 그대로 짚어냈기 때문에 식은땀이 흘렀다.

마쓰키치에게는 미안했다……. 그렇게 생각하긴 했지만, 오사토는 아무래도 마쓰키치에게는 애정을 느끼지 못했다. 그저 오빠 같아서 친근감이 들었다. 진심어린 간병도 오빠나 부모님에 대한 기분으로 한 것이지, 사랑이나 애정 같은 감정은 조금도 없었다.

시즈마에 대한 의지와 마쓰키치의 진정에 얽매여, 셋집이 불탄 이후로 겉으로는 금슬 좋은 부부인양 살아왔지만, 오사토의 진심은 역시 시즈마에게 향해 있었다. 물갈퀴 오센만 없다면……. 한 번 더 시즈마 씨의 사랑을 독점하고 싶어……. 오사토는 그런 생각을 하고 있었다.

"뭐든 대답을 해 봐……! 어이, 오사토……! 너는 내가 싫어진 게지……. 어이, 오사토, 대답 안할 거야……?"

마쓰키치가 괴로운 듯한 목소리로 말한다. 말한다기보다는 신음소리에 가까웠다.

하지만 오사토는 외면한 채 침묵을 지키고 있었다. 마쓰키치가 이런 태도로 나오면 나올수록, 마음은 마쓰키치에게서 멀어져갔다.

시즈마는 팔짱을 끼고 괴로운 표정을 짓고 있다.

"어이……. 뭐든 말해보라니까……."

질투에 눈이 먼 마쓰키치는 몸부림을 쳐가며 간신히 돌아 눕나 싶더니, 오른손을 뻗어 오사토의 소매를 붙잡았다.

"어이……. 뭐든 말해봐……."

맘대로 움직이지 않는 몸이었지만, 마쓰키치의 오른손에는 힘이 담겨 있었다.

"뭐 하는 거예요, 놓으세요!"

오사토는 조금 초조한 기색으로, 몸을 뒤로 뺐다. 그 힘과 마쓰키치의 혼신의 힘이 더해져, 오사토의 소매가 통째로 무참히 찢겨나가, 야나기바시에서 가꿔온 새하얀 팔이 그대로 드러났다.

"난폭하게 굴지 마……!"

시즈마는 조용히 나무라다 오사토의 팔을 보고서 "앗" 하고 무심코 소리를 지를 뻔 했지만, 꾹 참고 아무렇지도 않은 척 했다.

오사토의 새하얀 팔에는 커다란 점이 있었다. 오랜 동거생활 중에는 눈치 채지 못했지만, 지금 뜻밖에 보게 된 오사토의 팔에는 확실히 큰 점이 있었다. 인간이기에 점이 있든 멍이 있든 이상할 것은 없었다. 하지만, 시즈마는 일찍이 곤하치로와 함께 슨푸에서 돌아오던 길, 미시마의 여관에서 거지 노인 '유행가 규베이'가 한 이야기를 떠올린 것이었다. 거지 노인의 이야기에 따르면 마쓰키치가 규베이의 아들임에 틀림없었지만, 규베이의 딸이자 마쓰키치의 여동생, 그게 이 오사토였음을 지금에서야 비로소 알게 된 것이다. 규베이는 남매가 모두 팔에 이상한 모양의 큰 점이 있다고 했는데, 지금 본 오사토의 팔에서 그 이상한 모양의 큰 점을 발견한 것이다…….

'마쓰키치와 오사토는 남매였구나…….'

시즈마는 속으로 이렇게 생각하고는, 입을 한일자로 굳게 다물고 마쓰키치의 비참한 행동을 보고 있을 수밖에 없었다. 그리고 두 사람이 남매라는 사실을, 두 사람에게 절대로 알리지 않겠다고 결심했다.

그때, 구와바라 곤하치로가 안색이 변해서 뛰어 들어왔다.

(1929.3.14)

제189회
비련 번뇌 (4)

"뭐야, 표정이 왜 그래, 무슨 일이야?"

이렇게 물으면서도, 시즈마는 이미 검을 뽑아 들고 몸을 일으켜, 베든 찌르든 나가든 도망치든 자유자재로 가능한 자세를 취했다.

"우쿄노스케의 부하들이 일미옥을 알아챈 것 같아. 엣추노모리의 부하들과 연합해서, 지금 당장이라도 여기를 포위할 모양이야. 양가가 봉행에 밀고해서, 포졸들도 오고 있어……!"

곤하치로는 단숨에 말하고는 마침 그 자리에 있던 주전자를 들어, 꿀꺽꿀꺽 물을 마셨다.

"그런가……."

시즈마는 단 한 마디.

"이번에야말로 도망치기 어렵겠어……."

곤하치로가 말했다.

"죽을 지도……."

시즈마도 말했다.

"우리들이야 죽을 각오지만, 마쓰키치와 오사토는 안전하게 도망치게 하고 싶어. 그 때문에 서둘러서 온 거야."

"그렇지……."

시즈마의 얼굴에 비로소 불안의 그림자가 떠돌았다.

"이 사람을 구해주세요! 몸이 불편하니까……, 저, 저는 상관없어요!"

오사토가 째지는 목소리로 외쳤다.

"나도 죽어도 상관없어……. 그 대신에, 오사토 너도 살게 두진 않겠다."

마쓰키치의 질투는 여전했다.

비장한 공기가 방안을 맴돌고, 기분 나쁜 침묵이 이어졌다.

"헤이도 씨, 잠깐 나가서 저랑 얘기 좀 해요."

오사토가 정색하고 말했다.

"뭔데……? 여기서는 못해?"

시즈마가 마쓰키치가 신경 쓰여 묻는다.

"귀찮게 안 해요, 잠깐이면 돼요."

오사토는 이미 일어섰다. 별 수 없이 시즈마도 뒤따랐다.

마쓰키치가 누운 방과는 몇 칸 떨어진 작은 방, 그곳에 오사토는 앉았다.

"……시즈마 님, 부탁이니까, 오사토라는 여자가 있었다는 사실만이라도 꼭 기억해주세요……."

오사토는 갑자기 이렇게 말하며, 흐느껴 울었다. 시즈마로서는 오사토의 심정을 이해할 수가 없었다.

"무슨 소리야……? 이 상황에 왜 그런 소리를 하는 건지……."

지금 당장이라도 포졸들이 들이닥칠 이런 상황에서는, 꽤나 냉정한 시즈마도 제정신이 아닌 듯한 오사토의 말을 차분히 들어줄 여유가 없었다.

"아니요, 이런 상황이니 말씀 드리는 거예요. 이 년은 도저히 당신을 잊을 수가 없어요……. 물갈퀴 오센 씨를 죽여서라도 다시 당신 곁에 있고 싶다고 생각했지만, 이제 이렇게 됐으니 그것도 안 되겠네요……. 부탁이니, 몸이 불편한 마쓰키치 씨를 데리고 당신도 무사히 도망치셔요……!"

오사토의 양 볼을 타고 눈물이 흘러내렸다. 아까 마쓰키치가 한 말도 그렇고, 지금 눈앞에 있는 오사토의 모습도 그렇고, 이리저리 짜맞춰 보다가 시즈마는 비로소 오사토의 진의를 파악했다.

"그 정도로 나를 생각했던 건가……?"

특유의 탁하고 무뚝뚝한 말투긴 했지만, 시즈마의 이 말 속에는 오사토의 마음에 감사하는 진심이 담겨 있었다.

"그 말씀만으로도 오사토는 이제 바랄 게 없어요……. 기쁘네요……."

"마쓰키치를 애태우게 해서는 안 되지, 저 방으로 가자……."

시즈마는 마쓰키치가 누운 방으로 걷기 시작했다.

오사토는 그 곳을 떠나지 않고, 마쓰키치가 누운 쪽을 향해 손을 모았다.

'마쓰키치 씨, 용서해 주세요.'

몇 번이고 마음속으로 이렇게 중얼거리며 흘러내리는 눈물을 닦은 오사토는, 벌떡 일어났다.

그리고, 어떤 굳은 결심을 한 듯, 몸차림을 가다듬고는 살짝 일미옥을 빠져나갔다.

(1929.3.15)

제190회
비련 번뇌 (5)

마쓰키치는 침상에서 자유롭지 않은 몸을 전전반측하며, 질투에 괴로워하고 있었다.

시즈마는 오사토가 빠져나간 것도 모른 채, 마쓰키치가 누운 곁으로 돌아왔다.

"이보세요 헤이도 나리, 아니지, 어이 헤이도 시즈마……!"

마쓰키치의 어조는 아무래도 미친 사람 같았다.

"너는 색광이야……, 물갈퀴 오센을 마누라로 삼았으면서, 그걸로도 부족해서 내 여자와 눈이 맞다니……! 너 그건 너무하잖아, 오사토는 이전엔 네 마누라였을지 몰라도, 지금은 내 여자야……, 그걸……, 그걸……, 너무하잖아……!"

마쓰키치는 계속해서 원망을 토해냈다.

"마쓰키치, 진정하고 들어 봐. 네 말대로 오사토는 이전에 나와 함께 산 적이 있지만, 지금은 네 아내나 마찬가지……. 내가 다른 여자를 어떻게 할 사람은 아니야, 진정하고 도망갈 궁리나 하는 게 좋겠다……. 포졸들이 들이닥치기 전에, 너와 오사토는 한시라도 빨리 달아나서 어딘가에 숨는 게 좋을 것 같다. 그렇다고는 해도 네 몸이 불편하니, 어떻게 하면 좋을까……."

시즈마는 혼자서 애태우고 있었다.

"뭐라고……, 나는 어차피 이제 틀린 몸이라 도망치고 싶지도 않지만, 오사토에게 할 말이 있어. 오사토……, 오사토……!"

마쓰키치의 말에 시즈마도 오사토를 불렀지만, 대답이 돌아올 리가 없었다. 곤하치로가 일어나 찾아보았지만, 집안에 없었다.

살짝 일미옥을 빠져나온 오사토는 다시 한 번 돌아보고는,

"마쓰키치 씨 미안해요……."

성심성의를 담아 이렇게 말하고, 오비를 졸라매고 정색하며 저 멀리를 바라보았다.

아, 그곳에는 고요키키의 등불이 하나, 둘, 셋, 넷, 점차 그 수를 늘려가며 이쪽을 향해 다가오고 있었다.

하지만, 이미 굳은 결심을 한 오사토는 고요키키의 등불도 두렵지 않았다.

오사토는 스스로 고요키키의 등불 한가운데로 뛰어들어 잡히려 하는 것이다.

그것도 야나기바시의 고사토, 마쓰키치의 아내 오사토로서가 아니라, 물갈퀴 오센이라 자처하며 잡혀가려는 것이다.

왜……? 죽을 만큼 사랑하는 헤이도 시즈마에게는 물갈퀴 오센이

있어, 이미 자신에게 마음이 돌아올 리가 없었다. 그렇다면, 살아서는 도저히 사랑의 승리를 맛볼 수 없는 자신은 죽을 수밖에 없었다. 내가 죽어 시즈마와 오센의 사랑을 완전하게 해줄 수 있다면, 그 또한 여인의 승리다……. 이렇게 생각한 것이다.

물갈퀴 오센이라는 이름은, 일찍이 사칭하고 다닌 덕분에 시즈마의 사랑을 얻었던 추억이 얽힌 이름이다. 지금, 그 물갈퀴 오센의 이름을 자칭함으로써 나의 최후로 삼는구나……. 이 얼마나 얄궂은 운명의 장난인가 싶어, 오사토는 우스워졌다.

포졸 일행들이 드디어 다가왔다.

"드릴 말씀이 있소."

처마 밑에 숨어 있던 오사토는, 갑자기 포졸 앞에 나타났다.

"넌 누구냐……!"

"찾고 계신 물갈퀴 오센이오. 운이 다해 자수하러 나왔습니다."

"뭐라……?"

포졸이 긴장했다.

그리고, 달려들어 오사토를 꽁꽁 묶었다.

(1929.3.16)

제191회
비련 번뇌 (6)

마쓰다이라와 엔도 가 휘하의 무사들에 마을의 포졸들이 가세한 꽤 많은 인원이, 일미옥을 몇 겹이고 에워싸고 일제히 덮치려는 계획. 계속해서 포졸들이 몰려들었다.

그 어수선한 기색도 다른 사람의 일인 양, 일미옥의 내부는 침착했다.

"우리들은 칼에 죽을 각오가 되어 있지만, 몸이 불편한 마쓰키치만은 무사하게 도망치게 해주고 싶다……."

시즈마가 진지하게 이야기했다.

"헤이도, 자네가 몸으로 막아서 내게 길을 열어주게. 나는 마쓰키치를 업고 어디든 안전한 곳까지 도망쳐서 마쓰키치를 두고 온다. 그리고 다시 돌아오겠어……."

이렇게 말하며, 곤하치로는 벌써 업을 기세로 마쓰키치를 일으켰다.

"난 이제 살고 싶지 않아……."

마쓰키치가 쌀쌀맞게 말했다.

"일어설 수도 없는 나다. 두 사람에게 그렇게까지 신세를 져가며 살고 싶지는 않아. 그렇지만, 죽기 전에 한 번만 오사토를 만나게 해줘……."

마쓰키치의 두 눈에 눈물이 맺혔다.

시즈마도 곤하치로도 말을 삼켰다. 특히 시즈마는 마쓰키치와 오사토가 친남매라는 증거를 쥐고 있는 만큼, 마쓰키치의 이 비통한 외침이 더더욱 슬프게 들렸다.

마쓰키치는 띄엄띄엄 말을 이었다.

"나, 정말로 오사토를 사랑합니다……. 오사토와 둘이서 이렇게 살아오긴 했지만, 맹세코 손 한 번 잡은 적이 없어……. 나도 남자라, 저렇게 젊고 예쁜 여자와 함께 살면서 이상한 마음이 생기기도 했지만, 오사토가 아직도 헤이도 씨를 좋아하는 걸 나도 잘 아니까, 내가 참아야지 싶어 여동생이다 하는 마음으로 살아왔지요. 오사토도 나를 오빠처럼 따랐습니다……. 하지만, 나는 이제 견딜 수가 없어요, 이 상처만 나으면, 몸이 괜찮아지면, 나는 오사토와 부부가 되려고 했었습니다……. 아아 오사토를 만나고 싶어……, 한 번이라도 좋으니 만나고 죽었으면……."

마쓰키치는 미친 사람처럼 울부짖으며 몸부림 쳤다.

"마쓰키치, 그러면 정말로 오사토와 관계를 가진 적이 없는 겐가……?"

"나는 거짓을 말하지 않소……."

마쓰키치의 말은 정말로 진실이었다.

"그렇다면 말해야겠군……."

시즈마는 미시마의 여관에서 만난 거지 노인 '유행가 규베이'가 마쓰키치의 아버지라는 것, 그 규베이에게서 들은 확실한 증거로, 마쓰키치와 오사토가 남매임에 틀림없다는 사실을 이야기했다.

"……"

마쓰키치는 의외로, 아무 말도 하지 않았다. 일동은 잠시 침묵했다.

그러자 문 밖에서, 포졸 집단이 움직이기 시작했다.

포졸의 선두가, 문을 부수며 용감하게 뛰어 들어왔다.

"자, 오너라……!"

시즈마의 늠름한 팔 끝에서 애도가 피를 흩뿌리듯 스산하게 빛났다. 곤하치로는 마쓰키치를 안아올렸다.

"놓으라니까……! 부탁이야……!"

마쓰키치는 완강하게 뿌리쳤다.

이제는 곤하치로도 마쓰키치에게 신경 쓸 수가 없게 됐다. 시즈마와 함께 몰려드는 포졸들을 베고, 베고 또 베었다.

뒷문을 부순 포졸들은, 앞에서 적들을 막아내고 있는 시즈마와 곤하치로 뒤로 몰려들어와, 여럿이서 움직이지 못하는 마쓰키치를 묶으려 했다.

"까불지 마!"

마쓰키치가 단 한 마디를 내뱉나 싶더니, 크게 몸을 수그렸다. 이제 끝이라고 단념하고, 혀를 깨물고 죽은 것이다.

그걸 본 시즈마와 곤하치로, 갑자기 살기등등해졌다.

"마쓰키치의 복수다!"

이렇게 외치고 드디어 격렬하게 베어나가기 시작했다. 적들이 움츠러드는 것을 본 두 사람은 활로를 찾아냈다.

시즈마의 가슴 속에는, 오센에 대한 사랑이 불타고 있었다. 곤하치로는 가에데에 대한 마음으로 가득 차 있었다.

"살자……!"

두 사람은 마음속으로 그렇게 맹세하고, 어딘가로 달아났다.

(1929.3.17)

제192회
비련 번뇌 (7)

시즈마와 곤하치로라는 대어를 놓친 포졸들은 너무나 낙담했지만, 스스로 물갈퀴 오센이라 자청하며 자수한 여인을 잡았기 때문에, 어느 정도는 변명거리가 생겼다.

하지만, 마쓰다이라 가에서 파견된 포졸 간부들 중에는, 물갈퀴 오센의 얼굴을 아는 자도 있었다. 그래서 오사토 오센은 곧 가짜라는 사실을 들키고 말았다.

그래도 세상사가 참 재미있는 게, 가짜보다 진짜를 잡는 쪽이 더 위신이 서는 것이 당연하니, 가짜여도 진짜인 척 하고 싶다는 마음. 포졸 3파 간부들의 의향이 뜻밖에도 일치했다.

가능하다면 마쓰다이라 우쿄노스케와 오센(실은 오사토)이 직접 대면하지 않는 방법을 강구해야 한다고 간부 일동은 생각했다.

그러나, 실제로는 그렇게 되지 않았다.

우쿄노스케는 얄미운 오센을 직접 문책하고 싶다며, 일시적으로 그녀의 신병을 넘겨달라고 봉행과 교섭했다. 봉행으로서는 법에 어긋나긴 했지만, 우쿄노스케의 희망은 그럴 만 하기도 했고 상대가 다이묘이기도 했기에, 어쩔 수 없이 넘겨주었다.

오사토 오센, 원래부터 죽음은 각오하고 있었다. 그래서, 얼굴을 보고 가짜임을 알게 되면 큰일이라 여겨 엎드린 채 얼굴을 들려 하지 않았다.

"센, 너는 그렇게까지 나를 속이고 싶었나……? 얼굴을 들어 보거라!"

사람 좋은 다이묘 우쿄노스케도 이번만큼은 정말로 엄청나게 화가 난 듯, 다리를 들어 확 걷어찼다. 스미다가와 강변 별장에서 걷어차인 그 분풀이를 이제 와서 하다니, 늦어도 너무 늦었다.

게다가, 발에 채여 쓰러진 그 상대는 물갈퀴 오센과는 완전히 다른 타인. 본 적도 없는 오사토이기에, 우쿄노스케는 다시 앗 하고 소리를 질렀다. 우쿄노스케는 어르고 달래며, 왜 물갈퀴 오센의 대역을 했는지 오사토에게 물었지만, 오사토는 입을 꼭 다문 채 절대 대답하지 않았다. 지독한 고문도 아무런 소득이 없었다. 우쿄노스케는 기가 막혔지만, 이 여인을 오센이 아니라고 말해버리면 면목이 서지 않았다. 그래서 단념하고, 모르는 척 봉행에 넘겼다.

이번에야말로 끝장이라 생각했던 일미옥을 무사히 빠져나온 시즈마. 포졸들이 더 이상 쫓아오지 않는 걸 확인하고는, 제일 먼저 오센이 숨어 있는 장소로 달려갔다.

그곳에서는 진짜 물갈퀴 오센이, 어젯밤의 사건은 아무 것도 모른 채 그저 시즈마가 돌아오지 않아 걱정하고 있었다.

"어머나……."

난투 끝에 너덜너덜해진 시즈마의 모습과 손발의 상처를 보고, 오센은 이미 사태를 짐작했다. 시즈마는 간단하게 어젯밤의 사건을 이야기했다.

"마쓰키치는 죽었고……, 나도 곤하치로와 함께 죽을 각오였지만, 당신을 생각하니 역시 죽을 수 없었지……."

시즈마의 말은 다른 때와 달리 상냥했고, 연정이 담겨 있었다. 그 말이 세상의 무정함을 절실히 느끼며 살아온 오센의 귀에는 얼마나 기쁘게 들렸을까.

"오센, 가능한 멀리 달아나서 둘이서 살자⋯⋯."

시즈마의 말은 점점 더 상냥해졌다. 시즈마는 오사토가 자수한 사실은 꿈에도 모르기 때문에, 오사토가 일미옥에서 사라져 버린 것을 포졸이 무서워서 도망쳐 버렸다고 해석하고 있었다. 그렇기 때문에, 그 때 그런 애정을 담은 말을 한 것도 일시적인 감정이었다고 생각했다.

그런만큼, 지금은 더한층 오센이 사랑스러웠던 것이다.

시즈마는 오차노미즈(お茶の水)의 절벽 아래에서, 누군가 굴을 파고 살았던 자리였는지 깊은 움집을 발견했다.

시즈마는 오센과 함께, 그곳에서 지냈다.

두 사람의 사랑이 흘러넘치는 생활이 시작되었다.

곤하치로의 행방은, 일미옥에서 달아난 때 놓친 이후로 전혀 알 수 없었다.

(1929.3.18)

제193회
비련 번뇌 (8)

가와라반(瓦版)* 팔이가 대활약했다.

현대의 진보한 신문에도 오보는 있고, 때로는 허위 기사도 있다.

---

* 에도 시대에 찰흙에 글씨나 그림 등을 새겨, 기와처럼 구운 것을 판으로 하여 인쇄한 속보 기사판.

하물며 이 시대 유일한 속보 기관이었던 가와라반의 허위 기사는 이루 말할 수 없을 정도였다. 그러나, 어디서 어떻게 알아낸 것인지 악귀조의 소식만은 꽤나 정확했다.

가라사대.

"자, 자, 들어보십시오! 에도 전체를 떠들썩하게 만든 악귀조, 나쁜 짓만을 일삼던 낭인 패거리! 그 이름도 유명한 일미옥이라는 요릿집을 근거지로 나쁜 짓을 도모하던 중에 검거되었지만, 헤이도 모라는 낭인, 키는 올려다봐야 할 정도로 크고, 힘이 웬만한 사람 열 명을 합친 만큼 세고, 게다가 검도의 달인! 포졸들을 신나게 해치우고, 물갈퀴 오센과 둘이서 손에 손을 잡고 달아나, 지금은 어디 있는지 모르지만 어쨌든 한 쌍의 원앙처럼 알콩달콩 잘 살고 있겠지요……!"

또한 가라사대.

"이 악귀조 중, 원래 야나기바시에서 이름을 날리던 오사토라는 언니, 헤이도 모 씨를 연모하여 악귀조에 들어갔지만, 사랑하는 낭군을 물갈퀴 오센에게 빼앗기고 질투심에 안달 나다 못해 미치기라도 했던 걸까요? 자기가 물갈퀴 오센이라며 자수했답니다! 자, 자, 인기 있는 이야기, 재미있는 이야기……!"

가와라반팔이를 통해 처음으로 이런 얘기를 알게 되어 놀란 건, 오차노미즈에 숨어 살던 시즈마와 오센이다.

또한, 시즈마와 오센 운운하는 소리를 듣고 놀란 것은, 점박이 세이지였다.

세이지는 고덴마초의 감옥에서 아직 신음하고 있었다.

온갖 악행을 저지른 세이지는 본래 일찌감치 사형되었어야 했지만, 세이지가 키운 중국인 아이 려여의 신분을 조회중이었기 때문에,

완전히 판명될 때까지는 세이지를 죽여서는 안 된다는 이유로 아직 살아 있었다.

그 세이지가 감옥에서 우연히 새로 들어온 죄수에게서, 시중에 떠도는 소문을 들은 것이다.

"신입, 너 밖에서 무슨 재미있는 얘기 들은 거 없냐?"

세이지가 묻자, 신입은 득의양양하게,

"있지요! 온 에도가 악귀조 얘기로 난리입니다요."

"악귀조가 뭔데?"

"악귀조라는 건, 악질 낭인들 무리인데요……!"

이렇게 해서, 이 신입 죄수를 통해 악귀조의 이야기가 전해졌다. 이야기 도중에, 하루도 잊은 적이 없는 물갈퀴 오센의 이름이 나왔다. 그 이름에 놀라서 들어보니, 그 오센과 헤이도 뭐시기라는 놈이 어딘가에서 눈이 맞았다는 둥, 가와라반에서나 볼 법 한 이야기를 한다.

세이지는 오센에 대한 그리움으로 가슴이 불타는 듯 했다.

헤이도인지 뭔지 하는 놈을 죽이고, 한 번 더 오센과 함께 하고 싶었다.

'하지만……, 나는 이미 바깥세상으로 돌아갈 수 없는 몸…….'

이렇게 생각하니, 세이지는 참을 수 없이 외롭고 슬퍼졌다.

세이지는 이 날부터 자포자기 상태가 되어, 온갖 난폭한 짓을 일삼아 드디어 독방으로 보내졌다.

그러나, 난폭한 짓을 하여 독방에 감금된 것은, 실은 세이지가 이미 예상한 시나리오였다.

독방 안에서 세이지는, 열심히 어떤 일을 생각했다.

(1929.3.19)

제194회
사랑의 갈등 (1)

일부러 난동을 피워 독방에 감금된 점박이 세이지는, 씨익 회심의 미소를 흘렸다. 계략이 있었던 것이다.

계략이란 무엇인가?

세이지는 놀랍게도 탈옥을 결심한 것이다.

세이지는 모르는 일이었지만, 물갈퀴 오센도 멋지게 탈옥에 성공했다. 하지만, 그것은 간수라는 최고의 조력자가 있었던 덕분이었다.

위험률은 높고 성공률은 지극히 낮은 것이 탈옥이다. 세이지가 탈옥하기까지 겪어내야 할 일들은 보통 일이 아니었다. 무기 하나 없는 죄수의 몸으로, 견고한 감옥을 벗어나 간수의 눈을 피해, 바깥세상의 바람을 맞기까지의 고생은, 보통 일이 아니었다.

예부터 탈옥의 비법은 수없이 전해져 온다. 종이와 밥풀이 톱의 대용품이 되기도 했다. 탈옥 방법 중 몇 가지에 대해서는 작가도 알고 있지만, 이런 시시한 지혜를 경애하는 독자 여러분께 전수할 생각은 없다.

때가 왔다. 하늘은 옻칠을 한 듯 새까맸다. 결심하고 나서 꼬박 닷새 동안 고심한 보람이 있어, 세이지는 완벽하게 탈옥에 성공했다.

세이지는 도망치고 또 도망쳤다. 다행히도 따라오는 자도 없었다.

그러나 곤란한 건, 언제 이발을 했는지 모를 길게 자란 머리와 죄수복. 이걸 어떻게든 처리하지 않으면, 날이 밝으면 한 발자국도 움직일 수가 없었다.

세이지는 고민했다.

어떻게 할지 생각하며 도망치고 있자니, 닫힌 상점 앞에 말쑥한 차림의 두 남자가 있었다.

"겨우 도망쳐 왔군요……, 그럼 푹 쉬십시오."

"저는 늘 이 방법으로 도망쳐 나온답니다. 쉬십시오."

이런 대화. 어두워서 잘 보이지는 않았지만, '도망쳤다'는 말이 지금의 세이지에게 꽂히듯 들려왔기 때문에, 세이지는 순간적으로 발을 멈추고 몸을 움츠렸다.

보아하니, 유흥 장소에 가자는 권유를 받은 상인 둘이, 유혹을 뿌리치고 도망쳐 나온 모양이었다. 그걸 알고 나니 세이지는 쿡쿡 웃음이 나왔다.

상점의 문을 열고, 한 사람은 안으로 들어갔다. 또 한 사람은 자신의 집을 향해 어둠 속으로 사라졌다.

'됐다……!'

세이지는 속으로 외쳤다.

아무 죄도 없는 사람에겐 미안하지만, 살기 위해서는 어쩔 수 없었다. 이 조닌을 죽여 그 옷으로 갈아입고, 내친 김에 가진 돈도 빌리면 당장 쓸 돈은 마련할 수 있다……. 세이지는 다시 속으로 웃었다.

어둠 속이다. 더듬더듬 조닌의 뒤를 몰래 따라가더니, 거친 파도를 헤치며 살아온 해적 세이지의 건장한 팔뚝이 쑤욱 뻗어나가, 조닌의 목을 힘껏 졸랐다.

조닌은 악 소리도 내지 못하고 털썩 쓰러졌다. 더듬어서 옷을 벗겨내 갈아입고, 품 속을 더듬으니 꽤나 묵직하다.

"좋은 징조군. 이 기세 그대로 오센도 만났으면……."

혼잣말한 세이지, 어디론가 사라졌다.

그 다음날부터, 어디에서 누가 묶어준 건지 털털한 상인풍의 머리 모양, 아무리 봐도 건실한 상인의 차림새로, 세이지는 에도를 정처 없이 떠돌며 끈기 있게 시즈마와 오센을 찾아다녔다.

(1929.3.20)

제195회
사랑의 갈등 (2)

시즈마와 오센의 움집 생활은 정말로 사랑의 생활이었다. 짐승이 사는 곳이나 마찬가지인 동굴조차, 두 사람에게는 사랑의 보금자리였다.

사랑의 생활에 젖어갈수록, 시즈마의 마음은 약해져갈 뿐이었다. 오늘 먹을 것이 없어도, 시즈마는 예전처럼 노상강도짓까지 해서 돈을 벌어 오려는 생각은 하지 않았다. 만약에라도 잡혀간다면, 오센과 헤어져야 한다는 생각에 두려운 것이다. 무서운 것이다. 그래서, 거지와도 다름없는 처지에도 움집에서 한 발짝도 나가지 않았다.

"이렇게까지 사람이 변하네……."

오센은 시즈마의 마음이 약해진 것이 신기했다. 하지만, 그 모든 것이 사랑 때문이라 생각하면, 오센은 오히려 기뻤다.

드디어 먹을 것이 다 떨어지자, 오센이 스스로 나섰다. 다이묘의 애첩까지 했던 오센도, 지금은 어떻게 봐도 일개 거지다. 아니, 어떻게 봐도 정도가 아니다. 정말 구걸을 한 것이다.

오차노미즈 근방에는 하급 무사들이 많이 살았기 때문에, 오센은 집집마다 찾아다니며 구걸을 했다. 하급 무사들은 원래 유복하지는 않았지만, 오센이 거지꼴로도 여전히 아름다웠던 덕분에, 빈약한 지갑을 뒤져가며 돈을 주었다.

도박으로 돈을 번 유복한 하급무사라도 만나는 날엔 꽤나 수입이 있었다. 그런 때에 오센은, 시즈마가 좋아하는 음식을 사서 돌아가는 것을 잊지 않았다.

오늘도 그런 날이라, 오센은 얻은 돈으로 식료품을 사고, 서둘러 사랑의 보금자리로 돌아가고 있었다.

그 때, 점박이 세이지.

매일매일 정처 없이 에도를 돌아다니다가, 오늘은 아무 생각 없이 오차노미즈 근방을 배회하고 있었다.

이미 황혼녘.

"오늘도 또 허탕인가……."

세이지는 내뱉듯이 혼잣말을 했다. 조닌을 죽이고 얻은 돈이 이미 얼마 남지 않아 불안했고, 일단 계속 에도에 머무는 건 너무나 위험했다.

'빨리 오센을 만나서, 헤이도라는 자식을 죽이고 오센과 함께 도망가야 하는데…….'

세이지가 이런 생각을 하면서 걷고 있자니, 그때 앞쪽에서 먹을 것을 사든 오센이 급한 걸음으로 다가왔다.

"에이, 거지인가……."

여자를 보면 주의를 게을리 하지 않는 세이지도, 거지인 걸 알고는 낙담했다.

침을 퉷 뱉으며 지나갔지만, 지나치며 본 모습이 어딘지 오센과 닮

앗다는 걸 깨달았다.

"에이, 설마……. 자라 보고 놀란 놈이 솥뚜껑 보고도 놀란다더니……."

스스로도 웃겼지만, 아무래도 신경이 쓰여 돌아보니, 너무 닮았다.

"어라……."

세이지는 멈춰 서서, 한 걸음 한 걸음 멀어져가는 오센의 뒷모습을 바라보았다.

(1929.3.21)

제196회
사랑의 갈등 (3)

"아무래도 오센 같은데……? 저 녀석도 언제 고요키키가 들이닥칠지 모르는 처지니, 일부러 거지꼴로 지낼 지도 모르지……."

이렇게 생각하고 세이지는 곧장 달려가, 공사 중인 어떤 하타모토의 저택 앞에서 따라잡았다.

"이봐요……!"

"네……?"

무심코 돌아본 오센의 얼굴, 가까이서 보니 틀림없었다.

"아, 역시 오센이다!"

"앗, 당신은……!"

"당신은이고 뭐고, 너 참 잘도……!"

세이지는 오센의 멱살을 틀어쥐었다.

하지만, 오센도 가만히 있지는 않았다.

"허, 별 짓을 다 하네……?"

이러더니 부루퉁해졌다.

"별 짓이라니……?! 서방이 감옥에 들어간 새 제멋대로 산 여편네가 말이야, 이 정도로는 아직 분이 안 풀려……!"

세이지는 오센의 멱살을 더 꽉 틀어쥐었다.

"그래, 죽일 테면 죽여 봐. 그런데 미리 말해두지만, 내겐 헤이도 시즈마라는 어엿한 서방이 있어."

이렇게 억지를 쓴다.

"그래, 그 헤이도라는 자식에게 원한이 있지. 그 헤이도라는 자식을 죽이고, 네 년을 한 번 더 내 마누라로 삼기 위해, 나는 죽을 각오로 탈옥해온 거다."

"흥, 한 번 더 마누라로 삼겠다니, 너무 싫어! 당신은 스미다가와 강에서 구해준 은인이라 같이 있었던 거야. 헤이도 씨 같은 좋은 사람이 생겼는데, 당신 같은 인간은 딱 질색이라구. 게다가, 뭐라고? 가만히 듣자듣자 하니까 헤이도 자식을 죽이겠다고? 흥, 목숨이 아까우면 농담으로라도 그런 바보 같은 소린 안하는 게 좋을 거야. 우리 서방 헤이도 시즈마 씨는, 너 따위가 열 명 스무 명 덤벼도 꿈쩍도 안 하니까……!"

이렇게 매도당하니 세이지는 더욱 분통이 터졌지만, 오센이 반할 정도의 시즈마가 강하다는 건 틀림없을 것이라 생각하니, 내심 무서워지기도 했다.

섣불리 시즈마를 건드릴 것이 아니라, 오센만 잡아서 달아나야겠

다고 생각하고는,

"오센, 자, 가자, 나와 함께 도망치자……!"

손을 잡았다.

"싫다니까!"

오센이 손을 뿌리쳤다.

"뭐라고, 싫어……?"

세이지는 드디어 화가 머리끝까지 나서, 오센은 마구잡이로 때려 쓰러뜨렸다.

이 소동을, 공사 중인 발판 위에서 가만히 바라보는 미장이가 있었다.

(1929.3.22)

제197회
사랑의 갈등 (4)

세이지는 비명을 지르며 달아나는 오센을, 무시무시한 힘으로 끌고 가려고 했다.

점박이 세이지는 오센에 대한 증오심으로 가득 찼다.

"죽여주마……."

세이지에게 내재된 잔학성이 화르르 솟아올랐다. 흉기라곤 뭐 하나 가진 게 없지만, 양팔만은 철근같이 단단했다.

그 단단한 양팔이 쑥 뻗어 나와 오센의 목을…….

슬프구나, 물갈퀴 오센이라 칭송받던 당대의 요부도, 세이지의 손에 그 목숨이 다하는 날이 왔는가…….

하지만, 하늘은 아직 이 요부를 버리지 않았다. 옆에 있던 공사장 발판 위에서 미장이가 쓰는 흙손 하나가 날아와, 세이지의 어깨 부근에 세게 맞았다. 세이지는 "앗" 하고 소리를 지르더니, 오센의 목을 조르던 손을 떼며 뒤로 벌렁 넘어졌다.

고의인지 우연인지 모를 이 불의의 흙손 공격에, 오센은 간신히 목숨을 구했다. 하지만 이 틈을 타 달아나려 해도, 역시나 바로 몸이 움직이진 않았다.

세이지는 어깨가 아파서 잠깐 기절할 뻔 했지만, 원래 체력이 좋은 남자인지라 제정신을 차리고는 비틀대며, 다시 한 번 오센을 잡으려 들었다.

그 때, 발판 위에 있던 공사장 인부들이 와르르 몰려 내려왔다.

"몹쓸 놈이네, 잡아서 죽여 버리자……!"

인부들이 일제히 떠들어대자, 어지간한 세이지도 계속 이 자리에 머물 수는 없었다. 세이지는 상처의 아픔에 신음하며, 쏜살같이 달아났다.

그 때 마지막으로 발판에서 내려온 자는, 절름발이 미장이였다.

"뭐야, 그 놈은 도망갔어?"

그 미장이가 인부들 중 한 사람에게 묻자,

"형님이 던진 흙손이 제대로 맞아서 그 놈이 맞고 쓰러졌는데도, 또 일어나더니 이 여자한테 달려들려고 하길래, 우리들이 내려오니까 그 놈 거품 물고 도망갔슈……."

"그러냐, 놈을 놓친 건 아깝지만, 이 사람이 목숨을 구했으니 잘 됐다……."

절름발이 미장이가 이렇게 말하며 오센의 곁으로 왔다.

오센은 이 대화를 듣고서 이 사람이 생명의 은인임을 알고, 감사 인사를 하려고 얼굴을 돌리다 깜짝 놀랐다.

"앗, 당신은 야스고로 씨……!"

"엇, 오센 씨였습니까……!"

이 미장이는 다름 아닌 야스고로였다.

"오센 씨라고는 생각도 못했네요……! 요즘은 다리 상태도 좀 나아져서, 높은 발판에서도 일할 수 있게 돼서 처마 밑에 흙을 바르고 있자니, 밑에서 난리가 났더군요. 처음에는 그냥 장난이나 사랑싸움인 줄로만 알았는데, 점점 사태가 심각해지기에 여인을 돕고 놈을 혼내주는 게 천하의 법도이니, 놈을 노려 던진 흙손이 딱 놈에게 명중해서 잘됐다 하던 참인데, 그 여인이 당신일 줄은 상상도 못했습니다……. 그보다도, 그 모습은 어떤 이유에서인지요……?"

야스고로는 오센의 모습을 물끄러미 바라보면서,

"헤이도 나리께서는 어디 계십니까, 당신과 함께 계십니까……?"

하지만 오센은, 바로 대답하려 하지 않았다. 신기한 듯이 두 사람을 에워싼 인부들 앞에서, 멍청히 이야기 할 수는 없었다.

그러한 오센의 모습에, 야스고로와 이 여자 거지에게 무슨 깊은 사연이 있을 거라고 여겼는지, 인부들은 한 사람 두 사람 그 자리를 떠났다.

오센은 야스고로에게 오차노미즈의 움집을 알려주었다.

"요즘 왠지 마음이 약해진 그 양반이, 당신을 만나면 얼마나 기뻐할지 모르겠네요. 꼭 와 주세요……."

"가고말고요……!"

야스고로는 시즈마에게 큰 은혜를 입은 사실을, 한날한시도 잊어본 적이 없는 것이다.

(1929.3.23)

제198회
만나고 헤어지는 동지들 (1)

현대라면 필경 부목을 댔을 테지만, 지팡이를 짚고 절뚝대며 우울한 얼굴로 걷는 무사가 있었다. 곁에는 초라한 옷차림이지만 고상한 미인이 그림자처럼 따르고 있었다.

이 무사는 일미옥에서 도망쳐 나올 때 다리에 중상을 입은 구와바라 곤하치로였다. 곁의 미인은 말할 필요도 없이 가에데.

"요즘에는 낭인 단속이 유난히 엄해졌다고 들었어요, 관아에서 눈치 채기라도 하면 몸이 불편한 당신은 잡히고 말 겁니다. 어서 은신처에 돌아가서 이제 외출하지 말아요……."

가에데가 걱정스러운 듯이 말했지만, 곤하치로는 완고하게 고개를 흔들며,

"그건 잡혔을 때 얘기야. 생사를 함께 하기로 맹세한 동지의 행방을 알 수 없는데, 편안히 은신처에 머물 수 있을 것 같나? 나는 이 지팡이가 부러질 때까지 걸어 다니며 시즈마를 찾을 거다……. 아아……, 시즈마를 만나고 싶다……!"

곤하치로는 하늘을 향해 탄식했다.

이렇게, 곤하치로는 가에데와 함께 돌아다니고 있었다.

"그래도, 이제 오늘은 만날 리가 없어요. 돌아가요……."

가에데는 간신히 곤하치로를 설득해서 집으로 향하기 시작했다. 두 사람이 사는 곳은, 홍고 유시마(湯島)의 어떤 절. 묘지기의 거처 한 칸을 빌려, 은신처로 삼고 있었다.

그러자 앞쪽에서, 지팡이는 짚지 않았지만 이쪽 역시 절름발이 동지. 엉덩이를 요령 좋게 흔들어 박자를 맞추어 걷는 인부, 일을 마치고 돌아가는 야스고로다.

"어, 구와바라 나리……!"

야스고로는 힘차게 말을 걸어왔지만, 지팡이를 짚은 초췌한 곤하치로의 모습에 적지 않게 놀랐다.

"아, 만나고 싶었다……!"

동지와의 사별과 생이별을 겪으며 고독의 비애를 맛보던 곤하치로는, 너무나 반가워했다.

"먼저 묻겠는데, 시즈마가 어디 있는지 아는가?"

"알고 말고요, 저도 우연히 알게 됐습니다……."

세이지와 오센의 대난투와 오센을 구해준 이야기를 하고,

"그래서 저도 오차노미즈로 가서, 오랜만에 인사드리려던 참입니다."

"그래, 그거 감사한 일이군……. 그러면 빨리 안내를 해다오."

"안내드리겠습니다만, 아무래도 좀 길이 험해서, 나리 그 다리로는……."

"무슨……! 시즈마를 만날 수 있다면, 한쪽 다리 정도는 없어도 상

관없다."

야스고로의 안내로 곤하치로와 가에데는, 급히 시즈마를 찾아가 게 되었다.

하지만, 야스고로가 말한 대로 가기 쉽지 않은 장소였다. 절름발이 남자 둘에 연약한 여인 하나가 절벽 아래까지 내려가는 것은 쉬운 일 이 아니었다.

그래도 가까스로 내려간 세 사람은, 서둘러 움집을 찾아갔다.

그러나, 어떻게 된 일인가…….

시즈마의 집이 틀림없을 그 움집은 텅 비어 있었다.

불러도 대답이 없다.

게다가, 보아하니 잠깐 외출한 것이 아닌 것 같았다. 시즈마와 오 센은, 이미 어디론가 보금자리를 옮긴 것인가. 그렇지 않으면 잡혀간 것일까.

세 사람은 얼굴을 마주보며 암담해 했다.

(1929.3.24)

제199회
만나고 헤어지는 동지들 (2)

시즈마와 오센은, 어디로 모습을 감춘 것일까? 그게 아니라면, 잡 혀간 것일까?

사정은 이랬다.

곤하치로와 가에데, 야스고로 세 사람이 오차노미즈 절벽 아래를 찾아가기 전날의 일이다.

"오센, 외롭구나……."

시즈마가 갑자기 이렇게 말했다.

황혼이 가까워져 안 그래도 어두운 움집은 음기 그 자체였다.

이 즈음 부쩍 마음이 약해지긴 했지만, 이런 감상적인 말을 흘릴 시즈마가 아니었다. 오센은 크게 놀랐다.

"외롭다고요……? 왜요……?"

"왠지 모르게 외로워. 마쓰키치는 죽었고……, 곤하치로와는 헤어졌고……, 너는 구걸이나 하게 만들었고……, 다시 한 번 예전의 헤이도 시즈마로 돌아가 오만한 다이묘를 괴롭혀주어야 하건만, 지금의 나는 그런 기분조차 들지 않는구나……."

"왜 그래요, 갑자기 이런 얘길 하고……. 아주 조금뿐이지만 술이 좀 남았으니, 한 잔 쭉 마시고 좀 기운 내봐요."

"아니야, 술도 싫어……. 왠지 오늘은 심란하군……."

시즈마는 양손으로 머리를 감싸고, 가만히 생각에 잠겼다.

그 때였다.

서걱서걱, 절벽에 난 시든 풀들이 흔들리는 소리. 몰래 누군가가 다가오는 기색이다.

오센이 무릎을 세우며 귀를 기울였다.

"쉿……!"

시즈마는 오센을 제지했다. 역시 시즈마는, 오센이 눈치 채기 전에 이미 깨닫고 있었던 것이다.

순간적인 기지로 오센을 그늘에 숨기고, 자신은 벌렁 누워서 술에 취해 자고 있는 척 했다.

절벽의 시든 풀이 요란하게 흔들렸다.

두 사람이 시즈마의 움집으로 다가오고 있었다.

시즈마의 예상대로, 시즈마 부부를 잡아가기 전에 먼저 움집을 염탐하러 온 두 사람이었다.

발소리를 죽이며 움집 입구까지 다가온 두 사람은, 살짝 안을 엿보았다.

어둑해서 명확하진 않았지만, 시즈마 같은 사람이 대자로 뻗어서 코를 골고 있다.

두 고요키키는 얼굴을 마주보며 씨익 웃었다.

두 사람은 그저 염탐의 사명을 띠고 온 것이다. 정말로 시즈마의 주거지가 맞다면, 돌아가서 보고하고 다시 여럿이서 잡으러 올 터였다.

하지만, 시즈마가 코를 골며 잠든 것을 본 두 사람에게 욕심이 생겼다. 잠들었을 때 덮쳐서 묶어버리면 큰 공을 세울 것이라 생각한 것이 애초부터 글렀다.

품속의 포승줄을 더듬으며, 한 사람이 앞서서 살금살금 시즈마에게 다가간다.

바로 앞에 다가갈 때까지, 깊이 잠든 척 하고 기다리던 시즈마, 갑자기 벌떡 일어났을 때에는 이미 칼집에서 검을 뽑아들었고, 고요키키는 눈 깜짝할 새에 두 동강이 났다.

"으악……!"

뒤를 따르던 또 한 사람의 고요키키, 꼴사납게 소리를 지르며 비틀비틀 달아났다.

그러나, 시즈마는 일부러 쫓아가려 하지 않았다.

"앞으로 평생 살생은 하지 않으려 했지만, 피를 빨러 온 모기를 그냥 살려둘 수는 없지…… 하지만 도망치는 놈까지 쫓아가서 죽일 생각은 없다."

시즈마는 피 묻은 검을 닦으며 속내를 드러내듯 말했지만,

"오센, 준비해야겠다. 한 놈이 도망쳤으니 곧 포졸들이 올 거야…… 또 다시 어딘가에 살 곳을 마련하자."

오센을 재촉했다.

이렇게 해서, 황급히 움집을 떠난 두 사람이었다.

(1929.3.26)

제200회
만나고 헤어지는 동지들 (3)

오차노미즈 절벽 아래를 떠난 시즈마와 오센, 밤을 새워가며 걷고 또 걸었다.

딱히 목적지는 없는 여행길을 떠난 두 사람, 그저 안주할 수 있을 사랑의 보금자리를 찾아 걷는 것이었지만, 그게 그리 쉽게 눈에 뜨일 것이 아니었다.

모아둔 돈이 있는 것도 아니라, 숙소를 찾아가도 상대해줄 리가 없었다.

두 사람은, 그저 터벅터벅 고슈(甲州)가도를 따라 걷고 있었다.

상황이 이렇게 되니, 제아무리 기가 세더라도 오센은 여인이었다.

어제까지는 시즈마의 마음이 약해졌다며 비웃었지만, 지금은 반대로 시즈마에게서 용기를 얻고 위로를 받아가며 간신히 걸음을 옮기는 모습이 불안하기 짝이 없었다. 굉장히 피곤하기도 했다.

어느 정도 걸었을까. 저녁에 오차노미즈에서 출발했는데, 이미 슬슬 해가 떠오르려 한다.

지금까지 깊은 잠에 빠져 있던 길도 슬슬 잠에서 깨어나, 등짐을 진 농사꾼들이 조금씩 모습을 보였다.

빨리 어딘가 숨을 장소를 찾아야 한다. 두 사람은 안절부절 못했다.

이른 시각부터 길을 떠난 여행자들도 지나가기 시작했다. 그들을 위한 찻집들도 문을 열기 시작했다.

두 사람은 가도를 피해 샛길을 찾아야만 했다.

그 때, 오센은 별안간 격렬한 통증을 느꼈다. 익숙지 않은 움집 생활 때문에 생긴 냉증 때문이기도 할 것이고, 밤새도록 터벅터벅 걸어왔기 때문이기도 할 것이다. 이제는 더 이상 한 발자국도 움직일 수가 없었다.

시즈마가 정성껏 돌보았지만 아무런 효과가 없었다. 오센의 고통은 점점 더 심해질 뿐이었다.

약은커녕 한 잔의 물조차 얻을 수 없는 한적한 샛길. 시즈마는 정말 난감해졌다.

이런저런 고민 끝에 시즈마는, 고통에 몸부림치는 오센을 안아들고 달렸다. 이제 어디라도 상관없었다. 사람이 사는 집이 보이면, 뛰어 들어가 도움을 요청할 각오였다.

그러나, 그런 집조차 좀처럼 눈에 뜨이지 않았다.

하지만, 오센의 천운이 아직 다하지 않은 건지, 시즈마는 드디어 어떤 집 한 채를 발견했다.

처마는 기울어지고 지붕은 다 썩은 초라하고 허물어진 집이었지만, 가늘게 피어오르는 밥 짓는 연기로 사람이 사는 집임을 알 수 있었다.

"부탁이오……! 급한 병으로 쓰러진 사람이 있습니다! 물 한 잔만 주시오!"

걸인이나 마찬가지인 꼴인데다, 무뚝뚝한 말투.

그러자,

"그거 큰일이군요, 자, 어서 들어오십시오……."

이쪽도, 이 근방에 사는 사람답지 않은 딱딱한 어조의 여인이 서둘러 나왔지만, 시즈마의 얼굴을 본 순간,

"앗……!"

하고 무심코 소리쳤다.

(1929.3.27)

제201회
만나고 헤어지는 동지들 (4)

"엇……!"

시즈마도 크게 놀랐다.

그럴 수밖에 없었다. 이 여인이야말로, 시즈마가 한 시도 잊은 적이 없던 원수 혼다 쇼우에몬의 아내 사사노였던 것이다.

서로 다른 의미로 감개무량하여 그저 바라보고만 있었지만, 문득 정신을 차린 사사노에게는 감정은 감정이고, 인정은 별개였다. 시즈마의 팔에 안겨 고통에 몸부림치는 여인을 그냥 두고 볼 수는 없었다.

사사노는 오센을 일단 찢어져서 솜이 다 튀어나온 이불을 깨진 다타미 위에 깔고 그 위에 눕히고는, 물이며 약을 부지런히 가져와 간병을 했다.

가만히 팔짱을 낀 채 사사노가 움직이는 걸 보고 있던 시즈마의 뇌리를 스친 것은, 아름다운 인정이었다.

일찍이, 이 사사노가 벼루와 인롱을 달라며 애원하러 온 적이 있었지……. 그 때, 비웃으며 쫓아버렸던 나였다……. 그런데 지금은, 이렇게 이 여인의 도움을 받고 있는 나다…….

이렇게 생각하니, 시즈마의 가슴은 어지럽게 뒤얽힌 것 같았다.

"혼다 씨는……?"

오센의 고통이 좀 가라앉았을 때, 시즈마는 이렇게 물을 정도로 인간적인 기분이 되어 있었다.

"오랫동안 병석에 누워 있었는데, 요즘은 특히 용태가 좋지 않아 어젯밤엔 밤새 괴로워하다, 다행히도 아까부터는 잠들었어요……."

사사노는 꼭 닫아둔 장지문을 가리켰다.

"병을 앓아왔나……."

시즈마는 암담한 기분으로 고개를 숙였다.

일단 만나면 더더욱 괴롭혀 주겠다고 마음먹었던 그 혼다 쇼우에몬은, 오랜 병으로 고통 받고 있었다 한다. 게다가 괴롭혀온 원수의 집에서, 사랑하는 아내가 아파서 도움을 받고 있었다……. 이 얼마나 얄궂은 운명인가.

스스로 악귀라 칭하며 잔혹한 행위를 일삼아온 시즈마도, 이 얄궂은 운명 앞에서는 느끼는 바가 많았다. 고민할 수밖에 없었다.

시즈마의 비뚤어지고 고집 센 머릿속에, 후회가 물밀 듯이 밀려들었다.

콜록콜록, 힘없는 기침소리가 장지문 너머로 흘러나왔다.

"사사노……."

이렇게 부르는 낮은 목소리도 들렸다.

아, 그 목소리야말로, 일찍이 책상을 나란히 하고 앉아 배웠던 적도 있는 혼다 쇼우에몬의 목소리였다. 시즈마는 그 목소리에 응해 일어나서 가려는 사사노에게, 재빨리 말했다.

"오랜만에 혼다 씨와 만나고 싶소……, 만나서 사과하고 싶소……."

"어머나……, 진심이예요……? 틀림없이 기뻐할 겁니다……!"

사사노가 기뻐하며 장지문을 열었다.

"쇼우에몬……, 나다……!"

방으로 뛰어 들어가자마자, 시즈마는 여윈 손을 붙잡았다.

"시즈마인가……."

병마에 시달리는 쇼우에몬도 이렇게 말하며, 시즈마의 손을 맞잡았다.

서로 한마디밖에 안했지만 담긴 의미는 깊었고, 수년 간 쌓아온 모든 감정을 초월하여 옛 우정이 되살아난 것이다.

(1929.3.28)

제202회
만나고 헤어지는 동지들 (5)

시즈마와 오센은, 쇼우에몬 부부의 온정으로 그대로 고슈가도의 은신처에 머물렀다.

오센의 격렬한 통증은 나았지만 그 후로도 오센의 건강은 썩 좋지 않았다. 극도의 냉증으로 인한 관절의 통증으로, 일어설 수가 없었다. 오센은 사사노의 간병을 받으며 이불 속에 누워 있었다.

"여보……."

사사노가 곁에 없는 틈을 타 오센이 시즈마에게 말했다.

"부탁이니까 돈 좀 마련해 와요……."

"음……."

시즈마가 신음하듯 대답했다.

쇼우에몬 부부 둘이서도 빈궁하기 짝이 없었는데, 시즈마 부부가 굴러 들어오고나서의 고생은 충분히 알고 있었다. 시즈마의 눈에도 명백히 보였다.

오센의 부탁이 아니어도, 시즈마는 몇 번이고 노상강도짓이라도 해서 돈을 벌어오려고 생각했다.

그러나, 지금은 그럴 기분이 들지 않는 시즈마였다. 남들이 시시덕거리는 꼴만 봐도 생각 없이 베어버리던 시즈마였다. 돈이 궁하면 양심에 찔려도 아무 죄도 없는 인간을 베어버리던 시즈마였다. 그러나 요즘, 인정의 따뜻함을 맛보고 나서는, 무턱대고 사람을 벨 생각은 들지 않았던 것이다.

하지만 뭐든 하지 않으면, 이 무너져가는 집에서 생존 중인 네 사람이 굶어죽을 수밖에 없었다. 자신들 둘이야 그렇다 쳐도, 혼다 쇼우에몬과 사사노를 자신들 때문에 굶어죽게 둘 수는 없었다.

시즈마는 고민했다.

"별 도리가 없군……, 돈을 벌어오겠다."

시즈마는 드디어 결심했다.

아무리 빈궁하더라도 이것만은 포기하지 않았던 애도, 그걸 지니고 시즈마는 휙 나갔다.

시즈마는 몽유병자처럼 걸었다.

백주대낮이다. 가도에는 오가는 사람이 많았다.

부유해 보이는 상인이 지나가자, 시즈마는 슬쩍 뒤를 밟았다.

그러나.

'죄 없는 사람을 베어서는 안돼…….'

양심이 이렇게 외쳤다. 칼집에 손을 대려던 시즈마의 오른손이 멈칫해버리는 것이었다.

시즈마의 발길은 어느새 에도 쪽을 향했다. 여러 그리운 기억이 에도 땅에 가득한 것이다. 시즈마는 역시 에도가 그리웠다.

"곤하치로는 어디 있을까……."

시즈마는 이렇게 혼잣말을 했다.

날이 저물었다.

"지금이다……!"

시즈마가 외쳤다.

에도에서 그리 멀지 않은, 가도의 입구였다.

무슨 나무인지, 가지가 굵은 노목이 서 있었다.

저 멀리 언뜻언뜻 보이는 농가의 불빛이 아련했다. 거의 인적이 드문 가도에, 서둘러 묵을 곳으로 향하는 여행자가 때때로 한 두 사람, 서둘러 지나간다.

"지금이다……!"

한 번 더 이렇게 외치고 큰 나무그늘에 숨은 시즈마, 대검의 칼집을 쥐고 기다렸다.

중년의 여행자가 총총걸음으로 다가왔다.

충분히 다가오기를 기다려 몸을 일으킨 시즈마, 정신을 차려보니 눈앞에 이상한 모습의 인간이 서 있는 것을 발견했다.

눈을 부릅뜨고 살펴보니……. 아, 백치 겐타였다.

"겐타가 아니냐……?"

시즈마의 목소리가 쓸쓸했다.

"헤이도 삼촌, 너 저 사람 죽이려고 했지?"

시즈마는 말을 삼켰다.

"나, 아까부터 저기 누워 있었어……."

겐타는 큰 입을 벌리며 웃었다.

(1929.3.29)

제203회
궁지에 몰린 요귀 (1)

백치 겐타의 갑작스런 출현에, 목숨을 건진 건 여행자였다. 아무 것도 모른 채, 총총걸음으로 지나가 버렸다.

"겐타, 어째서 이런 곳에 있었어⋯⋯?"

시즈마는 쓴웃음을 지으며 물었다. 겐타를 좋아하는 시즈마는 중요한 돈벌이를 놓친 아쉬움도 잊고서 상냥한 어조다.

"나, 이모 집 왔어⋯⋯. 형이 나 찾아내면 두들겨 맞을 거 같아서 도망쳤어⋯⋯."

"맞을 짓을 한 거냐⋯⋯. 이모님 댁은 어딘데."

"이모 집은 바로 저기야."

겐타는 저 멀리를 손으로 가리켰다.

"나 돈 훔쳤어, 그래서 형한테 맞는 게 무서워서 도망친 거야⋯⋯. 나 부자다?"

겐타는 두둑히 부풀어 오른 품을 가리켰다.

돈⋯⋯. 이 말을 들은 시즈마의 신경이 곤두섰다.

돈 때문에 마음 내키지도 않는 강도짓을 하러 나온 시즈마. 그 돈을 겐타가 눈앞에서 가지고 있다는 걸 알게 되니, 욕심이 생겼다. 그렇다고는 해도, 상대는 바보 겐타다. 빌려 달라고 할 수도 없고, 속여서 빼앗는 것도 어른답지 못하다. 시즈마는 가만히 생각했다.

'어차피, 유모토 여관에서 술 취한 무사들에게 시비 걸렸던 겐타다. 그 때 도와주지 않았더라면, 야스고로와 함께 죽었을 지도 모를 겐타다⋯⋯. 못할 짓이긴 하다만⋯⋯.'

시즈마는 드디어, 겐타를 죽일 결심을 했다. 귀여운 겐타지만 네 사람이 굶어죽지 않으려면 어쩔 수 없었다.

시즈마가 각오하고 눈을 감았을 때,

"겐 짱⋯⋯. 겐 짱 어디 있니⋯⋯?"

이런 목소리가 들렸다.

시즈마는 이 목소리를 분명히 들은 적이 있었다. 야스고로의 목소리다.

'야스고로가 오면 귀찮아진다. 오기 전에…….'

이렇게 생각은 했지만, 동생을 생각하는 야스고로의 마음을 생각하니 도저히 벨 생각이 들지 않았다.

"겐 짱……!"

두 번째로 목소리가 들렸을 때,

"겐 짱은 여기 있다……!"

시즈마는 무심코 소리 지르고 말았다.

"삼촌, 너무해…….'

겐타는 몸을 움츠리며, 원망스러운 듯 말했다.

야스고로는 겐타를 발견하고 기뻐하기보다는, 시즈마가 이런 곳에 있는 것이 이상해서, 먼저 시즈마에게 말을 걸었다.

"나리, 어떻게 된 겁니까……? 구와바라 나리하고 같이 오차노미즈 움집에 가보니, 이미 안 계셔서 걱정하고 있었습니다…….'

"곤하치로는 무사한가……?"

시즈마는 오차노미즈 퇴거의 사정과 현재의 상황 등을 이야기했다.

"돈이 필요해…….'

절실하게 이야기했다.

"돈이라면 걱정하실 필요 없습니다…….'

야스고로가 위로하듯이,

"은혜를 갚고 싶다고, 갚고 싶다고 생각해온 제 뜻이 통했네요……. 실례가 될 지도 모르겠지만…….'

품속을 뒤져 나온 지갑채로 시즈마에게 건넨다. 얼마나 들었는지,

꽤나 묵직하다.

시즈마는 야스고로가 큰돈을 가지고 있는 게 이상해서, 지갑을 손바닥에 얹은 채로 가만히 야스고로를 바라보았다.

"절대로 나쁜 짓 해서 번 돈이 아니니, 부디 씨 주십시오……."

야스고로는 그 말만을 되풀이한다.

시즈마는 야스고로의 친절을 받아들여, 지갑채로 돈을 품속에 넣고, 야스고로 형제와 재회를 기약하고는 쇼우에몬의 집으로 발걸음을 재촉했다.

야스고로는 일단 헤어지긴 했지만, 아쉬운 기분으로 살짝 숨어서 시즈마가 머무는 무너져가는 집까지 따라갔다.

한편, 시즈마가 돌아가자,

"여보, 큰일 났어요……!"

오센이 침상에서 절규했다.

(1929.3.30)

제204회
궁지에 몰린 요귀 (2)

"큰일 났어요……."

오센이 떨리는 목소리로 옆방을 가리킨다.

그곳에는, 쇼우에몬과 사사노가 자해한 뒤 몸을 겹친 채 쓰러져 있었다.

"당신은 몰랐던 거야……?"

시즈마는 질책하듯이 오센에게 물었다.

"너무 피곤해서, 아무 것도 모르고 잠든 사이에……."

쇼우에몬 부부의 생전의 친절을 생각하니, 오센 같은 여인의 눈에도 눈물이 솟았다.

쇼우에몬 부부의 시체 곁에서 두 통의 유서가 발견되었다. 한 통은 쇼우에몬이 침상에서 쓴 불안한 필체. 또 한 통은 아직 채 눈물자국이 마르지 않은, 사사노가 쓴 것. 모두 시즈마 부부에게 남긴 것이었다.

쇼우에몬의 유서에는, 자신은 인생의 패자이다. 이대로 가만히 있더라도 병 때문에 머지않아 죽을 몸이다. 옛 친구와 손을 맞잡을 수 있었던 게 행복해서, 수명이 다할 때까지 살고 싶었다. 하지만 시즈마가 오늘 외출한 건, 돈을 마련하려고 좋지 않은 일을 하기 위함이라고 생각한다. 그에 대해 간언하기 위해 죽는다는 의미가 적혀 있었다. 사사노의 유서도 거의 마찬가지였다.

두 통의 유서를 바라보며 망연자실해 있던 시즈마는, 정신을 차리고 두 사람의 영혼을 위로하기로 했다. 야스고로에게서 받아온 돈은, 지금은 쇼우에몬 부부의 장례를 치르기 위한 비용이 되었다. 시즈마는 인생의 불가사의함을 절실하게 맛보았다.

2, 3일이 흘렀다.

오센은 자리에서 일어날 정도는 되었지만, 아직 움직임이 자유롭지는 않았다.

"외롭구나……."

시즈마는 정말로 외로운 듯이 말했다. 오센도, 지금은 시즈마를 위로할 정도의 기력이 없었다.

"정말 외롭네요……."

"……. 죽을까……?"

"네, 죽어요 우리……."

시즈마의 말에 오센이 바로 대답했다.

하지만, 막상 죽으려니 강한 집착이 시즈마의 가슴 속에서 세차게 일어났다.

'지금 죽으면 한심하지……. 조금만 더 의미 있는 일을 하고 죽고 싶어.'

이렇게도 생각했던 것이다.

"살자……."

"네, 살아요……."

희대의 악마와 요부도, 이제는 그저 생에 대한 집착만 남은 평범한 인간이 되어 끝나는 것일까?

그럴 리가 없었다. 그들이 생에 집착하는 데에는 어떤 이유가 있음에 틀림없었다.

(1929.3.31)

제205회
궁지에 몰린 요귀 (2)

한때 야나기바시에서 날렸던 오사토, 지금은 스스로 물갈퀴 오센이라 칭하며 잡혀 들어가, 옥사에서 고생하고 있었다.

그 오사토를 단죄하는 날이 다가오고 있었다.

손을 뒤로 묶인 채 안장 없는 말에 태워져, 온 에도를 끌려다니며 조리돌림 당한 후에 창에 찔려 죽는 그 날을 상상하면, 오사토는 어쩔 수 없이 무서워졌다.

"저는 물갈퀴 오센이 아닙니다……!"

이렇게 말하며 목숨을 구걸할까 생각한 적도 몇 번인지 모른다. 하지만,

"안 돼, 안 돼, 그러면 내 여자로서의 자존심이 상처 입는다……!"

오사토에게는 묘한 의지가 있었다. 생애 단 한 번뿐인 진정한 사랑을 쏟았던 헤이도 시즈마, 그 시즈마에게 일찍이 자신이 물갈퀴 오센이라고 속이고 함께 살았던 적도 있었다. 진짜 오센이 아니라는 사실이 알려져 시즈마에게 무자비하게 버려졌지만, 하다못해 죽을 때만이라도 진짜 오센으로 죽는 것이 시즈마에 대한 의지라는 해석. 또 하나는 죽을 만큼 사랑한 시즈마와 진짜 오센이 끝까지 함께해 주었으면 하는 이상한 정, 그 두 가지 마음이 어우러져 끝까지 진짜 오센으로서 벌을 받겠다는 것이다. 에도 시대를 살아간 이런 여성의 의지는, 현대인으로서는 좀처럼 상상하기 쉽지 않은 법이다.

이렇게 해서, 오사토가 물갈퀴 오센으로서 처벌을 받는 날이 드디어 다가왔다.

가에데를 데리고 지팡이를 짚은 채 구와바라 곤하치로는 여전히 온 에도를 돌아다니고 있다.

"시즈마는 어디 있나……? 시즈마를 만나고 싶다……."

곤하치로는 입버릇처럼 이렇게 말하고 있다. 그런데, 여기 또 하나의 이야기가 있다.

잠시 소식이 끊겼던 나무묘의 야고로다. 야고로는 가와라반이나 세상에 떠도는 소문으로, 오사토가 물갈퀴 오센이라 자청하고 잡혀 간 것을 알고 있었다. 대체로 이 야고로라는 남자는 지나칠 정도로 보스기질이 있는데다, 오사토에 대해서는 더욱더 부모나 남매 같은 애정을 품고 있었다.

"그 여인도 참으로 딱하구먼, 쓸데없는 고집을 부려 자기가 물갈퀴 오센이라고 잡혀가다니. 대체 왜 그렇게 변덕스러워서는……."

야고로는 눈썹을 찌푸리며 투덜댔지만,

"어떻게 해서든 도와줘야겠어……."

야고로는 오사토를 구명하기로 결심했다.

어쨌든 야고로 정도의 두목이니 손을 쓴다면, 원래 진짜 오센은 따로 있으니 어쩌면 오사토를 무사히 석방시킬 수 있을 지도 몰랐다.

그러나, 이게 꽤나 큰 문제였다. 봉행소에서도 오사토가 가짜 오센이라는 건 이미 알고 있었지만, 진짜 물갈퀴 오센이 잡히지 않았기 때문에 체면상 오사토를 오센으로서 단죄해야 했던 것이다.

그러니, 야고로가 새삼 구명 운동을 벌이게 되니, 이게 꽤나 큰 문제가 될 수밖에 없었다.

(1929.4.1)

제206회
궁지에 몰린 요귀 (3)

봉행소의 체면 관계상 오사토를 물갈퀴 오센이라며 온 에도에 끌고 돌아다닌 후에 처형하게 되었지만, 진짜가 잡힌다면 그보다 좋은 일이 없기에, 온힘을 다해 진짜 오센의 행방을 찾고 있었다. 가능하다면 시즈마나 곤하치로도 한꺼번에 잡고 싶다는 희망으로, 온 에도를 물샐 틈 없이 수색중이었고, 나아가서 근교까지도 손을 뻗쳐 탐정들이 이 잡듯 뒤지고 있었다.

지금은 혼다 쇼우에몬 부부의 유품이 되어버린 고슈가도의 무너져가는 가옥에도, 날카로운 수사망이 뻗쳐왔다.

빈틈없는 시즈마와 오센이 눈치 채지 못할 리가 없었다.

"사냥개들이 또 냄새를 맡았군. 이제 여기에도 있을 수 없게 됐다……."

시즈마가 쓸쓸하게 말했다.

"이제 도망쳐 다니는 거 지겨워요……. 포졸들이 들이닥치면 닥치는 대로 베어버리고 우리도 같이 죽죠……."

최근 마음이 약해진 시즈마 때문에 예전만큼의 강한 의지를 잃은 오센, 마음 약한 소리를 한다.

"도망칠 수 있을 때까진 도망치자. 도망쳐서, 당신과 둘이서 살고 싶다……. 살 수 있는 만큼은……."

시즈마는 벌써 준비를 시작했다.

"죽고 싶지는 않아요……."

"죽고 싶지 않아, 곤하치로가 어떻게 지내는지, 그것도 신경 쓰이고……."

오센도 죽고 싶지는 않은 것이다. 기구한 인생을 살아오며 여러 남자들을 만났지만, 시즈마와 가즈마 두 사람만큼 오센의 마음에 강한 낙인을 찍은 사람은 없었다. 가즈마는 의도하지 않았지만 뜻밖에도 자신의 손으로 죽여 버렸다……. 지금은 시즈마 한 사람에게 모든 생명을 걸고 있는 오센, 역시 살 수 있는 만큼은 살아남아 시즈마와 함께 여생을 보내고 싶은 게 당연했다.

"도망쳐요……."

준비라고 해봤자, 거지나 마찬가지인 지금은 아주 단출했다.

날이 저물기 전에, 두 사람은 제2의 사랑의 보금자리를 떠났다.

어디로 가야 하나?

몸의 안전을 위해서는, 아주 멀리 가야할 것이었다.

그러나, 시즈마는 에도에 집착이 있었다. 곤하치로가 있을 에도에, 강한 애착이 있었다.

두 사람은 드디어 결심하고 에도로 향했다.

그러자, 저 멀리 뒤쪽에서 두 사람을 따라오는 자가 있었다.

탐정인 듯 했다.

모처럼 사랑의 보금자리를 바꿔도, 탐정에게 쫓겨서야 소용이 없었다.

"저 놈을 어떻게든 해줘요."

오센이 속삭였다.

시즈마는 말없이 고개를 끄덕였다.

시즈마가 아무리 마음이 약해졌다 하더라도, 탐정 한 둘을 베어버릴 정도의 실력은 아직 녹슬지 않았다. 가도의 모퉁이를 돌면, 커다란 소나무가 있었다.

시즈마와 오센은, 그 그늘에 숨었다.

탐정은 두 사람이었다. 아무 것도 모르고 다가왔다. 앞쪽을 보았지만 시즈마의 모습도 오센의 모습도 보이지 않는다.

"어라……?"

두 탐정은 얼굴을 마주보았다.

그 때, 소나무 그늘에서 튀어나온 시즈마, 순식간에 한 명을 벤 검이 또 한 사람의 어깨를 베었다. 검술의 극치다.

"당신, 아직 녹슬지 않았네……. 믿음직해."

탐정 둘을 베어버리는 걸 보면서, 오센이 생긋 웃었다.

(1929.4.2)

제207회
최후의 난투 ⑴

나무묘의 야고로, 봉행소에 출두했다.

"꼭 좀 봉행님을 만나 뵙고 드릴 말씀이 있습니다."

이렇게 말하니 백 명 이상의 수하를 거느린 야고로, 이른바 유력자인지라 봉행소에서도 함부로 대우할 수는 없었다. 어쨌든 봉행을 만나게 해주었다. 미나미초의 봉행 홋타 비젠모리(堀田備前守)다.

"무슨 일이오, 말해 보시오……."

"송구스럽지만, 물갈퀴 오센의 건입니다만……."

봉행 비젠모리는 손에 들었던 부채를 무릎 위에 내려놓았다. 내심 솔깃한 이야기라 생각한 모양이다. 오사토가 가짜임을 알면서도 벌하는 건 법관으로서의 양심이 찔렸다. 그렇다고 해서 진짜의 소재를 모르는 이상, 불쌍하지만 오사토를 처형하는 수밖에 없었다. 이미 오사토 처형의 날도 정해졌다. 하지만, 진짜 오센의 소재가 판명되기만 한다면 아직 늦지는 않은 것이다. 그렇기 때문에 표정에 드러내지는 않았지만, 비젠모리는 귀를 기울인 것이다.

야고로가 말을 이었다.

"송구스럽지만……, 곧 조리돌림 당한 뒤 처형당한다는 소문의 오센은, 진짜가 아닙니다……. 그 증거는 제가 확실하게 알고 있습니다."

"흠, 그래서……?"

"잡혀있는 건 고사토라는 야나기바시의 기생입니다. 그러니, 부디 용서해주시기를 부탁드립니다."

"그렇다면, 자네는 진짜 오센이 따로 있다는 것이로군……? 그 진짜 오센이 어디 있다는 겐가?"

비젠모리가 캐물었다.

"그건 저도 모릅니다……."

"바보 같은 놈, 진짜가 있는 곳도 모르면서 관청이 잡아들인 여자를 가짜라고 하다니 괘씸하구나! 물러가라!"

비젠모리가 큰소리로 꾸짖었다. 그래서, 야고로가 얻은 모처럼의 기회도 아무런 소득 없이 끝나버렸다.

드디어 오사토가 물갈퀴 오센으로서 처형당하는 날이 왔다.

안장 없는 말에 태워진 오사토, 손은 뒤로 묶인 처참한 모습.

구경꾼들이 신기한 듯이 길가에 구름떼처럼 몰려들었다. 이구동성으로 여도적 오센의 소문을 떠들어대며 행렬 뒤를 줄줄 따라간다.

그 구경꾼 속에 섞여 구와바라 곤하치로가 가에데와 함께, 역시 행렬 뒤를 따라가고 있었다.

곤하치로의 눈에는 핏발이 서 있었다. 죄 없는 오사토가 물갈퀴 오센으로서 처형되는 것에 불만을 품은 것이다.

다리는 부자유스럽지만 완력에는 자신 있는 곤하치로, 행렬에 뛰어들어 오사토를 구해낼까도 생각했다. 하지만, 마음만 초조할 뿐 아무래도 다리가 불편했다. 행렬에는 실력자들만 모여 굉장히 충실한 태세였다. 만일 일을 그르치는 경우에는 이쪽도 잡히고 마는 것이다. 그걸 견딘다 하더라도, 일미옥에서 헤어진 뒤 만나지 못한 시즈마와 재회할 기회를 영영 놓쳐버릴 수밖에 없다는 것이 안타까웠다. 그런 생각을 하니 좀처럼 검을 뽑아 들 수가 없었다. 그렇다고 해도, 완전히 단념하고 떠날 기분도 들지 않았다. 곤하치로는 애타는 마음을 꾹 억누르며, 몰래 행렬의 뒤를 따라갈 수밖에 없었다.

(1929.4.3)

제208회
최후의 난투 ②

시즈마와 오센은 에도 땅을 밟았다.

때마침 그 날은 오사토의 처형일이라, 에도 전체가 떠들썩했다.

"오사토 씨가 내 이름을 대며 자수했다는 소문은 들었지만, 드디어 조리돌림을 당하는 건가요……?"

요부 오센으로서는 드물게도, 눈물이 맺혀 있었다.

"드디어 오늘이 그 날인가……."

냉혈한 시즈마도 한때 서로 사랑했던 여인의 마지막 날이라 들으니, 가슴 속에서 치밀어 오르는 것을 참기 힘들었던 것이다.

"도와주세요……, 어떻게든……!"

오센이 열렬히 외쳤다.

"돕는다고 해도 그리 쉬운 일은 아닐 거야……."

"그렇게 인정머리 없는 소리 말고 도와줘요. 나 대신 나서달라고 부탁한 건 아니지만, 내 이름을 대고 처형당하는 걸 두고 볼 수만은 없어요. 여인의 몸이지만 나 역시 이런저런 악명을 드날리던 사람, 목숨을 걸고 도울 테니 부탁해요. 오사토 씨를 구해주세요……!"

오센은 찢어지는 듯한 목소리로 애원했다. 예전에는 자신의 이름을 사칭한 얄미운 여자라고 생각했지만, 손을 뒤로 묶여 안장 없는 말에 태워졌을 오사토의 가련한 모습을 상상하니, 오센은 안절부절 못했다. 과거의 모든 감정을 초월하여, 그저 오사토를 구하고 싶다는 마음으로만 가득했다.

"그렇게 안달복달하지 마……."

시즈마가 조용히 제지했다.

"잘 생각해 봐, 돕는다 쳐도 행렬에게 당할 수밖에 없어. 그 행렬에는 만일에 대비해서 날고 기는 놈들만 모아 두었을 거야. 도저히 당해낼 수가 없을 거라고. 좋아, 멋지게 치고 들어가서 오사토를 구해낸다 쳐. 당신과 둘이서도 먹고 살기 힘든 판에, 어떻게 오사토를 보살피겠다는 거야……?"

"그건 그 때 가서 생각해요. 뭐든 상관없으니, 오사토 씨를 도와줘요……! 아무래도 당신이 도와줄 수 없다고 한다면, 내가 자수해서 오사토 씨를 구하겠어요."

"그런 바보 같은 소릴……!"

시즈마가 호통을 쳤다.

"그런 바보 같은 소릴 하면, 어떤 어려움이 있더라도 살 수 있는 데까진 살아보자고 한 약속을 깨는 거잖아!"

"그래도 별 수 있나요……? 나도 물갈퀴 오센이라 이름을 날리던 여자예요. 제멋대로 벌인 짓이라 해도, 나대신 처형을 당하는 사람을 모른 척 할 수는 없다구요……!"

시즈마는 잠시 말없이 생각에 잠겼다. 두 사람은 어느 새 우에노 근처를 걷고 있었다.

"어떻게 할 거예요, 도와주지 못할 거면 그렇다고 확실하게 말해요. 나도 결심했으니까……!"

정말로 단단히 결심한 듯, 오센의 아름다운 얼굴은 무서울 정도로 굳어 있었다.

"좋아……, 오사토의 행렬을 찾아내서 구해내지. 그 대신 실패하면 죽는 거야……."

"죽을 각오는 하고 있어요. 당신과 함께 죽는 거라면 괜찮아요……."

"그래도 곤하치로는 만나고 싶군……."

시즈마는 그리운 듯 말했지만, 마음을 바꾸어 앞에서 다가오는 상인풍의 남자를 불러 세웠다.

"물갈퀴 오센을 태운 행렬을 봤소?"

너무나 갑작스런 질문에 조닌의 눈이 휘둥그레졌지만,

"봤지요, 니혼바시 근처에 있었나……, 아무래도 너무 혼잡해서……."

"오센, 서두르자. 서두르면 시바구치 근처에서 따라잡을 수 있을지도 몰라……!"

시즈마는 오센의 손을 잡더니, 조닌에게는 아무런 말없이 쏜살같이 달리기 시작했다.

(1929.4.5)

제209회
최후의 난투 (3)

우에노의 야마시타로 나와 오나리(お成り)가도를 따라 쭉 달려가, 이마가와바시(今川橋)를 건너 니혼바시, 교바시를 정신없이 지나갔다. 오사토를 태운 행렬의 그림자조차 보이지 않았다.

오센은 막 병석에서 일어나 아직 다리가 불편했기 때문에, 시즈마와 함께 달리는 것이 굉장히 힘들었다. 게다가 두 사람 다 밤을 새워

에도까지 걸어왔기 때문에, 둘 다 피곤한 상태였다. 교바시를 건넜을 무렵에는, 털썩 땅바닥에 주저앉아버리고 싶을 정도였다.

"조금만 더 가자, 서두르면 시바구치나 로게쓰초 근처에서는 따라 잡을 거야……."

계속 격려하던 시즈마조차, 까딱하면 더이상 걷지 못할 것 같았다. 그렇게 되니 오센이 힘을 북돋았다.

"얼마 안 남았어요, 조금만 참아요……."

서로 격려하고 격려 받으며, 큰길을 따라 그저 발걸음을 서둘렀다.

시바구치까지 왔지만 행렬이 보이지 않아 어떤 상점에 들어가 물어보니, 방금 전에 여기를 지나갔다고 한다.

"이런……!"

시즈마가 이렇게 외치며, 오센을 재촉했다.

시즈마의 예상대로, 로게쓰초 근처에서 조리돌림 행렬을 따라잡았다.

"자, 빨리……!"

오센은 바로 뛰어들고 싶어 하는 눈치였다. 하지만, 시즈마는 침착했다. 조용히 행렬의 상황을 살핀다.

안장 없는 말 위의 오사토는 이미 체념한 상태로 보여, 의외로 평화로운 얼굴이었다. 그저, 애처로울 정도로 얼굴 살이 빠져있어서, 보는 이의 눈물샘을 자극할 수밖에 없었다.

군중 속에는 한 사람의 무사가 지팡이를 짚고서, 불편한 다리를 끌며 행의 뒤를 따르고 있었다. 그 무사야말로, 아, 그 모습이야말로, 한순간도 잊은 적 없이 만나고 싶어하던 곤하치로의 모습이었다.

"곤하치로다……!"

시즈마가 혼잣말했다. 시즈마는 곤하치로의 뒤로 다가갔다.

"곤하치로……!"

"아……!"

감격한 나머지, 두 사람은 말을 잇지 못했다. 가에데도 기쁜 듯이 목례할 뿐이다.

"다리는 어쩌다……?"

"일미옥 때 다쳤어. 자네는 어떻게……"

오차노미즈 퇴거 이후의 이야기를, 시즈마는 간단히 말해주었다. 곤하치로도 그 후의 이야기를 했다.

"나는 오사토가 이대로 처형당하게 둘 수 없어……."

곤하치로가 말했다.

"나도 마찬가지다……."

시즈마가 말했다.

"구와바라 씨도 도와주세요……."

곁에서 오센이 말했다.

"어차피 우리들에게 최후의 시간이 닥쳐온 듯 해. 악귀조의 최후를 장식하기 위해, 저 행렬을 멋지게 해치우자……!"

곤하치로가 말했다.

"좋지……!"

시즈마가 말했다.

가에데도 함께 하겠다는 걸 말리고, 살아남아 세 사람의 시체를 거두어주기로 했다.

"잘 있어……."

네 사람의 눈이 서로를 바라보았다. 비장한 이별 인사였다.

"준비됐나……?"

"준비됐다……!"

신호를 보낸 뒤, 행렬 주변을 에워싼 군중을 향해,

"비켜!"

이렇게 외치자마자, 시즈마와 곤하치로는 일제히 대검을 뽑아들고 베어내기 시작했다. 오센도 단도를 휘둘렀다.

곤하치로가 절뚝대는 모습이 애처로웠다. 행렬을 지키던 군사들이, 갑작스러운 공격에 태세를 갖추며 검을 뽑아들었다.

(1929.4.6)

제210회
최후의 난투 (4)

갑작스러운 난투극에 구경꾼들은 비명을 지르며 사방으로 달아났지만, 역시나 궁금한 마음에 완전히 달아나지는 않고 멀리서 에워싸고 있다.

경계하던 무사들은 에도 막부가 시작된 이래 전례 없는 이 난폭한 사건에 굉장히 당황했지만, 만일 말 위의 죄수를 빼앗긴다면 그야말로 대사건, 돌이킬 수 없는 큰일이 되기 때문에, 필사적으로 방어했다. 오사토는 말 위에서 이 꼴을 보고 깜짝 놀랐다.

"저는 각오하고 있어요, 친절은 정말로 고맙지만, 부디 돌아가세요……! 부탁입니다……!"

이렇게 있는 힘껏 외쳤지만, 이 난투극 속에서 들릴 리가 없었다.

시즈마는 오센을 보호하면서 두 세 명의 무사를 베어 쓰러뜨렸다. 관리들 쪽에서는 시즈마가 강한 상대라 판단하고, 일제히 다리가 불편한 곤하치로를 향해 전력을 집중했다.

구와바라 곤하치로 정도의 실력자도, 다리를 끌면서는 생각대로 움직일 수 없었다. 달려들어 베는 기술을 쓸 수 없으니, 달려드는 자들을 막는 수비 방법을 택할 수밖에 없었다.

곤하치로가 위험하다 여긴 시즈마,

"비켜!"

이렇게 외치며, 맹호처럼 날카롭게 관리들의 한복판으로 뛰어들었다.

그러나, 이게 무슨 일인가. 악귀 시즈마의 천운도 이제 다 한 것일까……? 격렬하게 휘두른 시즈마의 대검이 어떤 무사의 대검과 챙 맞부딪친 순간, 두 동강이 나버린 것이다…….

이제 다 틀렸다 싶은 시즈마가 예비해둔 작은 칼에 손을 뻗었지만, 문득 깨달았다. 예비한 칼을 뽑은들 무슨 소용인가……. 생활비가 궁했던 시즈마는 아주 예전에 예비해둔 칼을 팔아 돈으로 바꾸고, 대신 죽도를 넣어두었던 것이다…….

너무나 안타까웠지만, 시즈마는 주춤주춤 물러설 수밖에 없었다.

그 틈에 관리들은 여세를 몰아 곤하치로에게 달려들었다.

"오너라!"

제일 먼저 덤벼 든 한 사람을 멋지게 베어버린 곤하치로, 다리를 뻗어 또 한 사람을 베려던 찰나, 슬프게도 불편한 다리가 어딘가에 걸려 쓰러지고 말았다.

"에잇……!"

관리들이 이때다 싶었는지, 곤하치로를 포위해온다. 곤하치로는 쓰러진 채로 검을 버리고, 유도 기술로 몸을 굴린 뒤 틈새를 노려 예비해둔 칼을 뽑아, 이제 끝장이라며 할복하려 했지만, 그 순간 곤하치로의 뇌리를 강타하는 것이 있었다.

악귀조에게는 아직 해야 할 일이 있다. 부패한 다이묘들을 응징해야 하는 크나큰 목적이 남아 있었다.

'지금 내가 죽는다면, 시즈마도 뒤를 따라 죽겠지. 그러면 악귀조는 전멸이다……. 그래…….'

이렇게 각오하자, 곤하치로는 큰 소리로,

"시즈마! 자네에게 도망칠 틈을 만들어줄 테니 도망쳐라! 나는 신경 쓰지 마! 악귀조에게는 아직 해야할 일이 남아 있다……!"

곤하치로는 잡힐 각오를 한 것이다. 잡히는 동안, 시즈마와 오센을 달아나게 할 심산.

"가에데……. 가에데도 같이 도망쳐!"

곤하치로는 이렇게 외쳤다.

관리들은 달려들어 포승줄로 묶으려 들고, 쉽사리 잡히지 않으려는 곤하치로, 필사적으로 저항한다.

(1929.4.7)

제211회
최후의 난투 (5)

희대의 검사 헤이도 시즈마라 하더라도, 대검이 부러지고 예비해 둔 칼이 죽도여서야 이미 절체절명의 위기였다. 오센의 단도로 할복할 수밖에 없었다.

그러나 곤하치로의 비통한 외침이, 시즈마의 귓가에 강하게 울려 퍼졌다.

이제 와서 살아남고 싶지는 않았다. 하지만, 동료가 붙잡히는 치욕까지 감수하며 자신을 도망치게 하려는 건, 악귀조의 재기를 도모하고자 함이었다. 곤하치로도 일단은 잡혀 들어간다 하더라도, 역시 곤하치로인 만큼 탈출할 지도 모른다.

살아남는다면, 곤하치로와 재회할 기회가 없는 게 아니다. 무엇보다도, 곤하치로의 말대로 악귀조에게는 아직 해야 할 일들이 남아 있는 것이다……. 살자!! 시즈마는 이렇게 결심했다.

안장 없는 말 위에서 이 소동을 지켜보던 오사토는 제정신이 아니었지만, 어쩔 도리가 없었다. 하다못해 눈을 감고, 지옥도와도 같은 이 참혹한 정경을 보지 않도록 애쓰고 있었다.

이윽고, 행렬은 다시 대열을 정비하고, 꽁꽁 묶은 곤하치로와 함께 다시 움직이기 시작했다.

가에데는 남편이 남긴 말을 마음속으로 되풀이 하며, 살아남아 남편의 최후를 지켜보겠다고 다짐하긴 했지만, 단단히 붙들어 맨 마음은 곧 무디어지고 말았다. 멀어져가는 곤하치로의 비참한 모습을 바라보다가, 그 자리에서 가슴 속에 품었던 칼로 목을 찌르고 말았다.

× × ×

시즈마와 오센은 어디로 어떻게 달아났는지, 4, 5일 후에는 추억이 많은 도카이도를 따라 올라가는 중이었다.

심신 모두 지친 데다 무일푼인 두 사람, 목적지도 없이 걸어갈 뿐이었다.

"악귀조는 언제쯤 다시 모일 수 있을까……."

시즈마가 오센을 돌아보며 쓸쓸하게 말했다.

이래저래 생각하다보면 불안한 마음만 치밀어 오르고, 추억만이 끝없이 솟아났던 것이다.

야스고로는 어떻게 됐을까……. 겐타는……. 시즈마가 두 사람을 생각하는 새, 오센은 악당이지만 한때는 남편이었던 세이지를 떠올리는 것이었다.

공사장에서 도망친 세이지는, 어딘가에 살아 있음에 틀림없었다…….

가즈마, 족제비 마쓰키치, 곤하치로, 죽어간 남자들이 차례로 뇌리를 스쳐갔다.

"가즈마 씨……."

이런 때조차, 오센은 아직까지도 남몰래 가즈마의 이름을 부르는 것이었다.

마지막으로 오센이 떠올린 것은 려여였다.

중국의 지체 높은 이의 자식임에 틀림없는 려여는, 봉행소 관리의 손에서 길러질 것이라 전해 들었다. 제 자식처럼 여긴 려여가 참을 수 없이 보고 싶어졌다.

아름다운 후지(富士)산이 장엄하게 두 사람의 눈앞으로 다가왔다.

파란만장했던 반생을 보낸 두 사람은, 복잡한 심정으로 이 청정한 명산을 올려다보았다.

악귀와 요부의 황폐한 마음이, 이 영험한 산을 바라보며 정화될 것인가. 그리고, 무사하고도 평범한 인간으로서 남은 반생을 보낼 것인가.

혹은, 다시 기회를 잡아 악귀조는 재기의 깃발을 올리게 될 것인가.

그것은 독자의 판단에 맡기고, 이쯤에서 각설한다.

(끝)

(1929.4.8)

　본 번역서『요귀유혈록(妖鬼流血錄)』은 1928년 8월 29일부터 1929
년 4월 8일까지『경성일보』석간 1면에 총 211회에 걸쳐 연재된 장편
시대소설이다.

　이 소설은 당시의 인기 대중소설가이자 극작가였던 하세가와 신
(長谷川伸)과 그의 수제자이자 "『선데이마이니치(サンデー每日)』의 현상
대중소설에 1등으로 추천되었던" 경력을 지닌 신인작가 기무라 데쓰
지(木村哲二)가 공동으로 집필한 것이다. 삽화는 신진화가로서『도쿄
일일신문(東京日日新聞)』에 연재된 구니에다 시로(国枝史郎)의 시대소설
「검협수난(劍俠受難)」의 삽화를 담당했던 이토 기쿠조(伊藤幾久造)가 맡
았다.

　『요귀유혈록』은『경성일보』의 연재 시기와 거의 동시기인 1928
년 8월 24일부터 1929년 4월 12일까지 일본 내지의『규슈일보(九州日
報)』에도 연재되었던 사실이 확인되기 때문에, 하세가와와 기무라가
『경성일보』와 단독 집필 계약을 맺었다고 보기는 어렵다. 그러나 연
재 시작은『규슈일보』쪽이 조금 더 빠르지만 완결은『경성일보』쪽이
먼저였다는 점, 그리고『경성일보』측이『요귀유혈록』의 영화화를 알

리는 기사에서 "이번 가와이(河合) 프로덕션의 간청으로 영화 제작권을 부여하게 되어"라고 보도하고 있는 점 등으로 미루어, 적어도 『경성일보』와 『규슈일보』가 동시 계약을 맺었을 가능성이 큰 것으로 추정된다. 혹은 하세가와 측이 『경성일보』와 집필 계약을 맺는 조건으로 내지에서 먼저 연재를 시작하기를 요구한 것은 아닐까 하는 추측도 가능하다. 어쨌든 소설 『요귀유혈록』은 기무라 데쓰지와의 공동집필이기 때문인지 하세가와 신의 전집에서 누락되어 있으며, 지금까지 거의 알려지지 않은 작품이다.

『요귀유혈록』은 분세이 13년(1830년)의 에도를 배경으로, 술 따르기를 강요하는 다이묘를 거부하며 발로 찬 뒤 강물에 몸을 던져 도망치는 바람에 '물갈퀴 오센'이라는 별칭을 갖게 된 오센, 그리고 뛰어난 검술을 지녔으나 아무런 죄책감 없이 살인을 일삼아 '악귀'로서 악명을 떨친 낭인 헤이도 시즈마를 중심으로 한 시대소설이다.

소설의 기둥을 이루는 줄거리는 이들을 중심으로 조직된 '야쿠자 집단'인 '악귀조'가 다이묘의 보물을 뺏고 빼앗기는 이야기지만, 악귀조에 속한 다양한 등장인물들의 파란만장한 인생역정과 애정관계 또한 독자의 흥미를 끄는 요소이다. 오센은 가난한 어부의 딸로 태어나 유랑극단을 전전하다 연인에게 배신당하고 아이까지 잃고서는 홧김에 유녀가 되었지만, 다이묘를 발로 차 모독한 죄로 쫓기는 몸이 되자 자신을 구해준 해적 세이지와 함께 범죄자로 전락하고 만 기구한 운명의 인물이다. 시즈마는 본디 자신의 고향에서 가장 촉망받는 무사였으나, 사모하던 스승의 딸 사사노가 친우인 혼다를 선택하자 상심하여 고향을 떠나 살인귀 낭인이 되어 에도까지 흘러들었다. 악귀조에서 시즈마의 심복으로 대활약하는 소매치기 마쓰키치와, 시즈마를 짝사랑하는 기생 오사토는 부모와 생이별한 뒤 돌아갈 집도 가족도 없는 천애고아이며, 시즈마의 오른팔인 구와바라 곤하치로는 모시던 주군을 배신한 낭인이다. 시즈마가 우연히 생명을 구해준 미장이 야스고로는 사고로 절름발이가 되었고, 그의 백치 동생 겐타는 도벽 때문에 가는 곳마다 소동을 일으킨다. 『요귀유혈록』은 이렇듯 각각 기구한 사연을 짊어진 갈 곳 없는 이들이 '악귀조'라는 범죄 집단에 모여 절도와 사기, 살인 등 갖은 범죄를 저지르다 점차 동지애와 의리, 그리고 인정(人情)을 알게 된다는 내용을 담은 소설이다.

『요귀유혈록』의 메인작가인 하세가와 신은 시대소설 중에서도 '유랑물(股旅物)'이라는 장르를 개척한 작가로 평가된다. 유랑물이란, 주로 에도 시대를 배경으로 전국 각지를 유랑하며 살아가는 도박꾼이나 야쿠자들의 세계를 풍부한 정서로 그려낸 작품군을 가리킨다. 매우 불우한 어린 시절을 보낸 하세가와는 다양한 직업을 전전하며 성장했는데, 그러한 개인적 체험을 통해 법 밖에서 살아가는 무법자들에 대한 공감을 안고 유랑물 장르의 소설을 쓰게 되었던 것으로 전해진다. 이 때문에 하세가와의 작품 속에 그려지는 인간 군상은, 『요귀유혈록』의 등장인물들처럼 대부분 어두운 과거를 짊어진 채 정처 없이 떠돌아다니는 별난 사람이거나 사회적인 약자 혹은 패자들이었다. 하세가와의 작품세계에서 한 번 고향을 떠난 사람은 다시는 고향으로 돌아갈 수 없으며, 범죄세계에 발을 들인 이상 보통의 생활로 돌아가고자 해도 돌아갈 수 없다. '야쿠자'라는 입장이기에 품을 수밖에 없는 '일상'에 대한 동경과 체념이 하세가와의 유랑물을 지배하는 정서라고 할 수 있는 것이다.

소설 『요귀유혈록』의 등장인물들 역시 고향을 떠나 각지를 유랑하는 사회적 패자들이었지만, 종종 야쿠자 생활에 대한 후회와 평범한 일상에 대한 동경을 드러내는 장면이 등장한다. 악귀조의 악명 높은 소매치기였던 마쓰키치는 다이묘의 보물을 훔치려다 칼을 맞고 치명적인 부상을 입는데, 죽음의 문턱에서 과거를 돌아보며 회한에 잠긴다. 마쓰키치는 '야쿠자'가 된 것을 뼈저리게 후회하며, 다시 '건실한 사람' '성실한 사람'으로 살고 싶다고 간절하게 바란다. 하지만 결국 그는 다시는 고향 땅을 밟지 못한 채 야쿠자로서 비참한 죽음을 맞는다.

그러나 하세가와가 유랑물을 통해 그려내는 인물들은, 사회가 정해둔 법의 테두리 밖에서 살아가면서도 마음 한 구석에서는 '의리'와 '인정'을 갈구하는 사람들이기도 했다. 소설의 결말에서 체포를 피해 뿔뿔이 흩어졌던 악귀조는 관청에 붙잡혀간 오사토를 의리와 인정 때문에 포기하지 못하고 그녀를 구해내기 위해 무모한 마지막 싸움을 벌이다 죽음을 맞이한다.

이렇듯 고향을 떠나 유랑하는 무법자들의 삶을 의리와 인정의 세계로 그려낸 하세가와 신의 작품을 가리키는 '유랑물'이라는 용어가 처음 정식으로 사용된 것은 1929년 희곡 『유랑하는 짚신(股旅草鞋)』이 발표된 이후부터라는 것이 정설이다. 그러나 기무라 데쓰지와의 공동 집필이라 하더라도 소설 『요귀유혈록』은 그 내용에 있어, 『유랑하는 짚신』에 앞서 본격적인 하세가와 유랑물의 등장을 예고하는 작품으로서 주목할 만하다.

또한 이 소설을 통해 선보인 하세가와 신의 작품 세계는 식민지 조선의 독자들—특히 고향을 떠나 외지 조선에 정착하여 살던 재조(在朝)일본인 독자들을 크게 매료시켜, 하세가와는 『요귀유혈록』이후에도 두 차례에 걸쳐 『경성일보』에 장편소설을 연재하기에 이른다.*

연재소설 『요귀유혈록』이 크게 인기를 얻게 되자, 『경성일보』측은 연재 종료 이전에 영화화를 기획하였고, 영화 〈요귀유혈록〉은 전3편 30권의 연속 영화로서 1929년 일본과 조선에서 동시 개봉하였다. 당시 일본영화 한 편이 약 7~8권(1권은 약 15분) 정도의 길이였으므로 〈요귀유혈록〉은 일본 내지의 제작사인 가와이 프로덕션이 총력을 기울인 "초특작품"이자 대작이었다.

영화 〈요귀유혈록〉은 식민지 조선에서 "신문소설 최초의 영화화"로서 주목받았다. 1925년에 조선인 영화 제작자에 의해 『오노가쓰미(己が罪)』의 번안소설로서 『매일신보』에 연재되었던 「쌍옥루」가 영

---

* 하세가와 신은 이후 『경성일보』에 1932년 11월 28일부터 1933년 4월 19일까지 시대소설 『的田雙六』를, 1937년 7월 22일부터 1938년 4월 17일까지 시대소설 『国定忠治』를 연재했다.

영화 〈요귀유혈록〉의 스틸 사진 (1929년 3월 16일, 5월 15일 게재)

화화된 적은 있으나, '오리지널' 신문 연재소설의 영화화는 『조선일보』에 연재된 최독견의 소설 『승방비곡(僧房悲曲)』의 영화화가 실현된 1930년이 그 시작이다. 그렇게 되면 재조일본인 미디어와 조선인 미디어를 통틀어, 영화 〈요귀유혈록〉은 식민지 조선에서 연재된 신문소설의 첫 영화화라 할 것이다. 이 때문에 『경성일보』는 이를 "반도 공전(空前)의 기획"으로 선전하며 대대적인 미디어 이벤트로서 진행하였다.

동시대의 신문 연재소설이 영상화되는 것을 최초로 체험한 식민지 조선의 관객은 영화 〈요귀유혈록〉에 열광적인 반응을 보였다. 신문 연재소설의 영화화란 구독자가 매일 익숙하게 읽던 이야기에 이미지를 불어넣어 독자에게 입체적인 문화적 체험을 가능하게 할 뿐만 아니라, 복수의 미디어를 통해 보다 많은 대중에게 자사의 컨텐츠를 대량으로 확산해감으로써 대중성을 확보하는 매우 효과적인 미디어 전략이었던 것이다. 이렇듯 소설에서 영화로 이어지는 『요귀유혈록』의 미디어믹스 전략은 일제강점기 조선에서 최초의 사례로서 의미를 가진다 할 것이다.

2021년 2월
역자 임다함

지은이

하세가와 신(長谷川伸, 1884~1963)

일본의 대중소설가이자 극작가. 본명은 하세가와 신지로 (長谷川伸二郎). 『미야코신문(都新聞)』 기자로 근무하는 한편 여러 필명으로 소설 집필을 지속하다, 1925년 퇴사하고 '하세가와 신'이라는 이름으로 본격적인 작가 활동을 시작했다. 1928년 발표한 희곡 『구쓰카케 도키지로(沓掛時次郎)』가 크게 인기를 얻으며 이름을 알렸고, 『세키노 야탓페(関の弥太ッぺ)』(1930) 『눈꺼풀의 어머니(瞼の母)』(1936) 등으로 인기 대중작가로서 자리매김하게 된다. 떠돌이 도박꾼 등을 주인공으로 삼아 의리와 인정의 세계를 그려낸 '유랑물(股旅物)'이라는 시대소설 장르를 개척했다.

기무라 데쓰지(木村哲二, 1894~?)

일본의 대중소설가이자 각본가. 본명은 무라카미 후쿠사부로(村上福三郎). 신문기자를 거쳐 영화사 문예부에 소속되어 각본가, 촬영 감독 등을 역임한 것으로 알려져 있다. 1927년 제2회 『선데이마이니치(サンデー每日)』 대중문예 공모전에 당선되면서 문단에 데뷔하였고, 직후인 1928년 하세가와 신과 본 역서 『요귀유혈록(妖鬼流血錄)』을 공동집필하게 된다. 이후 1936년 『주간아사히(週間朝日)』에 「와해무사(瓦解武士)」 등의 작품을 발표하고 1936년 제1회 나오키상 (直木) 후보에도 오르는 등 1930년대 중반까지 대중소설작가로서 활발하게 활동을 펼친 것으로 보이나, 전집이나 관

련 기록이 존재하지 않아 이후 활동은 확인할 수 없다. 현재 확인할 수 있는 유일한 소설 단행본은 1938년 간행된 『출세 낭사(出世浪士)』(近代小說社)이다.

옮긴이

임다함

고려대학교 글로벌일본연구원 연구교수. 현재는 영화뿐만 아니라 광고, 라디오 드라마, 대중가요 등 일제강점기 한일 대중문화의 교류 및 교섭과정을 살피는 것을 향후 연구과제로 삼고 있다.

주요 저역서로는 공저 『비교문학과 텍스트의 이해』(소명출판, 2016), 『재조일본인 일본어문학사 서설』(역락, 2017), 『여뀌 먹는 벌레』(민음사, 2020), 공역 『일본 근현대 여성문학 선집 17 사키야마 다미』(어문학사, 2019)』, 편역 『1920년대 재조일본인 시나리오 선집 1, 2』(역락, 2016) 등이 있으며, 주요 논문으로는 「1920년대 말 조선총독부 선전영화의 전략—동시대 일본의 '지역행진곡' 유행과 조선행진곡(1929)」(『서강인문논총』 제51집, 2018.4), 「미디어 이벤트로서의 신문 연재소설 영화화—『경성일보』 연재소설 「요귀유혈록」의 영화화(1929)를 중심으로」(『일본학보』 제118집, 2019.2) 등 다수가 있다.

『경성일보』 문학 · 문화 총서 ❽
시대소설 **요귀유혈록**

초판 1쇄 인쇄	2021년 2월 15일
초판 1쇄 발행	2021년 2월 26일
지은이	하세가와 신(長谷川伸) · 기무라 데쓰지(木村哲二)
옮긴이	임다함
펴낸이	이대현
편집	이태곤 권분옥 문선희 임애정 강윤경
디자인	안혜진 최선주
마케팅	박태훈 안현진
펴낸곳	도서출판 역락
주소	서울시 서초구 동광로 46길 6-6 문창빌딩 2층
전화	02-3409-2060(편집), 2058(마케팅)
팩스	02-3409-2059
등록	1999년 4월 19일 제303-2002-000014호
전자우편	youkrack@hanmail.net
홈페이지	www.youkrackbooks.com

ISBN	979-11-6244-513-6 04800
	979-11-6244-505-1 04800(세트)